杜诗杂说全编

曹慕樊 著

生活·讀書·新知 三联书店

Copyright © 2019 by SDX Joint Publishing Company.
All Rights Reserved.
本作品版权由生活·读书·新知三联书店所有。
未经许可，不得翻印。

图书在版编目（CIP）数据

杜诗杂说全编/曹慕樊著. —北京：生活·读书·新知三联书店，
2019.4
（当代学术）
ISBN 978 – 7 – 108 – 06372 – 4

Ⅰ.①杜…　Ⅱ.①曹…　Ⅲ.①杜诗－诗歌研究
Ⅳ.① I207.227.423

中国版本图书馆 CIP 数据核字（2018）第 164107 号

责任编辑　冯金红
装帧设计　宁成春
责任印制　宋　家
出版发行　生活·讀書·新知 三联书店
　　　　　（北京市东城区美术馆东街 22 号 100010）
网　　址　www.sdxjpc.com
经　　销　新华书店
印　　刷　河北鹏润印刷有限公司
版　　次　2019 年 4 月北京第 1 版
　　　　　2019 年 4 月北京第 1 次印刷
开　　本　635 毫米×965 毫米　1/16　印张 33
字　　数　424 千字
印　　数　0,001 – 6,000 册
定　　价　89.00 元
（印装查询：01064002715；邮购查询：01084010542）

长安宫殿久成灰，惟有锦绣堆泾底鹃却下咸阳山云说此鹃来 杜辞 千年

壬戌暮春赴西安陕西师范大学参与唐诗讨论会主人命演说即席口占一绝

逯耀东七十一岁

作者手迹

当代学术
总　序

　　生活·读书·新知三联书店从 1986 年恢复独立建制以来，就与当代中国知识界同感共生，全力参与当代学术思想传统的重建和发展。三十年来，我们一方面整理出版了陈寅恪、钱锺书等重要学者的代表性学术论著，强调学术传统的积累与传承；另一方面也积极出版当代中青年学人的原创、新锐之作，力求推动中国学术思想的创造发展。在知识界的大力支持下，通过多年的努力，我们已出版众多引领学术前沿、对知识界影响广泛的论著，形成了三联书店特有的当代学术出版风貌。

　　为了较为系统地呈现中国当代学术的发展和成果，我们以上世纪八十年代以来刊行的学术成果为主，遴选其中若干著作重予刊行，其中以人文学科为主，兼及社会科学；以国内学人的作品为主，兼及海外学人的论著。

　　我们相信，随着当代中国社会的繁荣发展，中国学术传统正逐渐走向成熟，从而为百余年来中国学人共同的目标——文化自主与学术独立，奠定坚实的基础。三联书店愿为此竭尽绵薄。谨序。

生活·读书·新知三联书店
2017 年 3 月

目次

杜诗杂说

自序　3

一　杜甫的思想、生活

杜甫与农民　7

杜甫的思想　29

杜甫与房琯　43

杜甫"非战"吗？　48

杜甫在夔州东屯的经济状况　56

杜甫南行　65

杜位　杜济　71

杜甫两参严武幕　74

二　论杜甫的诗艺和诗作

杜甫的诗艺　77

沉郁顿挫辨　90

《北征》新说　96

《哀江头》阐微　108

《屏迹三首》之三　115

《又呈吴郎》　119

论"清词丽句"　121

三　杜注琐谈

杜诗地名泛称释例　127

杜诗中的偏义词　136

杜诗的互文、省语、反语　138

杜诗中的俗语　141

故武卫将军挽词　148

天阙　150

天棘　152

青精饭　153

枭卢　154

解水乞吴儿　158

齐渡马　159

来问尔东家　160

断此生　161

跨苍穹　162

饮中八仙　163

消息　164

同襟期　165

思飘云物外　166

洞门对雪　167

竹埤　168

兔无儿　170

羁旅推贤圣　171

改席台能迥　172

唤人看骡衰　173

《积草岭》　174

《建都十二韵》　176

觉来往　180

耐知　181

药栏　182

业工　184

婆娑　185

《病柏》　186

主当　187

《少年行》　188

诗态　190

春来花鸟莫深愁　191

《戏题寄上汉中王三首》　192

直字　193

张彪　194

《暮寒》　195

柴荆即有焉　196

罢字　197

宵旰　198

一点　199

上番　200

西方变　202

桃竹　203

隐浪　204

天地在　206

《奉寄高常侍》　207

《赠王二十四侍御契四十韵》　208

远近　209

窗含西岭千秋雪　210

《到村》　211

独园　213

却落　214

荨草　215

蛟龙匣　216

面势　217

吾衰岂为敏　219

酒为徒　220

是物　221

非天意　222

沉冥　223

《催宗文树鸡栅》　224

乌鸡　225

杜用事法　226

浮瓜供老病　227

《七月三日亭午已后，校热退，……戏呈元二十一曹长》 228

《八哀诗》 229

《八哀诗》无房琯 230

《八哀诗·张九龄》 232

《夔府书怀四十韵》 233

汉阁自磷缁 234

《中宵》 239

《宗武生日》 240

将能事 242

数秋天 243

《秋兴八首》 244

《赠李八秘书别三十韵》 247

《解闷十二首》之十一 250

《西阁夜》 251

无家病不辞 252

嗟尔太平人 253

《九日诸人集于林》 254

"五云高太甲"二句 255

泪相忘 259

莫鞭辕下驹 260

《西阁曝日》 261

《不离西阁二首》 262

《见王监兵马使说，近山有黑白二鹰……请余赋诗二首》 264

《折槛行》 265

诗律细 267

《小至》 268

槐叶冷淘 270

苞芦 271

《行官张望补稻畦水归》 272

《暇日小园散病，将种秋菜，督勤耕牛，兼书触目》 273

《虎牙行》 274

《孟仓曹步趾领新酒酱二物满筐见遗老夫》 275

《上后园山脚》 276

燕玉 277

乌鬼 280

破甘霜落爪 282

呀坑 283

蹴鞠 284

树蜜 285

《上水遣怀》 286

《北风》 287

胡为足名数 288

焉得所历住 289

《白凫行》 290

杨子琳 291

四 附 录

一 杜诗常用字义通释 295

二 九种版本杜诗篇名索引 318

杜诗杂说续编

自序　361

杜诗游心录
　——杜甫诗研究方法新探　362

杜诗的起结　416

《杜诗选注》新序　433

《杜诗选读》序　437

《伤春五首》第二首　439

《解闷十二首》之二　443

《醉时歌赠郑虔》的艺术性　445

乾元中寓居同谷县作歌七首　448

关于文学遗产继承问题的论辩
　——杜甫《戏为六绝句》臆释　455

《茅屋为秋风所破歌》　467

杜甫夔州诗及五言长律的我见　470

杜公《韦讽录事宅观曹将军画马歌》
　与东坡《韩干马十四匹》之比较观　484

杜诗字义、修辞丛记　492

出版后记　511

杜诗杂说

自序

一九六二年，夜读之余，往往写点笔记。在"文化大革命"中这些东西大部散失。惟谈杜诗的存留下来。打倒"四人帮"后，把其中谈杜诗注解的删去一半，谈杜甫思想和诗艺的，或损或益，算一本书，题曰《杜诗杂说》。将去年寒假中编的《九种版本杜诗篇名索引》，作为附录。

我因眼睛接近失明，不能抄稿。幸得中文系七八级阮世辉、张贵杰、汤庆章、李诚等同学自愿为我誊录，索引则由政教系李霁帆、傅丽容同学任校勘。没有他们，我是无法进行清抄旧稿的工作的。在此表示感谢！

曹慕樊 记
一九七九年十月于西南师范学院南庄

一　杜甫的思想、生活

杜甫与农民
论杜甫的世界观与其诗风的关系

杜甫诗歌的题材是相当广泛的。宋人编的《分门集注杜工部诗》，将一千多首诗分为七十九门，就是证明。但若就杜诗的思想内容说，重要的还是其中反映天宝至大历年间的时事政治诗（据我粗略统计，约有三百首）。在这类诗中，又以反映农民的生活、情绪的诗最重要。因为农民是封建社会的主体，因而农民问题就成为封建社会里的人们政治倾向的试金石。封建时代的任何诗人，都直接或间接地以其对农民的态度表露自己的诗作的民主性的有、无、多、少，从而表明它在文学史的天平上的轻重。

对农民的态度，不是简单地指对农民的重视或轻视，而是复杂地牵连到对封建皇帝的态度，对封建王朝的官吏的态度，对剥削生活的态度，乃至对文化、历史、哲学、宗教等的态度，一句话，牵连到一个人的世界观。

正如杜甫以其诗艺的多面性吸引着他的读者一样，杜甫也以其世界观的复杂性使研究者感到为难。本文试图从杜甫反映农民情绪的诗篇，一探杜甫世界观的秘奥，并论他的诗风。

一　杜甫对农民的两种态度

唐代宗宝应元年（七六二年）八月，台州（今浙江省临海县）人袁晁领导农民起义，陷浙东诸州，有众二十万。《资治通鉴》第二二二卷叙此事始末云："宝应元年，租庸使元载，以江淮虽经兵荒，其民比诸道犹有资产，乃按籍举八年租调之违负及逋逃者，计其大数而征之，择豪吏为县令而督之，不问负之有无资之高下，察民有粟帛者，发徒围之，籍其所有而中分之，甚者十取八九，谓之'白著'。有不服者，严刑以威之。民有蓄谷十斛者，则重足以待命，或相聚山泽为群盗。州县不能制。""八月，台州人袁晁，攻陷浙东诸州，改元宝胜。民疲于赋敛者多归之。""九月，袁晁陷信州。十月，陷温州、明州。""（代宗）广德元年，四月，李光弼奏擒袁晁，浙东皆平。"（按《旧唐书》卷一一〇《李光弼传》记此事极简略，惟称袁晁为台州人，今即据以补《通鉴》之缺）

广德元年，杜甫年五十三岁，在梓州（今四川省三台县）写了一首《喜雨》诗，略云：

春旱天地昏，日色赤如血。农事都已休，兵戎况骚屑。
巴人困军须，恸哭厚土热。沧江夜来雨，真宰罪一雪。
谷根小苏息，沴气终不灭。……安得鞭雷公，滂沱洗吴越。

诗末自注云："时浙右多盗贼。"杜甫所谓"盗贼"，正是袁晁领导的二十万农民起义军。杜甫要求用霹雳之威，去消灭浙东义师。他的立场是十分鲜明的了。但这只是事情的一面，虽然是重要的一面。事情还有另一面，就是杜甫同时又十分关心农民的疾苦。即如此诗的"巴人困军须，恸哭厚土热"，就是在为农民诉苦。一方面仇恨农民起义，一方面又极力为农民叫苦，这是一个矛盾。我们应该分析这个矛盾，要问一个为什么：杜甫思想上的矛盾能否从他的世界观得到解释？或者说，这个矛盾是由什么生活根源、思想根源和文化历史根源交织而成的？

让我们先来看一看杜甫同情的是哪种农民。

今天我们一打开杜诗，就发现许多反映农民生活贫困、受剥削压迫的诗。杜诗中出现的农民群像，有各种各样的兵（兵无非是穿上兵的衣服的农民），有贫苦农民，有富裕农民，有农村妇女。我粗略地统计：杜甫反映农民苦、乐的诗或诗句，如苦征役、忧赋税、喜息战等共有一百篇左右。白居易论杜诗，以为"撮其《新安》《石壕》《潼关吏》《芦子关》《花门》之章，'朱门酒肉臭，路有冻死骨'之句，亦不过三四十（首）"（《与元九书》）[1]。我们如果以白氏提出的"惟歌生民苦"做标准，那么《塞芦子》论战略，《留花门》论回纥不宜留驻畿辅，均不是专言"生民苦"的，与三吏、三别不同。说"生民苦"其实就是说的农民苦。白氏所举太少；我的粗略统计，要比他说的三四十首多几倍。

农民阶级，依照其经济状况，可以分为富、中、贫阶层，这是古今都适用的。杜甫诗中反映的主要是贫苦农民的生活和情绪。他所最同情的是穷而无告同时又是驯顺善良的农民。

让我们大略来看一看杜甫给我们描绘的农民群像吧。

首先杜甫写了从军的农民。诗篇主要有《兵车行》《前出塞》《后出塞》和三吏、三别等。《兵车行》可以看作概括的从军农民的表象。如父母妻子的痛哭送行，从军的农民从十五岁到四十岁，从尚未成年到头发都白了还不得免役。他们都像鸡犬一样被驱向战场，变成一堆堆白骨。至于他们的家庭呢，在胜任耕作的丁壮抽走之后，一样要缴纳租税。"县官急索租，租税从何出？"唐玄宗李隆基好大喜功，轻开边衅，不顾人民死活，驱之死地。弄得广大后方田土荒芜，造成人民的无衣无食，流离失所。这首诗已概括无遗。而且指责的矛头是直接

---

[1] 古籍刊行社景宋本《白氏文集》作"十三四"，范文澜释作"十之三四"，与白氏用"不过"之轻语气意不合。百衲本《旧唐书》卷一一六《白居易传》作"三四十"，以涉上文省"首"字。今从之。

向着皇帝的。"边廷流血成海水,武皇开边意未已!"论其识见,远在诗人的朋友高适、岑参之上。[1]

至于《前出塞》九首,则是写具体的个人。它的主旨仍是反对"开边"。王嗣奭说是歌颂一个"豪杰圣贤兼而有之"的战士,是错误的。看他第一首就直截了当地说,"君已富土境,开边一何多",和《兵车行》的"边廷流血成海水"二句均直刺李隆基。试比较白居易同是刺开边的诗《新丰折臂翁》,便见得杜甫更为刚直。[2]《前出塞》第九首,归结到这位战士从军十几年,历尽艰辛,战功完全被主将或他人攘夺,聊以"丈夫四方志,安可辞固穷"自慰。赞美战士,意在指出边塞军中赏罚不明,边将骄庸。《后出塞》五首,其最后一首说:"中夜间道归,故里但空村。恶名幸脱免,穷老无儿孙。"因此冯文炳亦说这个主人翁是农民。所谓"我本良家子",照《汉书·地理志》如淳注:"医商贾百工,不得预也。"在唐代也不过是清白人家的泛称。诗的第一首说:"千金买马鞍,百金装刀头。"应是沿袭古乐府中的夸饰语来(如辛延年《羽林郎》写胡姬首饰之类),不可执实。那么,主人公该是一个家庭很富裕的农民。《后出塞》诚如注家所说,有指安禄山反迹已露的意思;但内容也不止一端(如第三首刺开边,第四首讽赏边之滥)。若从杜甫写农民的角度看,诗人显然是同情诗中主人公的。把《前出塞》和《后出塞》合起来看,诗人是在告诉我们,从军的农民无论贫富,结果都是一样:既捞不到功名,还落得孑然一身,家室荡然。

―――――――

[1] 范文澜:《中国通史简编》第三编第二册682页略云,玄宗好大喜功,轻启边衅。天宝时候对外战争,一般是侵略性战争。高、岑以肯定的态度歌颂这些战争,论者认为是爱国主义的诗人。对外侵略怎么能说是爱国呢?二人都活到唐代宗时,他们的诗都没有真切地反映安史乱后的社会情形,足见那些边塞诗,只是迎合玄宗时开边境立武功的风气。高岑诗自有不可贬损之处,但政治见解不及杜甫。
[2] 白居易《新丰折臂翁》:"又不闻天宝宰相杨国忠,欲求恩幸立边功。边功未立生人怨,请问新丰折臂翁。"尚不敢直斥皇帝,比较便见杜之刚直。

三吏、三别，自来是传诵之作，用不着引证和解释。从诗人写农民、反映农民情绪看，六首诗中的农民群像包括老翁、老妇、瘦小不到丁年的"中男"、少妇、老兵等。《无家别》说："人生无家别，何以为蒸黎？"痛切愤激，有如身受。假如对农民没有真正的同情，是写不出这种诗的。

以上所论，都是杜诗中反映战争给当时农民带来的惨毒。现在我们再看杜甫所描写的一般农民。

杜甫在成都时（宝应元年，七六二年）曾作有《遭田父泥饮美严中丞》诗，略云：

步屟随春风，村村自花柳。田翁逼社日，邀我尝春酒。
酒酣夸新尹，畜眼未见有。回头指大男，渠是弓弩手。
名在飞骑籍，长番岁时久。前日放营农，辛苦救衰朽。
差科死则已，誓不举家走。叫妇开大瓶，盆中为吾取。
高声索果栗，欲起时被肘。指挥过无礼，未觉村野丑。
月出遮我留，仍嗔问升斗。

这是一个比较富裕而又颇豪爽的老农形象。他是赞美当时的成都尹严武的，"语多虽杂乱，说尹终在口"。论严武这个人，颇能治军，后破吐蕃军七万余众，使蜀边暂得安宁。在政治上也有所改进，又兼任两川节度使（时玄宗合东西两川为一道，以武充剑南节度使），自然省去一些劳民的调遣，农民对他有一些好感也是可能的。但严武贪暴，"前后在蜀累年，肆志逞欲，恣行猛政。蜀土颇饶珍产，武穷极奢靡，赏赐无度。或由一言，赏至百万。蜀方间里，以征敛殆至匮竭"（《旧唐书》卷一一七《严武传》）。对这样一个成都尹，赞不绝口，是这个"田父"的较富裕的经济地位所决定的。恐怕也有诗人溢美之词。但值得注意的是诗中两句："差科死则已，誓不举家走。"这一联要说歌颂严武，真已尽美化之能事。它无异于说，严武的政治措施做到了"效死而民弗去"。但另一方面，也颇有微辞。差科到了要命的程度，这不是说严武的横征暴敛让人活不下去吗？看杜甫《说旱》一文，对严武还不至于无条件地歌颂[1]，那末，说诗有微辞，还不至于是臆说。这一联的重要，还在它透露了杜甫喜欢的是驯服老实、"效死勿去"的农民。

从杜甫写农民的诗的数量上看，写富裕农民的诗是绝无仅有的。诗人最关心的是受尽剥削的穷苦不堪的农民，试看也是在蜀时作的《枯棕》诗：

> 蜀门多棕榈，高者十八九。其皮割剥甚，虽众亦易朽。
> 徒布如云叶，青青岁寒后，交横集斧斤，凋丧先蒲柳。
> 伤时苦军乏，一物官尽取。嗟尔江汉人，生成复何有！
> 有同枯棕木，使我沉叹久。死者即已休，生者何自守？

这是杜甫时代的农民的共同形象。杜甫写农民多用写典型的手法。上面已举的《前出塞》《后出塞》《石壕吏》《无家别》《垂老别》等都是用典型的写法，即寓普遍性于特殊性之中。《枯棕》用的却是比喻的写法。比喻（或单说"比"）是诗的重要法门。《礼记·学记》篇说："不学博依，不能安诗。"郑注："依，广譬喻也。"比喻诗是带有象征意义的典型写法。《枯棕》诗的意义就在诗人概括了他在四川的闻见。西川自北周宇文泰以来，就是关中地区的后方。唐代在"安史之乱"以后，西川人民更担着军需民食的重担。加之严武、章彝之类的官吏，贪婪

---

[1]《说旱》，短文。实际是杜甫于宝应元年上严武的条陈。文中有云"自中丞下车之初，军郡之政，罢弊之俗，已下手开济矣；百事冗长者，又已革削矣"。下文即陈当务之政。下语颇有分寸，尚无一往导谀之辞。

暴虐，使蜀民吃尽了苦头，所以杜甫的艺术概括就具有普遍意义。用剥棕做比喻，既生动地表达了"民不堪命"的痛苦，又辛辣地指斥了统治阶级的贪得无厌。称得上奇作。

杜甫还写了逃难的农民的困厄。《三绝句》的第二首是这样写的：

二十一（或作二）家同入蜀，
惟残（唐俗语，现在说余或剩）一人出骆谷（骆谷是陕西四川的通道）。
自说二女啮臂时，
回首却向秦云哭。

啮臂，示诀别时盟誓之俗。《杜臆》说："二女啮臂，恐不两全，故弃之而走。"二十一家人从陕西逃到四川，到诗中主人再奔回陕西时，只剩下他一个人了，连两个女儿也不得不硬着心肠丢掉。这是何等样的惨剧！

由于封建社会的极不稳定性，农村户口逃亡是常见的现象。原因很多。如逃避苛重赋税，逃避兵役，逃避战乱；或由于豪强兼并，失去土地；或由于天旱水灾，收成无望，农村人口都会出现大量流亡。唐代武则天时已经出现过这种现象。到玄宗开元末年起，又出现过。在安史之乱以后，由于战祸重赋，农户逃亡更为严重。据《新唐书》卷五二载：乾元二年（肃宗年号，七五九年）（天下户口）比天宝（岑仲勉证为天宝十四载）户口，约损七百万（户）；三千六百万（口）（详见岑仲勉：《隋唐史》，一九五七年版注文，372页，注〔22〕〔23〕）。这个数字还不包含安、史所盘踞的广大区域（约唐室所领的一半）。《三绝句》写作年代，注家有定为上元（七六〇年）者，还在乾元二年之后一年，杜诗反映难民情况是历史的生动见证。

杜甫还写了一个贫苦的挨饿交租又不逃走（或无处可逃）的老农。《甘林》诗略云：

> 明朝步邻里，长老可以依。时危赋敛数，脱粟为尔挥。[1]
> 相携行豆田，秋花霭菲菲。子实不得吃，货市送王畿。
> 尽添军旅用，迫此公家威。主人长跪问：戎马何时稀？
> 我衰易悲伤，屈指数贼围。劝其死王命，慎莫远奋飞。
> ·····　·····

"慎莫远奋飞"者，大有人"远奋飞"可知也。杜甫最同情、最关心的就是这一种老实怯弱的农民。这绝不是个别农民的形象。要知道当时农村的生活之惨、租赋之重，可引元结的《舂陵行》为证。元结诗序略云：

> 癸卯（按唐代宗李豫广德元年癸卯，七六三年）漫叟为道州刺史。道州旧四万余户，经贼已（以）来，不满四千。大半不胜赋税。到官未五十日，承诸使征求符牒二百余封，皆曰失其限者，罪至贬削……（诗略云：）州小经乱亡，遗民实困疲。大乡无十家，大族命单羸。朝餐是草根，暮食乃树皮。出言气欲绝，意速行步迟。邮亭来急符，来往急相追。更无宽大恩，但有迫促期。欲令鬻儿女，言发恐乱随。悉使索其家，而又无生资，听彼道路言，怨伤谁复知！

杜甫《甘林》诗作于大历二年（七六七年），后于元结诗三年。唐室内政紊乱，外寇侵凌（仆固怀恩叛，引回纥、吐蕃等入寇），四川汉

---

[1]"脱粟为尔挥"句，注家皆说脱粟为赋敛而尽。于义稍有未安者，"挥"乃快意或轻掷之辞，农民纳赋，似不尔也。陈衍《石遗诗话》二四因引范彦龙诗，"恨不具鸡黍，得与故人挥"。释杜此句为主人饭客。然豆实尚不得食，何有脱粟奉客？疑此句乃杜甫以脱粟进主人，与之共食尽欢。杜甫以中朝官身份，颇有俸米，如云："朝班及暮齿，日给还脱粟。"（《暮春题瀼西新赁草堂五首》之四）"脱粟"用《史记·公孙弘传》语。后在湖南舟中作《解忧》诗云，"减米散同舟"，亦此类也。

州刺史崔旰攻西川节度使郭英义。柏茂琳又攻旰。两川人民，如火益热，绝不会比湖南人民的处境好些。二诗写法不同，看元诗益可体会杜诗的沉痛。

我们不妨再举一首杜甫带着愤激之情写的《岁晏行》：

> 岁云暮矣多北风，潇湘洞庭白雪中。
> 渔父天寒网罟冻，莫徭（长沙一带的少数民族）射雁鸣桑弓。
> 去年米贵缺军食，今年米贱太伤农。
> 高马达官厌酒肉，此辈杼柚茅茨空。
> 楚人重鱼不重鸟，汝休枉杀南飞鸿。
> 况闻处处鬻男女，割慈忍爱还租庸。
> 万国城头吹画角，此曲哀怨何时终。

诗把矛头直指达官，指出他们就是迫使农民卖儿卖女的祸根。就在作诗这一年（大历三年）前，元载、裴冕、第五琦、黎干各出钱三十万宴郭子仪。这一次酒筵花去一百二十万钱，可购当时大米（以每斗五百钱计）[1]二百四十石，对照此诗中什么都没得吃的渔父、莫徭，官僚们的罪恶真是擢发难数。

贫富对比，是杜诗惯用的手法。"朱门酒肉臭，路有冻死骨"是大家熟知的。此《岁晏行》亦用对举，又《驱竖子摘苍耳》诗说"富家厨肉臭，战地骸骨白"，客观上起着揭破阶级矛盾的作用，是绝无"温柔敦厚"的气味的。

杜甫在写给严武看的短文《说旱》中，末段劝严武要体恤农村的

---

[1] 诗云，"去年米贵缺军食，今年米贱太伤农"。查《旧唐书》一一代纪，永泰元年旱，米斗一千四百文。二年，《元次山文集》七云，米价五百钱以上。与此诗编年不合。杜所言盖湖南地方米价也。兹据永泰至大历初公私所记米价估为斗五百钱，以应"米贱"之说。

老男老女。杜甫对农村妇女，亲见她们的痛苦，是一向注意关心的。为世传诵的"彤廷所分帛，本自寒女出，鞭挞其夫家，聚敛供城阙"，是最早的诗。他到夔州后有《负薪行》，略云：

> 夔州处女发半华，四十五十无夫家。
> 土风坐男使女立，男当门户女出入。
> 十有八九负薪归，卖薪得钱应供给。
> 筋力登危集市门，死生射利兼盐井。

再有《遣遇》诗，中间说：

> 石间采蕨女，鬻市输官曹。丈夫死百役，暮返空村号。

采蕨负薪，同是供官府剥割。或嫁或不嫁，同是过着不如富贵人家的狗马的生活。

但所有这些写农村妇女悲惨生活的诗，又都不及杜甫告诉我们的那个邻居——扑枣妇人的形象动人肺腑。诗题是《又呈吴郎》：

> 堂前扑枣任西邻，无食无儿一妇人。
> 不为困穷宁有此？只缘恐惧转须亲。
> 即防远客虽多事，便插疏篱却甚真。
> 已诉征求贫到骨，正思戎马泪盈巾。

这首诗，不仅在它的内容是正义的，同时还在它是艺术品，就是说，真正的诗。它没有比兴，但白描勾勒的这个孤苦伶仃的妇女形象，却连同她的心理完整地呈现在我们面前。瘦语（不用辞藻）盘空，委婉曲折，给宋诗人开了一条新路。思路却又清晰异常，绝无晦涩处，是一种独创。

综上所引,可以看出杜甫在所描绘的各种农民中,他最同情和侧重的是那种温顺善良的农民。《遭田父泥饮》中提到"差科死则已,誓不举家走"。《甘林》中又说"劝其死王命,慎莫远奋飞"。他为什么表彰、鼓励农民的这种逆来顺受的态度?这和他坚决反对农民起义实在是一个盾的两面,一根棍的两端。要说明杜甫的喜嗔两端实同出一源,就必须剖析杜甫的世界观。

二 杜甫世界观的矛盾

从写农民的诗中,最能说明杜甫的世界观,它的历史根源和现实或阶级根源,最能说明杜诗的倾向性的民主因素;杜甫的世界观的深刻矛盾和它及于他的创作方法的深刻影响。

无论唐史专家们意见如何不同,但从总的趋势看,唐代地主阶级内部,是有士族(或世族)和庶族间的猛烈斗争的。士族代表上层地主阶级的利益,思想偏于保守;庶族,以进士出身的人为主,代表中下层地主阶级的利益,主张革新,比较接近农民。杜甫虽说是"名家"之后,且常以世族自豪,形于诗歌,但他并不是富裕的,所以天宝五载(七四六年)到长安时,他已经相当穷困了。诗人自己说是"朝叩富儿门,暮随肥马尘。残杯与冷炙,到处潜悲辛"。又说"难甘原宪贫"(《奉赠韦左丞丈二十二韵》),情况大致近于真实。以后他也一直未显达快意。就他的经济地位说,他实在是属于庶族地主阶层的,尽管他不是进士出身。第二,杜甫幼年时期的唐代社会对他的思想也有影响。唐初实行的均田制是农民所欢迎的,但其实施在全国颇不平衡。关东地区(黄河南北)均田政策执行得最彻底,所以经济很快地便由恢复走向发展(详见范文澜:《中国通史简编》第三编第一册204页)。按照法令:丁、中男(十八岁)受田一顷(百亩),其中十分之二为世业（永业）田，十分之八为口分田。杜甫生在河南（巩县），正是均田法实行得比较彻底、经济比较繁荣的地区。所以杜甫幼少年时期所见所接触的农民，都是自给自足、生活比较宽裕安定的小农。杜甫"少贫不自振"（《新唐书》本传），其经济状况实和这种小农相去不远，尽管他的社会地位、教育程度比小农高得多。庶族地主阶层一般都同情农民，替农民说话，实在是出于庶族地主自己的阶级利益。马克思论法国资产阶级"社会民主派"时说，"也不应该狭隘地认为，似乎小资产阶级原则上只是力求实现其自私的阶级利益。相反，它相信，保证它自身获得解放的那些特殊条件，同时也就是唯一能使现代社会得到挽救并使阶级斗争消除的一般条件"（《路易·波拿巴的雾月十八日》六二年中译本 32 页）。同样的道理，唐代的庶族地主阶层不可能像士族地主那样迅速爬上最高级的统治集团，所以社会安定（主要是农民安静）的这个一般条件，正是他们飞黄腾达、生活优越那些特殊条件的保证。唐代举进士的人，口头上总要说他们能够力致太平，其实这是"他们的物质利益和社会地位在实际生活上引导他们得出任务和做出的决定"（借用马克思〔上引文〕的话）。杜甫诗"穷年忧黎元，叹息肠内热"（《自京赴奉先咏怀五百字》），"致君尧舜上，再使风俗淳"（《奉赠韦左丞丈》），并非好为大言，一个清明安定的政治环境，是想靠才华起家的庶族地主所必需的。第三，杜甫的经济思想也是重农的经济思想。这种思想来源于孟轲。《孟子·尽心章》上说："五亩之宅，树之以桑，五十者可以衣帛矣；鸡豚狗彘之畜，无失其时，七十者可以食肉矣。百亩之田，勿夺其时，数口之家，可以无饥矣。七十者衣帛食肉，黎民不饥不寒，然而不王者，未之有也。"汉代贾谊、晁错，都强调重农贵粟。其意总在巩固宗法的小农经济。他们都知道这种宗法小农经济是王霸事业的基础、根荄。《南史》卷五五，《邓起元传、附罗研传》记，齐苟儿之役，临汝侯嘲研曰："卿蜀人乐祸贪乱，一至于此。"对曰："蜀中积弊实非一朝，百家为村，不过数家有食。穷迫之人什有八九。束缚之使，旬有二三。贪乱乐祸，无足多怪。若令家畜五母之鸡，一母之豕，床上有百钱、布被。甑中有数升麦饭，虽苏张巧说于前，韩白按剑于后，将不能使一夫为盗，况贪乱乎？"范祖禹《唐鉴》卷二二说："君为聚敛刻急之政，则其臣阿意希旨，必有甚者矣。故秦之末，郡县皆杀其守令而叛，盖怨疾之久也。唐之'盗贼'尤憎官吏，亦若秦而已矣。"又云，"自古'盗贼'之起，国家之败，未有不由暴赋重敛而民之失职（业）者众也"（范祖禹所谓"盗贼"，当然就是受尽剥削压迫忍无可忍奋而起义的农民）。杜甫对儒家思想是虔诚信奉的，对汉代政治家的思想是佩服的。他先在长安，后历豫秦、陇、蜀，对于农民的疾苦是亲见饱闻的。他深知，庞大唐王朝正是建立在广大的小农身上的，皇室的安危完全系于小农的苦乐。要是统治阶级不知道克制自己，肆无忌惮地剥削压迫他们，一旦他们被逼得走投无路，铤而走险，那末，整个"煌煌太宗业"的大厦就将被碎成齑粉。

　　从上面的分析，可见杜甫的世界观具有两面性。一面他反对农民起义，是和皇帝、贵族、达官、豪强一致的。另一面，他和他们又不一致。他认为只要有圣君贤相，实行俭节，轻徭薄赋，偃武修文，百姓自然悦服，不但"叛乱"可以避免，而且可以"开万世之太平"。杜甫的庶族地主阶层的利益，决定了他呼吁只有恤民牖民，才是长治久安之策。同时劝告农民，不要逃走，更不要反抗。这是杜甫与世族豪强的不同处，也是他世界观的特点或突出的一面。这种观点，借用儒家的话来说，叫作"（行）王道"。这和小农的思想是很接近的。马克思论到十九世纪中叶法国农民的政治态度时说："小农人数众多，他们的生活条件相同，但是彼此间并没有发生多式多样的关系。他们的生产方式不是使他们互相交往而是使他们互相隔离。这种隔离状态由于法国的交通不便和农民的贫困而更为加强了。……每一个农户差不多都是自给自足的，都是直接生产自己的大部分消费品，因而他们取得生活资料多半是靠与自然交换，而不是靠与社会交往。一小块土地，一个农民和一个家庭；旁边是另一小块土地，另一个农民和另一个家庭。一批这样的单位就形成一个村子，一批这样的村子就形成一个省。……既然数百万家庭的经济条件使他们的生活方式、利益和教育程度与其他阶级的生活方式、利益和教育程度各不相同并互相敌对，所以他们就形成一个阶级。由于各个小农彼此间只存在有地域的联系，由于他们利益的同一性并不使他们彼此间形成任何的共同关系，形成任何的全国性的联系，形成任何一种政治组织，所以他们就没有形成一个阶级。……他们不能代表自己，一定要别人来代表他们。他们的代表一定要同时是他们的主宰，是高高站在他们上面的权威，是不受限制的政府权力，这种权力保护他们不受其他阶级侵犯，并从上面赐给他们雨水和阳光。"（《路易·波拿巴的雾月十八日》，97—98页）当然，中国的小农毕竟也有不同于法国小农的地方，如中国农村是儒家思想（忠孝）和迷信、族权的统治区。但马克思对自给自足的小农经济的孤立和涣散性所作的精辟的描绘，对中国宗法农村也大致适合。[1]马克思所说的那个高高站在小农上面的权威，在中国就是皇权。只消看历代农民起义军的领袖在一定时候就会称帝改元，就足以证明小农的皇权思想是何等深固了。诗人杜甫的"忠君爱国"或"王道"思想是颇合小农的口味的。他一味寄希望于皇帝。"谁能叩君门，下令减征赋。"（《宿花石戍》）又，"几时高议排金门，各使苍生有环堵"（《寄柏

---

[1] 中国封建社会农村情况，可举白居易《朱陈村》所言为例。诗见《白氏长庆集》卷十二。诗云："徐州古丰县，有村曰'朱陈'。去县百余里，桑麻青氤氲。机梭声札札，牛驴走纷纷。女汲涧中水，男采山上薪。县远官事少，山深人俗淳。有财不行商，有丁不入军。家家守村业，头白不出门。生为陈村民，死为陈村尘。田中老与幼，相见何欣欣。一村惟两姓，世世为婚姻。亲疏居有族，少长游有群。黄鸡与白酒，快会不隔旬。生者不远别，婚嫁先近邻。死者不远葬，坟墓多绕村。"按此诗为中国封建社会中以血族关系为基础的"农村公社"之稀有资料。惟"有丁不入军""县远官事少"之类，则诗人溢美之词耳。

学士》)。他为农民疾苦写诗，不是给农民看，而是和白居易一样："唯歌生民苦，愿得天子知。"（白居易：《寄唐生》）后来《水浒》中阮小五唱的："酷吏赃官都杀尽，忠心报答赵官家"和杜、白的名篇巨制，有"雅俗"之殊，论其精神，实在都是小农思想的反映。

三 杜甫的写实创作方法的力量

杜甫的思想是很复杂的，也就是说他的世界观是充满着矛盾的。上面仅就他的世界观的两面性作了一点探讨。作为诗人，杜甫的创作方法和他的世界观一样，是有矛盾的，而且牵连得似乎更广。

杜甫比起唐代其他大诗人来，似乎有一特点，就是他尽管颠沛流离忧谗畏讥，却始终坚持着写实的创作方法。他的写实创作方法，当然也是根源于他的世界观的。它不但有从传统哲学、文学借鉴来的思想、技巧，而且它的根苗，深深地存在于他的家族、青少年的社会环境及其广泛曲折的经历中，所以很有力量。这种力量，常常跟他的世界观中的正统思想闹独立，有时就脱颖而出。

第一，杜甫的写实精神根源于他的青少年时期的繁荣的小农经济的社会环境。上文论他的世界观时，只论这种发达的小农经济和杜甫的破落世族家庭的经济地位相去不远，目的在说明杜甫的同情小农有他经济上的根由。现在要讨论的是这种小农的精神状态所可能给予杜甫的写实方法的影响。杜甫是有很强的记忆力的人。开元五年（七一七年）杜甫六岁，曾在家乡河南郾师看过公孙大娘舞剑器浑脱，五十年后他还记得清楚，加以回忆描写。他青少年时又是一个活泼健壮的好动不好静的小伙子，不大像一般世家子弟，不是娇骄，便是"少年老成"。他么，

忆年十五心尚孩，健如黄犊走复来。

>　　庭前八月枣栗熟，一日上树能千回。　（《百忧集行》）

据现代心理学，人类十四岁前是基本性格形成时期，杜甫这样记忆力很强、精神健全活泼的少年，对当时的社会环境一定像海绵吸水一样，是饱含各种社会生活印象的。《忆昔》可见一斑：

>　　忆昔开元全盛日，小邑犹藏万家室。
>　　稻米流脂粟米白，公私仓廪俱丰实。
>　　九洲道路无豺虎，远行不劳吉日出。
>　　齐纨鲁缟车班班，男耕女桑不相失。[1]

在这样的社会经济背景下的农村中，人们生活物资都能自给自足，几乎与世隔绝，久了就形成一种淳朴褊狭，同时又愉快幽默；善良保守，同时又刚直自信的性格。当然我们是就自然经济条件下的宗法农村的最正常的情况构想的，但也不是向壁虚造。[2] 我们不可能指出而且也不必要去排列杜甫的某种性格是受小农的性格影响的。我们却可以肯定：诗人既然生活在某一特定社会环境中，就必然会受这个社会的影响。恩格斯在一八九〇年（时七十岁）曾有两封论易卜生的信，对我

---

[1] 此诗或疑"艺增"。但比较其他记载，杜诗云云，似近实录。如《旧唐书·玄宗纪》，开元十三年，东都米斗十钱，青、齐米价斗五钱。《新唐书》五一称，"（开元间）海内富实，米斗之价，钱十三。青、齐间才三钱（一斗）。绢匹钱二百。道路列肆，具酒食以待行人。店有驿驴。行千里不持尺兵"。《通鉴》二一六，天宝十二载八月条云，时"中国盛强，自安远门（胡注：长安城西面，北来第一门）西尽唐境万二千里（胡注：并西域内属诸国言之），间阎相望，桑麻翳野，天下称庶富者，无如陇右"，陇右如此，他可知矣。

[2] 关于中国封建社会农村中人的性格，相传的《击壤歌》（旧云尧时谣，不足信）可代表乐天狭隘一面，杜的《遭田父泥饮》可代表生活富裕农民豪爽的一面，《陈涉传》可代表强毅一面，20页注[1]所引《朱陈村》，可代表淳朴安静一面。杜《寄薛三郎中璩》诗："忆昔村野人，其乐难具陈。蔼蔼桑麻交，公侯为等伦。"亦属此类。

非常有教益。第一封信是六月五日致保尔·恩斯特的。恩格斯在信中说：

> 挪威在最近二十年中所出现的文学繁荣，在这一时期，除了俄国以外没有一个国家能与之媲美。这些人无论是不是小市民，他们创作的东西要比其他的人创作的多得多，而且他们还给包括德国文学在内的其他各国的文学打上了他们的印记。

恩格斯告诉恩斯特："您把整个挪威和那里所发生的一切都归入小市民阶层的范畴，接着您又毫不迟疑地把您对德国小市民阶层的看法硬加在这一挪威小市民阶层身上"是寸步难行的。恩格斯指出，德国的小市民是"遭到了失败的革命的产物……德国的小市民阶层具有胆怯、狭隘、束手无策、毫无首创能力这样一些畸形发展的特殊性格……相反地，在挪威的小农和小资产阶级中间稍稍掺杂着一些中等资产阶级……这在好几个世纪以来都是正常的社会状态……挪威所拥有的帆船队即使不是世界上最大的，无疑也是世界上第二大的，而这些船只大部分都为中小船主所有。……多年来处于停滞状况的运动毕竟开始了，这种运动也表现在文学的繁荣上。挪威的农民从来都不是农奴，这使得全部发展具有一种完全不同的背景。挪威的小资产者是自由农民之子，在这种情况下，他们比起堕落的德国小市民来是真正的人。……例如易卜生的戏剧不管有怎样的缺点，它们却反映了一个即使是中小资产阶级的但是比起德国的来却有天渊之别的世界；在这个世界里，人们还有自己的性格以及首创和独立的精神……"（《马克思恩格斯全集》第37卷，409—412页）

恩格斯的第二封信是同年八月九日致弗·阿·左尔格的，摘要如下：

杜西和艾威林星期三也已经去挪威。我觉得奇怪，这样热烈崇拜易卜生的人怎么能至今忍得住不去访问新的乐土。……无论如何，不管美国在社会关系方面，或者挪威按它的天赋来说，都是庸人称之为"个人主义"的堡垒。每隔两三英里，可以看到在峭壁上有小块的松土，地块的大小按它的收获量来说大概够养活一家人。的确，在每一块这样的土地上，生活着与整个世界隔绝的一家。这里农村的人，很漂亮、健壮、勇敢、偏狭，而且狂热地信仰宗教。（《马克思恩格斯全集》第37卷，435页）

恩格斯的两封信，可以归结为如下的意思：①作家是深受他生活的社会环境的影响的，而且他生活在怎样的人民中间，他大概就会形成怎样的性格和文风；②各国社会的阶级或阶层的状况是不相同（当然也可以相同）甚至是悬殊的。研究作家或作品，一定要着重他所在的社会阶级或阶层的特殊性，不能用一个公式去剪裁历史；③前资本主义社会，例如小农经济社会，只要它处于上升发展阶段，是可以产生文学的繁荣，可以产生伟大的作家的；④恩格斯以一个社会中人"有自己的性格以及首创和独立的精神"作为这个社会是"正常的状态"，是上升和发展阶段的证明，这就给作家形成有个性的独创的文风提供了一个极好的背景和条件。

现在我们再来谈杜甫的事。唐代从开国到开元（六一八至七四一年）这一百多年间，由于统治阶级的最高集团或亲自领教过农民起义军的威力或经过一些政治风浪，比较谨慎，因而政治稳定，赋税也比前朝为轻，均田法实施得较为彻底，大河南北、长江流域的经济都得到恢复和发展，因此，唐代的富力比两汉高出一倍以上（详见范文澜：《中国通史简编》第三编第一册200页）。我们可以说，唐代前期的小农社会是处于正常状态的。在这个基础上建立起来的上层建筑，特别是文学，就反映为百花盛开，诗人都表现出自己鲜明的性格和不同的文风或创作方法。杜甫的性格就是恰当的例证。杜甫在他自己的领域里，各体诗都独创一格，所谓"欲语羞雷同"。和他比较有密切关系的朋友都各有自己的性格，如杜诗所称"飘然思不群"的李白，"有似幽并儿"的高适和"醉则骑马归，颇遭官长骂"的郑虔。他于晚年见诗倾倒的则有元结、苏涣。常言道"观人者必观其友"，杜甫自己的性格也见得很突出，如豪迈倨傲，热情执着。他的写实精神就是他的人格的表现。还有一点我们也没有理由忘记，就是隋末农民大起义，首领有百多人，山东西及河南占了过半数（详见岑文勉：《隋唐史》，73—81页），而著名的"瓦岗寨"，即在今河南滑县境，此外王世充据洛阳，李密据洛口，均为起义军的重要根据地。洛口，就在巩县，也就是在杜甫生长的地方。起义军事才过去百年左右，流风余韵，岂无存者。这可以说明杜甫为什么痛恨苛徭重赋，污吏豪强，而对农民逃亡最为敏感，对于清官极为推重（如《同元使君〈舂陵行〉》）。第二个影响杜甫的创作方法的是他的经历和闻见。房琯的贬逐是受到李辅国那个腐朽势力集团的打击的。诗人自己也受到连累，终身潦倒，"支离东北风尘际，飘泊西南天地间"。使他在饱看长安十年之后，更有许多机会接触下层人民。他自以为洞见天下症结，他在作谏臣时，自说"虽乏谏诤姿，惧君有遗失"，是不愧"直臣"的。去官以后，他常常"以诗歌为奏议"（杨伦语），凡事关国计民生，都奋笔直书，希望于时有补，《江汉》诗末联说："古来存老马，不必取长途。"以识途自居，与屈原《离骚》中的"来，吾导乎先路"正尔相似。第三，作为诗人，杜甫在古代文学中继承的风、雅、建安诗风，是构成他的写实方法的重要因素。《陈拾遗故宅》云："有才继骚、雅，哲匠不比肩。"《戏为六绝句》说："别裁伪体亲风雅。"别裁就是区别裁择。伪体，指浮华无实之类的文学作品。"亲"就是继承。《诗经》中的风和雅两部分诗，主要是反映现实的作品，尤其是变风变雅，更多指陈时弊之作。杜甫称赞苏涣的诗说："突过黄初诗。"《偶题》说："多谢邺中奇。"都说明杜甫是重视建安诗风的。刘勰的"建安风骨"一语，简明说来，"风骨"就是言之有物。"有物"是主要的，"言"自然也须得着比兴、词彩。杜甫继承风、雅及建安诗风，表现有两方面。一是有些诗质朴少文，用俚俗语词，所以宋杨大年不喜欢杜诗，诋为村夫子（见《刘贡父诗话》）。二是讽刺时弊时人，词意尖锐直截。宋洪迈《容斋续笔》二"唐诗无避讳"条略云："唐人歌诗，其于先世及当时事，直辞咏寄，略无避讳。至宫禁嬖昵，非外间所应知者，皆反复极言，而上之人亦不以为罪。杜子美尤多。如兵车行、前后出塞、三吏、三别、哀王孙、悲陈陶、哀江头、丽人行、悲青阪、公孙大娘弟子舞剑器行，终篇皆是。其他波及者（按谓诗句直刺时事者，列举颇多，兹略）不能悉书。今之诗人，不敢尔也。"我们知道，这不是宋代诗人不如唐代诗人大胆，而是宋代的社会不如唐代的社会正常或比较健康。继承优良的文学遗产虽属个人的事，但首先必须社会环境允许，这是自明的道理。最后，杜甫个人的性情对他的创作方法也产生了一定的影响，上文已提到杜甫为人，豪迈倨傲，热情执着。追究这种性格的来源，第一，是上文所已指出的开元年间的社会经济环境。第二，也许和他的家风有关。《唐书》一九〇上《杜审言传》，称审言"恃才謇傲"又矜诞自高，坐事贬吉州司户参军。州司马周季重等共构审言罪状系狱。将因事杀之。既而季重等府中酣燕。审言子并，年十三，手刃季重死。杜甫诗文中对他叔父这件事，只字不提。但他在《义鹘行》中说："物情有报复，快意贵目前。兹实鸷鸟最，急难心炯然。"表示了他对行侠的态度，再则历史上的士人习气，对杜甫也不无影响。如曹魏正始放纵之风和北朝旧族以门阀自高，傲视权贵这种倾向，杜甫显然是有的。《新唐书·杜甫传》记甫褊躁傲诞，几为严武所杀，即是其例。他的诗说"不爱入州府，畏人嫌我真"，"驰驱丧我真"，"由来意趣合，直取性情真"。又自称"狂夫"，都表示了这种倾向。

上面举了四条理由，论证杜诗的写实创作方法有其社会、经历根源,古代文学的影响,个人性格等因素。四条当中,社会经济和接触经历是主要的,其次是继承古代文学的因素。这就是杜甫写诗坚持写实创作方法的原因。

结语

我在本文第二部分中指出杜甫世界观的矛盾着的两方面。按照士族地主世界观,他写诗只能"雍容揄扬""润色鸿业"。即使忧时陈谏,也应当"或以抒下情而通讽喻,或以宣上德而尽忠孝"。总要"温柔敦厚",才算克全大体。但是杜甫的诗常常词旨激讦,违背了儒家的规矩,就是说违背了他的本愿。这个现象表明了,杜甫的世界观的正统(或士族)的一面,和他的世界观的民主性(或庶族)的一面,总是在不断地斗争着。当前者战胜后者的时候,就是一个庸人杜甫在说话;当后者战胜前者的时候,一个伟大的抒情诗人就出现在我们面前。在反映农民疾苦的诗作中,同样亦形成两个方面,在前者的场合,他就写出"差科死则已,誓不举家走","劝其死王命,慎莫远奋飞"(萧涤非解释,"远奋飞"就是起义,见《杜甫研究》上卷51页)。甚至写出"安得驱雷公,滂沱洗吴越"这种诗句。在后者的场合,就出现了一系列富有生气和脍炙人口的名篇和诗句,如《兵车行》、三吏、三别、《枯棕行》、《白帝》、《又呈吴郎》和"朱门酒肉臭,路有冻死骨","愿分竹实及蝼蚁,尽使鸱枭相怒号"(《朱凤行》),等等。杜甫的胜利,就是写实主义的胜利!试查杜甫一千四百多首诗中,有一首像王维、储光羲那种歌唱"田家乐"的诗吗?[1]

---

[1] 这里指王维的《渭川田家》(见《唐诗三百首》)及储光羲的《同王十三维偶然作》。录如下:"野老本贫贱,冒雨锄瓜田。一畦未及终,树下高枕眠,荷筱者谁子,皤皤来息肩。不复问乡墟,相见但依然。腹中无一物,高话羲皇年。"

我当然不是说，封建时代的诗人如果不写反映农民疾苦的诗，他的诗就绝无价值。题材是重要的，单是重要题材却不足以构成好诗，诗作绝对要求它同时是艺术品。杜甫写农民的诗也只占他的诗的少数，在这些诗中，也不全是好诗。而且杜甫的名篇巨制（如《自京赴奉先咏怀五百字》、《北征》）和其他传诵的诗多不是以农民疾苦为题材的。但就研究杜甫说，把他反映农民情绪和描写农民形象的诗集中起来看，最足以说明他的世界观的矛盾的实质；最足以说明深入生活和写实的创作方法对一个诗人是何等重要。再说，杜甫反映农民情绪的诗，就其名篇之多，传诵之广，影响之深远，无疑是一个高峰，也有加以研究的必要，因为这些农民群像必然是最使诗人激动的，当然是探究诗人心灵的最重要的材料。读这些诗，不但可以看见活生生的开元至天宝时期的社会现实，胜于读那些枯燥的历史和经济著作，而且还可以隐约听见遥远的唐末农民大起义的战鼓声。因为杜甫的写实不是某个时期的照相和风俗画，而是诗人的心与时代脉搏相应的呼声。不过由于诗人始终越不出地主阶级思想的界限，他自己意识不到罢了。[1]

---

[1] 若从《兵车行》（天宝十一载，七五二年）算起，正在八世纪中叶，诗人就对唐室敲起了警钟。到宝应元年，即七六二年，有浙东袁晁的起义。过了一百年，从唐宣宗大中五年（八五一年）起不断有农民举义。到了僖宗乾符二年（八七五年），王仙芝起义兵，黄巢加入，于是倾覆唐室的农民革命战争终于爆发了。在世界文学史上，史家指出，莎士比亚写了《雅典的泰门》，比经济学家早三百多年就预告了黄金的灾难。我国的大诗人杜甫，也在一百多年前预告了震动一代的农民革命，这是不奇怪的。

杜甫的思想

杜甫的思想,是杜甫这个人的一生的活动着的思想。为了分析方便,现在从两方面去说。一是他在封建的小农经济社会中所形成的思想,这是主要的方面。这方面的思想已在《杜甫与农民》一文中谈及。另一是诗人所继承的前代的思想。这是次要的方面,而且它也不能不受到当时小农社会的制约,从而诗人自觉或不自觉地去修正、补充它。但话又说回来,这些思想虽然是次要方面,却由于它们从小就进入诗人的头脑,根深蒂固,又是当时的政治环境所大力鼓励的,所以很有力量。在社会基础所允许的范围内,这些思想往往以本人的整个思想的面貌出现,有时甚至可以表现为与统治思想相冲突的地步。杜甫有些揭露、批判穷兵黩武、荒淫无耻、分裂割据的诗,把笔锋直指皇帝、权贵和军阀,几乎到了横眉怒目"勇直无礼"的程度,作为根据的其实是诗人认为正统的思想,而不是什么大公无私、阶级背叛或者意志自由。相反,这些正直的呼号不过是阶级利益在起作用。在解释文学史的规律时,道德、正义这一类名词是意义不大的。马克思论法国小资产阶级的"社会民主派"说:"也不应该狭隘地认为,似乎小资产阶级原则上只是力求实现其自私的阶级利益。相反,它相信,保证它自身获得解放的那些特殊条件,同时也就是唯一能使现代社会得到挽救并使阶级斗争消除的一般条件。"(《路易·波拿巴的雾月十八日》中译本 32 页)在我国的封建社会里,大凡无权无势可资凭借的知识阶层,它相信,它们唯一的出路是仗恃自己的才能,通过正当的途径（例如考试、考绩等）达到个人的愿望，或者国家和个人的双重愿望。但是他们也知道，要做到这一条，必须先有个政治清明、经济繁荣的社会环境。这就是，个人的特殊利益是靠安定繁荣的一般社会利益来保证的。所以，他们总是希望和欢迎政治上的革新，总是敌视和攻击那些阻挠改革的腐朽势力。这就是杜甫披着正统法衣的思想诗句的本质意义。

毫无疑问，杜甫的思想是正统的儒家思想。

杜甫自陈世德是"奉儒守官，未坠素业"（《进〈雕赋〉表》）。他祭告远祖，自称"不敢忘本，不敢违仁"。守官，用《晋书·杜预传》预奏，世本吏职。奉儒，是说春秋家学，不忘本，则直用预《遗令》中的话。杜甫以儒自命，在诗作中表示得最显著，值得注意的是称"经"的诗句。如《又示宗武》诗说：

> 觅句新知律，摊书解满床。试吟青玉案，莫羡紫香囊。
> ……应须饱经术，已似爱文章。
> 十五男儿志，三千弟子行。曾参与游夏，达者得升堂。

这首诗是说文章要以经术为本。其他诗句有：

> 法自儒家有。（《偶题》）
> 周室宜中兴，孔门未应弃。（《题衡山县文宣王庙新学堂呈陆宰》）
> 匡衡常引经，贾谊昔流痛。（《同元使君春陵行》）
> 恳谏留匡鼎。（《秋日夔府咏怀奉寄郑审李之芳》）
> 匡衡抗疏功名薄，刘向传经心事违。（《秋兴八首》）
> 丈夫正色动引经，丰城客子王季友。（《可叹》）
> 子知出处必须经。（《覃山人隐居》）
> 经术汉臣须。（《赠韦左丞丈济》）

烂漫通经术。(《同豆卢峰贻主客李员外贤子棐知字韵》)
饱闻春秋癖。(《八哀诗·王思礼》)
语及君臣际，经书满腹中。(《吾宗》)

上略引杜句中，《秋兴八首》第三首用匡衡、刘向一联颇须注意。匡衡在汉宣帝时，以善说诗经著名，及到做官以后（元帝时），常常上疏指陈施政得失，多引诗经大义。到成帝即位，先以奏劾有权的宦官石显得罪，后免为庶人（《汉书》八十一，本传）。刘向，亦宣帝时人，通达能属文辞，献赋颂数十篇，时初立《穀梁春秋》，受习《穀梁》，并讲论五经于石渠阁。元帝时，萧望之、周堪做宰相，很看重刘向，提拔他做散骑宗正给事中，和侍中金敞"拾遗于左右。四人同心辅政"，欲裁制外戚许、史两家和弄权的宦官弘恭、石显。反为许史恭显等所诬，向下狱，望之亦免官。向又使人因星变地震复攻恭显，反为恭显指为"诬罔不道"，免为庶人（《汉书》三十六，本传）。由此可见，杜诗"匡衡抗疏功名薄，刘向传经心事违"二句，是以匡刘自拟。上句是说自己抗疏言事，不减匡衡，而近侍移官，遂离魏阙。下句钱笺谓刘向虽敷奏对事不用，而犹居近侍，典校五经，己则白头幕府，有愧平生。似未达一间。关键在"传经"一语。按汉儒引经奏事，比类时政，即是解经，即是为经作传。况刘向在成帝既诛恭显之后，据《尚书·洪范》，集合上古以至秦汉符瑞灾异之记，"推迹行事，连传祸福"，凡十一篇，号曰《洪范五行传论》奏之，意在攻外戚王氏权重。成帝虽知向忠精，然不能夺王氏权。诗所谓"传经心事违"者，似实指此。杜甫虽然不是经师，却甚重《春秋》《诗经》，按其生平行迹、诗篇，即可见其思想原本二经。向来注杜诸家都忽略了这一点。惟宋苏轼（详《苕溪渔隐丛话》前集十六引东坡论杜、韩训子诗条）、李复（言杜"深于经义"，见《潏水集》五，《与侯谟秀才书》）、孔武仲（论杜诗"暗与经合"，见《宗伯集》十六）等及此，兹不具引。现在结合杜甫的行事、篇什，略一指陈，以见其思想根底。

杜甫于肃宗乾元元年（七五八年）六月，由左拾遗出为华州司功参军，次年七月，弃官去，由陇至蜀。关于弃官的原因，两《唐书》均说是由于关辅饥馑。但读这一段时期的杜诗，看不出什么描写华州饥馑的诗，更没有说弃官的思想。只有《立秋后题》一诗说：

日月不相饶，节序昨夜隔。玄蝉无停号，秋燕已如客。
平生独往愿，惆怅年半百。罢官亦由人，何事拘形役？

浦起龙说"此诗盖欲弃官时作"，是不错的，这是弃官的真情。比较同时的《寄彭州高使君适虢州岑长史参》长律："无钱居帝里，尽室在边疆。刘表虽遗恨，庞公至死藏，心微傍鱼鸟，肉瘦怯豺狼。"我们可以看出，有一般的说法，有真情的流露。"无钱居帝里"是对贬官的一般的说法，"移官岂至尊？"是直斥肃宗身边的张皇后、李辅国的（乾元元年李兼太仆卿，内结张淑妃，势倾朝野，三月立淑妃为皇后。五月，张镐罢相，房琯贬邠州刺史，六月杜甫贬华州司功）。同样，"满目悲生事"和"无食思乐土"是弃官的一般说法，《立秋后题》后四句和寄高岑长律的"刘表虽遗恨，庞公至死藏"等四句，则是真情流露。检《旧唐书》十，《肃宗纪》乾元二年四月，有久旱祈雨的记载（《新唐书》六，同年三月，有"以旱降死罪"的话，与旧书有出入，宜从旧书）。又检《旧唐书》卷一百一十一，《高适传》，记适为蜀州刺史，迁彭州，有上论西山三戍奏。其中说："比关中米贵，而衣冠士庶，颇亦出城。山南剑南，道路相望。村坊市肆，与蜀人杂居。"（《新唐书》一四三，《高适传》，此节作"又关中比饥，士人流入蜀者道路相系"。比较衡量，旧书文长）根据史载，大饥未必有，久旱小饥，殆所难免。但这不能作为杜甫弃官的原因。因为《立秋后题》和寄高岑长律两首诗中都不提生计而明白说他的弃官是仕非其志的原因。还有一条极浅显的道理可以驳倒史臣的"饥馑弃官"的说法。唐外官俸禄比内官高（见《杜甫在东屯的经济生活》一文引洪迈及顾炎武语，此不及），年成不好，有收入比没有收入总好些，而且还拖着一家人哩。把弃官归因于经济困窘，是相当滑稽的。看来不能不承认杜甫的弃官出走是由于政治的原因了。但不满君侧小人，难道"君臣之义"杜甫也不顾了吗？杜甫是根据什么理由毅然离开职守的呢？这是我们感兴趣的问题。"语及君臣际，经书满腹中。"好，那么，"经书"上说可以弃官吗？有。孟子是杜甫尊信的"先儒"，孟子"言必称尧舜"（《滕文公章》上）。而杜诗亦喜说尧舜（一则曰"致君尧舜上"，再则曰"致君尧舜付公等"，他诗尚多，不必具引），可证杜甫是崇孟的。孟子长于《诗》《书》，数称《春秋》。孟轲说："民为贵，社稷次之，君为轻。"（《尽心章》下）又说，"君之视臣如手足，则臣视君如腹心。君之视臣如犬马，则臣视君如国人；君之视臣如土芥，则臣视君如寇仇。"（《离娄章》下）杜甫称杜预做远祖，而杜预是《春秋左传》专家。他著有《春秋释例》。《释例》（《春秋》书弑例第十五）说，君当然是很重要的，但君跟父子家人本有恩情的情况不同。况且高下悬殊，障蔽万端，所以做君的必须虚心考察下情，推诚相待，然后才能和臣下相亲。如果骄傲放肆，群下绝望，情义坏隔，就叫作路人，也就不是君臣了。所以《春秋·左传》的例子，凡臣子杀君主的事，称某君，表示君无道。称其臣名，表示臣有罪。如称某国的人杀了他们的君上，就是表示"众之所绝"，就是活该。既然如此，那么，皇帝亲信奸佞，拒谏远贤，臣下为什么不可以弃官而去呢？《释例》三，对于怀宠固位遇祸的人，变"放"书"奔"以示笃戒。[1] 杜甫写过一首《牵牛织女》，诗

---

[1]《春秋左氏传注疏》襄公二十九年，齐公孙虿等放其大夫高止于北燕。（经）书曰奔出，罪高止也。杜预《春秋释例》三，说："怀宠之人，皆身及祸难。惟子哀不义宋公。先机而发，是以（仲尼）贵而书字。夫立功立事者，国之厚益而身之表的。表高的明，虽女人犹欲弯弓，而况当涂之士？是以君子慎之。道家贵善行无辙迹，功遂而身退。（转下页）

后七韵以夫妇比君臣。说臣子不要弃礼法，君上必须出以至公。最后一联说，"方圆苟龃龉，丈夫多英雄"。意思是说，如果君臣不能投契如夫妇，那么，造反的事就是不可避免的了。

国家大事，杜诗往往仿《春秋》书年的笔法，以示严正。宋黄彻《䂬溪诗话》说："子美世号'诗史'，观《北征》云：'皇帝二载秋，闰八月初吉。'《送李校书》云：'乾元元年春，万姓始安宅。'史笔森严，未易及也。"

杜甫是赞成而且极力鼓吹"以亲贤领节钺"或者说行分封亲王的制度的（详见《杜甫与房琯》及《杜甫"非战"吗？》两文所引史料、诗文、评论等，此不更引）。杜甫这一思想，也见于《春秋释例》。《释例》于《春秋》书"（昭）公在乾侯"，释说，三代的封建，"君不极高，臣不极卑，强弱相应，众力相须。贤愚相厕。故虽有昏乱之君，必有忠贤之辅。我周东迁，晋郑是依。无知之乱，实获小白；骊姬之妖，重耳以兴。天下虽瓦解而不土崩，海内虽糜沸而不瓮溢"（《左传注疏》昭公三十年，《正义》引文小异）。杜甫和房琯为布衣交，两人在"制置"（即分封同姓王为节度使）这个问题上意见如此相同，若非根据"经典"，绝难如此巧合，亦难这样坚持。杜甫在《为阆州王使君进论巴蜀安危表》中，强调"必以亲王，委之节钺，以醇厚明哲之老，为之师傅，则万无覆败之迹"。在《有感五首》第四首中，又说："终依古封建，岂独听箫韶？"其理由是"由来强干地，未有不臣朝"。这真是迂腐到了可笑的程度了！然而是根据儒经的。

范文澜认为，"唐自安史乱后，藩镇跋扈，朝廷威势下降，儒者提倡《春秋》学，正是针对这个政治局面，企图尊王室、正名分来挽救

（接上页）高止既犯其始，又专以终。免死为幸。斯乃圣贤之笃戒，故变'放'言'奔'，又致其罪以示过。"（末句《正义》引"又"作"文"）

残破"(《中国通史简编》三编二册，643页）。这当然是对的。但唐人重经，倡自太宗。唐制学校生徒，十四岁到十九岁为入学年龄。学习的功课是大经（礼记、左传）、中经（毛诗、周礼、仪礼）、小经（周易、尚书、公羊传、穀梁传）。毕业的年限，各经不同。礼记、左传，各三年。无论应明经或进士科的考试，都必须考试一部大经（《通典》十五，《唐会要》七六）。兼之太宗本人即尊师重经，亦有影响。张后胤曾在太原以经授秦王，及太宗即位，"谓后胤曰，朕昔曾受（《春秋》）大义于君，今尚记之"（《新唐书》一九八）。杜甫生在这样的文化环境里，《春秋》又是家学，所以杜所谓"经"，意中必有《春秋》，其诗亦用《春秋》精神，是不足怪而足信的。杜甫的《戏为六绝句》第六首："递相祖述复先谁？"实出于杜预《春秋左传序》"转相祖述"语（诸注皆失引）。此虽小事，亦可见杜甫对预书颇熟。

杜甫一再称匡衡，足知诗人对于《诗》义是服习的。如前引《为阆州王使君进论巴蜀安危表》，即有"此古之维城、盘石之义"的话。"维城"，就出自《诗经》。《诗·大序》是否子夏作，关系不大。但确是一篇极重要的文章。如论变风、变雅一段说："诗者，志之所之也。故正得失莫近于诗。先王以是经夫妇，成孝敬，厚人伦，美教化，移风俗。上以风化下，下以风刺上。主文而谲谏。故曰风。至于王道衰，礼义废，政教失，国异政，家殊俗，而变风变雅作矣。国史明乎得失之迹，伤人伦之废，哀刑政之苛，吟咏情性，以风其上，达于事变而怀其旧俗者也。故变风发乎情，止乎礼义。雅者，正也，言王政之所由废兴也。"《诗序》提出了①诗言志，正得失莫近于诗；②诗有正变；③诗主文而谲谏；④诗有六类。"诗言志"者，《论语》说，"诗可以兴，可以观，可以群，可以怨"（《阳货》）。兴是鼓动，观是考察民俗，群是团结，怨是讽刺。这四者就是情志，持执情志才叫作诗。诗有正变是说诗是时代的反映，所以才随时代而变。主文是说有文采韵味，谲谏是说用语要微婉。《诗序》说"正得失莫近于诗"，和诗的发展观，就比孟子高明。孟子说"《诗》亡然后《春秋》作"，是错误的。"颂声不作"，是当时值不得歌颂嘛，怎么可说是"诗亡"呢？但孟子把《诗》和《春秋》联系起来却是对的。《春秋》是"乱世"的产物。司马迁说："拨乱世反之正，莫近于《春秋》。"（《史记·太史公自序》）又说"诗以达意"，这个意就是"正得失"，正得失与拨乱反正是一回事，《诗》与《春秋》可以说是同工异曲。说到诗的作法，向来认为诗的六义，赋比兴指作法，风雅颂指体裁，大体近是。但赋既是体裁，亦是作法。铺陈直说，如卫风中的《硕人》即是赋法。因此，说杜甫的诗作多用赋体是不错的，但杜诗亦重比兴，《同元使君〈舂陵行〉序》说："不意复见比兴体制，微婉顿挫之词。"即明白说出了这点。杜诗应该说是，既是温柔敦厚，主文谲谏（"温柔敦厚，诗教也"，见《礼记·经解》篇），又往往直抒己见，如撰谏书。（《汉书·儒林传》王式说："臣以三百五篇谏，是以无谏书。"）或直刺时政，或微婉（含蓄）讽谕，看情况该用什么手法便用什么手法，这就是杜诗变动浩瀚的原因之一。"邺城反覆不足怪，关中小儿乱纪纲（《旧唐书·宦官传》："李辅国，闲厩马家小儿。"），张后不乐上（肃宗）力忙。"何等尖锐；"无才日衰老，驻马望千门"，又何等微婉。又如他的山水田园诗，包括那些咏物诗，数量不少，但很少没有寄托的。"原本山川，极命草木"，同时寄兴遥深，这就是"国风好色而不淫"。淫者，玩物丧志也。这是杜甫的山川景物诗不同于谢灵运、王维的地方。那些直刺时政的诗，也照顾到"君臣大体"，这就是"小雅怨诽而不乱"（国风小雅二语，见《史记·屈原列传》），什么叫不乱？就是总还"冀幸君之一悟，俗之一改"（同上书）。总是站在"臣"的立场说话。就是前引《春秋释例》十五说的："然君虽不君，臣不可以不臣。"杜甫送严武入朝诗："公若登台省，临危莫爱身！"亦屈原"虽九死其犹未悔"之志。旷观历代，真忠未有不愚的。《礼记·经解》篇说："《诗》之失，愚！"对于八世纪中自说"法自儒家有"的诗人，我们能责备什么呢？

以上是粗略地检视一下杜甫的儒家思想。杜甫的思想,还包含有道家的成分,也得大概梳理一下。

道家应分别先秦道家(老、庄)和汉以后道家。杜甫的道家思想中两种因素都有。汉以后道家有许多派别,比如玄言、服食、外丹、内丹、神仙等派。杜甫是相信服食的,所以常提葛洪、嵇康。对神仙派他不大信。且举诗为证。

《秋日夔府咏怀奉寄郑监(审)李宾客(之芳)》:

本自依迦叶,何曾藉偓佺?

迦叶听如来说法,拈花微笑。禅宗尊为远祖。偓佺,仇引《列仙传》,古仙人。仇注:二句言仙不如佛。

《夔府书怀四十韵》:

不必陪玄圃,超然待具茨。凶兵铸农器,讲殿辟书帷。

玄圃,当依赵次公说,是神仙所居。"不必"二字贯下句。意思是说,皇帝不必求仙问道,只消弭兵崇俭就得了。此处朱、仇、浦各注不同,兹定为刺唐代宗学仙,另有专条,此不详及。

《覆舟》二首,夔州作。第一首说贡丹砂的船翻了("丹砂同陨石")。第二首讥宫中求仙:

竹宫时望拜,桂馆或求仙。……使者随秋色,迢迢独上天。

据史,代宗佞佛,未闻求仙,故诸注或说是刺玄宗,或说是肃宗末年事。但诗是记峡中沉舟实事,不是忆昔之作。朱鹤龄说得好,唐世人主,多好神仙,岂必玄宗也?据此,杜甫对于求仙是抱讽刺反

杜甫的思想 | 37

对态度的。

关于服食就不同了。诗说餐玉、燕玉、大药、丹砂，从四十几岁到晚年诗中都有。"文章曹植波澜阔，服食刘安德业尊。"态度是一本正经的。在汉后道家中，服食一派，是和医药相关联的，比较神仙一派，稍有理智方面的根据。杜诗又多说药，如茯苓、柴胡、藁本、乌鸡之类，可见不但沿袭嵇康、葛洪之说，且亦由于多病，才迷信服食。但还没有到想入山采药，不问时事的程度，所以在杜甫思想中，不占大的比重。至于他和道士逸人炼师山人之流往还，是唐代文人普遍的习气，未必真是要步趋其后，可以从轻发落。

杜甫乾元中在长安作有《前殿中侍御史柳公紫微仙阁画太乙天尊图文》，这篇文章，杂用《庄子》陈言和道教的胡诌。先说是"鸟乱于云，鱼乱于水，兽乱于山，是毕弋钓罟削格之智生，是机变缴射攫拾之智极。故自黄帝已下，干戈峥嵘，流血不干，淳风不返"。最后说："圣主（指肃宗）已登乎种种之民，合乎哼哼之意，……是巍巍乎北阙帝君者，肯不乘道腴，卷黑簿，诏北斗削死，南斗注生，与夫圆首方足施及乎？何病夫不得如昔在太宗之时哉？"这种混乱、浅薄的道士祷文式的文章，令人喷饭。稍稍有一点先秦道家思想的诗，有居夔时所作的《写怀二首》，摘录如下：

劳生共乾坤，何处异风俗？（不是"异俗可怪"了）
无贵贱不悲，无富贫亦足。鄙夫到巫峡，三岁如转烛。
全命甘留滞，忘情任荣辱。用心霜雪间，不必条蔓绿。
达士如弦直，小人似钩曲。曲直吾不知，负暄候樵牧。
天寒行旅稀，岁暮日月疾。荣名忽中人，世乱如虮虱。
古者三皇前，满腹志愿毕。胡为有结绳，陷此胶与漆？
祸首燧人氏，厉阶董狐笔。君看灯烛张，转使飞蛾密。
放神八极外，俯仰俱萧瑟，终然契真如，得匪金仙术？

前一首说自己要忘情荣辱曲直，后一首向往于容成氏、中央氏的太古，而无奈后世文明兴起，是非荣辱大作，使人如飞蛾扑火，不得安静。末四句说道不如佛（"金仙"是佛号，见释"终然"词条），自己将放神宇外，直契真如。这就是杜甫理解的老庄思想。老庄是我国古代有极大智慧的哲学家，杜甫理解的老庄思想却是魏晋玄谈派传播的老庄糟粕。

但是老庄思想在杜甫身上也有其良好影响的一面，这就是"真"和"放（纵）"。《庄子·徐无鬼》篇，说徐无鬼由女商引见魏武侯，徐无鬼大谈相狗相马的方法，武侯大笑。出来，女商问无鬼说，我曾经用诗书礼乐、金板六韬说我们国君，他未曾启齿，先生说了些什么却使得他大笑呢？无鬼说，我不过说相狗与马而已，我们国君没有听见真正的人的话已经太久啦。《渔父》篇说："真者，精诚之至也。不精不诚，不能动人。故强哭者虽疾不哀，强怒者虽严不威，强亲者虽笑不和。真悲无声而哀，真怒未发而威，真亲不笑而和。"杜甫很重"真"。自说是"近识峨嵋老，知余懒是真"，"不爱入州府，畏人嫌我真"。评人是"嗜酒不失真"，"由来意气合，直取性情真"。惟真所以能放，"自笑狂夫老更狂"，"酒酣视八极，俗物都茫茫"。这种狂放的性格反映在诗中，有气盖一世、豪迈感激、感时抚事的古诗，有脱略世俗、兴趣天然的田园山水诗。

杜甫还有佛家的思想，这也是他不大高明的一面。这方面的思想表现在《夜听许十一诵诗爱而有作》中：

> 许生五台宾，业白出石壁。余亦师粲可，身犹缚禅寂。
> 何阶子方便，谬引为匹敌？

仇注引《续高僧传》，昙鸾北魏人，住汾州北山石壁寺。许是学禅的人，杜甫说他亦学禅（粲、可，禅宗第二、三代祖师，僧粲是慧可的门徒）。何阶二句是说（我的禅学本不如你）你引我为侪辈，只是你的善于劝诱鼓励而已。这是天宝十四载在长安作的诗。在夔州时，有两首诗谈到他学佛，一是《别李秘书始兴寺所居》：

> 重闻西方《止观经》，老身古寺风泠泠。
> 妻儿待米且归去，他日杖藜来细听。

止观经，朱引李华《左溪大师碑》云："左溪所传，《止观》为本。祇树园内，常闻此经。"那么就该是天台宗的教义。杜田以为《观无量寿经》，那就是净土宗经典。就诗看，杜甫是不甚重视李所讲经义的。或者是净土教义亦未可知。因为杜甫信禅宗，所以不重净土。《秋日夔府咏怀奉寄郑监（审）李宾客（之芳）》中有九韵谈到他的佛教信仰的，抄摘如下：

> 身许双峰寺，门求七祖禅。落帆追宿昔，衣褐向真诠。
> 本自依迦叶，何曾藉偓佺？炉峰生转盼，橘井尚高褰。
> 晚闻多妙教，卒践塞前愆。顾恺丹青列，头陀琬琰镌。
> 众香深黯黯，几地肃芊芊。勇猛为心极，清羸任体孱。
> 金篦空刮眼，镜象未离铨。

黄梅县有东山西山两寺，禅宗神秀一派为北宗，居双峰寺（神秀门下以"东山法门"相标榜）。北宗称神秀弟子普寂为七祖。诗言身许双峰门求七祖，知杜甫所信为禅宗北派，与南派（曹溪）无涉。仇说，迦叶偓佺，言仙不如佛。炉峰四句，欲遍游佛地。晚闻六句，欲精参佛理。勇猛四句，期于摄象归空也，按仇解大抵近是。惟顾恺丹青四句，亦述已将遍观佛寺胜迹。末二句则谓己虽多闻教义，如盲人被医生刮去眼翳一样，但对佛家"真谛"（绝对真理），还只像镜中的影像一样，只能通过语言思维才能表述，也就是还未离言筌（这和直契真知、双忘能所还远哩）。[1]

看来杜甫对于禅宗，了解得不深。对于佛家的教理，也未见高超的造诣。但还不是太混乱，总不离文人学佛的故态，笔下辞藻，席上玄谈，聊以示人莫测高深而已。杜甫学佛，同时不及王维的虔敬，后来不及柳宗元的深入。但还不像他对道家那样，把魏晋人所惯用的庄子华辞和唐朝道士的迷信的昏话杂糅在一起，信笔乱道。

上面讲了杜甫对儒、道、佛三种思想的了解、继承的大概。他对儒家经典是坚信和继承了民主成分和臣节大义的，他把诗当谏书，竭力反映人民疾苦，指出皇帝的失策和权贵的贪暴，这是他诗歌民主成分的本色。他主张拨乱反正，坚持拥护中央君权的立场，斥责分裂势力，正色毅颜，"数尝寇乱，挺节无所污"。这是他坚持的臣节。杜甫是儒家的诗人，言行一致，狂直迂阔，兼而有之。这些思想决定了诗人个性发展的特征和文学创作的方向。

杜甫的文学思想，见《杜甫的诗艺》一文中"杜甫的诗论"一节。

近十年的极左思潮，有的尽量贬斥杜甫，有的说杜甫是前半生儒，后半生法。我认为，写诗论或诗注，都是史学（文学史）工作。评论古人，应该直笔从事，褒贬失实，不能取信于人。至于说杜甫是法家，只消读杜《述古》第二首：

舜举十六相，身尊道何高！秦时任商鞅，法令如牛毛。

---

[1] 镜象未离铨。仇解较胜，亦未是。按铨通筌。《魏都赋》"阐钩绳之铨绪"注："铨与筌同。"杜诗当用筌为《庄子》"得意忘言，得鱼忘筌"意。未离筌，未离言筌。依佛家说，世间万象，如镜中影，本非实有。杜自言虽读佛经，但尚落言筌，未能如禅宗之离言说思维境也。

则种种煞费苦心的议论，不驳自倒了。

宋代人指出杜诗原本经术，意在推崇杜甫。我们今天考察杜甫的思想渊源，特别是他从儒家经典《诗》与《春秋》所可能接受的思想影响，既不在贬抑他，亦不在颂扬他。不过想探索一下：杜甫在八世纪那样的文化环境中，他吸取了什么思想力量；从而在其诗作中，他所追求，所抨击，所号呼，所迷误，所痉挛痛苦，又是些什么思想。"既辨其由来，知波澜莫二。"（《观公孙大娘弟子舞剑器行序》）即元德秀、元结、郑虔、苏源明、孟云卿、李邕、肖颖士可知。

杜甫与房琯

杜甫是政治上有大抱负的人，但当年无路进身。天宝六载，三十五岁，诣阙被权相李林甫巧言斥罢，困居长安。十载，进《三大礼赋》，得到玄宗李隆基的赏识，使待制集贤院，令宰相试文章，送隶有司，参列选序。十四载，授河西尉，不拜，改右卫率府胄曹参军。十一月安禄山反于范阳。玄宗奔蜀，以房琯为相。十五载（至德元载）七月，太子李亨自立于灵武，玄宗命韦见素、房琯、崔涣奉册玺如灵武。杜甫六月奔行在，陷贼。二载四月，杜甫脱贼至凤翔，五月拜左拾遗。会房琯罢相，甫疏救琯。肃宗大怒。诏三司推问。以宰相张镐为言乃解。冬归长安，续任左拾遗。乾元元年（七五八年）五月，出琯为邠州刺史，六月，出甫为华州司功参军。乾元二年（七五九年）七月，甫弃官去客秦州，十二月，至成都（参合新旧《唐书》房琯、杜甫传及杜诗年月）。

房琯是什么人，在政治上的见解又是什么呢？《新唐书》一三九本传说，琯字次律，河南（道）河南府人。他的父亲房融，是武则天的宰相。琯少好学，风度沉整。隐陆浑山十年。及仕有吏才。天宝十五载，玄宗苍黄奔蜀，大臣陈希烈、张倚不时赴难，琯结张均、张垍兄弟及韦述等赴行在。至城南十数里，诸人以家在城中，逗留不进。琯独驰蜀路，七月至普安谒见，玄宗大悦，即日拜相。俄与韦见素、崔涣奉册灵武，宣上皇传付之旨，肃宗即以为相。潼关败将王思礼、吕崇贲将斩，以琯救得免。又谏用第五琦。肃宗不听。琯为相，大权独揽，诸相拱手避之。又多引拔知名之士而轻鄙庸俗，人多怨之。南海太守贺兰进明诣行在，肃宗命琯以进明兼御史大夫，琯以为摄御史大夫（摄者，非正职，犹"权知"）。进明入谢，上怪问，何"摄"也？进明恨琯，因言琯与己有私怨。并言："晋用王衍为三公，祖尚浮虚，致中原板荡。今房琯专为迂阔大言以立虚名，所引用皆浮华之党，真王衍之比也。陛下用为宰相，恐非社稷之福。且琯在'南朝'（按指成都）佐上皇，使陛下与诸王分领诸道节制，仍置陛下于沙塞空虚之地。又布私党于诸道，使统大权。其意以为，上皇（任）一子得天下，则己不失富贵，此岂忠臣所为乎？"上由是疏琯。琯遂请兵为元帅，许之。至德元载十月，遇贼于咸阳之陈涛斜。琯欲持重有所伺，中人邢延恩促战。琯用古车战法，贼纵火焚之，遂大败（综合两唐书本传及《资治通鉴》卷二一九有关史文）。

李亨和贺兰进明的谈话，提醒我们注意当时成都与灵武之间的关系是有显著的矛盾的，房琯就是这二者斗争的牺牲。原来唐代开国即有"皇位继承无固定性"问题。唐太宗因争夺皇位，杀了哥哥和弟弟。高宗本太宗第九子，几经曲折才得立为太子。中宗、睿宗，时废时立，皇位极不稳定。中宗景龙元年，太子重俊起兵讨武三思等，兵败而死（实为韦后所害）。景云元年，又有韦后之乱，弑中宗。睿宗的儿子隆基起兵诛韦氏，睿宗复位。两年后，传位太子隆基（他其实是睿宗的第三子），就是玄宗。唐开国后五帝，几乎都不是按封建传统法制正常取得皇权的。到了李亨，也并不例外。《唐语林》卷一载："肃宗在东宫，为（李）林甫所构，势几危者数矣。鬓发斑白入朝。上见之恻然曰：'汝归院，吾当幸。'及上到（东）宫中，庭宇不洒扫，而乐器屏弃，尘埃积其上。左右使令亦无伎女。上为之动色。顾谓（高）力士曰：'太子居处如此，将军盍使我知乎？'力士奏曰：'臣尝欲言，太子不许，云无勤上念。'"中央的政权继承既不能稳固，则朝臣之党派活动必不能止息（陈寅恪语。关于唐初六代皇权继承不稳固情况，见陈氏著《唐代政治史述论稿》，57—68页）。即肃宗之立为太子，亦在武惠妃潛废太子瑛，而惠妃子寿王瑁争皇位暂时不利之后，又得高力士之援乃成（《新唐书·高力士传》）。而且李林甫、杨国忠悉皆有不利于李亨之心（《旧唐书·肃宗纪》）。所以安禄山的反叛实是太子亨巩固皇位继承的极好机会。但其危惧之心固未稍减于昔，所以乘安禄山称兵向阙之日，遂分兵北走，自取帝位矣。但是玄宗不甚以李亨继承大位为得人，观玄宗在蜀于天宝十五载七月间曾下分镇制书，可略得一点迹象。制书命皇太子为天下兵马元帅，领朔方、河东、河北、平卢节度都使，以裴冕、刘秩副之；永王璘为江陵府都督，充山南东道、黔中、江南西道节度都使，以窦绍傅之，李岘为都副大使；盛王琦为广陵大都督，领江南东路、淮南、河南等路节度都使，以刘彙（秩之弟）傅之，李成式为都副大使；丰王珙为武威都督，仍领河西、陇右、安西、北庭等路节度都使，以邓景山为傅，充都副大使。制下，琦、珙均不出阁，惟璘赴镇（此事新旧书均简略，兹据《通鉴》二一八所载）。这件事贺兰进明以为是房琯主谋，看来的确是房琯。如刘秩兄弟、李岘、李成式、邓景山都是房琯所亲重的人，就可知道。又司空图《房太尉汉中诗》云："物望倾心久，凶渠破胆频。"注谓安禄山初见分镇诏书，拊膺叹曰："吾不得天下矣。"《蔡宽夫诗话》引图诗，谓图博学多闻，尝修史，其言必有自来（见《苕溪渔隐丛话》卷十四引）。但王夫之大不谓然。《读通鉴论》二十三论分镇事说："玄宗发马嵬，且宣传位之旨矣。乃未几而以皇子充元帅，诸王分总天下节制，以分太子之权。忽予忽夺，疑天下而召纷争。盛王琦、丰王珙皆随玄宗在蜀。吴王祇、虢王巨，皆受专征之命。永王璘之出江南，业已抱异志而往，是萧梁骨肉分争之势也。河北雍、睢之义旅，罔测所归。河西李嗣业，且欲保境以观衅；安西李栖筠，愈远处而无所适从。李、郭虽乃心王室，且敛兵入井陉，求主未得而疑。同罗叛归，结诸胡以内窥。仆固玢败而降之，为内导以掣河东，朔方之肘。此汉末荆益、西晋河西之势也。使一路奋起讨贼，而诸方不受其统率，则争竞以生，又李克用、朱全忠不相下之形也。诸王各依一镇以立，诸镇各挟之以为名，抑西晋八王之祸也。居今验古，不忧安史不亡，而忧亡安史者即以亡唐。托玄宗二三不定之命，割裂以雄长于其方，太子虽有元帅之虚名，亦恶能使统一而无参差乎？玄宗之犹豫不决，各以天下授太子。其父子之间，离忌而足以召乱久矣。"

根据上引材料看来，由于李隆基的摇摆不定，迫使李亨拒不受命。于是在朝臣中形成了两派：一边是扈从功臣，又可叫成都集团；一边是拥立功臣，又可叫灵武集团。灵武集团有李亨庇护，亦是当时人民早已不满于玄宗的穷兵奢靡，但同时又恐惧安禄山的残暴掠夺因而想望新政的希望所寄，所以显得颇有力量。兼之李光弼、郭子仪是拥护新君的，李泌又是出色的谋臣，所以灵武确实形成了一个中心。但肃宗庸暗，听不进李泌的好些建议。知道李、郭的才略，又怕他们功高难制，不能专任。他的左右有树党营私的宠妾张良娣和以拥戴元勋自命的太监李辅国，这就是灵武集团的中心人物。大臣则有裴冕、崔圆、杜鸿渐等，都是庸人。后来李辅国废张后立代宗，开唐代中后期宦官直接废置皇帝的恶例。成都集团主要是些士族人物，思想保守，缺乏斡回全局的才能。他们本想奉玄宗收复两京，克定祸乱。后来知道肃宗自立，他们虽然不以为然，但亦知道团结统一是平定叛乱的前提，立即靠拢了新的中央。这些人有房琯、张镐、严武、陈玄礼、高力士。杜甫也是属于这一派的。

房琯的毛病是好为大言，而不切实务，所引亦多带有清谈习气的人，所以在想以讨贼立功自重的企图失败之后，就一蹶不振了。初时，肃宗为了敷衍成都，用他为相。陈涛斜战役失败后，还是隐忍下来，等房琯的缺点暴露无遗，引起"时议"的不满，才于次年罢免了他的宰相职务。又特别公布了罢免制文（《旧唐书》本传），极力指摘房琯结交浮薄之士，朋党比周，贻误国事。连同刘秩、严武、贾至等一并斥逐。看来肃宗为此是很费了气力的。房琯罢相之后，朝廷用张镐代替他，但过了一年，张镐又罢，左相韦见素，先已罢。至此，南朝旧臣或扈从派的势力彻底摧毁，这场斗争才算结束。

今天我们又翻出这篇旧账来看，究竟有什么意思呢？我相信这不仅是八世纪王朝的几个宰相的宦海升沉图。可以说，我完全不注意他们，而只是因为这场当年的政治斗争直接关系到我们的诗人杜甫一生的坎坷遭遇的缘故。如果我们不想用一丘之貉几个字去勾销这笔旧账，也可以看出这两派是有历史的是非的。房琯这一派人名声大，但还没有做出实际的成绩来。他们胜于灵武集团的地方，就在于他们还是有远大抱负的一些人。他们想复古（如分封诸侯、行车战法之类），妄诞偏执，脱离实际。但复古这种口号，在封建社会中往往是革新的一种招牌或尝试。其次，他们毕竟是一些作风比较正派的人。古板婞直，不阿权要，至死不肯改变他们的操守。他们的共同点是，都有复兴国家、整顿纲纪的抱负，迂和拙都无损于他们的本质。

杜甫是倾倒于房琯的。见《奉谢口敕放三司推问状》《祭故相国清河房公文》。尤其是那篇祭文，力斥邪佞，表彰忠直，露骨得很。对于了解杜甫晚年自我表白的诗篇，提供了第一手材料，值得一读。杜甫是坚定地站在政治上进步力量一边而且固执地斥责腐朽力量的诗人。他的拥护统一，反对分裂；主张尊贤使能，斥责贪婪腐化；主张轻徭薄赋，力陈边境息兵，都始终坚持，有"九死未悔"之概。虽然他力主分封诸侯，迂腐到了可笑的程度，似乎有点儿堂·吉诃德先生的风采。

杜甫"非战"吗?

从前,梁任公发表过一篇文章,叫作《杜甫诗里的非战思想》,遂造成了一个固定的印象:杜甫是反对一切战争的。考之杜诗,这种意见是不能成立的。

杜甫对战争的态度是因战争的性质不同而不同的。①他对开边(即对外国的侵略战争)是极端反对的;②对国家内部的分裂割据战争,他是站在国家统一的立场上,坚持"武定祸乱"的;③对农民起义,他是站在地主阶级的立场上,主张镇压的;④对封建阶级内部的互相火拼(内战),他是站在同情人民的立场上,坚决加以抨击的。

一

关于对外侵略战争,杜甫主张"贞观是元龟",就是说要坚守唐太宗的对外政策:平等对待国境外的诸族,杜诗中从各方面表示了这个意见:

> 提封汉天下,万国尚同心。借问悬车守,何如俭德临。
> 时征俊义入,莫虑犬戎侵。愿戒兵犹火,恩加四海深。
>
> (《提封》)

这就是唐太宗实行的"中国既安,四夷自服"的意见的申说。

下马古战场，四顾但茫然。
……朽骨穴蝼蚁，又为蔓草缠。故老行叹息，今人尚开边！
汉虏互胜负，封疆不常全。安得廉颇将，三军常晏眠。

（《遣兴三首》之一）

……朝廷衮职虽多预，天下军储不自供。
稍喜临边王相国，肯销金甲事春农。

（《诸将》）

这诗是后四句。通首是说，当时全国的重要问题，在大兵之后，贡赋不足。务在睦邻息兵，务农足食。同样意思的还有：

填勿吞青海，无劳问越裳。大君先息战，归马华山阳。

（《有感五首》之二）

谈到具体事件的诗有传诵千年的《兵车行》：

边廷流血成海水，武皇开边意未已……
况复秦兵耐苦战，被驱不异犬与鸡。

这是反对天宝十年侵略吐蕃的战争的。有名的《前出塞》和《后出塞》，前者反映当时的征兵赴交河，后者反映征兵赴蓟门。"前则主上好武，穷兵开边。故以从军苦乐之辞言之。后则安禄山逆节既萌，幽燕骚动。而人主不悟，卒有陷没之祸，故假征戍者之辞，以讥切之也。"（钱注，卷三）

赞普多教使入秦，数通和好止烟尘。
朝廷忽用哥舒翰，杀伐虚悲公主亲。

杜甫"非战"吗？

《喜闻盗贼蕃寇总退，口号五首》之二。这是总评唐对吐蕃的态度的。七三〇年（开元十八年），吐蕃因屡次战败，派使臣向唐求和。玄宗初意不许，皇甫惟明谏，玄宗答应了。讲和以后，边境安宁。河西节度使崔希逸再三向吐蕃守将说：应该各撤去守备兵，以利耕牧。吐蕃边将果然撤了兵。七三七年，唐玄宗听信人说吐蕃可图，派宦官去河西审察情势。宦官矫诏命崔希逸袭击吐蕃。崔不得已，进入吐蕃境二千里，大破吐蕃兵。吐蕃从此对唐断绝和好，进行战争。开元二十八年十二月，金城公主死去（七〇九年嫁到吐蕃），吐蕃派使臣来报丧，并且请和。玄宗拒绝了。第二年十二月，吐蕃攻陷河西要塞石堡城。唐玄宗令河西陇右节度使王忠嗣收复石堡城。王忠嗣不肯，宰相李林甫说他要谋反。玄宗革了王忠嗣的官，交三司（刑部、御史台、大理寺）审问。三司判王忠嗣的死刑。幸王的旧将哥舒翰力保，才救了老命。七四九年（天宝八载），玄宗命哥舒翰率兵三万三千人攻石堡城，唐兵战死数万人，把石堡攻下，才俘获吐蕃守军四百人。——了解了这段史实，就知道杜甫的评论是符合当时实际情况的，态度是严正的。唐玄宗是一个半昏半明的皇帝。天宝以前，他有一些有益于社会生产发展的措施，对人民有一定的利益；天宝（七四二年）以后，他就走向蠹国殃民的道路。他的罪恶太多太大，归结起来，不外是骄和侈两个字，把人民的血汗搜刮起来，过着穷奢极欲的生活。皇室贵族官僚，像一大群蝗虫，吃尽老百姓的血汗，这是侈。广开边功，无限制地扩大边费，这是骄。比如开元年间，他的军队共有六十多万人，马八万余匹。后来军队逐渐庞大，每年需要做衣料赏品的布帛多至一千零二十万匹段，军粮一百九十万石。边镇兵数比七二二年（开元十年）以前减少了十多万人，军费却比开元年间增加五倍！这笔巨大经费的极大部分是浪费。所以杜甫在这一方面的批评，绝不是老生常谈，迂阔之论。他的批评正打中了唐玄宗的要害。它是关系到唐王朝的国运兴衰的。

二

对于"安史之乱"的态度，杜甫是主张彻底平定祸乱的。"安史之乱"只能认为是分裂力量和唐中央的统一力量的斗争。"安史"不代表社会经济势力，它不代表农民阶级，也不代表外族。唐代中叶以后，斗争的中心是围绕统一和分裂进行的。统一是对农民有利的（当然是比较或相对而言），分裂是对农民有害的。杜甫站在国家统一的立场上，主张把"讨平祸乱"的战争进行到底，是无可非议的。因为它是合于历史发展法则的。《北征》是他的这个意见的代表作。《北征》不但在诗艺上是一个高峰，在政治思想上也有价值，原因就在这里。这里用不着更多地举例。但在这方面，杜诗往往有引起人误解的地方。比如：

> 天下郡国向万城，无有一城无甲兵。
> 焉得铸甲作农器，一寸荒田牛得耕。……
>
> （《蚕谷行》）

尤其是他的名诗"三吏""三别"，好像纯粹是在控诉战争的残忍。所谓"杜诗里的非战思想"大概是从这些诗里引出来的结论。但按之实际，杜甫这些诗，总起来不外是控诉官吏和悍将骄兵的胡作非为，都有所指，绝不是一般的反对战争。"三吏""三别"是控诉官吏不按国家法令，胡乱拉丁，弄得老百姓家破人亡，怨声载道。杜甫这些诗，在主观上是从统治阶级的利益出发的，希望引起当权者的注意，不要"为渊驱鱼"。他不是根本反对作战，而是从三方面唤起统治者的注意，不要弄得不可收拾：①不要无限制地、不按当时法令规定，拉丁害民，上面已经说过了；②注意军队风纪，裁制骄兵悍将；③不要扩大军队，以妨民食。举诗如下：

> 殿前兵马虽骁雄，纵暴略与羌浑同。
> 闻道杀人汉水上，妇女多在官军中。
>
> （《三绝句》）
>
> 蓬莱殿前诸主将，才如伏波不得骄。
>
> （《自平》）

上二例是说军纪的。控诉兵源枯涸、军需太重的诗有：

> 四海十年不解兵，犬戎也复临咸京。……
> 但恐诛求不改辙，闻道嫛孽能全生。
>
> （《释闷》）
>
> 八荒十年防盗贼，征戍诛求寡妻哭。
>
> （《虎牙行》）
>
> 十室几人在，千山空自多。路衢唯见哭，城市不闻歌。
>
> （《征夫》）
>
> 分军应供给，百姓日支离。
>
> （《赠崔十三评事公辅》）
>
> 玄甲聚不散，兵久食恐贫。穷谷无粟帛，使者来相因。
>
> （《别蔡十四著作》）

总之，在安史起兵的前几年，杜甫是希望迅速扫平叛乱的。说：

> 去秋群胡反，不得无电扫。
>
> （《送长孙侍御赴武威判官》）
>
> 古来于异域，镇静示专征……几时回节钺，戮力扫搀枪。

(《奉送郭中丞……充陇右节度使》)

及到兵连祸结,民不聊生,他才呼吁赶快收拾战局,顾全根本。他并不是无条件地反对用兵,这是很明显的。我们知道,当时四川是关中的后方,兵兴以后,四川的人民负担奇重,杜甫根据他亲身的见闻感受,指出危机,以图挽救大局,是有识见的。

三

对于农民起义,杜甫是斥为"盗贼"主张镇压的。《喜雨》(仇,卷十二)云:

> 巴人困军须,恸哭厚土热。沧江夜来雨,真宰罪一雪。
> ……安得鞭雷公,滂沱洗吴越。

杜甫自注:"时闻浙右多盗贼。"素以长年忧黎元自命的杜甫,听见铤而走险的"黎元"起来反抗,却不但不主张息兵,反而主张大肆挞伐了。

四

对于当时封建统治阶级内部的火拼,杜甫是始终反对的。《承闻河北诸道节度使入朝,欢喜口号,绝句十二首》:

> 禄山作逆降天诛,更有思明亦已无。
> 汹汹人寰犹不定,时时斗战欲何须!

《有感五首》之二云:

盗灭人还乱，兵残将自疑。登坛名绝假，报主尔何迟？
领郡辄无色，之官皆有辞。愿闻哀痛诏，端拱问疮痍。

《复愁十二首》之八：

今日翔麟马，先宜驾鼓车。无劳问河北，诸将角荣华。

《送卢十四弟待御护韦尚书榇归上郡二十韵》：

万姓疮痍合，群凶嗜欲肥。

对于叛乱的将官，杜甫认为："此流须卒斩，神器资强干。"（《舟中苦热遣怀》）可笑的是，杜甫对于藩镇割据混战局面提出的"治安策"是封建诸侯，他说：

丹桂风霜急，青梧日夜凋。由来强干地，未有不臣朝。
受钺亲贤往，卑宫制诏遥。终依古封建，岂独听萧韶。

（《有感五首》之四）

钱笺说："卑宫制诏，即天宝十五载七月制置天下（分镇）之诏也。谓其分封诸王，如禹王予子，故以'卑宫'言之。"钱解牵强。仇以玄宗在蜀，宫室草创，故曰"卑宫"，恐亦非是。二句是说，国家有事，政府遥命亲贤，仗钺从事已足。"卑宫"只取崇俭之义。《夔府书怀》说，"凶兵铸农器，讲殿辟书帷"，用汉文帝集书囊以为殿帷的故事。义与"卑宫"相近，可为旁证。《秋日荆南述怀》说：

愿闻锋镝铸，莫使栋梁摧。盘石圭多翦，凶门毂少推。

也是说要分封诸侯。广德元年,他在东川替阆州刺史上了个《进论巴蜀安危表》,也是说"必以亲贤委之节钺"。这种意在防止割据分裂的办法是反历史的,可笑的(参看《杜甫与房琯》条)。但就他反对分裂割据拥护统一这一态度说,始终是坚决的、明定的。

  总之,我们考察杜诗中对战争的态度,就会得出结论:杜甫并不一般地反对战争。对于侵略别国的战争(开边),他是反对的。对于国内的叛乱分裂,他是主张用战争来克服的。这都很对。对于农民起义,他是毫不迟疑地主张武力镇压的。他的地主阶级立场使他必须这样。在战争问题上杜甫表现的态度,一方面使想美化他的人束手无策,一方面使学习马克思主义哲学和文学史的人很受教益。

杜甫在夔州东屯的经济状况

一 问题的提起

杜甫于大历元年（七六六年）自云安来夔州（今四川奉节县）至七六八年正月出峡。七六七年春，曾由赤甲迁居瀼西。秋，又迁居东屯。常往来瀼西、东屯间。在瀼西有果园四十亩（其中有柑林，有菜地）；在东屯有田。解放前，有人据杜诗"百顷平如案"的句子，认为杜甫在东屯有水田百顷。解放后，贺昌群同志在《文史》第三辑上发表《诗中之史》一文，辨百顷是公田，杜甫的私田只占百顷中的一部分。贺先生的断语是对的，可惜没有提出明确的证据[1]，也没说杜甫的田是多少亩，所以说服力差。现在试提出我的论证，为贺先生的文章做后盾。

杜甫在东屯的田不是百顷，百顷是公田这个问题，不能靠引证《困学纪闻》《太平寰宇记》《方舆览胜》等笼统的话证明。主要靠回答两个问题：①能不能在杜诗中找到证明？②能不能提出材料说明杜甫

---

[1] 贺昌群曾引杜《秋日夔府咏怀……一百韵》中的"堑抵公畦棱"以证东屯百顷中有杜甫的私田。按《秋日夔府咏怀》一诗中关于茅屋所在的描写，是指瀼西草堂的。所以仇兆鳌依黄鹤编在瀼西诗内。诸家无异说。诗云："甘（柑）子阴凉叶，茅斋八九椽。阵图沙北岸，市暨瀼西颠。……堑抵公畦棱，村依野庙墙……"东屯在瀼水之东，此明言茅屋在瀼西，可知非东屯茅屋，证一。瀼西草堂有柑林，此云"甘子阴凉叶"是也，东屯无柑橘之属，证二。此谓村依野庙，东屯一望百顷水田，无村无庙，证三。

究竟有多少田？我认为，这两个问题都是可以作肯定回答的。

二 东屯百顷水田是不是都是杜甫占有的？

杜诗《行官张望补稻畦水归》云：

东屯大江北，百顷平若案。六月青稻多，千畦碧泉乱。
插秧适云已，引溜加溉灌。更仆往方塘，决渠当断岸。
公私各地著，浸润无天旱。

"地著"用《汉书·食货志》语，"理民之道，地著为本"。颜注："地著谓安土也。著，直略反。"诗意说，公田私田各有界畔，而决渠引水，并受其益。可见第二句"百顷平若案"是兼指公田、私田说的。又《茅堂检校收稻二首》之一云：

香稻三秋末，平田百顷间，喜无多屋宇，幸不碍云山。

这就是说，自己的私田在百顷公田之间，可见百顷非尽属于"茅堂"。东屯是大名，"茅堂""高斋"是小名。小，自然是包括在大中的。而且"百顷"也只是概说，其中除公田而外，私田也不止一两家，如《自瀼西荆扉且移居东屯茅屋四首》第三首"道北冯都使，高斋见一川"，又《从驿次草堂，夏至东屯茅屋二首》之一，"田父实为邻"。皆指私田人家。这种"插花"地的事在旧社会是常见的。以上引诗证明东屯百顷水田，其间有公田有私田。

三　杜甫自己是不是占有私田？如果有，是多少亩？

查清修《奉节县志》，有两篇文章是有关杜甫东屯故居的。一是陆游写的《东屯高斋记》。略云：

> 少陵先生既游夔州，爱其山川不忍去，凡三徙居，皆名"高斋"。质其诗，曰"次水门"者，白帝之高斋也；曰"依药饵"者，瀼西之高斋也；曰"见一川"者，东屯之高斋也。……予至夔数月，吊先生之遗迹，则白帝已废为邱墟，……况所谓高斋乎！瀼西盖今夔府治所……高斋尤不可识；独东屯有李氏者，居已数世，上距少陵，才三易主。大历中（之）故券犹存。而高斋负山带溪，气象良是。李氏业进士，名襄，因郡博士雍君大椿属予记之……乾道七年四月十日山阴陆某记（乾道七年，一一七一年）。

第二篇文章是陆游同时人于奭写的《修夔府东屯少陵故居记》，略云：唐大历中，少陵先生自成都来夔门。始至，暂寓白帝。既而迁居瀼西。最后徙居东屯。峡中多高山峻谷，地少平旷。独东屯距白帝五里而近，稻田水畦，延袤百顷。前带青溪，后枕崇岗。少陵于是卜居焉。少陵既出峡，其地三易主，近世始属李氏。少陵手书之券犹在。（李氏）子襄颇好事，讲求故迹。复置"高斋"。用涪翁名少陵诗意，创"大雅堂"。临溪又建草堂。绘少陵遗像。历岁滋久，屋且颓圮，券亦为有力者携去。庆元三年（按宋宁宗年号，当一一九七年）春，李氏子欲析居，连帅闽中毋丘公捐金市之，而归诸苏台钱公。为田一十一亩。斋与堂之攲腐挠折者从而增葺之。而东屯之景物，与少陵寓居之日无异（按此文又载《全蜀艺文志》三十九卷，上。系节录。《奉节志》所载为全文。兹只就《全蜀艺文志》所载删节）。

四　杜甫在东屯的经济状况

贺昌群同志的文章说，杜甫居夔，是带着中朝官身份（检校工部员外郎，从六品）的。他又是夔州都督柏茂琳的宾客。柏茂琳委他"检校"（贺以为"考核"之义）百顷公田。所以杜甫可以指挥"行官"和收入稻米。柏的照顾，固非纯出旧谊及敬仰。杜甫的田不是自己买的，也不是柏赠的云云。这个说法，即使没有或完全否定《奉节县志》所提供的强有力的证据，也说不通。其困难是：①既然杜甫收稻是职务上应得的"俸给"，所收稻米就是公禄而不是私益。但玩杜收稻诗口气，完全是私人的事情，丝毫无监收公粮意味。说杜甫无私田是难于令人信服的。②如果因职务上的理由占有公田（即所谓"职分田"），那么，离开当地时就该把田退还公家，为什么竟卖给私人呢？这个问题还可以进一步考察一下：

考唐代官吏占田，分"永业田"和"职分田"。"永业田"得视爵、勋、官授予不同田数。官员没有特别受田制，但推想当较之普通民众为优（《中国通史简编》三编一册，209页）。"职分田"有明文规定，六品官依法应授田四百亩（据《通典》二及《唐会要》九二，《通鉴》二百十二胡注同）。唐玄宗开元十年（七四二年）即以"恐侵百姓"为理由收百官"职分田"，每亩折给粟二斗（《通鉴》卷二百十二，开元十年）。所以在杜甫寓居夔州的时候，无论内外官都没有职田了。杜甫所有这十一亩田，如果是公家给的，只可能是"永业田"，但法令又规定：六品官以下（从"六品官"起算）授"永业田"以本乡收回的公田分给。夔州不是杜甫的家乡，所以他没有在东屯受田的资格。如果说柏茂琳变更法令，授予"永业田"，那就该按杜甫家的男丁授田六十亩，而不是十一亩。即以西瀼果园和东屯稻田合计，仍不足六十亩。总之，杜甫在夔州，既无职分田，也不当有永业田。因此，可以断言，这十一亩田,只能是他私人买的。他买田,①可能是用中朝官的俸米或俸钱。诗如"上官有记者,屡奏资薄禄"(《客堂》)。又,"事主非无禄"(《暮春题瀼西新赁草屋五首》之四)。又,"朝班及暮齿,日给还脱粟"(《写怀二首》之一)。唐制,内朝官禄俸本不甚优[1](从六品官俸米年九十石,另俸钱月五千三百文),然在外文武官九品以上准官,皆降京官以上一等给。何况"检校"工部员外郎又非实授官,其禄当更薄(此大致据《通典》二,《会要》九一,《通志略》十四)。兼之大历年间,政令废弛。外朝挂名京官,更谈不上多高俸禄了。杜诗说"薄禄",说"日给脱粟"当是实况,非谦下之辞。②杜甫的收入,还靠他有官职的朋友接济。"甫也诸侯老宾客",他多年以来就靠"厚禄故人"借钱借米了。又说"诸侯数赐金"(《峡江二首》之二),靠这两个来源,他买了田和果园。收入,据估计,当时每亩田收谷一石(《中国通史简编》三编一册,216页),杜甫家有多少人口呢?计老夫妇俩,二子一女[2]四仆一婢,共十口人。旧时俗谚说,不饱不饿三石谷,不咸不淡九斤盐。这十一石谷,供四个奴仆吃已感勉强,有时还得添野菜。杜甫自己的一家五口,吃粮还得掺糠(《雨》诗云"糠籺对童孺")。那个瀼西柑园能收入多少?无资料可查。虽说"柴门拥树向(近也)千株,丹橘黄甘(柑)此地无"(仇云,正言柑、桔独盛)。但他又说"此邦千树橘,不见比封君"(《暮春题瀼西新赁草屋五首》之一)。后来他离开夔州时,把柑园干脆送给他的朋友,想来是卖也卖不掉啦。

一句话,杜甫在东屯的经济状况并不是富裕的,生活水平甚至是相当低下的。对于已经是垂死之年的大诗人,我们没有理由指责他占

---

[1] 洪迈《容斋续笔》卷十六"唐朝士俸微"条,言唐内官禄薄。顾炎武《日知录》卷十二俸禄条,言唐外官禄厚。实则厚薄乃比较而言,亦因物价不同而异。通观古今,唐内官俸亦不太薄。
[2] 杜甫本有三个女儿,唐俗:女子一般十四岁出嫁(岑仲勉《唐史馀瀋》)。故在此假定他的两个大女儿都已出嫁。

田太多，过着安逸的地主生活。按当时法令说，他占田数实在还不够哩。不过，话又说回来，当时农民占田的实况一定是每人五亩、十亩而已，兼之沉重的租赋剥削，真正是"索钱多门户，丧乱纷嗷嗷"（《遣遇》），以致"千家今有百家存""哀哀寡妇诛求尽"了（《白帝》）。杜甫究竟是"生还免租税，名不隶征伐"的官吏，所以情况就比农民好得多了。这也是不必讳言的。

五 杜甫是否代管东屯公田之谜

贺先生的文章迫使我们还要讨论一个问题，即杜甫是否由柏茂琳委托他代管东屯百顷公田？如果非代管公田，为什么他能"指挥""行官"张望？

杜甫之依柏茂琳，本以故旧，初未受任何职事名义。看杜甫居夔及赠柏茂琳诗，均以隐居清望自命，如《览镜呈柏中丞》（黄鹤注：大历元年柏茂琳为夔州都督）云："渭水流关内，终南在日边。胆销豺虎窟，泪入犬羊天。起晚堪从事？行迟更学仙。镜中衰谢色，万一故人怜。"仇说此诗，以为前四句回忆长安，叹乱不可归。后则自伤衰老，而有望于中丞也。我看仇解前四句不错，解后四句却误，与杜意正反。诗用《绝交书》意，正言已不堪从事，冀故人勿强之为吏。臆柏或邀杜入幕，故为此诗，婉辞以谢。《暮春题瀼西新赁草屋五首》之二，"养拙干戈际，全生麋鹿群"，可以作为居夔谢事心情的总说明。五首之五说"欲陈济世策，已老尚书郎"，不忘中朝郎官身份，正陆游所讥小器，然亦可见自重不肯屈身之意。又《晚登瀼上堂》云："衰老自成病，郎官未为冗。凄其望吕葛，不复梦周孔。"虽语带消极，亦自视甚高。其正面说明未兼吏职者，如《过客相寻》云："穷老真无事，江山已定居。"可见贺先生说柏茂琳委托杜甫管理公田的事，是和杜甫念念不忘中朝郎官身份的思想是抵触的。贺先生认为杜诗题《茅屋检校收稻二首》，"检校"一词就是杜甫代管公田的证据，亦即他能够指挥行官的理由（贺先生解"检校"为考核）。其实是误解。杜甫的官架子是很大的，这是他的庸人的一面，如他好用公文语入诗及题，即其一例。诗例如"宠光蕙叶与多碧，点注桃花舒小红"（《江雨有怀郑典设》），仇兆鳌引《紫桃轩杂缀》（明李日华著）曰，宠光点注，唐时有此二语。施之官职选授间，则宠光乃特恩之意，点注乃注授之意。又如："迁转五州防御使，起居八座太夫人。"（《奉送蜀州柏二别驾，将中丞命赴江陵，起居卫尚书太夫人……》）可见杜甫笔下驱遣辞藻，范围极广，初难泥解。果执"检校"为杜受柏茂琳委托管理公田之证，那么，可看杜甫有一首《舍弟占归草堂检校，聊示此诗》，诗中说："鹅鸭宜长数，柴扉莫浪开。"足证"检校"无非借用公文语，不能作为受公家委托考核某事的证明。

以上略辨"检校"虽本公文用语，杜甫往往用作一般意义的语词，故不能泥作官衔看。其次，"行官"一词，亦同此类。朱鹤龄注杜诗引韩愈《与孟简书》"行官自南回"，亦只说明唐时有此名目，究竟有无固定指称，很难判定。章士钊以为行官乃退之自谦之词，其时正由潮州移袁州，故曰"南回"。其说亦有理（《柳文指要》）。今遽指"行官"为行田之官，乃望文生义，不足为据。

我疑东屯乃唐时夔州的屯田。《通典·食货二，屯田》云："诸屯隶司农寺者，每三十顷以下，二十顷以上为一屯。隶州镇诸军者，每五十顷为一屯。应置者皆从尚书省处分。其旧屯重置者，一依前封疆为定，新置者并取荒闲无籍广占之地。"屯田不限边疆，内地亦有。如楚州洪泽屯，寿州芍陂屯皆是。东屯本公孙述旧屯，唐属重置。唐尚书省工部尚书下有屯田郎中，即主管全国屯田事宜，从五品上（《旧唐书》四三，志二三，职官二）。杜甫当时的官衔是检校（与"权"略同，即非实授官）工部员外郎，与屯田郎中同属工部，或者当时夔州都督柏茂琳，即以此为理由，嘱屯上小吏尊重杜甫是工部官员身份，特予照顾，"园官"定时送菜，瓜熟送瓜。杜甫的私田，也嘱屯上小吏张望代为督促薅秧、收稻。杜甫或借当时小吏名色，称为"行官"。看杜诗，无论是"园官"或"行官"，为杜甫服务都是吊儿郎当的。如果杜甫曾受柏茂琳委托代管公田，可以直接指挥他们。他们的态度是不会这样的。这可以看作反证。[1]

杜甫寓居四川近九年（乾元二年至大历三年，即七五九至七六八年）。在夔州近两年。有置田园事。解放前后论及杜甫东屯生活的论文，据我所见，以贺昌群同志的这一篇为最充实正确。但昌群同志的文章亦不免疏漏。如说杜甫代管东屯公田一百顷即系误解。后来郭沫若同志据此，又提出新证。说："他在夔州主管东屯的一百顷公田，这大约是由于柏茂琳的推荐而得到'朝廷'允许。《晚》第五、六句云：'朝廷问府主，耕稼学山村。'这可透露了他主管东屯的内部事实，是'朝廷'向夔州都督打听了杜甫的情况，故柏茂琳让他主管东屯。但也并不是他亲自主管，而是有代理的执行官——'行官张望'，他在诗中称之为'主守'。其下还有所谓'家臣'，当然是些农奴了。"（《李白与杜甫》）关于"行官"，上文有说。"主守""家臣"，当系沿用古语。"主守"见《尔雅》注。[2] 各家失引。与行官、检校同属借用。惟《晚》诗则自来注家即有异说，赵次公直认"句法难解"。鄙意以为诗意应读为：朝廷（事）则问府主，耕稼（事）则学山村，或问朝廷于府主，

---

[1] 要是我们注意诗人在《园官送菜》中的用字，对"行官"一词就可以活看，而不必泥执了。《园官送菜》诗云："清晨送菜把，常荷地主恩。守者愆实数，略有其名存……园吏未足怪，世事固堪论。"这里的守者，和称张望为"主守"，意义并无区别。又称园官为园吏，可知称"官"者即小"吏"之饰辞，不必定有什么官衔。"主守"字出《尔雅·释鸟》"鹜，泽虞"，郭璞注："今鹇泽鸟常在泽中，见人辄鸣唤不飞去，有象主守之官，因名云。"屯上守田小吏，经常在田塍上跑来跑去，有点像恋惜池泽的鹇泽鸟，主守一词，并没有严重的主管意味。顺便可以提及，唐人应明经或进士第，初试都得要考《尔雅》，杜诗用《尔雅》郭注，可见一斑。

[2] 见注[1]。

杜甫在夔州东屯的经济状况 | 63

学耕稼于山村。上句不妨用二例作旁证:《入宅》第二首云:"相看多使者,一一问函关。"又《溪上》云:"西江使船至,时复问京华。"乱离久客,渴望知道京城的消息,所以逢人便问。遇入京或从京来蜀的使者问,谒府主时同样也问。下句本无疑义。但亦可引证《驿次草堂复至东屯茅屋》诗:"筑场看敛积,一学楚人为。"由此可证杜诗问府主、学山村,皆客中实况,更无秘密,亦非庾语也。

附记 杜甫夔州时期诗,宋人评价极高。现代似有贬低之说。这是应该专门讨论的问题。这里略说浅见。夔州诗是不能贬低的。第一是量多。计大历元年春居夔至三年春出峡,两年时间,作诗四〇二首。其中虽不少应酬诗,甚至有的堪称恶札,但多数是好诗,名篇巨制,络绎不绝。第二,带总结性的组诗值得注意。如《诸将五首》《咏怀古迹五首》《秋兴八首》等等,脍炙人口至今(另文论到《秋兴》时,说应重新评价,是对有些注家推为七律压卷而言。不是说《秋兴》不是好诗)。第三,诗境广阔深邃,为前此所无。社会自然,细大不捐。可以看出诗人灵魂的充实多彩,不下于自然的态仪万方。第四,创五言长律大篇,多至一百韵,内容写实,词气精拔纵横,足证诗人的创造力量还很旺盛。

杜甫南行

杜甫在七六八年（大历三年）春天离开夔州出峡。原意将住荆州，他的弟弟杜观先已来信，约他去当阳（荆州属）居住。杜甫想去荆州居住的原因是，（一）当时江陵尹兼御史大夫充荆西节度观察等使（封阳城郡王）卫伯玉对杜甫有旧。（二）杜位从严武幕以后做卫伯玉的行军司马。有关的诗有《舍弟观赴蓝田取妻子到江陵，因寄三首》之三、《续得观书，迎就当阳居止，正月中旬，定出三峡》。从这些诗看，杜甫的情绪是很好的，满以为定居荆州，和杜观一家同住，好好地度过晚年。不幸事与愿违，到了荆州以后，忽然发现这个希望破灭了。于是在大历三年的秋天离开江陵（荆州），迁往公安。关于离开江陵的原因，据清施鸿保《读杜诗说》，认为当时是杜观对他的哥哥不好，兄弟参商，所以杜甫才南去公安（施书，中华书局，1962年版，215页，"移居公安山馆"条）。这个说法，只是一种推想，别无佐证，不可信。从杜诗考察，当是卫伯玉的下属不欢迎杜甫，杜位对杜甫的态度冷淡，所以杜甫愤然离开江陵。看《和江陵宋少府暮春雨后同诸公及舍弟（注家都说这是杜位，是可信的。杜甫对自己的亲弟弟，照例称名）宴书斋》诗的结语说："朋酒日欢会，老夫今始知。"请想想看：你们天天宴会吃酒，并且作诗，却排斥我这个新来的人。难道我还能待得下去吗？这个时期在诗中发了些做客难的牢骚，大概就是为此。如《久客》（蔡梦弼编在江陵诗内）：

> 羁旅知交态，淹留见俗情。衰颜聊自哂，小吏最相轻。
> 去国哀王粲，伤时哭贾生。狐狸何足道，豺虎正纵横。

《送顾八分文学适洪吉州》更说到世间友情反复，语意悲慨：

> 一论朋友难，迟暮敢失坠。古来事反覆，相见横涕泗。……
> 故旧(指顾)独依然，时危话颠踬。

这话很可能是为杜位而发。

在这个时候，杜甫曾经打发他的儿子出去试探可以移居的地方，结果也失望。因为儿子写信回来说，那里的生活差得很。杜甫因而决计不去。《水宿遣兴，奉呈群公》说：

> 归路非关北，行舟却向西。暮年漂泊恨，今夕乱离啼。
> 童稚频书札，餐飧诅糁藜？我行何到此，物理直难齐！……
> 异县惊虚往，同人惜解携。蹉跎长泛鹢，展转屡闻鸡。

这诗是离开江陵时在江边舟中写给卫伯玉的幕僚们的（杜位在幕中而题与诗均不及位，值得注意）。"向西"言将去公安（仇以诗末有"丹心老未折，时访武陵溪"的话，以为是要去武陵〔即今常德〕，是不对的。二句的意思是说，对于政治还没有忘情，将来还要常常来看望诸公的。"武陵溪"以神仙中人喻"诸公"，是套语。旧注纷纷，均未得诗意）。"童稚"两句是说儿子（"童稚"谦词）从异县几次寄信给他，说那里吃饭掺野菜，有点令人难以置信（"诅"，疑问）（杨伦注："公在江陵时，妻子或留当阳，故家人以困乏来告。"得之），所以只好西去公安。"异县惊虚往"，是说儿子徒劳跋涉，到那里算白跑了，不是说自己曾经亲往"异县"（旧注均误）。按这里的"异县"，应当是指杜观所在的当阳。杜甫的儿子留在那里,到第二年(大历四年)才回到他身边。《入衡州》诗说"远归儿侍侧",远归即指从当阳归来。大约杜观在那里家累重[1],职务卑,生活极苦。到那里去不过大家挨饿,所以不能去,不是杜观对他哥哥有什么不好。《清明》说,"弟侄虽存不得书",《归雁二首》说:"云里相呼急,沙边自宿稀。""伤弓流落羽,行断不堪闻",说明兄弟间的情谊是好的。

杜甫到公安县去,是因为郑审做公安少尹,想去依他。郑审是郑虔的侄辈,跟杜甫是旧交。《八哀诗赠郑虔》说:"萧条阮咸在,出处同世网。"诗后杜甫自注:"著作(指虔)与今秘书监郑君审,篇翰齐价。"以谪江陵,故有"阮咸江楼"之句。可见郑审也在倒霉,是难以做诗人的东道主的。这本在杜甫的意料中。所以《舟中出江陵南浦,奉寄郑少尹审》说:

栖托难高卧,饥寒迫向隅。寂寥相响沫,浩荡报恩珠。
溟涨鲸波动,衡阳雁影徂。南征问悬榻,东逝想乘桴。

在走投无路中,把朋友的慰藉也看为一种大恩,说要图报!后四

---

[1] 施鸿保说杜观是新婚,不应该已经有子。他根据《舍弟观归蓝田迎新妇,送示两篇》说,既云"新妇",而诗首联说:"汝去迎妻子,高秋念却回。"诗和题是矛盾的。因此,他说诗中的"妻子"字样,"子"字是连类而及,没有意义。施鸿保的话是错误的:1. 紧接着还有三首诗,题目是《舍弟观赴蓝田取妻子到江陵,喜寄三首》,这又怎么解释呢? 2. 这五首诗都作于大历二年,杜甫五十六岁,就算观小他十六岁,已经四十。中国社会素早婚,中上层人不会四十岁才娶妻。3. "新妇"当是沿用六朝人语,六朝人称妇为"新妇",不同于后世称新婚者为"新妇"。《后汉书·列女传》记周郁无行,周郁的父亲对郁妻赵阿说:"新妇贤女子,当以道匡夫。"最明显的是《晋书·列女传》载王浑娶妻钟琰,生子济。有一天两夫妇在家闲坐,王济走过。王浑得意说,生子如此,足慰人心。他的妻钟琰回答说:"若使新妇得配参军,生子故不翅如此。"参军,指王浑的弟弟王沦。琰子已长,还自称"新妇",可证晋人"新妇"一语和后世意义不同。唐文人多袭晋语,以为风雅。杜诗题中"新妇"字当亦如此。

句是说自己不是想在公安住下去,只是想从那里经过,看看老朋友,再经衡阳,到广州去。

杜甫想到广州,绝不是一时被迫无奈的幻想,不像他这以后忽而想去陕西,忽而想去汉阳和襄阳,甚至想去庐山一样。[1]他想去广州,有种种原因。

我们知道,唐代交通以长安为中心,分为四条干线,①东路自长安经洛阳到开封、商丘;②西路自长安到凤翔、成都;③南路自长安至江陵、襄阳;再南到长沙,经广西到交州;④北路自长安到太原出娘子关到北京市(当时范阳)(《中国通史简编》三编一册,267页)。南路的广州是一个中国和外国通商的两大海口之一(其他一个是登州,今山东蓬莱县)。从广州出航,经越南、马来半岛、苏门答剌等地至印度、锡兰,再西至阿拉伯(大食国)。

杜甫对广州的经济繁荣,生活富裕,是早有所闻的。他在《奉送魏六丈佑之交广》诗中说:

> 出入朱门家,华屋刻蛟螭。玉食亚王者,乐张游子悲。
> 侍婢艳倾城,绡绮轻雾霏。掌中琥珀钟,行酒双逶迤。
> 新欢继明烛,梁栋星辰飞。两情顾盼合,珠碧赠于斯……
> 心事披写间,气酣达所为。指挥铁如意,莫避珊瑚枝。

---

[1] 杜诗有《暮秋将归秦,留别湖南幕府亲友》五律。黄鹤诸家编在大历五年。不对。这诗当是在江陵时徘徊歧路之作。第二句有"天高白帝秋",江陵离夔尚近,可以这样讲。若在潭、衡,未免扯得太远了。到潭州出了乱子,他曾经又想到归秦。《暮归》说:"南渡桂水缺舟楫,北归秦川多鼓鼙。"不过说说罢了。

大约在潭州大乱的时候,杜甫想去汉阳或襄阳。有《登舟将适汉阳》诗说:"鹿门自此往,永息汉阴机。"又有《别董颋》诗说:"汉阳颇宁静,岘首试考盘。当念著皂帽,采薇青云端。"又有《回棹》诗,后半说想回襄阳隐居。这些都是兵荒马乱时的幻想。《上水遣怀》中说:"穷迫挫囊怀,常如中风走。"倒是实话。

在《送重表侄王砅评事使南海》中说：

番禺亲贤领，筹运神功操。大夫出卢宋，宝贝休脂膏。
洞主降接武，海胡舶千艘。

大历四年，李勉以京兆尹拜广州刺史，充岭南节度使。杜甫有送行诗。上引诗"番禺亲贤领"，亲贤就是指李勉。

在杜甫看来，广州经济既是那样繁荣，生活自然富裕，他在到公安前，大概已传闻李勉将做岭南节度使，估计政治也可能稳定。所以决心要到广州去。后来他的亲友魏佑、王砅先后去广州，就更增加了他南行的决心。所以心情又振奋起来。《泊岳阳城下》说：

留滞才难尽，艰危气益增。图南未可料，变化有鲲鹏。

杜甫到了潭州（长沙）。大历五年，潭州刺史崔瓘的部将臧玠叛乱，杀死崔瓘，湘中大乱。杜甫入衡州避兵。他更想到广州逃乱。《咏怀二首》之二说：

多忧污桃源，拙计泥铜柱。未辞炎瘴毒，摆落跋涉惧。
虎狼窥中原，焉得所历住？葛洪及许靖，避世当此路……
南为祝融客，勉强亲杖屦。结托老人星，罗浮展衰步。

在《风疾舟中伏枕书怀……》诗中，他又提到葛洪、许靖。

葛洪尸定解，许靖力还任。家事丹砂诀，无成涕作零。

许靖是三国时人，避兵走交州。晋葛洪为勾漏令，后来隐居罗浮山。杜甫提到葛洪，流露了他想去广东的又一种心事。杜甫年轻时候就相信神仙服食之术。诗中提到服食的很多。他又是多病的人。到湖南以后，右臂偏枯，已经不能写字。兼之臧玠之乱，窜伏乱兵间，担了不少惊恐。生活困难，营养不足。又死了一个还在吃奶的女儿（《入衡州》诗："犹乳女在旁。"这是大历五年夏天的诗，到了秋天，小女病死。《风疾舟中伏枕书怀……》说："瘗夭追潘岳"，即指小女之死），心情更坏。所以想求仙学长生术的念头又起来了。《送王砅》诗也说："我欲就丹砂，跋涉觉身劳。"可见这是他这一段时间常常想到的事。

还可以提到：杜甫和苏涣的交往，也许也会增强他去广州的心思。杜甫赠苏涣的诗，佩服备至。另外在《暮秋枉裴道手札，率尔遣兴寄递，呈苏涣侍御》和《入衡州》两诗中都提到苏涣。一则许以安定大局，再则把他比作白起。苏涣是个才气纵横的人，所以后来敢于到交广造反。据唐高仲武《中兴间气集》上苏涣题下识语云：

"涣本不平者，善放白弩，巴中号曰白跖。宾人患之，以比盗跖。后自知非，变节从学。乡赋擢第，累迁至御史。佐湖南幕。崔中丞遇害，涣遂逾岭，扇动哥舒（晃）跋扈交广，此犹龙蛇见血，本质彰矣。三年中作'变律诗'十九首，上广州李帅（勉）。其文意长于讽刺，亦有陈拾遗一鳞半爪。"据杜《入衡州》诗，瓘被杀后，涣亦往衡州，共谋讨伐臧玠。杜甫在潭州时，与涣交往甚密（《答裴道州》）。苏涣是想到交广的人，对于杜甫去广州，必有鼓舞。

总之，杜甫南行，是想到广州，这是他到江陵以前没有想到的。驱使他想到广州的力量，是当时的客观形势，主要是经济的原因。

杜位　杜济

岑仲勉在《杜甫世系》一文中，说杜甫诗中的"从弟位""从孙济"，"弟""孙"二字都是"子"字的误写，以避免岑氏拟定的"杜甫世系"中他们的世次和《新唐书·宰相世系表》所列世次间的冲突。其实是徒劳的。现在来分析一下。

先说杜济。按杜甫《示从孙济》诗（仇兆鳌《杜少陵集详注》〔以下简称"仇注"〕卷三）："平明跨驴出，未知适谁门。权门多噂沓，且复寻诸孙。"岑仲勉说"孙"是错字，应当是"子"字。其实这是绝对说不通的。题目中的"孙"字还可能写错，诗句韵脚的"孙"字是错不了的。详玩此诗，这位杜济分明是一个穷汉，和那位死后由颜真卿作神道碑，也即《宰相世系表》中那位达官，并不是一个人。据颜碑，这位杜济，死于大历十二年（七七七年），五十八岁。可知少杜甫八岁。仇兆鳌把杜甫《示从孙济》诗编在天宝十三年诗内，那时杜甫四十三岁，杜济该是三十五岁。颜碑说，济"父高陵令，赠太子少保。济早岁以寝郎从调，书判超等。裴冕为剑南，奏为成都令"。又曾参严武幕。显然他并不是一个穷汉子（而杜诗说："诸孙贫无事，宅舍如荒村。"还自己动手汲水淘米、刈葵）。且十二年后就做了"东川节度使兼京兆尹"那样的达官，令人难以相信。赠诗中又没有一句涉及文章功业的话，只说敬宗敦族的套语，更是当时社会风习所不会有的。

再说杜位。向来注家认为他就是权相李林甫的女婿。查杜诗有关杜位的诗共五首（在仇注本卷二、十、十八、二十一）。杜甫在诗中叫位作君、令弟、惠连、阿戎。明明是兄弟称呼。五首诗中只有两首的题目中有"弟"字,这两首诗题是《乘雨入行军六弟宅》及《奉送蜀州柏二别驾,将中丞命赴江陵,因示从弟行军司马位》。照岑仲勉说,这个"弟"字应该是"侄"字。但诗中用典如"惠连""阿戎"等,怎么会一律是"传抄之误"呢?("阿戎"见卷二《杜位宅守岁》,"惠连"见卷八《奉送蜀州柏二别驾……赴江陵……兼示从弟行军司马位》结联:"与报惠连诗不惜,知吾斑鬓总如银。")

关于杜位,还有一个旁证,证明他和李林甫那位女婿是两个人。《岑嘉州集》有《送杜位下第归陆浑别业》《郊行寄杜位》《过燕支寄杜位》。前两首诗写作年代无可考。后一首说:"长安遥在日光边,忆君不见令人老。"岑参赴北廷在天宝十四年,假如这个杜位是李林甫的女婿,贬斥当在天宝十二载。据《通鉴》卷二百十六,天宝十二载一月:"杨国忠使人说安禄山诬李林甫及阿布思谋反……时林甫尚未葬(他死在天宝十一载十一月),制削林甫官,子孙……流岭南及黔中,……近亲及党与坐贬者五十余人。"据此,天宝十四载,杜位不可能还在长安。还有一层,《杜位宅守岁》诗,钱、仇诸家皆定是天宝十载作。如果杜位是李林甫的女婿,他绝不会是一个"白丁"吧!按照杜赠人诗的诗题惯例,凡有官爵的人,不论官的大小,虽"仓曹"小吏,一律都称官衔。独对于杜位没有称官职。岑参的三首诗也同样直称其名,不提官职,这证明杜位当时还没有做官,所以他不可能是李林甫的女婿。看来这个杜位只是个富而好客的人。他为什么流放十年,却无从考查。要之,他的流放到广东新州(新兴县),一定在天宝十四年以后(随便提及,仇定《寄杜位》为上元二年作,过早。至低限度亦当在永泰元年〔七六五年〕,因为诗中有"悲君已是十年流"的句子,这年上推十年为天宝十五载或至德元载,七五六年)。

同代有两人同姓同名的事,在古今都是常有的,这是常识。就唐代的人说,也不少。如有两韦嗣立,两李益,两韩翃,三李翰,三王璇,两李元,两吕温,两崔昭纬,两钱珝,四李观,两韦应物,等等(详见岑仲勉《唐史馀渖》《唐集质疑》等书)。为什么这两个姓杜的一定没有或不允许有同名的人呢?

杜甫两参严武幕

两《唐书》杜甫传都说杜甫参加严武幕,是在严武再领剑南节度使的时候,即代宗广德二年(七六四年)。注家亦无异说。然杜《奉赠萧十二使君》诗:"艰危参幕府,前后间清尘。"句下自注:"严再领成都,余复参幕府。"则诗"前后"字是说自己前后两次参加严武幕府,都和萧十二同事。可知杜在严武初镇蜀时,即代宗宝应元年(七六二年)即已入幕。《赠萧十二使君》诗自注是确证,足以补史缺。

比较两《唐书》,《新唐书》于此事略胜。《旧唐书》说:"上元二年冬,黄门侍郎郑国公严武镇成都,奏为节度参谋,检校尚书工部员外郎,赐绯鱼袋。"《新唐书》说:"结庐成都西郭。会严武节度剑南东西川,往依焉。武再帅剑南,表为参谋、检校工部员外郎。"《旧唐书》把年代弄错了,看不出严武是两次守蜀。《新唐书》略胜一筹,记杜甫入严幕是严再节度剑南时事。但于严初至成都时,只说杜甫"往依"。宋祁作传,很少记年时,又漏"赐绯"事,亦疏。

二 论杜甫的诗艺和诗作

杜甫的诗艺

论杜甫的思想、为人，就必须先知道杜甫的生活。论杜甫的生活、思想，也就是论杜诗的思想性，目的即在要论杜诗的艺术性。普力汗诺夫说："在艺术作品的思想评价之后，应该继以那艺术底价值的分析。"如果文学研究者在对作品的思想性做出了评价之后，对作品的艺术性就转过脸去，不予理睬，那么，他对作品所作的评价，也只是"剩下不完全的、从而不确实的东西"（略引。详见鲁迅译《艺术论》，113—114页）。单论诗人的思想，也许经济学的统计数字、历史的概括叙述，都可以等价，但若要再现一个社会的心情，那就只有依靠诗的艺术性了。

这样说，不是意味着研究一个作家可以不管他的作品的思想性，只讲它们的艺术性。我认为，讲作品的思想性，正是为了便于把它们的艺术性讲得深入一些，踏实一些。而且可以避免一般化。对一个作家和他的全部作品，对某一篇作品，都是这样。

比如研究杜甫的思想，旨在说明杜诗产生的时代意义、诗风的特点。不先有对于他的思想的探索，则他的爱憎，他的诗在文学史上的地位，他和其他诗人的同异之处等就无法说明。

在谈杜诗的时候，还必须先谈一谈杜甫关于诗艺的看法。打算分三部分来谈：①杜甫的《戏为六绝句》解；②杜甫的《偶题》诗解；③杜甫论诗诗句分类摘录。

要谈这个问题，首先因为它本身重要。其次，讲明杜甫关于诗的意见，知他推重的风格和技巧，对于评价杜诗直接有助益。同时对他的文学观可以除去一些误解。第三，明白了他的文学观，可以知道杜诗成就大的一个重要原因。

一　先谈杜甫的《戏为六绝句》

（下文省称"六绝"）

六绝有郭绍虞集解本（下文称"集解"），兹不详说，只释大旨。六绝如下：

1. 庾信文章老更成，凌云健笔意纵横。
   今人嗤点流传赋，不觉前贤畏后生。
2. 杨王卢骆当时体，轻薄为文哂未休。
   尔曹身与名俱灭，不废江河万古流。
3. 纵使卢王操翰墨，劣于汉魏近风骚。
   龙文虎脊皆君驭，历块过都见尔曹。
4. 才力应难跨数公，凡今谁是出群雄？
   或看翡翠兰苕上，未掣鲸鱼碧海中。
5. 不薄今人爱古人，清词丽句必为邻。
   窃攀屈宋宜方驾，恐与齐梁作后尘。
6. 未及前贤更勿疑，递相祖述复先谁？
   别裁伪体亲风雅，转益多师是汝师。

六绝的最后两句是结论，是点睛之笔。第一首论庾信不可轻。第二、三、四首从各方面论初唐作家王、杨、卢、骆不可菲薄。第五、六首才提出主意。第五首第二句是重句、主句。看杜甫其他论诗摘句，可知他甚重清新，亦不废丽采，恐是本于《文心雕龙·明诗》篇："四言正体，则雅、润为本；五言流调，则清、丽居宗，华、实异用，惟才所安。"清词指气质之类，可以上接风、骚；丽句指丰缛之类，则下该齐梁乃至初唐。"必为邻"是说必须兼顾等视。若高标屈宋，贱视齐梁，观其所为，殆又不及。如此眼高手低，于创作实践无益有害。我这种解说，颇违古今诸家的说法。另有小文论证，在此不能多说。第六首结联是总结六首的论旨，极为重要。第二句亦兼驳复古论者。最后提出真伪做标准，平章古今，说自己既不厚古薄今（这是与人辩论的焦点），也不厚今薄古，对于古今都该用"真"字做标准去识别、裁择。对假古董既不敢恭维；对怪时装亦不假颜色。总之是择善而从，不局限于一家一派，但有一长，都值得师法。这就是六绝的主旨。六诗既是有为而发（前人说是在成都与严武幕客论诗，意见不合，故有是作，是），当然只争论双方所持异议之点，不是广泛论诗之作。看来杜甫当时的论敌，是一个复古者。他绝对地高举风、骚，呵斥齐梁、初唐。杜甫不同意。针对论敌的论点，提出驳难和自己的主旨。既然所争限于继承问题，论敌所嗤笑卑视的作家是近代的庾信和初唐四家，所以六绝也就在这两点上提出意见。在继承问题上，杜甫没有反对陈子昂、李白的复古。但他不赞成一笔抹煞六朝文学的价值，因为唐代文学是继承了齐梁或六朝而来的。比如近体诗就是从齐梁诗来的，在实践中，唐代的近体诗表现出它的生命力，名家辈出，且得到民间的欢迎（例如绝句），如果否定六朝，必然也要否定近体。抹掉近体，唐诗还剩下什么呢？在古代，复古既是革新派的口号，也是倒退派的口号。像陈子昂、李白、韩愈，说是复古，其实是革新。陈《修竹篇序》说："观齐梁间诗，彩丽竞繁，而兴寄都绝，每以永叹。"话说得平正。元结《箧中集序》说："近世作者，更相沿袭，拘限声病，喜尚形似，且以流易为词，不知丧于雅正。"也还切实。李白就激烈一些，说："自从建安来，绮丽不足珍。……圣代复玄古（远古），垂衣贵清真。"（《古风》）后来韩愈就更激烈了，说："齐梁及陈隋，众作等蝉噪。"

(《荐士》)他们的话都是对的。其所以对,就在他们意在革新。六朝以来的形式主义的文风,积重难返,不大张挞伐,新文风是难于迅速出现的。但形式主义是一回事,继承前代文学形式又是一回事。杜甫和李白、元结同是唐代文学的革新派或建设派,对于六朝文学的重词轻意、以词害意的形式主义,都是坚决反对的。但在理论上,杜要全面平正得多,李、元不免偏激。从后来三人的成就看,元结无论为文作诗,都能实践自己的宗旨,诗必古诗,文不骈偶,可是过于高古謇涩,所以流传不广。李白的实践与理论颇有矛盾的地方。他说:"梁陈以来,艳薄斯极。沈休文又尚以声律,将复古道,非我而谁?"(见孟棨《本事诗·高逸第三》引)"但他得盛名的原因,主要还是因为作了他不很喜爱的近体诗,特别是五七言绝句。"(详见《中国通史简编》三编二册,674页)古今选李诗的,都不选他的四言诗,是一个客观的小小的讽刺。复古复到四言诗,复到诗经的形式了,可谓古矣,然而"流俗"所称,乃在他不甚屑为的,来自齐梁的近体。李白的诗,或者说他的七绝为有唐第一,或者说他的七言古诗"殆天授,非人所及"(沈德潜)。实则七古也是初唐的新体。它发源虽古,却到唐代才独立成体,发皇光大。章太炎《辨诗》说:"至是时(指唐初)五言之势又尽,杜甫以下,辟旋以入七言。七言在周世,《大招》为其萌芽,汉则《柏梁》。刘向亦时为之,顾短促未能成体,而魏文帝为最工。唐世张之,以为新曲。"(参看萧涤非《杜甫研究》上卷,111页)太白的诗真称得上直继建安的,只有五古这一体,于此,他还极称谢朓,则似亦不废齐梁。由此可见,诗的体裁不仅是一个形式问题。当一种形式被社会接受而流行起来的时候,这就表示它是比较适合于表白那个时代的生活内容的。这就是历史的印记。天才不论怎样高的诗人,要想违反这个潮流,必然会遭到失败。杜甫在这方面,不失为有见。他不做四言诗,不做骚体。虽"亲(亲字有分寸,谓接受其精神)风雅",却不废丽词,主张清、丽结合。这就是《论语》说的"文质彬彬,然后君子"。魏徵《隋书·文学传序》说:"然彼此(南北朝)好尚,互有异同。江左宫商发越,贵于清绮,河朔词义贞刚,重乎气质。气质则理胜其词,清绮则文过其意。理深者便于时用,文华者宜于咏歌。此其南北词人得失之大较也。若能掇彼清音,简兹累句。各去两短,合其两长。则文质彬彬,尽善尽美矣。"论文风仅从地域(南北)着眼,没有更从历史上着眼,是不对的。盛唐诸人如陈、李,才从历史继承着眼来反对南朝的浮艳文风,比魏徵进了一步。到杜甫,主张并采古今之长,既贵质实,同时不弃文采,是符合历史要求的。但杜甫不是调和派。他的主张是裁伪体以亲风雅,即以立意为本,不徒以丽采相尚。所以他既不远附苏绰,伪造古董,也不近从沈宋,推扬靡丽。从实践看,杜甫是言行相副的。他教儿子作诗要原本经术,就是说要有安定天下的大志,同时,也说作文要"知律",要熟读文选。他自己作诗,总是不忘生民疾苦,国家安危,又辞必己出,不模拟僵死的形式,同时注意声律风调,做到"词气豪迈,而风调清深;属对律切,而脱弃凡近"(元稹语)。其实他一方面大作近体诗,情深意远,但绝不唾弃"凡俗",比如多用俗字方言谚语等,所以他的诗往往文从字顺,没有怪怪奇奇的、以胜人为能的雕镂刻削词语。他的诗艺之所以成为"在唐朝是诗人(中的)第一,在古代所有诗人中也是第一"(《中国通史简编》三编二册,663页),除了伟大的抱负(尽管是不切实际的抱负)以外,就在他能"择善而从,无所不学,所以成为兼备众体,集古今诗人之大成的伟大诗人"(同上书,681页)。李斯《谏逐客书》说:"太山不让(辞也)土壤,故能成其大;江河不择细流,故能就其深。"杜诗之所以"浑涵汪茫,千汇万状,兼古今而有之"(《新唐书·本传赞》),就在诗人能用发展的眼光看文学,他的思想客观、全面,所以能成就其大与深。

二　次论杜甫的《偶题》

《偶题》是杜甫晚年论诗的重要诗作，其重要或更超过《戏为六绝句》。

> 文章千古事，得失寸心知。作者皆殊列，名声岂浪垂？
> 骚人嗟不见，汉道盛于斯。前辈飞腾入，余波绮丽为。
> 后贤兼旧制，历代各清规。法自儒家有，心从弱岁疲。
> 永怀江左逸，多谢邺中奇。骚骥皆良马，骐驎带好儿。
> 车轮徒已斫，堂构惜仍亏。漫作潜夫论，虚传幼妇碑。
> 缘情慰漂荡，抱疾屡迁移……稼穑分诗兴，柴荆学土宜。
> 故山迷白阁，秋水忆皇陂。不敢要佳句，愁来赋别离。

浦起龙分全诗为两大段。自首至"虚传幼妇碑"二十句为第一段，极论诗学。按后二十句亦与论诗学相关。兹删去中间十六句，以见论诗的主旨。删去这许多句，只是为了说解方便，所删去的绝非可有可无的句子。杜甫论诗都是把自己和国家的"命运"结合起来，所谓"下悲小己，上念国家"，司马迁说："诗三百篇，大抵贤人发愤之所为。"杜诗的"亲风雅"的"亲"，从这里体现得很具体。

依浦起龙说："历代各清规"以上泛论学诗之准，"法自儒家有"至"虚传幼妇碑"乃实言一生从事之业。浦氏的话就分段说是对的。但欠缺重点阐发，现在就重要的句子作一些必要的说解。

"作者皆殊列，名声岂浪垂"两句，杜甫对文学史上重要的作家，取尊重态度，把他们看作文学这座千门万户的宫殿的建筑师。文学史绝不是一座陈列着许多木乃伊的坟场。以下，杜甫讲唐以前的文学流变。

> 骚人嗟不见,汉道盛于斯。
> 前辈飞腾入,余波绮丽为。
> 后贤兼旧制,历代各清规。

盛于斯,斯指文章,意指汉代文人的赋。杜甫说由骚变赋,和刘勰的看法是一致的。《文心雕龙·辨骚》篇说:楚骚"文辞丽雅,为词赋所宗"。"故枚贾追风以入丽,马扬沿波而得奇。""赋也者,受命于诗人,拓宇于楚辞者也。"前辈二句,是说赋变为诗。余波为绮丽,以绮丽代诗。后贤二句,一结。后贤与前辈连看,历代清规,并承前辈后贤说。清规,清明之轨范。《礼记·缁衣》篇引逸诗:"昔吾有先正,其言明且清。"扬雄《法言·吾子》篇:"诗人之赋丽以则。"此清规语意所由。

"法自儒家有",要语。张远释为自述家风,非是。范文澜说是"取法于儒经",很对。又说:"杜甫教人学诗,'法自儒家有','应须饱经术'。文学自附于经术,作者的思想感情才有正统的来源,是非喜怒才合于封建社会的道德标准。刘勰作《文心雕龙》,以《原道篇》冠全书,杜甫韩愈论文章,出发点与刘勰相同,杜韩在文学上获得特殊的成就,根本原因就在此。"(《通史简编》三编二册,718页)

关于杜甫的经术,我以为是原本《诗》与《春秋》的。详见《杜甫的思想》,这里不再讲了。但应该明白指出,杜甫的诗称为迈越前代,到今天也还被人喜欢,虽与他的经术有关,但恐怕不能说这是他的成就的"根本原因",否则就要遇到这样的困难:杜诗在唐代并未被普遍重视,而且为什么社会主义的祖国人民还是爱读杜诗呢?

"多谢邺中奇。"多谢,俗语。等于说感谢(多,厚。谢,拜赐)。

"不敢要佳句,愁来赋别离。"王嗣奭的《杜臆》说:"漂荡之中,岂复有佳句。"疑犯复。应当另求解释。

旧笔记一则,略论此联,抄在下面:

窃疑杜"不敢要佳句,愁来赋别离"一联,盖有以已诗自附于骚人之意。司马迁曰:"离骚者,犹离忧也。"扬雄作《畔牢愁》,李奇注:"畔,离也。牢,聊也。与君相离,愁而无聊也。"王逸作《离骚》序曰:"离,别也。骚,愁也。"可知汉人解离骚,不出别愁一义。司马子长又云:"屈原之作离骚,盖自怨生也。国风好色而不淫。小雅怨诽而不乱,若离骚者,可谓兼之也。"今观子美所陈:佩兰餐菊,正则弗渝,庶几好色不淫;逐臣万里,思君何极(白阁皇陂一联,即回首君门之意),可谓怨诽不乱。若浸淫于小己之"佳句",岂子美所欲要(求也,平声)乎?

或疑如此解"赋别离",过于穿凿。解之曰,照历来注家所释,则有三难。一是起句说"文章千古事",结语曰"愁来赋别离",虎头鼠尾,殊不相称。二则与"慰漂荡"犯复,杜不应尔。三是诗示宗武及"法自儒家有",已自附于《诗》与《春秋》,末句若只叙离情,不但白阁皇陂一联,南海东风二语,皆成琐细,且"儒家"怀抱,竟如此龌龊乎?故知其必有遥深之兴寄矣。

三 论诗摘句

只说上面两首,还不足尽杜甫说诗的广阔范围。现在将杜诗中涉及诗艺的句子分类撮录于下(诗题长者从简):

(1)自述类:

读书破万卷,下笔如有神。(《奉赠韦左丞丈》)

应须饱经术。(《又示宗武》)

法自儒家有。(《偶题》)

熟精文选理。(《宗武生日》)

诗是吾家事。(《宗武生日》)

病减诗仍拙,吟多意有余。(《复愁十二首》)

续儿诵文选。(《水阁朝霁奉简云安严明府》)

为人性僻耽佳句,语不惊人死不休。(《江上值水如海势,聊短述》)

文章千古事,得失寸心知。(《偶题》)

赋料扬雄敌,诗堪子建亲。(《奉赠韦左丞丈》)

同调嗟谁惜,论文笑皆知。(《赠毕四曜》)

雕刻初谁料,纤毫欲自矜。(《寄峡州刘伯华》)

丘壑曾忘返,文章敢自诬?(《白帝城放船出峡四十韵》)

吾祖诗冠古。(《赠蜀僧闾丘师兄》)

吾人诗家流,博采世上名。(《同元使君舂陵行》)

妙取筌蹄弃,高宜百万层。白头遗恨在,青竹几个登?(《寄峡州刘伯华》)

文章一小技,于道未为尊。(《赠华阳柳少府》)

赋诗新句稳,不觉自长吟。(《长吟》)

陶冶性灵存底物,新诗改罢自长吟。(《解闷十二首》)

流传江鲍体,相顾免无儿。(《赠毕四曜》)

例及吾家诗,旷怀扫氛翳。慷慨嗣真作,咨嗟玉山桂。(《八哀诗·李邕》)

熟知二谢将能事,颇学阴何苦用心。(《解闷十二首》)

气劘屈贾垒,目短曹刘墙。(《壮游》)

(2)兴会(灵感?)类:

诗兴不无神。(《寄张山人彪》)

诗成觉有神。(《独酌成诗》)

愁极本凭诗遣兴。(《至后》)

才力老益神。(《寄薛璩》)

道消诗发兴,心息酒为徒。(《哭郑虔、苏源明》)

感激时将晚,苍茫兴有神。(《上韦左相》)

惬当久忘筌。(《夔府咏怀》)

老去才难尽，秋来兴甚长。(《寄彭州高三十五使君适，虢州岑二十七长史参》)

（3）律、法类：

思飘云物动，律中鬼神惊。(《敬赠郑谏议》)

笔落惊风雨，诗成泣鬼神。(《寄李白》)

词人取佳句，刻画竟谁传？(《白盐山》)

丈人叨礼数，文律早周旋。(《哭韦之晋》)

遣词必中律，利物常发硎。(《桥陵诗》)

觅句新知律。(《又示宗武》)

诗清立意新。(《奉和严中丞西城晚眺》)

美名人不及，佳句法如何。(《寄高三十五》)

诗律群公问，儒门旧史长。(《奉贺沈东美除膳部员外郎》)

晚节渐于诗律细。(《遣闷戏呈路十九曹长》)

更得清新否？遥知属对忙。(《寄高适、岑参》)

毫发无遗憾，波澜独老成。(《敬赠郑谏议》)

何时一樽酒，重与细论文。(《春日忆李白》)

自从失词伯，不复更论文。(《遣闷·苏源明》)

会待妖氛静，论文暂裹粮。(《寄高适、岑参》)

把酒宜深酌，题诗好细论。(《敝庐遣兴寄严武》)

论文或不愧，重肯款柴扉？(《寄范邈、吴郁》)

自失论文友，空知卖酒垆。(《赠高式颜》)

说诗能累夜，醉酒或连朝。(《奉赠卢琚》)

自成一家则，未缺只字警。(《八哀诗·张九龄》)

（4）诗史：

作者皆殊列，名声岂浪垂？(《偶题》)

庾信文章老更成，凌云健笔意纵横。(《戏为六绝句》)

才力应难过数公。(《六绝》)

不薄今人爱古人，清词丽句必为邻。(《六绝》)

别裁伪体亲风雅，转益多师是汝师。(《六绝》)

文章曹植波澜阔。(《追酬故高蜀州人日见寄》)

子建文笔壮。(《别李义》)

再闻诵新作，突过黄初诗。(《赠苏涣》)

清新庾开府，俊逸鲍参军。(《春日忆李白》)

白也诗无敌，飘然思不群。(《春日忆李白》)

阴何尚清省，沈宋欻联翩。(《秋日夔府咏怀》)

李侯有佳句，往往似阴铿。(《与李白同寻范隐居》)

李陵苏武是吾师，孟子论文更不疑。(《解闷十二首》)

谢朓每篇堪讽咏。(《寄岑嘉州》)

近伏临川雄，未甘特进丽。(《八哀诗·李邕》)

有才继骚雅，哲匠不比肩。公生杨马后，名与日月悬。(《陈拾遗故宅》)

粲粲元道州，前贤畏后生。(《同元结〈舂陵行〉》)

方驾曹刘不啻过。(《奉寄高常侍》)

陶谢不支吾，风骚共推激。(《夜听许十一诵诗》)

焉得思如陶谢手，令渠述作与同游。(《江上值水如海势，聊短述》)

新文生沈谢。(《赠王抡》)

当世论才子，如公复几人？骅骝开道路，鹰隼出风尘。(《寄高适》)

举天悲富骆，近代惜卢王。(《寄高适、岑参》)

激烈伤雄才。(《陈拾遗学堂》)

雄笔映千古。(《寄贾至》)

高岑殊缓步，沈鲍得同行。(《寄高适、岑参》)

绮丽元晖拥，笺诔任昉骋。(《八哀诗·张九龄》)

近来海内为长句,汝与山东李白好。(《苏端薛复筵赠苏端》)

苍茫步兵哭,辗转仲宣哀。(《秋日荆南述怀》)

赋诗何必多,往往凌鲍谢。(《遣兴五首·孟浩然》)

新诗句句尽堪传。(《解闷十二首·孟浩然》)

清诗句句好,应任老夫传。(《赠严武》)

清诗近道要,识子用心苦。(《贻阮隐居》)

最传秀句寰区满。(《解闷十二首·王维》)

(5) 风格类:

意惬关飞动,篇终接混茫。(《寄高适、岑参》)

清文动哀玉,见道发新硎。(《酬薛十二》)

史阁行人在,诗家秀句传。(《哭李之芳》)

神融摄飞动,战胜洗侵陵。(《寄刘伯华》)

破的由来事,先锋孰敢争!(《赠郑谏议》)

(6) 题材类:

诗尽人间兴,兼须入海求。(《西阁二首》)

故林归未得,排闷强裁诗。(《江亭》)

登临多物色,陶冶赖诗篇。(《夔府咏怀》)

老来多涕泪,情在强诗篇。(《哭韦之晋》)

老去诗篇浑漫与,春来花鸟莫深愁。(《江上值水如海势,聊短述》)

即事非今亦非古。(《曲江三章》)

综合上述三类(《戏为六绝句》、《偶题》及论诗摘句),略尽杜甫诗论的范围。总起来看,略有五个方面值得注意:①杜甫作诗,崇尚儒术。儒术指《诗》及《春秋》,前文已有证明。如大一统、别善恶、为尊亲讳、致忠义(《陈拾遗故宅》云:"终古立忠义,《感遇》有遗篇。"),都是经术所关。杜诗的现实主义力量强,即由于他信仰儒术到了顽固的程度。"儒术岂谋身？""老大意转拙"，为人所取笑、嫌恶，乃至颠沛流离。初无悔意。和楚臣的"九死不悔"颇相仿佛。②知流变。对于继承问题、今古问题，都从文学的流变着眼。可以说杜甫对文学形式，亦是采取实事求是的态度。唯持历史观的人，态度能全面。所以杜甫重视律诗，不卑齐梁。③贵创造、反墨守。杜《闻高常侍亡》诗："独步诗名在。"他诗又说："欲语羞雷同。"元稹《酬孝甫见赠十首》之二云："杜甫天才颇绝伦，每寻诗卷似情亲。怜渠直道当时语，不著心源傍古人。"（《元氏长庆集》卷十八）微之后二语，虽指杜甫《兵车行》《悲陈陶》诸作，"即事名篇，无所倚傍"，盖亦兼指用语。杜甫不作四言、骚体，亦是贵创造的精神。"语不惊人死不休"不是逞才尚胜，是不甘墨守旧贯的表现。④重兴会。杜诗常用"神""鬼神"字样。这是说兴会，现在叫作灵感。诗人在创作过程中，有时境与意会，兴致勃发。思绝安排，笔无再点。这种境界，说为兴会。重兴会和重锻炼并不相背，且相反相成。"诗成觉有神"和"新诗改罢自长吟"并不是自相矛盾。兴会与储备是相须的。储备深广，偶然得之，是常有的事。至于文章改定，则是在诗成之后。改定与学问有关，否则"读书破万卷"就是徒劳了。⑤尚清新，即重立意。所以他评人好诗总是说清新、清省。不贵丽藻。"沉郁"必以清新为本，否则必然要走入艰涩一路，这也是杜甫所明白提示后人的。

明了以上五点，可知杜诗本经术以立言，明流变以正体，重独创以修诚，举兴会以运学，主清新以驭辞，如谓不然，请证诗语。

沉郁顿挫辨

杜甫天宝间进《雕赋》，其表云："（明主）倘使执先祖之故事，拔泥涂之久辱，则臣之述作，虽不能鼓吹六经，先鸣数子，至于沉郁顿挫，随时敏捷，扬雄、枚皋之徒，庶可企及也。"以后研究杜诗的人，论杜诗风格，多说沉郁顿挫。解释却又各自不同。我以为杜诗的风格，不都是沉郁顿挫，毋宁说他的律体（五、七律）乃是以清新为本的，而又纵横变化，兼之典丽精工，独成一格，五、七绝（共一百三十八首）是以清逸曲峭为主的。惟五言古诗和七言古诗确是以沉郁风格为主。当然，杜诗的风格是统一的。比如他有"大句"，在五律中如："鼓角悲荒塞，星河落曙山"，"关塞三千里，烟花一万重"，"吴楚东南坼，乾坤日夜浮"，"星随平野阔，月涌大江流"，"谁怜一片影，相失万重云"，"所向无空阔，真堪托死生"，"天意存倾覆，神动接浑茫"，"大声吹地转，高浪蹴天浮"。七律如："蓝水远从千涧落，玉山高并两峰寒"，"五更鼓角声悲壮，三峡星河影动摇"，"锦江春色来天地，玉垒浮云变古今"，"高江急峡雷霆斗，古木苍藤日月昏"，"三分割据纡筹策，万古云霄一羽毛"，"江天漠漠鸟双去，风雨时时龙一吟"，"无边落木萧萧下，不尽长江滚滚来"。这些诗句也可以是沉郁风格的代表。但五律是唐人猎取功名之具（唐人应制诗式比五律不过多两韵），七律亦脱离应制诗未久。且句法章法都受到严格的限制，所以即使是杜甫也还不能不对这种传统的体格让步，不能不收敛一下自己的善驰骋的雄才。五、七绝更受限制。惟五、七言古诗，毫无拘束，可以自由放笔。且杜古诗喜用赋体（铺陈）抒情，所以杜诗的沉郁风格在五、七古中才得到充分的发展。但我们在讨论之前，应先试探一下杜甫用的"沉郁"一词，究竟是什么意思。

对"沉郁"一词，安旗同志曾经以为出于屈原的《九章·思美人》："志沉菀而莫达。"沉菀就是沉郁。依安旗同志说，杜甫早期的沉郁顿挫，是以学力胜。后期的沉郁顿挫，是忧愤深广，波澜老成（安旗：《沉郁顿挫试解》，载《四川文学》一九六二年六月号）。这是很有启发性的见解。但"沉郁"的见解（顿挫不是纯粹的风格，见下）还可以仔细探索一番。杜甫写在《进〈雕赋〉表》中的这个词，首先可以从《雕赋》中去探讨一下它的精神。《雕赋》说雕"以雄才为己任，横杀气而独往"，"彼壮夫之慷慨，假强敌而逡巡"。进赋表说得明白，诗人是想"引（雕）以为类"，歌颂"大臣正色立朝之义"。可知《表》中的"沉郁顿挫"和《九章·思美人》中的"志沉菀而莫达"沉菀一词的意义是不同类的。屈大夫说的是"抑郁而无谁语"的意思。杜甫《进〈雕赋〉表》虽然有"衣不盖体、寄食于人"的话，但主要在讲自己夙承家学，文辞足用，至多只有"不得于君则惶惶如"的意味，还没有屈原那样憔悴自怜的心理，我以为沉郁一词是用刘歆给扬雄索《方言》目录的信中的话（详严可均辑《全汉文》卷四十）。信说："属闻子云独采集先代绝言、异国殊语以为十五卷，非子云澹雅之才，沉郁之思，不能终年锐精，以成此书。"这里的沉郁，就是《汉书·扬雄传》说的"（雄）默而好深湛之思"。颜注："湛读曰沉。"雄答刘歆前书说："雄少不得学，而心好沉雄博丽之文。"综合起来看，所谓沉郁，就是深沉积久的意思。与郁结抑塞的意思不同。杜甫是很佩服扬雄的，这《进〈雕赋〉表》中的沉郁一词，主要是从上引文中来的。不但词语来源，而且《表》中的那几句话亦是从汉赋作家来的。那些话是："沉郁顿挫，随时敏捷。扬雄、枚皋之徒，庶可企及也。"据说扬雄作文，思致迟滞，而枚皋敏捷，摇笔文成（参看《文心雕龙·神思》篇），所以杜表"沉郁"一句是指扬雄，下句"随时敏捷"是指枚皋。杜以为自己兼有扬、枚二人的长处，思既深沉，才又敏捷，故说"扬雄、枚皋之徒，庶可企及"。再则，"沉郁顿挫"一语，后杜诗、杜文，绝未再用。可见杜甫并不认为这句话可以说尽他的诗风。如果说，诗人虽然不自命其诗风为某某，而我们却不妨用诗人偶一用之的词语名其诗风，这是完全可以同意的。但是须注意，如前文所说，杜诗近体既然不可以用沉郁顿挫包举，而杜的五、七言律、绝，共有九百三十首加上长律一百二十七首，共一千零五十七首，约占现存杜诗（一千四百五十三首）的百分之七十。则知用杜一时之语沉郁顿挫概指杜诗风格，实在并不很妥当。话虽如此，但如果说，杜甫突出的诗风是沉郁，对沉郁一词，撇开刘歆的话不管，为之下一界说，以便说明杜诗给人以深刻的印象那一种诗风，却是可以的。

《壮游》诗曰："性豪业嗜酒，嫉恶怀刚肠。脱略小时辈，结交皆老苍，饮酣视八极，俗物都茫茫。"《入衡州》诗："悠悠委薄俗，郁郁回刚肠。"《上韦左丞丈二十韵》："感激时将晚，苍茫兴有神。"《乐游园歌》："此身饮罢无归处，独立苍茫自咏诗。"苍茫本义是旷远，《杜臆》解"苍茫兴有神"为意兴勃然。又《观公孙大娘弟子舞剑器行》诗序，说张旭草书"豪迈感激"。又《追酬故高蜀州人日见寄》诗："感时郁郁匡君略。"可知杜所谓沉，乃是高标远致、厌薄凡俗的心情，其所谓郁，亦与物多忤所积不平的愤懑。沉不是沉冥，郁也不是忧郁。合起来说是，执持弘毅叫作沉，感激苍茫叫作郁。取《奉先咏怀》诗语表述其词，那么，"盖棺事则已，此志常觊豁，兀兀遂至今，忍为尘埃没。"就是沉。"穷年忧黎元，叹息肠内热。取笑同学翁，浩歌弥激烈。"就是郁。不分早年和晚年。杜甫既然常有如此这般的心情，所以他的诗风（不论什么题材）就相应地以悲愤激烈、抑塞磊落杂而出之。

从重要的印象说，可以讲杜甫的诗风是沉郁。[1]

至于顿挫，不是风格，而是一种写作方法。只好专说。

杜甫《同元使君〈舂陵行〉》诗序说："不意复见比兴体制，微婉顿挫之词。"又《观公孙大娘弟子舞剑器行》诗序说："㴉㵰顿挫，独出冠时。"顿挫一词，盖出《文赋》："箴清壮而顿挫。"又《后汉书》卷一百，孔融传赞语："北海天逸，音情顿挫。"李贤注："顿挫，犹抑扬。"看陆机、范晔用顿挫一语，似不离含蓄曲折的意思。杜甫语意，亦大体如此。宋黄庭坚作《小山词序》云，叔原之作，寓以诗人句法。"清壮顿挫，足以动摇人心。"这和杜甫用的"㴉㵰顿挫"的话意思相近。㴉㵰，双声叠语，以一字为义。㴉训水清，㴉㵰亦是清义。杜诗有"罢如江海凝清光"。可知㴉㵰顿挫是说像江海不流时的澄凝。不是不流，而是动中的静。这是说舞，如果说行文，自然是指曲折停顿、句断意连（近于现代文学术语的跳跃）、微婉含蓄处。

清代杜诗评论家讲顿挫的有方东树。他的《昭昧詹言》卷十二、卷十八专讲杜诗。卷十八讲律诗，评《闻官军收河南河北》云："起四句沉著顿挫。"评《送郑十八虔贬台州司户》云："笔笔顿挫。"又云："顿挫者，句断。不将两句合一意，使中相连。中无罅隙。含蓄成叶子金。如此诗，虽似文体，一气而沉重，成锭子金也。"评《因许八寄江宁旻上人》云："只是顿挫，不直率联接。大约诗章法，全在句句断，笔笔断，而其意贯注。一气曲折顿挫，乃无直章、死句、合掌之病。"卷十二论杜古诗。评《忆昔》第二首云："'百余年间'句直放。'岂闻'句转抑顿挫，乃非平直。'伤心'句顿挫。"

清人评杜，专论诗法者，尚有吴瞻泰。其《杜诗提要》卷首《评

---

[1] 晋陆机《思归赋》："伊我思之沉郁，怆感物而增悲。"又《遂志赋》："抑扬顿挫，怨之徒也。"此沉郁义与刘歆书语义不同。"顿挫"又与《文赋》语义不同。反与近世用此二语相近，但似与杜《进〈雕赋〉表》语意不合，出之以备参考。

杜诗略例》曰:"少陵自述曰'沉郁顿挫'。其沉郁者,意也,顿挫者,法也。意至而法亦无不密。"卷一评《雨过苏端》云:"直书其事曰赋,而有比兴间之,则直而婉。此三百篇及汉魏诗秘诀也。比兴无他,触物写景皆是。如(此诗)'尽醉抒怀抱',下,即接'亲朋纵谈谑',未尝不可。然直叙索然矣。故'红稠(屋角花),碧委(墙隅草)'一联,为一篇波澜,无此二语,应不入选,特取此以例其余。"又于"红稠"一联下,双行评云:"二句隔断上文。"详此,知瞻泰以为,凡古诗作复句,中断叙述,于当时情事加以描写的,都是"断"。如《赠卫八处士》诗,于"夜雨剪春韭,新炊间黄粱"一联下,批云"断",并是其例。这就是在讲顿挫的笔法,亦曰"波澜"。又评杜《述怀》诗最后一段,亦说顿挫。诗云:"自寄一封书,今已十月后,反畏消息来,寸心复何有?"评云,(此)一段家事。"汉运初中兴,生平老耽酒。沉思欢会处,恐作穷独叟。"总评云:"昔人谓此诗只平平说去。又谓杜古诗铺叙太实。不知其波澜突起,断续无踪。其笔正出神入圣也。……难在'汉运中兴'句,提笔一振,既已隔断'家书'(一段),更复遥应'天子'(按诗首段有"麻鞋见天子"句),一提一锁,岭断云生矣。如此大波澜,大结构,何从指他平铺处?"卷二评《佳人》曰:"在山(泉水清,出山泉水浊)二句,不即不离,乐府妙境(按此应举《饮马长城窟行》:"枯桑知天风,海水知天寒"为例)。学古诗者能知比兴之即为断续,则三昧得矣。"按吴氏所谓以比兴为断续,总是指顿挫描写之法,这种地方,看似断了上文线索,却是意思不断,和方东树说的句断笔断,而意思连贯叫作顿挫的话实是同义。惟方氏讲律诗中顿挫,似说得极端一些。如果作诗真是必须句句断,不许句相连接,那么如"竹叶于人既无分,菊花从此不须开",流水一意,句间不断,为什么成为传诵之句?大抵清人论诗,讲诗法的如方东树、吴瞻泰,都不免以自己做试帖诗的方法去说杜诗,他们说的"章法",实在是死法,是依题作诗法,他们讲的一套刻画题目的所谓章法、句法、字法,全是从做八股文中得来。他们不懂得真正的诗都是无题的，真正的诗也无定法。但这里为什么又引他们的说法呢？因为文学毕竟是用语言文字做手段（或媒介）的事物，诗人的表情达意一方面得遵照语文习惯办事，一方面也总是从前人的文学传统发轫的，诗文评论家如果熟知语文规律，同时又熟悉诗人所熟悉的文学遗产，那么，他的评论总还不至于完全落空，完全郢书燕说。对后代人总还有一定的参考价值。如上面我们为了探讨近代（杜诗）评论家如何理解"顿挫"这个词，检阅了吴瞻泰、方东树的意见，发现他们的意见相去不远，内容也是有根据的。他们对沉郁与顿挫的分别也是明了的。比之做《白雨斋词话》的陈廷焯（他把沉郁仅理解为含蓄或温柔敦厚，而又混沉郁顿挫为一），他们似乎要深刻一些。

总之我以为沉郁顿挫是两方面的事，沉郁是文学风格，以思想为主调。顿挫是文学手法，是通用工具。二者颇有关联，所以也可以并提。但毕竟有别，所以亦不可含混。

《北征》新说

《北征》是杜甫的巨制,是政论与抒情诗巧妙结合的典范,无论主题的重大,诗艺的卓绝,都可算杜诗的高峰。前人对《北征》的评赞已经不少,我这里提出一些粗浅的看法,以就正于杜诗专家和喜欢杜诗的朋友们。

<blockquote>
皇帝二载秋,闰八月初吉,杜子将北征,苍茫问家室。
</blockquote>

影宋本《王十朋集百家注杜少陵诗史》在《北征》题下,引王彦辅曰,"后汉班彪更始时避地凉州,发长安,作《北征赋》",这不过讲北征二字的出处。近人胡小石《北征小笺》说(下文称胡笺):《北征》,"结构出赋。班叔皮《北征》(赋,下二同),曹大家《东征》,潘安仁《西征》,皆其所本,与曹、潘两赋尤近"。又说杜《北征》的首联云,"曹大家《东征赋》,起两句:惟永初之有七兮(汉和帝),余随子兮东征。时孟春之吉日兮,撰良辰而将行"云云。潘安仁《西征赋》起句,"岁次玄枵,月旅蕤宾,丙丁统日,己未御辰,潘子凭轼西向,自京徂秦"云云,皆先纪岁时,次述所向。杜《北征》起句全用此,而出以五言。胡先生论《北征》结构所本的意见是对的。可惜未尽《北征》开篇两句关涉到全篇要旨的重大含义。(见后)胡笺又说:"《北征》风格,近于小雅,而其旨隐微。就篇末数韵探之,知与天宝末年安禄山称兵,太子即位灵武,玄宗内禅有关,已预测将来玄肃父子之

恩不终，于此宛转致其讽喻之旨。"这也是对的。实则《北征》开篇一段，即有暗示，而且包孕甚广，谏官杜甫所忧虑者，固不止灵武自立一端，请读（中有省略）：

> 维时遭艰虞，朝野少暇日。顾惭恩私被，诏许归蓬荜。
> 拜辞诣阙下，怵惕久未出。虽乏谏诤姿，恐君有遗失。
> 君诚中兴主，经纬固密勿。东胡反未已，臣甫愤所切。
> 乾坤含疮痍，忧虞何时毕？所遇多被伤，呻吟更流血。
> 回首凤翔县，旌旗晚明灭。

《北征》第一段是受王粲《七哀诗》第一首影响的（以非本文所论范围，不多及），王诗哀痛，杜诗沉郁。何谓沉郁？情志深远之谓沉，蕴结难宣之谓郁。比如，自长安陷贼以来，少陵思家之心，固与日俱永，既得墨敕放回，为什么反有"苍茫"之感？感君恩是有的，为国而忘家也是有的，为什么会"怵惕"难辞呢？何以见得君有"遗失"呢？叛贼安庆绪还在肆虐，破贼收京是当时重大国策，是《北征》的主题所系，所以表示"愤切"；但诗人究竟看出了什么值得担心的事，而写出"忧虞何时毕"的句子呢？不久前诗人几陷重罪，难道不包含在这些"忧虞""怵惕"之中吗？在这一段"引而不发"或欲言又止的诗句中，我们体会到诗人写出来的远不如他曾经思虑过和感动过的多，其含辞沉吟，正由于他蓄积之多而且久。这就是杜甫的"沉郁"。有前面十几韵的郁屈的诗句，所以这一段的结联"回首凤翔县，旌旗晚明灭"自然如当流巨石，激起波澜。这就是"顿挫"。这是苍茫的风格。至于诗人究竟看到了些什么，曾经被什么所激动，以至于如此忧愤交集，低回不置呢？原来早在写《后出塞》时，杜甫已怀疑安禄山将叛；在写《兵车行》时，他已指出玄宗开边好战的后患；在写《自京赴奉先咏怀》时，他又表示担心君臣聚敛欢娱，祸在旦夕；出乎他的意料的是潼关师溃，主将被俘，玄宗仓皇出走，肃宗灵武自立。接着又是房琯以宰相出师伐叛，大败于陈涛斜（至德元载十月）。房琯的失败，有"中人"牵掣的因素，不能全怪他，到次年四月，又因门客招贿，被罢免。史载，杜甫时上言，琯罪细，不宜遽罢。肃宗怒，诏付三司推问，宰相张镐为言，乃解。甫谢，因称琯宰相子，少自树立，有大臣体，宜弃细录大，帝自是不甚省录，放归鄜州省家。其明年（乾元元年）五月，贬琯为邠州刺史，出甫为华州司功参军（参合两唐书本传）。可见这次杜甫的放回探家，实际上是被肃宗身边的张良娣、李辅国集团目为房琯同党，加以斥逐的开端。杜甫知道，房琯罢相是政治上恶势力抬头的征兆，所以，《北征》既要顾全大局，振作士气，以利于讨贼收京，又有自己的忧心忡忡，诸如玄宗当年留下的、现在补救莫及的后患，和肃宗即位以来父子兄弟之间的裂痕，尤其是皇帝已有"亲小人远贤臣"的倾向，再加上诗人自己的没落之感，大有"对此茫茫，百端交集"之感，所以在长诗开篇记岁时，述行向之后，说"苍茫问家室"[1]。肃宗对"南朝"（《通鉴》二一九语，详胡三省注）来的旧臣房琯既抱成见，又偏听拒谏，这难道不是"遗失"，不值得"怵惕"吗？对叛逆自应大张挞伐，但国家元气大伤，政治上还出现逆转的迹象，所以说"忧虞何时毕"。有如此种种的蕴蓄，故诗风才有如此沉郁。离开诗人的思想而论诗风，往往知其然而不知其所以然。风格就是人格。

以上略论《北征》首段绝不仅是交代行旅的由来和出发时地，并及杜诗沉郁风格的实质。现在回头来再论长诗开首两句的重大含义。

论文应当首先弄清作品的主题思想，其次才论它的表现形式，这是常识。专论形式，往往难于看出作品的高度。比如，从《北征》的

---

[1] 苍茫，赵次公解为荒寂，仇兆鳌解为急遽。似均不合本句的用意。苍茫，本义是旷远，此处引申为渺茫。

形式看，很像班昭的《东征赋》和潘岳的《西征赋》，若比较它们的主旨，那么，班氏父女，不过感慨征途，归于正身履道；安仁以华词被常言，又不及二班。它们都不足以比隆《北征》。如求其形似而已，比班叔皮更早用时日的诗，旧注已引《诗·小明》"二月初吉"（毛传，初吉谓朔日也）；又如《小雅·十月之交》篇首章的"十月之交，朔日辛卯"；及《吉日》篇的"吉日惟戊，既伯既祷"。亦未尝不可说是杜诗所本。如果从精神上说，亦不妨说杜诗受屈原《哀郢》的影响。《哀郢》的"出国门而轸怀（意犹痛心）兮，甲之晁（=朝）吾以行！"的句子岂不更近于《北征》开篇四句？不过《哀郢》沉痛，"呜咽徘徊，欲行又止"（蒋骥语），与《北征》之以振奋蹈厉为主调者，终不相同。总之，比来比去，我觉得都难于说明《北征》的宏纲，看来还得在使杜家素负盛名的《春秋》中去找杜甫的言外之旨。

杜甫《偶题》诗说，"法自儒家有"。这个法，我认为有两方面。一是诗法，一是史法。

诗法，即《诗经》的方法，如言志，赋比兴，正变风雅，兴观群怨，好色不淫，怨诽不乱，乃至温柔敦厚，等等。杜甫是中古的伟大抒情诗人，诗作如《自京赴奉先县咏怀五百字》及《北征》，都是由忧国和悯己两种思想感情交织而成的长诗。正是"上念国政，下悲小己，与十五国风同流"（借用太炎先生语）。从前王闿运说杜诗出于蔡琰的《悲愤诗》，想是指《北征》写到家悲喜交集一段。但这段虽是《北征》耀眼的机体，却不是《北征》的头脑和心脏。试看《悲愤诗》，虽情辞并至，但正"女儿情多，风云气少"，怎么说也不能和《北征》的歌颂中兴、辞气振奋相比（这是《北征》的头脑和心脏）。但上念国政，并不妨碍诗人可怜自己的小儿女的表白；歌颂中兴，也不妨碍诗人指陈时弊的微辞。这是从《诗经》"变雅"来的。由此可以看出，诗法不仅是形式。

史法，即《春秋》的方法。《春秋》是鲁国史书，在记事中含褒贬。《春秋》之学主张严格区分是非善恶。《公羊传》隐公元年传文说:"何言乎'王正月'?大一统也。"大一统就是尊大一统,拥护一统。拥护统一,反对分裂,这不是《公羊》的一家言,而是"春秋"三家的共同大义。我认为《北征》首联"皇帝二载秋,闰八月初吉",就是用的《春秋》大义,《春秋》精神,这种精神直贯篇终,请看:

祸转亡胡岁,势成擒胡月。胡命其能久,皇纲未宜绝!
都人望翠华,佳气向金阙。煌煌太宗业,树立甚宏达!

我认为长诗开端大书"皇帝"岁时,不光是记旅行年月日,而是首提全篇宏纲,即尊崇中央,斥责叛变,宣扬大好形势,鼓舞士气,是《春秋》笔法。

通观全诗,可以说是以"变雅"为肉,以《春秋》为骨,骨肉停匀,情理并茂。或者说,把严肃的政论和热烈的抒情诗巧妙地结合起来,这就是《北征》千二百年来传诵不绝的原因。

以上论全诗要旨,下面略解疑难字句。

那无囊中帛,救汝寒凛栗?粉黛亦解苞,衾裯稍罗列。

那无,张相《诗词曲语辞汇释》卷二说,"那无,奈无也"。又引杜《季秋苏五弟缨江楼夜宴》诗"对月那无酒",释同。按"那无"不能解为奈无。"那无囊中帛"即"哪无囊中帛"?是反诘语气。那无,是岂无的意思。下联"粉黛亦解苞(同包)"的亦字,正与上联那无一词相呼应,亦,等于现代语的还(有)。如果上文说没有,下文怎么能说还有呢?解那无为奈无,这个亦字不好交代。张相所引《季秋苏五弟缨江楼夜宴》诗中的"那无"一语,正好是个证明。此题三首,篇篇有酒。第一首"老夫因酒病,坚坐看君倾",第三首即张书所引"对月那无酒，登楼况有江"，那无与况字呼应。"樽蚁添相续"，又"尽怜君醉倒"。第二首"清动杯中物"。由此可确证《北征》那无一词，是反诘语，正是说有，不是说没有。

肃宗即位以后，江淮租庸经襄阳至灵武。财政情况已经好转（参《通鉴》二一八及《新唐书》列传七四），子美以近侍省家，例有赐赉。且左拾遗，从八品上，俸亦不致太薄。囊中帛亦理所应有。

狼藉画眉阔。

旧注引明刘绩《霏雪录》云，唐妇女画眉尚阔，引张籍《倡女词》"轻鬟丛梳阔画眉"以证《北征》此句。按刘说非是。时妆变化迅速，不可以中唐眉样去说开天间眉样。唐人言开天眉样者，如开元进士王涯《后廷怨》云，"预想蛾眉上初月"，李白《越女词五首》之一云"眉目艳星月"，都可证明开天间无论宫廷、民间，皆尚细眉。最可为确证者，莫如白居易《上阳人》。诗云："小头鞋履窄衣裳，青黛点眉眉细长，外人不见见应笑，天宝末年时世妆。"《北征》说的"画眉阔"不是说时尚阔眉，而是说小女描眉，手腕不准，故致狼藉变阔，恰与此女意中所追求的眉样相反，故诗人以为戏谑。从这里我们好像看见此老已经破涕为笑了。

不闻夏殷衰，中自诛褒妲。周汉获再兴，宣光果明哲。

夏殷、褒妲逗不密合，从宋以来，为它弥缝的约有三种办法：①认为杜甫误记故事，值不得费气力去考索，以赵次公、浦在田为代表。②改上句（改为"不闻殷周衰"）以就下句，胡仔就是这样。③改下句（改为"终自诛妹妲"）以就上句，仇兆鳌就是这样。

改诗的可以不论，讲不通就改书，办法最省事，态度最轻率。说是诗人误记故事,理所可有。但作《北征》时,杜甫四十七岁,非衰年容易误记者可比。而且他又是记忆力极好的人,怎么会把周幽王宠褒姒这样旧日家喻户晓的历史故事错记为夏桀的事呢?《北征》是大篇,所论又是大事,非寻常田园、漫兴诗可比,误记说站不住脚。

到了明末,顾炎武说话了。《日知录》二七云:"不言周,不言妹喜,此古人互文之妙,自八股学兴,无人解此文法矣。"顾氏的意思是,上句不说周,有下句的妲(己)就知道是周事了;下句不说妹喜,有上句的夏就等于说妹喜了。宁人的说法,直截了当,远迈前人。但也有缺点。杜诗诚然有互文的诗句,但就其本集论,互文无非是在一联中上下句字义互用或互换地位,没有省字的例(妹喜在诗句中省去)。

清中叶李黼平对《北征》此句,另作解释。他在《读杜韩笔记》中说,杜诗是用骆宾王《讨武曌檄》。檄文有云:"龙漦帝后,识夏廷之遽衰。"据《史记·周本纪》说,褒姒生于夏代(留传到周代的)龙漦(沫)。褒姒虽是周人,推原祸始,故曰夏廷。杜诗沿袭骆文,故指斥褒姒,亦用夏而不用周。按李说甚新,杜诗用骆宾王语,亦在在可见。但仔细审查,李说却不完善。骆宾王檄语,盖出自(魏)李康《远命论》"幽王之惑褒女也,祅始于夏廷"。又据《世本》:"武氏出于夏臣武罗。"而武则天的父亲士彟,隋末为鹰扬府队正。骆檄"龙漦帝后"一语,乃骂武则天好比褒姒,是前代传下来的孽种、害人精。因为武后的父亲是隋朝的武官,好比褒姒也是前代留下来的龙涎所感孕。所以,骆檄的用事是贴切的,比拟是有道理的。但用以解释《北征》这两句,却嫌不切合了。因为杜甫并未追究杨妃的出身,前代孽种一层即嫌语涉浮泛。其次,更重要的是杜诗下句"中自诛褒妲"一句中的"自"字没有着落,转成语病。诛褒姒的是周人,怎么好说夏人,又用个"自"字呢?看来《北征》这两句未必是用骆宾王檄文。

这两句诗的难解释处,不过在上句"夏"字和下句"褒"(姒)字不相应，如果我们用"偏义复词"去解它，似即可通。这就是说，"夏殷"的"夏"字是足句词，没有意义。作者意在"殷"而不在"夏"。至于下句"中自诛褒妲"的困难在这个"诛"字，它在上句和本句都找不到主语。这个难点却可以用"互文"说去解决，即第三句"周汉获再兴"的"周"字，既作第二句诛字的隔句主语（这就是互文），又与第四句"宣光果明哲"的"宣"字相应。这样说是可以说通的，但还得证明一下杜诗是否用过这类型的偏义复词。

证一，是《八哀诗·王思礼》云："昔观文苑传，岂述廉蔺绩。"意谓文苑传理应有蔺相如而不应述廉颇的业绩。这个"廉蔺"就是偏义复词，作者意在廉而不在蔺，蔺字是足句词，不作义。证二，《晚登瀼上堂》："凄其望吕葛，不复梦周孔。"梦周一语在古代诗中常见，出于《论语》"吾不复梦见周公"。杜诗这里却用周孔，显背用事的习惯。应认为"周孔"在此为偏义复词，作者意在周而不在孔。凑一孔字以与上句吕葛对，这种对属法虽是勉强，但在习惯上是容许的。证三，《喜雨》诗："安得鞭雷公，滂沱洗吴越。"时仅越有农民起义军，所以吴是足句词，诗人意在越而不在吴。可见专名的偏义复词，在杜诗中并不稀罕。

> 此辈少为贵，四方服勇决。

历来注家，皆读少为多少之少，上声。窃谓宜读为少长之少，去声。这不仅是一个字的问题，它牵涉到《北征》的作者对当时借外兵的态度，也就是涉及《北征》的主题问题，不能不辨。为了便于指陈文章脉络起见，我把《北征》中论借兵回纥和诗人对当年整个时局的估计一段，全录如下：

> 阴风西北来，惨澹随回纥。其王愿助顺，其俗善驰突。

> 送兵五千人，驱马一万匹。此辈少为贵，四方服勇决。
> 所用皆鹰腾，破敌过箭疾。圣心颇虚伫，时议气欲夺。
> 伊洛指掌收，西京不足拔。官军请深入，蓄锐伺俱发。
> 此举开青徐，旋瞻略恒碣。昊天积霜露，正气有肃杀。
> 祸转亡胡岁，势成擒胡月。胡命其能久？皇纲未宜绝。

吴汝纶在这一段的开始处评曰，"此下至末，气势驱迈，淋漓雄直。"于段末评云："气象旁魄，语语有擎天拔地之势。"吴挚甫对于文势的理解是对的。反复此段雄快的诗句，就会感觉到"此辈少为贵"的少，应读为少壮的少，才与全段的气势谐和，读为多少的少，就好像在雄壮高亢的音乐中忽然夹一声低沉调子似的不协调。除此以外，读为多少之少有四个难点，讲不通：①《北征》的主旨，如本文第一部分所说，是鼓舞士气，不在批评时政。说回纥兵少些为好，是批评，在协同作战之始，即公开指责友军的不是，这是不明大体。②与上下文气不接。译成现代语比较一下就知道：

> 凄惨的阴风从西北吹来，随着回纥；
> 他们的王愿意帮助中央，讨平叛逆，
> 送来了五千兵和马一万匹。
> 他们的风俗善于奔驰陷阵，
> 他们的兵少些才好，（比较：他们的年轻人向来被尊贵。）
> 邻国都佩服他们的勇猛果决。
> 他们的骑兵腾起，像草原上的鹰，
> 摧破敌人，像响箭一样疾捷。

看得出来，在一派赞美语中忽然插上一句贬词，绝不是小疵，杜甫的笔能容许这样写吗？③若说"以不多为好"，当用"宜""当"等字，不应当说"贵"。贵字从上文"其俗"贯下，是说，他们的风俗喜欢什么，而不是说我们觉得如何。所以作多少之少讲，不特于思想线索有中断之病，而且用（贵）字也不恰当。④尤其重要的是与杜甫的思想发展不合。唐朝借外兵，始于李渊；不歧视少数民族的风气，倡自李世民。唐朝士人没有排斥外族的传统。况且回纥和唐的关系一贯是好的（岑仲勉说为古今罕见）。不应在国内形势需要外援（借兵回纥，是郭子仪的建议，也值得注意）而外族又以善意相援之初，诗人会凭空忽生反感。同年的诗作还有《喜闻官军已临贼寇二十韵》。诗中说："花门腾绝漠，拓羯（指安西军）渡临洮。此辈感恩至，羸俘何足操（执也）？"一派喜溢之词，初无疑虑不满表示。又如《收京三首》[1]、《洗兵马》，对于回纥均无贬斥之辞。及至回纥协助唐师"二旬之间，克复两京"，即纵兵大掠东都三日等危害人民生命财产的事发生之后，杜甫先返长安，后往东都（至德二载冬到乾元元年），本诸见闻，乾元二年（七五九年）才作《留花门》一诗，有"胡为倾国来，出入暗金阙"的句子，此指回纥使团人数众多及回纥留京者多（详见《新唐书》二一七上）。全诗用语很有分寸，并不根本反对借兵外国，实本唐太宗所谓中国内政既修，外夷自服之意而衍之。体谅中央不得已的苦衷而重在自强，语意圆融。但与写《北征》时对回纥的肯定态度确有改变。这种思想变化，前后经过三年（七五七至七五九年），何能以三年后诗人的思想提前三年去解说《北征》中的诗句呢？

以上略说读"此辈少为贵"的少为多少的少就讲不通的理由。现在略说读少为少长或少壮之少的字义根据。《史记·匈奴传》说匈奴之俗，"贵壮健，贱老弱"。《汉书·匈奴传》同，又云"儿能骑羊，引弓射鸟鼠，稍长，则射狐兔。肉食。士力能弯弓，尽为甲骑"。回纥是匈

---

[1]《收京》第三首末联："万方频送喜，无乃圣躬劳？"仇注以为忧回纥恃功邀赏云云。于诗中诗外皆无据，不敢苟同。

奴同族。故杜诗说及回纥，多用史、汉《匈奴传》语。则《北征》"少为贵"亦用《匈奴传》意。少壮每连言（杜《奉酬薛十二丈判官见赠》诗："荣华贵少壮"），《北征》不用壮只用少者，言少可包含壮，言壮不能包含少。又《汉武故事》中颜驷对武帝曰："陛下好少而臣已老。"此语唐人习知。好少犹贵少，即"少为贵"[1]。

圣心颇虚伫，时议气欲夺。

赵次公注曰："言圣上虽虚心以待其（回纥）破贼，时议恐毕竟为害，所以气欲夺也。"后世注家，大抵不离此说。按反对借兵回纥以收复两京的"时议"，无史料可据。上条辨"少为贵"句意已略说回纥初来，唐人寄予希望，实无反感。反感发生在"收京"之后。如果上条的说法还站得住，那么"时议气欲夺"的意义就必不如注家所说了。

窃谓"夺"借为"脱"（或原为脱字）。《淮南·精神训》云："今夫徭（役）者……盐汗交流，喘息搏喉。……得休越下，则脱然而喜也。"高诱注云："脱，舒也。言徭人之得小休息，则气得舒，故喜也。"其实"夺"字本身，即具舒通之义。[2] 总之，《北征》此句盖谓，皇上既然倾心希望借回纥兵力，收复两京，时议亦极为乐观，以为喘息将（欲，将也）舒也。这样说与下文一连串豪情壮语才连得上。若

---

[1] 他证尚有：王维《老将行》："少年十五二十时，步行夺得胡马骑。"高适《营州歌》："虏酒千钟不醉人，胡儿十岁能骑马。"《敦煌掇琐》收有"十四十五上战场"小曲。《旧唐书·吐蕃传》下，大历九年，唐室大备边。诏李抱玉以"河湟义徒，㴲陇少年，凡三万众，横绝高壁，斜界连云"。可知唐人染外族风，亦重少年从军。至于杜诗，尚有《聂耒阳以仆阻水……呈聂令》诗："澧卒用矜少。"此少亦当读为少小之少，去声。知此字作少年之义者，《杨监又出画鹰十二扇》诗："当时无凡才，百中皆用壮。"此言用壮，则赠聂令诗用少义可知。
[2] 《寄岳州贾司马六丈巴州严八使君五十韵》诗："万方思助顺，一鼓气无前。"此言"时议"振奋。可反证旧解"气欲夺"为丧气之误。至于训夺为遂，尚有《檀弓》"齐庄公袭莒于夺"注文。训夺为顺，见《史记·秦本纪》缪公二十四年《集解》文，不具引。

依旧注的说法，则中央战略决策，首先违背民意，胜利还有什么希望，乐观又以什么为根据呢？所以知道杜意必非如此。

　　胡笺说，《北征》最后一段，忽著"凄凉大同殿，寂寞白兽闼"二语，出二殿阁之名，为杜甫预见李隆基父子间的矛盾，故先赞中兴之光美，末著内禅之隐微，全篇大旨，实在于此，云云。我多年于此二语，均滑口读过。后读胡先生文，深感前辈探赜索隐功深，受益不浅。但窃以为不宜强调这是《北征》的大旨。否则就会破坏长诗的主调，削弱它的主题思想。试以《洗兵马》作比较。《洗兵马》歌颂中兴，建议收复河北后应该安定团结，偃武修文。其中"鹤驾通霄凤辇备，鸡鸣问寝龙楼晓"一联，显然也是担心李隆基父子的关系的。但只轻轻一提，明全诗意不在此，主旨仍在歌颂中兴；歌颂并提出倡议。惟《北征》亦然。至德二载的形势是在官军正向叛乱者发起全面反攻，胜利还只是可能性的时候，当然更不宜强调内部问题，在人民所渴望的中兴统一的光明前景上投下一道可怕的阴影。从诗的作法上说，主题既定，就应该突出主题，给读者以明确统一的印象和深刻的影响。《北征》的主题是颂扬新君，鼓吹举国一致，拥护统一，反对分裂。就我们今天的感受说，诗人是做到了这一点的。

《哀江头》阐微

少陵野老吞声哭,春日潜行曲江曲。
江头宫殿锁千门,细柳新蒲为谁绿?
忆昔霓旌下南苑,苑中万物生颜色,
昭阳殿里第一人,同辇随君侍君侧。
辇前才人带弓箭,白马嚼啮黄金勒,
翻身向天仰射云,一笑正坠双飞翼。
明眸皓齿今何在?血污游魂归不得。
清渭东流剑阁深,去住彼此无消息。
人生有情泪沾臆,江水江花岂终极?
黄昏胡骑尘满城,欲往城南望城北。

这首诗我还在上私塾时就能背诵了,后来教书又为学生讲过,自以为懂得。近年来却觉得它颇有些难懂。难懂的地方不在字句,比如"一笑"是谁?清渭意指何地?去、住指哪两人之类?这些问题虽然历来注家即有异说,但不难解决。它的颇不易解却在:诗人是不是重在写杨妃?或重在忧国事?它有没有讽喻?诗人对马嵬事件究竟抱什么态度,是肯定还是惋惜?寻绎至再,觉得有一论的必要。

一　杜甫对杨妃的态度是痛斥还是同情？

杜甫早期诗作，关涉到杨妃及其姊妹的，除《哀江头》以外，还有三首，（一）《丽人行》，作于天宝十一载，刺诸杨骄奢，诗有"就中云幕椒房亲，赐名大国虢与秦"，指点淫纵原委。（二）《自京至奉先咏怀五百字》，刺玄宗在骊山宫殿中的昏愦享乐，诗中"况闻内金盘，尽在卫霍室，中堂舞神仙，烟雾蒙玉质"，又直指诸杨为罪恶渊薮。《北征》与《哀江头》同是天宝十五载（即至德二载）的诗，《北征》迟作四五个月，对杨妃的态度却大大不同。《北征》说，"不闻夏殷衰，中自诛褒妲"，把杨妃比成褒姒、妲己。指为祸本。但在《哀江头》中，诗人却用极同情的笔调写君妃游乐。对贵妃之死，亦写得极为悱恻。所以黄生说，此哀贵妃也。"清渭东流剑阁深，去住彼此无消息。人生有情泪沾臆，江水江花岂终极？"以杜公老苍的笔触，写这样缠绵的诗句在全集中是不多见的。于是诗评家纷纷出而说话了。宋张戒《岁寒堂诗话》说："杨太真事，唐人吟咏至多，然类皆无礼。太真配至尊，岂可以儿女语黩之耶？惟杜子美则不然。《哀江头》云，'昭阳殿里第一人，同辇随君侍君侧'，不待云'娇侍夜，醉和春'而太真之专宠可知；不待云'玉容黎花'而太真之绝色可想也……其词婉而雅，其意微而有礼，真可谓得'风人之旨者'。"清王嗣奭曰："曲江头，乃帝与贵妃平日游幸之所，公追溯祸根，自贵妃始，故此诗直述其宠幸宴游，而终之以血污游魂，深刺之以为后鉴也。"沈德潜和黄生都说是"哀贵妃"，显然不同于张、王的说法。单说这首诗，似乎任一说都可通，若比较（如上所举）杜甫早期的四首诗（"虢国夫人承主恩"一首，旧传张祜作，难于论定，姑不计），诗人对杨妃的态度显然有矛盾，这该怎么解释呢？

二 《哀江头》和《长恨歌》的比较

　　《哀江头》和白居易的《长恨歌》题材大体相同，都是先述君妃欢娱游宴，后写马嵬事变。自然引起人们比较的兴趣。自宋以来，存在两种意见，一种扬杜抑白，一种反对贬低《长恨歌》。

　　苏辙是最早扬杜抑白的。《栾城集》八有云："《大雅·绵》九章，初谓太王迁豳，建都邑、营宫室而已。至其八章，乃曰'肆不殄厥愠，亦不陨厥问'，始及昆夷之怒。尚可也。至其九章，乃曰：'虞芮质厥成，文王蹶厥生。予曰有疏附，予曰有先后，予曰有奔奏，予曰有御侮。'事不接，文不属，如连山断岭，虽相去绝远，而气象联络，观者知其脉理之为一也。盖附离不以凿枘，此最为文之高致耳。老杜陷贼有诗曰（下全引《哀江头》，略），予爱其词气如百金骏马，注坡蓦涧，如履平地。得诗人（按指上文引《绵》）之遗法。如白乐天，诗词甚工。然拙于纪事。寸步不遗，犹恐失之。此所以望老杜之藩垣而不及也。"按苏辙此论，仅谈诗歌技巧，不涉杜、白二公诗的内容。他指出诗的"跳跃"手法，不赞成诗歌中的过多的铺叙描写，不为无见。《哀江头》首二韵揭开诗的主题，"忆昔"以下至才人射鸟，转写杨妃，"明眸皓齿"三韵，系以哀叹，笔势又转。末二句又回到主题。诗分四段，笔锋转变起落不定。如才说到杨妃侍君，忽又入才人四句。文势飘忽劲健，一气旋折而下。诚然是如椽之笔，挥洒自如。但这是抒情诗，与《长恨歌》叙事诗的作法，本自不同。似不能执抒情诗的技巧责备叙事诗。文各有体，不能兼备。但《哀江头》绝不因其短而显得内容单薄。比如写才人四句是插曲，为什么需要这个插曲？仇注以为宫女献媚。明嘉靖本玉几山人《杜工部集》：王洙曰："唐制，内宫才人七人，射食。"认为写实。检《新唐书》四七，《百官志》"内官"下，"才人七人，正四品，掌叙燕寝，理丝枲，以献岁功"《旧唐书》四四《职官志》"内官"同)。才人品级很高，又无"射食"之职。所以注家有以为是影射马嵬事变的。如吴星叟说："翻身二句似谣似谶，叙马嵬事最奇幻。不可以皋（射雉的）'一笑'硬死注定。"高步瀛亦以为"暗中关合杨妃死马嵬事"（均见《唐宋诗举要》卷二）。我是赞成这一见解的。有这一插曲，正是《哀江头》的写作微意。

《哀江头》和《长恨歌》体裁不同，但诗风同是写实的，题材同是以写马嵬事变为关键的。又同有浪漫情调，《哀江头》有才人射鸟，《长恨歌》则有临邛道士一大段文字。这段文字构成了《长恨歌》的"言情"性质。陈寅恪论《长恨歌》说："《长恨歌》本为当时小说文中之歌诗部分，其史才议论已别见陈鸿传文（指《长恨歌传》）之内，歌中自不涉及。而详悉叙写燕昵之私，正是言情小说文体所应尔。"（《元白诗笺证稿》，11页）《长恨歌》果真纯属言情吗？"汉皇重色思倾国""从此君王不早朝"，是不是微词呢？陈鸿传末说："乐天因（王质夫之请）为《长恨歌》。意者不但感其事，亦欲惩尤物，窒乱阶，垂于将来者也。"看来"惩尤物，窒乱阶"是诗的主题，不待传而已具的。现在读诗，确是"详悉叙写燕昵之私"，而六字主题却杳不可见，虽有微词，殆近于"劝百而讽一"，这和《哀江头》比较，就大不同。杜诗虽然着墨不多，在俯仰兴衰之中，故君之思，国破之感，跃然纸上。从这点说，杜的表达主题的明确，艺术手腕的高妙，就压倒元白了。

三　《哀江头》的微旨

仔细读《哀江头》，就觉得诗人是另有深意的。因为诗中似乎非常惋惜马嵬坡发生的事情，而这与诗人在《北征》中所表示的态度是截然相反的。僖宗的宰相郑畋有题马嵬诗，似乎给我们提出了一个解决线索。诗说：

> 肃宗回马杨妃死，云雨虽亡日月新。
> 终是圣明天子事，景阳宫井又何人！

后来如吴曾、计有功等，把"肃宗"或改为"明皇"，或改为"玄宗"。"虽亡"改为"难忘"等，不过证明他们读书不求甚解而已。郑畋的诗意大致是，肃宗回马东向渭水，杨妃被诛。杨妃虽亡，而肃宗正天子位，张良娣立为皇后，即所谓"日月新"。第一句重笔特书，是把回马与死这两件事偶然并提呢，还是说它们有内在关系呢？请看下面的史料：

> 《旧唐书》五一，《杨贵妃传》：安禄山叛，露檄数杨国忠之罪。上（玄宗）以皇太子（即后日的肃宗）为天下兵马元帅，监抚军国事。国忠大惧。诸杨聚哭。贵妃衔土陈请，帝遂不行内禅。及潼关失守，从幸至马嵬，禁军大将陈玄礼密启太子，诛国忠父子。既而四军不散（旧书《韦见素传》："是日玄礼等禁军围行宫，尽诛杨氏。"知所谓"不散"者，不解围也）。玄宗遣高力士宣问，对曰："贼本尚在。"盖指贵妃也。力士复奏。乃缢死于佛堂。

再看《新唐书》七七《后妃》下，《张皇后传》：

> 玄宗西幸，娣（即张后，时为良娣）与太子从渡渭。民鄗道乞留（收）复长安。太子不听。中人李辅国密启。娣又赞其谋，遂定计北趣灵武（《旧唐书》五二，《后妃传》无"定计趣灵武"一句。但幸蜀既是宰相杨国忠的主张，太子从去，是自投罗网，三人的密谋，必包括诛杨氏、去西北在内。宜从新书）。

据史，次马嵬是天宝十五载六月丁酉。这一天，父老请留太子，四军围行宫诛诸杨，贵妃缢死。太子李亨、张良娣、李辅国密谋了，事情就发生了。"肃宗回马杨妃死",应该照历史解释。

马嵬事变,是李亨集团和杨国忠集团斗争的结果。看来李亨胜利了,比杨国忠胜利,对于人民总要好一些。那么,杨妃有何可"哀"呢(沈德潜评《哀江头》曰:"哀贵妃也。")?我说不是哀贵妃,是哀玄宗。杜甫是尊信《春秋左氏传》的道理的。《孟子·滕文公章》说:"臣弑其君者有之,子弑其父者有之。孔子惧,作《春秋》。"杜甫对于马嵬事变是很担心的。他在以后作的《北征》《洗兵马》中都讲了他的担心。担心李亨不能"恪尽孝道"。难道杜甫想要太子以申生自处吗?《左传》僖公四年,晋献公宠妾骊姬欲杀太子申生,陷以弑父之罪。"太子出奔新城。或谓太子:'子辞(辩诉),君必辩焉。'太子曰:'君非姬氏,居不安,食不饱。我辞,姬必得罪。君老矣……'(《礼记·檀弓》篇作:"君安骊姬,是我伤公之心也。")遂自缢。"杜甫还不至于如此迂阔,会要求太子李亨置天下于不顾的。他以为应该让玄宗自己杀杨妃,而不该逼杀杨妃,让老人余生怀恨,造成父子之间的深刻疑忌。所以《北征》说:"不闻夏殷衰,中自诛褒妲。"仇注:"此借鉴杨妃,隐忧张良娣也。"看出了句外隐约有辞。但不免稍远。"中自"二字,给两个皇帝各五十大板。杜甫入蜀,屡作杜鹃诗。七古前一首说:"骨肉满眼身羁孤。"难道不是对于被逼移居西内的上皇的同情哀叹吗?《哀江头》所以极动情感,正是叹息上皇可以让天下,不能留一妇人!后来李义山作《马嵬》诗,结联说:"如何四纪为天子,不及卢家有莫愁!"与《哀江头》诗意的一面很相近。然而杜意深广,一笔三面。因贵妃而思故君,因同情故君而讽谏新君。这就是《哀江头》的微旨。《北征》非正写杨妃事,只从政治影响着眼,但与《哀江头》命意初不矛盾。此诗极写贵妃宠眷之隆,在反衬后半。后半是重笔。意在微示马嵬事变,玄肃父子均失大体。与《北征》正可合看。

顺便可以提到,《长恨歌》"蜀江水碧蜀山青"以下,极写死别之苦,无片语及国事,看似纯属"言情",其实岂不正是讽刺吗?我怀疑

《长恨歌》纯属言情的说法。以非本文应及，从略。

附记 洪迈《容斋随笔》五笔卷二，有《诸公论唐肃宗》条，与本文颇有关系，摘录于此："唐肃宗于干戈之际，夺父位而代之。然尚有可诿者，曰：'欲收复两京，非居尊位，不足以制命诸将耳。'至于上皇迁居兴庆（宫），恶其与外人交通，劫徙之西内，不复定省，竟以怏怏而终。其不孝之恶，上通于天。是时，元次山作《中兴颂》，所书天子幸蜀，太子即位于灵武，直指其事。殆与《洪范》云'武王胜殷杀受'之辞同。其词曰：'事有至难，宗庙再安，二圣重欢。'既言重欢，则知其不欢者多矣。杜子美《杜鹃》诗：'我看禽鸟情，犹解事杜鹃。'伤之至矣。颜鲁公《请立放生池表》云：'一日三朝，大明天子之孝；问安视膳，不改家人之礼。'东坡以为，彼知肃宗有愧于是也。"按洪迈这条笔记的价值在于指出对玄肃父子间的矛盾是唐人公见。对于理解杜诗有一定的好处。

《屏迹三首》之三

中国没有"为艺术而艺术"的文学派别。只有写实的作家或超脱的作家。就诗说，所谓山水田园诗，是超脱派，而反映现实的诗是写实派。不用说，真正的无条件的超脱派是没有的。著名的山水田园诗人如陶渊明、谢灵运、王维、孟浩然、柳宗元，就其初期的或本来的思想看，也不是超脱的。他们本来是热心于功名或有一番政治抱负的。及到他们在世间碰了钉子，觉察到阻碍太大，无能为力的时候，于是寄情山水，托兴田野，对世事闭上眼睛，成为超然物外的诗人。所以超脱不过是一种自我陶醉或放纵。这种放纵，可以借用厨川白村的话，叫作"苦闷的象征"。但绝对不是生理学的而是社会学的原因。从这里看问题，可以说，超脱或放纵其实是对当时政治潮流的消极反抗。

这种看法，适用于李白，也适用于杜甫的一些吟咏田野生活的诗。

杜甫的写景诗，大多数都是寓情于景，有的隐喻时事，有的伤离厌乱。但在成都定居的时期，也有一些纯写田园生活、吟咏山水的诗。有许多诗表示出超逸尘俗的姿态。所以现在选杜诗的人，多半不选这些诗，以为脱离现实（跟封建时代的选家相反）。我认为，这些诗自然不算杜甫的最重要的诗，不选也未可厚非。但就了解杜甫这个诗人说，却不是不重要的一面。这就是，杜甫比较看清楚唐肃宗朝廷的政治趋向了。他看到了时局的艰危，估计到祸乱的非暂时性。于是他的老庄思想在失望中抬起头来，他的放纵兀傲在诗中表现出来。例如《漫成二首》之二：

> 江皋已仲春,花下复清晨。仰面贪看鸟,回头错应人。
> 读书难字过,对酒满壶频。近识峨眉老,知予懒是真。

如此潇洒,也许是成都的生活太富裕之故吧?不相干。杜甫的生活实际是不宽裕的。浦起龙《读杜心解》卷首《目谱》上元二年下注"居草堂。间至新津、青城"。又,"时成都无可倚仗,往来谋食"。诗如《赴青城县出成都,寄陶王二少尹》首联:"老耻妻孥笑,贫嗟出处劳。"《狂夫》:"厚禄故人书断绝,恒饥稚子色凄凉。"另外的诗就不再引了。这时曾有"召补京兆功曹参军,不至"的事。在秦州弃官而去,在成都补官又不去,从这里可看出杜甫对当时政局的失望。所以,"潇洒"也罢,超越也罢,经济的原因少,政治的原因多。还有,是不是成都的风景太美吸引了诗人,触发了诗兴呢?这可以解释有些描写自然景色的诗,如:"细雨鱼儿出,微风燕子斜。"(《水槛遣心》)"芹泥随燕嘴,花蕊上蜂须。"(《徐步》)"仰蜂黏落絮,行蚁上枯梨。"(《独酌》)"啅雀争枝坠。"(《落日》)"水流心不竞,云在意俱迟。"(《江亭》)"野径云俱黑,江船火独明。"(《春夜喜雨》)"宿鹭起圆沙。"(《遣意》)"村舂雨外急,邻火夜深明。"(《村夜》),等等。这些诗如高手的画和雕刻一样,捕色写声,秋纤争媚。但就手法说,仍然是写实的。诗人看社会写社会,看自然写自然。写社会何必即佳,写自然何必不佳?诗人有一双锐眼,难道只许他看社会,不许他看自然吗?但成都景物这一条理由却不能解释另一些诗。这就是那些放纵、狂放或者超越的诗。现在要谈的《屏迹三首》诗就是其中之一:

> 晚起家何事?无营地转幽。竹光团野色,山影漾江流。
> 失学从儿懒,长贫任妇愁。百年浑得醉,一月不梳头。

这首诗岂特放浪,简直近于颓废了。这样的诗有什么好呢?诗题"屏迹",说要遁世了。人还有家嘛,现在家也不在心上了。那不真是颓唐吗?细看来却不是。这诗是三首。第一首第一联:"用拙存吾道,幽居近物情。"结联说:"杖藜从白首,心迹喜双清。"用拙去抵抗庸俗腐恶,走自己的路(吾道)。这就是诗人的主意。从字面看,"无营"得到心清,"幽居"可使迹清。这是目的。进一步考察诗人的生活,知道这些话是有实际内容的。有个"太子舍人"张某把西北产的"织成"(疑是毛织毡褥)赠给杜甫,他辞谢了,有诗。钱以为讽严武,浦亦说是"事后感赋"。则当是在成都时事。《百忧集行》:"强将笑语供主人,悲见生涯百忧集。入门依旧四壁空,老妻睹我颜色同。痴儿不知父子礼,叫怒索饭啼门东。"黄鹤定为成都诗。应酬之后,一无所求。他后来到东川,连酒也断了。《将适吴越,留别章使君留后兼幕府诸公》:"常恐性坦率,失身为杯酒。近辞痛饮徒,折节万夫后。"对于"边头公卿"的筵宴,他说:"费心姑息是一役,肥肉大酒徒相要(约,邀)。"费心姑息是说那些客人或幕僚,巧言奉承上官,不敢说他们的短处,这不过是仆夫的态度。杜甫是以这种"肥肉大酒"的相邀为耻辱的。所以下联说:"呜呼古人已粪土,独觉志士甘渔樵。"(《严氏溪放歌》)从这些诗看,可知放纵也好,超脱也好,都是为了保持清白,为了在腐恶的污泥潭中挖一个洞透一口气,为了抵抗各种拉人下水的手,一句话,为了"心迹双清"。在旧社会,这是不容易的,是需要极大的反抗力的。这种反抗的形式,在杜甫这里,连同在陶谢那里,常常采用了消极的形式:酒或者是山林浪迹。

《屏迹三首》诗的艺术性。第一是真挚。《奉简高三十五使君》:"披豁对吾真。"诗是用真为生命的。其次是它的即兴风格,好像信笔写成,起讫随意。这种诗使讲诗法的诗评家觉得棘手。别的诗他们讲如何起、如何承、如何结等头头是道,这种诗却好像忽然而起,中间并不连贯(亦不是杂凑),又忽然停下来。又没有典故,没有著名的警句。但又不能不承认它是好诗。此无他,在抒情诗中,诗人自己就是所描写的形象。一首表现诚实而豪放的感情的抒情诗，不能用不洒脱的诗风，恐怕是理所当然的吧？结联不但令人想起嵇康，也令人想起陶潜。《饮酒》说："规规亦何愚，兀傲差若颖。"王维、孟浩然似乎兀傲之处殊少。而杜甫申言自己不是傲，却傲慢显然。"本无轩冕意，不是傲当时。"（《独酌》）但有时也忍不住露出本意来："眼边无俗物，多病也身轻。"（《漫成二首》之一）这种隐忍不住的傲慢，给了《屏迹三首》这类诗一种独特风格。

《又呈吴郎》

堂前扑枣任西邻，无食无儿一妇人。
不为困穷宁有此？只缘恐惧转须亲。
即防远客虽多事，便插疏篱却甚真。
已诉征求贫到骨，正思戎马泪盈巾。（第六句便字一作使，甚字一作任。）

清王闿运《湘绮楼说诗》卷一评此诗云："叫化腔，亦创格。不害为切至。然卑之甚。"

沈德潜《唐诗别裁》卷十四录此诗，评云："恫瘝一体意，却不涉庸腐。"

我以为沈德潜的意见是对的。

这是一首代柬的诗，叮嘱吴郎要善待这个邻妇。中间四句是心理描写，向吴郎说明应该体谅她的理由。"宋并见诛求之急，乱离之惨"，见得滔滔者天下皆是。第三句不仅以饥饿为最大的理由，指出其扑枣是可体谅的，还在指出她是自重的人，不应轻视。第四句是说，不但不可轻视她，而且要亲近她。因为宗法农民，尤其妇女，即使在万分艰苦的条件下，也有很强的自尊心，在她自认为逾越"规矩"的时候，就会羞怯恐惧。在饱尝侮辱和损害之后，善良的人谁不如此呢？所以诗人告诉借居的吴郎，她是惊弓之鸟啊，你切切要亲近她，才能使她不怕你。第五、六句是十四字句法，把这两句拆散重新组织起来，当是，即使为防远客（指妇人听说即将到来的吴郎）而便插点篱笆（围枣）吧，虽然是多事，正见她的率真的性格哩。而这些心理表现，岂不正是：在狭隘猜疑之中，看出她的久经凌辱；又在忠人谋己之中，见得她的真纯朴厚？何来老笔，挥运如椽，画此困穷，令人酸鼻。此种情景，比之《硕鼠》，则无土可逃；拟于《大东》，已诛求到骨。写此一妇人，具见当时千百万人的无食无告；举此以告吴郎，即无异代千万人正告唐室上下。不意七言八句诗，竟广大精微，崇高严厉，至于此极！

王闿运坐食啸傲，腐心八代。宜不知天地之大，江河之远。

附记 第五、六句，旧注皆以为插疏篱的是吴郎。窃以为疑。第一，此诗七句（末句诗人自说感受除外）都介绍邻家妇人情况。中四推测她的心理，形象完整。若第六句忽换主语，插写吴郎一句，似伤凌乱，杜律诗中未见其例。第二，杜甫似完全无必要去夸奖吴郎树篱。客人新到，杜甫担心他贱视邻妇故加以解释，预为之地，这是情理中事。何至客人插篱，亦在褒奖之列？插篱怎见吴之即"真"？反之，邻妇扑邻家的枣，照习惯已经可怪。在旧房主迁居新寓客未到的时候，她插篱围树，更是可怪了。所以必须向新至者加以解释，略迹原心，嘉彼真率。这种解释就是必要的了，以免新到的客人不知道，做出有伤邻人自尊心的事来。第三，依我的说法，"防远客"的内容就是"插疏篱"。依旧注，"防远客"是一句没有内容的话。第四，"防远客虽多事，插疏篱却甚真"两句是说一人，故可用"即……便"二字紧密叫应。如《闻官军收河南河北》末联"即从巴峡穿巫峡，便向襄阳下洛阳"，也用"即……便"叫应（尚有他例，见"即"字条）。如果上句说邻妇，下句说吴郎，各说一人，即、便二字就失掉紧密呼应的作用了。浅见如此，谨求高明指正。

论"清词丽句"

不薄今人爱古人,清词丽句必为邻。
窃攀屈宋宜方驾,恐与齐梁作后尘。

《戏为六绝句》之五

这首诗在《戏为六绝句》中是很重要的。通论六绝,见前《杜甫诗艺》中,兹专论此首。

诗中以屈宋代表古代,实际指秦汉至建安。以齐梁代表近代,实际指六朝到唐初(通观六首,就会知道)。从宋到现代,人们对于这首诗的解释,一三四句都没有大问题(一句有两读:一读作"不薄今人爱古人";一读作"不薄'今人爱古人'"。今从后读),惟第二句人们都把"清词丽句"看成一回事,等于说"清丽的词句"。因此"必为邻"三字就须另寻着落,因为"为邻"必然是指两件事,一件事怎么可以叫"为邻"呢?于是有的人说"为邻"是说与古为邻,有的人又说是与今为邻。总之,都着眼于联系第一句中的今、古。我觉得第二句"清词"和"丽句"是两回事,"为邻"是它们的判断语。这一句是肯定叙述句,也没有省略。这样讲是合于杜甫的本意的。为此,必须证明第二句的"清词"和"丽句"是两个独立的词。"词"和"句"是互文,就是说,清词也可以说是清句。丽句也可以说是丽词。下面从六朝、唐、杜诗本身几个方面提出我的证据:

先说六朝人的看法。把清、丽对举,代表两种文风,始于刘勰。

《文心雕龙·明诗篇》说:"若夫四言正体,则雅、润为本。五言流调,则清、丽居宗。华、实异用,唯才所安。故平子得其雅,叔夜含其润;茂先凝其清,景阳振其丽。兼善则子建、仲宣,偏美则太冲、公干。"又《才略篇》说:"庾元规之表奏,靡密以闲畅,温太真之笔记,循理而清通。"靡密即丽密,故与清通对举。《丽辞篇》范注中引刘光汉说:"魏晋之文,虽多华靡,然尚有清气;至六朝以降,则又偏重词华矣。"词华即指华丽之词。清和丽的本质(内涵)究竟指什么?《文心雕龙·风骨篇》说:"结言端直,则文骨成焉;意气骏爽,则文风清焉。"这可以作为"清词"的说明。简单说,措词端直,表述明显("深于风者,述情必显"),就是清词。反之,什么是丽词呢?可以用陈子昂的话来答复。丽词就是"采丽竞繁,而寄兴都绝"(《与东方左史虬〈修竹篇〉序》)。这是他论齐梁诗的话。或者也可以用刘勰的"瘠义肥词"这句话来简单说明。

再看唐代人的看法。在诗人中攻击丽词的首先是陈子昂,其次是李白。李《古风》说:"自从建安来,绮丽不足珍。"他指的"大雅",是屈、宋、杨、马。"正声何微茫,哀怨起骚人。杨、马激颓波,开流荡无垠。"下文提出"清真"二字。"圣代复玄古,垂衣贵清真。"这又是把"清真"和"绮丽"对立起来。他论六朝文章,只推谢朓。说"蓬莱文章建安骨,中间小谢又清发"。意中正是把"绮丽"撇开。除陈、李外,还有高仲武。《中兴间气集》评钱起诗说:"员外诗,体格新奇,理致清赡。芟齐宋之浮游,削梁、陈之靡嫚。"把"理致清赡"和"浮游靡嫚"对立起来,实质就是清、丽对举。肃宗时候,有个刘峣,他论文说:"词士之作,学古以抒情,属词以及物。及物胜则词丽,据情逸则气高。高者求清,丽者求婉。"无非是说,文词有清、丽两种。

再看杜甫诗中有没有清、丽对举的材料?有。《八哀诗·李邕》说:"近伏盈川雄,未甘特进丽。"又说:"声华当健笔,洒落富清制。"

特进,指李峤。李邕薄李峤的文章华丽,所以说"未甘特进丽"。杜一方面说李邕不满华丽的文词,一方面评李的文章说"洒落富清制"。可证在杜甫的概念中,清、丽是对立的。又看杜其他的诗,说清每和意相连。可知他所谓"清",就是在表达上重意。如曰"诗清立意新",曰"清诗近道要",评李白的诗是"清新",评孟浩然亦说"清诗"。杜甫许高适诗清,所谓"不意清诗久零落"。唐人说张九龄"一句一咏,莫不寄兴",杜《八哀诗》论张诗说:"诗罢地有余,篇终语清省。"(论阴、何亦说,"阴何尚清省"。)我们在杜甫一千多首诗里面找不到一处把重气骨、薄绮丽的诗人的诗称为丽或绮丽的。也找不到一处把重词华、轻寄兴的诗人的诗称为清或清新的。这难道还不能证明:在杜甫的概念中,清词和丽句完全是两回事而不是一回事吗?

但是杜甫和李白不同,杜甫是主张清、丽兼收,古今并用的。他赞成清词,也不菲薄丽句。他说了,他的实践也跟上了。元稹作杜甫墓志系,极论此意。原文说:"由是(沈佺期、宋之问)而后,文体之变极焉。然而莫不好古者遗近,务华者去实,效齐梁则不逮于魏晋,工乐府则力屈于五言。律切则骨格不成,闲暇(按:这就是杜所说的"清省")则纤秾莫备。至于子美,所谓上薄风、雅,下该沈、宋,淹颜、谢之孤高,杂徐、庾之流丽。尽得古今之体势,而兼人人之所独专矣。"又称杜"词气豪迈而风调清深,属对律切而脱弃凡近"[1]。凡元所论,杜甫以七字包之:"清词丽句必为邻。"

附记 ①清、丽对举,宋人亦然。刘克庄《后村诗话》新集卷三

---

[1] 元稹《杜甫墓志系铭叙》意在推重杜甫晚年的长律,大背白乐天"论诗书"之意。金元好问不以"元志"为然,故好问论诗绝句有云:"少陵自有连城璧,争奈微之识珷玞。"但元微之对杜诗是另有一种看法的,其绝句云:"杜诗天材颇绝伦,每寻诗卷似情亲。怜渠直道当前语,不着心源傍古人。"(《元氏长庆集》卷十八《酬孝甫见赠十首》之二)这就和《墓志系叙》的论点大有径庭了。《墓志系叙》是据《戏为六绝句》立论的。

说:"唐诗多流丽妩媚,有粉绘气,或以辩博名家。惟陈拾遗、李翰林崛起,为一种清绝高远之言以矫之。"流丽粉绘、清绝高远是对立的。

②现在把这首诗的大意译述如下:

杜甫说,我不菲薄现在的人爱好古人(的文辞),但是我认为,代表古代文风的"清词",必须和代表近世文风的"丽句"结合起来才好。苟有一偏,转成流病。比如,(现代人)自以为高追屈宋,(他的作品)应该可以与楚辞并驾了,但按之实际,恐怕望齐梁的后尘还不及哩。

三　杜注琐谈

杜诗地名泛称释例

杜诗地名有泛称，有专称，有郡望，有词藻。如一律视作专名，更求今地以实之，便会龃龉难通；曲为之解，益复支离。举例如下：

山东

秦汉以来，称华山以东为山东，与称函谷关以东为关东者，同指我国（除陕西以外）自北至南的广大地区。顾炎武、阎若璩早经指出过。《日知录》卷三十一"山东河内"条说："古所谓山东者，华山以东。《管子》言，楚者，山东之强国也。《史记》引贾生言，秦并兼诸侯山东三十余郡。《后汉书·陈元传》言，陛下不当都山东（顾氏原注，谓光武都洛阳）。盖自函谷关以东，总谓之山东（原注，唐人则以太行山之东为山东。杜牧谓山东之地，原禹画九土曰冀州是也）。而非若今之但以齐鲁为山东也。"（参黄汝成集释本此条下引钱、王注）今考杜甫诗用山东字，略有四义，列举如下：

①**指华山以东。**

如"汉家山东二百州"（《兵车行》）。按唐《六典》三，开元时，全国有州三一五。王彦辅集注杜诗引《十道四蕃志》，关以东七道，凡二百十一州。杜举成数，故言二百州。

又，"无数将军西第成，早作丞相山东起"（《暮秋枉裴道州手札……》）。赵次公注引班固云"山西出将，山东出相"。旧注改作"东山",便引谢安为证,非是。公亦何拘于西对东耶?今按班固此语,见《汉书·赵充国、辛庆忌传赞》,云"秦汉以来,山西出将,山东出相"。检《后汉书·虞诩传》引谚曰"关西出将,关东出相"。李贤注引《前汉书》赵充国传赞语。注先引白起、王翦以明山西出将,又云,"丞相则萧、曹、魏、邴、韦、平、孔、翟之类"。李贤所引八相,萧曹则沛人,在今安徽境。魏相,定陶人,邴吉,鲁国人,皆在今山东境。知"山东"一语,泛指华山函谷以东。故知杜诗用泛称,亦非指太行以东地而言。

又,"澶漫山东一百州,削成如案抱青邱"(《承闻河北诸道节度入朝……绝句十二首》之八)。赵次公解"山东"为太行山以东,非是。此诗后二句云:"苞茅重入归关内,王祭还供尽海头。"意指全国,包有河北道,不仅指河北诸州也。河北道仅二十五州,诗说一百州,故知非仅指河北。据开元二十六年所定十道,河东道十九州,河北道二十五州,河南道二十八州,山南道三十三州,共计一百零五州。青邱,盖言仙山(青邱,又名长洲,相传海上十神山之一,见旧传东方朔著《十洲记》),以比喻帝王所居关中,而黄河、长江四道(上文已举)环拱关中,言形势极好。

②**指太行山以东,亦曰山东。**

如"中兴诸将收山东"(《洗兵马》)。赵注:山东,今之河北。盖谓之山东、山西,以太行分之也。

又"安得自西极,申命空山东"(《往在》)。

又"山东残逆气,吴越守王度"(《宿花石戍》)。

又"山东群盗散,阙下受降频"(《与严二郎奉礼别》)。

③**指泰山以东,古曰齐鲁,约当今天的山东省地。**

然须知唐十道无山东,唐河南道即包含今河南、山东二省地。故此"山东"一名,亦非专名,仍属泛指泰山以东地(无确定区界就叫泛指)。

如"昔我游山东,忆戏东岳阳"(《又上后园山脚》)。下言"穷秋立日观"。

又"诸姑今海畔,两弟亦山东"(《送舍弟颖归齐州三首》之三)。

④指郡望之山东。

《苏端薛复筵简薛华醉歌》云:"近来海内为长句,汝与山东李白好。"旧本有作东山者,非是。今存宋本均作山东。钱谦益驳东山之说,然于山东字无有力说明。据我看,杜甫此诗中的山东一语殆以赵郡旧族目李白,因唐代习用"山东门第""山东旧族"抬高姓崔姓卢姓李的人,其实他们完全可以不必实是该郡人。李白自称则曰"陇西布衣"(《上韩荆州书》)。其实大家都知道李白也并非陇西人。称陇西也是叙郡望(唐代李姓说郡望,不是陇西,便是山东)。唐室有冒赵郡李氏之嫌(陈寅恪:《唐代政治史述论稿》,1—11页),张说好求山东婚姻,李积以爵位不如族望,与人书札唯称陇西李某而不具官衔(俱见《国史补》卷上)。当时社会既有这种风习,杜甫本人又素以旧族自许,故称人亦喜说门第,如"名家合是杜陵人"(《送乡弟韶……》)、"吾怜荥阳秀"(《郑典设自施州归》)之类,宜其于太白亦如此。

青丘

杜诗四用青丘,无一实地,皆比兴廋词。

①如"春歌丛台上,冬猎青丘旁"(《壮游》)。按上文有"放荡齐赵间"句,故注家每引《寰宇记》,青州有青丘,在千乘县,齐景公田于此云云。按这亦是用典,并不是实用地名。

②用"青丘"为海上神山,以喻帝都之关中。此如《虎牙行》云:"渔阳突骑猎青丘,犬戎锁甲围丹极。"

又"澶漫山东一百州,削平如案抱青丘"。已见上文解释。

③《锦树行》"东郭老人住青丘"。朱鹤龄注云,公居夔州东郭,故以东郭先生自拟。又,东郭先生,乃齐人也,故曰青丘。青丘,齐

地。按朱注太略。东郭先生，首见《列子·天瑞》篇，视公盗、私盗若一；又《史记·滑稽列传》亦有一位东郭先生，他穷得要命，穿着有帮无底的鞋子在雪地上走，为人所笑。又《汉书·蒯通传》还有一个东郭先生，尚义不仕。今《锦树行》云："飞书白帝营斗粟，琴瑟几杖柴门幽。……自古圣贤多薄命，奸雄恶少皆封侯。……五陵豪贵反颠倒，乡里小儿狐白裘。生男堕地要膂力，一生富贵倾邦国。莫愁父母少黄金，天下风尘儿亦得。"《杜臆》说："此等诗皆有避忌，故胧朦颠倒其辞。大抵有武夫恶少，乘乱得官，而豪横无忌，观'膂力风尘'语可见。"按王嗣奭言诗有避忌，良是。诗意虽隐晦，然愤懑之情若揭。言"青丘"者，《晋书》卷十一《天文志》上："青丘七星，在轸东南，蛮夷之国号也。"综合观之，盖言已虽穷困居夷，然不事武夫，殆不满于柏茂琳乎？

东郡

杜诗三用东郡，俱非实指。

《登兖州城》："东郡趋廷日。"钱谦益、仇兆鳌均引《汉书·地理志》：东郡，秦置，属兖州。非是。按"秦置，属兖州"二句为颜师古注。所谓"兖州"乃《禹贡》所举九州之一。与唐之兖州固不相涉。《旧唐书》三八《地理志》云："兖州，上都督府。隋鲁郡。（唐）武德五年置兖州。领任城、瑕丘、平陆、龚丘、曲阜、邹、泗水七县。贞观十四年置都督府，管兖、泰、沂三州。天宝元年，改兖州为鲁郡。乾元元年，复为兖州。"汉之东郡，初无兖州之名。领二十二县，治濮阳。大如后世一省，而唐之兖州，只有七县。且无东郡之名。在汉东郡与唐兖州之间无论如何不能画等号，故知钱、仇均误。朱鹤龄知为泛称，故云，"东郡，东方之郡"，又嫌太泛。盖兖州在泰山东南，概言可曰东郡耳。

又《野老》云："王师未报收东郡。"赵次公云："去岁乾元二年之秋，史思明陷东京及齐汝郑滑四州，乃京之东郡。"

又《秋日夔府咏怀寄郑监、李宾客一百韵》："东郡时题壁，南湖日扣舷。"据杜甫自己在"道里下牢千"注："郑在江陵，李在夷陵。"郑有湖亭，可知题壁句指李。清李黼平《读杜韩笔记》云："东郡指夷陵，夷陵在夔州之东，遂得称东郡。"是也。

推而言之，方位词都可加在郡、州、县等之上而成泛称。如《白水县崔少府高斋三十韵》诗："客从南县来"，钱笺："南县，奉先也，奉先在白水之南。"是。如《从人觅小胡孙》诗："见说南州路"，旧注以南州为南粤，此不知泛指之误。南州，指夔州以南如施州、黔州之类，不必是实指。又如《闻斛斯六官未归》："故人南郡去"，仇以为江陵府。区区"作碑钱"，何值不远数千里外去取？州、郡泛言同义，谓成都以南之州，如眉、嘉、叙诸州耳。

江南

《苦战行》云，"去年江南讨狂贼"，宋鲍文虎注：指段子璋战遂州时，遂州在今涪江之南，故云江南。按今涪江经遂宁（唐遂州）下至合川入嘉陵江。鲍说是也。

《社日二首》之二："此日江南老，他年渭北童。"仇注，峡江之南。按夔州在长江北岸何得称江南？此盖以长安为准，夔州在长安之南，故可称峡江地区曰江南，《小寒食舟中作》云，"愁看直北是长安"，可反证夔州峡江可称江南。

西江

《社日二首》之二，首句云："寥落西江外。"此盖望故里而言，无论襄阳、陆浑，皆长江东下之地，彼东则此西，故夔州之江曰西江。

又《溪上》云："西江使船至，时复问京华。"此使船指成都剑南节度之使船，江自西来，故称西江。使船入京，必先有朝廷使至，故去探听一二。此可以《有叹》之"江东客未归"为反证。"江东客"，犹抗战中四川人称外省人统曰下江人。下江犹江东意，初不限于长江下游各省。

江东

江东一词，见《项羽本纪》。江东一词通常用与江南为同义语。《唐语林》三，载狄仁杰充江南安抚使，大毁淫祠，地有项羽庙，先檄书责其丧失江东子弟八千人而妄受牲牢之荐云云，可证唐人以江东、江南为同义语。杜诗作如是用者，如《送孔巢父归游江东》，诗云"禹穴"，禹穴在会稽。又《春日忆李白》云"江东日暮云"，注家以为白时在会稽，此江东亦可云江南。皆指一地区而言。又《第五弟丰独在江左……》，江左、江东、江南，所指并同。惟《有叹》诗"天下兵常斗，江东客未归"，此江东不能解作江南。赵次公说，凡归途之须（向）东者，皆可曰江东（客）。杨伦云，西蜀在江之西（按亦可曰上游），故称故乡为江东。可知此江东为泛称。

江汉

杜诗用江汉字极多，可分三类：

仇兆鳌《杜诗详注》卷二十三《地隅》诗后，据杨慎《丹铅录》为说云："杜诗用江汉有二。未出峡以前所谓江汉者，乃西汉之水，注于涪江（按此说误。西汉水，元以后称嘉陵江。涪江经三台、射洪、遂宁，至合川流入嘉陵江。杨慎不误而仇反误）。如'江汉忽同流''无由出江汉'是也。既出峡以后所谓江汉者乃东汉之水（按即汉水）入于长江。如'江汉思归客''江汉山重阻'是也。"（下引《丹铅录》略）按仇说近是。但说未出峡以前所称江汉系指嘉陵江言则误。缘宋明清各代注家都不注意唐代十道划分耳。检《旧唐书》三九，志一九，荆州江陵府条，略云："天宝元年，改为江陵郡。乾元元年二月，复为荆州大都督府。至德后，置荆南节度使。领澧、朗、硖、夔、忠、归、万等八州。"（参顾颉刚、章巽编《中国历史地图集》）而荆州属山南东道。据此，汉水正在本道境内，所以杜甫在夔府所称江汉，正是说山南东道境内的水。宋代注家（例如赵次公）没有注意及此，总是说江水与汉水会于荆州，在夔州而言江汉者，以其切近故也。其说迂曲。仇兆鳌不考唐代地方区划，他心目中的夔州，是在四川境内，所以遇杜夔州诗中的江汉字样，一律拉上西汉水。其实唐代阆州乃至渝州，都属山南西道，与夔州不属同道。仇氏比宋代注家的说法更不符合实际。第二，杜诗在湖南境内亦说江汉，这是因为上元元年在江陵置南都，以荆州为江陵府，除原领八州（见上）外，又割黔中之涪，湖南之岳、潭、衡、郴、邵、永、道、连八州来属。至德二年，江陵尹卫伯玉以湖南辽阔，请于衡州置防御使，自此，八州改属江南西道（同上引《旧唐书》地理志）。既然湖南八州曾属山南东道，所以杜甫在湖南称江汉就不足为奇了。

现在我解释杜诗所用江汉一词，分为三类。①不论杜甫写诗是在什么地方，只要他是用江汉来指荆州一带的，为一类。②用江汉指夔州地区的，为一类。③用江汉字而有寓意或有双层意义的，为一类。第二类诗句很多，为避烦琐，故只略举。

①指夔州地区的

如："嗟尔江汉民，生存亦何有？"（《枯棕》）[1] 又"狼狈江汉行"

---

[1]《枯棕》诗黄鹤编在夔州诗内，清人多编在成都诗内。按黄鹤是也。其理由是：（转下页）

(《同元使君〈舂陵行〉》)。又"江汉始如汤"(《又上后园山脚》)。又"洒血江汉长衰疾"(《忆昔二首》之二)。又"吾衰卧江汉"(《贻华阳柳少府》)。又"飞旍出江汉,孤舟转荆衡"(《八哀诗·严武》)。又"秋风裛裛吹江汉"(《戏作寄上汉中王二首》之一)。又"兵戈尘漠漠,江汉月娟娟"(《秋日夔府咏怀……一百韵》)。又"眼前今古意,江汉一归舟"(《怀灞上游》)。又"风尘淹别意,江汉失清秋"(《第五弟丰独在江左……》)。又"江汉终吾老,云林得尔曹"(《题柏大兄弟山居屋壁二首》之一)。又"朝觐从容问幽侧,勿云江汉有垂纶"(《奉寄李十侍御》)。又"消渴游江汉"(《熟食日示宗文宗武》)。又"却教江汉客魂销"(《承闻河北诸道节度入朝口号十二首》之三)。又"江汉山重阻,风云地一隅"(《地隅》)〔1〕。

②江陵、湖南

如"残生逗江汉,何处狎渔樵"(《将别巫峡,赠南卿兄瀼西果园四十亩》)〔2〕。又"暮景巴蜀僻,春风江汉清"(《送李卿晔》)。又"洞庭扬波江汉回"(《虎牙行》)。又"江汉思归客,乾坤一腐儒"(《江汉》)。又"尊前江汉阔,后会有深期"(《暮春江陵送马大卿公恩命追赴阙下》)。又"风尘逢我地,江汉别君时"(《哭李常侍峄二首》之二)。

③有兼寓意者

如"积蓄思江汉,顽疏惑町畦"(《到村》)。又"风尘终不解,江汉忽同流"(《承闻故房相公灵榇自阆州启殡归葬东都有作二首》之

(接上页)1. 夔州山地,气候较暖,棕榈所宜。反之,成都多熟地少闲地,棕榈较少。2. "江汉人",指山南东道民也。置成都诗内,江汉字难说通。3. "蜀门"字,三国蜀主以夔州为门户与吴抗衡,故云然。"蜀"非指成都。

〔1〕 此诗编年有争议。仇兆鳌依蔡梦弼编在湖南诗内,宋刻王十朋注本编在江陵诗内。我以为"地隅""山重阻"皆似夔州所作。至言"年年非故物",用古诗"所遇无故物,焉得不速老"。"非故物",言风物岁时之异,亦可通。

〔2〕 依赵次公注,解逗为透,言将透过江汉而去。

一)[1]。

统观以上各条,1.山东四项,无一实指(唐代行政区没有叫作山东的)。2.青丘(邱)三项,亦无一是实指。3.东郡三用,无一实指。4.江南二用,全非实指。5.西江,全非实指。6.江东用以指江左,亦仅习称,并无州郡可指。7.杜诗用江汉最多,除在江陵所作(如《暮春江陵送马大卿公恩命追赴阙下》及《江陵节度阳城郡王新楼成》之"江汉风流万古情"、《哭李常侍峄》等数首所用"江汉")略有实际地区意味外,殆无一实指。无所实指,即泛称也。知泛称例,可以省却许多纠缠,杜诗用意,就更明白了。

---

[1] 赵次公解《到村》上句"思江汉"为有去蜀之意。解下句为寓意,指与严幕客不合。我看上下句均有寓意:上句"积蓄"用马迁《报任安书》论李陵语。言己思尽忠有裨王事,而持贤不肖必分,未被严武采纳。下句赵说是。《闻房前相公灵榇归东都诗》"江汉忽同流",用"江汉朝宗于海"表达房琯之忠于王室。兼有"不废江河万古流"意。

杜诗中的偏义词

汉语双音词，用的时候偏取其中一个词素的意义而不用其他一个词素的意义，这种词可以叫作偏义词。口语中如"国家"，家字实际没有意义，"兄弟"（弟弟），兄字没有意义。在文言文里面也存在这个现象。首先指出这个现象的是三国时代的经学家王肃。他以为那个没有意义的词素是"足句之辞"。宋陈骙著《文则》，指为"病辞"。清顾炎武《日知录》，以为"古人之文，宽缓不迫"。现代已经有三个人搜集过这方面的资料，这是语法家的事，我们不去说它。现在且说杜诗中也常常使用偏义词。

杜甫《送韦书记赴安西》诗："欲浮江海去。"注引《论语》"乘桴浮于海"。证以杜他诗如《遣闷》"馀力浮于海"，可见确是用《论语》，那么，送韦书记诗中的江字是一个凑数的、没有意义的字（即"足句辞"）。《自京赴奉先县咏怀五百字》说："葵藿倾太阳"，藿没有倾太阳的特点，可见藿字无意义。《羌村》："柴门鸟雀噪"，鸟是总名，言鸟可不言雀，可知雀字无意义。

《八哀诗·赠王思礼》："昔观文苑传，岂述廉蔺迹"，此指邓景山被杀。邓是文人，和廉颇扯不上，可见廉字只是因习用连类而及。意思是说：《文苑传》中宜无有将略者。《新婚别》："结发为妻子"（一作"君妻"），子字连类而及，无意义。《北征》："不闻夏殷衰"，下句说褒氏，是殷事，与夏代无涉，疑夏系连类而及（详见专条）。《夔州歌》："武侯祠堂不可忘，中有松柏参天长。"按《古柏行》说："孔明庙前有老柏……黛色参天二千尺"，即是一事。这里说的松，分明也是连类足字的。《送覃二判官》："肺肝若稍愈，亦上赤霄行。"杜甫无肝病，气疾可称肺病，肝字明显是足句字。《遣怀》："黄金倾有无。"按诗意当说黄金倾所有。故知"无"字不作义。《咏怀二首》之二："万古一死生"，义同他诗"万古一骸骨"。犹言万古同一死，生字无义。《壮游》："郁郁苦不展，羽翮苦低昂。"郁郁不展，有低无昂。同诗："引古惜兴亡"，兴何可惜？《莫相疑行》："寄谢悠悠世上儿，不争好恶莫相疑。"好恶如字读，犹云好歹（仇读去声，误）。诗的意思是说，你们所谓功名富贵，我不和你们争，你们不要怀疑吧。好，人所争；恶，人所弃。恶字在这里是没有意义的。《巫峡敝庐奉赠侍御四舅别之澧朗》："传语桃园客，人今出处同。"（桃源属朗州）人，杜甫自指。诗是说，我也要和桃源人一样避世了。避世只可言处，不可言出。出字是凑数字。《喜雨》："安得鞭雷公，滂沱洗吴越。"袁晁起义，在浙右，则言越已足，吴字连类而及，不作义。《暮秋枉裴道州手札……》："使我昼立烦儿孙。"杜时尚未有孙也。

杜诗的互文、省语、反语

要懂得杜诗的文字意义，必须懂得杜诗用词的读音，它的义训和用法。这就要运用音韵学、汉语训诂学和语法、修辞学的法则去认识它们。凡研究杜诗的偏义词、互文、反语、省语、倒字、歇后语、方言等的，都属于训诂、语法修辞学范围。上条已谈过杜诗中的偏义词，现在把杜诗的互文、反语、省语、俗语等略说一下。关于倒字、歇后语，宋代就有人谈过，这里用不着再提了（倒字杜诗很多，人们举得太少，但它本身没有什么大作用，所以不必再举）。杜诗俗语，本是一个重点，因为在后面列有专条，所以这里也不多举例。

一　互文

杜诗用互文，是顾炎武提出的（《日知录》卷二十七）。互文是一种修辞手法，凡相关的两个句子，用词此有彼无，意义互为补充，就叫互文。诗句字数有限制，用互文可以包容更多的内容。这是产生互文现象的主要原因。杜诗互文很多，略举数例：

①去凭游客寄，来为附家书。(《得家书》)
②平生白羽扇，零落蛟龙匣。(《八哀诗》)
③次第寻书札，呼儿检赠诗。(《哭李常侍峄二首》之二)
④不闻夏殷衰，中自诛褒妲。(《北征》顾炎武举)

⑤浮瓜供老病，裂饼尝所爱。(《信行远修水筒》)
⑥岑寂双甘树，婆娑一院香。(《树间》施鸿保举)
⑦击柝可怜子，无衣何处村。(《西阁夜》)

上例①—③为常例。如例①，上句"寄"即指家书，下句"附家书"者即是游客。上句省"家书"，下句省"游客"，而意固互有。④—⑥为变例。④见"夏殷衰"专条，顾说是"以有形无"。例⑤是一字管两句例，亦有专条详释。⑥⑦是互易例，"岑寂"本说院，"婆娑"本说树。"击柝"言村，"无衣"是可怜子。总此三变例，再加上正例，可知杜诗互文，共有四例，一正三变。须临文鉴别，不宜滥列。如《过客相寻》诗："挂壁移筐果，呼儿间煮鱼。"施说与③例同，实误。这是主语在第二句，故黄生说为以下句管上句，非如③例，呼儿管上句，次第亦管下句，故彼为互文。《过客相寻》则不同。上句的词都不管下句，可知施说误也。

二　省语

省语是诗句修辞的重要手法之一。杜诗省语如《甘林》："试问甘藜藿，未肯羡轻肥？"这是十字句，"试问"下省"如何"二字。《戏为六绝句》："龙文虎脊皆君御，历块过都见尔曹？"意思是说，千里马过都如历块，岂见尔曹乎？"见"上省"岂"字意。《洗兵马》："京师皆骑汗血马，回纥喂肉葡萄宫。"回纥的马喂肉，"马"字涉上文而省。《寒雨朝行视园树》："丹桔黄甘此地无。"意思是说，园内的丹桔和黄柑是此地的其他园子所没有的。《季秋江村》："难见此山川"，是说别处难见这样美的江山。《潼关吏》："艰难奋长戟，万古用一夫"，"一夫"下省"守关"二字意。《舍弟观赴兰田取妻子》："巡檐索共梅花笑，冷蕊疏枝半不禁"，这是说，想到将来的骨肉团聚，人一欢喜，看见梅花，好像花在疏枝上也禁不住要笑的样子。此外"肯"字多半有岂肯、不肯的意思（详"肯"字条），"莫"字下多省"不"字。如"即今龙厩水，莫带犬戎膻"。即莫不带犬戎膻。"赋诗分气象，佳句莫频频。"即佳句莫不频频乎？《示獠奴阿段》："郡人入夜争馀沥，竖子寻源独不闻。"闻字下宾语，即上句"争馀沥"，涉上句而省。

三　反语

正言若反，反语见正，是常见的语言现象，多用在戏语和讽刺上。杜诗喜用反语，是形成杜诗表现方法多样化和活泼气息的因素之一。如《戏为六绝句》："不觉前贤畏后生。"意思实在是说这种后生殊不足畏。《绝句漫兴九首》之三，爱燕子偏说它的种种坏话，全首是反语。《江畔独步寻花七绝句》，用许多反语表示强烈的欣喜。如"被花恼不彻"，"无处告诉只颠狂"，"实怕春"，说红、白花"多事"等都是。所谓"其词若有憾焉，其实乃深喜之"。"韦曲花无赖，家家恼杀人。"亦是这种用法。《陪章留后侍御宴南楼》："此身醒复醉，不拟哭途穷。"正是哭途穷。《伤秋》："何年减射虎，似有故园归？"希望即言绝望。《远游》："敝裘苏季子，历国未知还。"好像是人自不还，其实是说兵戈不许人还。又，凡用"莫""肯"等字的句子，都可看为反语。如咏二鹰说，"兔藏三窟莫深忧"，即莫不深忧。

杜诗中的俗语

用语"不见经传",出于口语、方言的都叫俗语。杜诗用语(词汇)极为丰富。有人统计共四一一八字。词估计一万多个。"词源倒倾三峡水",实是他自评用词丰富的话。他一面多方沿袭古语,使他的一些古诗、律诗典丽雅则,一面却毫无顾忌地使用俗语、方言,乃至公文用语亦并不摒弃。元稹诗说:"杜甫天才颇绝伦,每寻诗句觉情亲。怜渠直道当前语,不着心源傍古人。"除了说杜甫即事名篇,不搬古乐府题目这事以外,亦是赞美他敢用俗语,使人感觉亲近。

杜诗中俗语很多,随手就可举出:

在、无藉在、安稳、相欺得、底、定、可、好在、耐知、残、生憎、官、娘(少女)、长年、三老、盘涡、浑、泥(饮)、顿顿、对对、禁当、畜(眼)、剑器、浑脱、拼、遮莫、斩(新)、迁次、浪、耗(稻)、破、锉、好手、人客、板齿、何当、若为、若个、剩、颗颗、吃(酒)、一种、好去、向、料理、乌鬼、多事、个个、青铜钱……

有些词如"小儿"看似一般用语,如"乡里小儿狐白裘","间阎听小子,谈笑觅封侯",就不必算作俗语。但《忆昔二首》之一的"关中小儿坏纪纲"句中的"小儿"却是俗语,旧注引《旧唐书·宦官传》"李辅国,闲厩马家小儿",辅国于肃宗至德二年加开府仪同三司,二年拜兵部尚书。杜诗直斥之为"小儿",盖揭其本为贱奴。知此语为俗语者,陈鸿《东城老父传》,"选六军小儿五百人"(使养斗鸡)。史盖用宫中习语也。所以解释杜诗俗语,防滥防漏,事必兼功,初非易事。这里且举一些例子,聊助读杜兴趣。

抄

《与鄠县源大少府宴渼陂》:"饭抄云子白,瓜嚼水精寒。"仇注:"北人谓匙为抄,乃抄转也。"欠明白。按,抄是说以匙送食物入口。韩愈《赠刘师服》:"匙抄烂饭稳送之。"敦煌出《目莲救母文》:"见饭未能抄入口。"又,"右手抄水良由贪"。是饮、食都可说"抄"。盖唐时俗语。

恰恰

《江畔寻花七绝句》之六:"黄四娘家花满蹊,千朵万朵压枝低。留连戏蝶时时舞,自在娇莺恰恰啼。"清翁方纲《石洲诗话》卷一云:"今解恰恰为啼声矣。然王绩诗:'年光恰恰来。'白居易《悟真寺》诗:'恰恰金碧繁。'疑唐人类如此用之。"又引韩愈《华山女》诗:"街东街西讲佛经,撞钟吹螺闹宫廷。广张罪福资诱胁,听众狎恰排浮萍。"翁说,狎恰即恰恰。白居易《樱桃诗》:"恰恰举头千万颗。"(从翁说)方崧卿《韩集举正》亦引白《樱桃诗》作"洽恰",云作"恰恰"者非。方只说"洽恰,唐人语",等于什么也没有说。宋朱翌《猗觉寮杂记》卷上引《广韵》,解"恰恰"为"用心啼"。失之弥远。

今人蒋礼鸿《敦煌变文字义通释》,以为恰恰(狎洽)多而密也。引《降魔变文》:"便向厩中选壮象,开库纯驮紫磨金。峻岭高崖总安致,恰恰遍布不容针。"此义和杜、韩、白诗用语,义皆吻合。杜诗

"恰恰啼"，就是密密啼，频啼。

早晚

《秋风二首》之二："不知明月为谁好？早晚孤帆他夜归？会将白发倚廷树，故园池台今是非？"此是后四句，全作不定语气，又是一格。仇说："月夜归帆，方以归乡为乐；故园是非，又以残毁为忧。"看来，仇似不懂"早晚"一词的意义。早晚，唐人常语，是何时的意思。李白《长干行》："早晚下三巴？预将书报家！"又《口号赠杨征君》："不知杨伯起，早晚向关西？"岑参《送郭乂》："何时过东洛，早晚度盟津？"早晚孤帆他夜归，好像说，何时孤帆他夜归。他夜亦指将来，好比他日指将来一样。这是倒句。顺说当是："早晚他夜孤帆归？""会将"句作喜语，"故园池台"句又疑。这种诗纯以意行，不着词彩。瘦硬而拙，别有风趣。

分张

《佐还山后寄三首》之二："白露黄粱熟，分张素有期。"仇注历引钟会檄以下用"分张"之文，类皆分别之义。顾炎武《日知录》也是一样。朱鹤龄解为"分别之时"，均解释不了杜诗。惟《读杜心解》和《杜臆》解作"分饷"，意是而无佐证。按"分张"犹言"分赠"，盖唐人俗语，与古书的"分张"作"分别"义者无涉。王建《贺杨巨源博士拜虞部员外郎》诗："残着几丸仙药在，分张还遣病夫知。"敦煌《大目乾连冥间救母变文》："早被妻儿送坟墓，……狐狼鸦鹊竞分张。"可证杜诗"分张"之义。

开头

《拨闷》："长年三老遥怜汝，捩拖开头捷有神。"长年、三老、捩拖、开头，并是当时舟人用语。篙师叫长年，拖工叫三老。宋祁已经说了。船离岸叫开头，现在四川话还这样说。仇注于"开头"引庾信诗："五两开船头。"庾诗"船头"连读，对于杜诗有什么关系？陆游《入蜀记》卷五："二日，泊桂林湾。舟人杀猪十余口祭神，谓之开头。"查慎行《初白庵诗评》卷上说："盖唐时蜀中舟人已有此语，故公（杜）诗云然，非初行船之说也。"按凡船开头，如果是远行大船，第一次起舵（开行），就要祭神。普通是杀鸡、吃（猪）肉。如果船只载人未载货，或是小船，便不举行仪式。杜甫此诗记从忠州到夔州（今云阳），自然是"初行船"。陆游日记，不在解释杜诗。查慎行以为"初行船"才叫"开头"，不是初行船，就不叫"开头"，是错的。船离岸就叫开头，不管是不是第一次。又，开头可以单说开，杜诗有"日出野航开"（《发白马潭》）句可证。

不忿

《送路六侍御入朝》："不忿（忿，一作分，一作愤）桃花红似锦，生憎柳絮白于棉。"仇注："不分，不能分别。"大误。按：不分（忿）有不服、讨厌、不料等义。张相《诗词曲语词汇释》已言之。不过"不料""不甘"两义，已经是"书语"了。讨厌一义，较合口语之义（杜诗在此亦用作厌见的意义）。在敦煌变文中随处可见这种用法，不烦引例。有一点值得指出的，就是"不分""生憎"这两词，"不"字和"生"字，都是词头，没有意义。所以"不分"一词，在变文中有只用"忿"的。如《苏武李陵执别辞》变文："苏大使忿见单于。"忿见即厌见。"忿"与"不忿"同义。

取别

唐俗语,"道别"的意思。《送长孙九侍御赴武威判官》:"问君适万里,取别何草草?"《将适吴越,留别章使君留后,兼幕府诸公》:"相逢半新故,取别随薄厚。"知是俗语者。《伍子胥变文》:"即欲取别登长途。"《韩擒虎话本》:"衾虎且与圣人取别。"

冻雨

《枯楠》:"冻雨落流胶。"按"冻"当从氵作"涷",不从冫。今四川把夏日暴雨叫作"偏涷雨",平读。即此"涷雨"也(见明李实《蜀语》)。诗作于夏日,知唐时四川人已有此语。钱注引古书而不知其实口语。《回棹》:"火云滋垢腻,冻雨裹沉绵。"冻字亦当作"涷"。宋黄庭坚《浯溪诗》:"涷雨为洗前朝悲。"正作"涷"。友人谭优学同志言,涷雨字盖用《楚辞·九歌·大司命》:"令飘风兮先驱,使涷雨兮洒尘。"

白面

《少年行》:"马上谁家白面郎",一作"薄媚"。此盖俗语。张相的书卷三有释,蒋礼鸿举三例。敦煌出《燕子赋》"薄媚黄头鸟",《游仙窟》"薄媚狂鸡,三更报晓",均放肆、捣蛋的意思。前蜀王衍《甘州曲》"薄媚足精神",则不拘束义。杜《少年行》第三句说,"不通姓字粗豪甚"。比照张蒋所引例,则轻薄、轻佻之意。

摊钱

《夔州歌十绝句》之七:"长年三老长歌里,白昼摊钱高浪中。"检《广韵》"摊"字下云:"蒲,四数也。"《容斋五笔》云:"今人(宋)意钱赌博皆以四数之,谓之摊。"今人马叙伦《读书小记》卷一说:"广东之赌,以番摊最盛。杭州有赌曰摇摊。"解放前四川有叫"四门摊"的,为大型赌博。"摊"盖唐语之遗。

好恶

《莫相疑行》:"寄谢悠悠世上儿,不争好恶莫相疑。"仇读"好恶"二字均去声。按当如字读。好恶,跟说好歹、高低一样。《岁晏行》:"好恶不合长相蒙",好恶,谓好钱坏钱,亦如字读。敦煌变文《庐山远公话》:"前头好恶,有钱奴身在。"《燕子赋》:"不问好恶,拨拳便搓。"知是唐俗语。

太剧

《遣闷戏呈路十九曹长》:"黄鹂并坐交愁湿,白鹭群飞太剧乾。"仇引邵注后,按云:"诗意恐是太难之意,如烦剧之剧,旧注作太苦干,未当。方遇雨,何云太苦干耶?"《杜臆》:"剧乃已甚之辞,谓苦其干也。"按旧注是。诗意是说,当江城春雨的时候,黄鹂山禽,欲飞翔而不得,故坐愁其湿;白鹭水鸟,望雨大而不得,故甚苦其干。二句必有寓意,难于推知,姑说字义。太剧,俗语,敦煌出《伍子胥变文》:"平王太剧,叫唱呼冤。"杜诗本多用同义并列复语。仇氏已举愁畏、人客、信使、眠卧、车舆、书疏、重叠、稀少、凉冷、曛黑、喧暖、晨朝、徒空、更复。但远尚未尽。这种用法是从俗语来的。在和口语分离还不远的秦汉文言中，这种复词更多，甚至有三字复义并用的。如藉第令（《陈涉世家》）、略颇稍（《汉书·王莽传》）。柳宗元《祭吕衡州文》："至于化光，最为太甚。"亦最太甚连用。

故武卫将军挽词

武卫将军是谁？仇注以为裴旻。但旻是金吾将军，非武卫将军，故知仇说非是。寻绎史传，我以为其人是王忠嗣。据《旧唐书》一〇三《忠嗣传》："天宝元年兼灵州都督，北伐奚怒皆（突厥族），战于桑干河，三败之，大虏其众。又以计杀其可汗，降其亲王。三载，加左武卫大将军。"（加武卫将军事，《新唐书》不载。新书疏略多有，不足怪）王忠嗣是坚决反对玄宗进攻吐蕃石堡城的。玄宗不悦，奸相李林甫又忌其功，诬陷他要奉忠王（即肃宗）。玄宗诏三司推讯，罪应死，赖前部将哥舒翰力救得不死。天宝六年十一月贬汉阳太守。杜甫是最反对石堡城之战的。《遣怀》："百万攻一城，献捷不云输。"《喜闻盗贼总退口号五首》之二："赞普多教使入秦，数通和好止烟尘。朝廷忽用哥舒翰，杀伐虚悲公主亲。"皆直接指斥玄宗轻启边衅之过。总起来说，王忠嗣威震万里边防，使外族不敢进犯，边境一度无战，这在当时是好的统帅。及到玄宗要进攻吐蕃，忠嗣又冒生命危险，阻碍其事，可谓有远识。杜甫同情王忠嗣，痛恨李林甫，所以写了这三首挽诗。

第一首："警急当寒夜，前军落大星。"或指天宝六载冬忠嗣被贬，或指天宝七载死时。"王者今无战"，《旧唐书》本传说："自张仁亶后四十馀年，忠嗣继之，北塞之人复罢战矣。""封侯意疏阔"，指忠嗣反对董延光攻石堡城，李光弼劝忠嗣顺应一下。忠嗣说，我意已决，不忍以几万人的性命换官做。"编简为谁青"者，痛惜玄宗不悟，无追赠事。语愤激。第三首"新阡绛水遥"，忠嗣是太原祁人。又"无由睹雄略，大树日萧萧"。殆有憾于哥舒翰逢迎玄宗的意旨，牺牲几万人，攻下石堡城，俘虏敌兵才几百人。完全符合忠嗣谏阻玄宗进攻石堡城时的预料，所以诗说"雄略"。当玄宗问忠嗣进攻石堡的意见时，忠嗣力言得不偿失，不可用兵，玄宗不高兴。一个有名的百胜将军，偏敢于反对打仗，这才是雄才大略。第二首无非赞扬战功。比照本传，亦多相近。

天阙

《游龙门奉先寺》:"天阙象纬逼,云卧衣裳冷。"阙字异文很多。有作阔的,有作阅的,有作闚的,有作开的。这些异文,有的是出不同版本,有的却是后人改的。如阅字就是王安石改的,开字是清姜宸英改的。施鸿保以为"天阙"是地名,与云卧虚实不对,不如作天阅(《读杜诗说》)。按:当从宋本作天阙。理由是:①于版本有依据。②正因为"天阙"与"云卧"显然虚实不对,所以"阙"字倒有个保险作用:它不会是"后人妄改"。要改,他必然改成个与"卧"对得着的"虚字"。其次,它也不容易是"传抄之误"。因为一眼就看得出它"不对"。即使初抄错了,也极易校正,混不下去。但正因为如此,这个"阙"字倒很可能是杜甫用的原字。③从诗艺上看,也合于杜甫的用字法。杜甫喜用"借对"法。习知的有:"酒债寻常行处有,人生七十古来稀。""饮子频通汗,怀君想报珠"等,寻常、饮子都是借对。借对的特点是所用的词有两重意义,借对的时候,用它一个意义作对用,用它的另一个意义作正用。如"寻常"是度数名(八尺为寻,倍寻为常),又有"通常"的意思。杜诗用度数名来和"七十"对,又用它通常的意义来构成诗句的正面意义。杜甫喜欢用借对法,尚有多例,恐烦不举。从借对观点看"天阙"的异文问题,就可以得一个比较说得过去的解决。"天阙"是龙门的异名,阙本是名词。阙又是"缺"的异体字。这样一来,从意义上看,用"天阙"指龙门,足以壮龙门地势的雄峻,从对法上看,"天缺"对"云卧",十分恰当。这是一箭双雕的对法。

杜甫不是靠玩弄小聪明巧对过活的诗人，杜诗的绝胜处不在对仗巧妙上。不过，杜甫的诗艺是多方面的，连技巧上的细节也不疏忽。读杜诗只注意它的对仗、诗律、章法、字法等等，诚然是买椟还珠；但完全不注意技巧方面，有时甚至对理解杜诗也会引起迷误。"天阙"异文问题就是一个例子。

天棘

《巳上人茅斋》:"江莲摇白羽,天棘散青丝。"天棘究竟是什么?自宋以来,略有四说:(一)洪觉范(《冷斋夜话》)、郑樵(《通志》)、吴可(《藏海诗话》)等,说天棘是杨柳。(二)罗大经(《鹤林玉露》),说天棘是青棘之丝;青棘可以做香,说是佛家的典故。(三)许顗(《彦周诗话》)、朱翌(《猗觉寮杂记》)、杨慎(《升庵诗话》)、吴景旭(《历代诗话》),主张天棘就是颠棘,也就是天门冬。(四)齐生,认为天棘是夭棘的错写,主张杜诗是用《诗经·凯风》"棘心夭夭"的话。

按四说之中,第四说最无稽。第二说也没意思。惟第一说和第三说值得考校。细按起来,说天棘是杨柳,也嫌没有根据。杨慎说,杨柳惟春初可以说"丝",诗中说到"莲""瓜"已是夏日,怎么还是柳丝呢?还有,菟丝茑萝,可以说"蔓",杨柳怎么可以说"蔓"呢?杨升庵的驳杨柳说是对的。查杜诗用"蔓"字,除此诗外,还有"兰田丘壑蔓寒藤"。"菟丝附蓬麻,引蔓故不长。"从无用蔓字说树的。可为杨说张目。还有一层:天门冬是服食上品,莲花为僧家法象。和尚的药栏内可能种有天门冬,所以杜甫取眼前景物作对。宋罗愿《尔雅翼》"门冬"后别出"颠棘"。其按语说:"天门冬与颠棘皆门冬(天、颠一音之转)。门冬有有刺者,有无刺者,其有刺者名颠棘。"罗愿的书号称详实,当有目验,较为可信。总之,杜诗"天棘",就是天门冬,不是杨柳。据现代植物学分科,天门冬,百合科,多年生蔓草,茎卷络于他物上,叶细小像鳞片,叶腋中生有叶状细长的小枝,约一至三枝,状如曲针。这样的东西,和杜诗的"青丝"相合。

青精饭

《赠李白》："二年客东都，所历厌机巧。野人对膻腥，蔬食常不饱。岂无青精饭，使我颜色好？苦乏大药资，山林迹如扫。"钱、仇注于"青精饭"均引陶弘景《登真隐诀》云："用南烛草木叶煮取汁浸米蒸之……名太极真人青精乾石𩚩饭法。"按"南烛"即缏木，异名"饱饭花"，《本草》说南烛枝叶，令人不饥。此物易致，下文何遽云"苦乏药资"？故知注文非是。《真诰》说："霍山有道士邓伯元，授青精石饭之法。"同一陶弘景，用语小异，不知即一物否？如非一物，则当为石药，石药也不会太花钱，和"乏资"的话仍旧不合。宋吴曾《能改斋漫录》卷七引《神仙传》："太极真人以太极青精饭上仙灵方授王褒，褒按方合炼，服之五年，色如少女。"这或许是杜诗"青精饭"的出典。但这仍然不能解释"苦乏"两句诗。通观杜诗，知杜甫颇信神仙服食之术。对于抱朴子（葛洪）尤笃信。疑这里的"青精饭"不过泛说，等于说长生药。具体说，他实际是指餐玉。如《去矣行》说："野人旷荡无觍颜，岂可久在王侯间？未试囊中餐玉法，明朝且入兰田山。"这种餐玉（用玉石弄成粉末来吃），在《抱朴子》中有具体的说明。总之是用玉很多。那就不是贫士所能备办的了。《抱朴子·登泛篇》说："或问登峻涉险，远行不极（极就是疲困）之法"，抱朴子曰："惟服食大药，则身轻力劲，劳而不倦矣。"所谓"大药"，指服金、玉屑法。杜甫的诗正是说，长生、使人颜色常好的药倒是有的，苦于我没有办金、玉屑的钱，所以不能"登峻涉险"，只有望山林而却步了。论思想，须透过落后看他愤激一面。

枭卢

《今夕行》："冯陵大叫呼'五白'，祖跣不肯成枭卢。"钱、仇注杂引博、塞、格五、骰子等说，实际只是抄书，杜诗五白、枭卢的意义不明白。宋程大昌《演繁露》颇述博塞沿革，且引于下："古惟斫木为子，一具五子，故名五木。后世用石，用玉，用象（牙），用骨。故《列子》谓之'投琼'。律文谓之'出玖'（按古所谓琼，似用之于棋）。唐世则镂骨为窍，朱墨杂涂（按惟四与六用朱）。数（上声）以为彩。亦有取相思红子（按即红豆），纳之窍中，使其色明艳。温飞卿词曰：'玲珑骰子安红豆，入骨相思知也无？'字直为骰，不为投（按骰子，今四川读为色子）。其体制与用木时异。方其用木也，五木之形，两头尖锐，中间平广，状似杏仁。一子两面，一面涂黑，一面涂白。黑之上画牛，白之上画雉。凡投子者，五皆现黑，其名为卢，卢者黑也。此为最高之彩。授木而掷，往往叱喝使致其极，亦名'呼卢'也。其次，五子四黑一白，则（即）是四犊一雉，其名为雉。用以比卢，降一等矣。至骰子之制，则有六面。则截去五木两头尖锐，而蹙长为方。既有六面，又著六数。不比五木但有黑白两面矣。"清俞樾《春在堂随笔》卷九，颇不以程大昌之说为然。他说："卢者，五子皆黑也。雉者，五子皆白也。纯黑纯白，均为高彩。与他色异。《晋书·刘毅传》：'毅掷得雉，大喜，褰衣绕床，叫谓同坐曰：非不能卢，不事此耳。刘裕恶之，因授五木久之曰：老兄试为卿答。既而四子皆黑，其一子转跃未定，裕厉声喝之，即成卢焉。'程氏谓五子四黑一白为雉，殊失之。老杜《今夕行》云云，正用《刘毅传》语。然则雉之为'五白'，唐人犹知之矣。程氏说以四黑一白为雉，转疑杜诗，何哉。程氏又谓：枭采甚低，非卢比也。老杜概言'枭卢'，未详。余谓此亦不然。邓艾曰：'六博得枭者胜'，窃疑枭即卢也。盖五黑五白，同为胜采。而卢胜于雉，故得卢者谓之枭，以别于雉。杜诗正得其义。《韩非子》曰：'儒何以不好博？胜有必杀枭，是杀其贵也，儒者以为害义，故不博。'程氏据此，证枭采甚低。余谓'杀枭'之制不可知，但韩子明言为所贵，而儒者并以杀之为非义，则枭在诸色中，为尊上无二，可知程氏之说误也。"

以上是程、俞二家的说法。今按：程说尚有根据，俞说纯出臆度。俞樾所论，不外两点：①彩的构成——五黑为卢，五白为雉；②彩的高下——枭是上彩，卢是枭的异名，雉是次彩。俞氏"五白为雉"，实是臆说。唐代人关于博彩的说法，公认李肇的《国史补》为详实，他说："崔师本好为古樗蒲，其法三分其子三百六十，限以二关，人执六马，其骰五枚，上黑下白，黑者刻二为犊，白者刻二为雉，掷之，全黑为卢，二雉三黑为雉，二犊三白为犊，全白者为白，四者贵彩也，开塞塔秃撅枭六者，杂彩也。贵彩得连掷，得打马，得过关，馀则否。"这当是唐代通行的樗蒲戏法。《晋书·刘毅传》所记，可代表晋人的博戏。程大昌《演繁露》，可代表宋人的博戏。这样，我们就有了晋、唐、宋三代不同的博戏的资料。试列一表：

时代	彩 名					所见记载	著者，时代
	1	2	3	4	5		
先秦	牟	枭				《招魂》①	汉·王逸
晋	卢	雉	犊			《晋书·刘毅传》②	唐·史官
唐	卢	雉	犊	白		《国史补》	唐·李肇
宋	卢	雉	枭	犍		《演繁露》③	宋·程大昌
?	枭	卢	雉	犊	塞	《山堂肆考》④	明·彭大翼

（注）①《招魂》注，见下文。
②《刘毅传》有"诸人并在黑犊以还"的话，故知尚有犊彩。
③《演繁露》云："五皆纯黑，名为卢，为最高之彩。四黑一白，名

曰雉，降卢一等。自此以下，白黑相杂，或名为枭，或名为犍。"

④《山堂肆考》是类书。载："古博法以五木为子，有枭、卢、雉、犊、塞，为胜负之彩。博头有刻枭形者为最胜之彩。"

看上表，我们就知道，晋、唐、宋三朝的说法都不同，晋、唐较接近。值得注意的是都没有"枭"。俞樾说枭彩是最高采的话是没有根据的。其次关于采的构成，李肇说，二白三黑为雉，程大昌说，四黑一白为雉，说法有出入，但都没有说五白为雉。依李肇说："全白者为白"，即五白的叫白彩，是最下彩。俞说"五白为雉"，又是没有根据的。

略明"五木"旧说，现在来看杜诗到底说些什么。程大昌根据他所看见的博戏，"枭"是第三等彩，不是"贵彩"，因而怀疑杜诗的"不肯成枭卢"，把最上彩和下彩并提，有点不伦不类，所以说"未详"。俞为杜诗辩护，说这是用《刘毅传》。实际刘传并没有说雉彩是怎么构成的。它只说"毅掷得雉"，全没有提"五子皆白"的话。下文说刘裕掷得四子皆黑，只有一子转跃未定，裕厉声叱喝，子定成黑，于是五子皆黑，就成了卢。反之，要是此一子是白，却是什么彩？刘传未说。如果照程大昌说，四黑一白为雉，那么，刘裕也应当得雉，就不能胜刘毅。刘传的说法，对程大昌的说法有利，对俞说不利。俞樾引《晋书》来证成己说是徒劳的。俞樾的说法，实际恐怕是从杜诗推想出来的。杜诗说"凭陵大叫呼五白"，下句说"不肯成枭卢"，既然不成枭、卢（俞认枭、卢是一采），只有成雉了。于是"呼五白"就等于说"呼雉"，因而知雉是五白。这种论证，是利用名词的歧义来证成己说，在逻辑上站不住。杜诗用"五白"本于《楚辞·招魂》："成枭而牟，呼五白些。"王逸注："五白，博齿也。倍胜为牟。呼五白者，言己棋已枭，当成牟胜。射张食棋，下逃于屈（窟），故呼五白以助投者也。"据此，"五白"本是一种博具，根本没有"五子皆白"的意思。借"五白"一词既是博具的名称，又可以说为"五子皆白"这种歧义,把"呼五白"讲成呼雉,巧而无据。还有一层,《招魂》说的是六博("昆蔽象棋,有六博些"),而《晋书》说的是"五木"。六博是一种棋,两人对局,各有六子,故名六博,行子用掷骰子来定。胜负全定在骰子的投掷(投琼)上(见宋洪兴祖注《招魂》引《古博经》)。所以行棋的人要求胜,在掷骰子的时候都叫起来。"五木"显然是单纯靠五颗骰子定胜负,可以多人参加,和"五白"两人对局根本不是一回事。俞樾引邓艾的话"六博得枭者胜"不过证明邓艾说的"枭"是"骁棋",走了骁棋,可以"食鱼得筹"(像现在扑克的"得分"),根本和"五木"的雉是两回事。《韩非子》讲的"博",自然也是六博。他说的"杀枭"为胜,和王逸说的"倍胜为牟"是一回事(牟、卢一音之转,牟、卢一彩。杀掉对手的骁〔枭〕棋就可得牟〔卢〕,即最后胜利)。总的一句话:"五白"是六博的骰子,卢、枭是六博胜彩的名称。"五木"看来是由"六博"演变来的。纯用骰子赌博,不用它们作为行棋的工具,就成"五木"。古骰子用琼为之。琼本是赤玉,但玉石一般是白的,数用五,所以叫五白。

　　这样说来,杜甫的诗不是写实的。语杂五木、六博,糅合《楚辞》《晋书》,全是辞藻。把"枭卢"代胜彩,用"呼五白"为求胜之意。这两句诗可以这样翻译:(人们)靠着床,光着臂膀,打着赤脚,望着骰子高声喝"彩",无奈那家伙任你怎样都不肯出好点子!这种以"枭卢"代胜彩的话,别的诗人也有。如韩愈《送灵师》诗:"六博在一掷,枭卢叱回旋。"把五白和六博连起来的,有李白的诗:"连呼五白行六博,分曹赌酒酣驰辉。"这回"浪漫诗人"说话倒是比他的好朋友质实一些。

　　从唐代起,杜甫就被称为"诗史"。于是有些人产生了一种误解,以为杜甫的诗说的都是实在的话,他的每一句话似乎都可以用为考证当时事物的证据。其实杜甫作诗,是喜欢辞藻的,这里的"五白""枭卢"就是一例。

解水乞吴儿

《陪郑广文游何将军山林十首》之八："刺船思郢客，解水乞吴儿。"仇注："乞，欺吉切。王原叔注作丘既切，非。"按，仇注错了，王注是对的。《广韵》去声，八未："乞，去既切，与人物也。"同书，入声九迄："乞，求也，去讫切。"这个乞字，一去一入，应该看成两个字，这是字音随字义分化的现象。"解水乞吴儿"是说，懂得水性（指善使船等）这件事，应该让给江浙人。同一乞字，有相反两义，也是反训。

齐渡马

《望野因过常少仙》:"野桥齐渡马。"仇注引方云:"野外之桥,可连骑者少。'齐渡马'三字写景特佳。"按,"渡马",马涉水而渡。水浅桥低,略与马齐。故曰"齐"。方似以为桥窄,说得含糊。《溪涨》诗:"水中有行车。"与此可以互参。

来问尔东家

《陪郑广文游何将军山林十首》之四："尽捻书籍卖，来问尔东家。"仇注以为"东家"指何。施鸿保以为"东家"即首句之"旁舍"，杨伦《杜诗镜铨》已经这样讲了。极是。"问"字诸注无说。张相《诗词曲语词汇释》解问为向，并引苏轼"我老此生无着处，卖书来问东家住"为证。而独未引杜此句。按，这个问字作向字讲，于苏诗可通，于杜诗似不可通。"来向你的东家"，是一句没有说完的话（苏句后有"住"字，故可通）。这个问字当用《三国志·魏志·陈登传》"求田问舍"一语的问字去解释。问，占也。《易经·系辞》"问焉而以言"，问即占义。求田问舍，等于说求田相舍。古代要买房舍，先要相相吉凶。所以问舍一语，就有买舍的意思。杜诗的意思是说，爱何家东邻的野趣，想把书都卖了来买那座房子。元好问《萧斋》诗："归秦如未老，会买东家邻。"正用杜诗，亦可证"问东家"即买东邻的意思。

断此生

《曲江三章章五句》:"自断此生休问天,杜曲幸有桑麻田,短衣匹马随李广,看射猛虎终残年。"张著《诗词曲语词汇释》卷五"断送"条:"断送,犹言过也,度也,二字平用。断亦送也。杜甫《水槛遣心》诗:'浅把涓涓酒,深凭送此生。'送此生者,犹言度此生涯或过此生活也(下引《曲江》诗)。断此生者,即了此生也。即所谓终残年也。与送此生同义。此可以辛词证之。辛弃疾《水调歌头》词:'断吾生,左持蟹,右持杯。'辛词袭用杜诗'断此生'之字面,以其意义与《晋书·毕卓传》'便足了一生'本同也。可知杜诗所云'自断此生',犹云自了此生,亦为度此生涯或过此生活之义。"按,张说不当。注家于此断字音丁乱切,则读为断决之断,是。否则有两不可通。①"自送此生"的"自"字讲不通。"了此一生""过生活"当然是"自己",难道还可能是别人吗?只有初学文的人才会下这样的赘字。②作"送此生"讲,后面的"休问天"三字没有意义。唯有自己判断这一生再没有用了,于是才说"休问天",语意愤慨。作"了此生""过生活"讲,这种愤慨语气便大为削弱,句子软弱无力,并且和下"终残年"犯复。杜《咏怀二首》之一:"齿发已自料。"自料和自断是同义语,毋劳另解。

跨苍穹

《同诸公登慈恩塔》："高标跨苍穹。"施鸿保说："今按字书，跨，越也。《左传》昭公十三年，'康王跨之'，注，'过其上也'。然从此解，则塔虽高，岂可云跨过天上乎？盖亦倒字句。当云'苍穹跨高标'，谓仰望塔之高，去天甚近，若天但跨其上也。惟正言之则句不奇伟，与通首不类。故倒其句，使人读开首一句即意夺神骇，所谓'语不惊人死不休'也。"按，施说未谛。照他的说法，那么，应该说"逼"，说"黏"，否则正言之亦颇费解，更何能"惊人"？这种看似不合理的用字，就是《论衡》说的"艺增"，《文心雕龙》说的"夸饰"，杜甫常用这种手法。要举例真是多不胜数。即如传诵的《古柏行》："苍皮溜雨四十围，黛色参天二千尺。"沈存中就说过，两百丈高和四十围大，未免不称。后人讥笑他不懂诗。诗是容许在合理之中不合理的。这里且举一个旁证。韩愈《送僧澄观》："突兀便高三百尺，当昼无云跨碧虚。"也是说高塔。"跨碧虚"跟"跨苍穹"正好是一样意思。难道可以说韩诗是倒句吗？

饮中八仙

《饮中八仙歌》："汝阳三斗始朝天""李白一斗诗百篇""张旭三杯草圣传""焦遂五斗方卓然"。施鸿保说："今按此诗于汝阳则云三斗，于李白则言一斗，于焦遂则言五斗，即李适之言'日费万钱'，据《老学庵笔记》等书，言唐诗酒价，每斗三百钱，故（杜）公有'肯来相就饮一斗，恰有三百青铜钱'之句。此云'万钱'，则日饮且三石余矣。虽不定此数，然亦当以斗计也。独于张旭但言'三杯'，杯即有大小，要不可与斗校。岂旭好饮而量非大户耶？然与汝阳等并称饮仙，不应相悬若此。或'杯'字有误。"按施说甚迂。歌中斗、杯之量，不但可以看出这些人酒量的大小，亦可以看出这些人发兴的迟速。诗究竟不是酒量（大小）的比赛评定书。一定要拘泥，那么，这里于李白说"一斗"，他处又言，"飘零酒一杯"，"何时一尊酒，重与细论文"。岂不是李白的酒量前后悬殊吗？又将怀疑"杯"字有误了。

看李阳冰《草堂集叙》，说李白与贺知章、崔宗之等，目为"八仙"之游。范传正《李白新墓碑》亦说："时人以公及贺监、崔宗之、裴周南等八人为酒中八仙。"范碑"八仙"有裴周南，杜诗没有。可知"八仙"本是一种"品目"，如以李白、孔巢父等为"竹溪六逸"之类。这是自汉末以来封建阶级惯用的抬高某些上层人物的"身价"的办法。《饮中八仙歌》不过根据社会传说杂糅编造而成。既非史料，怎么可以当真去追究呢？这诗所记八人，多无足称，就诗论，亦非杜诗上品。但也还平直易懂。施氏胶执杯、斗，毫无意义。最足启烦琐考证。

消息

《秋雨叹》："禾头生耳麦穗黑,农夫田父无消息。"仇注:时杨国忠恶言灾异,四方匿不以闻。故曰"无消息"。按,仇说非是。诗云:"城中斗米换衾裯,相许宁论两相值。"已经直词陈说,何待微言讽示。这里的"无消息",当作无休息讲。言久雨禾麦坏死,农父田夫,救涝奔走,不得休息。《本草》"射干"条云:"主喉痹,使人不得消息。"消息就是休息。《九日寄岑参》:"吁嗟乎苍生,稼穑不可救……君子强逶迤,小人困驰骤。"两诗同时之作,彼之"困驰骤",即此之"无消息"。

同襟期

《醉时歌》："时赴郑老同襟期。"旧解"襟期"为襟抱。"同襟期"犹言同怀抱。今人有解"赴……期"为一短语，犹言赴约。"同襟"犹言同志。其说似较旧说为优。现在为这一说寻例，证实其有理。（一）同襟，旧本一作"同衾"。曹植《赠白马王彪》："何必同衾裯，然后展殷勤。"可知同襟与同衾，均指厚谊。（二）赵次公注引江淹《伤友人赋》："固齐求而共径，岂异袖而同襟。"此亦以同襟喻同气（"同气相求"故曰"齐求"）。可证"同襟"一词，六朝习用。杜诗以襟指抱，如"开襟""幽襟""披襟"等常见，不待举例。至"赴期"一语，再见于《中丞严公雨中垂寄见忆一绝奉答二绝》之一："雨映行云辱赠诗，元戎肯赴野人期。"这里的"赴野人期"和《醉时歌》的"赴同襟期"语法结构完全是一样的。

思飘云物外

　　《敬赠郑谏议十韵》:"思飘云物外,律中鬼神惊。"沈约《伤谢朓》诗:"调与金石谐,思出风云上。"仇注失引。

　　又"毫发无遗憾,波澜独老成"。仇引黄鹤曰:《文赋》"或沿波而讨源",谓杜波澜字所本。殊误。检陆机《叹逝赋》:"苟性命之弗殊,岂同波而异澜?"波澜字杜喜用,皆出此。

洞门对雪

《题省中院壁》："掖垣竹埤梧十寻，洞门对雪常阴阴。"仇引杜定功曰："对雪当作对溜。左思《吴都赋》：'玉堂对溜，石室相距。'"胡震亨《唐音癸签》卷二十二，"黄山谷以为下有'青春深'句，不宜有雪，当有画壁上雪。既牵强。张伯成以为西北地寒，积阴处春雪间未消，又认做真雪，说不去。此雪字自为梧竹阴阴下耳"。按《吴都赋》之"对溜"，是别一意义，不足证"雪"是误字。胡说猜测得当，"对雪"是夸饰的说法。今且举杜他诗为证，《热三首》之三："峡中都是火，江上只空雷。想见阴宫雪，风门飒踏开。"想象宫闱，亦着雪字。《陪郑广文游何将军山林十首》之六："风磴飞阴雪，云门吼瀑泉。"此亦春日之游，而曰"飞阴雪"，明明是其地阴翳凉寒的夸饰语。如果要找"古人"词语，也有。曹植《七启》说："温房则冬服绨纩，清室则中夏含霜。""含霜""对雪"，其实都是"艺增"。

竹埤

上诗"竹埤"一词，施鸿保《读杜诗说》卷六云："（仇）注引陈敬廷说：'埤与卑同'。《汉书》《晋书》《荀子》《文选》皆有证。此言竹卑梧高也。又，张綖（按《镜铨》以为蔡说）说：'竹埤谓掖垣之上以竹编为储胥（篱笆），若城上之埤（女墙）然。'朱（鹤龄）说则据王褒诗：'围竹茂成埤'，谓即此所本。当从之（以上仇注）。今按（施按）'围竹成埤'，但可就郊野间说，于掖垣（宫墙）似不合。若编竹为储胥在掖垣上，说不去。三说当从陈说。惟必以'卑'作'埤'，（杜）公诗似亦不然。或传写误增（土旁）耳。"（以上施说）

按仇、施二说均难通。即使改"埤"为"卑"，亦说不去。此诗二句写掖垣梧桐，与其他树木的高低没有关系。唐时宫殿植物尚有松、有柳，并皆未及，单独说"竹卑"，既无意味，在文理上亦杂凑不伦。初学作诗的人可以这样写，杜甫也这样写，实在令人难以置信。仇引张綖说，在三家中最合唐宫实际，可惜他没有提出证据，只是想象。又说竹篱"在掖垣上"，也弄错了。三家和仇、施都有一个误解，把"垣"字讲作"墙"。"垣"本有墙义。但杜诗此句"掖垣"一词，其实和说"掖省"是一样的。这个省，就是指"西省"，"西省"又可称"西掖"，杜《送贾阁老出汝州》云："西掖梧桐树"可证。由此可知，这棵大梧桐，在唐宫的西掖（省）。《题省中院壁》说的"掖垣"，正是送贾至出汝州诗的"西掖"。故知"垣"字不实作墙讲。省中有竹插短墙，叫作竹埤，这棵大梧桐就在竹篱的旁边，故曰"掖垣竹埤梧十寻"。何以知道唐宫诸省（如后世说的"衙门"）间有篱笆呢？《大唐新语》卷八："户部与吏部邻司，吏部移牒户部，令墙宇悉树棘（意思是说，悉栽棘以当墙垣。宇，屋边也）以防令吏交通（来往）。吕太一牒报曰：'眷彼吏部，诠综之司，当须简要清通，何必树篱插棘？！'"此必他部已有其例，所以吏部援例要插篱笆。杜甫所在的左省，大概早有篱笆，不过是插竹为之，不是插的棘罢了。

免无儿

《赠毕四曜》："流传江鲍体，相顾免无儿。"仇引《杜臆》："江鲍有诗传后，必定无儿。"施鸿保驳说："今按此说不可解，古人有诗传后者甚多，岂必无儿？即公（杜）诗云：'王杨卢骆当时体，不废江河万古流。'四人亦未必皆无后也。诗盖谓己与毕诗如江、鲍，有儿皆可流传，'免无儿'，免无儿流传也。'江鲍无儿'，本无明证，唯《江南野录》：'江为，江淹之后'，则江非无儿矣。"按施鸿保其实跟王嗣奭一样，犯了一个错误：不懂得"无儿"两字。"无儿"绝不等于说"没有后代"（跟"伯道无儿"一语中的"无儿"完全不同）。其次，他们还犯了一个共同的错误，就是把"江（淹）和鲍（照）"跟"无儿"联系起来。

"无儿"是说"没有聪明的儿子"。《隋书》卷四一："苏夔，字伯尼，威子也。少聪敏。杨素甚奇之。每戏威曰：'杨素无儿，苏夔无父。'"杨素广置姬妾，不但有儿，而且儿还很多。他说"无儿"，是说没有像苏夔那样聪明的儿。

其次，杜甫暗示自己有聪明的儿子，足以传江、鲍体（诗），不等于说江鲍无儿。这里用江鲍体，等于说像江鲍那样的好诗，完全不涉及江鲍有后代没有后代（或有聪明的儿子或者没有）的问题。

杜诗这两句的意思是说：我们（他和毕曜）的江鲍体已经流传开了，我们即使没有佳儿也可以免去忧虑了。故曰"相顾"。

仇注既引《杜臆》说，又在注末引《唐书》中宗曰："苏瑰有子，李峤无儿。"已经接触到杜诗本意了，却断从王说，犹未达一间。

羁旅推贤圣

《寄彭州高三十五使君适，虢州岑二十七长史参，三十韵》："羁旅推圣贤，沉绵抵咎殃。"上句仇注，"王弼《易》注：'仲尼为旅人'，即推贤圣意。"按仇说疑非是。这首诗只诉穷愁，不及抱负。这段说自己飘零潦倒，又不应该有自负的话。与杜诗他处用"贤圣"字不一样（如"贤圣亦同时"）。这里当是用《三国志·魏志·徐邈传》："醉客谓酒清者为圣人，浊者为贤人"的话。推，读如推许、推尊之推（照仇说，"推"字不好解释。照他的解释，应当说"羁旅多圣贤"，用推许意难于索解）。这句是说，在穷困的旅途中，多半醉酒遣怀，因而致病，故有下句。

改席台能迥

《台上》诗:"改席台能迥,留门月复光。"改席之后,台这样深,光线暗,故留门以映月。能,俗语,如说"这样"(夏承焘)。然或有"还"义。又按谢朓《奉和随王》第十五首:"台迥月难中。"迥,远也。

唤人看骡裹

《秦州见敕目……》五言长律："唤人看骡裹，不嫁惜娉婷。"仇解：虽然顾盼，而自惜廉隅。按仇解为杜自谓，非是。"唤人"自媒，岂廉士所为？盖言曾为二子吹嘘，而二子清贞自守也。按《杜诗镜铨》已如此说了。

《积草岭》

"卜居尚百里，休驾投诸彦。邑有佳主人，情如已会面。来书语绝妙，远客惊深眷。食蕨不愿馀，茅茨眼中见。"施鸿保对于这首诗的解释是矛盾的。一方面他说，杜甫在同谷县，生活很困难，这个"佳主人"没有一点照顾。这诗说要"卜居"同谷，但住不到一个月，就去成都，可见实在无可依之人。这个"佳主人"，一定是"狡情薄分一流。慕公之名而寄书，假为妙语，以尽世情。度公至后，其人或避匿不见，故同谷诗无一篇及之"。另一方面他解释"投诸彦"句又说："（杜）暂停岭间，候宰复书。惟旅店难久居，故欲投一好事家，'诸彦'乃无定之词。犹言不知有几好事家也。'邑有佳主人'云云者，将使其人（好事家）知是邑宰邀来之客，冀得加意款待也。此乃途穷不得已之词，注似不得诗意。"（按仇注以为"诸彦"，投宿之家；"主人"，同邑之宰。）前面他还在骂这个"佳主人"，寄书殷勤是假仁假义，可见他认为实有寄书。后面又说根本没有什么"佳主人"寄书的事，这是杜甫用的手段，想以此来骗取一夜的款待。这真是"解人颐"的说诗。难道连诗人骗取酒食的微妙用意在诗中也能够嗅出来么？我相信，杜甫诗里表现的情感是真实的，杜甫是爱憎分明的，但他也有世故应酬，甚至有非分之想。关于杜甫从华州到秦州的原因，据说因为那年闹饥荒，他弃官随饥民离开秦州，但恐怕更主要的是由于政治失意的愤激。他流离陇蜀，究竟有无预定目的，我们无从考索。也许他先只想在华州暂住，等机会再回长安；也许他早有由陇入蜀的心（因为高适在彭州），都有可能。"卜居"二字，不可认真。在同谷不过是徘徊了一下，不见得原来就打算长住下去。《积草岭》诗中"邑有佳主人"几句话，语气就带有不相信和微讽的味道。好像说，这个人倒有趣，还没有见面，就这样热情哪！"绝妙"和"惊深眷"几字很可玩味。这个人很可能就是《七歌》中提到的"山中儒生"。此外他在同谷没有熟人（《发同谷》："交情无旧深"）。"佳主人"也不是什么"同谷之宰"。做官的人对于名人，照例要应酬一番的。他用不着"避匿不见"。要打发"远客"走路的方法是够多的。"诸彦"是词藻，跟"数子"的意思一样。为了投宿，何至抬出县大老爷来吓唬他们呢？仇注的毛病，只在武断"佳主人"必是邑宰，此外还说得过去。施鸿保惯以晚清幕客一套心思伎俩，强加在唐代诗人身上，弄得诗篇发臭，不仅穿凿附会而已。这诗的结语"食蕨不愿馀"，表明自己无非分之想（《草堂》："食薇不愿馀"）；下句"茅茨眼中见"，就是施鸿保说的"好事之家"，原来是极穷苦的食蕨、盖茅的人户啊！

《建都十二韵》

关于这首诗，钱注："此因建（江陵为南）都，分镇之事也。……自'牵裾恨不死'以下（按这首诗的后半："牵裾恨不死，漏网辱殊恩。永负汉廷哭，遥怜湘水魂。衣冠空穰穰，关辅久昏昏。愿枉长安日，光辉照北原。"），乃追述移官之事。盖公之移官，以救琯。而琯之得罪，以（议）'分镇'，故牵连及之也。上元元年（七六〇年）七月，上皇移居西内，九月置南都。革南京为蜀郡（按唐玄宗奔蜀，至德二年，以成都为南京）。肃宗于荆州、蜀都，汲汲然一置一革，其意皆为上皇也。公（杜）心痛之，而不敢讼言。故曰'虽倚三阶正，终愁万国翻。愿枉长安日，光辉照北原'。定哀之微辞如此。"仇驳钱注说："当时房琯分建之策与吕谭建（荆州为南）都之请，前后事势，迥不相同。初安史首乱时，陷中原，破两京，翦宗室，唐室孤危极矣，故分建子弟之议足以使贼子胆寒。其后长安既复，兵势复张。惟河北未平，故须专意北向，以除祸本。若建都荆门，虚张国势，迂疏甚矣。且东南本无事（？）而劳民动众，恐反生意外之虞。此作诗本意。钱笺附会两事（按仇意指分建与建都各为一事），诗意反晦。"

按，分封建议对不对是另一回事，分建和建南都这两件事实际有没有关系也是另一回事。但就《建都十二韵》这首诗说，诗人确实把分建和建都这两件事看作有内在联系，绝不是钱谦益故意把诗人意中的两件事附会为一回事。仇说是不足以驳倒钱注的。第一，"牵裾"四句足够证明是指救房外逐，杜诗屡用"牵裾"指这件事，无一例外。第二，如果承认这一点（仇注是承认的），那么，为什么把这两件事连结在一起呢？有什么必要呢？作诗并不是填履历表，非把平生大事都写进去不可的。如果诗仅论时事，主张当前应该专力向北，不要劳民动众，别建南都，那么，前六韵已经够了。后半（自"牵裾"以下）简直该删。所以，要末就得证明"牵裾"句别有所指，与救房琯事不相干；要末就得承认在诗人意中这两件事有其必然联系。第三，除这两点足以证明钱胜仇说以外，还有一个旁证。那就是《江陵望幸》（仇定为广德元年，七六三年，阆州作）那首诗与《建都十二韵》是矛盾的。"望幸"诗盛称江陵形胜，开头说："雄都元（原）壮丽，望幸欸威神。"通首都是歌颂。时间才过两年多，为什么江陵就是"雄都"，安排就那么妥善呢（"甲兵分圣旨，居守付宗臣"）？建立分都当然是以备非常，并不能因为李豫（代宗）被吐蕃赶出长安，江陵建都就得当。皇帝没有被赶出来，江陵建都就算失策（建都诗"终愁万国翻"明言失策）。可见前时的反对建立分都，是别有缘故的。这个缘故就是，表面看来，无非是分都的改建，实际是反映出宫廷内部（李隆基和李亨、张良娣、李辅国之间）的斗争。这场斗争在杜甫看来是纲纪的败坏，皇帝（李亨）的被钳制；同时也是朝廷正气不伸、邪气嚣张的征候。这个征候，在杜甫看来，又是从房琯罢相开始的。既然房琯罢相，不是个人的升降问题，而是关系国运，所以这两件事（房罢和改建南都）就是一件事，是一件事的开端和发展。《通鉴》卷二百二十一，肃宗乾元二年，"（张）后与李辅国相表里，横于禁中。干预政事，请托无穷，上颇不悦，而无如之何"。上元元年，"李辅国言于上曰：'上皇居兴庆宫，日与外人交通，陈玄礼、高力士谋不利于陛下。今六军将士，尽灵武勋臣，皆反仄不安……'""七月，辅国矫称上语，迎上皇游西内，……辅国将射生五百骑，露刃遮道奏曰：'皇帝以兴庆宫湫隘，迎上皇迁居大内。'上皇惊几坠（马）。"这就是移宫案。看玄宗身边的亲信高力士、陈玄礼等在移宫后一一贬逐，可知张后、李辅国是下决心要消灭上皇的任何一种活动的可能性的。成都的因玄宗而改称南京，李辅国也可能十分讨厌,正如他十分讨厌"兴庆宫"一样。所以才急于取消成都的陪都称号,以消灭玄宗政治上的影响。杜甫在《忆昔》的第一首说:"关中小儿(指李辅国)坏纪纲,张后不乐上为忙。"这和《建都十二韵》的"关辅久昏昏"说的差不多是一回事。在我们看来,李隆基和李亨本质上都是昏君,但在杜甫看来,李隆基是英主,是慈父,李亨是不能克绍箕裘,令人失望的,而且"不孝"。所以《建都十二韵》诗的本意,前六韵抨击罢南京建南都的政治错误,后六韵推源祸端,痛惜房琯罢相,邪气上升,抨击乾元、上元的政治昏暗。前六韵是现象,后六韵才是本质(中心思想)。《江陵望幸》是在吐蕃入侵,代宗跑往陕州的情况下写的。诗意不是评论南都该不该建立,而是说皇帝该跑到江陵,好就南方的军实。所以和《建都》诗并不矛盾。

现在有人说,李隆基父子间的矛盾问题,早已过时,研究杜诗,不值得再拿来说了。这话不对。李隆基父子的矛盾,在整个唐代史上诚然算不了什么。但就了解杜诗说,这件事是重要线索之一。凭借史实,解释当时人的思想活动,这种方法是正确的。对事实的分析可以有深浅,但事实,总是应该凭借的,无所谓过时。封建社会的"五常(伦)",有三常就在家庭里面(父子、夫妇、兄弟)。这三个关系都是不平等的关系,都和财富分配有关。在夫妇关系中,女性是受压迫剥削的。在兄弟关系中,庶子或弟弟是被剥夺了统治继承权的。在父子关系中,家长是无上权威、宰割一切的。三个关系就是三种矛盾。这三种矛盾都酿自氏族社会。而家庭就是这三种矛盾的统一体,或者说是建立在这种种矛盾关系上面的。封建家庭,表面上笼罩着一层温情的薄纱。这层薄纱,只要实际利益冲突一旦爆发,任一个矛盾一旦激化,它就会被撕毁,而赤裸裸的对抗斗争就开始呈现出来。封建统治阶级的所谓孝、慈、敬、弟,通通是欺人之谈。他们打扮着代表全民的模样,还要用这些高尚"道德"来"教育"人民。"任何一个时代的统治思想都不过是统治阶级的思想。"同样,阶级社会的统治道德,也都是统治阶级的道德。封建皇帝李隆基亲自注解《孝经》，倡"以孝治天下"。实际上父子之间，不慈不孝。这不是什么稀罕的现象。在整个封建时期，从皇帝一直到"士大夫"的家庭，莫不如此。杜甫是笃信封建道德的人，他在这方面的诗句，板滞木强，散发出霉烂的气味（典型例子是《牵牛织女》，又如有名的《洗兵马》中"鸡鸣问寝"两句亦是一例），是杜诗坏的一面。在《建都十二韵》中杜甫也是站在玄宗一方，幸而他还没有（政治环境也不许可）谈什么孝道，所以还没有把这首政治诗弄得太坏。总之，读杜诗时，注意他对玄肃父子间的矛盾的态度，是必要的。

觉来往

《西郊》："无人觉来往，疏懒意何长！""觉"字异文很多，一作竟，一作与，"续古逸丛书"影汲古阁抄补宋本《杜工部集》正文作觉，注云"一作竟，一云与"。王安石定作觉，并且说："下得觉字大好，若下见字，即是小儿言语。"仇注："无人觉，言不见人迹往来。"按：作竟字无理，竟当是竟之再讹。但觉字亦不见得什么"大好"。"无人往来"，正宜于疏懒的人，并不跟别人觉得还是不觉得相干。难道"无人往来"同时还要人们"觉得"才意味深长吗？职舍在人，殊背诗意。我怀疑这个字原是"觅"字，"无人觅来往"。"觅来往"者，故寻事会以相往来。觅字形近竟、觉，容易抄错。温庭筠诗："休向人间觅往还"（《偶游》），似可为证。

耐知

《绝句漫兴九首》之三:"耐知茅斋绝低小,江上燕子故来频。衔泥点污琴书内,更接飞虫打着人。"耐字古与能通。能有侭(尽管,这样)义。耐字亦有此义。李白《陪族叔游洞庭》:"南湖秋水夜无烟,耐可乘流直上天。"耐可,尽可也,极言之。杜诗耐字与故字叫应,尽管知道而仍……也。

药栏

《宾至》（钱作《有客》）："不嫌野外无供给，乘兴还来看药栏。"钱笺："药栏，花药之栏也。李济翁《资暇集》谓'药'即'栏'也，引《汉书》'池籞'为说，不知籞音御，与药音异。"按，钱引见宋李匡乂《资暇集》卷上，引《汉书》宣帝诏（按：诏见地节三年）云："池药未御幸者，假与贫民。"苏林注云："以竹绳连绵为禁药，使人不得往来尔。"《汉书》"阑人宫禁"字多作草下阑，则药栏作药兰，尤分明易悟也。宋人在李匡乂后，赞成其说的有吴曾、袁文，反对者有王楙、胡仔。其说不具引。反对者所持理由有二：①《汉书》诏是籞字，非药字。②历引庾肩吾："向岭分花径，随阶转药栏"，王维："药栏花径衡门里"，许浑："竹院昼看笋，药栏春卖花"等皆作花药栏解，以证杜诗义有沿袭，无关汉纪。

按：今检《汉书》《盐铁论》《文选·东京赋》《魏志·文帝纪》注，均只有"池籞"，不作"池药"，李匡乂所见《汉书》，或是另本，可置不论。杜诗"药栏"一语的意义首当于杜诗求之。杜诗用"药栏"字共有两处。除上引《宾至》（或《有客》）外，还有《将赴成都草堂，途中有作，先寄严郑公五首》之四："常苦沙崩损药栏，也从江槛落风湍。"这是说，草堂的药栏、江槛常常被风湍打坏或因沙崩而损毁。这里的药栏，是可以说为"围援"的。但照语言中以偏代全的惯例，也可以说"药栏"一词即指种药之圃。而《宾至》的"药栏"绝不可讲为栏杆。哪有请客人来看栏杆的？从杜诗两例看，"药栏"似乎可有两义：一作栏楯解，一作花药圃解。但证以唐人他诗，药栏一词，确是指花药圃说的。纵使《汉书》有"池籞"一词，可以证明"药"（籞）即是"栏"，也应该看作词义已经变化。在唐言唐（所谓"名从主人"），不可把死了的汉人词义强加在唐人头上。且杜诗药栏，疑暗用严君平卖药（杜文和诗都用过）事，尤不可解为阑干。

业工

《杜鹃行》:"业工窜伏深林里（《文苑英华》里作头），四月五月遍号呼。""业工"二字，宋各本无异文，诸家又均无注，殊不解何义。疑这个"工"字是"黑"的误抄。"黑"字草书作"㕍"，抄的人误写为"工"。《夜听许十损诵诗，爱而有作》:"许生五台宾，业白出石壁。"业，佛教用语，本义是造作。有造作必有报应，故引申有果报的意义。白、黑犹说好恶。诗说望帝以恶报化为鸟。

婆娑

《恶树》:"枸杞因吾有,鸡栖奈汝何。乃知不材者,生长漫婆娑。"仇注引《世说》:"殷仲文视槐良久,叹曰:'此树婆娑,无复生意。'"又引《诗传》:"婆娑,舞貌。"按,注家只图字面关合,便抄下来算作解释,无补于释义。我们看《世说》和毛诗传的"婆娑",根本和杜诗这里的用意连不上。考察"婆娑"一词的种种意义,知道婆娑有相反两义。①是舞姿、生机旺盛等意义。②是休息、衰敝的意义。仇注并引相反两义,把人弄得不知所从。一看杜诗,就知道杜甫是用生长旺盛的意义。《文选·神女赋》刘良注:"婆娑,放逸也。"杜诗意和这个意义相近。诗后二句意说,不材之木,往往反而放肆生长起来。"漫"是加重语气的字,好像说"不受限制地"。《将赴成都草堂,途中有作,先寄严郑公五首》之四:"青松恨不高千尺,恶竹应须斩万竿。"这里对于"恶树"也是"怒火万丈",当有所指。

《病柏》

　　这首诗明显有寓意,不是直咏病柏。但诗人意中所指何人,注家有不同的说法。宋师氏注以为指郭英义。杨伦以为指房琯。似均不甚切合。郭英义被杀,在杜去成都后,时地不合(仇说)。诗说:"偃蹇龙虎姿,主当风云会,神明依正直,故老多再拜。"房琯无此身份。"岂知千年根,中路颜色坏。"琯无中年玷节事。寻诗意,当指唐玄宗李隆基。"中路"句,指天宝弊政。"丹凤领九雏,哀鸣翔其外。"喻其奔蜀,子孙流离。"鸱鸮志意满,养子穿穴内。"指安禄山坐大。姑志之以求正于博雅君子。

主当

《病柏》:"偃蹇龙虎姿,主当风云会。"未详。仇无注。主,邵本作正。疑不解者妄改。殆亦唐方言。宋曾子固诗:"主当西湖月,勾留须(原作烦,误)水春。"当,去声。漾韵。

《少年行》

这诗是两首。第一首抄在下面:

> 莫笑田家老瓦盆,自从盛酒长儿孙。
> 倾银注玉惊人眼,共醉终同卧竹根。

仇注说:"有达观齐物意,乃晓悟少年之词。"又引罗大经说,"贫富贵贱,皆可一视"云云。按仇殆不了诗意。这两首诗都是刺豪贵少年的。这一首折其豪气。第二首刺其薄幸。和另一首《少年行》"马上谁家白面郎"同为刺诗。

为了这样理会上引这首诗,让我抄两段古书看看:

> 堂溪公谓(韩)昭侯曰:"今有千金之玉卮而无当(去声,底也),可以盛水乎?"昭侯曰:"不可。""有瓦器而不漏,可以盛酒乎?"昭侯曰:"可。"对曰:"夫瓦器,至贱也。不漏可以盛酒。虽有千金之玉卮,至贵而无当,漏不可盛水,则人孰注浆哉!"(《韩非子·内储说》右上)

> 又《意林》引陆贾《新语》:"玉斗酌酒,金碗刻镂。所以夸小人,非厚己也。"(今在《本行篇》)均可解杜。

现在再来看杜诗。杜诗第三句"倾银注玉"的银和玉,都指酒器,不是指酒。第四句"共"字读作"供"(《园人送瓜》："食新先战士，共少及溪老"即例)。"竹根"当从钱注，是指一种用竹根做的酒杯。庾信诗："山杯捧竹根"可证。诗的后两句的大意是说，用金（银）、玉酒器来倾注美酒，看起来是惊人眼目的。但富贵保持不了多久，金玉的酒杯就会卖光。后来（"终"）供醉的酒杯只好用竹根做的了，还不是同穷人一样。这样看来，倒不如农民的老瓦盆用得长久，可以用到儿孙长大。

仇兆鳌说，杯不可言"卧"，想以此做理由来驳倒钱注竹根是酒杯的说法，其实是驳不倒的。古人喝酒，酒光了，杯子就让它躺着。所以空杯往往称眠、称卧。黄庭坚有首小诗，题目说有人向他求好酒，好酒没有了，官酿的酒，倒还有几杯，却不好送人。诗前两句说："青州从事（好酒）难再得，墙底数樽（官酝）犹未眠。"犹未眠，就是犹未卧。也就是说，杯里面还有酒。杜诗说"卧竹根"，等于说用竹根杯来喝酒（干杯）。

诗态

《赴青城县,出成都寄陶王二少尹》:"客情投异县,诗态忆吾曹。"《唐音癸签》二十六有论诗态条,是借题发挥的话,与解诗无关,不必论。韩愈《醉赠张秘书》诗:"君诗多态度,蔼蔼春空云。"诗态就是诗的风格。宋魏庆之《诗人玉屑》有"变态"一章,载的都是诗贵变化的诗话。引葛仲胜《丹阳集》,论僧祖可诗,惜其读书不多,变态少。观其体格,亦不过烟云草树山川鸥鸟而已。又引薛许昌答书生赠诗云:"百首如一首,卷初如卷终。"讥其不能变化。程明道诗亦有"思入风云变态中"的话。根据这些材料,可见唐、宋人所谓诗态,是说诗作应该有种种不同的风格。杜诗:"诗态忆吾曹"的意思是说,我们的诗是各有风格,变化很多的,令人回忆起来很有味。所以落句说:"回首兴滔滔。"

春来花鸟莫深愁

《江上值水如海势，聊短述》：

为人性僻耽佳句，语不惊人死不休。
老去诗篇浑漫兴，春来花鸟莫深愁。

赵次公注："诗人形容刻露，即花鸟亦应愁怕。"钱注非之，以为"愁"应属诗人说。按赵注甚是，诗前两句说"彩笔干气象"是少壮时候的事了。第三句说现在老了，作诗不过信笔写去。所以结句那么讲。韩愈《荐士》诗："勃兴得李、杜，万象困陵暴。"又有赠贾岛诗："孟郊死葬北邙山，日月风云得暂闲。"王建哭孟郊诗："吟损秋天月不明，兰无香气鹤无声，自从东野先生死，侧近云天得散行。"陆龟蒙《书李贺传后》论三人："使（动植物）自萌卵至于槁死，不得隐伏，天不致罪耶？长吉夭，东野穷，玉溪生官不挂朝籍，其在斯乎？"陆龟蒙的话也许是发牢骚。但同上面韩、王的话有相同的地方，就是认为诗人的笔是使自然也会害怕的。宋姜夔《送〈朝天续集〉归诚斋》说："年年花鸟无闲日，处处山川怕见君。"这和杜甫的"莫深愁"就很有相似之处了。按陆机《文赋》："笼天地于形内，挫万物于笔端。"此杜意所本。又《敬赠郑谏议十韵》："思飘云物动，律中鬼神惊。"均此意变化。

《戏题寄上汉中王三首》

第二首："已知嗟不起，未许醉相留？"不起，卢元昌以为用枚乘《七发》"强起"字。王道俊(《杜诗博议》)以为用《晋书·殷浩传》"深源不起，如苍生何？"语。仇以为此章无自述潦倒意，于《殷浩传》"不起"字不合，定从卢说。杨伦从王说。施鸿保以为《七发》第言强起，无"不起"字。不从卢说。认为一、二章皆有述潦倒语，则此章不嫌自述。今按，此联下"蜀酒浓无敌，江鱼美可求"，正以美味诱因醒（病酒）断酒者，用意与《七发》相类。其次，三章皆自言是王门宾客，首末两章，无非叹老伤乱，并无以天下自任的意思，不应次章忽然如此自负。题是"戏题"，凡说及劝开酒的地方，都是轻松的话，不应忽作严肃的政治话头。因此，应从卢说：此句"嗟不起"，是用《七发》。施驳的理由是不充足的。他说《七发》只有"强起"，没有"不起"。不知此是活用，不必黏着字面。要求合字面，其实也不难。《七发》诸段的问语，都说："太子能强起……乎？"答语总是说："予病未能也。"这个"未能"下，明明省去问语的动词。简单些说，就是"未能起"。未能起就是不起。"已知嗟不起"是说，已经知道你对酒不感兴趣，坚决制断。下句"未许醉相留"是说，但难道也不留你的朋友一醉吗？应当是轻松的问询语气。

直字

《引水》诗:"人生留滞生理难,斗水何直百忧宽。"仇注,何直,言当不得宽忧。浦注解何直为何啻。按《拨闷》诗:"已办金钱防雇直。"直,价值。《引水》诗直字亦此义。

张彪

《寄张十二山人彪》盛称张的诗作和书法。说"数篇吟可老，一字买堪贫"。张彪的诗，见元结选《箧中集》。次山选诗极严，只选了七人，彪即七人之一。关于他的书法，韦续《书品》，目彪草书"如孤峰削成，藏筋露骨，与孙（过庭）邬（丹）并称"。杜诗拈出彪的诗、书，比之曹（植）、张（旭）。虽不无溢美，亦重所当重。兼之杜甫论书，素重"瘦硬"，有"书贵瘦硬方通神"的句子，所以对张彪的草书那么推重。钱、仇注于此均无一字提及，特为补遗。

《暮寒》

此诗游东川时作。后四句是："戍鼓犹长击，林莺遂不歌。忽思高宴会，朱袖拂云和。"注引《周礼》注，云和，地名。产良材，中琴瑟。那么，落句以云和代乐器，用一拂字，亦见软舞。仇注说是乱离中忽追思欢娱盛事，大谬。"战士军前半死生，美人帐下犹歌舞。"《燕歌行》与此同一感慨。高刺武将，杜讽边吏。高壮直，杜微婉，各据胜场。然而杜语惠学人者多矣。

柴荆即有焉

《自瀼西荆扉且移居东屯茅屋四首》之三:"道北冯都使,高斋见一川。子能渠细石,余亦沼清泉。枕带还相似,柴荆即有焉。斫畲应费日,解缆不知年。"诗并不是什么很好的诗,尤其"柴荆即有焉"句,为人诟病。申涵光就说:"不成句法。"诚然是拙句。但亦须了解其义。句意是说,两家门亦相似。即同则,有同又,焉,通然。《庄子·逍遥游》:"窃窃焉以天下为事。"班固《两京赋序》:"然后大汉之文章,炳焉与三代同风。"焉均通然。"柴荆即有焉"就是柴荆则又然。上句说两家房屋枕山带溪相似,这一句的然字代相似字。

罢字

杜诗常用"老罢"。罢,语词。老罢,如说老去、老了。例如《怀旧》:"老罢知明镜,归来望白云。"言对镜而知老去耳。仇注:言老则百事皆罢矣。并引《南史·蔡兴宗传》:"加老罢私门,兵力困阙。"把罢字作实字,于解杜诗无益,徒为字面敷衍。又《闻斛斯六官未归》诗:"老罢休无赖,归来省醉眠。"亦是说老了,不要无聊吧。《夜归》诗:"白头老罢舞复歌",无非是说,老子兴复不浅。钱笺却引《顾况集》"闽俗呼父为郎罢",谓此诗亦戏用闽语,真扯得太远了。

宵旰

《秋日夔府咏怀奉寄郑监（审）李宾客（之芳）一百韵》："宵旰忧虞轸，黎元疾苦骈。"宵旰一词，为宵衣、旰食二语之省。"宵衣"出于《仪礼·特牲》。本是绡衣的意思（宵借绡）。把宵衣解为天未明而衣，已经是不识字的笑柄。又把宵衣旰食省为"宵旰"，就简直不通了。杜甫用以指皇帝的勤劳，我疑是沿袭公文用语。他多用公文语入诗，如点注、起居、检校、平章、迁转、恩光、八座之类。照理说，文章用语，本不应有禁区，但不通的习用语，是不应该用入文章的。杜甫在用词上，很大胆，词汇极其丰富，但也有滥用一面。

一点

《玩月呈汉中王》"关山同一照",旧本作点。杨慎以为苏轼词"一点明月窥人"所本。吴景旭《历代诗话》助杨,引岑参"严滩一点舟中月"为证。有唐证了,也只是外证。但还没有内证。查杜《张十二参军赴蜀州因呈杨五侍御》:"两行秦树直,万点蜀山尖。"知杜已有点字的用法。此说山,彼说月,都是从高远着眼。从旧本作"关山同一点"是有根据的。至于用字是否即属超妙,则是另一问题。

上番

《三绝句》之三:"无数春笋满林生,柴门密掩断人行。会须上番看成竹,客至从嗔不出门。"郭本赵次公曰:"蜀人于竹,言上番则成竹,又曰上筦笋,下番则不成竹,亦曰下筦笋。"这个问题,本已解决。次公,宋蜀人,说法是可信的。杨慎以为番字当读去声(据独孤及诗)。而杜诗番字于义不叶(协)(按,实无所谓不叶),因此要把番字读作浪。胡震亨《唐音癸签》释"上番犹上紧之意"。连词义也弄错了。清吴景旭又说大番、小番,是大年生笋多,小年生笋少。也是错的。蒋超伯《通斋诗话》卷下说,第二番笋不成竹,引《尔雅》"仲无笕"为证(陆农师说,仲,第二番,笕,竿也)。并说:"余园多竹,验之良信。"施鸿保引颜师古《汉书·盖宽饶传》"共更一年"注:"更,犹今人言'上番'。"

按各家中赵、蒋二家都有方言、目验的根据,所以说对了。余人抄书,就有对有不对。可见抄书解诗,是很不可靠的。

上番,是唐人方言。番字平仄两读。胡震亨引韩愈《和侯协律咏笋》:"且叹高无数,庸知上几番。"胡以为此字韩读作平是"翻案示巧"。其实韩诗是元韵。《集韵》又收入"愿韵",可知宋代番字仍然平仄两读。字本可读平,无所谓翻案。

唐俗语的上番,意思是"第一批"。番是批、次的意思。四川人吃笋,都吃第二批生的,把第一批笋护起来(成竹)。

还有,上番不定指笋,是可以普遍用的。唐史、公文中习见。诗例如元稹《答姨兄胡灵之见寄五十韵》："柳爱侵寒软，梅怜上番惊。"又《赋得春雪映早梅》："飞舞生春雪，因缘上番梅。"这是指花。宋王禹偁《茶园》（五律）："缄縢防远道，进献趁头番。"这是说茶。苏辙《养竹》："初番放出林，末番任供口。"可知头番、初番、末番，宋代犹习用。番字用作"次"的意思，明显的无过刘知几《史通·外篇·忤时》云："天子还京师，朝廷愿从者众，余求番次，在大驾后发。"在诗中，如许浑《金谷园桃花》诗："花在舞楼空，年年一番红。"番即次也。如二十四番风之例。

  注　《列子·汤问》："（帝）乃命禺强使巨鳌十五举首戴之（五神山），迭为三番，六万岁一交。"今《列子》是六朝人伪托，则番字义六朝已有之。

西方变

《观薛稷少保书画壁》:"又挥西方变,发地扶屋椽。"仇注:"言所画西方诸佛变相。"引《酉阳杂俎》:"唐人谓画亦曰变。"按此注不甚明确。画佛经故事或世间故事才叫变。不是凡画都叫变,亦不限于诸佛变相。唐僧义净(高宗时人)译《根本说一切有部毗奈耶杂事》卷十七:"佛在室罗伐城给孤独园。给孤独长者施园之后,作是念:若不彩画,便不端严。画工欲知从何处作?欲画何物?问佛。佛言:于门两颊,应作执仗药义。次傍一面作大神通变。又于一面画作五趣生死之轮。檐下画作本生事……浴室、火堂依天使经法式画之,并画少多地狱变。"可知唐代寺院画壁,盖本之佛经。唐寺院画变,往往出之名手。张彦远(僖宗时人)《历代名画记》卷三,记两京寺院画壁甚详,文烦不引。其名称计有"西方变""净土变""西方变相""西方弥勒变""经变""地狱变""金刚变"等。唐代他文言"变"者,如段成式《洛阳寺塔记》、李白《金银泥画西方净土变相赞并序》、任华《西方变画赞序》。至就变的故事演为说唱之词,叫作"转"。如《全唐诗》十一函七册:吉师道有《看蜀女转昭君变》诗。这是杜甫以后的事了。

桃竹

《桃竹杖引，赠章留后》。王嗣奭说："桃竹即今之棕竹。川东至今出之。"按棕竹，四川各地都产。叶似棕榈，所以叫棕竹。质坚色白，诗说"紫"，是说它的外皮。苏轼有记。古代人们用来编席子，甚被珍视，叫作"桃笙"，见苏轼诗。杜诗的"出入爪甲铿有声"是写实的。

隐浪

《数陪李梓州泛江，有女乐在诸舫，戏为艳曲二首赠李》："玉袖凌风并，金壶隐浪偏。"仇注："旧注谓浪映金壶之半偏，于上下文不合。黄生从赵本作'引浪'，谓提壶引水。《杜臆》'壶'作'匏'，'匏隐浪'者，避其歌也。"仇从"引浪"说。施鸿保解隐为随，较顺，但亦强解，殊无根据。按隐字不必改（改匏者尤谬）。隐，即诗"殷其雷"之殷。与杜诗义切者，如《史记·司马相如传》："湛湛隐隐。"注：隐，"水流鼓怒声"。扬雄《上林赋》："车骑靁起，殷天动地。"郭璞注："殷犹震也。"李善"殷音隐"。凡有声动物（甚至像动的样子也包含在内）都可叫隐。此在杜诗中常见。《秋兴八首》之二："山楼粉堞隐悲笳"，悲笳声若动粉堞也。《大云寺赞公房四首》之三："梵放时出寺，钟残仍殷床。"殷即隐。钟声洪大，床若为之动。《秦州杂诗》四："秋听殷地发，风散入云悲。"此言鼓角声之壮。宋代诗人用隐字者，亦如杜义。如苏轼诗《连雨涨江二律》之二："高浪隐床吹瓮盎，暗风惊树摆琳琅。"范成大《宴坐庵四首》之二："五更风竹闹轩窗，听作江船浪隐床。"苏、范的例对于讲杜诗"金壶隐浪"是有用的。"浪隐床"和"壶隐浪"隐字同义。不同的地方只在"隐"字的用法。苏、范用"隐"字，是用它的主动式，杜是用它的被动式。杜的"壶隐浪"，用散文表示是"壶被浪隐"。《秋兴八首》"粉堞隐悲笳"和"壶隐浪"在语法结构上是一样的。"堞隐笳"也是说"堞被笳隐"。我们知道，中国语法的被动式是常常省略"被"字的，何况是诗呢？所以杜的用法是合乎习惯用法的，不同于生造。这样看来，隐字不但不错，而且诗人是用了苦心的。隐字在这里，一个意思是动，另一个意思是（动中）发出声响。壶内有酒，壶在船内随浪动摇，并且还发出声响。不用隐字，几乎很难用另一个字可以表示这两层意思。

"偏"字注家的讲法也很可疑。壶在船中随船簸动。说动摇是对的，说歪起来，似乎不周全，或者不合理。看来这个"偏"字应该讲成"来因孝友偏"的偏。在那里，偏是说来的次数特别多。在这里，在"隐浪偏"中，偏是说壶动得特别厉害（比较船内的别的东西）。

天地在

《双燕》:"今秋天地在,吾亦离殊方。"仇注引顾云,"世经离乱而天地不改,犹云天空任鸟飞。"杨伦《杜诗镜诠》引张注略同。按顾、张的说法都不确。"天地在"盖誓词,所谓"指天誓日"。意言除非今秋天地俱毁。假使天地还在,我亦要离此异乡哪!

按杜再还草堂,与严武幕僚不合,去职闲住,适武卒,急去成都居夔,去蜀之志甚坚。故有此愤激语。后作《晚晴》诗云:"秋风客尚在!"则忆春时誓语,自嘲亦自伤也。因此这两首诗均应编在大历二年。一春一秋作。

《奉寄高常侍》

"总戎楚蜀应全未，方驾曹刘不啻过。"仇说："应全未，未尽其才。"按仇是"望文生义"的解法。未字是副词，下边当有省掉的字，但看不出。否则就是一句不通的话。句子又不倒，"全未"又不是歇后。疑"未"是"末"字之误。古书未、末二字常常错抄。《论语》"吾末如之何也已矣"，《释文》："末，本作未。"即是一例。末，本之反，微也。如"末"技之末。末字是形容词，这句是形容词作谓语。"应全末"，是说高适的才略远大，总戎楚蜀，只应是全才之末。《八哀诗·赠苏源明》："篆刻扬雄流，溟涨本末浅。""溟涨"，溟海（《舟中出江陵南浦寄郑少尹审》："溟涨鲸波动，衡阳雁影徂"可证）。"本"，副词。"末浅"同义。诗说，苏赋可比扬雄，但比他的全才，词赋却本是溟海之浅处。"末浅"与《奉寄高常侍》的"末"是相类的。则"本末浅"与"全末"亦是同一意思可知。

《赠王二十四侍御契四十韵》

"屡喜王侯宅，时邀江海人。"仇说："此句王侯，却指王姓。如李云李侯，程云程侯。不然，侍御不得拟王侯也。"施驳仇说："公诗固多称侯者，此句则断非因王姓而称。不但与'江海'字不对，即'屡喜''时邀'字，亦似因王侯第宅难得也。侍御不可称王侯，或本其先世言，亦何不可。"杨说，或王侍御假故侯废第而居，亦未可知。按三说之中，仇注为当。但亦未谙泛称之例。因为，不可以说：凡姓王姓李的都可以称王侯、李侯。第一，这是对做过官的人说的，官亦不能是贱吏，必须是"清资官"或"近侍"之类。杜诗赠人称"侯"的有"李侯有佳句"（《赠李白》）、"柳侯披衣笑"（《赠华阳柳少府》）、"苏侯据鞍喜"（《壮游》原注："监门胄曹苏预"）、"顾侯运炉锤，笔力破余地"（《送顾八文学适洪吉州》），这些人都是"不得拟王侯"的，杜甫都叫他们做侯。原因是他们的身份合于上举条件（清资官、近侍）。这就是泛称例。第二，这无非是客套话，不可看死了。如《戏为韦偃双松图歌》，诗称韦侯。又《冬末以事之东都，湖城东遇孟云卿……》诗称"刘侯欢我携客来"。而题称刘颢。《阌乡姜少府设鲙……》诗云："新欢便饱姜侯德。"杨、施泥此，所以一个说王侍御也许是租住故侯府，一个说，王侍御的祖宗也许封过侯。这都是曲说。施还提出"不对"的问题。他不晓得这是句中自对（旧名扇对）。杜诗常有，不烦举例。

远近

《上兜率寺》诗:"白牛车远近?且欲上慈航。"仇注,远近,谓远近俱可到。失之。凡言早晚、远近、多少,皆问语。诗盖言修行有志,然何处(多远近)有白牛车乎?

窗含西岭千秋雪

《绝句四首》之四:"窗含西岭千秋雪,门泊东吴万里船。"下句仇引范成大《吴船录》,明诗示去蜀之志,甚是。疑上句亦有所谓。杜诗屡言西山、西岭。如说:"西山北郭三城戍,南浦清江万里桥。"下句与此绝下句相似。又云:"北极朝廷终不改,西山盗寇莫相侵。"下句与此绝上句命意相同,而说得更明显。仇编《绝句四首》在广德二年(七六四年)。按史,元年十月吐蕃入长安,唐代宗出奔陕州。十二月,吐蕃又陷松、维、保三州。其前一年(七六二年),唐玄宗李隆基死。李隆基生日号"千秋节"。疑此绝上句中千秋二字隐节名。千秋、万里,以节名对桥名。那么"千秋雪",就是"北极朝廷终不改,西山盗寇莫相侵"的意思。至于为什么一定要隐约其词,恐怕是杜甫对玄宗的死深致怀疑。李辅国带兵"露刃"请"上皇"移宫,玄宗惊得几乎从马上掉下来(上元元年事,《通鉴》卷二百二十一),民间定有许多谣传。杜甫颇疑"上皇"是被李辅国害死的。《秋日荆南述怀》说:"望帝传应实。"隐有所指。还有那些咏杜鹃的诗,都写得沉痛。如《杜鹃行》说:"骨肉满眼身羁孤。"显然指"上皇"。这种传闻,是李家的丑事,亦是最易触犯忌讳的,杜甫不敢直说。"千秋雪"的雪字,因此还不单对吐蕃而言,明"北极不改"的意思,恐怕还有替"上皇"辩护的意思。《八哀诗·王思礼》说:"千秋汾晋间,事与云水白。"是说王思礼的功勋,如云水皎然,人人可见,千秋自有公论。"千秋雪"不过说得隐晦一些罢了,用意是和《八哀诗》"云水白"相同的。

《到村》

老去参戎幕，归来散马蹄。
稻粱须就列，蓁草即相迷。
蓄积思江汉，疏顽惑町畦。
暂酬知己分，还入故林栖。（摘录）

仇注："思江汉，蜀难久留。但旧畦仍在，未免惑志耳。"按仇说似失诗意。杜再参严幕[1]，严武对他是尊重的。但到第二年正月，杜甫突然辞去幕职，回草堂闲住。为了什么？注家从诗中推测为与武幕僚意见不合（此意是黄生开始提出的。见《莫相疑行》后仇引黄说）。这个看法是对的。代宗广德二年至永泰元年（七六四至七六五年）诗中流露消息很多。不必详引。只把这首诗来说明一下就够了。这首诗题叫《到村》，是休沐（唐制：十日一休沐）归村作。上引八句大意说他和幕中小人凿枘，现在只好暂时忍耐，以酬知己，将来是要离开他们的。仇只说幕府拘束，所以愿归故园。没有接触到本质。诗中"稻粱须就列"，四句全是比语，仇均作实解，所以迷误。稻粱句译述起来，应该是这样：正派的有能力的人应该把他摆在适当的地位，让他发挥才能（稻粱句）。但是小人要破坏（蓁草句）。我主张要分邪正，严公主张和稀泥，我不同意（疏顽句）。我的主张不是为我自己，我是想效

---

[1] 参本书《杜甫两参严武幕》一文。

忠于严,借以效忠于国(蓄积句)。我的主张得不到严公的体谅,只好暂时忍耐下去,以酬知己,这是分所当为,但终究我是要离开他们,回我的故居的(后二句)。"稻粱"四句,疏解如下:

稻粱须就列　稻粱,用《诗·小雅·甫田》:"黍稷稻粱,农夫之庆。"喻才德兼备的人。"就列"用《论语》"陈力就列",是说应该使他们得到应该得到的地位。用"就列"隐"陈力",只有"就列",才可以"陈力"(贡献力量)。

榛草即相迷　榛,荆棘。榛草,喻小人。"即相迷",说它们和稻粱杂植,并且得势。同时有《除草》诗说:"其毒甚蜂虿,其多弥道周……芒刺在我眼,焉能待高秋……顽根易滋蔓,敢使依旧丘……芟夷不可阙,疾恶信如仇。"即此所指"榛草"之意。

蓄积思江汉　"蓄积"用司马迁《报任少卿书》:"常思奋不顾身,以徇国家之急,素所蓄积也。"蓄积是说自己向来的念头或抱负。"思江汉"用《禹贡》:"江汉朝宗于海。"又《诗·大雅·江汉》:"江汉汤汤,武夫洸洸。经营四方,告成于王。"诗颂召公。杜盖以比严武。说严武是忠于唐室的。我的蓄积,和他相同,也是想尽忠于国。仇引"江汉思归客"以解此江汉,不知彼诗在江陵作,江汉是实指。此是用喻。岂能以彼解此?

疏顽惑町畦　"町畦"用《庄子·人间世》:"彼且为无町畦,亦与之为无町畦。"李注:"町畦,畔埒也。"像我们说的"界限"。诗意是说,严武要"无町畦",即不分界限,不分是非邪正。杜甫说,我却是要严分界限的。"惑",自谦之词。等于说,由于我的疏顽成性,我是迷执于划清邪正界限的。仇解"惑町畦"是指归耕之意。不思说归耕的话多得很,何独用《庄子》?离开诗人的经历讲诗,所以只照字面敷衍。

独园

《题忠州龙兴寺壁》:"坐卧还愁虎,深居赖独园。"仇注引佛经"给孤独园"以为出典。不知"给孤独",梵语音译,义为"善施",可以省作"给孤"或"孤独"。前"西方变"条引《毗奈邪杂事》经文,即作"给孤"。柳子厚《为王京兆贺嘉莲表》:"焕开宫沼,旁映给园。"即写作"给园"。杜《望兜率寺》:"时因清盥罢,随喜给孤园。"均可为证。"给孤园""给园""孤独园"均可。却不可省作"独园"。此诗"独园"无非是孤独无邻之园的意思。杜《赠苏四傒》:"独帆若飞鸿",《草堂即事》:"独树老夫家。"独帆、独树犹孤帆、孤树,则"独园"犹孤园耳。

却落

《赤霄行》:"江中淘河吓飞燕,衔泥却落羞华屋。""却落"不可解。与"羞华屋"三字毫不连贯。推想当是"村落"之误。村字古常写作"邨",与"却"字形近,因而误抄。诗意:燕子衔泥村落,只巢于百姓家,以华屋居处为羞。岂与淘河争食者乎?

荨草

《除草》题下原注:"去薮草也。"宋祁以为焊麻,字今作荨。按古文薮亦作荨。李实《蜀语》音诞,不知何据。王士祯《陇蜀纪闻》以为蝎子草。云,此与蟆子(现在叫墨蚊),为蜀地可憎之二物。荨麻现在四川叫蠚麻,蠚音曷。《汉书》卷四十五,《蒯通》列传:"猛虎之犹与,不如蜂虿之致蠚。"师古曰:"蠚,毒也,音呼各反。"宋张邦基《墨庄漫录》"薮麻"音瓒。

蛟龙匣

《送严仆射归榇》："风送蛟龙匣，天长骠骑营。"钱注引《西京杂记》："汉帝及诸王送死，皆珠襦玉匣。匣形如铠甲，连以金镂。皆镂为蛟龙鸾凤龟灵之象，世谓为蛟龙玉匣。"朱鹤龄又引《霍光传》："'赐璧玑玉衣梓宫'，则人臣亦可谓蛟龙玉匣也。"仇、杨诸家，并同。细审诗意，殆未必然。第一，诗首联云："素幔随流水，归舟返旧京。"已说归榇。第三联如果又说归柩，便是重复。第二，《西京杂记》等说的"蛟龙玉匣"，极言其华贵。用在这里，和第一联"素幔"写归榇凄凉，恰恰相反。证以杜甫他诗，如《八哀诗·李光弼》说："平生白羽扇，零落蛟龙匣。"蛟龙匣用"零落"二字，题非送柩，为什么说及华贵的棺木？《承闻故房相公灵榇自阆州启殡，归葬东都有作》："剑动亲身匣，书归故国楼。"二诗均以匣与书、扇对举。可悟《八哀诗》的蛟龙匣是指剑。书剑连言，以指文人（高适《人日寄杜二拾遗》："岂知书剑老风尘"），故于房琯归榇用之。李光弼是边将，严武是疆吏（例统军事），故匣与他事连言。但说匣都是说剑。"蛟龙"用雷焕故事，等于说宝剑。"风送蛟龙匣"，既写严身后清贫，惟有故剑，又寓"人琴俱亡"意。这样解于文法诗情都说得过去。[1]

---

[1] 尚有三证，可实吾说。①《哭王彭州抡》："蛟龙缠倚剑"，注引《越绝书》："薛烛曰，当造剑之时，蛟龙奉炉，天地装炭。"②《湖中送敬十使君适广陵》："气缠霜匣满，冰置玉壶多。"上句指剑。霜匣即宝匣。由①，可知剑说蛟龙；由②，可知说匣不必加剑字。③李白《酬张卿夜宿南陵见赠》："与君各未遇，……宝刀隐玉匣。"则玉匣为刀剑之匣有明文。

面势

《营屋》：“东偏若面势，户牖永可安。”钱引鲜于注云：“若，顺也。”姚鼐《惜抱轩全集》"笔记"八说：“《考工记》：'或审曲面势以饬五材。'郑司农注：'审察五材曲直方面形势之宜。'此虽古说而非杜公之意。杜用'面'字，只作相度意。诗言东偏而面其势，则设户牖甚佳。钱注用鲜于注，失其旨矣。杜公《寄赞上人》又云：'徘徊虎穴上，面势龙湫头。''面'字亦作相度解。未知杜公所本谁氏之说，余谓胜司农说。”按"面势"的"面"字，他书也有用作动词的。如沈括《梦溪笔谈》卷十八说：“审方面势，覆量高深远近，算家谓之击术。击文象形，如绳木所用墨斗也。”知宋人亦有以面字作"相度"义用的。然通观杜诗，面势二字，既用作动词，又用作名词。如《寄题江外草堂》说：“敢谋土木丽，自觉面势坚。”这是对句，用土木对面势。面势显然是名词。如果依钱注，解若为顺（虽然这是古训），"东偏若面势"，就等于说"东屋顺形势"，完全说得通。惟《寄赞上人》，以徘徊对面势，又显然是以动词对动词。则"面势"一词，意义是审度或度量。词性活用，古、今都有。特别是古代，词品的灵活性很大。比如《左传》的用词，词品活用是普遍现象。如"欲吴王我"等。那么，杜诗"面势"一词，也有两种词性（名词和动词），是不奇怪的。考之古训，"面势"的"势"本义是测地平的工具，"形势"是它的引申义。[1]

---

〔1〕 章炳麟说:"蓺之名起于曲蓺。《考工记》曰:'审采曲面蓺',郑司农以为采察五材曲直方面形蓺之宜,盖未谛。蓺读为臬。言蓺极者,即是臬极。《考工记》亦以槷为臬。'匠人置槷以县。'郑君谓槷,古文臬,假借字。于所平之地中央,树八尺之臬以县正之。……'面'读如《笙赋》'采洪纤,面短长'之'面',向也。'采曲'者,采巨(矩)。'面臬'者,视县……臬以测景辨方,故引申为形埶……"(《小学答问》埶字条)可释杜诗。

吾衰岂为敏

《赠郑十八贲》："心虽在朝谒，力与愿矛盾。抱病排金门，吾衰岂为敏。"仇引《左传》"鲁人以为敏"语（按，语在文十五年）。按《左传》文，敏是敏慧义。与杜甫诗意不合。诗言，非不欲副子望，力不能也。与敏慧义无涉。敏，材也。《齐语》："尽其四支之敏。"敏犹能也。当引此以说杜诗，犹言非不为也，是不能也。

酒为徒

《哭台州郑司户、苏少监》："道消诗发兴，心息酒为徒。"仇引《郦食其传》："吾高阳酒徒也。"按，注殊误。"酒为徒"与"为酒徒"意思相近，结构相远，显然不相涉。此当用《庄子·人间世》"与天为徒""与人为徒""与古为徒"语而加以变化。若用《史记·郦生传》语，倒不见造词之妙了。句法亦从谢灵运《过庐陵王墓下作》"道消结愤懑，运开申悲凉"化出。意谓，君子道消，则借诗言志。荣进意息，且以酒为徒。

是物

《归雁》："是物关兵气，何时免客愁？"张相《诗词曲语词汇释》卷一："是物，犹云物物或凡物也。"引此为证。释云："言凡物皆与兵气有关也。"按张说不可解。"是物"等于说"此物"，本常用语。何必另作新说？雁关兵气，只是用《淮南子》："雁衔芦而翔，以避矰缴"的话，也不是僻事。李黼平《读杜韩笔记》又引"《诗纬》：'鸿雁在申，金始矣'，故云'关兵气'"。杜甫这首诗意思是说，北雁南飞至广州，以北方兵气太盛，故南徙以避之。一面是古人迷信，一面也是借事感时。

非天意

《夔州歌十绝句》之二:"英雄割据非天意,王霸并吞在物情。"物情,犹言人心。自古歌颂皇帝都说什么"天与人归"。有时(其实是常常)多半是用"天与"的诳话来骗取"人归"。汉光武相信纬谶,桓谭非议,几乎被杀。唐太宗信"秘记",怕有姓武的人要夺他的江山,就乱杀人。说明封建帝王是何等虚弱!杜甫认识到成功的英雄,在于"人归",而不是什么"天与"。这是了不起的,也是极大胆的议论。宋杨大年、欧阳修不喜欢杜甫的诗,以为是"村夫子语"。村夫子岂有此种突破历史诳语的识力!

沉冥

《军中醉歌寄沈八、刘叟》："数杯君不见，都已遣沉冥。"沉冥，仇引《法言》，"蜀庄沈冥"（张轨注，沈冥犹玄寂，泯然无迹之状）。又《世说》王右军云："古之沉冥，何以过此？"按此当引《文选》王融《三月三日曲水诗序》："引镜皆明目，临池无洗耳。沉冥之怨既缺，苀轴之疾已消。"沉冥之怨者，贤人不在位之苦闷。沈八刘叟殆在野之士，杜故以此动之，言军中上下同乐，数杯之后，向日沉冥之怨排遣皆尽。颂严武之得士心也。此十字句，《杜臆》说，良是。

《催宗文树鸡栅》

"倚赖穷岁晏,拨烦及冰释。未似尸乡翁,拘留盖阡陌。"仇注"穷岁晏"为"贫穷岁暮",显然是错误的。穷是尽的意思,等于说:"聊以卒岁。"仇注后二句只说"自作哂语"。不明确。杨注较明晰。他说祝鸡翁任鸡飞走,杜甫却把它们拘留在阡陌之间,阡陌即指墙东隙地。按这首诗前面说养鸡是为了自己要吃鸡蛋治病。接着说一百多只鸡飞跳可厌。下面指示宗文在什么地方、用什么方法树立鸡栅。接着就说树立鸡栅的好处。然后才是结语。结语说,鸡虽是普通的东西,但它知道报晓。旅人听鸡叫,可以减少乱离的忧戚。诗人自说要倚赖它们度过残岁,直到春天("冰释"用《诗经》"迨冰未泮"语,指春至之时。"去"一作"及"。及字更明白。仇引《庄子》"涣若冰将释"。字面诚然粘得起,意思可离得远)。诗又说,我不像尸乡的祝鸡翁那样,把鸡拘留起来,越养越多,简直连阡陌都盖起来了。诗在"拨烦及冰释"句下,忽然咽住不说春天来了以后怎样,却掉转笔头,用十字句讲自己不像尸乡翁那样,不养那么多鸡,不任其盖阡陌,而要加以管理。这种笔法,就叫"顿挫"。注家误解,便说是诗人拘留鸡群,阡陌二字不便讲,硬说成墙东隙地,所以总是讲不通。

乌鸡

同诗,"愈风恃乌鸡,秋卵方漫吃"。仇引《本草》:"乌雌鸡,疗风湿麻痹。"蒋超伯《通斋诗话》上说:"杜诗云云,《本草》言乌鸡补虚劳,鸡子益气,不云愈风。"按,仇、蒋据明、清人本草,所以不见鸡子愈风的说法。检《证类本草》(四部丛刊本)卷十九,禽上,"乌雌鸡"条。引《日华子本草》云:"温,无毒,除风湿麻痹,补虚羸。"但未及卵。宋寇宗奭《本草衍义》卷十六:"鸡卵可愈风,乌鸡子尤善。"为杜所本。

杜用事法

《奉送郭中丞兼太仆卿充陇右节度使三十韵》："径欲依刘表，还疑厌祢衡。"王嗣奭说，观刘表祢衡语，则郭亦非可依者，后果镇蜀而为崔旰所杀。按此以刘表指郭英义，以祢衡自比，乃攀附之应酬语。唐人用事，率取其事之一点而用之，不计其人其事之正丑美恶。此以刘表比郭，只比其障蔽一方之才。初非预示其人之不可依。例如《赠韦左丞丈济》："不谓矜余力，还来谒大巫。"岂可以说指韦为巫耶？

浮瓜供老病

《信行远修水筒》："浮瓜供老病，裂饼尝所爱。"仇依《杜臆》，说分己爱之饼以与信行。杨从浦说，饼、瓜皆与信行。施驳仇说，认为热当予瓜，何反予饼？饼一人可食，何必说"裂"。他于是认为"裂饼"即指分瓜，是比喻的说法。把瓜分作四份，像裂饼一样，并不是真正有饼。按，诸说中，浦注为是，但是缺乏说明。施说"触热"应当予瓜，这是脱离上文的说法。诗上文有"日曛惊未餐，貌赤愧相对"的句子，可见信行远归，既饿又热。杜甫既给他的饼，又给他的瓜。这有什么可疑呢？所以施说不攻自破。以下的说法，都是强词。仇看见"浮瓜"下没有说"尝所爱"，所以认为杜甫只给信行饼吃。这是误解了"尝所爱"三字。仇解"所爱"为信行，"尝"作动词用。这是错误的。"供老病"和"所爱"是瓜和饼后带的规定语。意思是：瓜，是供我老病者吃的；饼，是我所爱的。现在这两样东西都给信行"尝"（吃）。"尝"字是两句（瓜、饼）的共有动词。翻译过来，应该是这样：（我）把我心爱的饼和供老、病的自己吃的瓜都给他吃（尝）。施说饼一人可吃，何必说裂。这是不加考虑的话。饼有大小，一地一俗。何况时异古今，怎么可以断定杜诗所说的饼一定是后代城市中卖的小饼呢？正因为他说"裂"，就可以想见是大饼。

《七月三日亭午已后，校热退，……戏呈元二十一曹长》

"闭目逾十旬，大江不止渴。"施疑"目"为"门"之误。又与下文不合，遂疑"闭目"二字并误。按，闭目不必是入睡。施疑天气热，昼夜都不能入睡。何以反能闭目十旬？是以闭目为入睡也。其实这里的闭目，只是说游眺全息的意思。盛暑气蒸，动即出汗，只有静静躺着，老人或闭目枯坐，亦减热的一种办法。《热三首》之二："闭户人高卧"，《毒热寄简崔评事十六弟》："千室但扫地，闭关人事休。"可知说"闭目"，说"高卧"，说"闭关"，都是说静以避暑。闭目之非入睡，犹高卧之非甘寝。

查《后汉书·和帝纪》，永元六年，初令伏闭尽日。章怀注引《汉官旧仪》曰："伏日万（有引作厉者）鬼行，故尽日闭，不干它事。"〔晋〕程晓《嘲热客》诗曰："平生三伏时，道路无行车。闭门避暑卧，出入不相过。"明文徵明《伏日》诗曰："九衢三伏涨黄尘，病发萧萧罜葛巾。正好闭门消永日，可堪曳履见时人。"则唐时暑日闭门之俗，盖源于古代的伏日禁行，此又源于古老的迷信。后世迷信渐忘，而习俗尚存。文徵明诗已全作雅语，似已不关炎热矣。

《八哀诗》

诗序说："伤时怀贤"，这就是诗的宗旨。又说："不依存殁先后"，就是说次序别有用意。

八人中三方镇居先（王思礼、李光弼、严武），意在"天下危，注意将"。张九龄贤相，排在最后，重"功人"之意。贤相亦不少，何以独思九龄？第一，他能知安禄山必反，许其前识。宰相以知人为第一义也；第二，九龄逐死，是唐玄宗走向衰败的征兆，列九龄在示鉴；第三，哀九龄即隐哀房琯。在三将之后摆上汝阳王李琎，一则杜甫在长安，曾为琎客，李琎当曾经为他游扬声名。《赠特进汝阳王二十韵》可证。《壮游》说"赏游实贤王"当即指琎。再则意在其为李宪之子。李宪是玄宗的哥哥，让李隆基做了皇帝（当然是势在必让，同时李宪也是一个庸碌之人）。李宪死后，李隆基赐号"让皇帝"。诗劈头说："汝阳让帝子，眉宇真天人。"看哀李琎的诗，只说他游猎好客，一个纨绔子弟而已，生平享福，有何可哀呢？跟其余七人比起来，既无奇才，也没有厄运。实在无可记述。那么，为什么把他摆进八哀呢？这就是所谓"伤时"了。揣测杜甫的意思，对肃宗的灵武自立是不以为然的。至德以后，大权落在李辅国、张后的手里，都是灵武自立作俑。又不好明说，所以提出李琎说，重在一个让字。好像说，李宪能让，所以有开元之治，李亨禅位，所以有至德以后的祸变。李邕以赃致罪，与房琯外逐事有点相像，所以代为不平。苏、郑均以才士远斥，故为发愤，"怀贤"实在即是"伤时"，这是《八哀诗》的大旨。

《八哀诗》无房琯

施鸿保说:"房琯志大才疏,虚得盛名。正似殷浩一流,以之为相,实不胜任。陈涛之败,泥古车战。犹是不谙将略耳。即其请诸王分镇,禄山亦惊其策。后人因谓琯有经济才。《困学纪闻》载司空图诗,亦云'物望倾心久,凶渠破胆频'。李肇《国史补》遂与宋开府、陆忠宣、张曲江、颜鲁公、李梁公,同推为开元以来名臣。窃谓其策果行,或可平禄山之乱,然吴楚七国之祸,必踵其后。永王璘即一证也。肃、代之朝,安史虽平,内则强镇旅距,外则回纥、吐蕃相继寻衅,假又亲藩跋扈,则晋室五胡之乱,复踵于唐矣。《新唐书·刘晏传》:'晏致书琯,言诸王皆长深宫,一旦望以桓、文之业,何可得哉!'是即从其所请,并安、史亦未可平也。后来读公(杜)诗者,但知公疏救于前,遂不究其成败可否之实,推重公并推重琯,其实公之疏救,但谓罪细不宜免大臣,非谓琯之才不宜免也。至《奉谢口敕放三司推问状》,乃言:'琯,宰相子,少自树立,晚为纯儒。有大臣体。时论许琯,必位公辅,康济元元。'又言:'观琯之深念至忧,义形于色。况画一保泰,其素所蓄积者。'方是推重琯。惟前既疏救,此状亦不得不然。然犹归之'时论'。若诗中则从无一语及之,尚不如严武称之为'济世才''出群才'也。《八哀诗》及武而不及琯,则公之意可知。读公诗者,未深体耳。"(施书124页)按关于房琯及其建策的评价,已见"杜甫与房琯"条,兹不再及。施鸿保为了要说杜甫的见解都正确无误,所以把房琯和杜甫的关系,竭力说得淡薄,竭力说杜甫并不推重房琯。杜之救房，不是因为推重琯的为人，而是从"细故不宜免大臣"说。后来的谢（免）三司推问状，实在是因为前言已出，后语不得不随。总之，房琯在杜甫心目中，是"尚不及严武"的。所以"诗中从无一语及之"。施鸿保的话是靠不住的。关于房、杜交谊，施论显然违背两唐书杜甫传。关于杜之重房，施论又显然违背《祭故相国清河房公文》等。《旧唐书·杜甫传》分明说"房琯布衣时与甫善"（《新唐书》传同），怎么能说杜"与琯本非素交"呢（施书125页）？《祭故房公文》首以琯继魏（徵）、杜（如晦）、娄（师德）、宋（璟），中间有"天柱既折，安仰翼戴，地维则绝，安放夹载"的话，可说是推崇到极点。如果说《谢三司推问状》是官样文章，"不得不然"，那么，事隔多年，祭文又不是非写不可的谢表之比，有什么必要推重逐臣以招怨尤呢？所以杜对房的推崇是衷心的，不是偶然的。施鸿保又说杜诗里没有说及房琯的，这不是事实。仇注本卷十三那首《别房太尉墓》是杜集中的名篇，表示的情感是真挚沉痛的，对房琯是推崇的。即以《八哀诗》而论，第一个王思礼就是以房琯保救得免于死的。诗说："公（王）时徒步至，请罪将厚责。际会清河公，间道传玉册。天王跪拜毕，锐议果冰释。"明明称颂房琯知人，怎么说"诗中从无一语及之"呢？杜甫被肃宗及其左右目为琯党贬官，不能不有顾忌，故《八哀》中无琯也。

《八哀诗·张九龄》

"碣石岁峥嵘,天池日蛙黾。退食吟大庭,何心记榛梗?骨惊畏曩哲,鬓变负人境。"仇解:"退食二句,言不计私忿。上古有大庭氏。公诗:'大庭终返朴。''畏曩哲',指王夷甫(早识石勒将为中国之患),'负人境',恐为后患也。"按仇说支离。"大庭"与上古大廷氏的传说不相干。杜盖用《左传》昭公十七年传文,据说那年冬天,鲁国的大夫申须和梓慎都从天象中预言"诸侯有大火灾"。到昭公十八年五月,火星出现,有风。梓慎又预言大火将作。果然宋、卫、陈、郑四国都有火灾。"梓慎登大庭氏之库以望之。"杜预注,望气以验前年之占。大庭氏,古国名,其地在鲁国城内。鲁因其地作库,势高可以望远。杜诗所谓"吟大庭",就是说张九龄能够高瞻远瞩,预见安禄山必反,正如梓慎之能预见大灾一样。"曩哲"指梓慎、申须等。

附记 《八哀诗》,宋代以后,毁誉不一。大抵赏大体者贵其笔似论赞,言文律者攻其芜词累句。如实论之,《八哀》盖从谢灵运《拟魏太子邺中集诗八首》来。灵运八诗及序,看来都有讽刺,不专描写人物,当然亦不是不写人物性格。老杜《八哀》,名从建安《七哀》之例,而旨宗康乐。诗笔亦似大谢,通八首看,沉雄抑塞,味之难忘。

《夔府书怀四十韵》

"昔圣崆峒日,端居滟滪时,萍流仍汲引,樗散尚恩慈。"仇解:"汲引指严武,恩慈谓朝命。"按诗首四句是总提。这四句一、二分说凤翔、蜀郡,三承一,四承二。可知"汲引"指房琯的推奖(《秋日荆南述怀》:"昔承推奖分"),"慈恩"指严武的奏荐得禄。仇意"汲收"指肃宗,似不辞。

汉阁自磷缁

同诗:"文园终寂寞,汉阁自磷缁。"仇注谓二句以蜀中扬马自方。"扬雄校书汉阁,此特借比西阁(按杜甫时居西阁)。磷缁,犹云磨砺。"施鸿保说:"磷缁,似用《论语》。磷,损也。缁,犹玷污也。承上'酒赋欺',言为酒赋故,损污志气,同扬雄之老于校书。云'自',言自致。'或说'(仇引'或说',磷缁谓名玷朝班)与(仇)注皆非。"按,磷缁用《论语》,施说是;但施亦未解诗意。

这是杜甫说他得罪被斥的事。如果不联系房琯事件,不能解释杜甫类似的诗句。为了方便,且把几首谈到这件事的诗,摘抄在下面:

昔罢河西尉,初兴蓟北师。不才名位晚,敢恨省郎迟。扈圣崆峒日,端居滟滪时。
……
遂阻云台宿,常怀湛露诗。翠华森远矣,白首飒凄其。拙被林泉滞,生逢酒赋欺。文园终寂寞,汉阁自磷缁。
——《夔府书怀四十韵》
昔承推奖分,愧匪挺生材。迟暮官臣忝,艰危衮职陪。扬镳随日驭,折槛出云台。罪戾宽犹活,干戈塞未开。
——《秋日荆南述怀三十韵》
疑惑尊中弩,淹留冠上簪。牵裾惊魏帝,投阁为刘歆。
——《舟中伏枕书怀三十六韵……》

凡加着重点的诗句，都是指的同一事件。比较一看，似乎就很明白了。《汉书·扬雄传》："王莽既以符命自立，即位之后，欲绝其（符命）源，以神前事。而（甄）丰子寻、（刘）歆子棻复献之。莽诛丰父子，投棻四裔。辞所连及，便收不请。时雄校书天禄阁上，治狱事使者来欲收雄，雄恐不能自免，乃从阁上投下，几死。"杜甫用扬雄投阁的故事来比自己因救房琯而得罪。"汉阁"，以地代人（扬雄）。"自磷缁"，磷是薄，缁是黑，都是贬义词。"汉阁自磷缁"就是说："当时几乎被捕坐牢（付三司推问），是自己倒霉。"这是发牢骚，跟韩愈说"臣罪当诛兮天王圣明"不一样。杜甫的态度是质直的，也是倔强的。《荆南述怀》说"折槛出云台"，自比汉朱云，是说自己直谏获罪。《舟中伏枕书怀》说"牵裾惊魏帝"，是用辛毗强谏曹丕的事。下句"投阁为刘歆"，扬雄因刘棻的牵连被捕，为什么说刘歆呢？一是扬雄和刘歆是意气相投的朋友，刘歆很佩服扬雄的文章，称赞他的"雅淡之材，沉郁之思"。刘棻是后辈，实际的关系在刘歆。所以说"为刘歆"。二是把刘歆比房琯，还有"父子继业"的意思。刘向、刘歆，家学传经，校书再世，和房融、房琯，父子宰相（房融是武则天的宰相）有点相像。刘歆这个人，宋以后把他说得很坏，是因为王莽而迁怒到他。在唐代还不是这样。杜甫把刘歆比房琯，毫无鄙薄之意。总上所说，"汉阁自磷缁"和"投阁为刘歆"是指的一回事。

上句"文园终寂寞"，承上"生逢酒赋欺"。仇以"酒赋"连读，引《西京杂记》"邹阳作《酒赋》"为出典，误。施鸿保说："酒赋，犹言诗、酒二事也。"可谓交臂失之。这句当引《壮游》诗为说。诗说："快意八九年，西归到咸阳。许与皆诗伯，赏游实贤王。曳裾置醴地，奏赋入明光。天子废食召，群公会轩裳。脱身无所爱，痛饮信行藏。黑貂不免敝，斑鬓兀称觞。"意思是说，自己的赋为玄宗所知，好像司马相如的赋为汉武帝所知一样。但自己生性疏狂，痛饮不羁（即不去钻营），功名遂尔蹭蹬。赋徒虚名，而酒召实损，好像嵇康《绝交书》说的"荣进之心日颓,任实之情转笃"。赋救不了命穷,所以说"欺"。

杜甫这类自述的诗,不是空逞词翰,必须从他的生活和时事中去求解释。否则关合字面,劳而无益。

> 不必陪玄圃,超然待具茨。凶兵铸农器,讲殿辟书帷。

同诗。仇解"陪玄圃"是指代宗奔陕州,已不能从。"待具茨"是指访贤。(从朱鹤龄注)"辟书帷"仇以为指开言路,王道俊以为刺代宗与群臣在内外交困的时候大讲佛经。按除"凶兵"句注家解说无误外,其余三句诸注所说都未中肯綮。

"陪玄圃",《汉书·郊祀志》下,成帝末年,颇好鬼神,……祠祭上林苑中,长安城旁,费用甚多。谷永说上曰:"诸背仁义之正道,不经之法言,而盛称奇怪鬼神,广崇祭祀之方,求报无福之祠,及言世有仙人服食不终之药,遥兴轻举,登暇倒景,览观悬圃,浮游蓬莱……皆奸人惑众……如系风捕景,终不可得。"陪与待,其实是同义语。悬圃,仙境。具茨,仙山。"不必"二句,是十字句,就是"不必"直贯两句。这是说神仙荒唐,是不可信的。"凶兵"二语,是从正面说。上句是说不可穷兵,下句是说要注重节俭。汉文帝集(臣下)上书囊为殿帷(《东方朔传》),是皇帝中比较"节俭"的。我们已经说过,玄宗倾天下的两大弊政,一是骄而黩武,一是侈而靡财。杜甫现在针对代宗的施政,又提出息兵和节俭。此外还加上批评求仙的意见。代宗好佛,史书有记载。关于他的求仙,史有缺文,但杜诗有反映。《覆舟二首》即为此而作。诗说:"丹砂同陨石,翠羽共沉舟。"又说:"竹宫时望拜,桂馆或求仙。姹女凌波日,神光照夜年。……使者随秋色,迢迢独上天。"唐朝的皇帝求仙,是个普遍现象。这两首诗写作年代不明,地点是在峡中,当然是讽刺代宗的。和《夔府书怀四十韵》上举"不必求云圃"两句连起来看,可补史缺。

杜甫相信神仙,而又反对皇帝求仙,看起来是矛盾的。杜甫的思想确有许多矛盾,不止求仙一端。已详前文,此不多及。

钓瀨疏坟典,耕岩进弈棋。地蒸余破扇,冬暖更纤絺。
豺遘哀登粲,麟伤泣象尼。衣冠迷适越,藻绘忆游睢。

同诗。这八句诗,仇说是"久客无聊之况"。这话只说对一半,而且是不重要的一半。这八句承上"萧车安不定,蜀使下何之?"来。不但说久客无聊,更重要的是说隐逸有贤,使者不问(《伤春五首》之三:"贤多隐屠钓,王肯载同归?")。不是责怪使者,而是责备皇帝代宗李豫。自己的无聊,不过是一例而已。

大庭终反朴,京观且僵尸。

同诗。上句是说远景,下句是说现在仍然不免要用兵。上面说了许多民穷财尽、急需偃兵的话,这里又说要用兵。岂非自相矛盾?不,并不矛盾。上文说"凶兵铸农器",是说国家的根本大计,是远景。这里说,"京观且僵尸"(且,暂也),是说目前情况,是策略。肃、代都是昏君,无力平乱,苟安姑息。当时的情况是有在分裂中亡国的危险,而不是偃武修文的问题。所以本诗(《夔府书怀》)的结语是:"南宫载勋业,凡百慎交绥!"对用兵下一个"慎"字,可见诗人并不是无条件的非战的。仇注说"交绥"句是"冀其敌忾于外夷",未得诗意。

注 《春秋左传·文公十二年》曰:乃皆出战交绥。《集解》训"绥"为"退"。按两退不得言交。当从章炳麟说:交绥即交和,亦即交麾。交绥、交和(《孙子》"军争篇":"交和而舍")、交麾,并两军交锋之义。诸家注杜,并从《春秋左氏传集解》"交退"之义。于杜诗此处似不合。宜从古训。亦见杜甫是深于训诂的。否则不战而退,下不得"慎"字。《论语·述而》篇:"子之所慎:齐战疾。"此慎字所本。

《中宵》

《中宵》题下仇注云:"中夜指长夜言,中宵,尚在黄昏以后。"按《晋书·祖逖传》:"中宵起坐",与上文"中夜闻荒鸡鸣"明明是"互文",中宵即中夜。且杜此诗有"落月动沙虚"语,亦与晋书合。仇的分别是没有根据的。

《宗武生日》

诗云：

> 小子何时见？高秋此日生。自从都邑语，已伴老夫名。
> 诗是吾家事，人传世上情。熟精"文选"理，休觅彩衣轻。
> 凋瘵筵初秩，欹斜坐不成。流霞分片片，涓滴就余倾。

这诗前八句很明白，宗武在家，杜公不在家，杜甫在他的生日写了这首诗。前八句辞意已足，后四句与上文接不上去。这四句是杜甫（如果是他的诗）说参与别人的宴会，自己不能喝酒。不像"家宴"的口气（用"流霞"分明是客套话）。或是残句，抄者以其韵同，附缀在此，后混入正文。这诗还有一大漏洞，就是杜甫曾经两次离家，一次断酒。但这首诗前八句表示不在家，后四句说自己断了酒。把不同时期的事合在一起算作一首诗。仇注依据后四句把它编在夔州，黄鹤又根据首两句把它编在杜甫送严武还朝去绵州那一年。两种摆法各有理由，但顾前就不能顾后，顾后又不能顾前。仇兆鳌、浦起龙不顾这种显然的矛盾，硬要曲为之说。仇说："小子何时见其生乎？此日正其堕地时也。"浦说："见，'崭然见头角'之见。"他们丢开事实不顾，只图文字讲得通。足见作为注家，才和学固要,识却是第一。[1]

---

[1] 疑此四句是《季秋苏五弟缨江楼夜宴三首》的第一首的异文。或系初稿。后得"星落黄姑渚"四句易去,还用为异文,附缀诗下。后抄者误缀《宗武生日》下,辗转误为正文耳。杜诗当时就在抄集,大约无校正者,所以有错。"钞诗任小胥",下一任字,可见往往并未复核。杜诗四句异文之例,如《送许八拾遗归江宁觐省……》:"春隔鸡人昼……"四句下即有四句异文,可以为证。

将能事

《解闷十二首》之七:"熟知二谢将能事,颇学阴何苦用心。"清汪师韩《诗学纂闻》以为"将能事"三字不可解。仇解为"将尽其能事。"熟知谢灵运和谢朓将尽其能事,这是什么意思?按"将能事"是用《论语》:"固天纵之将圣,又多能也。"将圣,旧注:将,大也。杜诗这一句是说,二谢于诗的大本事,我是熟知的。旧注训将为大,系据《尔雅·释诂》文。自朱熹《四书集注》于《论语》这一句,改训将为且,明清注家习以为常,遂不知将本可训大了。"将能",大概唐代人是有此种用法的。刘知几《史通》外篇《惑经》:"世人以夫子'固天攸纵,将圣多能'",可以为证。

数秋天

《历历》:"为郎从白首,卧病数秋天。"仇注:"数秋天,屡经秋日也。顾注谓'前后情事俱从卧病中追数而见',其语太曲。"按仇读数去声,寡味。顾读上声,解数为"屈指可数"的数,是。而解句则非。"数秋天",是说度日如年,计日而度。

《秋兴八首》

秋兴和八哀不同。八哀的评价是毁誉参半，或者竟是毁多于誉。《秋兴》一直是评价最高的。不但从宋到现代，就是在解放后也都公认为杜甫律诗的极峰。我看《秋兴》应该重新评价。它是形式和内容不相称的。《秋兴》的辞藻是极其华丽的，章法（八首的次第衔接）是严密的，对属是精工的，但内容是消极的。是回忆，而不是反映现实。夔州时期，杜甫做了许多总结，可以称为杜诗的总结时期。如《诸将》是总评将帅，《八哀》是总评天宝政治人物，《秋兴八首》是总结长安旧事。比起《八哀》《诸将》《咏怀古迹》来，《秋兴八首》缺乏杜诗平日独具的雄健力量。杜甫的生活这时一方面靠柏茂琳供给，一方面用着外朝官的俸米，生活平静下来。《写怀二首》之一"鄙夫到三峡，三岁如转烛……朝班及暮齿，日给还脱粟"可证。放眼时事，朝廷昏弱，边患相仍（吐蕃、回纥），内乱不已（四川崔旰杀郭英义，诸将攻之），亲故凋谢，出处艰难。看不到一点光明前景。生活平静反而使人消沉下去。反映到诗里来，就只有回顾，而没有前瞻。连成都时期的情绪都赶不上。这就是《秋兴八首》殊无慷慨之气的原因。

"红豆"二句

"红豆啄余鹦鹉粒，碧梧栖老凤凰枝。"这是《秋兴八首》第八首中有名的对句，评价也是分歧的。现在且说它的意思。向来对这一联有两个疑问：①是否倒装句？②是否直陈太平气象，还是含有讽刺？说倒句的从宋人罗大经以下，如钱、仇、吴、浦都是。说不是倒句的较少。清有顾宸远，今人有萧涤非。倒句与不倒句，不止关系语法，而且牵涉到解义，所以要先提一下。关键在主语上。二句以什么为主语？说倒句的，认为鹦鹉、凤凰是主语；说非倒句的，认为红豆、碧梧是主语。按，当以非倒句为是。说见后文。其次，这两句是不是含有讽刺？亦有两说。一说是写昔游盛况，历来注家都这样主张。说意含讽刺的，清林昌彝（《砚桂绪录》卷十五）主之。林以为上句喻食禄之丰，下句谓固位之久。看起来，林说是对的。现在根据他的说法补充一些。鹦鹉，当喻宫女。《明皇杂录》有"雪衣娘"故事，这里借指怨女，红豆，相思之物，余字和老字对，都是说时间久，这些怨女，在玄宗的宫中有几千人。白居易《上阳人》就是这方面的反映。碧梧，是掖廷的树木，"栖老"依林说为固位之久。李林甫在相位十九年，就是代表。这样讲，就必须认为两句都是非倒句。红豆、碧梧是两个重心，是喻意所在，所以应该是主语。上句说宫中杨氏专宠，怨女众多；下句说朝中奸佞固禄，贤士被斥。下联"佳人拾翠"云云，指出太平泄沓现象，是安史事变的厉阶。结联说到自己，彩笔干气象，是说自己曾经写过游渼陂的诗句，现在回首前尘，悲（朝政）喜（游宴写诗）交集。事过景迁，究是悲过于喜，故头苦低垂也。

点朝班

《秋兴八首》之四："一卧沧江惊岁晚，几回青琐点朝班。"点字有争论：①宋楼钥说：点同玷，谦词。杨慎更提出陆厥《答内兄希叔》诗"既叨金马署，复点铜龙门"为证。②如字。明焦竑说。吴景旭附和他，引王建诗"殿前传点各依班"为证。反对作玷字义的理由是：若作玷，又不得用"几回"字。仇注并引，不作断语。串解似又同焦。

施鸿保主张作玷义，引《报任少卿书》："适足以见笑而自点耳"及杜"衔泥点污琴书内"为证。按：作玷义是。但"几回"一词确是执此义者的难关。因为如果真是玷污朝班，就不是几回或一回的问题。比如做错事，一回也是玷污，毋待几回。这个难题应该这样解决：玷是谦词，这句诗可以这样译述：当时我曾经几次身在朝班，实是对朝廷的玷辱。几回，是说为时甚短，虽用玷义示谦，实在是惜其太短，与素所蓄积的志趣太不称。而贬斥的时期却是一辈子，又何其长啊。"一卧"句与"几回"句反衬见意。至于证明，杜诗还可举："凡才污省郎"，污即是点。《萤火》："时能点客衣"，点即是玷。

《赠李八秘书别三十韵》

赠李八秘书诗有两首。一首是五言长律（三十韵诗），一首是七律，题作《送李八秘书赴杜相公幕》（见仇注卷十八）。长律黄鹤编在大历元年，七律编在二年，仇、浦诸家均从之。按二诗均大历二年作，黄鹤编长律在元年实误。

胡震亨、浦起龙更以七律系李八由荆州上峡。因为诗中有"石出倒听枫叶下，橹摇背指菊花开"的句子。他们说，不是上水行船，不能用"倒听""背指"字样。胡据《十道记》荆州有菊潭，李从荆州上峡，故云"背指"。又"摇橹"亦用荆州故事。非泛言时物云云。浦起龙解七律首句"青觉白舫益州来"为杜相命舫至夔迎李。"石出句言去舫渐高，上水故也。橹摇句言去舫渐远，急行故也。"浦以此诗为杜鸿渐"朝回复镇，李八应辟赴幕而作"。按胡、浦的说法有三不可通。①七律如为逆流上峡，与五言长律不合；②违背少陵原注；③与史不合。

《赠李八秘书别三十韵》云："幕府频筹问，山家药正锄。"幕府句下原注："山剑元帅杜相公初屈幕府参筹画，相公朝谒，今赴后期也。"山家句下原注："秘书比卧青城山中。"按，据幕府句原注，可证长律与七律为同时之作（均大历二年），因为杜鸿渐大历元年才到四川。还朝在大历二年六月。"赴后期"，自然是在六月以后。大历元年，杜鸿渐才到，李还住在青城山，根本不会发生"相公朝谒，（李）今赴后期"的事。把长律编入元年，显与幕府句原注违背，这是一。送行诗既然只可能是大历二年秋天作的，长律云："去旆依颜色，沿流想疾徐。"明明说"沿流"，当然是顺流而下。岂可曲解？李原住青城山，那么，七律的"益州来"，当然是指由成都下峡。说李由荆州上峡，提不出半点证据，又违背原注"李比卧青城山中"的话，这是二。第三，据史，杜鸿渐是二年六月回京，三年十月卒，并无朝回复镇的事。浦为要说李是由荆州来，以便解释石出、背指二词，竟至捏造史实，这是妄谬。

倒听、背指二句其实正是说沿流现象，没有什么难解之处。正因为舟行如飞，所以叶落之声，舟过后才听到，岸花亦只能回头去指点。若果是上水船，那么，"三朝三暮，黄牛如故"，安得有枫叶纷下，已为倒听（回头去听），岸菊丛生，忽成背指的景象？仇引毛奇龄说甚是。

赠一人诗，同时写两首（两体）是可能的。例如《赠别郑炼赴襄阳》《重赠郑炼绝句》。或者兴来作了两首，将一首写去。后来两稿并存，也有可能。

对扬抗士卒

《赠李八秘书别三十韵》有四句诗颇难解，注家纷纷。似均不顺。四句诗是：

对扬抗士卒，乾没费仓储。势藉兵须用，功无礼忽诸？

仇注说："今蜀诸将冒功无礼，如所谓抗士卒，费仓储者，其可忽之而不问乎？"施鸿保说："此言诸将虽有功，总骄蹇无礼，不当复论其功。功字微读。注非。"仇在功字上加"冒"字，于诗上下文无据（解诗当然不免加字，但总要于诗上下文或语法、训诂有根据）。施解颇巧，但"忽诸"二字又轻轻放过。所以总觉不顺。按四句诗当是蝉联为义，主要是说四川应当裁兵。第一句说，在面对（对扬）的时候，应当向皇帝提出裁兵问题。抚，《上林赋》注，损也。损当读为《老子》"为道日损"的损。损，像现在说的精简。"抚士卒"就是精简士卒，就是裁兵。注家解抚士卒为内战损伤士卒。战争杀人，何消说得？只缘拘泥于"损"字，所以下句亦讲错。下句说裁兵的理由：兵多了，在平时亦是靡费。这是杜甫一贯的思想。如说："分兵应供给，百姓日支离。"又说："玄甲聚不散，兵久食怨贫。穷谷无粟布，使者来相因。"都是控诉军需太重，百姓十室九空。所以第二句提出军需问题。第三句说，如果将帅不肯裁兵，凭借地势，那就当出兵讨伐。第四句说如果听令安分，虽然他平时没有功劳，仍然应当优礼有加。作问语以示常例，"难道朝廷对他们还不肯加以礼遇吗？"意思是说，国家一向对武臣优容，这是不消说的了。

杜甫关心时事，对四川的当前祸乱（崔旰阻兵），尤其担心。所以趁李随杜入朝的时候提出他的意见。但代宗庸懦，不是有远见有魄力的人，杜鸿渐怀禄固位，亦绝不是关心民隐的人，杜甫的话算是白说了。

《解闷十二首》之十一

"翠瓜碧李沉玉甃,赤梨蒲萄寒露成。可怜先不异枝蔓,此物娟娟长远生。"仇说"此讥异味之惑人也"。下引《杜臆》,大意"此物"是指荔枝。说瓜、李、梨、萄都是寻常的东西,所以不见珍异,惟荔枝生自远方,慕其色味而珍重之耳。按,《解闷》十二首,惟第十一难解。恐怕是有寓意。就诗论,"此物"不必是荔枝。这类绝句都是漫兴性质,上下首之间,无一定关系。尽管第十、十二首都是说荔枝的事,第十一首却不必是说它。反复看这首诗,它的寓意似乎是说,人情贵远贱近。就是对瓜果的态度亦可以看得出来。翠瓜、蒲萄,同是蔓生,碧李、赤梨,同属枝果,本没有什么高下贵贱的分别。但因为赤梨、蒲萄来自外国("长远生"指远距离),所以被认为美好("娟娟")了。讥刺贵远贱近是这首诗的主意,但究竟指什么实事,尚待探讨。先,本也。

《西阁夜》

"时危关百虑,盗贼尔犹存。"尔字仇无注,引《杜臆》:"尔字新异,是深憾语,亦是唤醒语。"可见注家认"尔"指盗贼。按,这样解释,说是"新异",其实倒简单。依我的理解,这句诗应当更复杂一些。上联:"击柝可怜子,无衣何处村。"是十字句,这个"尔"就是指那个荒村夜里无衣的更夫。"无衣何处村"是"击柝子"的定语。两句的意思是,不晓得哪里的村子里还有衣裳单薄的可怜人在打更呢!接着说,在危急的年代,人们为自己的打算多极了,不料在盗贼纵横的时候,你(更夫)竟仍然还存在啊!"盗贼"二字一顿,下三字转开去。这是杜甫习用的句法。例如《戏题寄上汉中王三首》之三:"群盗无归路,衰颜会远方。"上句"群盗"一顿,意思是在群盗如毛的时代……"无归路",诗人自指,不是说"群盗"没有归路。同样,《西阁夜》的"尔犹存",是指更夫,不是指盗贼。《杜臆》把"盗贼"看作"犹存"的主语,是错误的。

无家病不辞

《垂白》:"多难身何补,无家病不辞。"仇注:"赵曰:公妻孥在蜀,而曰无家,以故乡为家也。"按,赵说浅而勉强。这句的意思是说,假如无家,那么生病也不要紧。杜甫在成都的诗有"老妻忧坐痹,幼女问头风"的句子。老诗人病了,家人很担忧。这种担忧,反而更增加病中人的不快。所以诗人感叹如此。

嗟尔太平人

《中夜》:"胡雏负恩泽,嗟尔太平人。"下句仇解为"自天宝初,祸绵不息,致不能为太平之人"。杨解"有逸居召祸意"。按仇说太浅。杨解较有意思,但以天宝之祸,责备平民,未免无理。疑此句是痛惜离乱之词。《忆昔二首》之二,先历叙开元盛日种种安乐丰盛,后接说:"岂闻一绢直万钱?有田种谷今流血!洛阳宫殿焚烧尽,宗庙新除狐兔穴。伤心不忍问耆旧,复恐初从乱离说。"过太平日子久了的人,一旦遭逢大乱,倍觉痛苦,所以倍觉可怜。诗意只是如此。

《九日诸人集于林》

关于这首诗的题目,就有许多烦琐的争论,值不得都引。且举施鸿保说为例。他说:"今按诗云,'九日明朝是',则诗是前一日作,不应已题九日,且不应但题'集于林'。公九日诗最多,或题登楼,或题登高,未有题'集'者。'林'字又空指,不言何林,注虽为之曲解,意终不合,疑题有脱字。'林'或地名中一字也。"按这是无稽之谈。诗题是记"殊俗"("殊俗自人群"),一种特殊的风俗,当然要直记其事,否则如何记法?诗是婉谢约会,以诗代柬。且抄看:

九日明朝是,相要(邀)旧俗非。老翁难早出,贤客幸知归。旧采黄花剩,新梳白发微。漫看年少乐,忍泪已沾衣。

一、二句明白说"集林"是异俗(非旧俗)。三、四句是说,承蒙相邀,但老翁难于早出,如果过时不来,诸公各自回家好了,不劳久候。后四句抒情。身经离乱,兴趣都减,回首少年场,惟有伤感。这也是不热心于赴约的原因,附带说出。仇谓归为"归集林中",杨谓"至归时乃来集",都未解诗意。

"五云高太甲"二句

《大历三年春白帝城放船出瞿塘峡凡四十韵》："五云高太甲，六月旷抟扶。"

五云句，（宋）王应麟《困学纪闻》卷十八据《晋书·天文志》："华盖（星）杠旁有六星曰六甲。太甲恐是六甲（中）一星之名，然未有考证。"五云，朱鹤龄引京房《易飞候》（《御览》天部八引）："视四方有大云五色，悬而不雨，下有贤人隐。"按王氏说不足据，朱氏说近是。杜甫此句虽出自王勃《益州夫子庙碑》："帝车南指，遁七曜于中阶；华盖西临，藏五云于太甲。"然杜自有机杼，未必生吞王文。段成式《酉阳杂俎》十二，记张说问王勃此二句于僧一行。一行深通天文，亦只释七曜在南意，谓华盖以下卒不可解云云。可知杜五云句当于杜诗本文求之，或者可得大意。寻杜诗此联上云，"伊吕终难降，韩彭不易呼"。而五云句系承上联伊吕句，则其意可以用朱说推知。卢德水以为伊吕指李泌，其说可信。据史，肃宗初封长子李俶为广平王。子倓为建宁王。欲以建宁为天下兵马元帅。李泌曰，建宁诚帅才，然广平，兄也。使建宁功成，岂可使广平为吴太伯乎？太宗、上皇，即其事也。上乃以广平王为天下兵马元帅（《资治通鉴》二一八至德元年九月）。李俶即位，就是代宗。李泌是代宗的保护人，好像伊尹对于太甲一样。但李泌知道张皇后、李辅国要害他，不敢做官，乃于至德二年（七五七年）又跑回衡山隐居。到大历三年四月才又应诏到长安。杜甫出峡时，李泌还未出山，杜甫以"伊吕难降"称之，是说得通的。诗以太甲对抟扶，是以干支对天文。属借对（假对）例。如《赠韦左丞丈济》诗，"家人忧几杖，甲子混泥途"。亦以卦名对干支。

"六月旷抟扶"，旧注引《庄子》："抟扶摇而上者九万里，去以六月息者也。"谓杜自比出峡为大鹏图南。千年来无异说，细校之则不可通：①杜出峡在正月中旬，则"六月"二字为硬凑陈言，杜用词无如此浅拙。②抟扶摇是联语，折一字不成义。③照旧注，抟扶为抟扶摇之省，依语法是动宾结构，不可以对太甲（名词）。称"律细"者不应如此马虎。④杜诗此段数语，其意双承。伊吕句下蒙五云，则此六月句自应上承"韩彭不易呼"。而照旧注说，此句独不承上文，不但思想线索中断，且与全段忧心忡忡情调相背。旧注不顾诗意上下脉络，强为之说，不可通。窃以扶摇之说，显然错误。所以必须另求解释。看来抟扶是用《汉书·天文志》语，意在刺杜鸿渐。《天文志》说："太岁在未，曰协洽。六月出。在觜、觿、参。"按太岁即木星。觜觿参，益州分野。意思是木星在未年六月当出现在益州方向上。查大历二年是丁未，其年六月，山南西道、剑南东西川等道节度使兼副元帅杜鸿渐还朝，不敢请正叛将崔旰擅杀成都尹郭英义的罪，反而请以旰为留后（详《新唐书》一二六《杜鸿渐传》）。杜诗"六月"二字，大书以正大臣不讨贼之罪，是春秋的"微辞"。"抟扶"者，《天文志》说："凡望云气，骑气卑而布，卒气抟。"上文又说："晷（日影），长为潦，短为旱，奢为扶。扶者，邪臣进而正臣疏，君子不足，小人有馀。"按之杜诗，则崔旰的杀郭英义，于云气当为抟。杜鸿渐的进崔旰，于日影当为扶。总起来说，"六月旷抟扶"的意思是，杜鸿渐六月还朝后的处置，助长了四川的骄兵（抟）悍将（扶）的气焰。这样解释，意承上联"韩彭不易呼"，脉络分明。大历元年，段秀实对马璘说："将有爱憎而法不一，虽韩彭不能为理。"（语见《通鉴》）正可借以说杜诗此上下承接二句。穿凿之嫌，自知不免，幸博雅指正。

朝士兼戎服，君王按湛卢，旄头初傲扰，鹑首丽泥涂。
甲卒身虽贵，书生道固殊。出尘皆野鹤，历块匪辕驹。
伊吕终难降，韩彭不易呼。五云高太甲，六月旷抟扶。
回首黎元病，争权将帅诛。山林托疲苶，未必免崎岖。

同上诗，末段。各家注均扣住己身说，反复寻绎，似觉未安。浦起龙说此诗尚简明，取以为例。《心解》五之四，释云："朝士一段，表所以不即北归之故。盖朝廷久事戎兵，由首恶殃流京阙，是使甲士志得，儒生道消。君子居此世，固当如出尘之鹤，历块之驹，飘然远逝，无与此辈同列也。下再以四句咏叹足之。伊吕之纯臣难致，韩彭之悍将难驯，回首帝廷，如五云太甲，渺然天际，惟效鹏抟南徙，为长往之计而已。结四句，又作掉尾势。言值此困扰之秋，虽姑且就此（按浦意指江陵），恐终不得为安居耳。"按浦解多未合诗意。尝试说之。①此末段纯系议论政治，不是表明自己为什么不到长安。高步瀛云此十六句慨时事，是。"出尘皆野鹤，历块匪辕驹"二句便不能像浦氏那样解作超然处世哲学。这两句是说，当此风尘澒洞的时候，贤人（诗用"书生"乃反语示讽）只好不同他们甲卒之类去争夺名位而暂时退下（释"出尘"句），因为他们不是争食易驯的鸡鹜；同样，过都如历块的千里马也不是好驾驭的，因为它不是听人摆布的辕下驹（而是会弄翻车的）。《牵牛织女》诗结联"方圆苟龃龉，丈夫多英雄"，亦即此意。几乎是说，皇帝无道，可以造反了。此处稍微婉耳。因此野鹤逗出伊吕句，历块逗出韩彭句。五云一联，托出时事。如李泌之栖迟不出，杜鸿渐之姑息长乱，并是证明"出尘皆野鹤"四句的道理。笔意圆转周密。上文"此生遭圣代，谁分哭穷途""廷争酬造化，朴直乞江湖"等意，至此方算收足。白发江湖，万端零落。孤忠耿介，情见乎词。真是痛心至性的语言，反复读之，可以落泪。②收四句，浦并失其解。"黎元"句，朱注，言巴蜀困于用兵，"将帅"句，杨伦谓崔旰、杨子琳辈自相诛讨,并是。结联则诸家并以为杜公自谓,而实无徵。详玩二语,乃是说山林之士以疲茶自托而不出,则国步殆难免崎岖耳。语重心长,情急示警。《行次昭陵》云:"直词宁戮辱,贤路不崎岖。"彼言先朝致治之由,此陈今日救危之务,然以国事安危系于人才进退之意,则一也。

泪相忘

《别常征君》:"此别泪相忘。"言别唯有泪,既别之后,江湖浩淼,可以相忘矣。盖用《庄子》"鱼相忘于江湖"。作达语正见不能忘。深至。

莫鞭辕下驹

《别苏徯》结句:"赠尔秦人策,莫鞭辕下驹。"杨注:"鞭为犹字意。"按上云:"国带烟尘色,兵张虎豹符。数论封内事,挥发府中趋。"是说湖南形胜,又当用兵,勉励苏徯要发挥积极作用,拿出主张来辅佐府主。结句是说使用将佐要得人,不要用驽骀之才。鞭字是正常用法。杨以苏为幕客,无用人的权力,用鞭字说不通,所以大胆改作别解。实则幕僚只要得府主信任,仍然可以参预人事安排的,不必以鞭字为嫌。

《西阁曝日》

"朋知苦聚散，哀乐日已作。"仇从《英华》作"哀乐亦已昨"讲。按，已同以。"哀乐日以作"即哀乐日作。用谢安"中年伤于哀乐"语。仇亦漏引。"欹倾烦注眼，容易收病脚。"杨注上句"辗转向日而卧"。仇说："欹倾注视，恐病脚偶蹉。忽而举步容易，则暖气流畅于足矣。"按仇、杨说上句小有异同，但均把"注视"说成病人注视太阳。这是不对的。看"烦"字是说太阳"深仁"，肯来注视病夫。"注视"自是"拟人"的修辞。

《不离西阁二首》

之二，起联："西阁从人别，人今亦故亭。"杨引《复古编》："停、亭通用。言非西阁留人，人则自留耳。"仇说："西阁何心，亦任人别去。只人不能离，直视为故亭耳。"又引《杜臆》："亭以行旅止宿得名，故西阁亦可称亭。"施解亭为停，"故亦故意之故。言人故意停留，为其胜事可耽也。（仇）注与《杜臆》皆以西阁为亭，已属牵强，又以故亭字连读，亦无所本。"按《复古编》此说不必是。杨、施所说殊浅（施未见《镜铨》，故许多议论都是乾隆时候的杨伦已经提出来了的。这里即是一例）。因为这样解释，"亦"字就是多余的。仇注大体得之。"西阁从人别"，隐含一个"新"字。阁是主，人是客；傅舍阅人，是人常新。下句明提"故"字见意。意思是说，反过来，以人为主，亭为客；那么，朝止暮去，亭即常新。现在既不离此亭，朝朝暮暮，住此西阁，则亭既经新，即复成故。"亦"，犹又，是说不但客是故客，亭亦是故亭了。陆机《叹逝赋》："川阅水以成川，水滔滔而日度。世阅人而为世，人冉冉而行暮；人何世而弗新，世何人之能故。"其实后两句意思差不多，都是说世上无旧人。本来，"人间正道是沧桑"，这是马列主义、毛泽东思想的精髓，但陆机有悲观的意思，在他手里，事物的辩证性质就成为颓废的理由了。现在再看杜诗。杜把人和亭的常故常新的关系用五字句简单说出来，理致在陆机之上。全诗亦没有颓唐的意思。这种深刻的思想，大概就是刘歆所谓"沉郁之思"了。

施鸿保以为"故亭"连读无本。准之造词法则，既可以说故山、故园、故家，为什么不可以说"故亭"？俗人以为定要前人用过的词才能用，才算"有本"，这是不值一驳的谬论。比如某词见于《史记》，用起来就算"有本"，请问司马迁用时又何所本呢？施又说，把西阁叫作亭，事属勉强。不思"西阁"只是杜甫叫的（这是文人习气）。安知它本来不叫××"亭"？把不可期必的事物作驳论的前提，是站不住的。况"亭"是就性质说，即使那个地方本来就叫"西阁"，称"亭"也未尝不可。

《见王监兵马使说，近山有黑白二鹰……请余赋诗二首》

之二，"一生自猎知无敌，百中争能耻下鞲"。仇解"耻下鞲，不受人役"。似不解诗意。按此句为了就韵，句子倒了一下。正常是说，百中耻下鞲争能。此鹰下去，本属百中。但它耻与他鹰争能，故不下鞲。

《折槛行》

诗很短，抄在下面：

> 呜呼房魏不复见！秦王学士时难羡。
> 青衿胄子困泥涂，白马将军若雷电。
> 千载少是朱云人，至今折槛空嶙峋。
> 娄公不语宋公语，尚忆先皇容直臣。

这首诗从宋人起分为两解：一解是说诗意伤"时无谏臣"，朝廷亦不容谏，这派以洪迈、刘克庄为代表。一解是说刺当时学校废弛，甚至具体指出是刺鱼朝恩判国子监（做大学校长）事。此说起于郭知达，后钱谦益从之。仇兆鳌又以为是刺中官（宦官）专横。

洪迈的话较有理致。仇引过简，兹录全文（《容斋续笔》卷三）。《折槛行》云："千载少似朱云人云云，此篇专为谏诤而设。谓娄师德、宋璟也。人多疑娄公既无一语，何得为直臣？钱伸仲云：'朝有缺政，或娄公不语则宋公语。'但师德乃武后朝人，璟为相时，其亡久矣。杜有祭房相国文，言群公间出，魏杜娄宋，亦并二公称之。诗言先皇，意为明皇也。娄氏别无人有声开元间。（此）为不可晓。"按，洪氏提出的问题，说明了杜用娄、宋，必有所谓。施鸿保以为这里用娄师德是误用事，恐怕是没有注意祭房琯文。祭文说："唐始受命，群公间出。君臣和同，德教充溢。魏、杜行之，夫何画一。娄、宋继之，不坠故实。"这是跟《史记·曹参世家》引谚"萧何为法，斠若画一。曹参代之，守而勿失"相似的。杜甫概念中的"直臣"，是在政治清明条件下，能遵守前代成规，不曲徇"主"意的人。并举娄宋，是说他们或语或默，义各有当，均不失为贤相。但宰相必须支持谏官，容纳谏官的意见。宰相亦是谏官的对象。唐太宗说过，"未能受谏，安能谏人"，所以宰相贵有气度。娄师德在武则天朝为将相先后三十年，能容物议，这恐怕就是杜甫说的"不坠故实"吧？但《折槛行》的中心意思不是论相，而是论纳谏。提到宰相也是从能为"直臣"这一方面说的，也不是说朝臣人人都要"犯颜疾谏"。诗意说，朱云究竟是很少见的。只要大臣正直，不曲顺皇帝就好了。"青衿胄子困泥涂，白马将军若雷电"这两句才是诗的讽刺所在。青衿，用如青袍，指无禄位说，钱注因此扯上太学问题，似误解诗意。胄子指士族子弟，或意有实指。如房琯的儿子房儒复，这时就没有做官（《新唐书》卷一四九可以查到儒复做淮南节度使幕客在大历五年）。白马将军用侯景故事，指降将。这两句的意思是说，公侯冢子，辱在泥涂，而降将走卒，或已显贵。这类事情，在杜甫看来，是"纪纲已失"的大事。但是谏官不言，朝廷也没有纳谏的意思，所以才想到先皇能容直臣上去。《通鉴》代宗永泰元年三月，命裴冕、郭英义等文武臣十三人于集贤殿待制。独孤及疏谏，以为"陛下容其直而不录其言，有容下之名，无听谏之实。遂使谏者钳口饱食，相招为禄仕"。钱定《折槛行》为永泰元年的作品，恐怕杜甫是有感于时事的。

　　《折槛行》的思想是士族思想的具体表现，这是杜甫的反动思想之一。但诗说皇帝应该容纳直谏之臣，这是对的。封建社会是少数人剥削、统治广大农民的社会，措施不适当，就会引起尖锐的社会矛盾，封建统治就有倾覆的危险。纳谏就是采纳群言，择善而从。只要可以缓和矛盾，便于统治，皇帝自己不喜欢的意见也得听。纳谏在封建社会是具有实际意义的。

诗律细

《遣闷戏呈路十九曹长》："晚节渐于诗律细，谁家数去酒杯宽。"仇引朱翰说："言晚律渐细，岂少年自居粗率乎？杜则少时入细，老更横逸耳。故曰'语不惊人死不休''老去诗篇浑漫与'，参看始知其谬。"朱以此诗为伪作，所以这样挑剔。其实这诗不可能伪。"语不惊人死不休"，是一时兴到语。诗亦不能语语惊人。"老去诗篇浑漫与"，自谦之辞。怎么能作为老实话体会呢？惟"晚节渐于诗律细"，倒是自道心得。这正是元稹说的："排比声律，大或千言，次犹数百。辞气豪迈，而风调清深，属对律切。"这是指杜"晚节"的长律。杜诗早年多五古长篇，晚年多"五言"长律，五言长律是他的一种创造，所以颇得意。这种长篇五言律体，也值得重视，是杜晚年自道心事的东西。但其影响是不好的。到元白手里，几乎就成了逞才的玩意了。朱瀚老是想在杜诗中找伪诗，不实事求是，所以语多不确。

附记 这两句浦起龙大概是觉得朱瀚的说法有理，却又不甘心承认诗是伪诗，所以又作一解。他说："(此)言晚年失路，琐事成吟，渐觉细碎矣；而杯酒往来，人情疏远，殊多冷淡矣。"按浦解二句均误。琐事成吟，不独晚年，晚年亦非专吟琐事。且事关题材，与诗律何涉？下句注家已有正解，浦说不待驳论。

《小至》

钱题下注说:"(引《唐会要》)开元八年,中书门下奏,开元新格,冬至日礼圜丘,遂用小冬日视朝。按小冬日即小至。"邵宝说:"小至谓至前一日,如小寒食之类。"仇注与钱大同。惟引《唐会要》"小冬日"作"小至日"。《杜臆》不取邵说。云:"若以小至为冬至前一日,则诗不至云'添线''动灰'矣。"按:"小至",钱、仇、王认为是冬至后一日,邵宝认为是冬至前一日。钱、仇均引《会要》,好像证据十足。我们且看《会要》怎么讲。《会要》卷二十四(据闽刻武英殿聚珍版丛书)说:"开元八年十一月十三日,中书门下奏曰:'伏以十四日冬至……自古帝王,皆以此日朝万国,视云物……其日亦祀圜丘(即祭天)。令摄官行事。质明既毕,日出视朝。国家以来,更无改易。缘新修《条格》将毕,其日祀圜丘,遂改用立冬日受朝。若新拜南郊,受贺须改。既令摄祭,理不可移,伏请改正。'从之。因敕自今以后,冬至日受朝,永为常式。"钱、仇引《会要》说是:"唐时因为冬至那一天要祭天,所以改为冬至后一天上朝。"上引《唐会要》却是:《新格》原规定因冬至日祭天,改用立冬日受朝。但中书门下提了意见,以为祭天既是有官代皇帝行事,冬至日仍该上朝。玄宗准了。所以从开元八年起,冬至日仍然上朝,"永为定式"。依《新格》是改立冬日受朝;依开元八年敕,冬至日仍然受朝,根本没有什么"遂用小冬日(或小至日)视朝"的事。钱谦益改书作伪,仇兆鳌干脆更进一步,把"小冬日"改成"小至日",以合诗题。我们更看看《唐大诏令》(据解放后印本）怎么说。"天宝三年一月三日甲子，冬至。敕：'伏以昊天上帝，义在尊严。恭惟祭典，每用冬至。既于是日有事圜丘，更受朝贺，实惟兢惕。自今以后，冬至宜取以次日受朝，仍永为常式。'"这里倒是改为冬至后一日受朝，但照习惯，后令既颁，前令即废，大诏令是天宝三年下的，会要所载令在前，故注杜诗，不应复据开元八年诏。且大诏令亦并无"小冬日"或"小至日"的名称。那么，是不是民间有这种称呼呢？遍查《全唐诗》，都没有"小至日"的说法。杜诗"小至"的题目是可疑的。

就诗本身说，只是用冬至日的典故，看不出什么次日的意思。王嗣奭以为"添线""动灰"不能用于冬至前一日。用冬至典必是次日才可。然如《小至》诗，第七句"云物不殊"用冬至典，第二句更明明说"冬至阳生春又来"。如何见得非至日？刺绣添线，吹管动灰，已成冬至节套语。并且亦可以解释为从冬至起日添一线。舍去客观材料（《会典》等）和积极（诗本身）、消极（唐诗人无作"小至"者）的证据，偏从典故字眼上纠缠，这是站不住的。宋朱翌《猗觉寮杂记》卷上，以"小至即冬至"，从杜诗看，应当是可信的。

附记　一、颇疑杜诗题"小至"的小字，是"冬"字的坏字，抄者误以为"小"。注家讲不得，就强为之说。

二、唐人诗除杜诗外无以"小至"为题的。诸类书只引宋唐庚："篱下重阳在，醅中小至香。"不足做证据。历检宋诗，只有南宋理宗时人毛珝有《小至》诗云："九地阳初动，披衣起拥炉。门前初去马，窗外渐栖乌。云色呈金未？梅梢破玉无？焚香待天晓，点易正研朱。"据此，则宋人以冬至前一日为"小至"。

湖南诗中，有《小寒食舟中作》七律，首句是"佳辰强饮食犹寒"。确知唐人叫寒食的次日为小寒食。那么，按照这个"小"字的用法，唐人也可能叫冬至后一日为"小至"，与诗用意使事亦没有不合之处。

槐叶冷淘

青青高槐叶，采撷付中厨。新面来近市，汁滓宛相俱。入鼎资过熟，加餐愁欲无。碧鲜俱照箸，香饭兼苞芦。经齿冷于雪，劝人投比珠。……君王纳晚凉，此味亦时须。

什么叫冷淘？今人邓之诚《骨董琐记》卷五，引宋王铚《默记》说："欧阳公胥夫人乳媪善为冷淘。富郑公（富弼）素嗜之。每晨起戒中厨具冷淘，则郑公必来。"邓以为冷淘就是现在的凉粉。当近是。张溍杜诗注：冷淘，已熟面名，以槐叶汁和面为之。苏轼诗集卷三十六，有《二月十九日携白酒鲈鱼过詹使君食槐叶冷淘》诗。句云："青浮卵碗槐芽饼。"施引王注："槐芽饼，取槐叶汁溲面作饼，即鲜碧色。"按，饼谓汤饼，就是面条。观苏诗"浮"字可知。林洪《山家清供》（"夷门广牍"本）"槐叶冷淘"说："夏采槐叶之高秀者，汤少瀹，研细滤清。和面作掬，乃以醯酱为熟齑簇细茵（《说郛》本作"乃以醯酱熟蒸簇细苗"）以盘行之。取其鲜碧可爱。"《太平广记》卷三十九，"刘晏"条，引《逸史》："初春吃冷淘一盘，香菜茵陈之属，甚为芳洁。"今四川凉面，或冷淘之遗乎？杜诗说："新面来近市，汁滓（按不但取汁，连滓也不去）宛相俱。入鼎资过熟，加餐愁欲无。"过熟，是说久煮。加餐句是说，此物甚美，令人加餐而惟恐其尽（愁欲无，欲，将也）。《杜臆》谓："蒸淘过熟，其质消灭，故加餐愁其易尽。"误。冷淘不蒸。上引诸书可证。诗末说想要献给皇帝。据《唐六典》："大官令夏供槐叶冷淘。"岂杜未谙故事耶？

苞芦

同上诗："碧鲜俱照箸（筷），香饭兼苞芦。"朱注："《说文》，卢，饭器也。亦作笿。此芦字必笿字误。'苞'如《管子》'道有遗苞'之苞。言取冷淘兼香饭，苞裹于饭器之中，欲以赠人耳。旧注以苞芦为芦笋，既与香饭无干，于上下意亦欠融。"按，旧注（蔡梦弼注）是也。蔡引杜《大历三年春白帝城放船……四十韵》："泥笋苞初荻，沙茸出小蒲"为证，甚是。荻芦一类，凡嫩芽均可称苞，现在四川话还是这样。嫩笋叫笋苞。芦芽即芦苞，亦可说苞芦（犹言嫩芦）。冷淘诗这两句是说，香饭佐以冷淘、芦芽。上引《太平广记》冷淘可佐以香菜，如四川凉面之有垫底菜。清张澍《蜀典》卷七，引《尔雅翼》："蜀人呼鱼鲊为苞芦。古诗云：'新鲤苞芦美'（下引杜此句），东坡谓蜀人呼鲊为苞芦。"检《尔雅翼》无此文。《蜀典》殆抄自他书，引苏语尤可疑。宋人伪造《东坡故事》，引以注杜诗，或即此类。郭知达引赵次公注冷淘诗说："苞芦则芦笋之嫩者，或者夔州土人谓之苞芦。"次公宋蜀人，其语当可信。《客堂》诗："石暄蕨芽紫，渚秀芦笋绿。"此明言芦笋。但言绿，则已非苞也。

或疑芦笋皆以春食。夏未必食芦笋。实则芦笋春夏秋皆可食。宋文与可《过友人溪居》五律："白浪摇秋艇，青烟盖晚厨。主人夸野饭，为我煮新芦。"芦即芦笋。

《行官张望补稻畦水归》

"玉粒足晨炊，红鲜任霞散。"《杜臆》因下有"遗穗及众多，我仓戒滋蔓"语，遂以为"红鲜"句是"欲分（米）以济人"。按，山田谷种有红皮米，经春过后，糠及碎米都是红色。"红鲜"当指此物。其质甚轻，所以说"霞散"。这句是说糠及碎米，就任众人取去。后有《暂住白帝、复还东屯》诗："落杵光辉白，除芒子粒红。"子粒即碎米。

《暇日小园散病，将种秋菜，督勤耕牛，兼书触目》

"冬菁饭之半。牛力晚来新。深耕种数亩，未甚后四邻。"仇注："蔓菁饲牛，故力足能耕。"杨引浦注："菜之功，半可敌饭。"按，两家说法是相反的：一说用菜喂牛，一说菜供人吃。验之实际，杨、浦为是。蔓菁即芜菁，每年七八月种，是冬天吃的菜。秋天才种，怎么就用以饭牛呢？"冬菁饭之半"即"常餐占野蔬"意。即是说，冬天芜菁收起来，可当饭的一半。这句应该读断。"牛力晚来新"三句另说一事。杜晚年诗往往破偶句为单句。注家不晓，每致迷误。

《虎牙行》

"楚老长嗟忆炎障,三尺角弓两斛力。"这首诗的用意,浦以为"亦世乱民贫之叹"。措语笼统。按诗前八句说目前秋风大作,巫峡阴寒。因想起边戍的楚人("巫峡阴岑朔漠气")。下段首先点明是说楚人在北,很以边寒为苦。用"忆炎障"三字说明南人北戍,所以值秋思家。不说"楚人",而说"楚老",见戍边之久。"三尺"句是说去时精力壮盛。《唐书·张弘靖传》:"天下无事,而辈挽两石弓,不如识一丁字。"可知两斛力(斛即石)是壮士臂力,与"老"字相反衬。下句"壁立石城横塞起"。石城,朱注以为白帝城。殊误。看"横塞起"三字,可知是说边城。石城,仇引傅玄诗:"蜀贼阻石城。"检《日知录》三一(世界印本732页)石城条。唐石城属平州。本临渝。《旧唐书·回纥传》,斩史朝义于石城县。按石城,就是坚城的意思。《汉书·食货志》:"石城十丈,汤池百步。"可证。安史之乱以后,到处在打仗,南兵北戍的,不能回南。所以推原祸始,才有"渔阳"二句。诸注不得其解,笼统地说成楚地即目感时,全不晓得诗的南北对比的意思转折。如照旧注,既在楚地,已是"炎障",何用说"忆"?又《唐六典·武库令》,"角弓"是骑兵用的。亦明指边兵。如泥楚地或巫峡说,也似乎说不过去。

《孟仓曹步趾领新酒酱二物
满筐见遗老夫》

"籍糟分汁滓,瓮酱落提携。"仇,"酱多流落"。杨,"落,旁落,见满器意"。按,上句是说,送酒是连糟一并送的,不过用物把糟隔开(籍是借用《酒德颂》中字,用作隔的意思。仇解为漉酒器,亦近是)。汁(酒)、滓(糟)分明。下句落借为络,这里是借对。《庄子·秋水》:"落马首,穿牛鼻,是谓人。"宣云,落同络。《汉书·李广传》"禹从落中以剑斫绝累",注"落,同络"。"瓮酱落提携",是说,瓮酱是用络提携着来的。现在四川农村提携小瓮之类,仍用竹络(叫竹篓)。

《上后园山脚》

"石橡遍天下，水陆兼浮沉。"注引沈括说："石橡，木名。子如芎荌，其皮可御饥。"杨又引浦注："此当即本山所产，'遍天下'，谓遍及于天下。"按浦说无据，可以不论。沈括说当可信（钱注引杜田《补遗》引《唐韵》亦说，橡皮可食）。树皮是饥民的食物，在这里是用饥民的食物来代饥民。就等于说，饥民遍天下。下句，水浮陆沉，所以说"兼"，兼有复、又、连之意。"江间波浪兼天涌""圣朝兼盗贼"，可证。"水陆兼浮沉"，是说水浮陆沉，二者相连。等于说，水浮又陆沉。

燕玉

竟日雨冥冥，双崖洗更清。水花寒落岸，山鸟暮过廷。
暖老思燕玉，充饥忆楚萍。胡笳在楼上，哀怨不堪闻！

（《独坐二首》之一）

旧注解"燕玉"为少女，引"燕赵多佳人，美者颜如玉"为证。"暖老"，就是所谓"八十非人不暖"。自从宋朝人造成此说，元以后据为典故，于是"燕玉"这个词竟成为"小妾"的代称。千余年中，无一人质疑此语。岂非咄咄怪事！范著《中国通史简编》亦疑杜有小妾，可见通人亦受其累。

杜甫一生，豪雄朴质，笃爱妻子。对于声色，无所沾染。集中有关妓乐的诗都拙质可笑，如"愿携王、赵两红颜"之类。为什么诗人的才华在这方面显得这样笨拙呢？因为"志"不在此，兴会自然也就起不来。平时是这样，现在于饥寒病厄之余，却忽发遐想，思纳"小妾"，这怎么能和杜甫的生活、性情扣得上呢？幸而杜甫在史有传，传世有诗（而且有一千四百多首），足以考见他一生的思想感情，足以塞污蔑者之口！

且看看杜甫这句诗应当怎么解释。未说上句，先说下句："充饥忆楚苹（原作萍，应正）"注引《家语》楚王得苹实如斗，使人问孔子。孔子根据楚童谣，说是"霸王"的吉兆。另外，在《渚宫故事》中还有近似的传说，以为大苹是王者之应。这种苹实据说"大如斗，赤如日，剖而食之甜如蜜"，就算不是霸王，想来充饥也是蛮好的。杜诗用这个故事，差不多有点自嘲的意味。其实，上句也是说吃。不过是说的"服食"。杜甫是颇信神仙服食之说的，已见"青精饭"条。又多与道士、山人往来（《玄都坛歌寄元逸人》《幽人》《寄张十二山人》《寄司马山人》《忆昔行》等）。朋友如李白、孔巢父等，都栖隐学仙。诗中提到服食的很多。除前面已经提到过的以外，如"药囊亲道士""姹女萦新裹，丹砂冷旧秤"亦可为证。在服食药物中，他又最信餐玉法。服食，是六朝士人的普遍风习。距唐近的如后魏李预就是以餐玉出名的人。到了唐朝，这个风习还有遗留。唐玄宗就是迷信服食长生的说法的。传说他服玉，死后其脑化为玉髓。食玉除了长生以外，据说还可以御寒。这个说法来得更早。《周礼·天官·玉府》说："王斋则共（供）食玉。"注："玉是阳精之纯者，食玉以御水气。"郑众说："王斋当食玉屑。"《抱朴子·内篇》卷十一"仙药"说："玉屑……与水饵（吃）之，俱令人不死。所以为不及金者，令人数数发热。似'寒食散'状也。"据以上的材料，吃玉屑可以使人发热，可以御寒。那么，"暖老思燕玉"的意思就很明白了。老年无衣，就想吃玉屑来抵抗一下寒冷。总起来说，上句说无衣，下句说无食。如此而已，与少女何干！

为什么说"燕玉"呢？这和"楚萍"一样，是出典本身带来的。苹实传说见于楚，故说"楚萍"，美玉传说出于燕，故说"燕玉"。燕、楚这种字，其实是足句辞，没有多大意义。"燕玉"的出典，最早见《淮南子》："蓝田出美玉，燕口出璧玉。"又《晋书·载记》："燕、常山大树自拔，根下有璧七十三，光泽精奇，异常玉。"又《搜神记》雍伯种玉于无终山中，田生美玉的故事，注家已经引了。无终古属燕。这些都是燕出美玉的传说，也是"燕玉"一语的由来。

试看《杜臆》和仇注。王说是"言衣食之艰难"。仇引杜甫它诗"翠柏苦犹食，明霞高可餐"，说"正当与燕玉楚萍参看"。可见仇兆鳌也是不信"小妾"之说的。但他又引"旧注"：什么燕赵多佳人及八十非人不暖之类。胸无定见，不是好注。

　　杜甫虽是长在封建社会，而且还出身官僚家庭，也显明地有许多落后思想（如相信服食），也有顽固甚至反动的思想（如主张恢复古封建制、主张镇压农民起义等）。但和那些"肉麻当有趣"、以荒淫无耻为"风雅"的人是完全不同的。杜甫一直是关怀"天下"，同情平民困苦的。从这方面看，杜甫的身形是高大的，始终是高大的！那些注解家曲解杜甫的"燕玉暖老"也不是偶然的。他们已经习于那种腐朽的生活，遂以为凡人皆然。实则干老鼠与璞玉究竟是有区别的！

乌鬼

《戏作俳谐体遣闷二首》之一："家家养乌鬼，顿顿吃黄鱼。"乌鬼究竟是什么？异说纷纭。说杜诗"乌鬼"者，有《山谷别集》、《蔡宽夫诗话》、《邵氏闻见录》、《冷斋夜话》、《梦溪笔谈》、《漫叟诗话》、《艺苑雌黄》、《瓮牖闲谈》、《靖康缃素杂记》、《演繁露》、《野客丛书》（以上宋人）、《唐音癸签》、《历代诗话》（吴）、《辩讹杂录》、《蜀语》（以上明清人）等。归纳起来，有六种说法：①以乌鬼为乌神，引元稹诗为证；②正月禳灾之俗；③鸬鹚的别名；④养鸦雏以献于神；⑤猪的别名；⑥四川的坛神。主①说的最早为蔡宽夫。主②说的是邵博。主③说的是沈括。主④说的是黄庭坚、罗泌。主⑤说的是马永卿。主⑥说的是李实。其余都是辗转抄写。

第②说主张乌鬼是集体禳灾。"田野间百十为群，操兵大噪。"这和杜诗"家家"字不合，和"养"字亦扯不上。第④说是养鸦雏戴以铜镮，献之神祠，有点像，但证据不够。第⑤说以乌峡人家呼猪作"乌鬼"声，显然是附会。第⑥说据宋人笔记及《炎缴纪闻》："蛮族有名罗罗者"，遂与四川的坛神罗公附会在一起，其说毛附无据。第③说在四川水边居民的生活上是可能的，但沈括自己亦疑"养乌鬼"和禳乌蛮鬼有关（《闻见记》），可见鸬鹚别名的说法亦是一种推想而已。求其时代近、闻见确者无过第①说。《蔡宽夫诗话》引元稹《江陵诗》（？）云："病赛乌称鬼，巫占瓦代龟。"元自注："南人染病，则赛巫神。"《诗话》又说："巴楚间常有杀人祭鬼者，（神）曰乌野七头神。

然则'乌鬼'乃所事之神也。"这是另一件事，和杜、元诗所说的不相干。可惜蔡还没有多找材料来证实他的说法。试查一下元稹诗集，发觉还有材料。如《大嘴乌》《听庾及之弹乌夜啼》《酬乐天〈东南行〉诗一百韵》《春分简明洞天作》（后一首《演繁露》已引），以《大嘴乌》为最详。诗说："阳乌有二类，嘴白者名慈。其一嘴大者，攫搏性贪痴……音声甚咮嗒，潜通妖怪词……巫言此乌至，财产日丰宜。主人一心惑，引诱不知疲。转见乌来集，自言家转孳。……专听乌喜怒，信奉若神龟。群乌饱粱肉，毛羽色泽滋……"（后半言乌种种肆虐，不具引）

事乌之俗，似不限于巴楚。他地亦有。即元稹妻亦信乌。《听庾及之弹乌夜啼》说："谪官诏下吏驱遣，身作囚拘妻在远。归来相见泪如珠，唯说闲宵长事乌。今君到舍是乌力，妆点乌盘邀女巫。"又《酬乐天〈东南行〉一百韵》说："吠声沙市犬，争食墓林乌。犷俗诚堪惮，妖神甚可虞。"妖神，殆即乌鬼。诗当是与蔡宽夫所引同时作。至《简明洞天诗》所说："乡味尤珍蛤，家神爱祠乌"，是元为越州刺史兼浙东观察使时作品，则浙东亦有此俗。

元说乌神，等于杜说乌鬼。称鬼称神，初无二致。

破甘霜落爪

《孟冬》:"破甘霜落爪,尝稻雪翻匙。"顾陶《诗选》作"破瓜霜落刃"(《艇斋诗话》引)。明俞弁《逸老堂诗话》卷下:"'破瓜霜落刃',《岁时杂咏》乃云'破甘霜落爪',朱新仲《杂记》:孟冬无瓜,当以《杂咏》为是。余谓西瓜冬天固少,今冬瓜及瓠子皆有粉,故谓之'霜落刃'。若改作'破甘霜落爪',则谬矣。"注家似倾向于《杂咏》,甚是。俞说非。四川孟冬正是黄柑当令。杜《季秋江村》诗有"登俎黄甘重"的句子,季候正相衔接。瓜已过时。说瓜是错的。杜夔州瓜诗皆在夏令,可为旁证。诸家对"霜"字亦各有解。如俞弁以为瓜粉。郭义恭《广志》说:"温、台之柑最良。岁充上贡。柑之大者,劈破气如霜雾。故杜诗'破甘霜落爪'是也。"仇注:"霜言其鲜。"按郭说是浙江的柑或许如此,不足为据。仇说含糊。疑此诗所谓柑,即今之"柚子"。熟时色黄,四川有些地方叫作"老木柑"。其皮下一层白瓤,厚而松软。又,破桔不用刀,破橙亦可不用刀,惟破柑用刀。此句下三字,一作"霜落刃",亦破此物用刀的一旁证。柑瓤白软如絮,破的时候落手指间,有凉感,故可喻霜。《园人送瓜》诗:"落刃嚼冰雪。"彼是口嚼,此是手触。刻画均妙。

呀坑

《解忧》:"呀坑瞥眼过,飞橹本无蒂。"坑,一作帆,显误。近人说:"呀坑"应作呀吭,呀吭是摇橹的呼声,是"杭育"(劳动时呼声)一类。以此证明杜甫是有劳动人民的感情的。我看这话未必是。有没有劳动人民的感情,要看文艺作品的立场,即表现谁,如何表现而定。丢开立场,记录劳动呼声的作品可能还是坏的。荀子《成相》篇,是摹写"打夯"的声调的,但荀子不妨仍是统治阶级的代言人。后世的诗不少写渔人用"欸乃"橹声的,也不妨是些诬蔑劳动人民的作品。就杜甫说,他同情劳动人民,自有大量的诗作可证,不必借助于此。这二句诗不过赞美舵师技神,能不费力就飞越大漩涡而已,"呀"字见《说文新附》和《玉篇》,训空洞。韩愈《陆浑山火》"谽谺巨壑颇黎盆"。陆龟蒙《初入太湖》:"坑来斗呀壑,涌处惊嵯峨。"谺就是呀字,他例不必具引。其义可见。扬雄《上林赋》:"谽呀豁閜,阜陵别岛。"李善引司马彪曰:"谽呀,大貌。"杜盖本此。证以杜甫他诗,如《荆南兵马使太常卿赵公大食刀歌》:"鬼物撇捩辞坑壕。"亦言撇捩过坑。《王兵马使二角鹰》:"哀壑权丫浩呼汹。"丫即呀,"哀壑权丫"即呀坑。故知坑字不误。

蹴鞠

《清明二首》之一："十年蹴鞠将雏远，万里秋千习俗同。"《杜臆》："蹴鞠乃军中击球之戏。与下将雏方合。"王盖谓杜以蹴鞠代兵乱。按蹴鞠指清明日打球。乃唐时习俗，不必定是军中。《通鉴》二百九："睿宗景元元年，二月，上御黎园球场，命文武三品以上抛球及分朋拔河。"蹴鞠不仅宫中，士人亦为之。陈鸿《东城父老传》："新进士开宴，集于曲江亭。既彻馔，则移川泛舟，有灯月打球之戏。"唐时宫中尤耽此戏。王建《宫词》："殿前铺设两边楼，寒食宫人步打球。"此风盖始于六朝《荆楚岁时记》："寒食：打球、秋千、施钩之戏。"杜诗用此，不仅应清明节，又有想望京华之意，故着"远"字。漂泊西南，去京华日远也。

树蜜

《入乔口》:"树蜜早蜂乱,江泥轻燕斜。"蔡梦弼《草堂诗笺》引崔豹《古今注》:"枳椇子,一名树蜜,一名木饧。实形拳曲。核在实外,味甘美如饧糖。"钱、仇均因之。惟《镜铨》以为非是。引《本草》:木蜜。陶隐居曰:"木蜜悬树枝作之。色青白。树蜜即木蜜也。"钮琇《觚剩》卷六说:"《尔雅翼》:'北方地燥,蜂多在土中。南方地湿,蜂多在木中,故多木蜜。'杜工部《入乔口》诗云云,钱注引《古今注》以树蜜为枳椇子。按此物秦中呼为拐枣,其实拳曲如老人杖。核在肉外,味甘如枣。余官白水,曾有以此物相饷者。初无关于早蜂。况蜂以酿蜜绕树而喧,则见其乱;燕以临江衔泥而舞,则见其斜。正写水国春华之景,又何必强援以为奥博耶?"按钮说甚是。拐枣,四川亦有。其实夏日熟,暗红色。亦未见蜂喜食之。且蜂曰"早蜂",以蜂采蜜,多喜早出。若绕拐枣,何必定早?证以杜甫他诗:"柱穿蜂溜蜜,栈缺燕添巢。"(《陪诸公上白帝城头宴越公堂之作》)则柱且有蜜。知"树蜜"是写目前所见,不是拐枣亦名树蜜。

《上水遣怀》

"蹉跎陶唐人，鞭挞日月久。中间屈贾辈，谗毁竟自取。"杨注："公《慈恩寺》诗：'羲和鞭白日'，'鞭挞'犹驱逐也。"如果照杨说，这两句诗的意义就是失时的陶唐时代的人，驱逐日月很久了。似不辞。而且，下两句也是难于解释的。怎么忽然又扯上屈原、贾谊呢？依我看，杜诗不过是这样的意思：错过陶唐时代的后代老百姓，不幸得很，不但没有再遇着像尧舜那样的皇帝，遇着的反而尽是些暴君。从陶唐以后，这些暴君鞭挞老百姓的日子实在太久了。中间出了一些人，如屈原、贾谊，他们要为老百姓请命，于是就指摘皇帝的不是。结果这些人统统遭到"谗毁"，看起来，也怪他们不识时务，咎由自取。反语见愤。必称尧舜者，杜诗多见，本于《孟子》。

《北风》

"涤除贪破浪,愁绝付摧枯。"涤除句:涤除借用《老子》"涤除玄览"语。"破浪",用《南史》"乘风破浪"语。这句是说,北风很大,把旅客贪求乘风破浪的意思都破除了。下句说,船不能开,坐对摧枯而已。"付"即付之愁绝。二句有寓意。

胡为足名数

《咏怀二首》之二。《杜臆》云:"碌碌生死,亦何足当人间名数。"质言之,就是人数。仇又引或云:"万古同归一死,何必取足于名数乎。"意义未晰。杨注:"足名数,求足于名数。"似亦不解诗意。"名数",《汉书·高帝纪下》:"民前或相聚保山泽,不书名数。"注:"名数,户籍也。"又《孔光传》:"元帝赐霸第一区,徙名数于长安。"注同。杜诗《暇日小园散病,将种秋菜……》:"嘉蔬既不一,名数颇具陈。"这是活用名数一词,意思和名义差不多。好像说要种的秋菜,都一一"有名在册"。跟《咏怀》诗的名数一词意义相远。《投赠哥舒开府二十韵》:"茅土加名数,河山誓始终。"这个名数是户籍的意思。"茅土加名数",是说"有土有民"。既有封地,当然有封地臣民的户籍册。因知《咏怀》诗这两句的意思是,万古同归一死(死生,偏义词,生字不作义),这样活着,徒占户籍,实在无聊。"足"是凑数的意思。

焉得所历住

《咏怀二首》之二。"豺狼窥中原,焉得所历住?"仇:"虎狼方横,即今所历,未可便住。"按,仇注破碎句法,疑非杜意。焉得所犹何处。历,久也。见《小尔雅·广诂》。意言何处得久住也?

《白凫行》

"君不见，黄鹤高于五尺童，化为白凫似老翁。"浦起龙以为倒句，句应是"五尺童高于黄鹤，化为老翁似白凫"。杨伦从之，以为"公诗多如此"。按，浦说殊谬。此诗全篇说水鸟事，如"鳞介腥膻素不食，终日忍饥西复东"。显系寓意。设如浦说，以人为主，下文如何接得上？但鹤化凫之说未详。

杨子琳

《舟中苦热遣怀奉呈杨中丞，通简台省诸公》，钱注谓诗中"偏裨表三上，卤莽同一贯，始谋谁其间，回首增愤惋"的"三上"，是通计前后三叛说的（一、崔旰杀郭英乂；二、杨子琳为旰所败，纵兵涪、夔；三、臧玠杀崔瓘）。姚鼐《惜抱轩笔记》八说："按公（杜）呈聂令诗自注：'杨中丞琳将士，自澧上达长沙。'此题所云杨中丞者，未知是澧州刺史琳，或衡州刺史济。似当时刺史率称'中丞'也。'偏裨'，指臧玠乱时，长沙城中偏裨也。《通鉴》大历五年载：'澧州刺史杨子琳起兵讨玠，取略而还。'（按见《通鉴》卷二百二十四）《通鉴》'子琳'是字，当以杜（集）名琳为正。钱注合蜀中讨旰者为一人，已误。又谓'偏裨表三上'等语，即指子琳（取略而还）之咎，若子美于其（琳）伐叛时，预知其助恶（取略）者，无是理也。"按《通鉴》在姚引文下，胡三省注："杨子琳自陕州迁澧州。"（按其为陕州团练使，在大历四年二月）又检《旧唐书·代宗纪》，大历五年七月，以澧州刺史崔瓘为潭州刺史。那么，子琳迁澧州，当是这一年。《旧唐书》又在六年书"澧州刺史杨子琳来朝，赐名猷"。据这几条资料，可知子琳由泸州而陕州而澧州，历历可考。怎么说在蜀在湘不是一个人呢？杜诗自注作琳，或系传抄误夺"子"字，或杜用古，名中省"子"。不能据以疑《通鉴》《唐书》。至诗题中"杨中丞"，疑是衡州刺史杨济。诗中"似闻上游兵，稍逼长沙馆"，上游兵即指子琳之兵，与致聂令诗合。此诗说到子琳用叙述第三者口气，可知此诗所"奉呈"者非彼，则此题之杨中丞为杨济可知。诗又说:"驱驰数公子,咸愿同伐叛。"可知此时杨子琳尚未取赂回兵。钱解"偏裨表三上"语以为含有讥子琳"取赂而还"的用意,证以致杨济及聂令诗均不合,诚未免粗疏。

四 附 录

一　杜诗常用字义通释

将

将字杜诗有四义：

①携带义　《寄彭州高三十五使君适，虢州岑二十七长史参三十韵》："诗好几时见，书成无信将。"信，使者。言书成无带信的使者。《堂成》："暂止飞鸟将数子，频来语燕定新巢。"《同豆卢峰贻主客李员外贤子棐》："唱和将雏曲，田翁号鹿皮。"《清明二首》之二："十年蹴鞠将雏远，万里秋千习俗同。"《雨不绝》："舞石旋应将乳子，行云莫自湿仙衣。"蒋礼鸿《敦煌变文字义通释》（一九五九年，中华书局）引《舜子变》："当时舜子将父母到本家庭。"又《庐山远公话》："那店庄园，不能将去。"可知是唐人口语。

②随义　《新婚别》："生女有所归，鸡狗亦得将。"《观李固请司马弟山水图三首》之三："浮查并坐得，仙老暂相将。"以上都与随字同义。又转为听任义：《大历三年春白帝城放船出瞿塘峡》："飘萧将白发，泊没任洪炉。"将与任对，意义亦近。

③送义　《十二月一日三首》之二："楚客唯听棹相将"，即任舟相送。《季秋江村》："素琴将暇日，白首望霜天。"言以琴送日。《前苦寒行二首》之二："三足之乌足恐断，羲和将送安所归。"将亦是送，同义连用，如"愁畏日车翻"，愁亦是畏。

④语辞　用在动词后。《冬晚送长孙渐舍人归州》："匣里雌雄

剑，吹毛任选将。"（此条此例采自张相《诗词曲语词汇释》）《送魏二十四司直充岭南掌选崔郎中判官兼寄韦韶州》："凭报韶州牧，新诗昨寄将。"

看

张相《诗词曲语词汇释》卷三"看"字条。有估量、尝试二义。均引有杜诗作例。其尝试义举杜诗《空囊》："囊空恐羞涩，留得一钱看。"说为试试看（张书312页）。按张说不对。"囊钱"用汉赵壹赋，钱注已引。"看"是看守之义。宋贺铸《野步》绝句："黄草庵中疏雨湿，白头翁妪坐看瓜。"看瓜，犹云守瓜。清张问陶《行路难》："囊破还留一钱守。"即用杜诗，改看为守，义更明显。现在北方叫守做看，平声。这本是常义，张相那么一解释，反而把人弄糊涂了。

其次，杜诗中"看"字还有"过、从"的意思，也和现在我们的口语相合。如《王竟携酒，高亦同过，共用寒字》诗："故人能领客，携酒重相看。"重相看，犹云再相过。《人日二首》之二："此日此时人共得，一谈一笑俗相看。"是说这一天，人们习惯去看亲友，谈谈笑笑。又有"醉为马坠，诸公携酒相看"诗题。又，《西阁口号呈元十一》："看君话王室，感动几销忧。"是说，过君话王室，足以忘忧。

即

杜诗用即字有五义：

①立即义　《春水二绝》："南市津头有船卖，无钱即买系篱旁。"无钱二字一顿。此常语，不多引例。

②纵使义　《绝句漫兴九首》之一："眼见客愁愁不醒，无赖春色到江亭。即遣花开深造次，便觉莺语太丁宁。"便觉一作便教，好懂一

些。全诗责备春色,不该到得这么快,花开得这么早(参看:"老去愿春迟。")。深造次,一作从造次。可助解"即遣……便教"语意。即遣花开,深觉造次犹可,便(紧接)教莺语丁宁太甚,则更使客难堪矣。《又呈吴郎》:"即防远客虽多事,便插疏篱却任真。"意谓邻妇纵防远客便插疏篱,虽觉多事,亦见其真率。即之与便,进一层叫应。有不作进一层意者,为常例。如《闻官军收河南河北》:"即从巴峡穿巫峡,便下襄阳到洛阳"是。

③语词 像现在口语的"就"字。如:"归心异波浪,何事即飞翻?"(《长江二首》之一)常语,不多举例。

④则 《赠王二十四侍御契四十韵》:"客即挂冠至,交非倾盖新。"钱笺,即字下注,"一作则",即有则义。《暮春题瀼西新赁草屋五首》:"事主非无禄,吾生即有涯。"即,则也。

⑤义近却 《巴西驿亭观江涨》:"转惊波作恶,即恐岸随流。"《秋日夔府咏怀一百韵》:"羁绊心常析,栖迟病即痊。"

肯

张相《诗词曲语词汇释》卷二,释肯字说:"肯犹岂也。"杜甫《骢马行》:"近闻下诏喧都邑,肯使骐骥地上行?"肯使,岂使也。又,《寄司马山人》:"发少何劳白,颜衰肯更红?""肯更,岂更也。"按:肯有不肯之义。顾炎武说,古人语急,故省"不"字。见《日知录》卷三十二,《语急》条。且举多例:"如,不如也。"又引唐孔颖达《左传正义》:"敢,犹不敢也。"又引《书》:"虽悔何追?"即不可追。"我生不有命在天",即岂不有命在天。《孟子》:"虽褐宽博,吾不惴焉。"即岂不惴(以上顾书)。他例不具引。诗词中的"肯"字,就是古文法省略"不"字的遗留。杜诗中此例尚多。如《送重表侄王砅……》:"家声肯坠地,利器当秋毫。"《黄鱼》:"筒桶相沿久,风雷肯为伸。"说肯，就等于说不肯。不必把肯字改讲为岂字。

张相又说："肯犹拼也。杜甫《江畔独步寻花绝句》：'不是爱花即肯死，只恐花去老相催。'上句一作'不是看花即索死'，言倘若无花消遣，直欲拼死，所以汲汲如此者，恐花尽而老将至也。"按：这个肯字，就是"惠然肯来"的肯，肯作愿字讲。宋本此句作"不是爱花即欲死"，可证。何必改训为拼呢？诗意谓非只爱花肯为之死而已，只怕花落春去，"老"相摧折耳。

肯字还有假设的语气，即"如肯"的意思。杜诗《客至》："肯与邻翁相对饮，隔篱呼取尽馀杯。"《范二员外邈，吴十侍御郁特枉驾，缺展待，聊寄此作》二首之一："论文或不愧，肯重款柴扉。"又，《将赴成都草堂，途中有作，先寄严郑公五首》之二，"肯藉荒亭春草色，先判一饮醉如泥"。

在

杜诗"在"字，有实有虚。

①"在"实字例 《双燕》："今秋天地在，吾亦离殊方"（释见专条）。《通泉驿南去通泉县十五里山水作》："冬温蚊蚋在，人远凫鸭乱。"在都是存在的意思。

②"在"字作虚字用，是唐人的俗语。

语助 《江畔独步寻花绝句》："诗酒尚堪驱使在，未须料理白头人。"《送蔡鲁都尉还陇右因寄高三十五书记》："因君问消息，好在阮元瑜。"前一个在字可以译成"着"，在和着声母相同，唐代说"在"，现代人说"着"。"好在"的在，不能译成着，可译成哩。"好在"是唐人俗语。"白头无藉在，朱绂有哀怜。"（《送韦书记赴安西》）在字示继续意，放在动词后，如现在语之"着""呢"。例如《因许八寄旻上人》："问（一作闻）君话我为官在，头白昏昏只醉眠。"其次，是放在动词前，示持久意。如《绝句漫兴九首》之六："懒慢无堪不出村，呼儿日在掩柴门。"后一句，句主"我"字省去。这种在字的用法，现代话里还保存着。如天天都在读书。他还是在写作。张相把前一句的在字解释成"啊"。后一句的在字解释成"似语助而实非"。似可商。他还引黄庭坚《招子高》诗"夏扇日在摇"为例。按黄诗与《诗经》"琴瑟在御"之在，用法从同。与上第二例为一类。

③ "在"是悬言必然之词。杜《赠裴南部》诗："即出黄沙在，何须白发侵。"黄沙，狱名。意思是说，你马上就要出狱了，何须等到白头呢。这个在字和侵字对，在"语感"上是个实词，所以不能解释为语助。《景德传灯录》十七："此子向后走杀天下人在。"同书，九："三日若来，即受救在。"都是预言将来，而断其必然。和杜诗的"即出在"词义词性均相近。

附记 上引《传灯录》在字的解释，采自吕叔湘《释景德传灯录中在、着二助词》一文（见吕著《汉语语法论文集》，一九五五年，科学出版社）。吕文定《景德传灯录》中在字的用法为四例：1. 相当于现代语"着、呢"；2. 与"犹"字联系，相当于现代语"还……呢"；3. 与"未"字联系，相当于现代语"还没……呢"；4. 悬言必然。又说："此皆申言之辞，以祛疑树信为用。……追原此'在'字，盖本为俗语'在里'之省"（《唐摭言》一、七）。"在"为一自足之内动词。唐人单言"在"，宋人单言"里"。后世变为"哩"。呢即"哩"字。今北京语及蜀语皆有以在字为语尾助词者，如云睡到在，放到在，忙到在，限与"到"（着）字连用，吴语更多。

直　直作　直下

杜诗用直字很多，有三种意义。

①便义　《人日二首》之一："早春重引江湖兴，直道无忧行路难。"出峡兴致来了，便说行路不难。反语。

②只、但、仅义　《早花》："直想风尘暗，谁忧客鬓摧。"《将赴成都草堂，途中有作……》："得归茅屋赴成都，直为文翁再剖符。"《自阆州领妻子却赴蜀山行三首》之三："直供一笑乐，似欲慰穷途。"《得舍弟消息》："直为心厄苦，久念与存亡。"《赠王二十四侍御契》："由来意气合，直取性情真。"这种直字的用法，先秦已有之。《孟子》："直好世俗之乐耳。"直就是只的意思。

③重语气词，和正字意思相近　《太子张舍人遗织成、褥段……》："来瑱赐自尽，气豪直阻兵。"来瑱气豪到了阻（恃）兵的程度，所以召杀身之祸。这个直字和竟字意味差不多。《放船》："直愁骑马滑，故作放船回。"《更题》："直怕巫山雨，真伤白帝秋。"直与真对，同是重语气。《水宿遣兴，奉呈群公》："我行何到此？物理直难齐！"《八月十五日二首》之一："此时瞻白兔，直欲数秋豪。"直字和现代语中的"简直"差不多。

直作、直下、直北等直字，都是正字的意思。常语，略。

信

杜诗多用信字，有三种意义。

①使者义　寄高适岑参诗："诗好几时见，书成无信将。"

②浪、随便、任　《题桃树》："帘户每宜通乳燕，儿童莫信打慈鸦。"《城西陂泛舟》："春风自信牙樯动，迟日徐看锦缆牵。"自信，意思是：放帆任春风吹去。

③希冀、期必之辞　《舍弟观归蓝田迎新妇二首》之二："衣裳判白露，鞍马信清秋。"这是催他弟弟快来。上句说，拼着衣裳冒白露，也必须赶路，下句说，到秋高必须回来。"信清秋"的信，有保证必须

的意思。仇氏解信为听任，是不对的。信与判对，都是坚决口气，不应该上句是"急急符"，下句言"缓缓归"也。

总

《诗词曲语词汇释》卷一，总字条说："总犹纵也，虽也。杜甫《酬郭十五判官》诗：'药裹关心诗总废，花枝照眼句还成。'"按张说似误。总字作都讲，平常得很，何劳别说？杜诗他例，如《题桃树》："高秋总馈贫人实，来岁还舒满眼花。"总馈，是"照例送给"的意思，总字有照例这样或不问而知的意思。又，《别常徵君》："白发少新洗，寒衣宽总长。"及《赠田九判官》："苑马总肥春苜蓿，将军只数汉嫖姚"等。

共

《诗词曲语词汇释》卷二，共字条："共，甚辞，犹苦也，深也，细也。与共人之义异。谢朓《和伏武昌登孙权故城》诗，'文物共葳蕤，声明且葱蒨。'言文物极盛也。杜甫《独酌成诗》：'兵戈犹在眼，儒术岂谋身。共被微官缚，低头愧野人。'共一作苦，共即苦义。苦亦甚辞。共被，犹云苦被也。"按：张说异文"苦"是另一事。然共之训皆，古今文字习见。共字和总、都、尽的用法是差不多的。张引小谢诗："文物共葳蕤"，即可释为文物总葳蕤。说到杜的《独酌成诗》中的共字，也可以解成总字。官小，又总是脱不了，始终脱不了，所以说"共被微官缚"。不劳改训为苦。杜诗他例还有：《陪章留后惠义寺……》："劳生共几何，离恨兼相仍。"《空囊》："世人共卤莽，吾道属艰难。"等于说，世人尽鲁莽。《南楚》："正月蜂相见，非时鸟共闻。"南楚气暖，正月蜂已经出现，也总是听到不该那时出现的鸟啼。

共字是不是唐人口语，还待考察，它的口语成分是重的。今天的四川话还说"总共有多少人"，就把总和共连在一起用。

幸

《诗词曲语词汇释》卷二："幸犹本也，正也。杜甫《除架》诗：'幸结白花了，宁辞青蔓除。'意言白花正了，青蔓当除也。又有作'幸有'者，有时亦应作本有或正有解。杜甫《曲江》诗：'杜曲幸有桑麻田，故将移住南山边。'幸有，本有也。幸有字与故将字相呼应，故将即固将。言本有桑田，故将移住也。"按张说义、例皆误。幸，赖也。汉杨恽《报孙会宗书》："幸赖先人馀业。"幸亦即赖。杜《除架》诗代瓜自语：幸赖已结白花，青蔓虽除，亦所不辞。《曲江》诗亦是说赖有薄田，故将归隐。说"故将"同"固将"亦非是。故、便是一个用法，都是承上之辞。如《新婚别》的"引蔓故不长"，《放船》的"故作放船回"，都和便字同义。这里的"故将"亦犹"便将"。

作

杜诗的"作"字和"成"字的用法很特别，它们似乎都可以加在任何短语或名词之前。但"成"字可以加"不"，"作"字很少加"不"的例，惟《送梓州李使君之任》："不作临歧恨，唯听举最先。"这是小小不同的地方。

《放船》："故作放船回。"《寄李十四员外布……》："直作移巾几，秋帆发敝庐。"李布卧病，要去做官，杜甫劝他不如携带行李来住在他家里，等到秋天就从他家出发去上任。《遣闷呈严公》："信然龟触网，直作鸟窥笼。"《赠韦赞善别》："只应尽客泪，复作掩荆扉。"又，《寄韦有复郎中》："犹闻上急水，早作取平途。"作与成对的如《秋日夔府咏怀》:"衾枕成芜没,池塘作弃捐。"

成、不成

用"成"字的例,《宿赞公房》:"相逢成夜宿,陇月向人圆。"《奉先咏怀》:"居然成瓠落。"《立秋雨院中作》:"已费清晨谒,那成长者谋。"《送陵州路使君赴任》:"佩刀成气象,引盖出风尘。"

用"不成"的例,《伤春五首》之三:"不成诛执法,焉得变危机?!"《自阆州领妻子却赴蜀山行三首》之一:"不成向南国,复作游西川。"《遣闷奉呈严公二十韵》:"不成寻别业,未敢息微躬。"《卜居》:"未成游碧海,著处觅丹梯。"

"不成"似乎是唐、宋人的口语。除杜诗外,别的诗中也常见。古代最早的例子恐怕要算谢灵运的诗。灵运《永初三年之郡……初发都》诗:"丑状不成恶。"到了唐朝,诗人用"不成"字样的十分普遍。如韩愈《秋怀诗》十一之六:"今晨不成起,端坐竟日景。"《退潮》诗:"抵暮但昏眠,不成歌慷慨。"李义山:《哭遂州萧侍郎二十四韵》:"不成穿圹入,终拟上书论。""不成"有未能、不果的意思。

残

宋孙奕《示儿编》:"(杜诗)'野寺残僧少,山园细路高。'诵此诗者皆言子美既曰'残',又曰'少',意若重复。以愚观之,不见其烦复,当读作'野寺残'所以'僧少','山园细'所以'路高'也。"按这是杜甫的《山寺》诗,杜诗确没有重复的语病,但孙奕的解释是错误的。他这一读,倒反而读出了毛病。"寺"可以说"残(破)","园"怎么可以说"细"呢?疑固可商,解转成碍。杜甫用"残"字很多。《游何将军山林》诗:"剩水沧江破,残山碣石开。"残与剩对,残即是剩,亦即是馀。《山寺》诗无非说"野寺馀僧少"。用口语说就是剩的和尚不多了,文从字顺,有什么语病?讲杜诗"残"字,夏承焘在《杜诗札记》一文中有专条,此不多及。

正……复

《阆水歌》:"正怜日破浪花出,更复春从沙际归。"正与复,二字呼应。跟现代话本来如何、更加如何相似。白居易《秋槿》诗:"正怜少颜色,复叹不逡巡。"言顷刻将谢也。与杜句参看,可知正、复句式,正反意皆可用。又有已……还呼应式,与正、复式相近。白居易《喜山石榴花开》诗:"已怜根损斩新栽,还喜花开依旧数。"

闻

唐人俗语,用"闻"作"趁",这是读唐、宋诗词的人都知道的。但这种用法似乎起于中唐(王建、白居易都是)。张相却以为杜甫已经有这种用法,并且有四处。《诗词曲语词汇释》卷五,闻字条举杜四例:①《示獠奴阿段》:"郡人入夜争馀沥,竖子寻源独不闻。"(张解云,嘉竖子不趁夜间与郡人争汲泉水而独能寻源取水。)②《从季夏送乡弟韶陪黄门侍郎从叔朝谒》:"莫度清秋吟蟋蟀,早闻黄阁画麒麟。"(张说,望韶早趁黄阁之便,得列功臣,如汉麟阁画像故事。)③《舍弟观赴蓝田取妻子到江陵喜寄》:"比年病酒闻涓滴,弟劝兄酬何怨嗟。"(张说,言比年病酒,未能多饮,且趁少许之酒,劝酬一番,以表喜意。)④《赠卫八处士》:"夜雨剪春韭,新炊闻黄粱。"(张说,此倒装句法,言趁黄粱新炊也。)

按:张举四例,似都难于成立。

①"郡人入夜争馀沥,竖子寻源独不闻。"这个闻字是知字的意

思。闻有知义，古今习见，比如"置若罔闻"的闻，就是知的意思，杜句的意思，是说阿段独不知争馀沥，却去寻源。闻字后的宾语，蒙上文而省。如果是趁义的闻字，趁什么呢？"趁馀沥"？不通。张凭空加"夜间"两个字，说成"趁夜间"，过于生强。

②"莫度清秋吟蟋蟀，早闻黄阁画麒麟"的闻，是报闻的意思。这两句的意思是说，你不要只顾在京行乐（"蟋蟀"用《诗·唐风》"蟋蟀在堂"篇，取行乐之意，注家均未得其解），应该早把从叔麒麟画像的消息告诉我。"黄阁"借位指人，谓杜鸿渐。闻字如果作趁字的意义用，它后面或跟名词，或跟代词，或跟短语，这个闻字后跟的词或短语，一定和时机有关。即用张相举的其他唐诗的例来看，跟名词的，如王建："闻晴晒曝旧香茵。""晴"是"晒曝香茵"的时机，其他仿此。跟短语的，如王建："闻身强健且为，头白齿落难追。"跟代词的，如白居易："谁能闻此来相劝，共泥春风醉一场。""此"字代的亦是时机。回过头来再看上举杜诗，"闻黄阁画麒麟"，简直不知道说个什么，张相为了强就己意，在"黄阁"下不得不加"之便"二字，但"趁黄阁之便"，仍是不好理解的。

③"比年病酒闻涓滴，弟劝兄酬何怨嗟。"准上文所述：闻字作趁义用，后面必须跟表示时机的名词，而涓滴指酒，不含时机意味，不合这种闻字的用法。杜诗这个闻字当从宋本作"开"。"续古逸丛书"影宋本《杜工部集》和钱注本，均作"开"，无异文，当从。"开"和"断酒"的"断"相反，句中已有"酒"字，故"开"即指酒说。这是开斋、开戒的开，是口语。杜此句"比年病酒"四字一顿，说自己断酒因病。"开涓滴"，以资劝酬。开字看来没有改从闻字的必要（杜原句生强，这是另一回事）。

④"夜雨剪春韭，新炊闻黄粱。"检"续古逸丛书"影宋本《杜工部集》，"古逸丛书"影《蔡梦弼注杜诗》《郭知达九家注杜诗》，"四部丛刊"影《千家分门注杜诗》，这句都作"新炊间黄粱"，间字无异文，

惟钱注间字下注"一作闻"。钱说:"《招魂》'稻粢穱麦'挐黄粱些,王注,'挐',糅也。……此诗'间'即'挐'字义,作'闻'字非是。"杜诗是否用《招魂》语,是另一问题,但宋代传本杜诗都作"间黄粱",闻显然是个错字。

得

杜诗用得字,张相有归纳,举了"得"作问词和语助两义。(张书·卷一)兹不赘。除张义以外,杜用"得"字,还有两义,值得提出:

①得,"可"的意思,跟现代语"成"的意思相近。《锦树行》:"生男堕地要膂力,一生富贵倾邦国。莫愁父母少黄金,天下风尘儿亦得。"这是翻用天宝年间谚语:"生男勿喜女勿悲,君看生女作门楣。"得是许可之词;反之,"不得"是否定语,如"时来不得夸身强"(《洗兵马》)。现代语还有"不得"一词,这个"不得"是从动词"得"变来的。

②得,"应当""必须"的意思。《新婚别》:"生女有所归,鸡犬亦得将。"这是用"嫁鸡随鸡,嫁狗随狗"的谚语(宋,庄氏《鸡肋编》)。

③得匪,反诘语气。犹言"得非"。《写怀二首》之二:"终然契真如,得匪金仙术?"见"终然"条。

平生(生平同)

平生一词,初见于《论语·宪问篇》:"久要不忘平生之言。"孔安国注:"平生,少时也。"汉魏六朝人用平生一词,都是沿袭此义的。苏武诗(至少是建安时人的拟补):"愿子留斟酌,叙此平生亲。"晋阮籍《咏怀》:"平生少年时,轻薄好弦歌。"颜延年《秋胡诗》:"相与眛平生。"梁沈约《别范安成》:"平生少年日。"(上诗均见《文选》)李善均引孔安国《论语》注。按各诗的意义讲,阮、沈均把平生和少年日连用,显然这个平生是往昔的意思,颜延年之一例,和后代的"素昧平生"相近,亦应解为往日。但这个往昔或早年都是指年轻的时候。所以仍然是孔义的引申。值得注意的是颜例,已经有了后来把平生解作"向来""一辈子"的意思了。到了杜甫的时候,平生一词,已经分化成两个意思,一是(沿袭)古义,作年轻的时期讲;一是后起义,作"向来""一生"讲。且看杜诗:

(1) 作早年讲的例:

① 平生江海心,夙昔具扁舟。(《破船》)

② 平生江海志,遭乱身局促。(《南池》)

③ 平生飞动意,见尔不能无。(《赠高式颜》)

④ 白头趋幕府,深觉负平生。(《正月三日归溪上作》)

⑤ 平生感意气,少小爱文辞。(《移居公安赠卫大郎》)

⑥ 平生一杯酒,见我故人遇。(《有怀台州郑十八虔》)

⑦ 汉运初中兴,生平老耽酒。(《述怀》)"老",旧也。

(2) 作向来、一生讲的例:

⑧ 平生白羽扇,零落蛟龙匣。(《八哀》)

⑨ 老亲如夙昔,部曲异平生。(《哭严仆射归榇》)

⑩ 平生憩息地,必种数竿竹。(《客堂》)

⑪ 平生满杯酒,断此朋知展。(《八哀》)

⑫ 平生为幽兴,未惜马蹄遥。(《游何将军山林》之一)

⑬ 故旧谁怜我,平生郑与苏。(《哭台州郑司户、苏少监》)

⑭ 平生耽胜事,吁骇始初惊。(《不离西阁二首》之二)

⑮ 庾信生平(一作平生)最萧瑟。(《咏怀古迹》)

①②都是说年轻时就有游江海之志。③老了见到年轻时的晚辈交

游,不免又动少年豪兴。④头白了还做幕僚,想起少年时的抱负,深感惭愧。⑤平生与少年对,意思相同。⑥《寄薛三郎中》说:"早岁与苏、郑,痛饮情相亲。"知此"平生一杯酒"的平生,是指早年。⑦"生平老耽酒",等于说,从年轻时起就爱喝酒。⑧⑨义同往昔。⑩—⑬有自来、这一生中(指⑪例)等义。⑭例的上联是"沧海先迎日,银河倒列星"。意思是说,看见峡中这种奇景,自己向来是耽乐胜事的,也惊骇起来。

他日、他时、他年

这几个词都是一个意思。《孟子》中的他日一词,本有相反的两义:(一)指以前。如"吾他日未尝学问"。(二)指后(异)日。如"他日君馈之"。这又是汉语的词有反训的特点。到今天,"他日(年)"已经没有指过去的意义了。可是在唐代(杜甫时),还是两义并行的。从杜诗看,好像用它指过去,还是占优势。且看杜诗用例。

(1)用"他日"指过去:

① 他日怜才命,居然屈壮图。(《别苏徯》)

② 今日江南老,他时渭北童。(《社日二首》之二)

③ 他时一笑后,今日几人存。(《九日五首》之四)

④ 玉局他年无限笑,白杨今日几人悲。(《存殁口号》)

⑤ 丛菊两开他日泪。(《秋兴八首》)

(2)用"他日"指将来的[1]:

---

[1] 1."他日一杯难强进,重嗟筋力故山违。"(《十二月一日三首》之三)他日等于昔日。诗说,旧时最爱的一杯酒,现在勉强都不能喝了,所以有筋力衰疲、故山难返之叹。施鸿保解作将来(异日)义,误。2.《暮春题瀼西新赁草屋五首》:"壮年学书剑,他日委泥沙。"这个他日,有后来、其后的意思。应属于"将来"一类。施鸿保解他日的,见其书69页,有数例误。

⑥ 杂蕊红相对，他时锦不如。(《将别巫峡，赠南卿兄瀼西果园……》)

⑦ 他日临江待，长沙旧驿楼。(《重送刘十弟判官》)

⑧ 他日访江楼，含凄述飘荡。(《八哀诗》)

例⑥单这两句也许看不明白，它的上文还有这几句："苔竹素所好，萍蓬无定居。远游长儿子，几地别林庐。……""杂蕊"两句的意思是说，现在（赠园时）正是春初，花才着蕊（黄生以为"蕊"应作"果"，非是），将来花开了，才好看呢。

自非

《同诸公登慈恩塔》："自非旷士怀，登兹翻百忧。"《寄薛三郎中》："自非得神仙，谁免危其身。"按自，有假设义。自非和若非相近。《左传》成公十六年："范文子曰：'唯圣人无内外之忧。自非圣人，外宁必有内忧。'"晋嵇康《与山巨源绝交书》："一旦迫之，必发其狂疾，自非重怨，不至此也。"北魏郦道元《水经注·江水》："自非亭午夜分，不见曦月。"晋左思《咏史》："自非攀龙客，何为欻来游。"义并同。

一川、平川

平川　张相《诗词曲语词汇释》解"平川""一川"为平地一片。张相说："川，陆地也。"又说："一川，估量情形之词。犹云满地或一片。"举杜诗《自瀼西荆扉且移居东屯茅屋》四首之一，"平地一川稳"，同诗第三首，"高斋见一川"为证。按张相说"平川"可作陆地讲，是有根据的。但不是所有"平川""一川"等词，任何处所都当作平地讲。他举杜甫的这两句诗便不对，它们是指水的（川训小水）。他举的前一例，诗是说东屯地势，用"平地一川稳，高山四面同"来概括。这和于邍说的"峡中多高山，地少平旷。独东屯……稻田水畦，延袤百顷。前带清溪，后枕高岗"是一样的。那么，这"一川稳"的"一川"，正指清溪。"稳"是说溪流平静。如果照张相讲，就是"平地一片稳"，还成什么话！平地有什么稳不稳？至于后一例"高斋见一川"，是移居诗的第三首第二句。诗说："道北冯都使，高斋见一川。子能渠细石，吾亦沼清泉。"这是杜甫自说他的邻居冯都使家也是面溪而居。冯把细石砌成渠道，从溪中引水，杜甫自己亦把溪水引作池沼（高斋指冯，陆游有辨）。可见所谓"一川"，是和下面两句的引渠掘沼紧紧衔接的。把"一川"讲成"一片""满地"，在这里和下文不衔接。

杜甫用"一川""平川"指水的，还有他例。如《通泉驿南去通泉县十五里山水作》："一川何绮丽"，这是放船诗，"一川"无疑是指水。又《大历三年白帝城放船出瞿塘峡……》："不有平川决，焉知众壑趋。"亦明明指江水。杜诗用"平川"，有时亦似指平地。如《秋日夔府咏怀……一百韵》："有时惊叠嶂，何处觅平川？"这似乎可以讲作"何处寻平地"了——但也还嫌不妥当。这个"平川"仍是说平静的水。巫峡山高，故有"叠嶂"句，峡中滩险水急，故有下句。唯《乐游原歌》："公子华筵势最高，秦川对酒平如掌。"拆开"平川"二字。"平如掌"不宜指水，这个"川"字确是指陆地。"平川"是俗语，旧京剧唱词常有"一马来到地平川"的话。

终然

张相《诗词曲语词汇释》卷一，有释杜诗"终然"一词，引证三例。其说云："终，犹纵也。杜甫《郑典设自施州归》诗：'叹尔疲驽骀，汗沟血不赤。终然备外饰，驾驭何所益？'言外饰虽然齐备，但不堪驾驭也。又《孟冬》诗：'终然减滩濑，暂喜息蛟螭。'言虽然无滩濑之观，而蛟螭之患自息也。又《写怀》诗：'放神八极外，俯仰俱萧瑟。终然契真如，得匪金仙术。'言虽然与真如相契，但得此匪由佛法也。"按张说甚误。终然，是终竟、终于、竟至等意。《郑典设自施州归》两句，是说这种劣马，竟备外饰，但驾驭它（对人）有什么利益呢？《孟冬》诗后半说："巫峡寒都薄，乌蛮瘴远随。终然减滩濑，暂喜息蛟螭。"终然一词，贯通二句。意谓，现在巫峡终竟平静了，没有滩濑了，蛟龙暂时也安静了。《写怀二首》之二两句，意思是说，现在把心思离开乱世的混浊，纵放于八极之外，俯仰四方，空空洞洞的，不为外物所扰。这样，终竟契合"真如"，这不是"金仙"术吗？杜甫这两首诗，本是糟粕，不足称道。但那是评价它，是另一回事。现在论它的含意，只是这样。张相的错误，第一把"金仙"解作神仙。金仙是佛号。杜甫在这里是指佛。因为上句"真如"用佛经语，下句当亦指佛。岑参诗："早知清净理，常愿奉金仙。"可以为证。张相的第二个错误，把杜下句读作"得，匪金仙术"。不知，"得匪"是反诘语气词（见"得"字条）。"得匪"，和现代语的"不是……吗？"正同。"终然"在杜诗中还有别的例子，如《西阁二首》之一："哀世非王粲，终然学越吟。"《行官张望补稻畦水归》："终然添旅食，作苦期壮观。"都是"终于"的意思。"终然"一词，杜甫是沿袭古语，不由己造。《离骚》："鲧婞直以亡身兮，终然夭乎羽之野。"谢灵运《游赤石进帆海》："仲连轻齐组，子牟眷魏阙。矜名道不足，适己物可忽。请附任公言，终然谢夭伐。"（诗中"谢"字作"去""免"讲。）杜诗用终然一词，与屈、谢无异。所以知道张解错误。

况乃

《诗词曲语词汇释》卷一："①况犹正也，适也。与况且之本义异。杜甫《毒热寄简崔评事十六弟》:'老夫转不乐,旅次兼百忧。蝮蛇暮偃蹇,空床难暗投。炎宵恶明烛,况乃怀旧邱。开襟仰内弟,执热露白头。'况乃,犹云正乃也。大意言炎宵难寐,正乃于此陈怀旧乡而思内弟也。②况,犹恍也,犹恍然也。杜甫《江边星月》诗:'映物连珠断,缘空一镜升。馀光隐更漏,况乃露华凝。'言恍如露华凝也。"按张说殊误。况乃,是更进一层的说法。跟现代语的"况且还有一层……"的用法近似。如所举杜《寄崔评事》诗,"蝮蛇"以下三句,说炎宵难耐,处暗则畏蛇,秉烛则苦热。正尔苦极,况更有怀乡之忧(正是苦上加苦),下入思内弟。诗法以三句作一层,"况乃"一句作一层。这或许就是引起误解的原因(杜晚年多此种,恐滋蔓,不更举例)。杜诗用"况乃"的还有他例,不妨举出看看。《新安吏》:"况乃王师顺,抚养甚分明。"《玉华宫》:"美人为黄土,况乃粉黛假。"《月夜忆舍弟》:"寄书长不达,况乃未休兵。"《又上后园山脚》:"龟蒙不可见,况乃怀旧乡。"与张相所引的例子比较,"况乃"的用法是一样的。《新安吏》《玉华宫》《月夜忆舍弟》都是传诵的诗。用法是明白无疑的。"况乃"一词,杜甫是沿袭旧词的,谢朓《铜雀台伎》:"玉座犹寂寞,况乃妾身轻。"

《江边星月》诗,意思明显,本可不辨。但张说以星月比露华,颇可引起"疑似"之感。所以再略说几句。诗以前三句作一层,"况乃"句作一层。意思是说,星月本已可爱,况加露水在星月下照映成文,更增妍丽。把星月和露连起来说,是中国旧诗中常见的。谢庄《月赋》:"白露暧空,素月流天。"江淹《别赋》:"秋露如珠,秋月如珪,明月白露,光阴往来……"白居易诗:"可怜九月初三夜,露似珍珠月似弓。"杜诗也有:"露从今夜白,月似故乡明。"又,"重露成涓滴,疏星乍有无"。把星月和露放在一块说,是衬托,不是譬比。

物色、此物、一物

此物 一物 "物"是个极广泛的词，人和事都可以用"物"来指谓。亦不必含贬义。"物色""此物""一物"，在杜诗中屡见。义准"物"字。宜依上下文意作解，不应拘泥。

（1）物色

①有"物性"的意思。《遣闷奉呈严公二十韵》："会希全物色，时放倚梧桐。"蔡梦弼解作形容之老，非。浦起龙解作全其天年，近是。按，"物"有"类"的意思，如"诸色人等"之色。物有类，尤其有特性，故物色可引申为物性。孟郊《与韩愈、李翱、张籍话别》："朱弦奏离别，华灯少光辉。物色岂知异，人心怨将违。"以物"色"对人"心"，色含性义可知，与杜甫写给严武诗中的用语相同。②物色通常作景物解。萧统《文选》赋类有"物色"目，《文心雕龙》有《物色》篇。杜诗中用此义者四处，举三例。《岳麓山少林二寺行》："宋公放逐曾题壁，物色分留与老夫。"《晓发公安》："邻鸡野哭如昨日，物色生态能几时？"《倚杖》："物色兼生意，凄凉忆去年。"仇解岳麓寺诗中物色为题咏，失之。

（2）此物

可用以指人。《寄张十二山人彪》："群凶弥宇宙，此物在风尘。"此物犹斯人。《留花门》："中原有驱除，隐忍用此物。"此物指回纥，语含轻蔑。

（3）一物

《朝享太庙赋》："恐一物之失所"，此常用义，不必作释。但下二例宜注意：《乐游园歌》"圣朝亦知贱士丑，一物自荷皇天慈"，仇注，一物指酒。《回棹》："宿昔试安命，自私犹畏天。劳生系一物，为客费多年。"赵次公注，一物指衣食。

未应

不应　张相《诗词曲语词汇释》卷三："不应，犹云不曾或未尝也。质言之，犹言未也，不也。'未应'同。杜甫《三绝句》：'楸树馨香倚钓矶，斩新花蕊未应飞。'此犹云未曾飞。若质言之，则曰花蕊未飞。"按张说欠通。杜全诗如下：

楸树馨香倚钓矶，斩新花蕊未应飞。
不如醉里风吹去，可忍醒时雨打稀？

后二句是说花既不免落，不如醉里任它落去，倒也罢了。"可"字是发问之词，如"桃花一簇开无主，可爱深红爱浅红？"（《江畔寻花绝句》之五）即是其例。未应，推想之词。未应，犹言不当。不当飞，是人的愿望。若"未应"作实未曾解，一句之内，既言新蕊，又说未飞。它还没有盛开哩，"未飞"何消说得？证以杜甫他诗，如《题衡山县文宣王新学堂……》"周室宜中兴，孔门未应弃"，即不当弃。《南池》："高皇亦明王，魂魄犹正直。不应空陂上，缥缈亲酒食。"意谓刘邦魂魄不应（照理不会）在此赚人酒食。可知都是推论之词，不是说已经如此。证以李白诗："高楼当此夜，叹息未应闲。"亦推想之词。

绝倒

绝倒一词，六朝人用之，已有种种义。其最常见的，为用作动词，有闷绝而倒的意思。由此引申为大笑的意思（身体前仰后合，如欲倒状）。又引申为倾倒。杜诗用"绝倒"，只是极端的意思。并且不用作动词。如《苏端薛复筵简薛华醉歌》："何、刘、沈、谢力未工，才兼鲍照愁绝倒。"意谓华与李白兼有鲍照之才与极端之愁。《别苏徯》：
"故人有游子，弃置傍天隅。他日怜才命，居然屈壮图。十年犹塌翼，
绝倒为惊呼。"言为之极端惊呼也。两例"绝倒"都作副词用。从字义
说，绝和倒都有极的意思。如《喜达行在所》："喜心翻倒极。"倒亦
是极。绝有极义，《奉先咏怀》："放歌破愁绝。"愁绝，就是愁极，与
"愁绝倒"同义。旧注解"绝倒"均不可通。仇解《醉歌》绝倒句说：
"诗家愁为不及（华、白）"，误。

错莫

（惊愕）失神的样子　《瘦马行》："见人惨淡若哀诉，失主错莫无
晶光。"宋文与可《脊公溉》诗："众稚闻此语，竞走来相依。错莫惊
且哭，牵裾求速归。"可为此义之证。

寂寞、冷落的意思　《远怀舍弟观、颖等》："江汉春风起，冰霜昨
夜除。云天犹错莫，花萼尚萧疏。"错莫与萧疏为对，知属同义词。仇
注与《瘦马行》一律解作寂寞，疑略有别也。

烂熳

① 无涯际义，与汗漫义同。按熳当作漫。详沈德潜《说诗晬语》。
杜《送李校书二十六韵》："归期岂烂熳，别意终感激。"言归期本不太
远，而离别终很激动。《驱竖子摘苍耳》："侵晨驱之去，烂熳任所适。"

② 纵横义　《寄董卿嘉荣十韵》："犬羊曾烂熳，宫阙尚萧条。"此
以反义词为对。亦可作放纵的意思讲。《长吟》："已拨形骸累，真为烂
熳深。"此诗初辞严武幕时作。"形骸""烂熳"各自为对。《寄高适》：
"定知相见日，烂熳倒芳樽。"亦放纵意。

③ 深熟、沉酣义　《同豆卢峰贻主客李员外贤子棐，知字韵》：

"烂熳通经术，光芒刷羽仪。"《彭衙行》："群儿烂熳睡，唤起沾盘飧。"《与鄠县源大少府宴渼陂》："无计回船下，空愁避酒难。主人情烂熳，持答翠琅玕。"

④ 繁盛义　这是烂熳的本义。上三义都是引申义。烂熳作繁盛讲，杜诗亦有好几处例子。此义习知，不必具举。

苍茫

苍茫有平仄二读。杜诗中只作平读。苍茫的根本意义是远旷，引申为渺茫、荒凉、落拓等义。

① 渺茫义　《北征》："苍茫问家室。"仇注以为急遽状，则义与仓皇为近。引阴铿诗："苍茫岁欲晚。"但按之杜句，颇不贴切。《渼陂行》："苍茫不解神灵意。"又《乐游园歌》："独立苍茫自咏诗。"又《寄岳州贾司马巴州严使君两阁老》："苍茫城七十，流落剑三千。"

② 荒凉义　《寄张山人彪》："萧索论兵地，苍茫斗将辰。"《王命》："牢落新烧栈，苍茫旧筑坛。"

③ 飘摇颠沛义　《发秦州》："磊落星月高，苍茫云雾浮。"《奉寄萧十二使君》："磊落衣冠地，苍茫土木身。"这两例苍茫都与磊落为对，有飘摇的意思。又《奉赠射洪李丈》："苍茫风尘际，蹭蹬麒麟老。"义同漂泊。下二例有苍茫不知所往的意思，《秋日荆南述怀》："苍茫步兵哭，展转仲宣哀。"《行次古城店泛江作》："行色兼多病，苍茫泛爱前。"

附记　《上韦右丞二十韵》云："感激时将晚，苍茫兴有神。"王嗣奭《杜臆》以苍茫为意兴勃然之义。仇从其说。按此与"独立苍茫自咏诗"意近。

惨澹

有二义，①凄惨黯淡，指景物。杜甫有《题李尊师松子障歌》："怅望聊歌紫芝曲，时危惨澹来悲风。"《北征》："阴风西北来，惨澹随回纥。"《瘦马行》："见人惨澹若哀诉。"馀例从略。

②辛苦义 《寄张山人彪》："艰难随老母，惨澹向时人。"《丹青引》："意匠惨澹经营中。"《奉酬薛十二丈判官见赠》："西北有好鸟，为我下青云。羽毛净白雪，惨澹飞云汀。"

二　九种版本杜诗篇名索引
（依诗题第一字笔画排列）

各本简称（简称后数字是卷数）

1. 仇　仇兆鳌:《杜少陵全集详注》（康熙三十二年，一六九三年）
2. 浦　浦起龙:《读杜心解》（雍正二年，一七二四年）
3. 杨　杨伦:《杜诗镜铨》（乾隆五十六年，一七九一年）
4. 钱　钱谦益:《工部草堂诗笺》（康熙六年，一六六七年）
5. 蔡　蔡梦弼:《杜工部草堂诗笺》（南宋建阳刻本，一二〇一年）
6. 潘　潘氏滂喜斋藏:《分门集注杜工部诗》（南宋建阳刻本）
7. 郭　郭知达:《九家集注杜工部诗》（有淳熙八年〔一一八一年〕序）
8. 毛　毛晋:《宋本杜工部集》（白文）（绍兴初年，一一三一年）
9. 玉　玉几山人刻《集千家注杜工部诗集》（景明嘉靖刻本）

索 引

(同笔画字,依一丨丶丿为序)

一 画	仇	浦	杨	钱	蔡	潘	郭	毛	玉
一百五日夜对月	四	三	三	九	九	一	十九	九	三
一室	十	三	八	十一	补七	七	二一	十一	七
二 画									
丁香(《江头五咏》之一)	十	一	九	十二	十八	二三	二三	十二	八
又观打鱼	十一	二	九	五	补三	十六	十	五	八
又送(辛员外)	十二	四	十	十八	四十补五	二一	补九	十二	缺
又呈窦使君(新添)	十二	三	九	十八	补三	四	二三	十二	九
又雪	十四	三	十二	十四	补六	一	二七	十四	十二
又示两儿	十八	三	十五	十六	补一	三	二七	十四	十六
又上后园山脚	十九	一	十六	六	缺	二五	十二	六	十七
又作此奉卫五	二一	四	十九	十七	补八	五	三四	十七	十八
又于韦处乞大邑瓷盆	九	六	七	十一	二五	十六	二二	十一	七
又呈吴郎	二十	四	十七	十六	三十	七	二八	十四	十八
又示宗武	二一	五	十八	十六	三五	九	补二十	十六	十八
十月一日(有瘴非全歇)	二十	三	十七	十六	三二	二	三二	十六	十八
十二月一日三首	十四	四	十二	十四	补六	二	二七	十四	十二
十六夜玩月(稍下巫山峡)	二十	三	十七	十五	三一	一	三十	十五	十五
十七夜对月(秋月仍圆夜)	二十	三	十七	十五	三一	一	三十	十五	十七
七月一日题终明府水楼二首	十九	四	十六	十六	二六	五	二九	十五	十四
七月三日亭午已后较热退晚加小凉稳睡有诗因论壮年乐事戏呈元二十一曹长	十五	一	三	六	二九	二	十二	六	十四
九日曲江	二	三	二	九	八	三	十八	九	二
九日寄岑参	三	二	二	一	五	三	一	一	二
九日杨奉先会白水崔明府	四	三	二	九	八	三	十八	九	三
九成宫	五	一	四	二	十一	六	三	二	三
九日蓝田崔氏庄	六	四	五	九	九	三	十九	九	四
九日登梓州城	十一	三	九	十二	补四	三	二四	十二	八
九日奉寄严大夫	十一	三	九	十二	补四	三	二四	十二	九
九日(去年登高郭县北)	十二	四	十	十二	补五	三	二六	十三	十

二　画	仇	浦	杨	钱	蔡	潘	郭	毛	玉
九日诸人集于林	十七	三	十四	十六	二七	三	三十	十五	十五
九月一日过孟十二仓曹十四主簿	二十	三	十七	十六	三一	二十	三十	十五	十七
九日五首（重阳独酌杯中酒）	二十	四	十七	十六	二七	三	三十	十五	十七
卜居（浣花溪水水西头）	九	四	七	十一	十八	七	二十	十	七
卜居（归羡辽东鹤）	十八	三	十五	十四	补七	七	三一	十六	十六
八阵图	十五	六	十二	十四	二六	十五	三一	十六	十四
八月十五夜月二首（满目飞明镜）	二十	三	十七	十五	三一	一	三十	十五	十二
八哀诗	十六	一	十四	七	二四	二二	十三	七	十三
入奏行赠西山检察使窦侍御	十	二	八	四	补二	九	十	五	八
入宅三首	十八	三	十五	十四	补七	七	二七	十四	十六
入乔口	二二	三	十九	十八	缺	十二	三五	十八	十九
入衡州	二三	一	二十	八	三九	十一	十六	八	二十
人日两篇（元日到人日）	二一	三	十八	十七	三五	二	三三	十七	十八
三　画									
巳上人茅斋	一	三	一	九	一	八	十八	九	一
与李十二白同寻范十隐居	一	五	一	九	一	八	十八	九	一
与任城许主簿游南地	一	三	一	九	一	十七	十七	九	一
与严二归（一作郎）奉礼别	十二	五	十	十八	二十	二一	二三	十二	十
与鄠县源大少府宴渼陂得寒字	三	三	二	九	八	十	十八	九	二
丈人山	十	一	八	四	补二	四	七	四	七
三川观水涨二十韵	四	一	三	一	八	四	二	一	三
三绝句（楸树馨香倚钓矶）	十一	六	九	十二	补一	二五	二一	十一	八
三绝句（前年渝州杀刺史）	十四	六	十二	五	十九	十四	九	五	十八
三韵三篇	十四	一	十二	六	二五缺第三	二五	十一	六	十二
大云寺赞公房四首	四	一	三	一	九	八	二	一	三
大雨	十一	一	八	四	补一	一	十	五	八
大麦行	十一	二	九	四	九	二一	九	五	八
大历二年九月三十日	二十	三	十七	十六	三三	二	三二	十六	十八
大历三年春放船出瞿塘峡……四十韵	二一	五	十八	十七	三五	十二	三三	十七	十八
大觉高僧兰若	二十	二	十七	十六	三三	八	十四	七	十七
万丈潭	八	一	七	三	十七	四	六	三	六

三　画	仇	浦	杨	钱	蔡	潘	郭	毛	玉
飞仙阁	九	一	七	三	十八	十一	六	三	六
子规	十四	三	十二	十四	补六	二三	二七	十四	十三
小至	十八	四	十八	十六	三三	三	三二	十六	十六
小园	二十	三	十七	十四	缺	十	三二	十六	十七
小寒食舟中作	二三	四	二十	十八	三七	三	三六	十八	二十
山寺（野寺残僧少）	七	三	六	十	十四	八	二十	十	五
山寺（古寺根石壁）	十二	一	十	五	二十	八	九	五	十
上韦左相二十韵	三	五	二	九	五	十七	十七	九	二
上牛头寺	十二	三	十	十二	补四	八	二四	十二	七
上兜率寺	十二	三	十	十二	补四	八	二四	十二	九
上白帝城（城峻随天壁）	十五	三	十二	十四	二七	五	三一	十六	十四
上白帝城二首（江城合变态）	十五	五	十二	十四	二六	五	二七	十四	十四
上后园山脚	十九	一	十六	六	二八	二四	十一	六	十七
上卿翁清修武侯庙遗像缺落时崔卿权夔州	二十	六	十七	十四	二六	六	二九	十五	十七
上巳日徐司录林园宴集	二一	三	十八	十七	三七	三	三三	十七	十八
上水遣怀	二二	三	十九	三	三八	十二	十六	三	十九
义鹘（行）（阴崖有苍鹰）	六	一	四	二	十三	二三	三	二	四
夕烽	八	三	六	十	十六	十五	二十	十	五
千秋节有感二首	二二	五	二十	十八	三八	三	三五	十八	二十
久雨期王将军不至	二十	二	十七	七	补九	十五	十三	七	十八
久客	二二	三	十九	十三	补九	十二	二五	十三	十八
广州段功曹到得杨五长史谭书功曹却归聊寄此诗（卫青开幕府）	十一	三	八	十二	补三	十九	二二	七	八
四　画									
元日寄韦氏妹	四	三	三	九	九	三	十九	九	三
元日示宗武	二一	五	十八	十七	三五	三	三三	十七	十八
天育骠图（一作骑）歌	四	二	二	一	一	七	十六	一	二
天末怀李白	七	三	六	十	十五	十九	二十	十	五
天河（常时任显晦）	七	三	六	十	十四	一	二十	十	五
天边行	十四	二	十	四	二一	十四	九	五	十二
天池（天池马不到）	二十	五	十五	十四	三二	四	三二	十六	十八

附录二　九种版本杜诗篇名索引 | 321

四画	仇	浦	杨	钱	蔡	潘	郭	毛	玉
不归	六	三	五	十	十六	二二	二十	十	五
不见（不见李生久）	十	三	八	十二	补二	十九	二四	十二	五
不寐	十七	三	十四	十五	补七	三	三一	十六	十六
不离西阁二首	十八	三	十五	十四	补六	五	三一	十六	十六
无家别	七	一	五	二	十三	十四	三	二	五
太平寺泉眼	七	一	六	三	十六	四	五	二	六
太子张舍人遗织成褥段	十三	一	十一	五	二三	二十	七	四	十一
太岁日	二一	五	十八	十七	三五	三	三三	十七	十八
王十五司马弟出郭相访遗营草堂赀	九	三	七	十一	二三	二十	二	十一	七
王十七侍御纶许携酒至草堂奉寄此诗便请邀高三十五使君同到	十	四	三	十一	补二	二十	二二	十一	八
王竟携酒高亦同过用寒字	十	三	八	十二	补二	二十	二二	十二	八
王阆州筵奉酬十一舅惜别之作	十二	五	十	十三	补五	九	二五	十三	十
王命	十二	三	十	十二	补五	十五	二四	十二	十
王录事许修草堂赀不到聊小诘	十三	五	十一	十三	二二	七	二六	十三	八
王兵马使二角鹰	十八	二	十五	七	补八	二二	十三	七	十二
王十五前阁会	十八	三	十五	十六	二六	十	二九	十五	十四
云山	九	三	七	十一	十九	十三	二一	十一	七
云安九日郑十八携酒陪诸公宴（寒花开已尽）	十四	三	十二	十四	二三	二	二七	十四	十二
	二十	三	十七	十五	二二	一	三二	十六	十八
五盘	九	一	七	三	十八	十一	六	三	六
木皮岭	九	一	七	三	十八	十一	六	三	六
双燕	十二	一	十一	十三	二二	十三	二五	十三	十
双凤浦	二二	三	十九	十八	补十	十二	三五	十八	十九
巴山	十二	三	十	十八	四十	十五	二三	十二	十
巴西闻收京阙送班司马入京	十三	三	十	十八	四十	二二	二三	十二	十
巴西驿亭观江涨呈窦十五使君二首	十二	三	九	十二	补六 四十	四	二三	十二	九
韦讽录事宅观曹将军霸画马图	十三	二	十一	五	补五	十六	八	四	十一
长吟	十四	三	十二	十八	四十	十三	补十四	缺	十一
长江二首（众水会涪万）	十四	三	十二	十四	二五	四	二七	十四	十二
长沙送李十一（衔）	二三	四	二十	十八	三八	二一	三五	十八	二十

四　画	仇	浦	杨	钱	蔡	潘	郭	毛	玉
引水	十五	二	十二	六	补七	二六	十一	六	十四
历历	十七	三	十七	十五	二九	十五	三十	十五	十五
书堂饮既夜复邀李尚书下马月下赋绝句	二一	六	十六	十七	补八	十	三三	十七	十八
日暮（日暮风亦起）	八	三	六	十	十六	二	二十	十	十七
日暮（牛羊下来夕）	二十	三	十七	十五	二七	三	二九	十五	五
水会渡	九	一	七	三	十八	十一	六	三	六
水槛遣兴二首	十	三	八	十二	补三	七	二三	十二	八
水槛	十三	一	十一	五	二二	六	十	五	十一
水阁朝霁奉简严云安	十四	一	十二	六	二五	五	十三	七	十三
水宿遣兴奉呈群公	二一	五	十九	十七	补八	十三	三四	十七	十八
少年行二首	十	六	九	十一	补二	二五	二二	十一	七
少年行（马上谁家白面郎）	十	六	九	十一	二五	二五	二二	十二	八
见王监兵马使说近山有白黑二鹰罗者久取竟未能得王以为毛骨有异他鹰……请余赋诗二首	十八	四	十五	十六	补九	二三	三一	十六	十六
见萤火	十九	四	十六	十六	二九	二三	二八	十四	十七
丹青引赠曹将军霸	十三	二	十一	五	二十	十六	八	四	十一
中丞严公雨中垂忆见寄一绝奉答二绝	十一	六	九	十二	补三	一	二三	十二	八
中夜（中夜江山静）	十七	三	十四	十五	补四	三	三十	十五	十七
中宵	十七	三	十四	十五	补六	三	三一	十六	十六
忆幼子（骥子春犹隔）	四	三	三	九	九	九	十九	九	三
忆弟二首	六	三	五	十	十四	九	十九	十	四
忆昔二首（忆昔先皇巡朔方）	十三	二	十一	五	补七	十三	八	四	十
忆昔行（忆昔北寻小有洞）	二二	二	十八	八	三六	八	十五	八	十九
忆郑南玼（郑南伏毒寺）	十五	三	十三	十六	二九	十三	二九	十五	十四
为农	九	三	七	十一	十八	七	二一	十一	七
火	十五	一	十三	六	二八	二五	十二	六	十四
斗鸡	十七	三	十七	十五	二九	六	三十	十五	十五
今夕行	一	二	二	一	二	二	三	二	一
月夜（今夜鄜州月）	四	三	三	九	九	一	十九	九	三
月（天上秋期近）	五	三	四	十	十	一	十九	十	三
月夜忆舍弟	七	三	六	十	十四	九	二十	十	五
月圆	十七	三	十四	十五	补六	一	三一	十六	十六

附录二　九种版本杜诗篇名索引 | 323

四　　画	仇	浦	杨	钱	蔡	潘	郭	毛	玉
月三首（断续巫山雨）	十八	三	十五	十五	二九	一	二八	十四	十七
月（四更山吐月）	十七	三	十七	十五	二七	一	三二	十六	十七
从人觅小胡孙许寄	八	三	六	十	补一	二三	二十	十	五
从韦二明府续处觅绵竹	九	六	七	十一	二三	二四	二二	十一	八
从驿次草堂复至东屯茅屋二首	二十	三	十七	十四	三二	七	三二	十六	十八
凤凰台	八	一	七	三	十七	二三	六	三	六
刈稻了咏怀	二十	三	十七	十四	三三	七	三二	十六	八
公安送李二十九弟晋肃人蜀余下沔鄂	二二	三	十九	十七	三六	二	三四	十七	十九
公安送韦二少府匡赞	二十	四	十九	十七	三六	二	三四	十七	十九
公安县怀古	二二	三	十九	十七	三六	十三	三四	十七	十九
风雨看舟前落花戏为新句	二三	二	二十	八	三七	二三	十六	八	二十
风疾舟中伏枕书怀三十六韵奉呈湖南亲友	二三	五	二十	十八	补十	十三	三六	十八	二十
五　　画									
龙门	一	三	一	九	二	四	十七	九	一
龙门镇	八	一	七	三	十七	十一	六	三	六
龙门阁	九	一	七	三	十八	十一	六	三	六
对雨书怀走邀许主簿	一	三	一	九	一	一	十八	九	一
对雪（战哭多新鬼）	四	三	三	九	九	一	十九	九	三
对雨（莽莽天涯雨）	十二	三	十	十二	补五	一	二四	十二	十
对雪（北雪犯长沙）	二三	三	二十	十八	补九	一	三六	十八	二十
乐游园歌	二	二	二	七	十	二	一	一	一
去矣行	三	三	一	七	二五	二	一	十一	
去秋行	十一	二	九	四	二十	十四	九	五	八
去蜀	十四	三	十二	十八	四十	十二	二七	缺	十二
示从孙济	三	一	一	一	六	九	一	一	二
示侄佐	八	三	六	十	十四	九	二十	十	六
示獠奴阿段	十五	四	十二	十四	二八	二五	二八	十四	十四
玉华宫	五	一	四	二	十一	六	三	二	三
玉台观二首	十三	三	十一	十三	二一	八	二五	十三	十
玉腕骝	十八	三	十七	十六	补七	二二	三一	十三	六
石壕吏	七	一	五	二	十三	十四	三	二	五

五　画	仇	浦	杨	钱	蔡	潘	郭	毛	玉
石龛	八	一	七	三	十七	十一	六	三	六
石柜阁	九	一	七	三	十八	十一	六	三	六
石镜	十	三	八	十一	补一	十三	二二	十一	七
石笋行	十	二	七	四	十九	十三	七	四	七
石犀行	十	二	七	四	十九	十三	七	四	八
石砚	十四	一	十二	六	二五	十六	十一	六	十二
东楼	七	三	六	十	十六	五	二十	十	五
东津送韦讽摄阆州录事	十一	三	九	十八	四十	二一	二四	缺	缺
东屯北崦	二十	三	十七	十四	三二	十三	三二	十六	十八
东屯月夜	二十	五	十七	十四	三二	三	三二	十六	十八
可惜	十	三	八	十一	补一	二	二二	十一	八
可叹（大上浮云似白衣）	二一	二	十八	七	三三	二五	十三	七	二十
正月三日归溪上有作简院内诸公	十四	三	十二	十三	二三	二	二六	十三	十二
古柏行	十五	二	十二	六	补六	二四	七	四	十四
甘园	十二	三	十	十二	补七	十	二四	十二	九
甘林	十九	一	十六	六	三十	十	十三	七	十七
叹庭前甘菊花	三	二	二	一	六	二四	一	一	十四
北征	五	一	四	二	十	十一	三	二	三
北邻	九	三	七	十一	十九	七	二	十一	七
北风（北风破南极）	二三	三	二十	八	三六	十四	十五	八	十九
北风（春生南国瘴）	二二	五	十九	十八	补十	十二	三五	十八	十九
归燕（不独避霜雪）	七	三	六	十	十四	二三	二十	十	五
归来	十三	三	十一	十三	二二	二	二六	十三	十一
归雁（春来万里客）	十二	六	十一	十三	补五	二三	二	十一	十一
归雁（闻道今春雁）	二一	三	十八	十八	三七	二三	三五	十八	十九
归雁二首（万里衡阳雁）	二三	三	二十	十八	三九	二三	三六	十八	二十
归（束带还骑马）	十九	二三	十六	十五	二二	二八	二四	十四	十七
归梦	二二	三	十九	十三	补八	三	二五	十三	十八
发秦州	八	一	七	三	十七	十一	六	三	六
发同谷县	九	一	七	三	十八	十一	六	三	六
发阆中	十二	一	十	五	二十	十一	九	五	十
发刘郎浦	二二	二	十九	八	三六	十一	十五	八	十九

五画	仇	浦	杨	钱	蔡	潘	郭	毛	玉
发潭州	二二	三	十九	十八	三八	十二	三五	十八	十九
发白马潭	二二	三	十九	十八	三七	四	三五	十八	十九
出郭	九	三	七	十一	补二	五	二一	十一	七
田舍	九	三	七	十一	十八	七	二一	十一	七
玄都坛歌寄元逸人	二	二	一	一	六	八	一	一	一
刘九法曹郑瑕丘石门宴集	一	三	一	九	一	十	十七	九	一
四松	十三	一	十二	五	二二	二四	十	五	十一
立秋后题	七	一	五	二	十四	二	四	二	五
立秋日雨院中有作	十四	五	十一	十三	二二	二	二六	十六	十一
立春（春日春盘细生菜）	十八	四	十五	十四	补七	二	二七	十四	十三
汉川王录事宅作	十二	三	十	缺	缺	缺	二三	缺	缺
写怀二首（劳生共乾坤）	二十	一	十八	七	三三	十二	十三	七	十八
白丝行	二	一	二	一	七	二五	一	一	一
白水县崔少府十九翁高斋三十韵	四	一	三	一	八	七	二	一	三
白水明府舅宅喜雨	四	三	三	九	八	一	十八	九	二
白沙渡	九	一	七	三	十八	十一	六	三	六
白帝城最高楼（城尖径仄旌旆愁）	十五	四	十二	十四	补六	五	三一	十六	十四
白帝（白帝城头云若屯）	十五	四	十三	十四	二六	一	三十	十五	十五
白盐山	十五	三	十三	十四	二六	四	三一	十六	十四
白小	十七	三	十七	十六	补六	二三	三一	十六	十六
白露	十九	一	十六	十五	二九	二五	三十	十五	十七
白帝楼（漠漠虚无里）	二一	三	十五	十四	补六	五	三一	十六	十八
白帝城楼（江渡寒山阁）	二一	二	十五	十四	四十	五	三一	十六	十八
白凫行	二三	二	二十	八	三九	二三	十五	八	十八
白马	二三	一	二十	八	三九	十四	十五	八	二十
冬日有怀李白（寂寞书斋里）	一	三	一	九	二	十九	十八	九	一
冬日洛城北谒玄元皇帝庙	二	五	一	九	二	六	十七	九	一
冬到金华山观因得故拾遗陈公学堂遗迹	十一	一	九	五	补四	十三	九	五	九
冬狩行	十二	二	十	五	二十	十五	八	四	十
冬至（年年至日长为客）	二一	四	十八	十六	三三	三	三二	十六	十八
冬深	二二	三	十九	十五	补七	二	三一	十六	十二
冬晚送长孙渐舍人归州	二三	五	二十	十八	补十	二一	三六	十八	十九

	仇	浦	杨	钱	蔡	潘	郭	毛	玉
五　画									
台上得凉字	十二	三	十	十三	补五	五	二四	十二	九
六　画									
存殁口号二首	十六	六	十四	十六	二七	二二	二九	十五	十四
过宋员外旧庄	一	三	一	九	一	十三	十八	九	一
过南邻朱山人水亭	九	三	十一	十一	十九	七	二一	十一	十一
过郭代公故宅	十一	一	九	五	补四	十三	九	五	九
过故斛斯校书庄二首	十四	三	十一	十三	二二	二二	二六	十六	十一
过客相寻	十八	三	十六	十六	三一	二十	三十	十五	十七
过南岳入洞庭湖	二二	五	十九	十八	三六	十二	三五	十八	十九
过津口	二二	一	十九	八	三七	十一	十六	八	十九
过洞庭湖	二三	三	二十	十八	四十	十二	三六	十九	缺
戏简郑广文虔兼呈苏司业源明	三	一	二	一	三	十七	二	一	二
戏赠阌乡秦少翁短歌	六	二	五	二	十三	二五	四	二	四
戏为(韦偃)双松图歌	九	二	七	四	八	十六	七	四	七
戏作花卿歌	十	二	八	四	补二	十五	七	四	七
戏题王宰画山水图歌	九	二	七	四	八	十六	七	四	七
戏为六绝句	十一	六	九	十二	补一	十六	二二	十一	七
戏赠友二首（元年建巳月）	十一	一	九	四	补三	十七	十	五	八
戏题寄上汉中王三首	十一	三	九	十二	二二	九	二四	十二	九
戏作寄上汉中王二首	十二	六	十	十二	三三	九	二四	十二	九
戏寄崔评事表侄苏五表弟韦大少府诸侄（隐豹深愁雨）	二十	三	十七	十六	三二	十九	三二	十六	十五
戏作俳谐体遣闷二首	二十	三	十七	十六	三三	十三	三二	十六	十八
至日遣兴奉寄两院补遗二首（一作寄北省旧阁老两院故人）	六	四	五	十	十三	四	十九	十	四
至后	十四	四	十一	十三	二三	二	二六	十三	一
至德二载甫自京金光门出……有悲往事	六	三	五	十	十四	十九	十九	十	四
观安西兵过赴关中待命二首	六	三	五	十	十六	十五	二十	十	四
观兵	六	三	五	十	十六	十五	二十	十	五
观作桥成月夜舟中有述还呈李司马二首	十	三	八	十一	补二	十	二六	十三	八
观打鱼歌	十一	二	九	五	补三	十六	十	五	八
观薛稷少保书画壁	十一	一	九	五	补四	十六	九	五	九

六　　画	仇	浦	杨	钱	蔡	潘	郭	毛	玉
观公孙大娘弟子舞剑器行	二十	二	十八	七	三三	十六	十三	七	十八
观李固请司马弟山水图三首	十四	三	十一	十一	二三	十六	二六	十三	十一
西枝材寻置草堂地夜宿赞公土室二首	七	一	六	三	五	八	五	三	六
西郊	九	三	八	十一	十八	七	二一	十一	七
西山三首	十二	三	十	十二	二二	十五	二四	十二	十
西阁雨望	十七	三	十三	十四	二六	五	三一	十六	十五
西阁三度期大昌严明府同宿不到	十七	三	十三	十四	补六	五	三一	十六	十六
西阁二首	十七	五	十三	十四	二六	五	三一	十六	十五
西阁夜	十七	三	十三	十四	补七	五	三一	十六	十六
西阁口号呈元二十一	十八	六	十五	十四	补六	五	三一	十六	十八
西阁曝日	十八	一	十五	六	补六	五	十三	七	十六
有怀台州郑十八司户（虔）	七	一	五	三	十四	十九	五	三	五
有客	九	四	七	十一	十八	二十	二一	十一	七
有感五首（将帅蒙恩泽）	十一	三	十一	十二	补五	十五	三二	十六	十
有叹（壮心久零落）	二一	三	十八	十五	补七	十三	三一	十六	十八
百忧集行	十	二	八	四	补一	二五	七	四	八
百舌	十二	三	十一	十三	二二	二三	二五	十三	十
扬旗	十三	三	十一	五	二二	十五	十	五	十一
老病（老病巫山里）	十五	三	十五	十四	补七	十三	二六	十四	十三
耳聋	二十	三	十七	十五	三二	十三	三二	十六	十七
地隅	二三	三	十九	十三	补八	十二	二五	十三	十八
同诸公登慈恩寺塔	二	一	一	一	六	八	一	一	一
同李太守登历下古城员外亭	一				一	五	一		
同豆卢峰贻主客李员外贤子棐知字韵	二三	五	二十	十八	三八	九	三六	十八	二十
同元使君春陵行	十九	一	十二	七	三十	二五	十一	六	十七
曲江三章章五句	二	二	二	一	六	二五	二	一	三
曲江陪郑八丈南史饮	六	四	四	十	十二	三	十九	十	四
曲江二首	六	四	四	十	十二	三	十九	十	四
曲江对雨（苑外江头坐不归）	六	四	四	十	十二	三	十九	十	四
曲江对酒（城上春云覆苑墙）	六	四	四	十	十二	三	十九	十	四
收京三首（仙仗离丹极）	五	三	四	十	十一	十五	十九	十	三
收京（复道收京邑）	十三	三	十一	十八	四十	十五	二三	十二	十

六　画	仇	浦	杨	钱	蔡	潘	郭	毛	王
早秋苦热堆案相仍	六	四	五	二	十四	二	四	二	四
早起	十	三	八	十一	补一	二	二二	十一	七
早发射洪县南途中作	十一	一	九	五	补四	十一	九	五	九
早花	十二	三	十	十八	四十	二四	二三	十二	十
早行	二二	一	十九	八	三七	十一	十六	八	十九
早发	二二	二二	十九	八	三七	十一	十六	八	十九
回棹	二三	五	十九	十八	三九	十二	三五	十八	十九
因许八奉寄江宁旻上人	六	四	四	十	十二	八	十九	十	四
因崔五侍御寄高彭州适	九	六	七	十一	补二	十九	二一	十一	八
光禄坂行	十一	二	九	五	二十	十四	九	五	九
岁暮	十二	三	十	十一	二五	二	二一	十一	十
岁晏行	二二	二	十九	八	三六	十四	十五	八	十九
壮游	十六	一	十四	七	三四	十二	十二	六	十五
江陵节度使阳城郡王新楼成王请严侍御判官赋七字句同作	二一	四	十九	十七	补八	五	三四	十七	十八
江亭王阆州筵钱肖遂州	十三	三	十一	十三	二一	二一	二五	十三	十
江头五咏（丁香、丽春、栀子、鸂鶒、花鸭）	十	一	九	十二	十八	二三	二三	十二	八
江村	九	四	七	十一	十八	七	二一	十一	七
江涨（江涨柴门外）	九	三	七	十一	十八	四	二一	十一	七
江涨（江发蛮夷涨）	十	三	十八	十一	补九	四	二一	十一	七
江亭	十	三	八	十二	补一	五	二二	十一	七
江上值水如海势聊短述	十	四	八	十一	补一	十三	二六	十三	八
江畔独步寻花七绝句（江上被花恼不彻）	十	六	八	十二	十八	二四	二三	十二	七
江亭送眉州辛别驾升之	十二	三	十	十二	补五	二一	二四	十二	十
江边星月二首	二一	三	十九	十七	补九	一	三四	十七	十八
江陵望幸	十二	五	十	十七	补八	四	三四	十七	十八
江上（江上日多雨）	十五	三	十四	十五	二七	十三	三十	十五	十五
江月	十七	三	十四	十五	三一	一	三十	十五	十五
江梅	十八	三	十五	十七	三五	二四	二三	十七	十八
江雨有怀郑典设	十八	四	十五	十六	补七	一	二七	十四	十六
江阁卧病走笔寄呈崔卢两侍御	二二	三	二十	十八	三七	十六	三五	十八	十九

六　画	仇	浦	杨	钱	蔡	潘	郭	毛	玉
江汉（江汉思归客）	二三	三	十九	十五	二七	十三	三十	十五	十八
江南逢李龟年	二三	六	二十	十七	三七	十六	三四	十七	十八
江阁对雨有怀行营裴二端公	二三	一	二十	十八	三七	一	三五	十八	二十
军中醉歌寄沈八刘叟	十三	三	二十	十八	四十	缺	补十二	缺	十一
次空灵岸	二二	一	十九	八	三七	十一	十六	八	十九
次晚洲	二二	一	十九	八	三七	一	十六	八	十九
后出塞五首	四	一	三	三	六	十五	五	三	六
后游（修觉寺）	九	三	八	十一	补一	八	二一	十一	七
后苦寒行	二一	二	十八	七	三五	二	十三	七	十八
宇文晁尚书之甥崔彧司业之孙尚书之子重泛郑监审前湖	二一	四	十八	十七	补八	二一	三三	十七	十八
成都府	九	一	七	三	十八	十一	六	三	六
负薪行	十五	三	十二	六	二六	二五	十三	七	十四
自阆州领妻子却赴蜀山行三首	十三	三	十一	十三	二一	十二	二五	十三	十
自京赴奉先县咏怀五百字	四	一	三	一	六	十二	一	一	二
自瀼西荆扉且移居东屯茅屋四首	二十	三	十七	十四	三二	七	三二	十六	十八
自平	二十	二	十八	五	补六	十四	十一	六	十八
行次昭陵	五	五	四	十	十一	六	十七	九	一
行次盐亭县聊题四韵奉简严遂州蓬州两使君咨议诸昆季	十二	三	十	十三	二	十二	二四	十二	九
行官张望补稻畦水归	十九	一	十六	六	二八	七	十一	六	十七
行次古城店泛江作不揆鄙拙奉呈江陵幕府诸公	二一	五	十八	十七	补八	十二	三三	十七	十八
舟前小鹅儿	十二	三	十	十三	补三	二三	二二	十二	八
舟月对驿近寺	二一	三	十九	十七	补九	一	三四	十七	十八
舟中（风餐江柳下）	二一	三	十九	十七	补九	十二	三四	十七	十八
舟出江陵南浦奉寄郑少尹审	二二	五	十九	十七	补九	十二	三四	十七	十九
舟中夜雪有怀卢十四侍御弟	二三	三	二十	十八	补四	一	三六	十八	二十
舟中苦热遣怀奉呈阳中丞通简台省诸公	二三	一	二十	八	三九	十二	十六	八	二十
伤春五首（天下兵虽满）	十三	五	十一	十三	二十	二	二八	十四	十
伤秋（林僻来人少）	二十	五	十七	十五	三二	二	三十	十五	十八
向夕（畎亩孤城外）	二十	三	十七	十五	三四	三	三二	十六	十八

	仇	浦	杨	钱	蔡	潘	郭	毛	玉
六　　画									
多病执热奉怀李尚书之芳	二一	四	十九	十七	补八	二	三四	十七	十八
朱凤行	二三	二	二十	三	三九	二三	十五	八	二十
七　　画									
李监宅（二首）	一	三	一	九	二	七	补一 十七	九	一
李鄠县丈人胡马行	六	二	五	二	十三	二三	四	二	四
李司马桥了承高使君自成都回	十	六	八	十一	补二	十	二六	十三	八
李潮八分小篆歌	十八	二	十五	七	补八	十六	十四	七	十六
投简成华两县诸子	二	二	一	四	十九	十七	七	四	一
投赠哥舒开府翰二十韵	三	五	二	九	三	十五	十七	九	二
投简梓州兼简韦十郎官	十二	六	十	十一	二一	十九	二四	十二	九
杜位宅守岁	二	一	二	九	二	三	十八	九	一
杜鹃行（古时杜鹃称望帝）	九	二	二十	十八	缺	二三	补四	缺	十三
杜鹃行（君不见昔日蜀天子）	十	一	七	四	十九	二三	七	四	七
杜鹃（西川有杜鹃）	十四	一	十二	六	二五	二三	一	六	十三
杨监又出示画鹰十二扇	十五	一	十三	六	二七	十六	十二	六	十五
丽人行	二	一	二	一	四	三	二	一	二
丽春	十	一	九	十二	十八	二三	二二	十二	八
苏端薛复筵简薛华醉歌	四	二	三	二	九	十	四	二	三
苏大侍御涣……亦见老夫倾倒于苏至矣	二三	一	二十	八	补十	十五	十五	八	二十
赤谷西崦人家	七	一	六	三	十四	七	五	三	五
赤谷	八	一	七	三	十七	十一	六	三	六
赤霄行	十四	二	十二	七	三四	二五	十三	七	十二
赤甲	十八	四	十五	十四	补七	七	二七	十四	十六
即事（闻道花门破）	七	三	六	十	十四	十五	二十	十	五
即事（百宝装腰带）	十	六	九	十一	补一	十六	二二	一	八
即事（暮春三月巫峡长）	十八	四	十五	十六	补八	二	二八	十四	十六
即事（天畔群山孤草亭）	二十	四	十七	十六	三二	二三	二九	十五	十八
村夜	九	三	八	十一	六	七	二二	十一	七
村雨（雨声传两夜）	十四	三	十一	十五	三一	一	二十	十五	十一
进艇	十	四	十一	十	十九	一	二一	十	八
严中丞枉驾见过（元戎小队出郊坰）	十一	四	九	十二	补三	二十	二三	十二	八

七　画	仇	浦	杨	钱	蔡	潘	郭	毛	玉
壯（见壮字）									
严公仲夏枉驾草堂兼携酒馔得寒字（竹里行厨洗玉盘）	十一	四	九	十二	补三	二十	二三	十二	八
严公厅宴同咏蜀道画图	十一	三	九	十二	补三	十六	二三	十二	八
严氏溪放歌（行）	十二	二	十	五	补四	二五	十	五	九
严郑公阶下小（新）松	十四	三	十一	十三	二三	二四	二六	十三	十一
严郑公宅同咏竹	十四	三	十一	十三	二三	二四	二六	十三	十一
花鸭	十	三	九	十二	十八	二三		十二	八
花底	十一	三	十	十八	四十	二四	二三	十二	九
陈拾遗故宅	十一	一	九	五	补四	十三	九	五	九
远游（贱子何人记）	十一		九	十二	补三	二二	二二	十一	九
远游（江阔浮高栋）	二二	三	十四	十五	三二	二二	二二	十六	十八
远怀舍弟颖观等	二一	五	十八	十七	三五	九	三三	十七	十八
見（见，在四画）									
君不见简苏徯	十八	二	十六	七	三三	十七	十四	七	十四
折槛行	十八	二	十五	五	补六	十四	十五	八	十八
吾宗	十九	二	十六	十五	二九	九	三十	十五	十五
更题（夜雨）（只应踏初雪）	十九	三	十六	十五	二六	一	二九	十五	十七
驱竖子摘苍耳	十九	一	十三	六	三一	十六	十一	六	十七
阻雨不得归瀼西甘林	十九		十六	六	二九	十	十二	六	十七
巫峡敝庐奉赠侍御四舅别之澧朗	十九	三	十六	十六	三一	九	三十	十五	十四
巫山县汾州唐使君十八弟宴别兼诸公携酒乐相送率题小诗留于屋壁	二一	三	十八	十七	三五	二一	三三	十七	十八
呀鹘行	二二	二	十九	十八	四十	二三	补二一	缺	十九
别崔潩因寄薛据孟云卿	十八	三	十六	十六	二七	二一	三一	十六	十四
别赞上人	八	一	六	三	十七	八	六	三	六
别房太尉墓	十三		十一	十三	二二	二二	二五	十三	十
别唐十五诫因寄礼部贾侍郎	十四	一	十一	五	补一	二十	十	五	十一
别常徵君	十四	三	十二	十四	补六	二一	二七	十四	十二
别蔡十四著作	十四		十二	五	补六	二十	十四	七	十三
别苏徯	十八	五	十六	十六	三四	二一	三一	十六	十四
别李秘书始兴寺所居	十九	二	十六	七	三十	七	十三	七	十七
别李义	二一	一	十八	七	三四	九	十四	七	十八

七　画	仇	浦	杨	钱	蔡	潘	郭	毛	玉
别董颋	二二	一	十九	八	补十	二十	十五	八	十九
别张十三建封	二三	一	二十	八	补十	二十	十五	八	二十
肖八明府实处觅桃栽	十	六	七	十一	二五	十	二二	十一	七
吹笛	十七	四	十四	十六	补四	十六	三十	十五	十五
听杨氏歌	十七	一	十三	七	三十	十六	十三	七	十四
园	十九	三	十五	十五	二五	十	二八	十四	十七
园官送菜	十九	一	十六	六	补六	十六	十一	六	十四
园人送瓜	十九	一	十六	六	二八	十	十一	六	十四
闷（瘴疠浮三蜀）	二十	三	十七	十六	三三	十三	三二	十六	十六
沙苑行	三	二	二	一	八	二三	二	一	二
初月（光细弦初上）	七	三	六	十	十四	一	二十	十	四
初冬	十四	三	十一	十三	二二	二	二六	十三	十一
泛溪	九	一	七	四	补一	四	七	四	七
泛舟送魏十八仓曹还京因寄岑中允参范郎中季明	十二	三	十	十二	补四	二一	二四	十二	九
泛江送客	十二	三	十	十二	补四	二一	二四	十二	九
泛江	十三	三	十一	十三	二十	十	二五	十三	十
怀旧（地下苏司业）	十四	三	十一	十二	补二	十九	二四	十二	十二
怀锦水居止二首	十四	三	十二	十四	二三	七	二七	十四	十三
怀灞上游	十八	三	十五	十六	二六	十三	二九	十五	十六
社日两篇（九农成德业）	二十	三	十七	十六	三一	三	三十	十五	十五
兵车行	二	二	一	一	二	十四	一	一	一
佐还山后寄三首	八	三	六	十	十四	九	二十	十	六
狂夫	九	四	七	十一	十九	七	二一	十一	七
狂歌行赠四兄	十四	四	十五	十八	四十	九	补十六	缺	十二
近闻	十五	二	十二	六	二六	十四	十一	六	十二
返照（楚王宫北正黄昏）	十五	四	十四	五	二八	一	二八	十四	十七
返照（反照开巫峡）	二十	三	十七	十五	三三	三	三二	十六	十八
鸡	十七	三	十七	十六	补六	二三	二一	十六	十六
八　画									
奉赠韦左丞丈二十二韵	一	一	一	一	三	十七	一	一	一
奉寄河南韦尹丈人	一	三	一	九	补十	十九	十八	九	一

八　画	仇	浦	杨	钱	蔡	潘	郭	毛	玉
奉赠太常张卿均二十韵	三	五	二	九	五	十七	十七	九	一
奉赠鲜于京兆二十韵	二	五	二	九	四	十七	十七	九	一
奉同郭给事汤东灵湫作	四	一	三	一	十三	四	二	一	二
奉先刘少府新画山水障歌	四	二	三	一	六	十六	四	二	二
奉留赠集贤院崔于二学士	二	五	二	九	三	十九	十九	九	二
奉酬薛十二丈判官见寄	十九	一	十六	七	三四	十七	十三	七	十七
奉赠射洪李四丈	十一	一	九	五	补四	十七	九	五	九
奉赠李八丈判官曛	二三	一	二十	八	缺	九	十五	八	二十
奉送魏六丈佑之交广	二三	一	二十	八	补十	二十	十五	八	十九
奉送郭中丞兼太仆卿充陇右节度使三十韵	五	五	三	十	十	二一	十九	十	三
奉赠严八阁老	五	二	四	十	十	十九	十九	十	三
奉和贾至舍人早朝大明宫	五	四	四	十	十二	六	十九	十	四
奉赠王中允（维）	六	三	四	十	十二	十九	十九	十	四
奉陪郑驸马韦曲二首	三	三	四	十	十二	十	十九	十	四
奉送严公入朝十韵	十一	五	九	十二	补三	二一	二三	十二	八
奉酬严公寄题野亭之作	十	四	九	十二	补三	二十	二三	十二	八
奉和严中丞西城晚眺	十一	五	九	十二	补三	五	二三	十二	八
奉答岑补阙见赠	六	三	四	十	十二	十九	十九	十	四
奉酬李都督表丈早春作	九	三	八	十一	补一	二	二一	十一	七
奉待严大夫	十三	四	十一	十三	二	十九	二五	十三	八
奉送崔都水翁下三峡	十二	三	十	十八	四十	二一	二四	缺	九
奉济驿重送严公四韵	十一	三	九	十二	补三	二一	二三	十二	八
奉待（寄）高常侍	十三	四	十	十三	补三	十九	二五	十三	十二
奉简高三十五使君	九	三	七	十一	补二	十九	补五	十一	七
奉观严郑公厅事岷山沱江画图十韵	十四	五	十一	十三	二三	十六	二六	十三	十
奉和严郑公军城早秋	十四	六	十一	十三	二二	二	二六	十三	十
奉寄别马巴州	十三	四	十一	十三	二十	十九	二五	十三	八
奉汉中王手札报韦侍御肖尊师亡	十六	五	十四	十六	补七	二二	三一	十六	十四
奉汉中王手札	十五	五	十四	十四	二九	九	二七	十四	十四
奉寄李十五秘书（文嶷）二首	十五	三	十三	十六	二五	十九	二九	十五	十四
奉送韦中丞之晋赴湖南	二二	三	十八	十六	三十	二十	三一	十六	二十
奉送十七舅下邵桂	十七	三	十四	十五	补七	九	三一	十六	十六

八　画	仇	浦	杨	钱	蔡	潘	郭	毛	玉
奉贺阳城郡王太夫人恩命加邓国太夫人	二一	五	十七	十七	补八	二二	三四	十七	十二
奉送蜀州柏二别驾……因示从弟行军司马位	十八	四	十五	十七	三五	二一	三二	十六	十六
奉送卿二翁统节度镇军还江陵	二十	三	十七	十六	补六	二一	三一	十六	十八
奉送苏州李二十五长史丈之任	二一	五	十八	十七	补八	二一	三三	十七	十八
奉酬寇十侍御锡见寄四韵	二三	三	二十	十八	三七	十九	三六	十八	二十
奉送二十三舅录事之摄郴州（崔伟）	二三	五	二十	十八	补十	九	三六	十八	二十
奉赠肖二十使君	二三	五	二十	十八	补十	十八	三六	十八	二十
奉送王信州崟北归	十九	五	十六	十八	二八	二一	三五	十八	十九
奉赠卢五丈参谋琚	二二	五	二十	十八	三八	十八	三六	十八	二十
武侯庙（遗像丹青落）	十五	六	十二	十四	补六	六	三一	十六	十四
画鹘行	六	一	四	二	十三	十六	三	二	三
画鹰	一	三	一	九	一	十六	十八	九	一
苦雨奉寄陇西公兼呈王征士	三	一	二	一	四	一	一	一	二
苦竹	七	三	六	十	十四	二四	二十	十	五
苦战行	十一	二	九	四	二十	十四	九	五	八
述怀	五	一	三	二	十	十二	三	二	三
述古三首	十二	一	十	四	二十	十三	八	四	九
青阳峡	八	一	七	三	十七	十一	六	三	六
青丝	十四	二	十二	六	二一	十四	十一	六	十一
建都十二韵	九	五	八	十一	十九	四	二十	十一	九
范二员外邈吴十侍御郁特枉驾阙展待聊寄此作	十	三	八	十一	补二	二十	二二	十一	八
茅屋为秋风所破歌	十	二	八	四	补六	六	十	五	十二
茅堂检校收稻二首	二十	三	十七	十四	三二	七	三二	十六	十八
拨闷（闻道云安麹米春）	十四	四	十二	十三	三三	十三	二六	十三	十二
到村	十四	五	十一	十三	二二	七	二六	十三	十一
承沈八丈东美除膳部员外阻雨未遂驰贺奉寄此诗	三	五	二	九	五	二二	十八	九	二
承闻河北诸节度入朝欢喜口号绝句十二首	十八	六	十五	十五	补五	十五	二八	十四	十六
承闻故房相公灵榇自阆州归葬东都二首	十四	三	十二	十四	二五	二二	二七	十四	十二

附录二　九种版本杜诗篇名索引 | 335

八　画	仇	浦	杨	钱	蔡	潘	郭	毛	玉
昔游（昔者与高李）	十六	一	十四	七	三五	十九	十一	六	十六
昔游（昔谒华盖君）	二十	一	十七	三	八	八	五	三	五
孤雁	十七	三	十七	十六	二六	二三	二九	十五	十五
孟氏	十九	三	十六	十五	二九	十九	三十	十五	十七
孟仓曹步趾领新酒酱二物满器见遗老夫	二十	三	十七	十六	三一	二一	三十	十五	十七
孟冬	二十	三	十七	十六	三三	二	三二	十六	十六
两当县吴十侍御江上宅	八	一	六	三	十六	七	六	三	六
雨过苏端	四	一	三	二	九	二十	四	二	三
雨晴（天外秋云薄）	七	三	六	十	十四	一	二十	十	四
雨（冥冥甲子雨）	十四	三	十二	十五	补七	一	三二	十六	十三
雨（峡云行清晓）	十五	一	十三	六	二八	一	十二	六	十四
雨（行云递崇高）	十五	一	十三	六	三十	一	十二	七	十二
雨二首（青山澹无姿空山中宵阴）	十五	一	十三	六	补九	一	十二	六	十四
雨（山雨不作泥）	十九	一	十六	六	二五	一	十二	六	十八
雨四首（微雨不滑道）	二十	一	十七	十五	三二	一	三二	十六	十八
雨晴（雨时山不改）	十五	三	十四	十五	三一	一	三十	十五	十五
雨不绝（鸣雨既过渐细微）	十五	四	十三	十四	补七	一	二七	十四	十六
雨（万木云深隐）	十五	一	十六	十五	二六	一	二九	十五	十五
雨（始贺天休雨）	十五	三	十五	十五	补七	一	二八	十四	十六
枏（见楠字）									
玩月呈汉中王	十一	三	九	十二	三一	一	二三	十二	九
咏怀古迹五首	十七	四	十三	十五	三一	十三	三十	十五	十五
咏怀二首（人生贵是男）	二二	一	十九	八	三八	十二	十五	八	十九
虎牙行	二十	二	十八	七	三五	二五	十三	七	十八
房兵曹胡马（诗）	一	三	一	九	一	二三	十八	九	一
郑驸马宅宴洞中	一	四	一	九	二	十	十七	九	一
郑驸马池台喜遇郑广文同饮	五	四	四	十	十二	十	十九	十	三
郑典设自施州归	二十	一	十七	六	二九	十七	十三	七	十二
夜宴左氏庄	一	三	一	九	一	十	十八	九	一
夜听许十一诵诗爱而有作	三	一	二	一	七	十六	二	一	二
夜（露下天高秋气清）	十七	四	十三	十五	三六	三	三一	十六	十五

八　画	仇	浦	杨	钱	蔡	潘	郭	毛	玉
夜宿西阁晓呈元十二曹长	十八	三	十五	十四	补六	五	三一	十六	十八
夜雨（小雨夜复密）	十九	三	十六	十五	二六	一	二九	十五	十七
夜二首（白夜月休弦）	二十	三	十七	十五	三二	三	三二	十六	十八
夜（绝岸风威动）	二十	三	十七	十五	补五	三	三二	十六	十七
夜归（夜半归来冲虎过）	二一	二	十八	七	三五	三	十三	七	十八
夜间觱篥	二二	二	十九	八	三六	十六	十五	八	十九
诣徐卿觅果栽	九	六	九	十一	缺	十	二二	十一	八
官定后戏赠	三	三	二	九	五	十三	十八	九	二
官池春雁二首	十二	六	十	十二	补三	二二	二三	十二	八
官亭夕坐戏简颜少府	二二	三	十九	十七	补九	十九	三四	十七	十九
羌村三首	五	一	四	二	十一	十二	三	二	三
废畦	八	三	六	十	十五	十六	二十	十	六
空囊	八	三	六	十	十六	十三	二十	十	六
法镜寺	八	一	七	三	十七	十一	六	三	六
泥功山	八	一	七	三	十七	十一	六	三	六
留别贾严二阁老两院补阙	五	三	四	十	十	二一	十九	十	三
留花门	七	一	五	二	十二	十四	三	二	三
留别公安太易沙门	二二	四	十九	十七	三六	八	三四	十七	十九
放船（送客苍溪县）	十二	三	十	十三	补五	十	二五	十三	十
放船（收帆下急水）	十四	三	十二	十八	四十	十二	二七	？缺	十二
宗武生日	十七	五	九	十六	补四	九	三一	十六	九
泊松滋江亭	二二	三	十八	十七	补八	五	三三	十七	十八
泊岳阳城下	二二	三	十九	十八	三六	十二	三五	十八	十九
贫交行	二	二	二	一	七	二五	一	一	一
和裴迪登新津寺寄王侍郎	九	三	七	十一	十九	八	二二	十一	八
和裴迪登蜀州东亭送客逢早梅相忆见寄	九	四	八	十一	二五	二四	二二	十一	七
和江陵宋大少府暮春雨后同诸公及舍弟宴书斋	二一	三	十八	十七	补八	十	三三	十七	十八
佳人	七	一	五	三	十六	九	五	三	五

	仇	浦	杨	钱	蔡	潘	郭	毛	玉
八　　画									
所思（郑老身仍窜）	八	三	八	十二	补二	十九	二四	十二	五
所思（苦忆荆州醉司马）	十	四	七	十一	十八	十九	二一	十一	八
凭何十一少府邕觅桤木栽	九	六	七	十一	二五	二四	二二	十一	七
凭孟仓曹将书觅土娄旧庄	二十	三	十七	十六	三二	七	三二	十六	十七
凭韦少府班觅松树子栽	九	六	七	十一	二五	二四	二二	十一	七
征夫	十二	三	十	十二	补五	十二	二四	十二	十
舍弟占归草堂检校聊示此诗	十二	三	十	十二	二三	七	二六	十三	十
舍弟观归蓝田迎新妇送示二首	十九	三	十六	十六	二五	九	二八	十四	十七
舍弟观赴蓝田取妻子到江陵喜寄三首	二一	四	十八	十六	三三	九	三二	十六	十八
禹庙	十四	三	十二	十四	二三	六	二七	十四	十二
往在	十六	一	十四	七	补八	十四	十二	六	十三
季秋苏五弟缨江楼夜宴崔十二评事韦少府侄三首	二十	三	十七	十六	三二	十	三二	十六	十七
季秋江村	二十	三	十七	十四	三二	二	二一	十六	十七
季夏送乡弟韶陪黄门从叔朝谒	十九	四	十六	十六	二八	二一	二八	十四	十七
岳麓山道林二寺行	二二	五	十九	八	三七	八	十六	八	二十
九　　画									
鸥	十七	三	十七	十六	补六	二三	三一	十六	十六
春日忆李白	一	三	一	九	二	十九	十八	九	一
春望（国破山河在）	四	三	三	九	九	二	十九	九	三
春宿左省	六	三	四	十	十二	六	十九	十	四
春夜喜雨	十	三	八	十一	十八	一	二三	十二	七
春水	十	三	八	十一	补一	二	二二	十一	七
春水生二绝	十	六	八	十一	十八	二	二三	十二	七
春日梓州登楼二首	十一	三	十	十二	补四	五	二四	十二	九
春日戏题恼郝使君兄	十一	二	十	五	补四	二	九	五	九
春归	十三	五	十一	十三	二二	二	二一	十一	十一
春日江村五首（农务村村急）	十四	三	十二	十三	二三	二六	十三	十二
春远（肃肃花絮晚）	十四	三	十二	十三	二五	二一	二五	十三	十二
春夜峡州田侍御长史津亭留宴得筵字	二一	三	十八	十七	三五	三	三三	十七	十八
城西陂泛舟	三	四	二	九	八	十	十八	九	二
城上	十三	三	十一	十二	二十	五	二三	十二	十

九　画	仇	浦	杨	钱	蔡	潘	郭	毛	玉
除架	八	三	六	十	十五	十六	二十	十	六
除草	十四	一	十二	五	二二	二四	十一	六	十四
南邻	九	四	七	十一	十九	七	二一	十一	七
南池	十三	一	十一	五	二十	四	九	五	十
南楚	十四	三	十二	十四	补七	四	二七	十四	十三
南极	十八	五	十五	十五	三二	二	三一	十六	十六
南征	二二	三	十一	十九	补八	十二	二五	十二	十八
柏学士茅屋（一本柏字前有"题"字）	二一	四	十七	十六	三三	七	三二	十六	十八
枯棕	十	一	八	四	补七	二四	八	四	八
枯楠	十	一	八	四	补七	二八	八	四	八
柳边	十一	三	十	十八	四十	二四	二三	缺	九
柳司马至	二一	五	十八	十六	三三	十五	三二	十六	十八
郪城西原送李判官兄武判官弟赴成都府	十二	三	十	十二	补四	二一	二四	十二	九
草堂即事	十	三	八	十一	补二	七	二二	十一	八
草堂	十三	一	十一	五	二二	六	十	五	十一
草阁（草阁临无地）	十七	三	十四	十五	三一	五	三十	十五	十七
相从行赠严二别驾	十一	二	九	五	补四	二五	十	五	九
屏迹二首（一作三首）	十	一、三	九、八	十二	补三	十二	二三、十	十二、五	八
院中晚晴怀西郭茅舍	十四	四	十一	十三	二二	六	二六	十三	十一
毒热寄简崔评事十六弟	十五	一	十三	六	补九	二	十二	六	十四
牵牛织女	十五	一	十三	六	二九	三	十二	六	十四
故武卫将军挽词三首	二	三	二	九	八	二二	十九	九	一
故司徒李公光弼	见《八哀诗》									
故秘书少监武功苏公源明	同上									
故著作郎郑公虔	同上									
故国相张公九龄	同上									
昼梦	十八	四	十五	十六	补七	三	二七	十四	十六
荆南兵马使太常卿赵公大食刀歌	十八	二	十五	七	三五	十六	十三	七	十二
柴门	十九	一	十六	六	二九	六	十一	六	十七
树间	十九	三	十六	十四	三十	二四	三十	十五	十一

九　画	仇	浦	杨	钱	蔡	潘	郭	毛	玉
临邑舍弟书至苦雨黄河泛溢堤防之患簿领所忧因寄此诗用宽其意	一	五	一	九	一	四	十八	九	二
贻阮隐居昉	七	一	五	三	十五	八	五	三	四
贻华阳柳少府	十五	一	十三	六	二九	十七	十一	六	十四
赴青城县出成都寄陶、王二少尹	十	三	八	十一	补二	十九	二一	十一	七
畏人（早花随处发）	十	三	九	十二	补三	二	二二	十一	八
竖子至	十八	三	十六	十四	二五	十	二八	十	十七
览柏中丞允兼子侄数人除官制词因述父子兄弟四美载歌丝纶	十八	五	十五	七	三六	二二	十三	七	十四
览镜呈柏中丞	十八	三	十五	十六	补七	十三	三一	十六	十四
幽人	二三	一	二十	三	十	八	五	三	十九
姜楚公画角鹰歌	十一	三	九	五	补三	十六	十	五	九
送孔巢父归游江东兼呈李白	一	二	一	二	二十	二	一	一	三
送高三十五书记十五韵	二	一	二	二	四	二十	二	一	二
送书记赴安西	二	一	二	九	二十	二一	十八	九	二
送张二十参军赴蜀川因呈杨五侍御	三	二	二	九	十五	二一	十八	九	二
送裴二虬尉永嘉	二	一	二	二十	二一	二一	十八	九	二
送重表侄王砅评事使南海	二三	一	二十	八	三八	九	十五	八	十九
送蔡希鲁都尉还陇右寄高三十五书记	三	五	三	九	四	二一	十八	九	二
送率府程录事还乡	五	一	二	二	九	二十	四	二	四
送樊二十三侍御赴汉中判官	五	一	二	二	十	二十	四	二	三
送韦十六评事充同谷防御判官	五	一	二	二	十	二十	四	二	三
送长孙九侍御赴武威判官	五	一	二	二	十	二十	四	二	三
送从弟亚赴河西判官	五	一	二	二	二	二十	四	二	三
送灵州李判官（羯胡腥四海）	五	三	三	附十八	四十	二一	二十	缺	六
送杨六判官使西蕃	五	五	十	十	二一	十九	十	二	三
送郑十八虔贬台州司户……情见于诗	五	四	四	十	十二	二一	十九	十	三
送贾阁老出汝州	六	三	四	十	十二	二一	十九	十	四
送翰林张司马南海勒碑	六	三	四	十	十二	二一	十九	十	四
送许八拾遗归江宁觐省……志诸篇末	六	五	四	十	十二	二一	十五	十	四
送李校书二十六韵	六	一	二	二	十二	九	四	二	四
送远	八	三	六	十	十六	二一	二十	十	六
送人从军	八	三	六	十	十六	二十	二十	十	六

九　画	仇	浦	杨	钱	蔡	潘	郭	毛	玉
送裴五赴东川	十	三	八	十一	补二	二一	补六	十一	八
送韩十四江东省觐	十	四	八	十一	补二	二一	二二	十一	八
送李卿煜	十二	三	十一	十二	补五	九	二四	十二	十
送韦讽上阆州录事参军	十三	一	十一	五	补五	二十	八	四	十一
送舍弟颖赴齐州三首	十四	三	十一	十三	二二	九	二六	十三	十一
送王侍御往东川	十四	三	十一	十八	四十	缺	补十三	缺	十二
送殿中杨监赴蜀见相公	十五	一	十三	六	补六	二十	十二	六	十五
送十五弟侍御使蜀	十七	三	十六	十六	二九	九	二八	十四	十四
送卢十四弟侍御护韦尚书灵榇归上都二十四韵	二三	五	二十	十八	三八	二二	三六	十八	二十
送鲜于万州迁巴州	十八	三	十八	十六	补七	二一	三一	十六	十六
送何侍御归朝	十二	三	十	十二	补五	二一	二四	十二	九
送王十五判官扶侍还黔中	十二	四	十	十二	补八	二一	二四	十二	九
送韦郎司直归成都	十二	三	十	十三	二一	一	二五	十三	九
送窦九归成都	十二	三	十	十八	四十	十六	二四	缺	九
送陵州路使君赴任	十二	五	十	十二	补五	二一	二四	十二	九
送元二适江左	十二	三	十	十二	补五	二一	二四	十二	九
送李功曹之荆州充郑侍御判官重赠	十八	三	十六	十六	二二	二一	二九	十四	十四
送王十六判官	十八	三	十六	十六	补六	二一	三一	十六	十六
送司马入京	十三	三	十一	十八	四十	二一	二三	十二	十
送惠二归故居	（见《闻惠子过东溪》）								
送李八秘书赴杜相公幕	十九	四	十六	十六	三三	二一	二九	十五	十七
送孟十二仓曹赴东京选	二十	三	十七	十六	三三	二二	三二	十六	十七
送高司直寻封阆州	二一	一	十八	七	三四	二十	十四	七	十八
送田四弟将军夔州柏中丞命起居江陵节度使阳城郡王卫公幕	二一	三	十七	十六	三一	二一	三十	十五	十五
送大理封主簿五郎	二一	五	十八	十七	三五	九	三三	十七	十八
送顾八分文学适洪吉州	二二	一	十九	八	三九	十六	十六	八	十九
送覃二判官	二二	五	十九	十六	三六	二一	三一	十六	十五
送严侍郎到绵州同登杜使君江楼宴	十一	五	九	十二	补三	五	二三	十二	八
送梓州李使君之任	十一	五	九	十三	二一	二一	二五	十三	八
送段功曹归广州	十一	三	八	十二	补三	二一	二二	十一	八
送赵十七明府之县	二三	三	三十	十八	补十	二一	三六	十八	二十

九　　画	仇	浦	杨	钱	蔡	潘	郭	毛	玉
送路六侍御人朝	十二	四	十	十二	补四	二一	二四	十一	九
前出塞九首	二	一	二	三	五	十五	五	三	六
前苦寒行二首	二一	二	十八	七	三四	二	十三	七	十八
哀王孙	四	二	三	一	九	九	二	一	三
哀江头	四	二	三	一	九	九	二	一	三
宣政殿退朝晚出左掖	六	四	四	十	十二	六	十九	十	四
洗兵马	六	二	五	二	十一	十四	四	二	五
恨别	九	四	七	十一	十九	十二	二一	十一	六
客至	九	四	八	十一	补一	二十	二一	十一	七
客夜（客睡何曾著）	十一	三	九	十二	补五	十二	二四	十二	九
客亭（秋窗犹曙色）	十一	三	九	十二	补五	十二	二四	十二	九
客旧馆	十二	三	十	十八	四十	十三	补十一	缺	九
客居	十四	一	十二	六	补六	六	十一	六	十三
客堂	十五	一	十二	六	补六	六	十一	六	十三
客从（南溟来）	二三	一	二十	八	三七	十四	十五	八	十九
闻斛斯六官未归	十	二	八	十	补一	二十	二二	十一	八
闻官军收河南河北（剑外忽闻收蓟北）	十一	四	九	十二	补四	十三	二四	十二	九
闻高常侍亡	十四	三	十二	十四	二三	二二	二七	十四	十二
闻惠子（一作二）过东溪	十八	二	十五	十八	四十	十九	三六	十	十七
洛阳	十七	三	十七	十五	二九	十五	三十	十五	十五
洞房	十七	三	十七	十五	二九	十五	三十	十五	十五
阁夜	十八	四	十五	十四	补六	五	三一	十六	十六
庭草（楚草经寒碧）	十八	三	十五	十七	三五	二四	三三	十七	十八
祠南夕望	二二	三	十九	十八	三七	六	三五	十八	十九
重题郑氏东亭（华亭入翠微）	一	三	五	九	十四	五	十七	九	一
重题（过）河氏五首	三	三	二	九	三	十	十八	九	二
重经昭陵	五	五	四	十	十一	六	十七	九	一
重简王明府	十	三	八	十一	十九	十九	二二	十一	八
重赠郑炼（绝句）	十	六	八	十一	补二	二二	二二	十一	八
重题（哭李尚书之芳）	二二	三	十九	十七	补九	二二	三四	十七	十八

九　画	仇	浦	杨	钱	蔡	潘	郭	毛	玉
重送刘十弟判官	二二	五	二十	十八	三八	二一	三六	十八	二十
秋雨叹三首	三	二	二	一	四	一	一	一	二
秋笛	八	三	六	十	十五	十六	二十	十	五
秋日阮隐居致薤三十束	八	三	六	十	十五	十六	二十	十	五
秋尽（秋尽东行且未回）	十一	四	九	十二	补四	二	二六	十三	九
秋风二首	十七	二	十六	七	二九	二	十三	七	十五
秋兴八首	十七	四	十三	十五	三二	二	三十	十五	十五
秋日夔州咏怀奉寄郑监（审）李宾客（之芳）一百韵	十九	五	十六	十五	三十	十八	十九	十五	十四
秋行官张望督促东渚耗稻向毕清晨遣女奴阿稽竖子阿段往问	十九	一	十六	六	二九	七	十三	七	十七
秋清（高秋苏肺气）	十九	三	十七	十五	二二	二	二九	十五	十八
秋峡（江涛万古峡）	十九	三	十七	十五	三二	十三	三十	十五	十七
秋日寄题郑监湖上亭三首	二十	三	十四	十六	二七	十	二九	十五	十五
秋野五首（秋野日舒芜）	二十	三	十七	十四	三十	二	三十	十五	十八
秋日荆南述怀三十韵	二一	五	十九	十七	补九	十三	三四	十七	十八
秋日荆南送石首薛明……之作三十韵	二一	五	十九	十七	二七	十八	三四	十八	十八
剑门	九	一	七	三	十八	十一	六	三	六
独酌成诗（灯花何太喜）	五	三	四	十	十一	十	十九	十	三
独立	六	三	五	十	十五	十三	二十	十	五
独酌	十	三	八	十一	补一	十	二二	十一	八
独坐（悲秋回白首）	十四	三	十九	十七	补九	十三	三四	十七	十八
独坐二首（竟日雨冥冥）	二十	三	十七	十五	三二	十三	三二	十六	十八
垂老别	七	一	五	二	十三	十四	三	二	五
垂白	十七	三	十四	十五	三一	十三	三四	十五	十五
促织	七	三	六	十	十四	二三	二十	十	五
绝句漫兴九首	九	六	八	十二	补一	二	二二	十一	七
绝句（江边踏青罢）	十	五	九	十二	补四	二	二四	十二	九
绝句二首（迟日江山丽）	十三	五	十一	十三	二一	二	二五	十三	十一
绝句六首（日出篱东水）	十三	六	十二	十三	三七	二五	二六	十三	十一
绝句四首（堂西长笋别开门）	十三	六	十二	十三	二二	二五	二六	十三	八
绝句三首（闻道巴山里）	十四	六	十二	十八	四十	二五	补五	缺	十二
信行远修水筒	十五	一	十三	六	二八	二五	十一	六	十四

九　画	仇	浦	杨	钱	蔡	潘	郭	毛	玉
种莴苣	十五	一	十三	六	二九	十六	十三	七	十四
复愁十二首	二十	六	十七	十五	三二	二五	三十	十五	十七
复阴	二一	二	十八	七	三五	一	十三	七	十八
追酬高蜀州人日见寄	二三	二	二十	八	补十	三	十五	八	二十
逃难	二三	一	二十	十八	四十	十二	补二四	缺	十
十　画									
陪王侍御同登东山最高顶宴姚通泉晚携酒泛江	十一	二	九	五	补四	十	九	五	九
陪李北海宴历下亭	一	一	一	一	一	五	一	一	一
陪郑广文游何将军山林十首	二	三	二	九	三	十	十八	九	二
陪诸贵公子丈八沟携妓纳凉晚际遇雨	三	三	二	九	八	十	十八	九	二
陪李金吾花下饮	三	三	二	九	八	十	十八	九	二
陪李七司马皂江上观造竹桥……聊题短作简李公	十	四	八	十一	补二	十	二六	十三	八
陪王侍御宴通泉东山野亭	十一	三	九	十二	缺	十	二四	十二	九
陪李梓州王阆州苏遂州李果州四使君登惠义寺	十二	三	十	十二	补五	八	二四	十二	九
陪王汉州留杜绵州泛房公西湖	十二	三	十	十三	二一	十	二三	十二	九
陪章留后侍御宴南楼	十二	五	十	十二	补五	五	二四	十二	九
陪章留后惠义寺饯嘉州崔都督赴州	十二	五	十	五	补五	二十	八	四	九
陪王使君晦日泛江就黄家亭子二首	十三	五	十一	十三	二十	十	二五	十三	十
陪诸公上白帝城头宴越公堂之作	十五	五	十二	十四	补七	五	二八	十四	十四
陪严郑公秋晚北池临眺	十四	五	十一	十八	四十	五	二六	缺	十一
陪柏中丞观宴将士二首	十八	三	十五	十六	补七	十五	三一	十六	十四
陪裴使君登岳阳楼	二二	三	十九	十八	三六	五	三五	十八	十九
桥陵诗三十韵因呈县内诸官	三	五	三	一	六	六	二	一	二
夏日李公见访	三	三	二	一	七	二十	二	二	二
夏日叹	七	一	五	二	十二	二	三	二	五
夏夜叹	七	十五	十七	二	十二	二	三	二	五
夏夜李尚书筵送宇文石首赴县联句	二一	五	十九	十七	初八	二一	三三	十七	十八
夏日杨长宁宅送崔侍御常正字入京得深字	二一	三	十九	十七	补八	二一	三三	十七	十八
捣衣	七	三	六	十	十四	二五	二十	十	五

十　画	仇	浦	杨	钱	蔡	潘	郭	毛	玉
桔柏渡	九	一	七	三	十八	十一	六	三	六
恶树	十	三	八	十一	补一	二四	二二	十一	七
通泉驿南去通泉县十五里山水作	十一	一	九	五	补四	十一	九	五	九
通泉县署屋壁后薛少保画鹤	十一	一	九	五	补四	十六	九	五	九
桃竹杖引赠章留后	十二	二	十	五	二十	十六	八	四	十
骊山	十七	三	十七	十五	二九	十五	二十	十五	十五
破船	十三	一	十一	五	二二	六	十	五	十一
莫相疑行	十四	二	十二	五	二一	二五	九	五	十二
热三首（雷霆空霹雳）	十五	三	十三	十五	二八	二	二八	十四	十四
聂耒阳以仆阻水……舟行一日时属江涨泊于方田	二三	一	二十	八	三九	十一	十六	八	二十
蚕穀行	二二	二	二十	五	初八	十四	十五	八	十八
秦州杂诗二十首	七	三	六	十	十五	四	二十	十	五
秦州见敕目薛三璩援司议郎毕四曜除监察与二子有故远喜迁兼述索居凡三十韵	八	五	六	十	十六	二二	二十	十	六
哭长孙侍御	五	三	二十	附十八	十	二二	十九	十	三
哭台州郑司户苏少监（故旧谁怜我）	十四	五	十一	十八	四十	二二	二七	缺	十一
哭严仆射归榇	十四	三	十二	十四	二三	二二	二七	十四	十二
哭王彭州抡	十七	五	十五	十六	二七	二二	二九	十五	十五
哭李尚书（之芳）	二二	五	十九	十七	补九	二二	三四	十七	十八
哭李常侍峄二首	二二	三	十九	十八	补九	二二	三六	十八	十八
哭韦大夫之晋	二二	五	二十	十八	补九	二二	三六	十八	十九
峡中览物（曾为掾吏趋三辅）	十五	四	十三	十六	二六	十三	二九	十五	十四
峡口二首（峡口大江间）	十八	三	十五	十四	三一	四	三十	十五	十五
峡隘（闻说江陵府）	十九	三	十八	十四	二六	四	二九	十五	十七
晓望白帝城盐山	十五	三	十五	十四	二五	五	三一	十六	十四
晓望（白帝更声尽）	二十	三	十七	十五	三四	三	三二	十六	十七
晓发公安数月憩息此县	二二	四	十九	十六	三六	十二	三五	十八	十九
高都护骢马行	二	二	一	一	七	二三	一	一	一
高楠	十	三	八	十一	补一	二四	二二	十一	七
宴戎州杨使君东楼	十四	三	十二	十四	二三	十	二七	十四	十二
宴忠州使君侄宅	十四	三	十二	十四	二三	九	二七	十四	十二

十　画	仇	浦	杨	钱	蔡	潘	郭	毛	玉
宴胡侍御书堂李尚书之芳郑秘监审同集归字韵	二一	三	十八	十七	补八	十	三三	十七	十八
宴王使君宅二首	二二	三	十九	十七	三六	十	三四	十七	十八
病后过王倚饮赠歌	三	二	一	二	十六	十三	四	二	二
病马	八	三	六	十	十六	二三	二十	十	六
病柏	十	一	八	四	补七	二四	七	四	八
病橘	十	一	八	四	补七	二四	八	四	八
宾至	九	三	七	十一	十八	二十	二一	十一	七
海棕行	十一	二	九	五	补三	二四	十	五	九
将适吴楚留别章使君留后兼幕府诸公	十二	一	十	五	二十	十一	八	四	十
将赴荆南寄别李剑州弟	十三	四	十一	十二	二十	十九	二五	十三	十
将赴成都草堂途中有作先寄严郑公五首	十三	四	十一	十三	二一	十九	二五	十三	十
将晓二首（石城除击柝）	十四	三	十二	十四	二五	三	二七	十四	十二
将别巫峡赠南卿兄瀼西果园四十亩	二一	五	十八	十七	三五	十	三三	十七	十八
阆州奉送二十四舅赴任青城	十二	三	十	十八	四十	九	二五	十三	十
阆州东楼宴奉送十一舅往青城县得昏字	十二	二	十	五	补五	九	八	四	十
阆山歌	十三	二	十一	三	二十	四	九	五	十
阆水歌	十三	二	十一	五	二十	四	九	五	十
旅夜书怀	十四	三	十二	十四	三九	十三	二七	十四	十二
诸将五首	十六	四	十三	十五	二七	十五	三十	十五	十二
诸葛庙	十九	五	十二	十四	二五	六	二八	十四	十七
课伐木	十九	一	十六	六	二八	二五	十一	六	十四
课小竖锄砍舍北果林枝蔓荒秽净讫移床三首	二十	三	十七	十四	三一	十	三十	十五	十七
乘雨入行军六弟宅	二一	三	十八	十七	补八	九	三三	十七	十八
徒步归行	五	四	二	二	十一	十一	三	二	三
积草岭	八	一	七	三	十七	十一	六	三	六
铁堂峡	八	一	七	三	十七	十一	六	三	六
徐步	十	三	八	十一	补一	十三	二二	十一	七
徐卿二子歌	十	二	八	四	二五	九	七	四	八
徐九少尹见过	十	二	八	十一	十九	二十	二一	十一	八
逢唐兴刘主簿弟	十	三	八	十一	十九	十九	二一	十一	八

十　画	仇	浦	杨	钱	蔡	潘	郭	毛	玉
倚杖（看花虽郭内）	十二	三	十	十三	二一	十三	二四	十二	九
倦夜	十四	三	十	十二	补五	三	二四	十二	十一
能画	十七	三	十七	十五	二九	六	三十	十五	十五
偶题	十八	五	十五	十五	二一	十六	三十	十五	十五
十一画									
梦李白二首	七	一	五	三	十四	三	五	三	五
盐井	八	一	七	三	十七	十一	六	三	六
梅雨	九	三	七	十一	十八	一	二一	十一	七
栀子	十	三	九	十二	十八	二三	二三	十二	八
随章留后新亭会送诸君	十二	三	十	十八	四十	二一	二四	缺	九
萤火	七	三	六	十	十四	二三	二十	十	五
黄河二首	十三	八	十一	四	补四	十四	一	六	十一
黄草	十五	四	十三	十二	二六	四	三十	十五	十四
黄鱼	十七	三	十七	十六	补六	二三	三一	十六	十六
营屋	十四	一	十二	五	二三	六	十	缺	十二
乾元中寓居同谷县作七首		二	七	三	十七	二五	六	三	六
崔驸马山亭宴集	三	三	二	九	八	十	十八	九	二
崔氏东山草堂	六	四	五	九	九	七	十九	九	四
崔评事弟许相迎不到应虑老夫见泥雨怯示必愆佳期走笔戏简	十八	四	十五	十四	补六	十九	二七	十四	十六
晦日寻崔戢李封	四	一	三	二	九	二十	四	二	四
晚行口号（三川不可到）	五	三	四	十	十一	十二	十九	十	三
晚出左掖	六	三	四	十	十二	六	十九	十	四
晚晴（村晚惊风渡）	十	三	八	十一	补一	一	二二	十一	八
晚秋陪严郑公摩诃池泛舟	十四	三	十一	十三	二三	十	二六	十三	十一
晚晴（返照斜初彻）	十五	三	十三	十五	二七	一	二九	十五	十四
晚登瀼上堂（故跻瀼岸高）	十八	一	十五	六	初八	五	十三	七	十六
晚	二十	三	十七	十五	三五	三	三二	十六	十六
晚晴吴郎见过北舍	二十	三	十七	十五	二一	三	三十	十五	十五
晚晴（高唐暮冬雪壮哉）	二一	二	十八	七	三五	一	十三	七	十八
晚秋长沙蔡五侍御饮筵送殷六参军归澧州觐省	二三	三	二十	十八	三八	二一	三五	十八	二十

十一画	仇	浦	杨	钱	蔡	潘	郭	毛	玉
紫宸殿退朝口号	六	四	四	十	十二	六	十九	十	四
野老	九	四	七	十一	十九	七	二一	十一	七
野望（清秋望不极）	八	三	六	十	十五	五	二十	十	五
野望因过常少仙	十	三	八	十一	补二	五	二一	十一	七
野望（西山白雪三城戍）	十	四	八	十二	补三	五	二三	十二	八
野望（金华山北涪水西）	十一	四	九	十二	补四	五	补七	十三	九
野望（纳纳乾坤大）	二二	三	十九	十八	三七	十二	三五	十八	十九
野人送朱樱	十一	四	九	十一	补一	十	二二	十一	八
堂成	九	四	七	十一	十八	七	二一	十一	七
敝庐遣兴奉寄严公	十四	五	十二	十三	二二	十九	二六	十五	八
晨雨	十八	三	十五	十五	三二	一	三二	十六	十八
寄高三十五书记	三	三	二	九	四	十九	十八	九	二
寄高三十五詹事适	六	三	五	十	十四	十九	十九	十	四
寄赞上人	七	一	六	三	十五	八	五	三	六
寄彭州高三十五使君适虢州岑二十七长史参三十韵	八	五	六	十	十六	十八	二十	十	六
寄岳州贾司马六丈巴州严八使君两阁老五十韵	八	五	六	十	十四	十七	二十	十	六
寄李十二白二十韵	八	五	六	十	十九	十六	二十	十	六
寄杨五桂州（谭因州参军段子之任）	九	三	八	十一	十九	十九	二一	十一	七
寄赠王十将军承俊	九	三	八	十	二五	十五	二一	十一	十三
寄狄明府博济	十九	二	十六	七	三十	九	十一	六	十七
寄张十二山人彪三十韵	八	五	六	十	十五	十六	二十	十	六
寄岑嘉州	十四	五	十二	十四	补六	十九	二九	十五	十七
寄高适（楚隔乾坤远）	十一	三	九	附十八	四	十九	十九	缺	八
寄题江外草堂	十二	一	十	五	二十	六	八	四	九
寄章十侍御	十三	四	十一	十三	二一	十九	二五	十三	十
寄邛州崔录事	十三	四	十一	十	二二	十九	二六	十三	十一
寄司马山人十二韵	十三	五	十一	十	二二	十九	二六	十三	十一
寄李十四员外布十二韵	十三	五	十一	十	三八	一	二六	十三	十一
寄董卿嘉荣十韵	十四	五	十二	十三	二六	八	二六	十三	十一
寄贺兰铦	十四	三	十一	十一	十九	十九	二一	十一	十
寄常徵君	十四	四	十二	十四	补六	十九	二九	十五	十四

十一画	仇	浦	杨	钱	蔡	潘	郭	毛	玉
寄韦有夏郎中（省郎忧病士）	十五	五	十二	十六	二六	二十	二九	十五	十三
（寄）韩谏议注	十七	二	十六	五	三十	十七	十一	六	十七
寄柏学士林居	十八	二	十七	七	三五	七	十三	七	十五
寄杜位（近闻宽法离新州）	十	四	八	十一	补二	十九	二六	十三	八
寄杜位顷者与位同在严尚书幕（寒日经檐短）	十八	三	十七	十六	补七	十九	三一	十六	十六
寄从孙崇简	十八	五	十七	七	三五	九	十三	七	十八
寄薛三郎中（璩）	十八	一	十五	七	补八	十七	十四	七	十六
寄刘峡州伯华使君四十韵	十九	五	十六	十五	二六	十七	二九	十五	十七
寄裴施州	二十	二	十八	六	三四	十七	十三	七	十二
望岳	一	一	一	一	一	四	一	一	一
望岳（南岳配朱鸟）	六	一	十九	八	三七	四	十六	八	十九
望岳（西岳崚嶒竦处尊）	二二	四	五	十	十三	四	十九	十	四
望牛头寺	十二	三	十	十二	补四	八	二四	十二	九
望兜率寺	十二	三	十	十二	补四	八	二四	十二	九
寓目（一县葡萄熟）	七	三	六	十	十五	十三	二十	十	五
宿赞房公（杖锡何来此）	七	三	六	十四	七	二十	十	六
宿府	十四	四	十一	十三	二二	六	二六	十三	十一
宿清溪驿奉怀张员外十五兄之绪	十四	一	十二	八	补八	十九	十	五	十二
宿江边阁（暝色延山径）	十七	三	十三	十四	二七	五	三一	十六	十四
宿昔	十七	三	十七	十五	二九	六	三十	十五	五
宿青草湖	二二	三	十九	十八	三六	十二	三五	十八	十九
宿白沙驿	二二	三	十九	十八	三六	十二	三五	十八	十九
宿凿石浦	二二	一	十九	八	三七	十一	十六	八	十九
宿花石戍	二二	二	十九	八	三七	十一	十六	八	十九
鹿头山	九	一	七	三	十八	十一	六	三	六
渔阳	十一	二	九	四	补四	十四	十一	六	十
谒文公上方	十一	一	九	五	补四	八	九	五	九
谒先主庙	十五	五	十二	十四	三十	六	三一	十六	十四
谒真谛寺禅师	二十	三	十七	十六	补七	八	二九	十五	十六
阌乡姜七少府设鲙戏赠长歌	六	二	五	二	七三	十六	四	二	四
涪江泛舟送韦班归京	十二	三	十	十二	补五	二一	二四	十二	九

十一画	仇	浦	杨	钱	蔡	潘	郭	毛	玉
涪城县香积寺官阁	十二	四	十	十二	补五	八	二四	十二	九
章梓州水亭	十二	三	十	十二	补五	五	二四	十二	九
章梓州橘亭饯窦少尹	十二	四	十	十二	补五	二一	补十	十二	九
惜别行送刘仆射判官	二二		二十	十八	四十	二三	补二三	缺	二十
惜别行送向卿进奉端午御衣之上都	二一		十九	八	补八	二五	十五	八	十八
清明二首（七言长律）	二二	五	十九	十八	三七	三	三六	十八	十九
清明（七古）	二三		二十	八	三九	三	十六	八	二十
假山		三		九	二	四	十七	九	
得（舍）弟消息二首（近有平阴信）	四	三	三	十	十五	九	十九	十	三
得家书	五	五	三	十	十	十九	十九	十	三
得舍弟消息（风吹紫荆树）	六	一	四	二	九	九	三	二	四
得舍弟消息（乱后谁归得）	六		五	十	十四	九	十九	十	四
得广州张判官叔卿书使还以诗代意	十	三	八	十二	补二	十二	二二	十一	八
得房公池鹅	十二	六	十	十三	二一	二三	二三	十二	九
得舍弟观书……赋诗即事情见乎词（尔过江陵府）	十八	三	十五	十六	补八	九	二八	十四	十六
逼侧行赠毕四曜	六		四	二	十二	二五	三	二	四
铜瓶	八		六	十	十六	二十		十	五
铜官渚守风	二二	三	十九	十八	补十	十二	三五	十八	十九
船下夔州郭宿雨湿不得上岸别王十二判官	十五		十二	十四	二五	十二	二七	十四	十四
移居夔州郭	十五		十二	十四	二五	七	二七	十四	十四
移居公安山馆	二二		十九	十三	三六	十二	二五	十三	十九
移居公安敬赠卫大郎	二二	五	十九	十七	三六	八	三四	十七	十九
续得观书迎就当阳居止正月中旬定出三峡	二一	五	十八	十七	三五	九	三三	十七	十八
第五弟丰独在江左近三四载寂无消息觅使寄此二首	十七	三	十六	十六	二九	九	三十	十五	十五
十二画									
登兖州城楼	一	三	一	九	一	五	十七	九	一
登楼	十三	四	十一	十三	二	五	二一	十一	十一
登牛头山亭子	十二	三	十	十二	补五	五	二四	十二	九
登高（风急天高猿啸哀）	二十	四	十一	十二	缺	二	二六	十三	十七

十二画	仇	浦	杨	钱	蔡	潘	郭	毛	玉
登岳阳楼	二二	三	十九	十八	三六	五	三五	十八	十九
登舟将适汉阳	二三	五	二十	十八	三八	十二	三六	十八	二十
喜晴	四	一	三	二	九	一	四	二	三
喜闻官军已临贼寇二十韵	五	五	四	十	十一	十五	十九	九	三
喜雨（南国旱无雨）	十四	三	十二	十三	八	一	二五	十三	十二
喜雨（春旱天地昏）	十二	一	十	四	二一	一	七	四	十二
喜观即到复题短章二首	十八	三	十五	十六	补八	九	二八	十四	十六
喜闻贼盗蕃寇总退口号五首	二一	六	十八	十五	补八	十五	二八	十四	十八
喜达行在所三首	五	三	三	十	七	十五	十九	十	三
彭衙行	五	一	四	二	十	十一	三	二	三
散愁二首（久客宜悬弰）	九	三	七	十一	十九	十三	二六	十三	六
朝雨	十	三	八	十一	补一	一	二二	十一	八
朝二首	二十	三	十七	十五	三三	三	三二	十六	十六
棕拂子	十二	一	十	五	补五	十六	八	四	九
琴台	十	三	八	十一	补一	十三	二二	十一	七
落日	十	三	八	十一	补一	一	二二	十一	八
越王楼歌	十一	二	九	五	补三	五	十	五	九
惠义寺送王少尹赴成都	十二	三	十	十八	四十	二一	二四	缺	九
惠义寺园送辛员外	十二	六	十	十八	四十补五	二一	补八	十二	九
韩谏议注（见《寄韩谏议注》）									
提封	十七	三	十七	十五	二九	十五	三十	十五	十五
覃山人隐居	二十	四	十七	十六	三三	八	三二	十六	十八
暂往白帝复还东屯	二十	三	十七	十四	三三	七	三二	十六	十八
暂如临邑至㟙山湖亭奉怀李员外率尔成兴	一	三	一	九	一	十九	十七	九	一
敬简王明府	十	三	八	十一	十九	十九	二一	十一	八
敬寄族弟唐十八使君	二一	三	十八	八	补八	九	十三	十	十八
敬赠郑谏议十韵	二	五	二	九	五	十七	十七	九	二
悲陈陶	四	二	三	一	九	十四	二	一	三
悲青坂	四	二	三	一	九	十四	二	一	三
悲秋	十一	三	九	十二	补五	二	二四	十二	九

	仇	浦	杨	钱	蔡	潘	郭	毛	玉
十 二 画									
路逢襄阳杨少府入城戏呈杨员外绾	六	三	五	十	十三	十九	十九	十	四
最能行	十五	二	十二	六	二六	二五	十三	七	十四
晴二首（久雨巫山暗）	十五	三	十五	十五	补七	一	二八	十四	十六
渼陂行	三	二	二	二	七	四	二	二	二
渼陂西南台	三	一	二	二	七	四	二	一	二
湖城东遇孟云卿（一本题前有"冬末以事之东都"七字）	六	二	五	二	十三	十	四	二	七
湖中送敬十使君适广陵	二三	五	二十	十八	三八	二一	三五	十八	二十
寒峡	八	一	七	三	十七	十一	六	三	六
寒食	十	三	八	十一	补一	三	二二	十一	七
寒雨朝行视园树	二十	三	十七	十四	三一	十	三十	十五	八
渡江（春江不可渡）	十三	三	十一	十三	二	四	二五	十三	二
游龙门奉先寺	一	一	一	一	一	八	一	一	一
游修觉寺（野寺江天豁）	九	三	八	十一	补一	八	二一	十一	七
游子	十三	三	十一	十三	二十	十二	二五	十三	十
谢严中丞送青城山道士乳酒一瓶	十一	六	九	十二	补三	二十	二三	十二	八
渝州候严六侍御不到先下峡	十四	六	十二	十四	二三	十二	二七	十四	十二
湘夫人祠	二二	三	十九	十八	三七	六	三五	十八	十九
湘江宴钱裴二端公赴道州	二二	一	二十	八	三七	二十	十六	八	十九
饮中八仙歌	二	二	一	一	二	十	二	一	二
答郑十七郎一绝	十四	六	十二	十四	二三	二五	二七	十四	十三
答杨梓州	十二	六	十	十三	二一	十	二四	十一	九
腊日	五	四	四	十	十一	三	十九	十	三
短歌行送祁录事归合州因寄苏使君	十二	二	十	五	补五	二五	十	五	九
短歌行赠王郎司直	二一	二	十八	五	补八	二五	十	五	八
缆船苦风戏题四韵奉简郑十三判官（泛）	二二	三	十九	十八	三六	十三	三五	十八	十九
十 三 画									
酬孟云卿	六	三	四	十	十二	十九	十九	十	四
酬高使君相赠	九	三	七	十一	补二	二十	二二	十一	七
酬郭十五判官	二二	四	十九	十八	三九	二十	三六	十八	十九
酬韦韶州见寄	二二	三	二十	十八	三七	二十	三五	十八	十九
棕拂子	十二	一	十	五	补五	十六	八	四	九

十三画	仇	浦	杨	钱	蔡	潘	郭	毛	玉
楠树为风雨所拔歌	十	二	八	四	补二	六	十	五	十二
蒹葭	七	三	六	十	十五	二四	二十	十	五
雷（大旱山岳焦）	十五	一	十三	六	二八	一	十二	六	十四
雷（巫峡中宵动）	二十	三	十七	十五	三三	一	三二	十六	十六
殿中杨监见示张旭草书图	十五	一	十三	六	二七	十六	十二	六	十五
摇落	十九	三	十四	十五	三二	二	三一	十六	十七
楼上（天地空搔首）	二二	三	二十	十八	缺	十三	补二二	缺	十九
遣兴（骥子好男儿）	四	五	三	九	九	九	十九	九	三
遣兴三首（我今日夜忧）	六	一	五	三	十五	九	五	三	四
遣兴三首（下马古战场）	七	一	五	三	十四	十五	五	三	五
遣兴五首（蛰龙三冬卧）	七	一	五	三	十五	十三	五	三	五
遣兴二首（天用莫如龙）	七	一	五	三	七	二三	五	三	五
遣兴五首（朔风飘胡雁）	七	一	五	三	七	十二	五	三	四
遣兴（干戈犹未定）	九	三	七	十一	十九	九	二一	十一	五
遣怀（愁眼看霜露）	七	三	六	十	十五	十三	二十	十	六
遣闷二首（啭枝黄鸟近）	九	三	八	十一	补一	十三	二一	十一	七
遣忧（乱离知又甚）	十二	三	十	十八	四十	十三	二三	十二	十
遣闷奉呈严公二十韵	十四	五	十一	十三	二二	十七	二六	十三	十一
遣愤（闻道花门将）	十四	三	十二	十三	二一	十五	二四	十二	十二
遣怀（昔我游宋中）	十六	一	十四	七	补九	十二	十四	七	十四
遣闷戏呈路曹长	十八	四	十五	十八	四十	十三	补十七	缺	十四
遣闷（地阔平沙岸）	二一	五	十九	十七	补八	十三	三四	十七	十八
遣愁（养拙蓬为户）	九	三	十四	十五	二五	十三	二九	十五	十五
遣遇（磬折辞主人）	二二	一	十九	八	三七	二	十六	八	十九
数陪李梓州泛江有女乐在诸舫戏为艳曲二首	十二	三	十	七	补五	十	二四	十二	九
蜀相	九	四	七	十一	十八	六	二一	十一	七
暇日小园散病将种秋菜督勒耕牛兼书触目	十九	一	十六	六	二九	十六	十三	七	十七
塞芦子	四	一	三	二	十	十四	二	二	三
新安吏	七	一	五	二	十三	十四	三	二	五
新婚别	七	一	五	二	十三	九	三	二	五

十三画	仇	浦	杨	钱	蔡	潘	郭	毛	玉
溪涨	十一	一	九	四	补一	四	十	五	八
溪上（峡内淹留客）	十九	三	十六	十四	三一	十	三十	十五	十七
滟滪堆（巨石水中央）	十五	三	十三	十四	补七	四	三一	十六	十四
滟滪	十九	四	十六	十四	二六	四	三十	十五	十七
麂	十七	三	十七	十六	补六	二三	三一	十六	十六
简高使君（见《奉简高三十五使君》）									
简吴郎司法	二十	四	十七	十六	三十	七	二八	十四	十八
愁坐（高斋常见野）	十二	三	十	十八	四十	十三	二五	缺	十
愁强戏为吴体（江草日日唤愁生）	十八	四	十五	十六	补七	十三	二七	十四	十四
催宗文树鸡栅	十五	一	十三	六	二八	二三	十一	六	十四
缚鸡行	十八	二	十五	六	补六	二三	十三	七	十六
锦树行	二十	二	十八	七	三四	二五	十三	七	十八
解忧（减米散同舟）	二二	一	十九	八	三七	十二	十六	八	十九
解闷十二首（草阁柴扉星散居）	十七	六	十七	十五	三二	二五	三十	十五	十五
猿	十七	三	十七	十六	补六	二三	三一	十六	十六
十四画									
骢马行	四	二	二	一	七	二三	二	一	二
暮登四安寺钟楼寄裴十迪	九	四	八	十一	十九	八	二六	十三	十二
暮寒（雾隐平郊树）	十三	三	十一	十三	二一	二	二五	十三	十
暮春（卧病拥塞在峡中）	十八	四	十五	十五	补八	二	二八	十四	十四
暮春题瀼西新赁草屋五首	十八	三	十五	十四	补七	七	二八	十四	十六
暮春江陵送马大卿公恩命追赴阙下	二一	五	十八	十七	补八	二三	三三	十七	十八
暮春陪李尚书李中丞过郑监湖亭泛舟得过字	二一	五	十八	十七	补八	十	三三	十七	十八
暮秋枉裴道州手札率尔遣兴寄近呈苏涣侍御	二三	二	二十	八	三八	十七	十五	八	二十
暮归（霜黄碧梧白鹤栖）	二二	四	十九	十七	补九	十三	三四	十七	十七
暮冬送苏四郎徯兵曹适桂州	二三	五	二十	十八	补十	十三	三六	十八	二十
暮秋将归秦留别湖南幕府亲友	二三	五	二十	十八	二一	十三	三六	十八	二十
遭田父泥饮美严中丞	十一	一	九	四	补三	十	九	五	八
槐叶冷淘	十九	一	十六	六	二六	十六	十一	六	十七
瞑	二十	三	十七	十五	三二	三	三二	十六	十八
端午日赐衣	六	三	四	十	十二	三	十九	十	四

十 四 画	仇	浦	杨	钱	蔡	潘	郭	毛	玉
漫成二首（野日荒荒白）	十	三	八	十一	补一	二	二二	十一	七
漫成一首（江月去人只数尺）	十五	六	十二	十四	二五	二五	二七	十四	十四
瘦马行	六	二	五	二	十三	二三	四	二	三
十 五 画									
醉时歌赠广文馆博士郑虔	三	二	二	三	三	十	一	一	二
醉歌行别从侄勤落第归	三	二	二	一	六	九	一	一	二
醉为马坠诸公携酒相看	十八	二	十五	七	补八	十三	十四	七	十六
醉歌行（赠颜少府）	二二	二	十八	八	三六	二五	十五	八	十九
蕃剑	八	三	六	十	十六	十六	二十	十	五
题张氏隐居二首	一	四	一	九	二	八	十七	九	一
题省中院壁	六	四	四	十	十二	六	十九	十	四
题李尊师松树障子歌	六	二	四	四	八	十六	七	四	四
题郑十八著作丈（故居）	六	五	二	十	十二	十九	十九	十	四
题郑县亭子	六	四	五	十	十三	五	十九	十	四
题壁上韦偃画马歌	九	二	七	四	八	十六	七	四	七
题新津北桥楼	九	三	八	十一	补一	五	二一	十一	七
题郪县郭三十二明府茅屋壁	十二	三	十	十四	四十	七	二二	十二	九
题玄武禅师屋壁	十一	三	九	十二	补五	八	二四	十二	九
题桃树（小径升堂旧不斜）	十三	四	十一	十一	二五	七	二六	十三	十一
题忠州龙兴寺所居院壁	十四	三	十二	十四	二三	七	二七	十四	十二
题柏学士茅屋（见《柏学士茅屋》）									
题柏大兄弟山居屋壁二首	二一	三	十七	十六	三二	七	三二	十六	十八
题衡山县文宣王庙新学堂呈陆宰	二三	一	二十	八	三九	六	十六	八	二十
潼关吏	七	一	五	二	十三	十四	三	二	三
熟食日示宗文宗武	十八	二	十五	十六	补七	三	二二	十四	十六
潭州送韦员外迢牧韶州	二二	三	二十	十八	三七	二一	三五	十八	十九
虢国夫人（一作张祜作）	二	六	二十	十八	四十	二二	补二	缺	十八
滕王亭子二首	十三	四	十一	十三	二二	五	二五	十三	十
衡州送李大夫赴广州	二二	三	十九	十八	三九	九	三六	十八	十九
十六画至十七画									
避地	四	三	三	十八	四十	缺	补三	缺	十
薄暮	十二	三	十	十二	补五	三	二四	十二	十

十六画至十七画	仇	浦	杨	钱	蔡	潘	郭	毛	玉
薄游	十二	三	十	十二	补五	二	二四	十二	十
燕子来舟中作	二三	四	二十	十八	三八	二三	三六	十八	二十
赠李白（二年客东都）	一	一	一	一	一	十七	一	一	一
赠李白（秋来相顾尚飘蓬）	一	六	一	九	五	十九	十七	九	一
赠比部肖郎中十兄	一	四	一	九	一	九	十八	九	一
赠韦左丞文济（左辖频虚位）	一	五	一	九	二	十七	十七	九	一
赠特进汝阳王二十二韵	一	五	一	九	五	九	十七	九	一
赠翰林张四学士（垍）	二	五	一	八	二	十九	十八	九	一
赠陈二补阙（世儒多汨没）	三	三	一	九	八	十九	十八	九	二
赠田九判官（梁丘）	三	四	三	九	四	十九	十八	九	二
赠献纳使起居田舍人澄	三	四	二	九	八	十九	十八	九	二
赠毕四曜	六	三	四	十	十二	十九	十九	十	四
赠高式颜	六	三	十五	九	八	九	十八	九	三
赠卫八处士	六	一	五	一	十四	十七	一	一	一
赠蜀僧闾丘师兄	九	一	七	四	补二	十六	七	四	一
赠花卿	十	六	八	十一	补一	十六	二二	十一	八
赠虞十五司马	十	五	八	十七	三六	九	三四	十七	十九
赠别何邕	十	三	八	十一	补二	二一	二二	十一	八
赠别郑炼赴襄阳	十	一	八	十一	补二	二一	二二	十一	八
赠韦七赞善别	十一	三	十	十二	三二	二一	二四	十二	九
赠裴南部	十二	五	十	十八	四十	十九	二四	缺	十
赠别贺兰铦	十二	一	十一	五	二二	二十	十	五	十
赠王二十四侍御契四十韵	十三	五	十一	十三	二二	十八	二五	十三	十一
赠郑十八（贲）	十四	一	十二	六	二三	十七	十二	六	十三
赠崔十三评事公辅	十五	五	十三	十四	二五	十八	二七	十四	十四
赠李十五丈别	十五	一	十三	六	二八	二十	十二	六	十五
赠李八秘书别三十韵	十七	五	十六	十五	三三	十八	二九	十五	十七
赠苏四徯	十七	一	十六	七	三三	十七	十四	七	十四
赠韦七赞善	二三	四	二十	十八	三六	十九	三六	十八	二十
十八画									
覆舟二首	十八	三	十四	十五	二六	十	二九	十五	十五
瞿唐两崖（三峡传何处）	十八	三	十五	十四	三三	四	三二	十六	十八

十八画	仇	浦	杨	钱	蔡	潘	郭	毛	玉
瞿唐怀古	十八	三	十五	十八	四十	四	三一	缺	十四
魏将军歌（将军昔著从事衫）	四	二	二	八	八	十五	十五	八	十七
魏侍御就敝庐相别	十	三	八	十一	补二	二二	二二	十一	八
十九画至二十二画									
警急	十二	三	十	十二	补五	十五	二四	十二	十
鸂鶒	十	三	九	十二	十八	二三	二三	十二	八
夔州歌十绝句	十五	六	十三	十四	二八	四	三二	十六	十七
夔府书怀四十韵	十六	五	十五	十五	三一	十三	二九	十五	十五
瀼西寒望	十八	三	十五	十四	补七	五	三一	十六	十六
释闷	十二	五	十一	五	二一	十二	十三	七	十
鹦鹉	十七	三	十七	十五	补六	二三	三十	十五	十六

杜诗杂说续编

自序

我的《杜诗杂说》一九八一年由四川人民出版社出版。过了两年曾再版一次。其稿的写作却早在一九六二年，匆匆就过去二十六年了。中间因致力于编写教材，带了三届唐宋文学研究生，无暇再提笔写文章。现在巴蜀书社同志不见弃，同意印行《杜诗杂说续编》，清理一下新旧稿子，约十万字。白头涂抹，惭愧而已。

自一九八〇年以来，又消失了八年。在我感兴趣的学问范围内，我试探了一些方面。一是我想把西方的现代修辞学引进唐宋诗研究中来；一是想把西方的现象学或海德格尔的"存在主义"思想引进研究中来。再就是想把杜甫、韩愈、李商隐、苏轼、黄庭坚的诗认为一个血脉，联系起来。可以包括江西诗派到同光诗派。在吸收西方思想时，我奉行的是"师其意而不师其词"。不玩弄名词，不必贪多。确实懂一点就用一点。我是相信一个民族应有他自己的圣哲和自己的经典的。我逐渐知道有些东西我们和西方比是远远不如；有些东西我们和外国的仅只名词相同，其实是两回事。因此我不敢放言高论，轻谈全盘如何的话，我研究杜诗，就是本着这些观念去读、去想、去运用的。这些文章，写作前后越七八年，一小半是发表过的，前后不同时写的，现在凑在一起，有些话不免重复，重新看一遍，文章内容似乎相当杂，这是我处的时代是一个思潮澎湃的时代使之如此的，还是听其如此吧。
一九八八年十月末慕樊记。

杜诗游心录
——杜甫诗研究方法新探

一 诗解有穷而无穷

许多年轻的朋友对我说：我觉得杜诗好，但我不想研究它。理由呢？是说，因为从宋代到清代，研究杜诗的人太多了。就讲建国以来，杜诗的选本，在历代文学家的选本里边也是最多的。还有各种研究论文和专书。恐怕话都被说得快完了，还待我去饶舌吗？你说呢？我说：唯唯、否否、不然。照理说，研究对象只有一个，关于它的话似乎是可以说尽的。但同时，研究之后，总要做出判断。判断不外是和非两种。庄周早说过："是亦一无穷，非亦一无穷也。"（《齐物论》）为什么是和非都可以说无穷呢？因为研究的人时代不同，就可以各随他的时代思潮做出结论。时代相同，地域不同，人心不同，又会随着他的地域、个性而各有其结论。同一国家，研究的角度不同，或者叫坐标不同，看法也不会相同。古今学术史上，研究同一问题，结论完全相同的，究是少数；多数倒是不相同的。"是非之途，纷然淆乱"，并不妨害学术的进展。现代西方学者又倡言"证伪主义"，说整个自然科学、哲学史不外是假说—证伪的无穷反复（英国卡尔·波普尔《猜想与反驳——科学知识的增长》，傅季重等译，一九八六年上海译文出版社）。依照这种观点，那么，昔之所非，可以成为今日的是；今日的是，会料定是未来所非。"垂诸万世而不变"的论断是没有的。

再从文学艺术角度说，是非界限的模糊性更大了。

先说外国学术界在这方面的倾向。自从十八世纪意大利的维柯起，到二十世纪的皮亚杰、索绪尔，形成一个很有势力的包罗甚广的结构主义和结构主义语言学及注释学。这些流派纵横流贯于哲学、语言学、文艺批评中间，蔚为一大网络。如七十年代捷克的结构主义评论家莫卡洛夫斯基说，一切文艺作品应分为二：一、艺术成品，就是作品完成后，未经读者阅读和想象加以"再创造"的作品；二、美学客体，就是作品完成后，经过读者阅读和想象"再创造"的作品。同一作品，通过不同读者，可以有许多不同的美学客体出现。更新的现象学的美学家罗曼·英格登也强调读者对原作加以完成从而产生一种美感经验的重要性。至于诠释学，本意在对作品的意义深入探讨，结果却发现注释者所说，都沾有诠释者的时空色彩的"衍义"，并非原意。俄国符号学家洛特曼认为，有不合语言惯例系统的符号，它所传达的不是一种认知，而是一种感官印象。从这些见解可以得出结论：由于语词的多义性，使得作家创造地赋予旧词以新的意义或他意于印象而非认知的用法，可以促使诠释者作新解；即使作品的主旨是多元性的，诠释也可因人而异做出解说。再，读者的参与和再创造，更使作品的光彩五色缤纷，不能定于一是。[1]

其次，就中国传统来考察。远在孔子在世前后，据《左传》记载，列国互聘，其大夫"赋诗"言志，几乎完全与《诗》的原意不相干。孔子称《诗》，也往往不顾原诗旨意。如《论语·子罕》载："'唐棣之华，翩其反而。岂不尔思？室是远而。'子曰：'未之思耳，夫何远之有？'"这可以说是中国最古的诗话。看来孔子教人读诗是不拘泥文义的。如子贡说诗，是一种别解，不是诗的本义，却得到孔子的称

---

〔1〕上引诸说，均据《光明日报》一九八七年三月十日及六月十四日所载叶嘉莹《迦陵随笔》。诠释学的意义，请看金克木《谈符号学》《谈诠释学》两文。均载《比较文化论集》一书，一九八四年，三联书店。或特伦斯·霍克斯《结构主义和符号学》，瞿铁鹏译，一九八七年，上海译文出版社。

道。又《阳货》篇记孔子说:"诗可以兴,可以观,可以群,可以怨。"王夫之解"可以"为"随其所以而皆可"(《姜斋诗话》)。这就是说,诗的意义是随其所用而异的。到了董仲舒,就明说:"《诗》无达诂,《易》无达占,《春秋》无达辞。从变从义。"(《春秋繁露·精华》)除非只有一种解释(诂),才可以有"达诂";既无定于一尊的解释,所以自然"无达诂"。有达诂是不承认"多义性","无达诂"就是承认多义性、多元性。董仲舒以后一直到袁枚,都不时有这类反对墨守的意见,不具引了。

但是,这不是说,在对古代诗歌的诠释上可以毫无根据地乱道。诗义无穷而有穷。以不离"知人论世""毋固毋执"为近是。

以上论杜诗研究绝不是已到穷途应当"痛哭而返"的地步。不特杜诗,其他中国诗史上的大家、名家都是这样。这是第一。

第二,研究杜诗,现在似乎有一种主张:说三十年来谈思想性太多了,今后只谈艺术性好了。这也是一种偏见。

解释就是一种批评,而批评无非为了欣赏。研究诗的内容常常可以转换为形式的探寻。反之,研究诗的形式也常常可以转换为内容的揭示。偏执其一或摒弃其一都是不妥的。

现在试以李商隐的诗为例,阐明这个意见。义山无题诗,自来诠释纷纭。有清一代,大致都以为这些诗是他对令狐绹的怨词。民国至目前,反过来,多认为是爱情诗。双方都有证据,各持理由,似乎难说谁是谁非。如依鄙见,这些无题诗,是有寄托的,不是爱情诗。义山《有感》云:"非关宋玉有微辞,却是襄王梦觉迟。一自《高唐》赋成后,楚天云雨尽堪疑。"冯浩《玉溪生诗笺注》引杨(致轩)曰:"此为《无题》作解。"颇有代表性。再如义山有《上河东公启三首》。其第一首是为辞柳仲郢赐妓女的。说:"伏睹手笔,兼评事传指意:'于乐籍中赐一人,以备纫补。'某悼伤已来,光阴未几。梧桐半死,方有述哀;灵光独存,且兼多病。……兼之甲岁,志在玄门,及到此都,更敦凤契。自安衰薄,微得端倪。至于南国妖姬,丛台妙妓。虽有涉于篇什,实不接于风流。……宁复河里飞星,云间坠月。窥西家之宋玉,恨东舍之王昌,诚出恩私,非所宜称。伏惟克从至愿,赐寝前言。使国人尽保展禽,酒肆不疑阮籍。则恩忧之理,何以加焉。"(《文苑英华》卷六六五)如果义山真恋一个女道士(与宫人相恋爱的可能性小,不必论),在唐代并非不可以公开说的,何必忸怩作态呢?照美学原则讲,意义的模棱两可或模糊,是有助于形式美感的强度的。"倾城消息隔重帷"恐怕比透明地描写美人更耐人寻味吧?这是说由诗的内容可以转换为形式的美感,反之,如说"郊寒岛瘦,元轻白俗"和说韩愈"以艰深文其浅陋"(均东坡语),就都是从形式转换为内容的评价。由此看来,评杜诗的思想性,正可以寻求它的形式(艺术)美哩。

二　杜诗的意义内容

杜甫的忠君思想,自宋代诗人或宋儒倍加崇敬以来,经过一千年,现在成了大问题。我以为,杜甫表示的忠君是无可厚非的。首先,杜甫的忠不是愚忠。因为他看待玄、肃、代三朝皇帝不同。他对玄宗是赞颂多于批评的。因为玄宗平韦后之乱,又取得开元二十九年太平之治。对肃宗,杜甫承认他有中兴收复两京的大功德。但肃宗听信张后和李辅国,导致天下离心的祸害,所以对他是赞颂和批评都重。对代宗就不同,因为他信任宦官,致郭子仪闲废,李光弼不敢入朝;强敌侵凌,天下携贰。是应该批评的。杜甫是崇信儒学的。他相信孔子说的"君君,臣臣;父父,子子"和孟子的"君之视臣如手足,则臣视君如腹心;君之视臣如犬马,则臣视君如路人;君之视臣如土芥,则臣视君如寇仇"(《孟子·离娄下》)。孔孟看待君臣关系总是相对的,不是僵死的。既然杜甫看待玄、肃、代三朝皇帝的态度不同,可知他是明白君臣的相对关系的分寸的。君臣关系只是上下级的关系，宋儒把君推尊到至高无上的地位，不容对君非议，自然是宋代的政治环境和宋儒思想的偏颇造成的，与杜甫并不相干。时代不同了，今后理应推倒宋儒强加在杜甫身上的莫须有的赞颂。

杜甫身世中还有应强调的一件事，那就是他的弃官和辞官。

弃官的事在肃宗乾元二年（七五九年）。其前年（至德二载），房琯以门客董廷兰受贿事受牵连，罢相（其年四月杜甫自长安冒死脱贼，五月拜左拾遗。五月或六月，房琯罢），杜甫疏救。肃宗大怒，将置重法。宰相张镐救免，放归省家。乾元元年（七五八年）诏曰：

崇党近名，实为害政之本；黜华去薄，方启至公之路。房琯素表文学，夙推名器。由是累阶清贵，致位台衡。而率情自任，怙气恃权。虚浮简傲者进为同人，温让谨命者捐于异路。所以辅佐之际，谋猷匪弘。顷者时属艰难，擢居将相。朕永怀仄席，冀有成功，而丧我师徒，既亏制胜之任；升其亲友，悉彰浮诞之迹。曾未逾时，遽从败绩。自合首明军令，以谢师旅。犹尚矜其万死，擢以三孤。或云缘其切直，遂见斥退。朕示以堂案，令观所以。咸知乖舛，旷于政事。诚宜效兹忠恳，以奉国家。而乃多称疾疹，莫申朝谒。郤縠为政，曾不疾其迂回（按，郤縠，晋卿。迂回，加诬于人也。见《国语·周语下》"单襄公论晋政"条，这是说，房琯不远谗佞之人）。亚夫事君，翻有怀于郁怏。又与前国子祭酒刘秩，前京兆少尹严武等，潜为交结，轻肆言谈。有朋党不公之名，违臣子奉上之体。何以仪刑王国，训导储闱？但以尝践台司，未忍致之于理（刑罚也）。况秩、武遽更相尚，同务虚求。不议典章，何成沮劝？宜从贬秩，俾守外藩。琯可邠州刺史，秩可阆州刺史，武可巴州刺史。散官、封如故。并即驰驿赴任，庶各增修。朕自临御寰区，荐延多士。尝思聿求贤哲，共致雍熙。深嫉比周之徒，虚伪成俗。今兹所谴，实属其辜。犹以琯等妄自标持，假延浮称。虽周行具悉，恐流俗多疑。所以事必缕言，盖欲人知不滥。凡百卿士，宜悉朕怀。(《旧唐书》一百十一，《房琯传》)

这道诏书，《新唐书》不载。幸而《旧唐书》保存了下来，让我们明白了杜甫乾元元年"出为华州司功参军"事的严重政治性质。第二年，他到洛阳走了一趟，适当九节度使围相州的大军无故自溃之后。他写下了《三吏》《三别》，看透了唐室高层统治的腐败恶劣。回华州后不但宦情极度消沉，而且精神上的痛苦几近于歇斯底里。

表示忧惧情绪的，如《独立》诗：

空外一鸷鸟，河间双白鸥。飘飖抟击便，容易往来游？
草露亦多湿，蛛丝仍未收。天机近人事，独立万端忧。

《镜铨》引刘须溪曰："'此必有幽人受祸而罗织仍未已者，如太白、郑虔诸人。'今按当指房琯、严(武)、贾(至)等。后有寄贾严两阁老诗云：'浦鸥防碎首，霜鹘不空拳。'语意正相似也。"杨西河的评论是不错的。但须加一句，"万端忧"中亦有诗人自己的安全受到威胁在内。

对于现职，诗人表现了极其烦躁、厌恶的情绪。如《早秋苦热，堆案相仍》诗：

七月六日苦炎蒸，对食暂餐还不能（注意是三叠句，对食，一层。暂餐，二层。还不能，三层。表示极力与不安的感觉斗争，在沉重心情下挣扎的抑塞）。
每愁夜中自足蝎，况乃秋后转多蝇（蝎、蝇似有所喻。蝎暗中蛰人；蝇，扰人可厌。况且还"多"，使人更不安了）。
束带发狂欲大叫，簿书何急来相仍。

南望青松架短壑，安得赤足踏层冰！

无可告诉的、好似将要爆炸的内心的郁结，除了弃官这一着外，还有什么路可走呢？

从早秋好容易挨到立秋后，杜甫下定决心，弃官出走。作《立秋后题》：

日月不相饶，节序昨夜隔。玄蝉无停号，秋燕已如客。

平生独往愿，惆怅年半百（时年四十八岁）。罢官亦由人，何事拘形役？

"罢官"句各家未注，恐怕认为无须解释。其实有两层意思。一是说，自己为左拾遗，无罪被放华州。现在我在华州弃官，不是跟别人罢我的官一样吗？"亦"字曲折而明白（所谓"微而显"，杜预春秋左传书法五例的第一例）。二是说，罢官由当权者主宰，不是由我。现在弃去官职，岂可不由我自己主宰吗？《论语·颜渊》篇说："为仁由己，而由人乎哉！"弃官的由己，正如罢官的由人。如果弃官不由己，就是"心为形役"了。

但是弃官是冒危险的。照唐代《捕亡律》的规定："在官无故逃亡者，一日笞五十，三日加一等。过（三日）杖一百，五日加一等。边要之官加一等。"《疏议》曰："在官，在（令）（式）有员，见（现）在官者。无故私逃者，一日笞五十（余同律文，略）。五十六日流三千里……"《新唐书·刑法志》说"肃宗喜刑名"，御史中丞崔器亦深刻，"朝廷累起大狱"。肃宗晚年始悔，"叹曰：'朕为三司所误。'"杜甫弃官，没有遇祸，或因当时战事方炽，关辅连年饥荒，官吏无暇管这等小事。但杜甫亦表现出栗栗危惧的心情。如在《寄彭州高三十五使君适、虢州岑二十七长史参三十韵》诗里说：

> 何太龙钟极，于今出处妨。无钱居帝里，尽室在边疆。
> 刘表虽遗恨，庞公至死藏。心微傍鱼鸟，肉瘦怯豺狼。

诗中的"刘表"指谁？注家有以为指华州郭使君，嫌无据。"怯豺狼"之"怯"，看作"远"字。又如《寄岳州贾司马六丈，巴州严八使君两阁老五十韵》诗有云：

> 贾笔论孤愤，严诗赋几篇。定知深意苦，莫使众人传。
> 贝锦无停织，朱丝有断弦。浦鸥防碎首，霜鹘不空拳。

这两首都是弃官后在秦州的诗。噩梦乍醒，犹有余悸。在秦州还是安顿不下，诗有《发秦州》，说秦州不可居的理由：

> 此邦俯要冲，实恐人事稠。应接非本性，登临未消忧。

诗人心中早已想去更僻远的处所，藏身远害是他当时思想的第一义，谋食还是第二层。老朋友高适在彭州（唐代彭州在今四川彭县或新繁），到蜀依高适可能这时已在心中了。

乾元二年冬入蜀，住在成都。上元元年（七六〇年）、二年，杜甫的朋友高适、严武相继做了成都尹。代宗宝应元年（七六二年），玄、肃父子相继死在长安。严武被召回朝。广德元年（七六三年），杜甫被召补京兆功曹。不应召。诗人不是渴望回长安吗？现在新皇帝（代宗李豫）即位，严武回朝，似将被重用。严武是一直反对杜甫做隐士的。如《寄题杜二锦江野亭》有云："莫倚善题《鹦鹉赋》，何须不著鵕鸃冠？"注引《汉书·佞幸传》："孝惠时，郎、侍中皆冠鵕鸃冠。"又《（绵州）酬别杜二》有云："试回沧海棹，莫妒敬亭诗。"杜甫勉励严武的是：

> 公若登台辅，临危莫爱身。(《奉送严公入朝十韵》)

严武虽称忠直，但恃才跋扈，勉励他临危受命，亦是替他担心。至于对当时在奉诏回朝途中的房琯，却说得不同。如《(汉州)官池春雁二首》之二：

> 青春欲尽急还乡，紫塞宁论尚有霜？
> 翅在云天终不远，力微矰缴绝须防。

《镜铨》评："二诗（第一首此未引）旧解作自比，详其语意，似是为房公。言欲其早退以为善全之计。盖救时虽急，正恐复遭谗妒也。"按杨评固是，超过旧解，但亦尚可商。如此诗第三句终望其再起，惟时世艰难，宜危行言逊耳。

对旧相和故人，杜甫均各按其性情的肯负荷重任和喜放言高论的优缺点，劝勉有加。这样关心朋友、信任朋友的气量和热情，是杜甫之所以成为大诗人的本质。这是深入杜甫性情的重要层次。但所有这些材料，仍然不能说明杜甫只劝朋友好好做官，自己却坚决不做官的心曲。这不是不值得探究的细故。因为明白了它，可以窥测杜甫的创作个性。

《独酌》诗的后半说：

> 薄劣惭真隐，幽偏得自怡，本无轩冕意，不是傲当时。

《镜铨》编此诗在第八卷，卷首注云："上元、宝应间，公居成都作。"大体不错。今以为诗应确定为宝应二年（即广德元年）不赴京兆功曹时作，否则末联不能解释。根据这一联诗，是不是可以说杜甫真的不想做官呢？不能这样说。看他永泰元年（七六五年）所作的《春日江村五首》吧：

赤管随王命，银章付老翁（第二首。旧注：《汉官仪》尚书令仆丞郎，月给赤管大笔一双。按广德二年〔七六四年〕六月严武表杜甫为节度参谋，检校工部员外郎。赐绯鱼袋。银章即指鱼袋）。

扶病垂朱绂，归休步紫苔（第三首。朱绂即指赐绯）。

群盗哀王粲，中年召贾生（第五首。殆以加工部员外郎如被诏之荣）。

看这些诗句，显然是以被朝命为荣宠的。但有一疑问，就是他遇到机会，就会以郎官自称。如说："不才名位晚，敢恨省郎迟？"（《夔府书怀四十韵》）又："衰老自成病，郎官未为冗。"（《晚登瀼上堂》）又："台郎选才俊，自顾亦已极。"（《客堂》）这些提到"省郎"的诗句，惹得陆游不满起来："功名不垂世，富贵但堪伤。底事杜陵老，时时矜省郎！"（《秋兴》）论诗，陆游是深服杜甫的，论心事，陆游却未必知道杜甫。杜甫每自道，都泛称省郎，其实意在拾遗，不在工部员外郎。这样判断的理由是，拾遗是实授官职，工部员外郎不过是节度使幕职例带的中官衔，是虚衔。说杜甫重视拾遗，是因为唐谏官是宰相任用的，谏官本是宰相的属官。但谏官之职却在谏皇帝，不谏宰相。所以拾遗官品虽低（从八品上）却很清要，被政府重视（论唐谏官与宰相关系及其职务，请看钱穆《国史新论》中国传统政治章第五节）。拾遗属门下省，故亦可曰省郎。证据有（一）《遭田父泥饮美严中丞》诗，写田父称子美官曰"拾遗"；（二）任华《杂言寄杜拾遗》说杜"昔在帝城中……郎官丛里作狂歌……"（《又玄集》上）。可证郎官即拾遗；（三）杜甫《奉酬严公寄题野亭之作》首句"拾遗曾奏数行书"，更有深意。至于新命的"京兆功曹"，只是趋走公府的小吏（正七品下），终日在簿书中打滚。刘桢《杂诗》道尽此苦（桢先被刑，刑竟署吏）："职事相填委，文墨纷消散。驰翰未暇食，日昃不知晏。沉迷簿领书，回回自昏乱。"这正是杜甫所谓"束带发狂欲大叫，簿书何急来相仍"的苦境。诗人现年已经五十四岁了，还能再担得起这种苦差事吗？他不干是合情合理的。论情，他不能忍受这样的屈辱；论理，谏官品禄虽均低于功曹（唐代内官禄轻，州县官禄重。详见陈寅恪《元白诗笺证稿》），但杜甫要求的是"致君尧舜"，在大历四年（七六九年）《暮秋枉裴道州手札率尔遣兴寄递呈苏涣侍御》诗末联还说："致君尧舜付公等，早据要路思捐躯！"这是诗人死前一年的话。他做官不是为了混饭吃。怎么可以不择事而食呢？还不要说当时是主懦而猜忌功臣，内忧外患无宁日，对于这样的朝廷就是有十个敢谏的拾遗，又何济于事呢？何况仅仅一个功曹呢？不赴召是十分明智的。正合于儒家"邦有道则仕，邦无道则可卷而怀之"（《论语·卫灵公》）的教训。有人说杜甫是愚忠，从上面举的事例看，何"愚"之有？

三　杜甫的性格

孟轲、庄周说诗都重"志"，不及"情"。应当是从《尚书》"诗言志"来。孟说，读诗要"以意逆志"。庄说"诗以道志"。"情志"并提的，应当在汉代。《诗大序》说："在心为志，发言为诗。情动于中而形于言。"郑玄《六艺论》（《毛诗正义》载玄《诗谱序》引）："（后世）情志不通，故作诗者以诵其美而讥其过。"范晔承其说。《后汉书·文苑传赞》有"情志既动，篇辞为贵"的话。诗纯主情的说法，大致起于陆机《文赋》："诗缘情而绮靡。"到了钟嵘《诗品序》，说诗可以"摇荡性情"，再说可以"感荡心灵"。又论阮籍云："《咏怀》之作，可以陶性灵，发幽思。"刘勰《文心雕龙·明诗》篇，首先引"大舜云，'诗言志'"，次即说："诗者，持也。持人情性。"按这是引《诗纬·含神雾》的话，已经谈到情性。下文更发挥这个意思，说："人禀七情，应物斯感。感物吟志，莫非自然。"颜之推《颜氏家训·文章》曰："陶冶性灵；从容讽谏，入其滋味，亦乐事也。"杜甫论诗，既标经术，亦重情性。如："陶冶性灵存底物？新诗改罢自长吟。"（《解闷十二首》之七）"登临多物色，陶冶赖诗篇。"（《秋日夔府咏怀，奉寄郑监李宾客一百韵》）都是他的自白。再从唐五代人传的杜甫轶事看，也可感到他的为人是纵情任性，放荡不羁的。《旧唐书·杜甫传》记载："甫性褊躁，无器度。恃恩放恣。尝凭醉登严武之床。瞪视武曰：'严挺之乃有此儿！'武虽急暴，不以为忤。甫于成都浣花里种竹植树，结庐枕江。纵酒啸咏。与田夫野老相狎。荡无拘检。严武过之，有时不冠。其傲诞如此。"宋祁《新唐书·杜甫传》云："武以世旧，待甫甚善。亲至其家。甫见之，或时不巾。而性褊躁傲诞，尝醉登武床。瞪视曰：'严挺之乃有此儿！'武亦暴猛，外若不为忤，中衔之。一日欲杀甫及梓州刺史章彝。集吏于门。武将出，冠钩于帘三。左右白其母。奔救，得止。独杀彝。……甫旷放不自检。好论天下大事，高而不切。"新旧《唐书》所记杜甫触忤严武事，范摅《云溪友议》、王定保《唐摭言》亦均有记载。大同小异。材料当同出一源，今不可考。后世诗论家纷纷为杜辩护。以为刘昫、宋祁妄收小说家言以诬诗圣。其实从杜诗自述看，从他的性情看，宁可信其有。如在梓州作《将适吴楚，留别章使君留后，兼幕府诸公》诗云："南来入蜀门，岁月亦已久，岂唯长儿童？自觉成老丑。常恐性坦率，失身为杯酒。近辞痛饮徒，折节万夫后。昔如纵壑鱼，今如丧家狗。"但是同在梓州，作《陪章留后宴南楼》长律，却又道："寇盗狂歌外，形骸痛饮中，……此身醒复醉，不拟哭途穷！"知此老仍然像在长安时一样："谁能更拘束，烂醉是生涯。"（《杜位宅守岁》）后来韩愈也说到这一点："近怜李杜无检束，烂漫长醉多文辞。"（《感春四首》之二）"烂漫长醉"正是一种性格的表现。

更奇怪的是，五代后唐冯贽《云仙杂记》"惠一丝两丝"条说："杜甫寓蜀，每蚕熟，即与儿躬行而乞曰：'如或相悯，惠我一丝两丝。'"（卷三）又"夜飞蝉"条："杜甫每朋友至，引见妻子。韦侍御见而退。使其妇送夜飞蝉以为妆饰。"（卷四）这种材料，考据家一定是不屑一顾的。但如果我们在读人物传记时不太坚持材料必须与权威作者或著作对号入座，对"艺增"和"书增"能够宽容，未尝不可增加对人物的深一层的了解。孟子说："观水有术，必观其澜。日月有明，容光（旧解为小隙）必照焉。"（《孟子·尽心上》）范摅、刘昫、冯贽、宋祁所引关于杜甫的传闻，都可以看作少陵性格的余波徘徊和微光穿隙。真即非真，假亦不假。从这些零碎增损的材料中正可以窥见杜甫其人身上的正始和南朝人物的流风余韵。通过这些零星材料，我们在杜甫身上好像看见了嵇康、颜延之、谢灵运、张融的某些影子。同时我觉得，由于忠君爱国、笃于人伦等标签在杜甫身上贴得太多，相对地就削弱了在他身上固有的狂狷纵恣的神采。如果冲淡了他那种放纵刚直的神采，对于杜甫的性格就不免扭曲，而要全面理解杜诗就不容易了。且看，"性豪业嗜酒，嫉恶怀刚肠。脱略小时辈，结交皆老苍。饮酣视八极，俗物都茫茫"（《壮游》）。这分明是嵇、阮之流的声音，怎么他又教儿子"应须饱经术，……十五男儿志，三千弟子行。曾参与游夏，达者得升堂"呢（见《又示宗武》）？这却是和他评论郑虔一样。一方面《八哀诗》说郑是"天然生知姿，学立游夏上"，一方面在《有怀台州郑十八司户》诗又说："夫子嵇阮流，更被时俗恶。"把游夏与嵇阮并提。再进一步看，杜甫亦曾以嵇康、阮籍自比。比嵇的诗句，如成都作《屏迹三首》之二："百年浑得醉，一月不梳头。"用《绝交书》中的话，明以嵇康自比。又《入衡州》："暮年惭激昂。悠悠委薄俗，郁郁回刚肠。……我师嵇叔夜，世贤张子房。"赵次公注："师嵇叔夜，则公自谓放旷懒散如嵇康。"比阮的诗句，如"苍茫步兵哭"(《秋日荆南述怀三十韵》),"至今阮籍辈,熟醉为身谋"[1](《晦日寻崔戢李封》),看他言志抒情,亦是把孔门高足游夏与嵇、阮混为一谈。这该怎么看呢?按孔门四科,子游、子夏都在文学科。孔子极称中庸,亦许可狂与狷。《论语·公冶长》篇,孔子说:"归欤归欤!吾党之小子狂简。"《子路》篇:"不得中行而与之,必也狂狷乎?狂者进取,狷者有所不为也。"如果论嵇阮的高格,那么阮狂嵇狷,与游夏比较,正是孔子所想念的"不得已而思其次"的人物。可惜除了司马迁以外,后来的史家胸次狭隘,"每下愈况"(语出《庄子·知北游》。章太炎说:况,甚也),论人物划线太明,立论苛刻绞扰,毫无凝重阔大、优容宽宏气概,自命儒家,看天下士"不入于杨,则入于墨"。其实这样要求人,结果历代史书中"独行""隐逸"二传不知埋没了多少仁人志士!宋人立论就过苛过隘。如朱熹,论杜甫、李白,都不多许可。唯有陆九渊比较宽宏,说:"李白、杜甫、陶渊明,皆有志于吾道。"(《陆九渊集》四十六卷《语录》上)象山这话,道出了他对杜甫性格的印象。在宋人一片赞美杜陵忠君忧国声中是独特的,比起另一位儒学大师朱熹来大不相同。朱熹只说,韦应物"诗无一字做作,直是自在,其气象近道"(《朱子语类》,一百四十卷"论诗")。

关于杜甫的性格,现在再看一看唐宋人诗中的反映。

第一个可举任华,华生卒年不详,尝与诸显官书,多所致责。《全唐诗》存诗三首。《杂言寄杜拾遗》诗云:

> 杜拾遗,名甫第二才最奇……
> 昔在帝城中,盛名君一个。诸人见所作,无不心胆破。
> 郎官丛里作狂歌,丞相阁中常醉卧……
> 如今避地锦城隅,幕下英僚相就提玉壶。

---

[1] 此联应取赵次公说。次公注云,言政治昏乱,达士结舌。不是责备"熟醉"。

> 半醉起舞捋髭须,乍低乍昂傍若无。
> 古人制礼但为防俗士,岂得为君设之乎?……(韦庄《又玄集》卷上。《唐人选唐诗》,一九七八年,上海古籍出版社)

宋人能形容老杜纵逸心态的,有黄庭坚的《老杜浣花溪图引》。诗云:

> 拾遗流落锦官城,故人作尹眼为青。
> 碧鸡坊西结茅屋,百花潭水濯冠缨。
> 故衣未补新衣绽,空蟠胸中书万卷。
> 探道欲度羲皇前,论诗未觉"国风"远。
> 干戈峥嵘暗寓县,杜陵韦曲无鸡犬。
> 老妻稚子且眼前,弟妹飘零不相见。
> 此公乐易真可人,园翁溪友肯卜邻。
> 邻家有酒邀皆去,得意鱼鸟来相亲。
> 浣花酒船散车骑,野墙无主看桃李。
> 宗文守家宗武扶,落日寒驴驮醉起。
> 愿闻解鞍脱兜鍪,老儒不用千户侯。
> 中原未得平安报,醉里眉攒万国愁。
> 生绡铺墙粉墨落,平生忠义今寂寞。
> 儿呼不苏驴失脚,犹恐醒来有新作。
> 常使诗人拜画图,煎胶续弦千古无。(《豫章黄先生外集》卷四)

其后陆游怀念杜公的诗很多。写纵逸之态的有《读杜诗》,录半首:

> 城南杜五少不羁,意轻造物呼作儿。

一门酣法到孙子,熟视严武名挺之。

看渠胸次隘宇宙,惜哉千万不一施……(《剑南诗稿》卷三十三)[1]

陆游的这几句诗是说杜审言、甫祖孙同是不羁的人。这很有意思。《新唐书》祖孙俩传,更能传神。节录如次:

> 苏味道为天官侍郎,审言集判(《旧唐书·文苑》上作"审言预选,试判讫"),出谓人曰:"味道必死!"人惊问故,答曰:"彼见吾《判》,且羞死。"又尝语人曰:"吾文章当得屈宋作衙官,吾笔(《旧书》作书迹)当得王羲之北面。"其矜诞类此。……初审言病甚。宋之问、武平一等省候何如。答曰:"甚为造化小儿相苦,尚何言!然吾在,久压公等。今且死,固大慰,但恨不见替人"云。

后来他的才孙作《赠蜀僧闾邱师兄》诗云:"吾祖诗冠古。"直是前无古人。假使人死有灵,祖孙二人,当相视而笑。我的意思是说,杜家的倔强傲慢,或者有遗传因素。杜甫的父亲杜闲为人性情如何,没有流传资料,不能臆断。但杜闲的幼弟升(文集如此作。两《唐书》均作并。据甫祭祖母文,并是闲弟)就是性情非常强烈的人。《新唐书·杜审言传》云:

> 坐事贬吉州司户参军。司马周季重,司户郭若讷构其罪。系狱,将杀之。季重等酒酣(《旧书》作"既而季重等府中酣宴"),审言子并,年十三,袖刃刺季重于座,左右杀并。……苏颋伤并孝烈,志其

---

[1] 城南,长安城南。诸杜故居。有谚云"城南韦、杜,去天尺五"。杜五,指审言,行五。"造化小儿"语,见《新唐书·杜审言传》。

墓。刘允济祭以文。

杜诗有《义鹘（行）》，说健鹘为鹰报仇事。诗说："物情有报复，快意贵目前。"诗人说这事是他从樵夫那里听来的。当时"飘萧觉素发，凛欲冲儒冠"。诗人在祭祖母卢氏文中说升"报复父仇，国史有传"。可知他对叔父的义烈行为是很钦佩的。

杜甫的性格，除了父系的遗传因素以外，似乎还有母族的遗传或影响。他《祭外祖祖母文》说：

> 当太后秉政，内宗如缕。纪国则夫人之门，舒国则府君之外父。聿以生居贵族，衅结狂竖。雌伏单栖，雄鸣折羽。忧心惙惙，独行踽踽……初，我父王之遘祸，我母妃之下室。深狴殊途，酷吏同律。夫人于是布裙扉（fěi）屦，提饷潜出。……久成凋瘵，溢至终毕。盖乃事存于义阳之诔，名播于燕公之笔。

最后两句是指张说（燕国公）所作的《唐赠陈州刺史义阳王神道碑》。文云：

> 初，永昌（武则天年号，当六八九年）之难[1]，王[2]下河南狱，妃录（收系）司农寺。唯有崔氏女，扉屦（草鞋）布衣，往来供馈（给狱中父母送饭）。徒行悴色，伤动人伦。中外咨嗟，目为勤孝。王之二子，配（流放）在巂州（治所在今四川西昌市）。及六道使[3]之用刑也，长（子）曰行远，以冠（成年）就戮。次曰行芳，以童当舍。芳啼抱行远，

---

[1] 这年武则天大杀唐皇室子孙。
[2] 义阳王（李）琮，父是纪王慎，太宗第十四子。
[3] 武则天接受奸臣傅游艺建议，设剑南、岭南等六道使，专杀流（放）人。

乞代兄命。即不见听,固求同尽(同死)。西南伤之,称为死悌。
(《文苑英华》卷八百九十)

照现在民间的称呼,行远、行芳是杜甫的舅公。行芳不肯独生,坚决请求替兄受死。结果与兄同时被杀。这种骨肉情深,宁愿同死,不愿单独苟活的壮烈气概,壮士亦少见,何况未成年的儿童呢?史官说他震动西南人民,这是正义的感召,是道德理性的威力的正当呈现。

杜甫秉承了内、外家族的血性和风声、仪则,从他幼小的心灵中已经流露有刚毅豪放的气质,是很自然的。孔子说:"刚毅木讷近仁。"(《论语·子路》篇)刘宝楠《论语正义》引王注:"刚,无欲。毅,果敢。木,质朴。讷,迟钝。"杜甫的忠君忧国,慈孝友悌是品德,是思想的外在化,说他的性格,就是刚毅木讷。

杜甫在广德元年(七六九年,五十二岁)九月在阆州,有《祭故相国清河房公文》。这是去疏救房琯已经六年以后的一次反省,最能表达他的性情。这篇祭文,杜诗选本例皆未收,却是了解杜甫其人其诗的重要资料,是研究杜甫思想极要紧的文艺作品。特据《钱注杜诗》卷二十抄出。祭文云:

维唐广德元年,岁次癸卯,九月辛丑朔,二十二日壬戌。京兆杜甫,敬以醴酒茶藕蓴鲫之奠,奉祭故相国清河房公之灵曰:呜呼!纯朴既散,圣人又殁。苟非大贤,孰奉天秩?唐始受命,群公间出。君臣和同,德教充溢。魏杜行之,夫何画一!娄宋继之,不坠故实。百余年间,见有辅弼。及公入相,纪纲已失。将帅干纪,烟尘犯阙,王风寝顿,神器圮裂。关辅萧条,乘舆播越。太子即位,揖让仓卒(注意:不说嗣君,说太子,揖让下连仓卒二字,俱微词)。小臣用权,尊贵倐忽。公实匡救,忘餐奋发。累抗直词(两唐书房琯传多有不实之词,赖此数语幸存,可正史谬),空间泣血。时遭裦渗,国有征

杜诗游心录 | 379

伐。车驾还京，朝廷就列。盗本乘弊，诛终不灭。高义沈埋，赤心伤折。贬官厌路，逸口到骨。致君之诚，在困弥切。天道阔远，元精茫昧。偶生圣达，不必际会。明明我公，可去时代。贾谊痛哭，虽多颠沛。仲尼旅人，自有遗爱。二圣崩日，长号荒外。后事所委，不在卧内。因循寝疾，憔悴无悔。天阏（钱注本作死矢）泉途，激扬风概。天柱既折，安仰翼戴？地维则绝，安放挟载？岂无群彦，我心忉忉，不见君子，逝水滔滔。泄涕寒谷，吞声贼壕，有车爰送，有绋昊操，抚坟日落，脱剑秋高（《别房太尉墓》诗："把剑觅徐君"）。我公戒子：毋作尔劳，敛以素帛，付诸蓬蒿。身瘗万里，家无一毫。数子哀过，他人郁陶。水浆不入（承"哀过"说），日月其慆（逝也）。州府救丧，一二而已。自古所叹：罕闻知己。曩者书札：望公再起。往来礼数，为态（《英华》作能）至此。先帝松柏，故乡枌梓。灵之忠孝，气则依倚。拾遗补阙，视君所履。公之罢印，人实切齿。甫也备位此官，盖薄劣耳。见时危急，敢爱生死。君何不闻！刑欲加矣。伏奏无成，终身愧耻！乾坤惨惨，豺虎纷纷。苍生破碎，诸将功勋！城邑自守，鼙鼓相闻。山东虽定，灞上多军。忧恨展转，伤痛氤氲。玄岂正色，白亦（《英华》作赤）不分。培塿满地，昆仑无群。致祭者酒，陈情者文。何当旅榇，得出江云。呜呼哀哉！尚享。

这篇祭文说到自己时，只说"伏奏无成，终身愧耻"。何等敦厚！说到时事，即怒不可遏。"乾坤惨惨，豺虎纷纷。苍生破碎，诸将功勋！"何其刚直！

木讷就是笨，包括言辞和行为。白居易诗："处世钝如椎。"说处世，应当不限于言辞。杜甫说自己处世谋生，喜用"拙"字。全集有二十多句，还没把意指拙而不用其字的句子算在内。略举"拙"字句如下：

老大意转拙。(《自京赴奉先县咏怀五百字》)

益叹身世拙。(《北征》)

何乃疏顽临事拙。(《投赠咸华两县诸子》)

养拙异考槃。(《营屋》)

蹭蹬多拙为，安得不皓首。(《上水遣怀》)

计拙百僚下。(《湘江宴饯裴二端公赴道州》)

用拙存吾道。(《屏迹二首》之一）

计拙无衣食。(《客夜》)

宽容存性拙。(《遣闷奉呈严公二十韵》)

养拙干戈际。(《暮春题瀼西新赁草屋五首》之二）

拙被林泉滞。(《夔府书怀四十韵》)

吾知拙养尊。(《晚》)

谋拙竟何人。(《太岁日》)

养拙江湖外。(《酬韦韶州见寄》)

老矣逢迎拙。(《奉赠卢五丈参谋琚》)

其不用"拙"字而实说自己笨拙的，举两例：

野人旷荡无靦颜，岂可久在王侯间？

未试囊中餐玉法，明朝且入兰田山。(《去矣行》，后两句其实是悲愤中忽作调侃语。不可硬相信他真有不吃饭可不饥的什么"法"。)

强将笑语供主人，悲见生涯百忧集。

入门依旧四壁空，老妻睹我颜色同。

娇儿不知父子礼，叫怒索饭啼门东。(《百忧集行》)

老杜自称清狂、潦倒，又自命性拙、性真，其实"真"是根本。一个人，尤其诗人，有真知、真情，出语真率，多少会被人认为狂夫，所向辄左，自己在碰钉子之余，只好承认自己太笨了。杜诗如：

> 不爱入州府，畏人嫌我真。(《暇日小园散病，将种秋菜，督勤耕牛，兼书触目》)
> 疏懒为名误，驰驱丧我真。(《寄张十二山人彪三十韵》)
> 近识峨眉老，知予懒是真。(《漫成二首》二)
> 由来意气合，直取性情真。(《赠王二十四侍御契四十韵》)
> 笑接郎中评事饮，病从深酌道吾真。[1]（《赤甲》）

任真自得的人，与人"游于形骸之内"，就是说，不论境遇如何变化（那是"形骸之外"的事）都一如平昔。世人往往不能这样，穷瘁改旧容，显达生新敬。杜甫出夔州以后，所遇颇多此类。作《久客》诗云：

> 羁旅知交态，淹留见俗情。衰颜聊自哂，小吏最相轻。
> 去国哀王粲，伤时哭贾生。狐狸何足道，豺虎正纵横！

陆游对此又不以为然。《读杜诗偶成》云：

> 一念宁容事物侵？天魔元自是知音。
> 拾遗大欠修行力，小吏相轻尚动心！(《剑南诗稿》卷三十二)

杜甫自说是"由父邀皆去，邻家问不违"乐易近情的人，为什么对小

---

[1] 下句意是，虽然病了，酒杯还是斟得满满的，他们说我是真挚。

吏竟几于破口大骂,斥为"狐狸"呢?这是可以理解的。田父溪友,多素朴真挚,即使有点毛病,也是情有可原,所谓"不为困穷宁有此"?(《再呈吴郎》)至于"小吏"之类就不同了。这种人多少会依势压人,上谄下骄,令对方难以忍受。骂为"狐狸",正名符其实。这不是诗翁"大欠修行力",正是他肝胆照人的所在。从前我曾问梁漱溟先生:什么是儒学入门处?能不能一语道破?漱公回答说,"好恶真切"一语可了。《大学》说:"如恶恶臭,如好好色",正是此意。漱公儒学大师,其体会如此。陆务观讲"修行"(修养)却要诗人泯灭好恶,这种态度既不是"奉儒守官"的杜氏家风,也不是任情直遂的魏晋风度。自难望出于少陵野老。这种评论不是无的放矢就是别有寓意。且不管它。

议论到这里,可知杜甫的性格是复杂的,可以说是充满了许多矛盾。略举如下。

杜甫为人方面的矛盾:

1. 既和易,又严峻。事实如上边所举。不赘。

2. 既拒人馈遗,又向人借钱借米。前项如拒受《太子张舍人遗织成褥段》,后项如《王录事许修草堂赀不到,聊小诘》。诗说:"为嗔王录事,不寄草堂赀。昨属愁春雨,能(宁)忘欲漏时?"

3. 己既穷困,又乐施舍。前者不烦举例,后者如赠南卿兄瀼西果园(即诗题)及"解米散同舟,路难思共济"(《解忧》),"盘餐老夫食,分减及溪鱼"(《秋野五首》之一)。

4. 傲长官却亲僮仆。前者例如:"刘表虽遗恨,庞公至死藏。"(《寄彭州高三十五使君适,虢州岑二十七长史参三十韵》)后者如:"日曛惊未餐,貌赤愧相对。浮瓜供老病,裂饼尝所爱。"(《信行远修水筒》)

杜甫性情方面的矛盾，略举如次：

5. 既喜幽独，又心念王室。前者如《客堂》云："居然绾章绂，受性本幽独。平生憩息地，必种数竿竹。"又："钟鼎山林各天性，浊醪粗饭任吾年。"（《清明二首》之一）又："礼乐攻吾短，山林引兴长。"（《秋野五首》之三）后者屡见，不烦举例。

6. 既爱高古藻丽之文，又喜民歌俗曲。前者不必举例。后者如自说爱好吴咏，间为吴体，俱民间歌咏。又说："万里巴渝曲，三年实饱闻。"（《暮春题新赁草屋五首》之二）又少陵七绝，古朴沉着，论者多谓得竹枝之遗。亦可为证。

杜甫认识方面的矛盾，可举者：

7. 既痛恨官吏剥削农民，又怒斥农民起义。这是历史的铁门槛，知识分子实无可逃于天地之间。

8. 既仰游夏，又友嵇阮。前面已有例。

9. 既奉儒学，又信佛、道（老庄）。亦不举例。

10. 既信佛理，又信太一天尊（有《前殿中侍御史柳公紫薇仙阁画太一天尊图文》），则与自承"本自依迦叶，何曾藉偓佺？"不符了（句见《秋日夔府咏怀寄郑监、李宾客一百韵》）。

11. 既说"文章千古事"（《偶成》），又说"文章一小技"（《贻华阳柳少府》）。

12. 既常常表示事君尽忠，以此久被后世崇敬；及细读其诗，又颇有蔑视绝对权威的意思。

这该怎么理解呢？

我读杜诗，在一九三一年，当时才二十岁，颇不喜欢杜甫。以为他的思想简单，不理解宋祁对他何以如此推崇。后读一些宋人诗话，又相信他是愚忠的典型。及经涉世变，有一点写诗的经验之后，才开始怀疑"每饭不忘君"是否就是杜甫及其诗歌的伟大之处。渐渐,我感到从某人的话或文章中挑一两句出来加以扬或抑,是颇不妥当甚至是误人的。要知道历史,不知道历史,就不知道说话的人。又要知道这说话人是在什么地方、什么情境下和谁说的。有些同志以为引史说诗并不可取。但不知其世,怎么可以论断其人呢?正如根本不懂别人说些什么就议论一通是可笑的一样。于是我颇用心读杜诗,首先我否定了杜甫愚忠之说。我思索历史,对照古今事变,特别是现代史的一些翻来覆去的关于某人和某事的论调,知道人是很容易轻信和受愚弄的。我怀疑杜甫的"忠君"。我对杜甫前的一些大诗人的思想也似乎有些和历来的看法不同。我对"春秋三传"的"书法"颇感兴趣。从中悟出,原来一件事是可能有各种看法的。

任何参加政治活动的知识分子,与上级的关系都是极敏感的问题,所以他们的抱怨或异议都是"微辞"《春秋·公羊传》,所谓"定哀多微辞"也(定公元年文)。出现在杜甫前的陶潜,对新起的王朝心怀不满。他毅然退出政治,却在文化上高揭真纯,领袖世风。《述酒》一篇,政治倾向明显。"朱公练久齿,闲居离世纷……天容自永固,彭殇非等伦。"[1]在杜甫后的苏轼,便明显地称赞民主作风。说君当柔,才能容臣的刚。君当先以臣为师,先从臣学习,然后才倚他为臣。《二疏图赞》云:"惟天为健,而不干时。沉潜刚克,以燮和之。于赫汉高,以智力王。凛然君臣,师友道丧。孝宣中兴,以法驭人。杀盖、韩、杨,盖三良臣,先生(二疏)怜之,振臂脱屣。使知区区,不足骄士……"(此文解见西南师大中文系古代文学教研室《东坡选集》注)再如他作《安期生》诗,说安期生平日与蒯通交。共说项羽,羽

---

[1] 以意解之:朱公,渊明自谓。练,历也。久齿,高年。天容者,《老子》十六章:"知常容,容乃公,公乃王(按王读为旺。公正必兴盛),王乃天(为人所仰也),天乃道,道乃久。"休乎天钧,超越彭殇对立之境。

不用其言而欲封两人，两人不欲徒得官，亡去。"乃知经世士，出世或乘龙。岂比山泽臞（山泽间修仙的瘦子），忍饥啖柏松。纵使偶不死，正堪为仆僮。"此诗小序说："嗟夫，仙者非斯而谁？故臆战国之士如鲁连、虞卿，皆得道者欤？"西师中文系《东坡选集》此诗评者写道："诗不在说仙，而在论仙是有经世之志者才可学的。鲁连却千金赏，辞齐爵，曰：'吾与（其）富贵而屈于人，宁贫贱而轻世肆志焉。'虞卿弃赵国相位，与魏齐偕亡。亦有高世之节。晚且著书，欲以救世。诗以二人比安期生，证安期生志在经世，不是方士，又拒刘邦而重项羽，这是难能可贵的。"按此评皆据诗旨，诗又说，汉武刘彻比于乃祖，殆犹蚁虱。安期生拒刘邦，岂肯逢迎刘彻呢？东坡此诗，写于六十四岁（在儋州）时，推其意，彼尚不惬于神宗，何况对少不更事、昏庸偏激的哲宗（赵煦卒年二十五岁）还有什么敬意呢？如果用"以意逆志"的原则解诗，那么说此诗微意在褒傲士（包含隐者、逐臣），贬昏君，该不致被目为"荒天下之大唐"吧。

现在说杜诗。杜诗有没有微言呢？我以为是有的。如夔州作《牵牛织女》后半云：

嗟汝未嫁女，秉心郁忡忡。
防身动如律，竭力机杼中。虽无姑舅事，敢昧织作功？
明明君臣契，咫尺或未容。义无弃礼法，恩始夫妇恭。
小大有佳期，戒之在至公。方圆苟龃龉，丈夫多英雄。

按"未嫁女"当然是离开天上神仙，就人间女子说。"君臣契"二句，点明寓意。以下四句是说"咫尺不容"的原因，就臣说，是无礼，不恭；就君说，则是不出于至公。最后两句说，如果君臣不契到了如方枘圆凿那样龃龉，那么，男子汉就会绝裾而去的。这里"丈夫"一词不是对新妇说的。"英雄"二字甚至不只是说挂冠气概，难道不可以说为"变置社稷"吗？

为了不致厚诬古人，容再拈一例：

《大历三年春白帝城放船出瞿塘峡凡四十韵》末段云：

> 朝士兼戎服，君王按湛卢。旄头初俶扰，鹢首丽泥涂。
> 甲卒身虽贵，书生道固殊。出尘皆野鹤，历块匪辕驹。
> 伊吕终难降，韩彭不易呼。五云高太甲，六月旷抟扶。
> 回首黎元病，争权将帅诛。山林托疲苶，未必免崎岖。

予旧释此段，颇异诸家。略云：此段纯系批评当时政局。"出尘"二句是说，当此风尘汹洞的时候，贤人（诗用"书生"乃反语致讽）只好不同甲卒之流争夺名位而暂时退下，因为他们不是争食易驯的鸡鹜；同样，过都如历块的千里马也不是听人摆布的辕下驹，暗示他们是随时可以弄翻车的。《牵牛织女》末联"方圆苟龃龉，丈夫多英雄"亦即此意。几乎是说，皇帝无道，可以造反了。此处稍委婉耳。因此，"野鹤"句引出"伊吕"句，"历块"句逗出"韩彭"句。"五云"一联，影射时事，上句或指李泌返衡山不出，下句直刺以宰相出镇两川的杜鸿渐统驭无方，召致叛乱。并是证明"出尘"四句的道理，笔意婉转周到。上文"此生遭圣代，谁分哭穷途"，"庭争酬造化，朴直乞江湖"等意，至此方算收足。尾四句，前两句说蜀中将帅自相诛讨贻祸苍生，结联说，山林之士以疲苶自托而不出，则国步殆难免崎岖。盖言国事安危系于人才进退，今日人才见轻弃如此，天下事可知矣！《行次昭陵》述太宗朝政绩云："直辞宁戮辱，贤路不崎岖。"与此段对照读之，弥见深藏不出的意思。杜甫前后的弃官、不赴宫，不是为自己的安全着想。存"大隐隐朝市"思想的人多的是，白居易、苏轼都难免恋栈之嫌。杜公《晦日寻崔戢、李封》诗说："至今阮籍等，熟醉为身谋。"说不为身谋，正见"行歌非隐沦"，而是"非其君不事"（《孟子·公孙丑》)的意思。杜公直诚，岂有装点语？

如以为诗无达诂，上引所解，不免臆度。再举一证，助成本解。

杜甫在潭州（今长沙）有赠苏涣诗，倾倒于其人其诗。题称其"才力素壮，辞句动人，接对明日，忆其涌思雷出，书箧几杖之外，殷殷留金石声"。诗云：

> 庞公不浪出，苏氏今有之。再闻诵新作，突过黄初诗。
> 乾坤几反复，扬马宜同时。今晨清镜中，胜食斋房芝。
> 余发喜却变，白间生黑丝。昨夜舟火灭，湘娥帘外悲。
> 百灵未敢散，风破寒江迟。

然涣为人，初为盗贼，后举进士，为侍御史。游衡州刺史崔瓘幕。崔被叛兵所害。涣参加平贼之谋。杜甫许为白起。后游广、交州，扇动哥舒晃跋扈。涣为官兵所杀。这样的人物，在潭州与杜甫时有过从。见《暮秋枉裴道州手札，率尔遣兴寄递，呈苏涣侍御》。敌忾既同，诗又投合，想见联袂酒荼之际，必及各自怀抱。假使气味不契，岂能如此推许？则杜公非死抱住唐室不放者，固有充足理由推断之也。其为人刚正朴素，宜无隐情欺世之言。

四　杜甫诗艺秘密

1. 杜甫近体诗出现拗律及七绝变调问题

杜甫工于五、七言律诗。七律尤为精严。晚年五言长律，更创为数十乃至百韵巨制。而且他又喜为"组诗"（连章诗）。诗题亦多取偶数。看来是特别喜欢整齐骈俪的。另一方面，他又作拗体七律，七绝亦多变调。影响远及宋、明、清诗人。杜甫又在诗篇中说道："老去诗篇浑漫与。"(《江上值水如海势，聊短述》)又说："晚节渐于诗律细。"(《遣闷戏呈路十九曹长》）老去、晚节意义相同。前诗是在成都写的，后诗是在夔州写的。前诗假定是代宗宝应元年（七六二年），五十一岁。后者假定作于大历元年（七六六年），五十五岁。都可以说是晚年。但前说"漫与"，着重随意性，后者说"律细"，着重严整性。既说喜即兴为诗，又说诗律渐严，岂不自语相违？为了深入讨论这个矛盾现象，我先把一千四百多首杜诗分体列举正体与拗变体，统计首数和他们的百分比如下：

表一 杜诗分体统计

五古	七古	五律	七律	五言七律	七言长律	五绝	七绝	合计
263首	141首	552首	151首	127首	8首	31首	109首	1458首

表二 杜诗七律、拗体分期比率

时期	七律总计	其中拗体	拗体比率	附注
前成都	24首	5首	16%	
成都、梓州	50首	7首	14%	此表采自邓小军同志所作《杜诗拗体七律小论》
云阳、夔州	64首	17首	20%	
江陵、潭州	13首	3首	23%	
合 计	151首	32首	21%	

表三 杜诗七绝、变调分期比率

时期	七绝总计	变调	变调比率	附注
前成都	1首	0	0	①七绝不合律，下句相应之字无所谓"救"，不宜称拗体，今称为变调。②《集灵台》一首，认为非杜诗，应不计
成都、梓州	57首	21首	36%	
云阳、夔州	45首	11首	20%	
江陵、潭州	3首	1首	33%	
合 计	106首	33首	31%	

今存杜诗，是在五代兵火之余由宋初多人掇拾而成，因而各期诗作多少并不是杜诗的原貌和全貌。如果据此以论证杜甫先后时期的思想情感是如何如何，显然有前提不稳固的毛病。但现存杜诗的数量很多，伪诗极少，编年又经千年以来研究杜诗的人审定，所以各时期的各体诗的多少是比较可信的。所谓"可信"，是说它比较接近于原编本。从这点出发，

杜诗游心录 | 389

我们从上列三表可以看出，（一）杜甫初期律诗不多，七绝只有一首。这意味着什么呢？从唐诗发展史看，七绝、律在当时都是新体诗，由于艺术良心的驱使，诗人对新体诗是既惊喜又慎于尝试的；或者虽然写得不少，但留存的不多。（二）拗体或变调、律、绝都是后期较多。这又该怎么理会呢？假如绝律常规是代表严密性，那么拗体、变调就可以代表随意性。杜诗后期拗体、变调概率偏高，是不是诗人对随意性（即兴或漫与）有偏爱呢？是，又不是。说是，杜甫作诗，既喜规范，又喜破坏规范。例如传统古、律诗句法，五言以上二下三为常，七言以上三下四为常。到杜甫，句法多破常例，五言有上三下二句，"闻八月初吉"（《北征》）是也。有上一下四，如"青惜峰峦过，黄知桔柚来"（《放船》）。七言有上五下二，如："中天月色好谁看？"（《宿府》）有一六句，如"白摧朽骨龙虎死"（《戏题韦偃为双松图歌》）及"松浮欲尽不尽云"（《阆山歌》）。又，五言古诗，自汉魏来，无不偶句见意。杜甫晚年显然力破此法。此又有二：一者，上下文承接用单句。如《客堂》诗中云："台郎选才俊，自顾亦已极。前辈声名人，埋没何所得？居然绾章绂，受性本幽独。平生憩息地，必种数竿竹。事业只浊醪，营葺但草屋。"从前曾论这十句诗的结构说："'居然绾章绂'句，本承上文'前辈声名人，埋没何所得'两句来。却单句即住，与下文'受性本幽独'意不相属，这就违背了诗歌每两句用意相连的旧例。'受性'句实领下，至'营葺但草屋'共五句，这就破坏了运意必双的诗体结构，明显是用散行文字的方法入诗。"其次是换韵不换意。杜园举《奉先刘少府新画山水障歌》："反思前夜风雨急，乃是蒲城鬼神入。元气淋漓障犹湿，真宰上诉天应泣。野亭春还杂花远，渔翁暝踏孤舟立。"按此六句用"缉"韵，下"沧浪水深青溟阔，……至今斑竹临江活"四句转"末"韵。"野亭"两句韵属上六句而意属下四句，且"野亭"二句虽与"反思前夜"四句同用缉韵而意却遥接"反思"四句前的"悄然坐我天姥下，耳边已似闻清猿"。结构极错综变化。这种不守清规，就是杜诗的随意性。但说他偏爱却未必是。第一，从数量看，拗、变毕竟不很多，合律的近体却是压倒多数；第二，云夔时期的力作如《秋兴》《诸将》《咏怀古迹》诸连章巨制，都是规行矩步，佩玉锵锵的。何况"晚节渐于诗律细"正是大历二年的诗句呢！[1]第三，云夔时期杜甫创作了前所未有的数十百韵的五言长律，元稹评李、杜高下时，即据这些长律认为李远不及杜。更可证杜并没有倦于格律的倾向。

那么，怎么理解杜诗中的拗、变体的出现呢？首先，应该改变以为拗、变体的出现是意味着补救偏弊的看法，这一看法初也不无理由。七律本唐初新体，王、杨、卢、骆集中，一首也没有。李峤集始有二首。沈佺期、宋之问、杜审言所作七律，均不超过三首，而且往往应制、奉和三居其二。盛唐诸公，如王维、孟浩然、李白、李欣、崔颢、高适、岑参，七律首数也不多，请看下表盛唐七家集中七律首数与杜甫七律首数比较：

诗人	王维	孟浩然	李白	李欣	崔颢	高适	岑参	杜甫
七律	二十一首	四首	五首	七首	二首	七首	十首	一五一首
备注			高棅以为六首。一首实非七律		《行经华阴》及《黄鹤楼》皆名作	《重阳》一首酷似少陵拗律		其中拗体三十二首

杜甫七律之多，是王维的七倍有余，是岑参的十五倍。是他与同时诸公一起把七律从应制、奉和中解放出来，把它复归于曹子桓式的抒情诗。[2]不但如此，是他，独自把它从抒写个人情怀中推向指斥时政（如《诸将五首》）。使向为言情慢调的七言律诗变为讥弹时政的工具。要是七律先天即

---

[1] 这是《遣闷戏呈路十六曹长》七律的第三句。朱潮《七律解意》力诋此诗，断为伪作。我看，不是伪诗。朱氏以为"杜少时入细，老更横逸"。引"老去诗篇浑漫与"为反证。其实，"老去""晚节"意义相同。"细"与"漫与"，本不相害。朱氏未之思耳。
[2]《文选》卷二十七，载曹丕《燕歌行》"秋风萧瑟天气凉"云云，实七言抒情诗的杰作。

有题材狭隘的偏弊,则杜甫早已补救了,更何待别为拗体才算补救呢?

说杜诗有拗变是出于对救七律的偏弊而发,若偏弊只指题材狭隘,则嫌视野太窄;如果偏弊指七律旧调易流于圆熟甜软,也未尝不是。因为陈腔旧调容易蒙蔽事物(或存在)的本色,所以真正的诗人对庸音是如避恶臭的。但这样说也还是并未中肯。我以为,杜诗出现拗变乃由于杜甫永远不会袭常蹈故的创造不息的天性或精神。这种精神来自周易、儒家、道家的哲学。

杜甫的心魂蕴含着两种相反相成、互争互变的力量。比如就人事说,或冠盖钟鼎,或茅屋山林。即不能致君尧舜,便隐居行义。[1]随所遇而安之若素。就美感方面言,杜甫也绝不偏执。这就是,或者是整丽(方东树有此语),或者是朴野。华实杂陈,惟变所适。当其用齐整时,意不忘素质;当其用朴野时,意亦在谐和。这就是拗非背律而驰,律亦不是逐流忘本。宋张耒论黄庭坚诗颇契此意。他说:

> 以声律作诗,其末流也。而唐至今,诗人谨守之。独鲁直一扫古今,出胸臆,破弃声律。作五、七言,如金石未作,钟磬声和,浑然有律吕外意。(《苕溪渔隐丛话》前集卷四十七引)

山谷拗体,公认为是出自少陵。这种说法,封闭过甚。诗人如渴者持瓢共饮江水,自可二人共得一味,亦可各得一味。和谐本是弥纶宇宙的大动脉,沈约、周颙偶悟汉字中的韵调,说为四声。庾、徐、沈、宋踵事增华,成立诗律。诗律之外,本有覆盖天地的和谐在,即在汉字、汉语中,除诗律外,自有大和谐在,自封正声,斥异调为邪僻,不知破弃律吕者,是不为律吕所缚,而非根本反对律吕;如庖丁解牛,

---

[1]《清明二首》之一,"钟鼎山林各天性"。说天性,意谓钟鼎山林二者不可轩轾。即穷、达任运的意思。

"官知止而神欲行"。禅家说"弄蛇要弄活蛇",所以,作诗字字拈平仄,正是弄死蛇勾当。岂知声律外意?现在不妨引杜诗作比。他说:"欲语羞雷同。"(《前出塞》)作诗自然也不肯随人后。又说"即事非今亦非古"(《曲江三章章五句》),"非今",即不合律;"非古",不必不合律。又说"有时自发钟磬响"(《题张氏隐居》),钟磬声和,如出天籁,故曰"自发"。又说"金钟大镛在东序,冰壶玉衡悬清秋"(《寄裴施州》)。钟镛同类,音主和,冰壶、玉衡,音主清。既和且清,自然不尚佶屈聱牙,蒙密晦涩了。又说"诗态忆吾曹"(《赴青城县出成都寄陶王二少尹》),诗态百变,自然不拘一格了。[1]凡上所引,不必论诗(末例除外),但人事、艺事,理有可通。会心之处,可以忘言。

我还记起杜甫的"清词丽句必为邻"(《戏为六绝句》)这诗句。清词就是《文心雕龙·风骨》篇的"骨",丽句就是《风骨》篇的"风"。词要求清,就是要立意新,就是词意深切著明(《奉和严中丞西城晚眺》:"诗清立意新。"又《赠阮隐居》:"清诗近道要,识子用心苦。")。句要求丽,就是要情感饱满,以至词采飞动(《寄李白》:"笔落惊风雨,诗成泣鬼神。"《寄刘伯华》:"神融摄飞动,战胜洗侵陵。"按此联上句言风,下句言骨,最明显)。清就是上文说的朴野,丽就是上文说的整丽(朴野是偏重遣词纯素说,与清并不相背)。这两种表现手法何时出现,决定于当境(或可以借用佛家名词"现量",王而农《姜斋诗话》即曾用之)。眼前人物,诗人当下的心情,乃至所在山川、景色、气候、时事,一齐构成当境,有此当境,诗人笔下就出现适合其情志的风格,或朴野,或整丽,诗人都用整个身心倾铸之,更无私意掺杂。所以如泉涌风鸣,岳峙渊回。引起千载下人爱敬而不知其所以然,于是求之声律。或以双声叠韵,或作为声调谱,或以为拗体亦有定则,

---

[1] 诗态,即诗有多态,又称"变态"。《诗人玉屑》有"变态"一章,请参看。程明道《秋日偶成》有"诗入风云变态中"。善状诗态。

若上第几字拗，则下几字救。莫不言之有理，持之有故，于是学者皆死于句下，反以为得宝。此说拗变者之积弊，所以有待于解放也。

我国的美学自来是反对死板框架的。诗是这样，音乐、书画也是这样。似乎可以比喻做艺术各自的技巧是方的而艺术精神是圆的。内圆外方，一体一气，所以变动不居。试引几段文诗为证：

> 北门成问于黄帝曰："帝张咸池之乐于洞庭之野，吾始闻之惧，复闻之怠，卒闻之惑，荡荡默默，乃不自得。"帝曰："汝殆其然哉。吾奏之以人，徵之以天，四时迭起，万物循生，一盛一衰，文武纶经。流光其声，蛰虫始作，吾惊之以雷霆。所常无穷，而一不可待。汝故惧也。吾又奏之似阴阳之和，烛之以日月之明。变化齐一，不主故常，在谷满谷，在坑满坑。其声挥绰，其名高明。汝傥然立于四虚之道，形充空虚，乃至委蛇，汝委蛇故怠。吾又奏之以无怠之声，调之以自然之命。故若混。逐丛生林[1]，乐而无形。动于无方，居于杳冥。或谓之死，或谓之生，或谓之实，或谓之荣，行流散徙，不主常声。天机不张，而五官皆备。此之谓天乐。汝欲听之而无接焉，而（汝）故惑也。……乐也者，始于惧。惧故祟。[2]吾又次之以怠，怠故遁，卒于惑，惑故愚，愚故道。道，可载而与之俱也。"（《庄子·天运》）

庄子此文，是中国哲学论乐的至要的文字。大意是说，《咸池》这个大乐章初奏的时候，好像春物始作，有的顺利，有的违忤。知天眷无常，所以产生恐惧。第二乐章好像生命极旺盛的夏天，在谷满谷，在坑满

---

[1] 各本皆作"故若混逐丛生，林乐而无形"。宗白华《中国古代的音乐寓言与音乐思想》（载《艺境》313页，一九八七年，北京大学出版社）改读如上文，宗氏有说。
[2] 祟，各本作祟。祟亦由惧生。意复无谓。疑应作祟。与祟字形近而讹。

坑，无所不丰盈，则反觉虚空之中无不有神。人意懈怠。第三乐章标题为无（同毋）怠。似写秋冬之境（动于无方，居于杳冥，或谓之死，或谓之生），无言而心悦，欲听焉，而无接也，故惑。最后总结是，乐生于惧，这是象征宗教的起源。面对自然的大威势，由恐惧而生崇敬。次章则面对无边无际的生命活跃之境，听者"欲虑之而不能知，望之而不能见，逐之而不能及"。于是如"傥（敞）然立于四虚之道"，茫乎昧乎，不可端倪。无可追求，故懈怠而随波逐流（委蛇）。宗白华说，这正是华格耐尔（德国十九世纪乐剧大师）音乐里的"无止境旋律"的境界。终章入于沉潜，所谓"幽昏而无声，动于无方，居于杳冥。或谓之死，或谓之生，或谓之实，或谓之荣（华），行流散徙，不主常声。天机不张而五官皆备，此所谓天乐，无言而心悦。充满天地，包裹六极。汝欲听之，而无接焉，故惑。惑故愚，愚故道"。就是老聃所谓"大音希声"。三章之乐，又是周流回旋无止境的。本无所谓始与终。我这里以四时解释，正是所谓"徵之以天"[1]。由此文意，可知庄生论乐，以变化流动、声无常情为旨（嵇康《声无哀乐论》可参）。岂有一成不变之乐乎？

其次论书法，唐初孙过庭《书谱》论王羲之传世名书，情态无一相同。云：

> 如《乐毅论》《黄庭经》《东方朔画赞》《太师箴》《兰亭集序》《告（墓）誓文》，斯并代俗所传，真得绝致者也。写《乐毅》则情多怫郁，《黄庭经》则怡怿虚无，《太师箴》又纵横争折。暨乎《兰亭》兴集，思逸神超。私门诫誓，情拘志惨。所谓涉乐方

---

[1] 徵字训诂家以为古本多作徽。徽乃扞之借。今通作挥。虽有音训的根据，但作徵似更合庄意。"徵之以天"，即验之以阴阳四时意。训诂家多从常语字形猜想，利用通假之例以成己说。不知庄子玄义，虽精通训诂亦奚以为？

杜诗游心录 | 395

笑，言哀已叹。岂惟驻想流波，将贻啴嗳之奏，驰神睢涣，方思藻绘之文。虽其目击道存，尚或心迷义舛。莫不强名为体，共习分区。岂知情动形言，取会风骚之意；阳舒阴惨，本乎天地之心。既失其情，理乖其实，原乎所致，安有体哉。

此文"岂惟"以下，说右军传世诸书，不能视作"诸体"。因为落笔之际，先有兴会。兴会不同，书品便异。比于文学，情动于中而形于言，风骚莫不如此。因为人心本有舒适和惨怛，与气候有晴朗和阴霾一样。人无右军情韵，强学其书，却自称学《画赞》体、《兰亭》体。岂非无西施之疾而效其颦；无贾生之忧而学其哭。徒遗话柄，宁有佳书？故知一人之书，亦风韵各异，强求一律，是"痴叔"耳。

再看绘画方面的议论吧，苏轼《王维吴道子画》诗云：

道子实雄放，浩如海波翻。当其下手风雨快，笔所未到气已吞。……摩诘本诗老，佩芷袭芳荪。今观此壁画，亦若其诗清且敦。祇园弟子尽鹤骨，心如死灰不复温。
门前两丛竹，雪节贯霜根。交柯乱叶动无数，一一皆可寻其源。吴生虽妙绝，犹以画工论。摩诘得之于象外，有如仙翮谢笼樊。吾观二子皆神俊，又于维也敛衽无间言。

"得之象外"是东坡对摩诘画的赞语。说他的笔意如仙禽决破樊笼，自在飞翔。这样画家的胸中还有什么框架呢？关于摩诘画，还有沈括的记载和评论。《梦溪笔谈》卷十七专论书画。其论摩诘画说："书画之妙，当以神会，难以形器求也。予家所藏摩诘画《袁安卧雪图》，有雪中芭蕉，此乃得心应手，意到便成，故造理入神，迥得天意。此论不可与俗人论也。"按《后汉书·袁安传》，安，（河南）汝南汝阳人。其地不可能有雪地芭蕉。《后汉书》李贤注引《汝南先贤传》叙"卧雪"

事云,"时大雪积地丈余",则尤不可能有芭蕉。明明不合常理,沈括却说是"造理入神",令人难解。我以为这正是东坡所说的"得之象外",决破樊笼的精神。且引德国大诗人歌德论法国画家吕邦斯的画为证。吕邦斯这幅画从远景看,最外层的背景是一片很明朗的天空,仿佛是太阳刚落的时候。在这最外层远景里还有一个村庄和一个市镇,由夕阳照射着。画的中部有一条路,路上有一群羊忙着走回村庄。画的右方有几堆干草和一辆已装满干草的大车。几匹还未套上车的马在附近吃草。稍远一点,散布在小树丛中的有几匹骡子带着小骡子吃草。看来是要在那里过夜。接近前景的有几棵大树。最后,在前景的左方有一些农夫在下工回家——这是吕邦斯的杰作。

歌德说,这就是全部内容。但是要点还不在此。我们看到画出的羊群、干草车、马和回家的农夫这一切对象,是从哪个方向受到光照的呢?光是从我们对面的方向照射来的,照到对象的阴影都投到画中来了。在前景中那些回家的农夫特别受到很明亮的光照,这就产生了很好的效果。但是吕邦斯用什么办法来产生这样美的效果呢?他是让这些明亮的人物显现在一种昏暗的地面上。但这种昏暗的地面是怎样画出来的呢?它是一种很浓的阴影,是从那一丛树投到人物方面来的。(这就是)人物把阴影投到画这边来,而那一丛树又把阴影投到和看画者对立的那边去!这样,我们就从两个相反的方向受到光照,但这是违反自然的!

(对此)歌德笑着说:关键正在这里啊!吕邦斯正是用这个办法来证明他伟大,显示出他本着自由精神站得比自然要高一层,按照他的更高目的来处理自然。光(线)从相反的两个方向射来,这当然是牵强歪曲。这尽管是违反自然,我还是要说他高于自然。要说这是大画师的大胆手笔,他用这种天才的方法向人们显示:艺术并不完全服从自然界的必然之理,而是有它自己的规律。

(《歌德对话录》，朱光潜译，一九八二年，人民文学出版社。本文只是变对话为叙述，无删改。）

世间只传王维是山水画的南宗或文人画之祖。其实除山水画外他还擅长人物画。如沈括曾藏有王画《黄梅出山图》。王仲至最爱之。沈以为此图写弘忍、慧能，气韵神检皆如其人。又擅长大幅人物活动。如晁补之、文与可皆盛赞他的《捕鱼图》。所画人物数十。与可见其摹本，亦称"用笔使墨，穷精极巧"。想其真本，不知"谲诡佳妙，又何如尔"（《丹渊集》卷二十二）。

综上所引，一阕乐章，首尾数变；一人手迹，前后不同；画师挥洒，宁有故常？艺术史上既然如此，文学上应当也无例外。宋人讲杜诗，总是说得简单。谈内容，好像除忠君之外，更无新义；谈形式，好像只有律诗工整，无他技能。现在总观唐代文艺，却见那时的音乐、绘画、书法、舞蹈、乐器等均各陈异彩，无比繁富，为什么号称集大成的杜诗，单调如此呢？一定不会是这样。本文从研究杜甫的性格入手，发现他性格上的复杂性，这里本有不少意思可说，但历来有一现象，既崇敬杜律，又低评他的七绝，前文我们就只好从此深入，但谈他的律绝，就不能对拗体和变体不探究。于是我首先作一统计，我们看到拗变出现虽然也不迟，但越到晚年比例越大，这就不是能用"偶然兴到"可以解释得了的了。所以我们进入更高的层次去。我们看到，诗人的心灵中本有两种互不相下、此起彼伏的力量。在政治上叫作仕进（钟鼎）和退下（山林），在美感上叫作齐俪（律细）和朴野（漫与）。美感上这两个方面又可叫作严密性和随意性。但严密不是僵硬，随意也不是废弃规律。二者可以同在。比如龙蛇蟠挐，崛强即美；钟磬谐击，清亦是和。统观杜律，凡意存庄敬，志在匡时的，就用庄律；情意闲逸，或心思郁陶时，则用拗变。诗律应当严密或随意，实依诗人的心态变化而定，初非出奇斗胜或哗众取宠。诗律的倾向于整齐严密，决定于汉字四声美感民族准绳。这正如中国戏曲唱腔，各有定格，历代师徒传授，一字不得讹误、添、省。但在各派大师演唱时，却又许可改变唱法，推为创造。这正如佛说：我为法王，于法自在（自由也）。儒家大师，既说我注六经，又说六经注我。这又不特杜甫如此。李白世推为绝句魁首，其《黄鹤楼送孟浩然之广陵》"故人西辞黄鹤楼"云云，第一字不必论，其余六字，鹤字孤仄，余五字皆平。次句不粘。带着这样严重的"不合律"的疵病，脍炙人口一千二百多年，却以杜绝涩口为"不当行"（胡应麟、沈归愚），岂非咄咄怪事。且论诗品，则李《清平乐三首》《上皇西巡南京歌十首》，皆逢迎之作，杜绝无此种。却以声调见诎，世人赏笑厌鼙，固当如此。

总起来说，杜律之有拗变，乃从性情中流出，是一种情感深处的变化。诗人未必自知其所以然。这就是"天机"。杜甫常以此称人。如"刘侯天机精，爱画入骨髓"（《奉先刘少府新画山水障歌》）。苏轼亦用之。如"子舟之笔利如锥，千变万化皆天机"（《戏咏子舟画两竹两鹦鹆》）。有天机贯注，讲声律亦可，不讲声律亦可。无天机，虽字摹句拟，形式或可逼似杜陵，亦是木乃伊。

2. 杜诗散文化纵论

大家都说，诗的散文化起于杜甫。这话未必尽对。现在且先问什么是散文化？杜诗的散文化有些什么特征？

我以为，一个作诗的人，如果他诗中的用字、造句、谋篇（布局），或多或少都有意破坏诗的流传规矩，这就是散文化。准此以求，杜诗确是自觉地搞散文化的。

诗的散文化应该说起于汉代乐府歌辞。盛唐诗人中李白、杜甫都从汉乐府中汲取了精华。从形式上看，太白七古散文化最明显。略举如"乃知兵者是凶器，圣人不得已而用之"（《战城南》），"上有六龙回日之高标，下有冲波逆折之回川"（《蜀道难》），"上有青冥之长天，下有绿水之波澜"(《长相思》),"乃在洞庭之南,潇湘之浦"(《古别离》)。五古虽有不多。太白乐府,虽词华横溢,却都是复古的。这和少陵诗的散文化不同。杜诗散文化,笔老语朴,但意不在复古,而在随顺唐代思潮的演进,顺着唐代散文屡欲从诗歌中迸出而异军突起、自树一帜的律动,所以屡在句法、章法中有意破坏诗的偶句表意、韵意一致等传统。李杜二公在诗的散文化中,一个意在复古,一个意在趋新。此意留待下文细说。现在先举杜诗散文化的材料如下:

(一)字(词)法

已矣 胡为 焉得 得 况乃 之 者 哉 也 在于 安在

(二)句法

字必须在句中才能充分表现它的功能。上举字(词)法必须看它所在的句子才能明白它的散文化意味。

英雄割据虽已矣。(《丹青引》)

将军魏武之子孙。(同上)

自非壮士怀,登兹翻百忧。(《同诸公登慈恩寺塔》)

况乃怀旧乡、况乃怀旧邱。(前句见《又上后园山脚》,后句见《毒热寄简崔评事十六弟》)

眼中之人吾老矣。(《短歌行赠王郎司直》)

在于甫也何由羡。(《病后过王倚饮赠歌》)

尔之生也甚正直。(《桃竹杖引赠章留后》)

斯文去矣休。(《奉送王信州崟北归》)

浮名安在哉。(《秋日荆南述怀三十韵》)

谷者命之本。(《秋行官张望督促东渚耗稻……遣女奴往问》)

杖藜叹世者谁子。(《白帝城最高楼》)

梁公曾孙我姨弟。(《狄明府》)

儒术于我何有哉。(《醉时歌》)

亦知穷愁安在哉。(《苏端薛复筵醉歌……》)

甫也诸侯老宾客。(《醉为马坠诸公携酒相看》)

胡为足名数。(《咏怀二首》之一)

焉得所历住。(《咏怀二首》之二)

柴荆即有焉。(《自瀼西荆扉且移居东屯茅屋四首》之三)

上面杂引五七言诗，凭记忆所及，足以说明问题就行了。字下加点的是指散文常用的虚字，字下无点的句子，表明完全是散文句子，不过是字数与上下文一律，故名为诗而已。

句法应该包括句子的读法，这在近体五、七言律诗中最突出。五言律句一般读为上二下三，到李白间有突出，杜创为种种违反传统的句法。如一、四句，三、二句等。七言律句一般是上四下三。杜则有五、二句，一、六句等。前文已说过，此不再举例。这里只指出这类句法亦是破坏传统规矩，亦就是诗的散文化的一种。

（三）章法

章法就是结构。讲杜诗的散文化必须触及它的结构，才能看出杜诗破坏传统诗格之深。谈杜诗散文化的人，多只及字法、句法，不谈章法。而不谈章法便未必知道杜诗散文化的深度。

第一是韵意分开转换。原来自古文人作诗都是转韵与换意一致。因为这样一来，读者能随韵会意，不觉扞格。杜诗有意破坏这个法则。例如《奉先刘少府新画山水障歌》"反思前夜风雨急"下至"野亭春还杂花远，渔翁暝踏孤舟立"六句，用缉韵。"野亭"一联意思却在领起下文"沧浪水深青溟阔，欹岸侧倒秋毫末"。阔、末属"末"韵，与上文"泣、立"不同韵。这便是诗意不随用韵转换，不合传统诗歌意随韵换的规矩。又如《荆南兵马使太常卿大食刀歌》："芮公回首颜色劳，分阃救世用贤豪。赵公玉立高歌起，揽环结佩相终始。"芮公两句，韵则蒙前，意实属后（《读杜心解》卷二之三）。杜园说此种尚多，不具引。

第二是破偶句贯意（即每联意思相连）的传统。举例说明。《催宗文树鸡栅》：""自春生成者，随母向（近也）百翻，驱趁制不禁，喧呼山腰宅。课奴杀青竹，终日僧赤帻。踏藉盘案翻，塞蹊使之隔。""这几句"课奴杀竹"当接"塞蹊使之隔"，"终日"二句当接"喧呼"句。今却错出其辞，一异旧轨。又如《客堂》诗，中有云："台郎选才俊，自顾亦已极。……居然绾章绂，受性本幽独。平生憩息地，必种数竿竹。……""居然"句是上"台郎"句的结语。下句"受性"云云，领下句群，与"居然"句不相属。状如断裂。此直用散文住法也。又如《送重表侄王砅评事使南海》中叙王的高祖母，为王珪妇，剪发买酒肴待客事。云："长者来在门……客位但箕帚。俄顷羞颇珍，寂寥人散后，入怪鬓发空，吁嗟为之久。自陈剪髻鬟，市鬻充杯酒。""俄顷"以下四句意，错落不必相接，却古朴有致，亦散文法。

　　第三是诗中忽然断了叙述，又于后遥接。此自是散文格局。例如《奉先刘少府新画山水歌》，方东树云（大意）：章法奇妙，此为第一。突起倒入叙画。中间"画师亦无数"六句，中断叙画。乃以"得非玄圃裂"云云隔此六句遥接写画。下文"野亭"六句，遥接"耳边似已闻清猿"写画，却又隔一段了。又如《古柏行》："孔明庙前有老柏，柯如青铜根如石。苍皮溜雨四十围，黛色参天二千尺。君臣已与时际会，树木犹为人爱惜。云来气接巫峡长，月出寒通雪山白。"方东树云："君臣"一联，隔断叙述。刘须溪、王渔洋并欲移"云来"二句置于"二千尺"句下，彼但知句意连接，而不知不连接的妙用。方东树论杜甫、韩愈诗，以为二公均以古文法为诗，故非余子可及。方评《古柏行》，以为似左氏、太史公文法。评《李潮八分小篆歌》，以为杜此诗"直与史迁之文相抗"。方氏又云："欲学杜韩，须先知义法粗胚。今列其统例如左：如创意（去浮浅俗陋）；造言（忌平显习熟）；选字（与造言同，去陈熟）；章法（有奇有正）；起法（有破空横空而来，有快刃劈下，有巨笔重压，有勇猛涌现，有往复跌宕，有峥嵘飞动……）；转换（多用横、逆、离三法，断无顺接正接）；气脉（草蛇灰线，多即用之以为章法）；笔力截止（恐冗絮也）；不经意助语闲字（必坚老生稳）；倒截逆挽不测；预吞（此最为精神旺处，与一直下者不同）；离合（专言行文）；伸缩（专言叙事）。……"此专论杜诗，却纯讲古文法，可为清人论杜诗美在散文化之证。"散文化"，南宋以来叫作"以文为诗"。严羽提出批评。清方东树是姚鼐的学生，却以为"以文为诗"是绝招，好像唐诗人只有杜、韩两家有这一绝招。他对苏轼是推许其能用古文法的，于黄庭坚似未许。对其他诗人就更不用说了。如论陆游，就说他的诗总是不甚高明，都由于他不知用古文笔法。

杜诗简古脱略处，实即散文化处。刘须溪尝加以诋毁。如评《岁晏行》云："子美晚年诗多杂乱，无复语次。如此歌，本说射雁，隔数句后始出'汝'字，应前。未了，复说时事，因及私铸。未了，终以画角。老人语态，不可拘以常格。得，以此；失，亦以此。山谷专主此等，流弊至不可读，亦不得不以为戒也。"《唐宋诗醇》评此诗云："声哀厉而弥长。其气之老，正在参错中。荆湘以后七古，似此者尚不多见。须溪谓老人语态不可拘以常格，是也。又无端牵入山谷，谓流弊至不可读，此则一偏之见。明人集矢山谷，皆此等议论开之。"按此诗正是散文杂记之以诗的形式表现者。在杜公亦为创格，须溪虽人品高绝，于杜诗非深造有得。只能看懂一句紧接一句的诗，难怪以此为杂为乱矣。至于说"晚年诗多杂乱，无复语次"的原因，是"老人语态"，则为无稽之谈。大历五年所作《风疾舟中伏枕书怀三十六韵奉呈湖南亲友》，几为绝笔，又晚于作《岁晏行》时间两年，为什么又是"常格"，无"老人语态"呢？辰翁之论，盖本于朱考亭。考亭不喜杜公夔州以后诗，以为"郑重烦絮"。"郑重烦絮"者，杂乱之敷衍话。辰翁始直说为"杂乱"。果真是杂乱吗？请读原诗：

岁云暮矣多北风，潇湘洞庭白雪中。
渔父天寒网罟冻，莫徭射雁鸣桑弓。

> 去年米贵缺军食，今年米贱大伤农。
> 高马达官厌酒肉，此辈杼柚茅茨空。
> 楚人重鱼不重鸟，汝休枉杀南飞鸿。
> 况闻处处鬻男女，割慈忍爱还租庸。
> 往日用钱捉私铸，今许铅铁和青铜。
> 刻泥为之最易得，好恶不合长相蒙。
> 万国城头吹画角，此曲哀怨何时终！

这诗共十八句，前十句说农村人民无法生活的苦况，是一段。后八句从"高马达官"的意思引下来，攻击政府的货币政策失误害民。结联从上文"缺军食"的意思引出战争还到处发生，看来政治不得安宁，老百姓的痛苦还望不到边。"高马达官厌酒肉，此辈杼柚茅茨空"是诗的中心。寒光从这个中心四射。达官们已经吃厌了的"肥肉大酒"（《严氏溪放歌》中语）从何处来？诗说都是出于老百姓卖儿卖女缴纳的赋税。诗中从"租庸"引出一条次要的线索，就是米与钱。米贵则钱轻，米贱则钱重。诗说米贵年荒，农民无力纳租，固然伤农；米贱，农民须买米交租钱（见下引唐志），亦伤农。下句说"大伤农"，即示米贵亦伤农。米贵，兵尚且缺食，何况渔人、莫徭辈呢？"此辈"统括农民、渔人、猎者说。米与钱极相关联。《新唐书·食货志》一："大历元年，诏天下苗一亩税钱十五，方苗青征之，号'青苗钱'。又有'地头钱'，每亩二十。通名为'青苗钱'。又诏上都秋税分二等，上等亩税一斗，下等六升。荒田亩税二升。（大历）五年，始定法。夏，上田亩税六升，下田亩四升。秋：上田亩税五升，下田亩三升，荒亩如故。青苗钱，亩加一倍，而地头钱不在焉<small>（不在即在青苗钱之外，仍照旧收）</small>。"德宗建中元年（七八〇年）行"两税法"，此其先行。可知大历租税是既要钱，又要米的。朱东润著《杜甫叙论》（人民文学出版社，一九八一年版）第十章《此曲哀悲（?）何时终》，184 页引上诗后说："因为官家的租税是收钱的，农民的收入是粮食，必须以大量的粮食才能换钱纳税。倘使没有这些必要的粮食呢，那就只有卖儿鬻女，完粮纳税，这就造就了丰年成灾的反常现象。"按此说以为唐代官府收税，要钱不要米。大历初实无此事。只是币政大坏且诗亦不只说丰收亦成灾，而是两面说，无论丰年（米贱），荒年（米贵），对于农民（包括渔、猎）都是痛苦。说到钱（即"铸法"）引起诗人极大的愤慨。原来中晚唐滥铸货币，朝令夕改；或立新禁，又令不行，禁不止。祸国殃民，实极大败政。滥铸的结果，物价暴涨。一切人（达官除外）都遭殃。《忆昔行二首》固云"一绢值万钱"，当是肃宗乾元以后在成都的诗。《新唐书·食货志》四云：肃宗乾元元年，用第五锜铸重钱，"法既屡变，物价腾踊，米斗钱至七千，饿死者满路"。以后米价虽然回跌，而铸政更坏，至大历三年，民怨更甚。"刻泥为之最易得"，无异于说，既立意用"恶钱"害人，何不索性刻泥作钱，岂不更容易吗？几于大骂了。

照上面的解释，诗极有条理，初无所谓杂乱。《杜臆》评此诗意主调和，云："此亦不烦绳削，想到即书。盖偶一为之，以极诗之变。似亦嫌于伤时，故为颠倒其语。非老人语皆然也。学之便误。"说"以极诗之变"，似赞语，又说是"嫌于伤时"（即说担心刺时太甚）故意颠倒其词，"学之便误"又贬。此调人语。凡学问，作调人便不行。折中是真理的敌人。

那么，杜甫为什么总是要"极诗之变"呢？换句话问，杜甫为什么总喜欢以文为诗或喜欢散文化呢？我的答复是历史自己在变动中前进。它使杜甫不由己地和它一起变动前进。隋唐时代，那些好的和坏的帝王将相，一齐都为那个时代的经济、国防、文化、交通（包括中西通商）准备条件，创造环境。在文化上如音乐、舞蹈、宗教都呈现极其繁荣发达的景象。这些都为唐代文化扫清、铺平、开辟广大优异的道路和境地。在盛唐（这里指开元共二十九年和天宝十年间）时代，中国文学已经酝酿成熟一个向小市民倾向的文学（散文、小说）转变的机制。在大诗人杜甫身上潜在着这种时代的敏感性，到了不能自已的状态。他不能不随顺这强大的冲动前进。他一方面不同于元结，他不断完善巩固律诗这个继承六朝丽旨的传统，他创造了当时最长的一百韵的五言长律，另一方面又突破格律，创造了拗变近体。在思想上他不同于高适、岑参，他坚决反对开边，主张平定内乱，统一政令，让人民休养生息；另一方面，他反对王室自相残害，削弱力量，主张分封宗室亲贤，代替异姓藩镇。代宗大历四年，李勉以京兆尹拜广州刺史。杜甫很兴奋，想到广州依李勉，这事多半是和苏涣商量了的。到广州另有一桩心愿，就是求丹砂，学葛洪。这是他常提到的，倒不足怪。还有一事颇为出奇，就是他向往于广州的异国风光。如《奉送魏六丈佑之交广》诗，想象魏佑到交广以后的幸运（"艳遇"？）说：

南游炎海甸，浩荡从此辞。
……出入朱门家，华屋刻蛟螭。玉食亚王者，乐张游子悲。
侍婢艳倾城，绡绮轻雾霏。掌中琥珀钟，行酒双逶迤。
新欢继明烛，梁栋星辰飞。两情顾盼合，珠碧赠于斯。
上贵见肝胆，下贵不见疑。心事披写间，气酣达所为。
错挥铁如意，莫避珊瑚枝。……

这是大历四年的诗。诗人并不因老病而疲惫。《泊岳阳城下》（大历三年）说：

留滞才难尽，艰危气益增。图南未可料，变化有鲲鹏。

诗人的精神充满希望，其源头活水是当时历史的新步伐、新倾向，在他心灵深处的鼓动。这些鼓荡的精神表现在近体的拗变，同时又表现于五七言古诗的散文化或以文为诗。

杜甫为什么不写小说？他是有写小说的才能的。看《石壕吏》和《北征》（到家一段）的结构和描写技巧的高明就可以推见。其所以没有写，只是条件还没有成熟。当时写小说是被认为不务正业，同于博弈的。看张籍与韩愈第一书及柳宗元《读韩愈所著〈毛颖传〉后题》，就可以知道。柳宗元亦著小说《刘叟传》《河间传》。柳集据传是刘禹锡编的。这两篇小说都在《外集》。可知小说为通人所不齿，做小说是为众士所非笑的。韩愈生于大历三年，时代与杜甫相接。作《毛颖传》，约在贞元十一年（七九五年）。去杜之卒已二十五年。士风尚且排斥小说，表示条件还待争取，何况杜公生年？尽管这样，历史已经形成的趋势毕竟不可逆转；而且步伐越来越快，到了中唐元稹、白行简的杰作问世，小说就成为小市民最心爱的读物了。韩、柳的古文运动，同时如燎原之火，席卷南北。这些，都是唐代社会新兴的市集（市虚），中西商业、文化交流，新的南方城市生活所逼出来的。杜甫的以文为诗便是古文、小说崛起的秘密信息。

从汉代以来，中国整个国家的重心就在不断南移。人民生活也不断南方化。杜甫以大诗人的敏感，得风气之先，所以诗效吴体，已非一次。大历五年有《风雨看舟前落花，戏为新句》诗。录于下：

　　江上人家桃树枝，春寒细雨出疏篱。
　　影遭碧水潜勾引，风妒红花却倒吹。
　　吹花困懒傍舟楫，水光风力俱相怯。
　　赤憎轻薄遮人怀，珍重分明不来接。
　　湿久飞迟半欲高，萦沙惹草细于毛。
　　蜜蜂蝴蝶生情性，偷眼蜻蜓避伯劳。

对这首诗，《杜臆》作者说："……此皆从静中看出，都是虚景，都是游戏，都是弄巧，本大家所不屑。而偶一为之，故自谓《新句》，而纤巧秾艳，遂为后来词曲之祖。"又引钟云："是新句，不是填词；是填词料，不是填词体。"在杜集中，这确实是一首奇怪的诗。论它的风格，既没有杜诗基调的老健古雅，又没有拗变近体的排傲。它是一种轻柔靡曼的新体诗，确近于词曲。我们知道，白居易、刘禹锡都有词作（且不论太白的《忆秦娥》，因为难判真伪），为什么老杜不可能受民间曲调的影响而戏仿一番呢？况且杜甫的前、后《出塞》，是《横吹曲辞》，前、后《苦寒行》，属于《相和歌辞·清调曲》。诗人并不是不作乐府。《暮春题瀼西新赁草屋五首》之二云："万里巴渝曲，三年实饱闻。"刘禹锡《竹枝词五首》序认为，竹枝卒章激昂如吴声。……含思婉转，有淇澳之艳音（澳字顾况《竹枝词》序引作濮）。顾况云："竹枝，本出巴渝。"引禹锡云："竹枝，巴渝也。"杜甫对俗文学既然这样留心、熟悉，我推测，其时变文、俗讲已经在社会上出现（李、杜诗已说画变，未及变文。变文俗讲文献见于中唐段安节《乐府杂录》及赵璘《因话录》。准文化传播先例，文与画当是同时或先后不久出现）。当时俗讲，多杂用男女情事以引动市人，杜甫听了戏效其意以为"新句"是不足为奇的。

综上所说，小说、变文大盛以前，杜甫受到影响和出于潜意识的喜悦，将前者引入古律诗中，倾向于以散文句法、章法表达诗意；将后者引入诗中，试图仿效其沉溺于贪爱的描写。《岁晏行》的大似散文，《风雨看舟前落花，戏为新句》的大似词曲，与前文说杜诗中本有两种风格力量（整丽与朴野）互相争长联系着看，值得人思索。骤看这些诗颇难理解，无怪刘须溪、王嗣奭等诗评家对它们"不知所云"了。

3. 杜诗的理趣

宋朝文人谈杜诗，开口总是说忠君爱国。今天的人谈杜诗，总是说"现实主义"。"现实主义"中国现代文学有；用在古代文学上，甚易引起混乱。我这里只用写实手法，似更明切。杜诗以写实著称，但亦大骋想象力，现在已有人论到，此不暇及。关于杜诗的哲理含蕴，还少有人涉及。试一论之。

一位青年学者说，他不喜欢杜诗的原因是杜诗毫无形而上学，意思是说杜诗没有哲理含蕴。他大概是没有细读杜诗。如果细读，一定会感到杜诗本来在闪烁着哲理的光辉，但表现的方法是即事见理或即物即理。清沈德潜《国朝诗别裁》"凡例"云："诗不能离理。然贵有理趣，不贵下理语。"诗言理，要像以少盐溶于水中，尝之有盐味，觅盐体杳无所得。这盐味就是诗的理趣。直说道理，则叫作理语。胡应麟《诗薮》，内篇卷五云："曰仙曰禅，皆诗中本色。惟儒生气象，一毫不得着诗。儒者语言，一字不可入诗。而杜往往兼之，不伤格，不累情，故自难及。"看来胡氏似乎不明白理趣和理语的分别。

杜诗被后代诗论家誉为极富理趣的句子颇不少。现在加上我挑出的，略举如下：

1. 江山如有待，花柳更无私。(《后游（新津修觉寺）》)
2. 水深鱼极乐，林茂鸟知归。(《秋野五首》之二)
3. 欣欣物自私。(《江亭》)
4. 水流心不竞，云在意俱迟。(同上)
5. 片云天共运，永夜月同孤。(《江汉》)
6. 雨露之所濡，甘苦齐结实。(《北征》)
7. 一重一掩吾肺腑，山鸟山花吾友于。(《岳麓山道林二寺行》，"友于"，兄弟也)
8. 仰面贪看鸟，回头错应人。(《漫成二首》之二)
9. 有时自发钟磬响，落日更见渔樵人。(《崔氏东山草堂》)
10. 暗飞萤自照，水宿鸟相呼。(《倦夜》)
11. 山鬼吹灯灭，厨人语夜阑。(《移居公安山馆》)
12. 晨钟云外湿。(《船下夔州郭宿雨湿不得上岸》)

13. 永夜角声悲自语，中天月色好谁看。(《宿府》)
14. 用心霜雪间，不必条蔓绿。(《写怀二首》之一）
15. 鸡虫得失无了时，注目寒江倚山阁。(《缚鸡行》)
16. 碧瓦初寒外。(《冬日洛城北谒玄元皇帝庙》)
17. 百鸟各相命，孤云无自心。(《西阁二首》之一）
18. 寒城菊自花。(《遣怀》)

上引十八例（联或句）内含不一，大抵情景俱有。又不是譬喻，有所凝聚。理趣感强，绝不直接说理。7例和15例已近于理句，但仍不是说理。其余有些是名句。读起来只觉其美，不见其理。为什么说它们有理趣呢？这个问题是一个文学欣赏问题。每一例都可以用一篇文章解释。如12例和17例，叶燮的《原诗》（见《清诗话》）已有长篇解析，可作例证。本文原不打算做这项工作。现在只探讨一下杜甫的哲学见解，或者有助于了解杜诗的理趣吧。

按中国哲学史实，隋唐时代，佛教哲学思想几乎席卷中土，但杜甫并没有受多大影响。他受的哲学洗礼是来自儒家，其次对他有影响的是魏晋人的流风。而魏晋思想，不离"三玄"，即《老》《庄》《周易》。易是儒道共同依靠的哲理库。大易的哲学是什么呢？唐孔颖达《周易正义》说："易者变化之总名，改换（按即代谢）之殊称。"这变化，既是现象，又是本质。《周易·系辞》说："形而上者谓之道，形而下者谓之器。"清陈布雷《周易浅述》解云："道超乎形，而非离乎形。故不曰'有形''无形'而曰'形上''形下'。"《易·系》又说："见乃谓之象，形乃谓之器。"这个"见"字，正如《易·系》又说"仁者见之谓之仁，智者见之谓之智"的见。这个"见"字，后世叫作道。可知"象"就是道。和"器"并非两样，又并不是同一。道表现为器，器体现道。依熊十力先生说：道是本体，器是现象或作用。现象不是离本体而独立，本体亦不在现象之外之上存在。熊先生常说的譬喻是，现象譬如大海无限的沤波。而此沤波，实以整个大海水为体。故此大海水，亦不能离无限沤波而存在。离体无用，离用无体。体用不二或体用同时。即体是用，即用是体。佛家的"有宗"，巧说万法唯识，看似与大易变化流行之旨不背。但细绎其理，确是把本体与现象打成两橛。它说，现象是暂住的、无常的、虚幻的；而真如则是永恒的、真实的。怎么不是两橛呢？虽立种子，以为沟通，殊费周章。何如我国大易义，直截的当，肯定了现象这个永久不息的变化，就是真实。此外更无真实。唯其本性清净，非意所造作，故亦说为恒常不变。[1]这就是《周易》的不变义；大化流行，生灭不息，是为变义；直指现象就是真实，就是本质，方便简捷，是为简易义。汉儒相传易具三义：不易、变易、简易。即此是也。大易要义，是唐人应进士试的知识分子熟知的。杜甫自必深知。大易的精义就是眼前万法，就是真实相，此外更无实相。杜牧《登池州九峰楼寄张祜》诗云："睫在眼前长不见，道非身外更何求？"上句是即用即体义，即大易义。下句用《中庸》"道不远人，人之为道而远人，不可以为道"。实亦易"近取诸身"义。老庄亦是这样说。禅门亦常有此意。《五灯会元》卷三，大珠慧海禅师云："迷人不知法身无象，应物现形。"那么，存在即是法身，何必黄花翠竹，亦何必非黄花翠竹？北京大学教授罗庸、膺中先生晚年学西藏密宗。十力先生作书与之云：闻膺中学密，"万法俱在目前，何必密也！"（此语亲闻之膺中先生）膺中极为赞叹。

了知大易要义，便可破读杜诗理句，直与少陵心会。比如上举"自"字系统诸句："有时自发钟磬响""暗飞萤自照""永夜角声悲自语""孤云无自心""寒城菊自花"。这些"自"字，似乎难懂。钟磬不能自响；萤岂知自照；声无哀乐，孰知其语而悲？孤云岂劳说心？花

---

[1] 熊先生著书很多。《新唯识论》已有一九八七年中华书局版。全集由北大哲学系及武大哲学系整理，陆续由中华书局出版。评价文章，请看华裔美国教授杜维明著《探索真实的存在，略论熊十力》一文，林镇国译，中国文化书院编印《中外文化比较研究资料》第九辑，一九八八年出版。

开花落,无自、不自。然而诗人下字之妙,物乃独立不倚,人遂自认为亦物。庄周、邵尧夫说这叫作物化。庄生说这叫"与造化为人"(见《庄子·天运》篇。为人,为偶、为友也)。和古希腊哲人说的"人是万物的尺度",恰正相反。我以为这个"自"字,滥觞于渊明,发扬于少陵。渊明《饮酒》云:"杯尽壶自倾。"能道"悠然见南山"者,方道得此句。张子寿亦云:"草木有本心"(《感遇》),不了解"万物与我为一"妙义的人,应难理解此语。总之,照大易的义理,初无现象之后的本体,亦无上帝及多神(泛神)。宇宙间迁流万变,只是"真宰"的自生自灭,自成自毁。在那个时代,老庄思想和禅宗思想是极为近似的,儒家思想与释、老亦并行不悖。稍后一点的韩愈虽然排抵二氏,影响也不太大;柳宗元南谪,作《曹溪六祖鉴禅师碑》,称"其教人,始以性善,终以性善"。《送僧浩初序》,述韩愈责己不斥浮图。辩之曰,浮图诚有不可斥者,往往与《易》《论语》合。诚乐之。其于性情昭然(原作奭。此从《文苑英华》)不与孔子异道。在欧西成为极大流血的宗教争端,在中国却为融洽互重。特异的是,主动是在服习儒术的知识分子一边。所以杜甫生时,政道虽然一天坏似一天,生活又极困厄,但有这种广阔自由的精神环境,心无挂碍,如鱼在江湖鸟在林。这对于诗的创作是第一等条件,并可抵挡许多人间的痛苦。我们可以想见杜甫当时似乎可以目击大道,手触"真实"。由此可知,杜诗的富于理趣,是由盛唐以来的精神环境的长久陶冶,不是硬吟苦吟哲理诗者可比。其他诸例,亦可议论几句。

1、3例句,是同年先后作的诗。而对春物意象,恰正相反对。一说"无私",一说"自私"。从修辞角度谈,见诗人心境不同,同一事物感受可以迥异。请参本书《杜诗的起结》文中,此不重说。今如从哲学观点着眼,则诗人与物相接时,可以予物以内的生命及人格的形态,使无情(知觉)者有情化。惜别之夜,红烛可以替人垂泪,花柳自可为挑逗我的烦恼而含笑,亦可以如朋友般解慰我而含情。情感乃是属于物的，而非属于诗人自己了。这就是艺术的真实。真实初无所谓矛盾。

第2例林茂水深一联，杜诗尚有《遣兴五首》之二"林茂鸟有归，水深鱼知聚"，与之相似。渊明未归前，有"望云惭高鸟，临水愧游鱼"句，既归之后，则云："山气日夕佳，飞鸟相与还；此还有真意，欲辩已忘言。"能忘言便得意。人心鸟心，自然凑泊。识鸟语还嫌多事了。杜诗较胜渊明前句处，在已是弃官后，确证此理，所以没有惭愧二字在心中。

第4例水流云在一联。明王鏊《震泽长语》卷下云，"水流心不竞，云在意俱迟"，人与物偕，有"吾与点也"之趣。"片云天共远，永夜月同孤"，又若与物俱化。谓此翁不知"道"，殆未可也（钱锺书《谈艺录》补订本229页）。今人评议杜此一联的，还是钱锺书语好。他在论梅圣俞的诗时，引梅《次韵贺师直晚步遍览五垒川》诗，"临水何妨坐，看云忽滞人"，与摩诘之"行到水穷处，坐看云起时"，子美之"水流心不竞，云在意俱迟"，欲相拟比。夫临水看云，事归闲适。而"何妨""忽滞"，心存计较。从容舒缓之"迟"，变而为笨重粘着之"滞"。此二句可移品宛陵诗境（同上书167页）。

第6例，"雨露之所濡，甘苦齐结实"。此大易"天地之大德曰生"的衍义，亦是后人"为天地立心"的诗流露。

第7例，启元人《四时读书乐》中的"好鸟枝头亦朋友，落花水面皆文章"，却近于理语。

第8例，"仰面贪看鸟，回头错应人"。呈现的是痴人形象。比列夫·托尔斯泰《战争与和平》中的主人翁彼埃尔何如？彼埃尔在书中一再被称为有一颗金心。同时又屡次写他有一种"心不在焉"的神情。"心不在焉"俗呼为痴人。诗人、圣贤，往往是痴人。《老子》说："大智若愚。"愚就是痴。庄生所谓真人、至人者，亦不是"智者"之流。"啮缺问于王倪，四问而四不知，啮缺因跃而大喜。"（《应帝王》）《天地》篇又说，黄帝"遗其玄珠，使智求之不得，使离朱（明察者）求之，不得，使吃诟（言辩者）求之，不得，乃使象罔，象罔得之"。象罔一作罔象，都是无心的样子。无心就是"心不在焉"。孔子学生，以颜渊为首。孔子称其"如愚"。孔子传道与曾参，而孔子说"参也鲁"（《论语·先进》）。鲁就是愚钝。可见孔门高第，亦是痴愚。"贪看鸟"亦好似庄子（《养生主》）很欣赏"泽雉十步一啄，百步一饮"一样。羡慕野鸟，是羡慕它们的逍遥自得，与天为徒。

第11例，"山鬼吹灯灭，厨人语夜阑"。上句奇想，下句风俗画。拌在一起，中间有大缝隙，容人驰骋想象。又，上句超越。古人知道这种构想，只说个"奇妙"之类的话。比拟现在西方学说，颇近于"纯粹意识"。当你排除了一切科学、自然教育所得等观念，只有一点心的明觉存在，以此观物，便是庄生说的"见独"（"朝彻而后见独"，见《大宗师》）。这时你感到的物象，是超越，不是经验。下句是未经人着笔的声音画。《杜臆》于上句引钟（惺？）曰："可怕。"王批："可笑。"下句钟曰："尽下人情状。"王批："何解？"俗见庸见，无不可插入，证明此联罅隙之大。又可证，听痴人说梦，亦可悟道。

第14例，"用心霜雪间，不必条蔓绿"。这是讲自己的道德修养，不是讲道理。不过，道德必是一种道理，比如，岂不是对名利中人的棒喝？诗句又是讲一种美的境界，可以借题元大画家倪迂的枯林山水画。

第15例，《缚鸡行》，请读全诗：

小奴缚鸡向市卖，鸡被缚急相喧争。
家中厌鸡食虫蚁，不知鸡卖还遭烹。
虫鸡于人何厚薄？吾叱奴人解其缚。
鸡虫得失无了时，注目寒江倚山阁。

黄鲁直有《王充道送水仙花五十枝，欣然会心，为之作咏》。末联学《缚鸡行》，全录于下：

> 凌波仙子生尘袜，水上轻盈步微月。
> 是谁招此断肠魂，种作寒花寄愁绝。
> 含香体素欲倾城，山矾是弟梅是兄。
> 坐对真成被花恼，出门一笑大江横。

山谷诗中射雕手，此诗极迷人，初见吟诵几不忍释手。但比并杜诗，毋宁不及。杜诗疏老朴直而反超越，山谷末联尚嫌用力。但杜公见理深远处，山谷不知也。

　　《缚鸡行》理趣，是一个天人问题。鸡食虫，本是循天而行，不是鸡贪食。现代生态学深入天人之际，才知道以人制天，以人胜天，人是要吃大亏的。《老子》七十四章："夫代大匠斫者，稀有不伤手矣。"杜公家人要干涉自然，杜公觉得不妥，故命解去鸡缚。实深入理窟。末联悟出自然界相生相克，是一个大循环（鸡食虫、粪肥地等等），所以说"得失无了时"（失于彼得于此、得于此失于彼等等）。不如撒手，叫作"知常"。（《老子》十六章："知常曰明。不知常，妄作，凶。"）这意思，儒家孔孟知道，荀况就不知道了。

杜诗的起结

自宋代以来，研究杜诗的章法、句法、字法的论著很多，散见在各种诗话、笔记、文集中。字法可归在现代修辞学的辞格内。句法离不开章法。句法有对属、有组合问题。组合是关于虚实、单双字的离词读法，和章法同是结构问题。对属美恶，是汉字特点的产物。《文心雕龙·丽辞》篇专论这事。后代越讲越繁。李商隐《漫成五章》之一，论沈、宋、王、杨诗艺说："当时自谓宗师妙，今日惟看对属能。"看得丽辞很轻。这事当别论。但维护丽辞的人，总是说，奇偶相生，根于自然，非由"外铄"。也不无道理。为什么说句法离不开章法呢？因为我国文学观多以生理机体去说文章结构。如曹丕《典论·论文》说："孔融（文章）体气高妙。""文以气为主。"后人多认为，"气"即刘勰所谓"风骨"（《文心雕龙》有《风骨》篇）。《文心雕龙》又有《体性》篇，《赞》云："辞为肤根，志实骨髓。"白居易《与元九书》说："诗者，根情苗言，华声实义。"总之，无论说肌理骨骼或说根华枝叶，都是用生物做比喻，可知中国人所欣赏的美，重在它有生气，任自然。这样，一句实是一章的机体的一份，岂可离章觅句？在西方，黑格尔老人也有同样意见：

> 有机体……经过生气灌注的统一。……它们才能维持它们特殊的个性。……例如割下来的手，就失去了它的独立的存在，就不像原来长在身体上时那样。……只有作为有机体的一部分，手才获得

它的地位。(《美学》，朱光潜译，商务印书馆，一九七九年版)

在《小逻辑》里，他说得简明一些：

> 身体上各个分子或官肢之所以是它们那样，只由于它们的有机统一，或由于有了有机统一的关系。比如一只手，如果从身体上割下来，名虽仍可叫作手，实已不是手了。这点亚里士多德早已说过。(贺麟译，三联书店，一九五四年版)

句和字对一首诗的关系，岂不是有些像手对于身体的关系吗？离句无字容易理解；其实离篇无句，亦是当然的。刘熙载在《艺概》中说：

> 少陵寄高达夫诗云："佳句法如何？"可见句之宜有法矣。然欲定句法，其消息未有不从章法、篇法来者。

我们不妨姑举一二例。如陶潜"采菊东篱下，悠然见南山"，自古推为名句。如果截去"结庐在人境"四句，及"山气日夕佳，飞鸟相与还"四句，单举"采菊"一联，也难以说明它是胜语。又如谢朓的"大江流日夜，客心悲未央"，也是古今绝唱。但如不见这一联以下至篇末，也就不能如读全诗时感到它确是"惊人句"了。这是因为文艺作品的美总是完整的。完整才充实，完整才匀称。孟轲说"充实之谓美"。单薄、一色，怎么能说是仪态万方？

自《沧浪诗话》主张："汉魏古诗，气象浑混（胡应麟引改作"浑沦"），难以句摘。晋以还方有佳句。"以后论者不一。胡应麟以为魏人已有工句（举曹子桓兄弟，见《诗薮》）。费锡璜《汉诗总说》以为："诗至宋齐，渐以句求。……汉人高古天成，意旨方且难窥，何况字句？"方东树又说："齐梁以下，有句无章。"（《昭昧詹言》）看他们的结论，似乎相同，都是说汉诗有篇无句，六朝有句无篇，唐人除重篇、句外，又重下字法。细看他们著书的思想，胡应麟是复古派。方东树是推重杜、韩、苏的，说杜、韩、苏能够用古文法为诗，所以绝高，六朝人根本不知道章法。严羽意在唐，不在汉。费一味推崇汉诗，与胡实际相近。惟他们同说汉诗无句可摘，是汉诗绝高的地方。

其实，汉诗不能摘句，不是所谓高古天成，实是木质少文或"属辞无方"（刘勰评班固、司马相如诗作语）。再者，汉诗亦非不可摘句。如"古诗佳丽，或称枚叔"，其诗具在《玉台新咏》。句子工妙的略举有："不惜歌者苦，但伤知音稀。""胡马依北风，越鸟朝南枝。""盈盈一水间，脉脉不得语。"这些"古诗"的作者或许不是枚乘。刘勰判断说："比彩而推，两汉之作乎？"是够谨慎的。

由上举的两点理由而言，有些汉诗不可摘句，证明汉诗并非全好；但汉诗亦有句可摘，不异于六朝唐宋诗。结论应该是：不可摘句，未必不是好诗；有句可摘，未必是好诗。总之，诗的好坏，和有句可摘与否，正如和作者的时代一样，是无必然联系的。

本文从第一段到这里，谈了两个问题：一是说句法、字法不可离开篇章去讲。因为一首诗是一个统一的意象有机体，字、句不可能离开它。正如字离开了句子是另一回事一样，句子离开了整个篇章也是死的。讲修辞必须往活处讲，不可往死处讲。第二，我也反对以"古"为修辞准则的老看法。但也不主以"今"为修辞准则、以"外"为修辞准则的看法。因为这也不是往活处讲，是往死处讲。

为什么讲杜诗要讲杜诗的起、结呢？我是在学习西方近代修辞学的时候，觉得可以把他们讲"语境"的意思，借来和我国固有的说诗要"知人论世"的观点结合运用起来或可别辟一路。不妨尝试一下。

古人的经验证明，作诗起句、结句很难。《文心雕龙·镕裁》曰："首尾圆合，条贯统序。"《章句》曰："启行之辞，逆萌中篇之意。绝笔之辞，追媵前句之旨。故能外文绮交，内义脉注。"《附会》曰："首尾周密，表里一体。……若夫绝笔断章，譬乘舟之振楫。会辞切理，如引辔以挥鞭。克终底绩，寄深写远。若首唱荣华，而腰句憔悴，……此《周易》所谓'臀无肤，其行次且（趑趄，趔趄）'也。惟首尾相援，则傅会（傅辞会义）之体，固无以加于此矣。"钟嵘《诗品》论谢朓："善自发诗端而末篇多踬，此意锐而才弱也。"姜夔《白石道人诗说》："作大篇，尤当布置。（须）首尾匀停，腰腹肥满。""一篇全在尾句。……"严羽《沧浪诗话》："诗用工有三：曰起结；曰句法；曰字眼。""太白发句，谓之开门见山。"王世贞《艺苑卮言》："歌行有三难：起调，一也；转节，二也；收结，三也。"谢榛《四溟诗话》："起句当如爆竹，骤响易彻；结句当如撞钟，清意有余。"王世懋《艺圃撷余》："诗称发端之妙者，谢宣城而后，王右丞一人而已。"方东树《昭昧詹言》："诗、文以起为最难。妙处、精神全在此。""凡结句都要不从人间来……奇险莫测。如韩《山石》是也。"外国文艺家亦有论起、结的，只录托尔斯泰和高尔基的论起句为例："有一天，（在托翁家里）一卷普希金的诗摊在桌上，恰好是《片断》一诗。它的开头一句是'客人来到了乡居'，托尔斯泰给在场的人们说，这几个字一下子把人物投入了事件的中心，是小说开头的好典范。……托尔斯泰立刻把《安娜·卡列尼娜》写起了头。那第二句，亦即叙事的第一句写的是，'奥布浪斯基家里一切都混乱了'。"（莫德《托尔斯泰传》，徐迟译，第十章，342页，一九八四年，北京十月文艺出版社）

高尔基说："（文艺作品）最难的是开始，就是第一句话。如同在音乐上一样，全曲的音调都是它给予的。平常得好久去寻求它。"（《论写作》）

上文我引了宋、明、清诗话中论起结的文字。比起六朝、唐人的论述来，宋明人的话比较具体，清代学者所论就更具体。如方东树，可为代表。一部《昭昧詹言》，通论部分，全是讲义法。篇法（即章法）应如何、句法应如何、字法应如何等等。卷八论杜诗曰："欲学杜、韩，须先知义法粗胚。今列其统例于左：如创意（去浮浅俗陋）；造言（忌平显习熟）；选字（与造言同，去陈熟）；章法（有奇有正，无一定之形）；起法（有破空横空而来，有快刃劈下，有巨笔重压，有勇猛涌现，有往复跌宕，有峥嵘飞动。从鲍、谢来者，多是凝对。山谷多用此体，以避迂缓平冗）；转接（多用横、逆、离三法，断无顺接正接）；气脉（草蛇灰线，多即用之以为章法者）；笔力截止；不经意助语闲字（必坚、老、生、稳）；倒截逆挽不测；预吞（此最是精神旺处，与一直下者不同。孟子、庄子多此法）；离合（专言行文）；伸缩（专言叙事）；事外曲致（专言写情景）；意象大小远近，皆令逼真；顿挫（往往用之未转接前）；交代（题面，题之情事，归宿意旨）；参差（专用之行文局，陈叙情事）；而其秘妙，尤在于声响不肯驰骤，故用顿挫以回旋之；不肯全使气势，故用截止，以笔力斩截之；不肯平顺说尽，故用离合、横截、逆提、倒补、插、遥接。至于意境高古雄深，则存乎其人之学问道义胸襟，所谓本领。不徒向文字上求也。"（人民文学出版社，一九六一年点校本）

我国的文学理论著作，《文心雕龙》既讲原理，又讲技法。不幸唐宋以来，诗词曲话、文集、杂著，关涉文学的，分一为二。谈理论的不谈技法，论技法的少及文理。章学诚在《陈东浦方伯诗序》中说，有些人的诗是工艺（指技巧）不是诗。表白了学者们厌谈诗艺功夫的心理，也就是诗论越来越离开刘勰、钟嵘传统轨道的原因。

清代的诗论，向来认为有四派：格调派、神韵派、性灵派、肌理派。其实应该加上"义法派"，即桐城姚氏及其学生方东树一派，这是专谈修辞的一派，影响大，离理论虽远，却实说经验，似反胜大而空的议论。

义法的法，实即古代的修辞。这一派的大病在认为法是超越古今，有普遍效用的。这就是死的修辞。把他们的法用来解诗、指导作诗，一无是处。但他们毕竟是清代影响大而久的专谈修辞的一派。如改造他们的核心论点，他们的许多材料还是可以用的。

我认为，绝没有超越时间、普遍适用的义法或修辞律则。我们试引进西方现代修辞学的某些观点，以解释我国古诗中一些修辞事实，如语境说等；再加上我们固有的修辞律则，或可以医治义法派的毛病，使我们的解释更为明通，有助于鉴赏及创作借鉴。

现在让我们回到杜诗起结研究上吧。

杜诗起结，昔人十之九点九是赞美，极少数摘瑕。大多数都说得有理，有理即不可拒不承认。有些却未中肯綮。现在选一些杜诗的起结句（联）来略说个人浅见。

《蜀相》：

丞相祠堂何处寻，锦官城外柏森森。

仇注："首联自为问答，记祠堂所在。"按这样说似乎不错，但殊不解杜甫在蜀心事。杜诗最重起结联，凡杜诗提到诸葛的，都在首联。如"诸葛大名垂宇宙"（《咏怀古迹五首》），"孔明庙前有古柏"（《古柏行》），"久游巴子国，屡入武侯祠"（《诸葛庙》）。虽不直接提姓名，也是说诸葛亮的。可知这里首说"丞相"，是用重笔。为什么诗人这样崇敬诸葛亮呢？杜甫的政治理想是依靠好宰相辅助皇帝克定祸礼，复致太平，其想望诸葛是必然的。他在夔州作《晚登瀼上堂》诗说："衰老自成病，郎官未为冗。凄其望吕葛，不复梦周孔！"吕葛，吕望和诸葛亮。其次是诗人认为西蜀地形险要，镇蜀必得忠君爱民的大臣，所谓"安危须仗出群才"。这也是他缅怀诸葛的苦心。

绝不是唐代到蜀中的人都赞成诸葛孔明的。如薛能（会昌进士）有《筹笔驿》诗，序云："余为蜀从事，病武侯非王佐才，因有是题。"诗有"生欺仲达徒增气，死见王阳合厚颜。流运有功终是扰，阴符多术得非奸？"云云。再看李商隐同一题目诗，却尽是推崇的句子，如："管乐有才终不忝，关张无命欲何如。它年锦里经祠庙，《梁父吟》成恨有余。"这不能说只是各出新意，徒逞辞采。大体说来，杜甫、李商隐是自寓怀抱，或欲求当局为国搜才，而薛能则怕藩镇幕府引武侯为先例，鼓吹割据。所以结联说："当初若欲酬三顾，何不无为似有鳏？"我这段议论，是听友人谭优学先生说的，觉得很合"知人论世"的精神。"知人论世"，在西方似称历史主义。在文学修辞上说，就是讲没有超越时空的文学语言和感情色彩，只有其时其地的某个人的话语（或言语）。我认为现代修辞学主张的"语境"也是符合历史主义精神的。没有什么固定的修辞格或现成的语言单位可供如意挥霍，只有在特定语言环境中的某人的特殊的话语。所以，在一定的语境中，褒词可以作贬义看，贬词可以作褒义看。董仲舒说："诗无达诂，易无达占，春秋无达辞。从变从义。"（《春秋繁露·精华》）又说："见其指（旨）者，不任其辞。不任其辞，然后可与适道。"（同上书《竹林》）又在《玉英》篇中讲事同者辞不必同。都是通人的见解。

起句有种种。如《白丝行》，单句起。语意愤激。第一联："缲丝须长不须白，越罗蜀锦金粟尺。"实只第一句起。长可以织，任意剪裁。白质反不被重视，因为反正要染色的。比喻有些人的人才观：重才（长）不重德（白）。接下去说如何裁为舞衣，如何被喜玩。结果颜色既污，终于被弃置。结联说："君不见，才士汲引难，恐惧弃捐忍羁旅。"却是前文的否定（不是同情有才无德遭遣的人）。结联意说，就丝说，还是既要长，更要白。起结另是一种相应。这诗恐怕是杜甫在长安干谒之际，有所见，因而有所悟的作品。《自京赴奉先县咏怀五百字》说，"以兹悟生理，独耻事干谒。"《白丝行》正是悟时的自白。这种诗流传出去，既要得罪"才士"，也可开罪于权贵，所以起句含混方好。

《徒步归行》是上书体，以文为诗：

> 明公壮年时值危，经济（经世济民）实藉英雄姿。
> 国之社稷今若是，武定祸乱非公谁？（第一段）
> 凤翔千官且饱饭，衣马不复能轻肥。
> 青袍朝士最困者，白头拾遗徒步归。（第二段）
> 人生交契无老少，论心何必先同调？
> 妻子山中哭向天，须公枥上追风骠！（第三段）

这首诗共三段，每段四句。每段又各二句为一意，格式很整齐。起四句庄重雄壮。前两句说时势造英雄。后两句说英雄必顾全大局。三、四句均用三平调，作用在表出庄重雄壮。第二段谈凤翔近况。《旧唐书·肃宗纪》至德二载："上议大举收复两京，尽括公私马以助军。"此诗"白头拾遗徒步归""凤翔千官且饱饭"都是史笔，亦把安危经济的希望放在李嗣业身上。第三段陈情。全诗重点在结句，严羽所谓"收拾（终篇）贵在出场（归宿、宗旨）"。虽是沉痛，却无寒乞相。说"须公"不用求、请等字。下字占身份。要知道这是极自负的诗人、极卑的官职（左拾遗，正八品上）向一个战功赫赫的二品阶的将军说话。傲慢不得，谄谀更不行。

起句有直截大胆的。如《送高三十五书记十五韵》：

> 崆峒小麦熟，且愿休王师。请公问主将：焉用穷荒为！

赠人诗，直斥人的主将不该久用边师，这就是直接否定主将的边功，甚至可以得罪皇帝！诗中说高适"脱身簿尉中（高适曾做封邱尉），始与捶楚辞"。（清）万斯同说：与人赠别，而举其戮辱贱事，恐不近情。按不近情莫过于起（四）句。何论细故？这样的起法，一、见杜、高交谊；二、是诗人自己说的"语不惊人死不休"。而反对开边又是他一贯的主张，所以不吐不快。假如没有这些条件，话便不会这样，诗也不能这样写。刘须溪评起处说："忠爱兴至，但四句后全不相涉。"这是诗的转接（元人说"承"）问题。诗有了起句以后，如何转换，当然是值得研究的修辞手段。这首诗劈头说开边是无足取的，何况书记微官呢？几全是低调。下转，好在主将相知，当为知己出力。下文说："十年出幕府，自可持旌麾。"这才是主义，是为朋友打算。刘熙载《艺概·诗概》提出"近离远合"的接（就是合）法，读杜诗更该知道这个法门。知道这就是章法，无所谓与起句"全不相涉"。

前人解杜，有时确能别具会心，发读者深省。如金圣叹《杜诗解》释《羌村三首》第一首起四句说："看他写临到家时，薄暮门前，眼见耳闻，使千载后人，如同在此一刻。最怕人者，家中未见人归，归人先见家中，一也。未知家中如何，先睹门前如此，二也。未至，心头只余十里、五里。既至，便通共千里，三也。二十字写尽归客神理。"（有节略）按原诗起句，纯似写景。经圣叹点出，才知道诗人原是惨淡经营，却出之平常景语，更见奇警。试想诗人自离鄜州，先是被执陷贼，经多少酸辛；幸而窜至凤翔，惊魂初定；却又卷入代谢的政治旋涡，险些儿投置网罟。又幸大臣正直，临危解救，才得个"放回省家"。一路栖栖屑屑，忍耻包羞。说是"苦被微官缚，低头愧野人"，低头惭愧，抵得痛哭。这个"青袍朝士最贱者"在忠佞、义利、巧拙、仕进和引退的矛盾斗争中，受着绞刑似的痛苦。好，"柴门"终于在眼前了！"眼穿当落日"，还算没有落空；"心死着寒灰"，国事让人失望或竟是绝望！柴门前俄顷的低回，千言万语也说不尽。起首四句实胜过千言万语。郁陶块垒，用张脉偾兴的声音态度表示，读者会于言尽而止。不如用平常简单的语言表示，反会收到"思按之而愈深"的艺术效果。

也有起句突兀，却又不是硬装杂凑，寻绎自见匠心的。如《落日》，全抄如下：

> 落日在帘钩，溪边春事幽。芳菲缘岸圃，樵爨倚滩舟。
> 啅雀争枝坠，飞虫满院游。浊醪谁造汝，一酌散千愁。

《杜臆》曰："公见此幽事，情与景会，不自知其乐之所自，而归功于酒……"仇又引谢茂秦曰："五律首句用韵，宜突然而起。如'落日在帘钩'是也。"按这诗的起句与"堂上不合生枫树"（《奉先刘少府新画山水障歌》）不同。题画诗多为应酬之作，起句可以故作惊人语，起高屋建瓴的势用。《落日》是即兴诗，何用故作姿态？谢、王所论，为初学说或可原，何能以说杜诗？记得幼时见金圣叹说这首诗，曾云，这是百无聊赖之中，抬头忽见日在帘钩，乃得此句（现在印的圣叹解杜诗，上海与成都两个印本，均无《落日》诗，或在他的唐律诗分解中？俟检）。如果我的记忆可靠，那么，圣叹虽有以八股调说诗，以试帖法解诗的毛病，这解《落日》起句，却是妙语。因为这首诗不是写乐而是说愁，且工于说愁。结联明白道出。前六句与《江亭》"欣欣物自私"意同。

说起句止于此。下文我想谈有些杜诗的结句应当怎么理解。

《北征》结尾一段：

> 桓桓陈将军，仗钺奋忠烈。微尔人尽非，于今国犹活。
> 凄凉大同殿，寂寞白兽闼。都人望翠华，佳气向金阙。
> 园陵固有神，洒扫数不缺。煌煌太宗业，树立甚宏达。

对这样的收尾，黄生不以为好。说："结语宽缓（按当是指煌煌二句），收束不住。说到中兴，已是结穴。"吴瞻泰《杜诗提要》反对黄生的看法，以为回澜砥柱，其力正在此。按《北征》是论王室平乱中兴大篇，须是综合重大周密，才能做到刘彦和所说的"首尾周密，表里一体"（《附会》篇）。"桓桓陈将军"四句，浦起龙曰："陈玄礼为亲军主帅，纵凶锋于上前，无人臣礼。老杜既以'诛褒妲'归权人主，复赘'桓桓'四语，反觉拖带。不如并隐其文为快。"此解殊迂。《北征》是谏官杜甫以"诗当谏书"。马嵬事变，众口纷纷。不用重笔，不能统一舆论，振奋人心军心。四语断不可省。或又以为"凄凉"二语冗杂无谓。胡小石先生辩之，殊关宏旨。"都人"四句，收京是当时国策，非着笔不可。但解《北征》的人又多不解四句是说天与人归的意义。虽还没有人议删，却亦看似闲笔。这又不得不辩。引说恐烦，暂不多及。剩下结句，正见唐室之所以能够危而复安，中兴可必。全由太宗创业，功德在民。民不忘唐。"宏"是说本支百世，树大根深。"达"是说南北东西，无思不服。这个结句，正见《北征》体大思精所在。说文字上以今皇帝起，以太宗结，犹是寻常照应的说法，未尽结句深意。

《玉华宫》，王士禛评曰："后亦弩末。竟删后四句更警。"渔洋山人所指后四句是：

忧来藉草坐，浩歌泪盈把。冉冉征途间，谁是长年者！

按"忧来"句上文是"当时侍金舆，故物独石马"。假若删去后四句，以这两句做结句，哪还成诗？神韵派失之做作，他们总不许诗人个性流露。《玉华宫》后四句正表现了一个亲见开元、天宝繁华，又历"天开地裂长安陌"与陈陶败绩、宰相被斥、自己放回的诗人，在一系列噩梦似的时事面前，发出了茫无涯际的闲愁似的慨叹。有这四句，是杜甫的诗；删去这四句，只是任何人凭吊荒芜的行宫的韵语而已。离开具体的语言环境论诗是搔不着痒处的。

《送韦十六评事充同谷防御判官》后段：

伤哉文儒士，愤激驰林丘。中原正格斗，后会何缘由。
……且复恋良友，握手步道周。论兵远壑静，亦可纵冥搜。

题诗得秀句，札翰时相投。

诗以"论兵"四句作结。《杜臆》曰："'论兵远壑静，亦可纵冥搜。'遵岩不满于此结，亦是。然实此公自道，虽当极危苦中……岂以论兵而遂废冥搜？……然它人不能也。"王士禛曰："结弱。"按《杜臆》所言，当谓危急大事中不宜作诗，这是另一回事。渔洋评语或指结语离开国事而说希望有诗寄赠是首尾不称。实际送人诗当看所送的是什么人。是武士当讲战伐，是文人便谈诗文。如《送高三十五书记十五韵》结语亦说："边城有余力，早寄从军诗。"我看这就是道性情。

　　文学，对于自己要会说性情；对于别人，应会说人情。微妙高深，总不离这里。但表达实无一定规则。譬如结句，渔洋总是讲含蓄。沈归愚亦是这样。词家论词要重、拙、大，沉着叫重，更简单说，直则重。拙是巧的反面。直往往近拙。大是纤细之反，做作必成纤细。杜多拙句。如《贻阮隐居》诗，先说其人："车马入邻家，蓬蒿翳坏堵。"结处说："更议居远村，避喧甘猛虎。足明箕颍客，荣贵如粪土。"渔洋评曰："说尽。"这结句诚是拙而尽，但和整首诗的朴质的风格是统一的，所以不是坏的结句。杜甫是善于用含蓄语作结句的，这要看对谁在何时何地说话。随手举几首诗。如：

　　夕烽（烽火，报边警的）来不止，每日报平安。
　　……闻道蓬莱殿，千门驻马看。(《夕烽》)
　　雾隐平郊树，风含广岸波……戍鼓犹长击，林莺逐不歌。
　　忽思高宴会，朱袖拂云和（云和，乐器，似瑟）。(《暮寒》)

为什么《夕烽》的结语要写得那样含蓄呢？当时吐蕃的威胁越来越大，朝廷更加敏感。但又不能指斥当局的无能（时在秦州）。至于《暮寒》，讽刺守边文武恬嬉负国。当吐蕃已陷松、维、保三州，而边头公卿却在置酒高会。这也不好直说（时在梓州）。

又如《郑驸马池台喜遇郑广文（虔）同饮》：

不谓生戎马，何知共酒杯？……别离经死地，披写忽登台。……留连春夜舞，泪落强徘徊。

这是长律，起结俱悲怆。结更含蓄。两个诗人，曾经是忘年交、酒徒。天宝末又一同陷贼。现在一个去了凤翔，又遇大祸；一个伪官的污点无法洗清，前途莫测。现在意外地又在长安见面了（从仇说）。"德尊一代常坎坷，名垂万古知何用！"在池台春酒歌舞之前，更各怀难于表达的痛苦。"留连春夜舞，泪落强徘徊！"何等沉痛的邂逅啊！赠人诗往往切姓、切官、切乡里、切族望，以为不可移易。实际一无用处，惟有切其人的情性、癖好、重大遭际、彼此交往特点才较为有效。如此诗就是一例。

再谈一下《塞芦子》一诗的结句。至德初，唐室的西北猛将精兵，都集中东征（收复两京），长安后方空虚。时杜甫身陷贼中，听说史思明自博陵绕过河北道的卫、怀二州，进攻太原。与降将高秀岩配合，似有长驱朔方、陇右的意图。杜甫以为这一着危及唐室的根据地，所以主张用一万人封锁陕北的芦子关（塞，军事封锁）。诗的后半说："延州秦北户，关防犹可倚。焉得一万人，疾驱塞芦子。……芦关扼两寇（安、史），深意实在此。谁能叫帝阍？胡行速如鬼！"这两句是最不含蓄的结句。但诗人写诗，为当时的重大军事危机呐喊，非如此作结不可。效果也不错。我们在一千二百年后吟诵，还有紧迫感。

又如广德二年在阆州作的《城上》诗，全录如下：

草满巴西绿，空城白日长。风吹花片片，春动水茫茫。
八骏随天子，群臣从武皇。遥闻出巡狩，早晚遍遐荒。

广德元年（七六三年）有几件事对老诗人刺激极大：（一）十月，吐蕃攻占长安，代宗出居陕州；（二）八月，房琯卒于阆州；（三）高适在西川节度使任，率兵临吐蕃南境，想牵制吐蕃的兵力，不成功。不久，吐蕃反连陷松、维二州及云山城。诗起四句极写心情空虚无绪，所谓"春非我春"。后四句，"遥闻出巡狩"是主句。是愤激吗？是痛苦吗？是深刺吗？酸咸苦辣，一齐都有。但亦可以说是极其含蓄，而诗境却不是温柔敦厚。

归综上举例证，谁说诗的修辞能超越诗人的处境（修辞上即是语境），要一味含蓄不露才是上乘呢？

《城上》诗前四句写景，后四句写情，两截。杜诗这种结构很多。如《蜀相》《野老》《登高》《登岳阳楼》都是。现在略论《登岳阳楼》。

这诗大家都熟，不必引。曾经有人怀疑，这诗首联平平。三四阔大雄壮。可是后四句一味衰颓，似乎龙头蛇尾，颇嫌不称。修辞上该怎么解释呢？我认为，起联是襞积蕴蓄语，不是聊作交代。这两句把杜甫由帝都到秦州，由秦入蜀，由蜀移夔，而鄂而湘，十多年来心头的重压全部提起。本应接上"亲朋无一字，老病有孤舟"，但诗人却写眼前景。难道这眼前积水只是水吗？"吴楚东南坼，乾坤日夜浮。"不也就是在湖南写的"云白山青万余里，愁看直北是长安"的心境吗？王而农《姜斋诗话》卷下说"亲朋无一字，老病有孤舟"自然是登岳阳楼诗（按这样说，因为有三四句的缘故）。尝试设身作杜陵，凭轩远望，则心目中二语居然出现，此亦情中景也。孟浩然以"舟楫""垂钓"钩锁合题，却自全无交涉。姜斋的话对我们读杜诗的人很有启发。一首诗是统一的意象有机体，读者读诗是整个摄取形象，不能听作者牵线。他的心境是一个综合了知识与经验的整体，他在不断地调摄作家的供给。这就是情语可作景会，景语可作情会的理由。所以《登岳阳楼》诗是一气呵成，整首诗表里一体。正如《文心雕龙·傅会》篇说的:"夫能悬识凑理,然后节文自会。如胶之粘木,豆之合黄矣。"上文我说诗分两截,不过是为说起来方便。好诗断没有两截的,两截岂有生气贯注?

本文的目的在试用杜诗起结说明修辞手段并非中立的现成的东西,先储存在库中,以供人挥霍。一切有效果的修辞手段,全凭作家在当时当地情况下,对准需要,把语言单位巧妙地综合起来。当其下笔风雨快,似乎不假思索,却不嫌有成竹在胸。姜斋颇明此理,他说:"诗之有皎然、虞伯生……皆画地成牢以陷人者,皆死法也。死法之立,总缘识量狭小。如演杂剧,在方丈台上,故有花样步位(按指台步身段之类)。稍移一步则错乱。若驰骋康庄而用此步法,虽至愚者不为。"这个比喻很巧妙。应该指出,同一个诗人对同一对象,说的话也可以不同。以杜诗为例。《江亭》诗第五六句:"寂寂春将晚,欣欣物自私。"同一年在《后游》诗中却说:"江山如有待,花柳更无私。"一处说"自私",一处又说"无私",怎样解释呢?原来在《江亭》诗中,他想到浙江的战事(袁晁声势浩大的起义),所以结联说:"江东犹苦战,回首一颦眉。"至于再到新津县游修觉寺,心情是愉快的。所以江山、花柳看来都非常快意了。

本文最后部分,想略谈几首杜诗。这几首诗,喜欢谈诗法的诗评家都觉得无法可说,这是少有的情况,值得我们思索。

1.《陪郑广文游何将军山林十首》第五首:

剩水沧江破,残山碣石开。绿垂风折笋,红绽雨肥梅。
银甲弹筝用,金鱼换酒来。兴移无洒扫,随意坐莓苔。

王嗣奭曰:"此首是无起结者。"《详注》又引他的话说:"通首散漫写去,无起束呼应。另是一格。"(按今见本《杜臆》没有这几句话)吴瞻泰却说:"(王氏)不知《史》《汉》有全不照应法。"又曰:

"平列无承接,是全不照应法。七句用'兴'字为关键,又是全篇照应法。"真是横说竖说都有理了,却窘态可掬。

2.《漫成二首》之二:

> 江皋已仲春,花下复清晨。仰面贪看鸟,回头错应人。
> 读书难字过,对酒满壶频。近识峨眉老,知予懒是真。

吴瞻泰曰:"前六句不相承接。"

3.《屏迹二首》之二:

> 晚起家何事?无营地转幽。竹光团野色,舍影漾江流。
> 废学从儿懒,长贫任妇愁。百年浑得醉,一月不梳头。

吴瞻泰曰:后四平叙,不承不挽,住得斩然。

按清代讲杜诗的,如黄生的《杜诗说》、吴瞻泰的《杜诗提要》、吴见思的《杜诗论文》、方东树的《昭昧詹言》都是专讲或偏重讲技巧、作法的,今天都可称为杜诗修辞学专著。他们不同于谈理论、考据一派,有许多独到之处,洗去他们受八股文、试帖诗的染污,是可以接受一些有用的东西下来的。他们讲的死法可以不必理会。

总起来说,本文谈了七首杜诗的起句;六首的结句。中间顺便谈了含蓄问题。又谈了两首全诗;举了三首诗法家认为不可以法绳的诗。意在说明,文学创作,无成法可循。"运用之妙,存乎一心。"若论鉴赏,必须大致弄清诗人的时代、遭遇、个性和作诗的时、地、对象,然后或可约略知道诗人的匠心甘苦。现代修辞学是承认这种做法的。继承和互相学习当然是有的,但绝非模拟形似,和印板文字相同。形似模仿,只能产生泥人木偶,了无生气。至于辞格章段,音律体制,是约定俗成的结果,亦非绝对死板,不容活用。但那是另一问题,此不涉及。

附记 本文与其说是解杜诗，不如说是探讨一种研究方法。但方法要周密切实，就难。难就难在不能尽知古人情事，易流于穿凿附会。（清）吴雷发《说诗菅蒯》曰："诗贵寓意之说，人多不得其解。……往往考其为何年之作，居何地而作，遂搜索其年、其地之事，穿凿附会，谓某句指某人，某句指某事。是束缚古人，苟非为其人、其事而作，便不得成一句矣。且在是年只许说是年话，居此地只许说此地话；亦幸而为古人（之诗），世远事湮，但能以意度之耳。若今人所处之时与地，昭然在目，必欲执其诗而一一皆合，其尚可逃耶？难乎免矣。"按吴氏此条，旨在反对说诗乱指寓意，话本不错。但文欠分析，说理界限不清，易致误解，不可不辨。说诗考究作诗的时地，是了解诗意的必要步骤或条件，这是无可非议的。至于指实某句说某人或某事，则当审慎。假如有确凿不移的证据，亦是应当提出的。不可因为有人喜穿凿附会，就说这种考索绝对不可用。这岂不是因噎废食？孟轲说的"诵其诗读其书，不知其人可乎？是以论其世也"是正确的。解诗或研究诗，绝不可不联系历史。应当联系当时历史、诗人阅历（亦史）及当时政治社会思潮、诗人思想（迎拒正反并包在内）、当时文艺思潮（亦兼含迎拒正反）、诗人才华、观点偏至，总之是把历史、哲学、文艺思想一齐综合起来去研究诗、解释诗。研究时要求尽量占有有关的材料，尽量客观。只要证据够，可以"推见至隐"，可以指出诗人当年如何落想、怎样着笔；可以指出诗人的全部或一首诗之所以好、所以不好的契机。因为研究者是了然于诗人的时代、知识、情感诸背景，熟悉其个人所继承所接受的影响（前代和并世）及他的独到才华的，这样论诗，"虽不中，不远矣"。

这样的研究方法，不脱离语言文字去凭空立论，所以是修辞学。

《杜诗选注》新序

本书是我一九八〇年为西南师范学院中文系一九七七、一九七八级学生开"杜诗导读"课的时候编的教材。原名"杜诗选读",教的过程中颇有修改。因忙于别的任务,无暇彻底整理。去年本院改师大,系上招了古代文学助教进修班,又新招了唐宋文学研究生,让他们合起听我讲杜诗。于是将旧印本重加修改增补,改题"杜诗选注"。

解放后对于杜诗的评价是有争论的,首先是杜甫是否可以称为"人民诗人"的问题。个人认为,封建时代的诗人,只要他们的创作带有民主性,就可以称为人民诗人。要求过高,两千年的文学史就会是漆黑一团,我们今天将何所承继?岂不是凡属民主精神或精神文明都要靠外国进口吗?把古代历史文化说得一无是处和把古代历史文化说成完美无缺,都是不符合实际,也是不应该的。还是研究实际材料然后再下论断好。

我个人认为,唐代文学之所以直到今天还被喜爱、推崇,除有一百几十年的经济繁荣、社会安定做背景以外,还有一个重要的因素,就是唐代政治比较开明。宋洪迈在《容斋随笔》中惊叹唐代诗人说话十分大胆。杜诗即在其中。他批评政府,上自皇帝,下至将相、名流,都直言不讳。说这种话本难,说这种话而未得罪、被祸,岂不是也很难吗?举杜诗例来说,《三绝句》第一首"前年渝州杀刺史,今年开州杀刺史"云云,是挞伐叛乱的,这样的诗,历代的诗人也写了许多,不见特异。第二首写二十一户逃难的人家,后来只剩下三个人了,父亲又忍心把两个女儿抛掉（多半是卖掉了），只身奔回老家。事虽极惨，别的诗人也能写。第三首是：

> 殿前兵马虽骁雄，纵暴略与羌浑同。
> 闻道杀人汉水上，妇女多在官军中。

正在依靠官军平叛的时候，直接指摘这些官兵其实和叛匪差不多，一样杀掠。这就不是许许多多的诗人敢于写的了。一方面固然由于杜甫真正爱人民，"慈故能勇"，但也要靠一个饱含民主气氛的社会，所以诗人的笔才会这样横放。

明代的杨慎颇不喜欢杜诗。《升庵诗话》卷十一"诗史"条，批评杜甫评论时事的诗说：

> 宋人以杜子美能以韵语纪时事，谓之诗史。鄙哉宋人之见，不足以论诗也，……三百篇……皆意在言外，使人自悟。至于"变风"，"变雅"，尤其含蓄。言之者无罪，闻之者足戒。如刺淫乱，则曰"雍雍鸣雁，旭日始旦"，不必曰"慎莫近前丞相嗔"也。悯流民，则曰"鸿雁于飞，哀鸣嗷嗷"，不必曰"千家今有百家存"也。叙饥荒，则曰"牂羊羵首，三星在罶"，不必曰"但有牙齿存，可堪皮骨干"也。杜诗之含蓄蕴藉者多矣，宋人不能学之，至于直陈时事，类于讪讦，乃其下乘末脚，而宋人拾以为己宝……

也生于明朝的王夫之，在《姜斋诗话》中有一段话，恰好讨论的是诗风的直与婉的问题，抄在下面：

> 《小雅·鹤鸣》之诗，全用比体，不道破一句，三百篇中创调

也。要以俯仰物理而咏叹之……初非有所指斥，不敢明言，而姑为隐语也。若他诗有所指斥，则皇父、尹氏、暴公，不惮直斥其名，历数其恶，而且自显其为家父、为寺人孟子，无所规避。诗教虽云温柔敦厚，然光昭之志，无畏于天，无恤于人。揭日月而行，岂小人半含不吐之态乎？《离骚》虽多引喻，而直言处亦无所讳。宋人骑两头马，欲博忠直之名，又畏祸及，多作影子语巧相弹射，然以此受祸者不少……不能昂首舒吭以一鸣，三木加身，则曰"圣主如天万物春"，可耻孰甚焉。近人多效此者，不知轻薄圆头恶习，君子所不屑久矣。

杨、王的话各有道理，又均带有自己时代的影子。明朝早已不是"言之者无罪"的时代了，不能和开元、天宝时代相比。读杜诗，一面使人感到他"自任天下之重"，几乎有点像现代苏联诗人叶夫图申科说的"俄国作家有责任不隐瞒国家的真情"。这不够称人民诗人吗？一面使人悟到，不可离开时代责备诗人。升庵指责杜诗"讪讦"，和洪迈论唐诗的话所反映的实质略等，只不过明人更不及宋人的处境罢了。

以上已涉及杜诗的风格了。杜甫的为人，可以借用庄生的话，称之为"博大真人"。因人及诗，博大指他的诗，真指他的情感（真人就是真正的人）。杜甫性情最真，表达则不拘一格。白居易强调诗的政治思想性，却往往纯是理智，说的是"应该如此"，不惜牺牲了艺术性；李白、韩愈强调诗重立意，鄙视六代，而杜既贵清词，又尚丽采；他的醉心山林，不下于王、孟、储、韦，却昌言志在周孔；他很爱谈兵，亦关心边事，而反对开边，则与高、岑异调。作诗既极沉潜蕴藉，又能发扬蹈厉，似亦非高岑所能及。他是作了"欲语羞雷同"，又能"博采世间名"（名，言也）的。

再谈杜诗的研究方法。我以为要懂得中国的东西，必须熟悉它们，浅尝辄止是不成的。杜诗之于中国古代文学，已经是经典性的了。把杜诗作为研究中国文学的津梁，是可以的，假如不是"必须"的；用选诗稍多一点，并带评注的杜诗选本作为读杜甫全集的入门，则可以说是"必须"的。至于研究其他作家（尤其大家）的作品，能熟杜诗必大得助益。这是前人既有的经验，值得借鉴。

考证、赏析都该注意。但考证（历史的、训诂的）是为了懂得杜诗真正的内容；赏析也不能离开正解而主观臆断。赏析、考证，二者互为补充，因此不可偏废。至于引进外国的研究成果和新的观点和方法，都是必须的。不能抱残守缺，那是死胡同。但引进外国的理论的同时，必须熟悉我们自己的诗人，不可望一眼就说"知道了"。我国的古老哲人不是说过吗？"知'不知'，上；不知知，病；夫唯病'病'，是以不病。"这是我选注、评杜诗的一点浅见，提供同志们参考，并希望得到对这本小书的批评、指正。

一九八六年二月二十四日

《杜诗选读》序

这本小书，打算用以引导大学文科学生欣赏研究杜甫诗的。一个文科大学生，在有了一定的文艺理论、历代文学基础知识以后，应该是直接面对本国第一流的哲学、史学、文学的伟大作家及其作品进行自由地学习、钻研的时期了。我以为，大学高年级学生不读专书，只读些单篇诗文，是很可惜的。学术之宫，千门万户，但总得经由一门进去。唯有深入某一大家的著作（深入，暂时只指：懂得注解所引各书的原文，明白正文字句意义，弄清传统技巧术语等），才可望大开眼界、大拓心灵，然后才可以到达四通八达之境，从而才有可能深入其他大家之室，所以任何一部社会科学或文学巨著，既是稀有的宝藏，又是知识的桥梁。且此类名著，照例关于它的研究、注解必然相当多，就更有启迪、指导意义。凡此种种条件，杜诗无不具有。

但是杜诗颇为难读。究其原因，除文字障碍外，杜诗本身确有一部分沉闷繁累、议论冗长，也是无可讳言的。名篇如三吏三别，除《新安》《石壕》外，其余并不那么受人喜爱。著名的《自京赴奉先县咏怀五百字》和《北征》（到家一段除外）年轻人也并不爱读，更不用说久已为人指瑕的《八哀》之类了。因此现在这本小书，所选杜诗除仍须照顾名篇外，对于虽然有名，但不免沉闷冗长的篇章，尽量不选。以便引起读者进一步研究杜诗的兴趣。

从教学角度看，把引起兴趣当作深入学习的第一步，似乎是无可非议的。

希望读者不满足于这四百首诗，自己去读杜甫全集。一方面，爱好什么是不可勉强的，另一方面，要读，就必须尽读全书，要"深造自得"，才能够左右逢源。如何才可以叫"自得"呢？那就必须细读全书。并且是"优而柔之，使自求之；餍而饫之，使自趋之，若江海之浸，膏泽之润，涣然冰释，怡然理顺，然后为得也"（杜预《春秋左传序》）。不去深求原著，而只满足于选本及别人的文章，那是不踏实的做法，从前叫作"记问之学"（《礼记·学记》）。总之，这本小书不过在求引起读者读杜、研杜的兴趣而已，他非所望。是为序。一九八〇年六月二十二日曹慕樊记于西南师范学院龙江村教师宿舍七十九号。

《伤春五首》第二首

莺入新年语，花开满故枝。天清风卷幔，草碧水通池。
牢落官军速（一作远），萧条万事危。鬓毛原自白，泪点向来垂。
不是无兄弟，其如有别离。巴山春色静？北望转逶迤。

这首诗是伤唐室残损手足，急难无援，致有失国之危的。要紧是"不是无兄弟，其如有别离"一联。诸公滑口读过，以为杜陵忧家。不知杜甫无兄有妹，诗中屡次说及的是"诸弟""弟妹"，绝不说"兄弟"。按之唐史，知此诗"兄弟"字确指玄宗诸子无疑。《旧唐书》卷一〇七玄宗诸子列传，玄宗三十子，肃宗是第三子。此卷即肃宗的兄弟列传。那么，在代宗时作诗，何以说及其父辈兄弟呢？这是因为玄宗后宫争宠，祸及诸子，故肃、代两朝均无有力亲贤捍卫王室。杜诗论政治，持原始要终之论，故多涉玄、肃、代三朝。此诗论弱本之祸，亦自玄、肃说起。

玄宗太子李琮病死后，以第二子瑛为太子。他与玄宗第五子鄂王瑶、第八子光王琚均以玄宗宠武惠妃及惠妃子寿王瑁怨望。为武惠妃所谗间，均废为庶人，不久均遇害。玄宗第四子棣王琰，被谗，为玄宗所疑，囚中忧死。鄂王瑶与光王琚在皇子中有学尚才识，相友爱。琚有才力，善骑射。

永王璘，玄宗第十六子。数岁失母。肃宗收养，夜自抱之睡，少聪敏好学。貌陋。玄宗逃蜀，以璘为山南东路等四道节度使、江陵大都督。招募将士数万人。肃宗闻之，诏令归觐于蜀。璘不受命，擅领舟师东下以窥江左。吴郡采访使李希言拒之。肃宗先使中官啖廷瑶等招讨。璘兵败死。肃宗以璘爱弟，隐而不言。

丰王珙，玄宗第二十六子。代宗广德元年，将军王怀忠劫以投吐蕃。珙遂萌野心。道遇郭子仪，命兵士领赴行在。赐死。

肃宗十四子，有才者第二子越王系。宝应元年，肃宗弥留。张后命越王除太监李辅国、程元振，反为所杀。

肃宗第三子倓，始封建宁郡王。英毅有才略。玄宗逃蜀，倓说父不宜随驾入蜀，宜往河西，以谋复兴。又选骁骑数百卫从。仓皇之际，血战在前。至灵武，肃宗即位。立广平王为太子。又欲以倓为天下兵马元帅，李泌谏，遂以太子为元帅。时张良娣有宠。倓性忠直。因侍上，屡言良娣自恣，辅国连结内外。欲倾动皇嗣。自是，为良娣、辅国所恨，构缔谮谤，肃宗怒，赐倓死。会广平王收复两京，遣判官李泌入朝献捷。泌因为肃宗言武后时，鸩杀太子。立雍王贤为太子。贤虑不免，乃作《黄台瓜辞》，令乐工歌之，欲以悟武后。其辞曰："种瓜黄台下，瓜熟子离离（实多貌）。一摘使瓜好，再摘令瓜稀；三摘犹尚可，四摘抱蔓归。今已一摘矣，愿陛下慎无再摘。"广平王立大功，亦为张后所忌，潜构流言，故泌言如此。张后生兴王佋。她谋立之为皇嗣，故累危太子，会佋卒，乃止。又据《旧唐书·代宗纪》云："宝应元年四月，肃宗大渐。所幸张皇后无子（按佋八岁即死）。后惧上（代宗），功高难制，阴引越王系于宫中，将图废立。系为李辅国、程元振所杀。"那么越王之死，固有兄弟阋墙之事在其中，不独遭张后谗毁所致（两唐书《程元振传》亦说张后欲命越王监国，元振知其谋）。

杜诗"不是无兄弟"联的上一联"鬓毛原自白，泪点向来垂"，我看亦是指肃宗在皇位斗争期间的精神压抑的处境说的。这两句诗的意思是说，猜忌兄弟因而不能团结兄弟的人，当初亦受尽精神上的自我磨折。有一段资料似乎当时广为流传，所以被各种笔记采取。其说初出于《次柳氏旧闻》，今引《唐语林》卷一关于此事的记载，以其文字较简洁也。

  肃宗在东宫，为（李）林甫所构。势几危者数矣。（未几）鬓发班白。入朝。上见之恻然。曰"汝归院，吾当幸。"及上到宫中，庭宇不洒扫，而乐器屏弃，尘埃积其上。左右使令亦无伎女。上为之动色。顾谓高力士曰："太子居处如此，将军盍使我知乎？"力士奏曰："臣尝欲言，太子不许，云无勤上念。"（上）乃诏力士，令京兆亟选人间女子颀长洁白者五人，将以赐太子，力士复奏曰："……臣伏见掖廷中，故衣冠以事没入其家者，宜可备选。"上大悦。使力士诏掖廷令，按籍阅视，得五人以赐太子。

  《杜臆》以为《伤春五首》非一日之作，故不嫌其重复。此评殊浅尝。细读五篇，就可以体会到是每篇提出一重要问题。《详注》即如是说。其意是，其解未必都是。第二首显然是五篇的中心。王室无人，诸镇强大，本弱末大之象已成，所以痛陈疑忌宗室之积弊。唐室皇储总是不稳定。自高祖于三子已经铸成大错，又经武后一意孤行，大杀李氏支裔。玄宗在位甚久，于兄弟亦能和爱。然内宠甚多，遂酿成肃、代朝中央孤立的危机。及至代宗，国家有事，召将将不奉命，用兵兵士逃散。此皆由怀疑亲贤，残伤手足，致本根脆弱到此程度。房琯有鉴于此，于玄宗时进分镇之奏。我在二十八年前作《杜诗杂说》时，以为房琯分封亲贤之议，杜甫极力为之宣传，不免迂阔。经历世变，知历代皇室残伤手足与杀戮功臣二事，只要犯上一件，就会大伤元气，导致乱离。房、杜之论，似非王而农所知。

  最后，略论此首笔路。

  这真是盛唐音。落笔高浑，潜气内转。兴会飙举，纤巧、做作之类，一尘不染。前四句写景，五、六句叙事，似上下文的桥梁。《通鉴》代宗广德元年，吐蕃骤至，"帝仓皇幸陕州。官吏藏窜，六军逃散"。好一幅亡国图。此所谓"牢落官兵速，萧条万事危"也。下文似应顺接"不是无兄弟"两句，却先出"鬓毛原自白，泪点向来垂"一联，觉似突兀，实乃有意先作顿挫之笔，显出重在"兄弟"二语也。

《解闷十二首》之二

商胡离别下扬州,忆上西陵故驿楼。
为问淮南米贵贱,老夫乘兴欲东游。

  诸家都说是杜甫在夔州偶遇将下扬州的胡商,因而闲话旧游。窃尝疑此望文生义,不得其解遂妄说一通以"逃难"耳。唐代由楚去扬州,不经西陵。西陵在杭州萧山县西,又名西兴镇。属江南道。扬州是淮南道治所,由山南东道的夔州到扬州,由长江经润州(今镇江市)渡江即是,与杭州附近的西陵无关涉。那么"忆上西陵"云云只是因为江淮间地连类而及。但既遇胡商,其去处又是扬州,末联更提到淮南米价,那么,必有所为,必有所感。试一检唐史及《通鉴》,则在上元间淮南有刘展反据扬州事,与诗联系,似知其所感,知其所为也。《旧唐书》一四一《邓景山传》言:"至德初,擢拜青齐节度使,徙淮南(按即驻节扬州)。……宋州刺史刘展有异志……(朝廷)密诏景山执送京师。展知之,拥兵二万渡淮。景山逆击不胜,奔寿州。因引平卢节度副使田神功讨展。神功兵至扬州,大掠居人。发冢墓。大食、波斯贾胡死者数千人。"按《通鉴》卷二二一,肃宗上元元年及二年(系十一月下)记此事本末颇详,节录如下:"御史中丞李铣、宋州刺史刘展皆领淮西节度副使,铣贪暴不法,展刚强自用。……节度使王仲升先奏铣罪而诛之。时有谣言曰:'手执金刀起东方。'仲升使监军使、内常侍邢延恩入奏:'展倔强不受命,姓名应谣谶,请除之。'延恩因说上曰:'展与李铣一体之人，今铣诛，展不自安，苟不去之，恐其为乱。然展方握强兵，宜以计去之。请除展江淮都统，代李峘。俟其释兵赴镇，中道执之，此一夫力耳。'上从之。以展为都统淮南东、江南西、浙西三道节度使（据注，三道凡统二十二州）。密敕旧都统李峘及淮南东道节度使邓景山图之。延恩以制书授展。展疑之，曰：'展自陈留参军，数年至刺史，可谓暴贵矣。江淮租赋所出，今之重任，展无勋劳，又非亲贵，一旦恩命宠擢如此，得非有谗人间之乎？'因泣下。延恩惧。曰：'公素有才望，主上以江淮为忧，故不次用公。公反以为疑，何也？'展曰：'事苟不欺，印节可先得乎？'延恩曰：'可。'乃驰诣广陵，与峘谋。解峘印节以授展。展得印节，乃上表谢恩。牒追江淮亲旧，置之心膂。三道官属遣使迎贺，申图籍。……展悉举宋州兵七千趣广陵。延恩知展已得其情，还奔广陵，与李峘、邓景山发兵拒之。移檄州县，言展反。展亦移檄言峘反，州县莫知所从。展素有威名，御军严整。江淮人望风畏之。展倍道先期至。……景山众溃。与延恩奔寿州。展引兵入广陵。……李峘辟北固为兵场。……悉锐兵守京口以待（展）。展乃自上流济，袭下蜀（戍），峘军闻之，自溃。峘奔宣城。展连陷润州、升州。展将傅子昂陷宣州，张景超陷苏州，孙待封陷湖州。景超进逼杭州。于是屈突孝摽陷濠、楚州，王晍陷舒、和、滁、庐等州，所向无不摧靡。聚兵万人，骑三千，横行江淮间。……平卢兵马使田神功将所部精兵五千屯任城。邓景山遣使求援，且许以淮南金帛子女为赂。神功及所部皆喜，悉众南下。展与神功战于彭城都梁山。展败。至天长，再败，以一骑亡渡江。神功入广陵及楚州。大掠，杀商胡以千数。城中地穿掘略遍。上元二年，展战死润州。平卢军入杭州，大掠十余日。安史之乱，乱兵不及江淮，至是，其民始罹荼毒矣。九月，江淮大饥，人相食。"

　　刘展反叛的始末如此。我不惜篇幅，悉录《通鉴》直笔，意在请读杜诗者，知杜公笔意。唐室君臣如此无耻，安能致太平！江淮粮仓，大乱之后至于人相食。诗中淮南米价之问，沉痛极了！

《醉时歌赠郑虔》的艺术性

  诸公衮衮登台省，广文先生官独冷。
  甲第纷纷厌粱肉，广文先生饭不足。
  先生有道出羲皇，先生有才过屈宋。
  德尊一代常坎轲，名垂万古知何用！
  杜陵野客人更嗤，被褐短窄鬓如丝。
  日籴太仓五升米，时赴郑老同襟期。
  得钱即相觅，沽酒不复疑。
  忘形到尔汝，痛饮真吾师。
  清夜沉沉动春酌，灯前细雨檐花落。
  但觉高歌有鬼神，焉知饿死填沟壑。
  相如逸才亲涤器，子云识字终投阁。
  先生早赋《归去来》，石田茅屋荒苍苔。
  儒术于我何有哉？孔丘盗跖俱尘埃！
  不须闻此意惨怆，生前相遇且衔杯。

  根据诗人的自注，这首诗是写给好友郑虔的。郑虔是当时有名的学者。他的诗、书、画被玄宗评为"三绝"。天宝初，被人密告"私修国史"，远谪十年。回长安后，任广文馆博士。性旷放绝俗，又喜喝酒。杜甫很敬爱他。两人尽管年龄相差很远（杜甫初遇郑虔，年三十九，郑虔估计已近六十），但过从很密。虔既抑塞，甫亦沉沦，更有知己之感。从此诗既可以感到他们肝胆相照的情谊，又可以感到那种抱负远大而又沉沦不遇的焦灼苦闷和感慨愤懑。今天读来，还使人感到"字向纸上皆轩昂"，生气满纸。

全诗可分为四段，前两段各八句，后两段各六句。从开头到"名垂万古知何用"这八句是第一段。

第一段前四句用"诸公"的显达地位和奢靡生活来和郑虔的位卑穷窘对比。"衮衮"，相继不绝之意。"台省"，指中枢显要之职。"诸公"未必都是英才吧，却一个个相继飞黄腾达，而广文先生呢，"才名四十年，坐客寒无毡"。那些侯门显贵之家，精粮美肉已觉厌腻了，而广文先生连饭也吃不饱。这四句，一正一衬，排对鲜明而强烈，突出了"官独冷"和"饭不足"。后四句诗人以无限惋惜的心情为广文先生鸣不平。论道德，广文先生远出羲皇；论才学，广文先生抗行屈宋。然而，道德被举世推尊，仕途却总是坎坷；辞采虽能流芳百世，亦何补于生前的饥寒啊！

第二段从"广文先生"转到"杜陵野客"，写诗人和郑广文的忘年之交，二人像涸泉的鱼，相濡以沫，交往频繁。"时赴郑老同襟期"和"得钱即相觅"，仇兆鳌注说，前句是杜往，后句是郑来。他们推心置腹、共叙怀抱，开怀畅饮，聊以解愁。

第三段六句是这首诗的高潮，前四句樽前放歌，悲慨突起，乃为神来之笔。后二句似宽慰，实愤激。司马相如可谓一代逸才，却曾亲自卖酒涤器；才气横溢的扬雄就更倒霉了，因刘棻得罪被株连，逼得跳楼自杀。诗人似乎是用才士薄命的事例来安慰朋友，然而只要把才士的蹭蹬饥寒和首句"诸公衮衮登台省"连起来看，就可以感到诗笔的针砭力量。

末段六句，愤激中含有无可奈何之情。既然仕路坎坷，怀才不遇，那么儒术又有何用？孔丘盗跖也可等量齐观了！这样说，既评儒术，暗讽时政，又似在茫茫世路中的自解自慰，一笔而两面俱到。末联以

"痛饮"作结，孔丘非师，聊依杜康，以旷达为愤激。

诸家评本篇，或说悲壮，或曰豪宕，其实悲慨与豪放兼而有之，而以悲慨为主。普通的诗，豪放易尽（一滚而下，无含蓄），悲慨不广（流于偏激）。杜诗豪放不失蕴藉，悲慨无伤雅正，本诗可为一例。

首段以对比起，不但挠直为曲，而且造成排句气势，运笔如风。后四句两句一转，愈转感情愈烈，真是"浩歌弥激烈"。第二段接以缓调。前四句七言，后四句突转五言，免去板滞之感。且短句促调，渐变轩昂，把诗情推向高潮。第三段先用四句描写痛饮情状，韵脚换为促、沉的入声字，所谓"弦急知柱促"，"慷慨有余哀"也。而语杂豪放，故无衰飒气味。无怪诗评家推崇备至，说"清夜以下，神来气来，千古独绝"。"清夜四句，惊天动地。"（见《唐宋诗举要》引）但他们忽略了"相如逸才""子云识字"一联的警策、广大。此联妙在以对句锁住奔流之势，而承上启下，连环双绾，过到下段使人不觉。此联要与首段连起来看，便会觉得"衮衮诸公"可耻。岂不是说"邦无道，富且贵焉，耻也"吗？由此便见得这篇赠诗不是一般的叹老嗟卑、牢骚怨谤，而是伤时钦贤之作。激烈的郁结而出之以蕴藉，尤为难能。

末段又换平声韵，除"不须"句外，句句用韵，慷慨高歌，显示放逸傲岸的风度，使人读起来，涵泳无已，而精神振荡。

乾元中寓居同谷县作歌七首

七歌总说 杜甫连章诗总是组织严密的，全体生机贯注。七歌也是这样。分析起来，第一首总摄六首，主题是穷老做客，并包六首，第七首又回应关照。第一首中，岁拾橡栗，即第二首的家计；天寒山谷，点同谷。隐第五首、第六首诗意；中原无书，即第三、四首哀骨肉流离。说中原，可包举淮南。归不得，即"散而之四方"的意思。此说本浦起龙而略变其意。

七歌的诗风，朱熹以为"豪宕奇崛，兼取《九歌》《四愁》《（胡笳）十八拍》而变化出之，遂成创体"。陆时雍说："《七歌》稍近《骚》意，第出语粗放。"（并引自郭曾炘《读杜札记》）王嗣奭说："《七歌》原不仿《离骚》而哀实过之。"（《杜臆》）按《七歌》近于《四愁》。《四愁》四章每章七句，每句韵。第四句转韵。《七歌》更整齐。每章八句，前六句一韵，后二句转韵。转韵又变化不拘。如第一首上声韵转平韵。第二首，入转平。第三首，平转入。第四首，亦平转入。第五首，入转平。第六首，平转平。第七首，上转入。又，七首中，前四首首句用叠字，有客有客，长镵长镵，有弟有弟，有妹有妹（有字都是语词，无意义）。后三首却不同。举凡上述种种，都是为了展现形体的整齐和音律的和谐（预期的旋律按时出现就产生了和谐感）。同时防止刻板，所以在整齐中又显示变化。七首分释如下。

第一首

有客有客字子美，白头乱发垂两耳。
岁拾橡栗随狙公，天寒日暮山谷里。
中原无书归不得，手脚冻皴皮肉死。
呜呼一歌兮歌已哀，悲风为我从天来！

乾元二年十一月暂寓同谷县作。同谷，今甘肃省成县。

第一句像《离骚》出主名。第二句自画像。三、四句极写穷困。妙在第三句用境幽峭寒苦，意象灵活，但是虚写，当把它看作想象、渲染，比起王维的"行随拾栗猿"来，觉王倒平实而杜却超妙。又妙在第四句用三叠句法，"天寒、日暮、山谷里"。一、给予上句以现实内容，否则恐怕人要以为是"雅人深致"吧？二、它却是一个补句，作用跟副词一样。照中国用语习惯，是该先出时地句，再出行动句的。现在却来一个偏正颠倒，很有点像现代人的用法。杜公喜欢用逆笔，既免顺接平板，又取夭矫之势。这是一例。不可直接"手脚冻皴皮肉死"吗？当然可以。却横插一句"中原无书归不得"。此老运笔总是不喜欢直和板的，而意在笔笔不平。但不可误会，以为诗人在苦心编织。不，他心中没有后人的所谓"诗法"，他每首诗都是一气呵成的。只是熟则生巧，能随意指挥意象。看似苦心经营，实则妙手偶得。"中原无书"这一句，不但充实加深"客"字的内容，并且立刻把离乱之感召唤到纸上来。一切支离漂泊、贫苦颠沛，尽是由于乱离，尽是它啊！

七、八句出哀、悲字。"为我"两字，七首中凡三见。

第二首

长镵长镵白木柄,我生托子以为命。
黄独(一作精)无苗山雪盛,短衣数挽不掩胫。
此时与子空归来,男呻女吟四壁静。
呜呼二歌兮歌始放,闾里为我色惆怅。

无食至于食野菜,又至于找野菜而不可得!岂特无食,又兼无衣。自己和老妻倒也罢了,家中更有不会忍饥寒的儿女!四壁空空,呻吟不绝。人生到此,天地无情。看他层层逼入,写生活极凄惨,而写来似很冷静。尤妙在落笔。起不写荒山风雪,不写儿女啼饥号寒。直从倚以掘野菜的农具入手,第五句忽写"此时与子空归来",两个"子"字,何等亲切,亦何等伤心啊。然而出以好似客观的叙写,又是何等豪宕奇崛!

第三首

有弟有弟在远方,三人各瘦何人强!
生别展转不相见,胡尘暗天道路长。
东飞鸳鹅后鹙鸧,安得送我置汝旁。
呜呼三歌兮歌三发,汝归何处收兄骨!

第一句"在远方"三字下得冷。第二句在远者皆瘦,那么,在一地的兄弟二人又不瘦吗?"何人强"三字下得重。三四句是"一篇之警策"。七歌每首必有警语。往往逼紧一个大题目去,这就是国家离乱这件大事,但往往又不着浓墨。直到第五、六首才正写(也是譬喻性的）国事时局。韩愈诗："将军欲以巧胜人，盘马弯弓惜不发。"这真是弄巧或者矜持吗？不。这是文学巨匠的观照的定力。最后四句各用二句写一边，结二句是上二句的理由。就是说，来迟了恐怕我已经死于道路了。直写不嫌其率，情深不致语浅。

第四首

有妹有妹在钟离，良人早没诸孤痴。
长淮浪高蛟龙怒，十年不见来何时！
扁舟欲往箭满眼，杳杳南国多旌旗。
呜呼四歌兮歌四奏，林猿为我啼清昼。

七歌中这一首最为凄厉。读第一联即可坠泪。第二句已伏不能来，三句横插而入，加一倍写不能来的原因。四句与五句上下互补，三句与六句隔二句互补。如云物变化不测，却不觉其用力。结句好像不是客子听猿声落泪，倒是林猿听歌凄断似的。反衬有力。

第五首

四山多风溪水急，寒雨飒飒枯树湿。
黄蒿古城云不开，白狐跳梁黄狐立。
我生何为在穷谷？中夜起坐万感集。
呜呼五歌兮歌正长，魂招不来归故乡。

此首及下首都是正写同谷县。此首写同谷城地势，下首写龙湫。龙湫即万丈潭，在同谷县东南七里。

按一般写法，诗当先出"我生何为在穷谷"，然后接写穷谷情况。

今却突写穷谷四句,然后出"我生何为在穷谷"二句。这叫"逆入",又叫倒笔。笔力精悍。"歌正长",承上句。长夜无眠,故歌亦长。末句诸家解说纷歧,扬解比较好。但说"欲招魂同归故乡",在本首无根据。凭空添一"同"字,似亦不甚妥当。今解,此句再接"中夜起坐"。无眠则无梦,有梦还可望梦中归乡。今我魂似招之不来(指失眠),何由飞去故乡呢?反《招魂》"魂兮归来,返故居些"意。《梦李白》:"魂来枫林青,魂返关塞黑。"可证魂梦相关。古代人相信魂在梦中可自由行动。

第六首

南有龙兮在山湫,古木巃嵷枝相樛。
木叶黄落龙正蛰,蝮蛇东来水上游。
我行怪此安敢出,拔剑欲斩且复休。
呜呼六歌兮歌思迟,溪壑为我回春姿。

上首造境凄厉,这一首却是幽峭。在四、五两首低调之后,忽变激越高亢。前几首用韵都是平仄互转。惟独这首用平转平。有春阳渐回的韵味。

诗意两句一转。前二写,中四叙。结联作乐观语。于七歌中是变调。这又体现了在变幻中见整齐,整齐中涵变化的技巧。

此首向来有争论。王道俊《杜诗博议》说它没有寓意,诸家说有寓意。我赞成后说。龙蛇入冬便都蛰伏,为什么龙蛰而蛇出游呢?如无寓意就讲不通。而寓言以形象所射为主,就不太受限制了。有寓意,那么,龙指什么?蛇指什么?宋人说龙指玄宗,蛇指安禄山。我看,要说成龙指肃宗,蛇指李辅国,亦无不可。总之是各代表正面和反面势力。不必说得太死。

第五句"我行怪此安敢出",难解。山东大学《杜诗选注》,行字音杭,解作道路。今解,行,如字读。是说引导帝车前行。秦州《寄岳州贾司马巴州严使君》长律:"此时沾奉引。"仇注引《汉书·郊祀志》韦昭注:"奉引,前导引车。"《离骚》:"来吾导乎先路。"拾遗是近臣,忧在"皇舆败绩",所以"怪此"也。此字指蝮蛇。"拔剑欲斩",拾遗有言责。"且复休",已为外臣,不得复问朝政。这样看来,是指至德二载以后的事。但官虽可弃,君国难忘。壮思复作,歌声迟迟,好像忽然充满希望,溪壑似亦为我回春。朱东润《杜甫叙论》以为十月小阳春,故可以说"回春姿",是说实写。非是。

第七首

男儿生不成名身已老,三年饥走荒山道。
长安卿相多少年,富贵应须致身早。
山中儒生旧相识,但话宿昔伤怀抱。
呜呼七歌兮悄终曲,仰视皇天白日速!

首九字句,上六下三。跌宕作势。第三句似从天落下,却是下句的补足,作为下句的佐证。笔取逆势。觉飘忽夭矫。三四句是反语。杜诗反语,多而且妙。如这两句,孤立地看,是健羡富贵、趋炎附势人语。而不成问题,乃是愤懑的牢骚语,是愤世疾俗语,是怀才不遇语。又是骂人语。所谓"豪宕奇崛",即从这种处所体会到。五句换笔。六句主义。夙宿怀抱,即所谓"窃比稷与契"与"致君尧舜上"。末句同于《离骚》的"惟(念也)草木之摇落兮,恐美人之迟暮"。第一首说"白头乱发垂过耳",本首说"生不成名身已老"。既已迟暮了,何况骨肉流离,国势危殆。少年怀抱,尽化愁根。在走投无路中,只好呼天而已。第一首说,"悲风为我从天来",本首说"仰视皇天白日速"！所谓"人穷则返本。劳苦倦极，未尝不呼天也"(《史记·屈原贾生列传》)。故七歌以穷老呼天始，亦以穷老呼天终。荒山祁寒，自歌自语。除呼天外，不向人间乞怜。这就是杜公之所以为杜公，亦是杜诗之所以为杜诗。

关于文学遗产继承问题的论辩
——杜甫《戏为六绝句》臆释

唐代宗广德二年（七六四年），杜甫在严武幕任职。明年新正，突然辞去幕职。注家推测辞职原因，疑是与同僚意见不合，而论诗不合或者即其起因。那么，这六首绝句（下省称"六绝"）当是广德二年或永泰元年（七六五年）作。时年五十三或五十四岁。诗中见解，大背时人，虽持论平正，却亦绝不隐情惜己、言语含糊。为了钝挫辞锋，避免见者误生盛气凌人之感，所以题"戏为"二字。大见苦心。

"六绝"既是与人争论的诗作，自然只针对论敌持议加以辩驳，而不是泛论诗艺。这次争论的中心是关于文学遗产的继承问题。更确切地说，系对（唐）近代文学（齐梁）和现代文学（初唐）是该肯定还是该否定的问题。对方否定齐梁和初唐，否定庾信和初唐四杰。杜甫坚决反对。这次争辩，在中国文学批评史上，在中国自己的文艺理论方面，都具有极重要的意义和价值，直到今天仍值得温习。现在就"六绝"要旨略说鄙见，以请正于方家。

第一首

庾信文章老更成，凌云健笔意纵横。
今人嗤点流传赋，不觉前贤畏后生。

"六绝"为什么首先论庾信？这是因为庾信是影响唐代新体诗（七

古和近体)最大的六朝诗人。[1]否定了庾信,就会否定四杰,同时也就否定了唐代的新体诗,而抹煞了唐代的新体诗,无异于全盘否定唐诗。所关者大,故在所必争。

再看杜甫对六朝诗的态度,对庾信诗的沿袭,也可以知道"六绝"首论庾信绝非偶然。杜诗提到的六朝诗人,有陶潜、谢朓、江淹、鲍照、刘孝绰、沈约、阴铿、何逊。又说"永怀江左逸,多谢邺中奇"(《偶题》),这就和李白说的"自从建安来,绮丽不足珍"(《古风》),态度截然不同。但杜甫也说"何刘沈谢力未工",不是一概叫好。独对庾信,备极倾倒。若非知之甚深,好之甚笃,岂能如此?

这里可以谈一谈庾对杜的影响,也可以说是杜对庾的服膺。黄庭坚说杜诗"句法出庾信"(《后山诗话》),杜诗句似庾的颇多。如:

杜甫:风尘三尺剑,社稷一戎衣。
庾信:终封三尺剑,长卷一戎衣。(《周祀宗夜歌》)
杜甫:孤城早闭门。
庾信:山城早掩扉。(《谨赠司寇淮南公》)
杜甫:山青花欲燃。
庾信:山花焰火然(燃)。(《奉和赵王〈隐士〉》)
杜甫:秋期犹渡河。
庾信:秋分犹渡河。(《和侃法师三绝句》)
杜甫:卧柳自生枝。
庾信:春柳卧生根。(《奉和法筵应诏》)
杜甫:早知乘四载。
庾信:孟山乘四载。(《隆驾幸终南山》)

---

[1] 清刘熙载《艺概·诗概》:"庾子山《燕歌行》开唐初七古,《乌夜啼》开唐七律,其他体为唐五绝、五律、五排所本者,尤不可胜举。"

还不止这些。如陈寅恪先生曾在《庾信〈哀江南赋〉与杜甫之〈咏怀古迹〉诗》文中说："杜公此诗（按指"支离东北风尘际"首），实一《哀江南赋》之宿本。其中以己身比庾信，以玄宗比梁武，以安禄山比侯景。"[1] 胡小石先生认为少陵《秦州杂诗二十首》，"从庾信《拟咏怀》诗化出"[2]。自来文艺上的交感共鸣，原不限时地。苟精诚冥会，固可千载一时；楮墨符契，不定要字摹句拟。杜、庾身遭离乱，俱在壮年。[3] 其后支离漂泊，又复相同。庾赋所云："逼迫危虑，端忧暮齿。""提挈老幼，关河累年，死生契阔，不可问天。""舟楫路穷，星汉非乘槎可上；风飘道阻，蓬莱无可到之期。"杜公《秋兴八首》，回首京华，痛惜开元盛日；子山去国之作，俱上叹国政、下悲小己，远与《诗》十五国风同流。正因为如此等等，所以看见后人"嗤点流传赋"，便起而捍卫之，固无足怪。

杜甫评庾信文章，用"凌云健笔意纵横"，推翻了《北史》和《周书》对庾信文章的贬辞。李延寿说，庾信"绮艳"，又说徐、庾文章，"意浅而繁，文匮而彩。词尚轻险、文多哀思"。说他入周以后，"虽位望通显，常作乡关之思"。令狐德棻说："子山之文，发源于宋末，盛行于梁季。其体以淫放为本，其辞以轻险为宗。故能夸目侈于红紫，荡心逾于郑卫。……斯辞赋之罪人也。"李延寿、令狐德棻都是初唐史学名臣，他们对庾信的评价不但有一定的代表性，而且很有影响。

唯杜甫远识，迈越时人。总其论庾信文辞，在健老清新四字，很确切全面。清新是很高的评价。他评李白"诗无敌"，而比为"清新庾

[1] 见《金明馆丛稿》二编。
[2] 《李杜诗之比较》载《胡小石文录》第1辑。南京大学出版。
[3] 梁元帝为西魏所俘，梁亡，在承圣三年甲戌（五五四年），庾信时年四十二岁。唐玄宗天宝十五载（即肃宗至德元载，七五六年），安禄山陷长安，玄宗走蜀。时杜甫年四十五岁。

开府"[1]。《画马赞》云"骅骝老大,骙骙清新",尤可玩味。至于入周以后词赋,确是健老纵横,就不仅清新一词所能概括的了。

充实跌宕,可说为健。沉着洗练,可叫作老。文笔曲折无不如意,而又波澜迭起,姿态横生,命曰纵横。杜诗"词源倒倾三峡水,笔阵横扫千人军"(《醉歌行》),亦可借释"纵横"。才气纵横,可以说为俊逸或遒逸。[2]但还不能包括"老"。注家解此首"老更成"三字或说为晚节更成熟,或直解为老成。[3]我认为兼有二意。"波澜独老成""歌词自作风格老",都是杜诗,可见他很重文风苍老。[4]这是他的审美观的特点。他论书法说:"书贵瘦硬方通神。"[5]苍老瘦硬是和绮艳柔靡很不同的风格,可知杜甫是反对用"绮艳"二字轻轻抹煞庾信的。"不觉前贤畏后生",不觉,用今语是"想不到"。意思是说:前贤说后生可畏,是说他的进步不可限量,想不到今天的后生可畏却在其无知妄作("嗤点流传赋")。反语以讽,老辣含蓄。

第二首

王杨卢骆当时体,轻薄为文哂未休。
尔曹身与名俱灭,不废江河万古流。

《四库全书总目》庾集(吴兆宜注)解题说:"其骈偶之文,集六朝之大成,而导四杰之先路。自古迄今,屹然为四六宗匠。"按子山之

---

[1] 清新不易到,说见赵翼《瓯北诗话》卷五。唐诗人言清新者,岑参《送张献心充副使归河西杂句》:"爱君词句皆清新,澄湖万顷深见底,清水一壶光照人。"可见盛唐人言清新,深广光彩备,境界颇高。
[2] 清蒋士铨《评四六法海·总论》:"(徐)孝穆逸而不遒,子山遒逸兼之。"
[3] 关于《六绝》的前人注释及诗中异文,请参看郭绍虞编《〈戏为六绝句〉集解》。
[4] 前句见《赠郑谏议》,后句见《苏端薛复宴醉歌……》。
[5] 见《李潮八分小篆歌》。

诗,亦导四杰先路。《燕歌行》《乌夜啼》的影响唐初七古、七律,为人所熟知。余如《舟中望月》之似唐五律,《寄徐陵》《寄王琳》之似唐绝句,杂之四杰集中,律调恐亦是上乘。现在看"六绝"在论庾信之后接论四子,表明杜甫也是承认四子是直接齐梁文学的。

（明）王世贞说:"卢骆王杨,遣词华靡,固沿陈隋之遗。子安稍近乐府,杨卢尚宗汉魏。宾王长歌,虽极浮靡,亦有微瑕。而缀锦贯珠,滔滔洪远,故是千秋绝艺。"（《艺苑卮言》）王世贞这段话,虽多独得之语,但本质上是割断历史的。它无异于说:四杰作品中坏的东西,都是承袭齐梁（陈隋）的。好的作品、风格,则是它们创造或模仿汉魏的。远古十全十美,先唐一无是处。

杜甫的论点和王世贞正好相反。除"六绝"此首外,他诗论四子的,有《寄彭州高使君适、虢州岑长史参》。引有关的几句于此:

　　高岑殊缓步,沈鲍得同行。意惬关飞动,篇终接混茫。
　　举天悲富骆,近世惜卢王。似尔官仍贵,前贤命可伤。

这里杜甫选六朝诗人沈约、鲍照和初唐诗人富、骆、卢、王以比高适、岑参。本着称名以类的原则看问题,可知杜甫推重四杰,先后一贯。再则以骆宾王与富嘉谟并举,可见他对骆的评价。《旧唐书·杨炯传》引张说评富文:"如孤峰绝岸,壁立万仞。浓云郁兴,震雷俱发。"史又称嘉谟文:"以经典为本,时人钦慕。"吴少微有《哭嘉谟》诗:"子之文章在,其殆尼父新。"《全唐诗》卷九十四存嘉谟《明冰篇》七古,气势甚壮。可以推想杜"富、骆"并列的道理。

王世贞评骆为"极浮靡",可谓皮相。寄高、岑诗不举杨炯,当另有原因。但绝不是对杨炯的贬低。《八哀诗》吊李邕一首,述北海评文"近伏（服）盈川雄,未甘特进丽"。盈川指杨炯,特进指李峤。张说对杨炯的评价亦很高:"杨盈川文,如悬河注水,酌之不竭。"李邕、张说的意见，可以代表杜甫的意见。

这一首论四杰未完。请并读第三首。

第三首

纵使卢王操翰墨，劣于汉魏近风骚。

龙文虎脊皆君驭，历块过都见尔曹。

卢王，以代四子。上首仅说不应菲薄四杰，这一首才补出对方指摘四子理由。

第一二句须连读，可称为十四字句。第二句当如仇注，将"汉魏近风骚"连读，是二五句法。原来论者鄙视四子的理由是说他们的诗不如（"劣于"）汉魏诗的接近诗经和楚骚。换句话说，就是四子诗去风骚很远，绝非不朽之作。杜甫辩驳说：即使如此（当然未必如此）也不能贬低四杰的成就。因为，论四子之词，是近袭齐梁；论四子之意（风骨），却远接风骚。论者取貌遗神，据风骚以斥四子，是错误的。三四句用比喻呵斥贬低四杰的人。

三四句的意思是说：四杰的诗像千里马，龙文虎脊。它们都是"天子之马"（"君驭"），徒见你们这些凡马，历块如过都啊。反过来，它们过都如历块的意思，自在言外了。[1]

总论这两首结构：上一首第一句案，第二句叙，三四句断。妙在

---

[1] "历块过都"语，注家均引王褒《圣主得贤臣颂》："过都越国，蹶如历块。"按《文选五臣注》此句注"蹶，疾也"。又《广韵》："蹶，速也。"则杜诗"历块过都"自是反用王褒颂语。意为，驽骀历块，有如过都，极言其缓慢。"见"字杜诗尚有一例。《渡江》结联云："戏问垂纶者，悠悠见汝曹。"浦注："末借悠悠者以自形。"就是说"见"字是讲一个对比。《六绝》此句"见"字义亦犹彼。又《画马赞》云"瞻彼骏骨，实为龙媒。……但见驽骀，纷然往来"，亦用见字。这里的见字乃用作"龙文虎脊"（皆千里马名）的动词，犹云见汝曹历块过都耳。

不说明论者所"哂"的内容,留给本首第一二句说。这一穿插,使两首诗必须连起来看才明白。而两首诗又各自独立。章法之妙,使人不觉。这是一种创造。

第四首

才力应难跨数公,凡今谁是出群雄。
或看翡翠兰苕上,未掣鲸鱼碧海中。

数公,指庾信及王、杨、卢、骆。这一句总结上三首所论今人轻诋前贤的不当。"才力"一词,值得注意。据史:庾信幼而俊迈,聪敏绝伦。王勃六岁善文辞,杨炯举神童,卢照邻十岁即博学善属文,骆宾王七岁能诗赋。可知此处才力一词含有天资素质高的意思。《文心雕龙》有《才略》篇,历举文学史上因天赋不同而成就各异的事实。刘子玄(知几)论作史须三长:才、学、识。才指表达的能耐。杜甫论文,是着重抱负,高扬技巧,又强调资性的。"读书破万卷"说学。"窃比稷与契"说识。但最喜欢说神和兴,则是子玄所谓才。如"诗兴不无神""诗成觉有神""才力老益神""道消诗发兴""老去才难尽,秋来兴甚长"。神和兴或才力,可以作性灵和才思解释,六朝人或称神思。《文心雕龙》下篇论文术,计二十篇,首曰《神思》。萧子显《南齐书·文学传论》:"属文之道,事出神思。"综观往论,才思风力,出于资性的多。庾信、卢、王都如此。因此,文学史上的伟大作者,实是一幢幢殿堂,而不是一个个木乃伊。后人的责任是尊重他们,有取舍地继承其事业,从他们那里前进再前进,不可一味地超越。"凡今谁是出群雄","今"字应着重。我从前即疑"六绝"是广德二年秋冬或竟是永泰元年离成都前作,即为此句。考王维卒于上元二年(七六一年)。次年改元宝应(七六二年),李白卒。广德二年(七六四年),郑虔、苏源明相继卒。永泰元年（七六五年）四月，高适亦卒。注家旧定"六绝"为上元二年作。则"谁是出群雄"云者，将置素所心折之诗人李、郑、苏、高于何地？若在永泰，群公相继去世，所谓"豪俊何人在，文章扫地无"[1]矣。"凡今"一句，即不嫌鲁莽。

"翡翠兰苕"两句，承第二句说，即今诗坛荒芜。作诗的人不要安于小成，当追求更高的成就。这两句必有所谓。书缺有间，无从实指。今尝试作小小的探索。

今存唐人选唐诗十种。只有晚唐韦庄选的《又玄集》[2]才选了七首杜律（五律五首，七律二首）。元结选《箧中集》，标榜古调，亦不选杜诗。杜诗经历盛中晚唐，估计自天宝元年（七四二年）至光化三年（九〇〇年）共一百五十八年中，只有一个人选了七首杜诗。这是颇富刺激性、值得寻究的事。我认为，这件事实可以解释翡翠兰苕两句诗。翡翠兰苕，可以认为，代表唐人九种选本（《箧中集》除外）的美学标准。而被操选政者所摒弃的杜甫的五七古长篇、五七律连章、五言长律乃至七绝，则代表另一种美学思想。这种为唐人所不甚理解的美，是什么呢？那就是所谓"浑涵汪洋，千汇万状"，或沉郁恳至、波澜壮阔的巨制，即所谓"碧海鲸鱼"！

我得赶快声明：我不是说碧海掣鲸是杜甫自道。我是说，他认识到诗中有此一境，庾信四杰，庶几到此。"今人"则不可不勉。

此首用东韵，为与末句阔大的形象相副。似亦宜注意。

第五首

　　不薄今人爱古人，清词丽句必为邻。

---

〔1〕《哭台州郑司户苏少监》（广德二年成都诗）。
〔2〕有韦庄自序。题（昭宗）光化三年（九〇〇年）。距杜甫之死，已一百三十年矣。

窃攀屈宋宜方驾，恐与齐梁作后尘。

五、六两首，提出正面主张。

第一句"今人爱古人"连读。"不薄"是说我不反对。"今人"，当与第一首"今人嗤点流传赋"的"今人"，同指论客。这里的"古人"指第三句的"屈宋"，与第一首的"前贤"稍有区别。从五、六两首的起句，可以理会到这个"今人"是厚古薄今的。而杜甫却不是厚古薄今的。他主张文有真伪，"是"无古今。读下首第三、四句就知他的论点是平正而且不含糊的。

重要的是第二句。此句以立为破。拿出主张，是立；同时就反驳了他人的论点，所以又是破。极精简又极明显，绝技。但此句颇有他解。以前我曾有《论"清词丽句"》小文，现略摘要点，以供参考。

"清词丽句"，旧皆释为清丽的词句，要引起两重困难：（一）是凑二字足句，本来说丽词或清句等已足，却平添二字，故曰凑。老杜似不如是笨拙。（二）句中"必为邻"三字无着落。注家另找着落，煞费苦心。或说为与古为邻，或说为与今为邻。两说似俱可通，又似俱未善。故知旧注可疑。我以为清词与丽句是两回事，各是一种文风。当时与杜甫争论的人，以为屈宋汉魏是一种清的文风（清词），齐梁乃至初唐是一种丽的文风（丽句）。他们主张贵清贱丽，进清退丽。杜甫反对。他以为二者不可偏废，应该兼顾。合则两美，离则俱伤。故提出清丽必为邻的主旨。什么是清？重意以遣词的，叫清词；反之，贵词而贱意的，叫丽句。《文心雕龙》有《风骨》篇。以文意为风，文辞为骨（见范注引黄侃《札记》）。主二者必须兼善。又《明诗》篇说："四言正体，以雅润为本；五言流调，则清丽居宗。华实异用，惟才所安。故平子得其雅，叔夜含其润。茂先凝其清，景阳振其丽。"此犹但举清丽不同，未论优劣。至于唐代，扬清抑丽，陈、李皆然。李白《古风》云："自从建安来，绮丽不足珍。圣代复玄古，垂衣贵清真。"

杜甫亦分别清丽。《八哀诗》哀李邕，述邕论文，不喜李峤丽词："未甘特进丽。"称邕诗则说"洒落富清制"。其他称孟浩然、张九龄、李白、高适、严武诗，都许以清，却没有专诋丽句的例子。"六绝"此首倒明白提出了他的看法，意谓作诗虽贵立意（清），但亦必须有文采（丽）。与《文心》风骨之意最接近。我认为，丽句实带今天所说的艺术性，清词大致相当于思想性。单追求思想性，不讲究艺术性，那么文学作品和哲学、应用文还有什么区别呢？〔1〕

下两句不是杜甫说自己，是说那种厚古（屈宋汉魏）薄今（齐梁初唐）的人。自以为（窃）高攀屈宋，应该可以并驾了吧，看他的作品，恐怕还望齐梁不及呢。〔2〕

此首句句转。锋利灵活。

第六首

　　未及前贤更勿疑，递相祖述复先谁？
　　转益伪体亲风雅，转益多师是汝师！

这一首和上首都是第一句让步，第二句以下辩难。上首第二句立中见破、破立兼施。这首第二句不同，是用问句诘难，转入三四句，提出主旨。

"六绝"的主旨，在此首最后两句。议论文末句出主旨，始于贾谊

---

〔1〕详见拙著《杜诗杂说》（一九八一年，四川人民出版社，132页）。又《草堂》创刊号（一九八一年，成都杜甫学会编）载屈守元同志《杜甫美学观琐谈》一文，中有云："清词丽句为邻，就是刘勰《文心雕龙·风骨》篇所说的文采和风骨兼重。丽句指文采，清词指风骨。"
〔2〕"窃攀屈宋"的窃字，不必是自指的谦词。窃字亦可用以指他人。如《吕览·知士》："孟尝君窃谏靖郭君。"窃字用以称说第三者事。

《过秦》。此或效其法。

"前贤",含糊得妙。因为庾信四杰亦可称"前贤"。让步中有坚持者在。三句是准则,亦是方法,四句是结论。为什么要定有准则?既说要分别真伪而裁汰伪体,就不能没有个准则。风雅可作标准。

《诗·大序》说:风是"以一国之事,系一人之本",雅是"言天下之事,形四方之风"。"至于王道衰,礼义废,政教失。国异政,家殊俗,而变风、变雅作矣。"风雅无论正变,总是上讽国政,下系小己,即把国事和个人的情志结合起来吟咏。杜甫以为诗必须从这里开始,即以此做标准。公、私、词、意,四者容有所偏,但是必须多少有一点,而以真为总条件,为主宰。这样,就更不必纠缠于古是今非,或古非今是的偏执。"亲风雅"是亲其真,而不是定于一尊。学诗应去伪存真,以真为师。持此别裁,那么,汉魏有真有伪,六朝也有真有伪。何代无师,岂必汉魏?以古为师,仅有一师(即"递相祖述")。通古今为师,老师就多了。"多师"就是无常师,以无恒定的老师为师,就叫作"转益多师是汝师"[1]。

总起来看,"六绝"以议论为诗,是一篇论文学遗产继承的持论正确、辩才无碍的论文。开后人以诗论诗甚至以诗论学问的广大法门。

"六绝"的写作特点:一是章法严密。连章诗(现在习称组诗)是杜公的特创。但七绝连章多信笔为之,无甚衔接关系。惟"六绝"章法谨严,不可移易,而又错综变化,值得学习。前三首论诗人,不是平均用力。第一首高扬庾信,肯定唐的近代文学,即肯定六朝。二三两首论四杰,即肯定了唐的现代文学。这两首又穿插错综,便不觉板滞。第四首结前启后,如众水会峡,其势一束,为后结论作势。"翡翠兰苕"句承"凡今"句,"鲸鱼碧海"句承"才力"句。意为庾公四杰

---

[1] 《论语·子张》:"夫子焉不学?而亦何常师之有?"《孟子·告子》:"子归而求之,有余师。"均杜意所本。

早已翱翔云表，今人还想在低处捉住他们呢。谢朓诗："寄言罻罗者，寥廓已高翔。"(《暂使下都夜发新林至京邑赠西府同僚》)杜意殆近于此。那么，要更上一层楼，该怎么办呢？五、六首作答，提出组诗主旨。第五首专论古今不可偏废，清丽不可分离，指出今人狭隘浅陋，致眼高手低。第六首提出应有的结论。识风雅之真是辨伪的标准和方法，真伪不能以古今划界。不论是古是今，只以真者为师。这样一来，前三首看似偏重近、现代文学者，到此真意毕露，乃知"六绝"本在证明"今人"之误，在不别真伪，妄议古今，必破此拘泥之见，才能洞视千古。总观"六绝"，如江河万曲，浩荡赴海。或如天章云锦，照人心目。殆所谓"毫发无遗憾，波澜独老成"乎？

次则各首的章法又都自有变化。如第三第四两首末联同用比喻。第三首迟速相形，否定了"历块过都"的驽驹。第四首大小相形，却不否定"翡翠兰苕"的小成。第五第六两首起句同是让步，接得各别，开合波澜，都见经营惨淡。

"六绝"的写作特点之二是它的独创的词法和它的句法，词法是善用含蓄反语。如第一首的"不觉"，第三首的"见"，精简而含意丰富。句法如第三首"纵使卢王"二句作一气读。又有二五句法，如"不薄今人爱古人"和"劣于汉魏近风骚""不觉前贤畏后生"，这些独创，使结构简单的绝句能够容纳更多样的内容，而且避免了呆板单调，增加了吸引力。至于比喻的多变和意境的阔大高深，就用不着多说了。

《茅屋为秋风所破歌》

八月秋高风怒号,卷我屋上三重茅。
茅飞渡江洒江郊,高者挂罥长林梢,
下者飘转沉塘坳。
南村群童欺我老无力,忍能对面为盗贼。
公然抱茅入竹去,唇焦口燥呼不得。归来倚杖自叹息。
俄顷风定云墨色,秋天漠漠向昏黑。
布衾多年冷似铁,娇儿恶卧踏里裂。
床头屋漏无干处,雨脚如麻未断绝。
自经丧乱少睡眠,长夜沾湿何由彻?
安得广厦千万间,大庇天下寒士俱欢颜,
风雨不动安如山。
呜呼!何时眼前突兀见此屋,吾庐独破受冻死亦足!

此诗于肃宗上元二年(七六一年)作。诗人五十岁。

诗分四段。前五句是第一段,写八月大风。"南村群童"至"归来倚杖"句是第二段,写茅草被风揭散,又被儿童抱去。"俄顷风定"至"长夜沾湿"是第三段,"安得广厦"以下是末段,祈愿与誓词。

杜诗是很着重体形美的。此诗有三个单句。第一单句是"茅飞渡江"句。第二单句是"归来倚杖"句。第三单句是"风雨不动"句。第一单句领下"高者""下者"两句。这一段句句用韵。句句用韵容易使诗呆板滞涩,中间用单句领双句,双句遂有单句的感觉(生于意义)。这一段经诗人这魔杖一挥,不惟不呆板沉滞,反有"笔如飘风"(浦起龙语)的感觉。这种效果一方面是迅速完题(写完茅屋为秋风所破),一方面又是诗的体形由单句领双句的压缩力而产生的。第二单句"归来倚杖自叹息"在段末。浦起龙评"单句缩住,黯然",可以说是知言。第三单句"风雨不动安如山",诗用三句顿住。此句如万钧生铁铸成,岿然不动。内意与外形紧凑无间,是杜公绝技。三单句各有妙用,第一句作用在于调节,保刚劲而化呆板。第二句在于轻轻放置,表示神伤心碎,言语道穷。第三句述理想,不是写幻想。给天下寒士千万间广厦的人,非我而谁?语长心长。

全诗又有三个九字句:一、"南村群童欺我老无力"。句法上四下五。二、"大庇天下寒士俱欢颜"。句法上六下三。三、结句:"吾庐独破受冻死亦足。"句法上七下二。又是三叠句。吾庐一叠,独破一叠,受冻死又一叠。杜诗时有三叠句,如《早秋苦热,堆案相仍》诗的"对食暂餐还不能"是其一例。凡此三个九字句,都用作化板滞法,而又句法变换,不使化板者板。真是"良工心独苦"。

在章法(修辞学叫结构)及用韵上,各段亦自有胜场。首段句句韵。且用五开口韵,既状"大风卷水,林木为摧"的声势,又笔如飘风,扫题顷刻即尽。比起势,势不可当。次段转阴调,而在天灾之后,接写人祸。虽黯然神伤而放笔揭露,故浦起龙评为"笔力恣横"。但一二段总还是顺势写风。二段略断又接。杜诗总是不肯一顺下去的,故三段先出风定、云色,忽接写布衾破旧。然后才写床头屋漏,雨脚如麻,才算正接。乃知风定至布衾四句是连笔,而床头二句用倒接。杜公绝不肯顺风接雨,平顺而下。又,二三段均用入声韵。示抑塞之情用入韵,杜诗惯例。四段拓开,五句分两韵。先用平韵。用开张的声音写理想,推己及人。但只三句,即转用入声韵。入声二句二韵,哀己及人。风雨飘摇的国家,还有谁能拯济饥寒啊!千载而下,如闻哭声。

　　我从修辞学的角度讲老杜这首诗,以为不必再讲思想内容,因为这就已经讲出诗人的思想了。

杜甫夔州诗及五言长律的我见

从宋以来，人们对杜甫夔州诗的评价就有争论。最初肯定夔州诗的是大诗人黄庭坚。他在《大雅堂记》《刻杜子美巴蜀诗序》等文中，高度评价夔州诗。如说："欲尽刻（子美）东西川及夔州诗，使大雅之音久湮没而复盈三巴之耳。"（《豫章黄先生文集》卷十六）又《与王观复书》（其一）说："好作奇语，自是文章病。但当以理为主。理得而辞顺，文章自然出类拔萃。观杜子美到夔后诗，韩退之自潮州还朝后文章，皆不烦绳削而自合矣。"（同上卷十九）

南宋大哲学家、诗人朱熹却颇持异议，说："杜诗初年甚精细，晚年旷逸不可当。如自秦川入蜀诸诗，分明如画，乃其少作也。"按少陵乾元二年（七五九年）弃官入蜀，四十八岁，不为少。朱熹这里所论，对杜晚年诗似无贬抑之意。

但又说："杜甫夔州以前诗佳。夔州以后，自出规摹，不可学。"（《诗人玉屑》卷十四引）又说："人多说子美夔州诗好，此不可晓。夔州（诗）却说得郑重烦絮，不如他中（年？）前有一节诗好。今人只见鲁直说好，便都说好。如矮人看场耳。"（明胡震亨《唐音癸签》卷六引）

陈善《扪虱新语》曰："谢玄晖曰：'好诗圆美流转如弹丸。'……观子美夔州以后诗，简易纯熟，无斧凿痕，信如弹丸矣。"

明胡应麟说："凡诗初年多骨格未成，晚年则意态横放，故惟中岁工力并到，如老杜之入蜀，篇篇合作，语语当行，初学当法也。夔峡以后,过于奔放。视其中年,精华雄杰,如出二手。盖或视之太易,或求之太深,或情随事迁,或力因年减,虽大家不免。世反以是为工者,非余所敢知也。"(同上书引)

清黄生《杜诗说》曰:"杜公近体分二种:有极意经营者,有不烦绳削者。极意经营,则自'破万卷'中来;不烦绳削,斯真'下笔有神助'矣。夔州以前,夔州以后,二种并具,乃山谷、晦翁,偏有所主,不知果以何者拟杜之心神也?"

清赵翼《瓯北诗话》说:"黄山谷谓,少陵夔州以后诗,不烦绳削而自合,此盖因集中有'老去渐于诗律细'一语,而妄以为愈老愈工也。今观夔州后诗,惟《秋兴八首》及《咏怀古迹五首》,细意熨帖,一唱三叹,意味悠久。其他则意兴衰飒,笔亦枯率,无复旧时豪迈沉雄之概。……朱子尝云:'鲁直只一时有所见,创为此论。今人见鲁直说好,便都说好,矮人观场耳。'斯实杜诗定评也。"

上面略引从宋到清诗人、学者对杜夔州以后诗的评价文字。黄庭坚的理由是明白的:杜夔州后诗,"理得而辞顺",无好奇的毛病。朱熹的话有自相矛盾的地方。初说"旷逸不可当",似乎不必是贬词。但又说"自出规模,不可学"。"自出规模"为什么就"不可学"呢?"自出规模"和"不随人后"在古代诗文评论中,意义近似,习惯上都用为褒义语。既然是不坏的作品,为什么"不可学"?如果说夔州诗不落寻常蹊径,初学难于入门,所以不宜学,倒不失为一种理由。但他又说夔州诗"说得郑重烦絮,不如他中前有一节诗好"。这里意思倒是明确的。"郑重"一词,当是"频烦"的意思(见《汉书·王莽传》注),或宋时还有这种话。如果我这样解释不错,那末,朱熹的话当是指杜甫夔州以后的五古如《八哀诗》及五言长律。四十韵乃至一百韵的长律,那倒确是初学者不可学的(关于杜五言长律的评价,下文有论)。

胡应麟批评杜夔峡以后诗的疵病是"过于奔放",看他用来与夔峡诗相形的中年（秦州到成都以后）诗是"精华雄杰"，可以推知胡元瑞的意见，是说夔州诗草率平庸。果真这样吗？"精华"是说精深华妙？难道《秋兴八首》《诸将五首》《咏怀古迹五首》《阁夜》还够不上精深华妙？难道《古柏行》《观公孙大娘弟子舞剑器行》还够不上意态雄杰吗？《明史·文苑传》称应麟著《诗薮》，大抵奉王世贞《艺苑卮言》为律令。以世贞为诗家集成大者，有如孔子（《四库全书总目提要》引）。这种傍后七子门户的人的偏见是不足重视的。

赵翼的意见也贬低杜夔州诗。总的评语是说夔州诗"意兴衰飒，笔迹枯率"，是旧日（杜诗）"豪迈沉雄"的反面。按赵翼所指责的"衰飒"或略如现代所说的"消极"，那么赵氏所崇仰的《秋兴八首》中如"听猿实下三声泪""百年世事不胜悲""白头吟望苦低垂"，何尝不可目为衰飒？同样，《咏怀古迹五首》中如"庾信生平最萧瑟"、"摇落深知宋玉悲"、"志决身歼军务劳"和"蜀主窥吴幸三峡"全首，都难逃"衰飒"的非难，同时亦可以认为"枯率"；何以又不害为"细意熨帖，一唱三叹，意味悠长"呢？除《秋兴》《咏怀古迹》以外，夔州诗能断言尽是"衰飒""枯率"之笔吗？即以近体而论，《诸将五首》，历来诗家均推为杰作。现以第二首"韩公本意筑三城"为例，录诸家评语。起四句，方东树评：大往大来，一开一合，所谓"来得勇猛"（按四字是归有光评《史记》文语）、"乾坤摆雷硠"也。次联，杨伦评："对法不测，有龙跳虎卧之观。"方东树说：五句宕接，六句绕回，笔势宏放。邵氏评：通首一气转转。其他几首，我看也无懈可击。而赵翼不取，为什么？瓯北评论的偏颇，是难服人心的。

黄白山的《杜诗说》，《四库总目提要》评价不高，我认为不大公允。应该承认，清初诸家论杜诗艺术性的，白山高过吴瞻泰，是颇具只眼的杜诗评论家。但在上引的他论杜夔州诗的话里，却嫌未中肯綮。黄山谷、朱晦庵的评论都着眼于杜公中、晚期诗的比较。胡元瑞所论虽扬抑不当，却提出一个理论问题，他是想建立一条规律：任何诗人的创作,早年骨格未成,晚年则意态横放,惟中岁工力并到,神情俱茂。这话可以研究。无论如何他所持一个诗人随着时事推移,阅历甘苦,诗风必会随之而变的这个观点是不错的。黄白山从诗艺着眼,抛开诗人阅历不管,是悖理的。反而不及胡元瑞。

黄白山和赵瓯北论点相去颇远,但同有一缺点,就是都违背"知人论世"的批评原则。瓯北《论诗绝句》有"自身也有初中晚,安得千秋尚汉唐"的议论,好像是能"知人";但在论杜夔州诗的言论中,却又责备夔州诗的"衰飒",这是违背"论世"原则的。自来人随世变,世有盛衰,所以诗示苦乐。杜公身历三朝,"支离东北风尘际,飘泊西南天地间"。他的夔州诗,正是"穷者欲达其言,劳者须歌其事"。除非诗不是"心声",就不能要求盛世的诗人不欢笑,也难使衰世的诗人不忧愁幽思。黄白山丢开诗人的身世不管,赵瓯北只许诗人兴高采烈,不许唉声叹气,这能行吗?他和黄白山所犯的理论错误实质是同一类的,就是违反了诗随人异、人随世变的道理。

我个人的意见是:"杜甫夔州时期诗,宋人评价极高,现代似偏低,这是应该专门讨论的问题。夔州诗是不能贬低的。第一是量多;第二,带总结性的组诗值得注意。如《诸将五首》《咏怀古迹五首》《秋兴八首》等,脍炙人口至今;第三,诗境广阔深邃,为前此所无;第四,创五言长律大篇,多至一百韵,内容写实,词气精拔纵横。"这四点浅见,是我在拙文《杜甫在夔州东屯的经济状况》后的"附记"摘要(见《杜诗杂说》,66页,一九八一年,四川人民出版社)。现在略作补充说明。

(一)夔州诗篇章的数量,占杜甫各创作时期的第一。现在据浦起龙《少陵诗目谱》把杜诗各期篇数统计比较如下表:

分期	杜甫活动地区	诗篇数	唐纪	公元
一	齐、鲁、东都	23首	玄宗开元二十四年到天宝四载	736—745

续表

分期	杜甫活动地区	诗篇数	唐纪	公元
二	长安（包括白水、鄜州）	299首	天宝五载到肃宗乾元二年	746—759
三	秦州	159首	乾元二年春到年终	759
四	成都（包括梓、阆、汉州）	422首	乾元二年冬到永泰元年	759—765
五	云安（自成都至云安）	44首	永泰元年至大历元年	765—766
六	夔州	428首	大历元年春至三年春	766—768
七	湖北、湖南	148首	大历三年正月至五年冬	768—770
	合计	1423首	合计三十四年	736—770

  上表如果以云安期附属于夔州，那么夔州时期共有诗四百七十二首。时间实际不足三年。比长安时期，时间少六年，诗篇却多两倍有余。比成都时期，时间少二分之一，诗篇反多五十首。

  在这个统计比较表上能看出什么问题呢？

  杜甫一生，活了五十九岁。玄宗时代占四十五年，肃宗时代占五年，代宗时代占九年。代宗即位以后，从宝应至永泰这四年，正是杜甫由成都到夔州的时期，中国大乱，外族侵暴，民不聊生。这里略举祸乱，如宝应元年（七六二年），玄、肃宗相继死。奴刺、党项入侵。宦官李辅国杀（肃宗）张皇后及越王李系。河东军叛，杀节度使邓景山。剑南兵马使徐知道反。台州人袁晁起义。回纥兵助讨史朝义，入东京大掠。解李辅国兵权，却以宦官程元振代之。宝应二年改元广德（七六三年），史朝义兵败自缢死，安史之乱结束。原附安史的河北诸将，先后降唐，尽据河南、北二十四州，皆为节度使。吐蕃攻入长安大焚掠。代宗出奔陕州。吐蕃攻陷剑南的松、维、保三州。广德二年（七六四年）仆固怀恩引回纥、吐蕃入寇。长安戒严。永泰元年（七六五年），仆固怀恩引回纥、吐蕃、吐谷浑、党项、奴刺入侵。剑南西山都兵马使崔旰杀节度使郭英义。邛、泸、剑三州起兵讨旰，蜀中大乱。

  时局越乱，君相越庸，越与诗人的理想背道而驰，诗人的痛苦就越深，其所激发的忠悃也越深，愤怒越盛，诗思也就喷薄而出，不可遏止。司马子长评文章，以为"诗三百篇，大抵贤圣发愤之所为作"。又论"屈原之作《离骚》，盖自怨生……明道德之广崇，治乱之条贯……虽与日月争光可也"。这似乎可以移评杜诗。总起来说，唐政局的危殆，杜甫自许有扶危的本领，又有亲阅三朝由盛到衰的经历，加上他狂热严肃的性格，穷迫困顿的生活，在晚年汇集爆炸，表现出来，就是夔州诗。这几项中，经历和性格是主要的。王国维《人间词话》十七："客观之诗人，不可不多阅世。阅世愈深，则材料愈丰富，愈变化。《水浒传》《红楼梦》之作者是也。主观之诗人，不必多阅世。阅世愈浅，则性情愈真，李后主是也。"静安先生的话，后半是错误的。不深入世界，绝不能表现世间，不能深入表现世间，也就拯救不了世间。而无拯世抱负的诗人，绝非伟大诗人。静安先生论后主词，说"后主俨有释迦基督担荷人类罪恶之意"（《人间词话》十八）。不无溢美。后主断无此境界，古今大诗人可以当此语者唯有屈原和杜甫。亦惟有王静安说过："三代以下之诗人，无过于屈子、渊明、子美、子瞻者。此四子者，若无文学之天才，其人格亦自足千古。故无高尚伟大之人格，而有高尚伟大文章者，殆未之有也。"（《文学小言》）现在且论屈、杜。屈、杜的志、行、辞，可以说是：并白雪以方洁，干青云而直上。或说：其志可以抗浮云，其诚可以裂金石！现在可略举其辞：

"既替予以蕙纕兮，又申之以揽茝。亦予心之所善兮，虽九死其犹未悔！"（替，废弃。纕，佩。申，重。揽，结。）前二句是说：我既因为佩蕙而被弃，却又重新带上香茝。表示"守死善道"（屈原《离骚》）。"呜呼！何时眼前突兀见此屋，吾庐独破受冻死亦足！"（杜甫《茅屋为秋风所破歌》）

"下悯百鸟在罗网，黄雀虽小犹难逃。愿分竹实及蝼蚁，尽使鸱枭相怒号！"（杜甫《朱凤行》）虽说狂热严肃，执德不回是屈、杜两大诗人的共同性格，但毕竟杜甫自有其由特定历史文化环境形成的个性，不同于屈原。杜甫的斗争性更多一些，平民的傲慢粗疏显得突出。对手看不顺眼的现象，时时禁不住破口大骂。如说："关中小儿乱纪纲，张后不乐上为忙。"（《忆昔二首》）如说："自古圣贤多薄命，奸雄恶少皆封侯。"（《锦树行》）如说："高马达官厌酒肉，此辈（人民）杼柚茅茨空！"（《岁晏行》）夔州诗之所以可贵，就在其充分表现了诗人的个性，或"自己的声音"。

现在再辨明与夔州诗有关的三个问题：

（1）"诗史"是什么意义？（2）夔州的"总结"是不是无可奈何地追怀昔日的荣华？（3）夔州诗是不是小地主声音？第一个问题是杨慎提出来的。《升庵诗话》卷十一"诗史"条说："宋人以杜子美能以韵语纪时事，谓之'诗史'。鄙哉宋人之见，不足以论诗也。"下文说，诗与史各有其"体"。诗贵"意在言外，使人自悟。至于变风变雅，尤其含蓄。言之者无罪，闻之者足以戒。……不必曰'慎莫近前丞相嗔'……不必曰'千家今有百家存'……不必曰'哀哀寡妇诛求尽'，杜诗之含蓄蕴藉者盖亦多矣。……至于直陈时事，类于讪讦，乃其下乘末脚，而宋人拾以为己宝，又撰出'诗史'二字以误后人。……"按"诗史"一词，见唐孟棨《本事诗》"高逸"第三，曰："杜逢禄山之乱，流离陇蜀，毕陈于诗，推见至隐，殆无遗事，故当时号为'诗史'。"升庵归狱宋人，偶失检。至于"诗史"之义，不过是说善于反映、讽刺时事。考《诗·大序》明说"下以风（讽）刺上"。"谲谏"不过是表现法的一种，不能说诗都应该这样。看《小雅·巷伯》：要"取彼谮人，投畀豺虎"。拿来与《书·汤誓》"时（此）日（代夏桀）曷（何时）丧（亡）？予及女（汝）偕亡"比较，诗与史并无不同。司马迁说《离骚》："上称帝喾，下道齐桓，中述汤武，以刺时事。"足见我国诗歌有此传统，故史家不以为怪。亦不是说定要纪述时事，只要论断时事，虽抒情诗亦可称史。杜诗直陈时事，足见诗人的性情（个性）。"主性情"理应与托讽刺不相违背，含蓄蕴藉之外，大有诗在。升庵所见，病在不广。放翁亦不喜"诗史"的称号（《读杜诗》），亦误解。

（二）夔州诗多回忆的内容，比如常常提到自己曾做"郎官"的事，如："不才名位晚，敢恨省郎迟。"（《夔府书怀四十韵》）又如："欲陈济世策，已老尚书郎。"（《暮春题瀼西新赁草屋五首》）是否怀恋荣华？陆务观《秋兴》之二说："功名不垂世，富贵但堪伤。底事杜陵老，时时矜'省郎'？"似尚不解此翁的心情。《晚登瀼上堂》诗说："四序婴我怀，群盗久相踵。黎民困逆节，天子渴垂拱。……衰老自成病，郎官未为冗（无事可做叫冗）。凄其望吕、葛（吕尚俗称姜太公。葛，诸葛亮），不复梦周、孔（周公、孔子）！……"因为志在尊主隆民，所以丢掉郎官也觉可惜。省郎省郎，"富贵"云乎哉！

（三）郭沫若同志曾说，杜甫在夔州当了小地主，所以写不出好诗来（《李白与杜甫》）。我曾据宋人文献做了点考证，结论是杜甫在夔买了十一亩田，连一个柑园，家中却有十口人，生活非常拮据（详《杜甫在夔州东屯的经济状况》）。照唐代的功令，杜甫一家人占有的田数，才及一个农民占田（一顷）的十分之一。论实际生活水平，口粮尚须借贷。听他说："荒戍之城石色古，东郭老人（诗人自说）住青丘。飞书白帝营斗粟，琴瑟几杖柴门幽。"（《锦树行》）诗下半尽是冷嘲热骂，显然是悲愤交集的。如果我们仿照韩愈、白居易的说法，说是人间天上都要好诗，所以天使杜甫这样痛苦。他们的话可以看作杜甫夔州诗好（当然不只夔州诗）的生活上的说明。

上面谈了夔州诗篇章多，好诗也多，回忆诗（总结经验）的意义，"诗史"的意义等。我想再说几句关于夔州诗境广阔深邃的话。说广阔，是说杜甫居夔以后，对各体诗都有创新，效果有好有坏。五古如《八哀诗》，就有意以文为诗，像史家传赞，除汝阳王一首外，几全是为人平反昭雪。笔墨苍老横放，殊少姿媚。所以许多人不喜欢它。五律有时有意作粗率语，如《九日诸人集于林》三四句："老夫难早出，贤客幸知归。"又有变对句，如《月三首》之二的"羁栖愁里见，二十四回明"。及当句对，兼十字句，几于不觉得是律对。又《子规》五六句:"眇眇春风见,萧萧夜色栖。"《杜臆》以为十字句。七律连章,组织严密,每首起结钩带,有整齐回环之美。如《秋兴八首》、《诸将五首》(五首咏五方,罗膺中先生说)等。七绝连章,如《解闷十二首》《承闻河北诸节度使入朝欢喜口号绝句十二首》,入口生、拙、重,绝去熟腐的毛病,大启宋人涂轨。就诗艺论,除才、识、学之外,可说是"身大不及胆"。用庄子的话,叫作"猖狂而蹈乎大方"。

关于夔州诗的幽邃之境。如《船下夔州,郭宿,雨湿不得上岸,别王十二判官》的"晨钟云外湿",早经叶燮拈出(请看《原诗》,此不赘)。他如《移居夔州作》的"春知催柳别,江与放船清",《热三首》的"故国愁眉外",《月》的"四更山吐月,残夜水明楼",《巫峡敞庐奉赠侍御四舅别之澧朗》的"江城愁日落,山鬼闭门中"(参《移居公安山馆》的"山鬼吹灯灭,厨人语夜阑"),《暮春题瀼西新赁草屋五首》之二的"畏人江北草,旅食瀼西云"。夔州诗中这种句子不少,这里不过随手举例,要解释、翻译它颇不容易。如东坡曾激赏"残夜水明楼",人都知道确是好诗,但要说清它为什么好,似乎颇难。又不但近体有,古体也有,如《缚鸡行》的"鸡虫得失无了时,注目寒江倚山阁",《听杨氏歌》的"勿云听者疲,智愚心尽死",都是现境,不依靠华词俊语,却引人离去浮华,直与"诗"会。也不纯是写幽深或平淡的情景,尽有写变怪之境的,这倒是杜诗的读者习见的了,如《君不见简苏徯》的结语:"深山穷谷不可处:霹雳魍魉兼狂风!"试把这些诗对照入蜀以前诗读,就会觉得夔州诗由于诗人阅世愈深,诗作也愈深,诗作也愈由心灵深处涌出,而且愈向人展示他的心、眼、手的变动光明。

在这篇文章的最后部分,我想略谈杜甫夔州时期的五言长律。极力推崇杜的长律,在唐代是元稹、白居易。元的论点因为在这方面抑李扬杜,大为后世疵议,元好问《论诗绝句三十首》说:"排比铺张特一途,藩篱如此亦区区。少陵自有连城璧,争奈微之识珷玞。"按遗山之论，亦不足以服人。元稹是说，唐代文人，承历世文体，各专一能，到了杜甫，各体兼善，所谓"尽得古今之体势，而兼人人之所独专"。曹丕《典论·论文》亦说："……四科不同，故能之者偏也。唯通才能备其体。"元稹不过说杜甫是通才。下文比较李、杜，才提出五言长律一体来，说："至若铺陈终始，排比声韵，大或千言，次犹数百，词气豪迈而风调清深；属对律切而脱弃凡近。"李白不是不作长律。明高棅《唐诗品汇》卷七十四，录太白长律十一首；清沈德潜《唐诗别裁集》卷十七，录太白五言长律五首。沈氏说："五言长律，陈、杜（审言）、沈、宋，简老为宗。燕、许、曲江，诣崇典硕。老杜出而推扩之。精力团聚，气象光昌，极人间之伟观。后有作者，莫能为役。"中国文学史上出现骈体文和格律诗，是因为汉字一字一音，音又分四声这个客观事实做根据而形成的，绝不是由于杜甫个人的偏爱。唐人多喜欢作五言长律（元结一派例外），即如韩愈，是极力反对骈体文的，诗却作长律，《县斋书怀》似乎可称五言长律杰作，因此不能偏怪杜甫作俑。即使世无杜甫，亦必定有人作长律，长律早已是六朝文学的潜在性了。有人说，杜甫是继承祖父的诗艺的。审言有《和李大夫嗣真奉使存抚河东》五言长律四十韵，杜甫为长律乃是继承家学。这不过是偶然的因素，汉语四声才是产生律诗的必然因素。唐诗人之大作五言长律，正如今天的诗人不作五言长律，都是合理的。一般说，总是社会风尚驱使人，杜甫不过具备了推助风气的条件，所以由他出场。夔州诗中，五言长律共三十七首，篇数不少。现在略说《夔府书怀四十韵》，借以略陈鄙见。

昔罢河西尉，初兴蓟北师。不才名位晚，敢恨省郎迟。
扈圣崆峒日，端居滟滪时。萍流仍汲引，樗散尚恩慈。
遂阻云台宿，常怀《湛露》诗。翠华森远矣，白首飒凄其。
拙被林泉滞，生逢酒、赋欺。文园终寂寞，汉阁自磷缁。

病隔君臣议,惭纡德泽私。扬镳惊主辱,拔剑拨年衰。(第一大段)

这首诗,仇、浦注解都不得要领,不得不为新说。上面所引的是第一大段,用三朝事总起。前八句,第一小节。"昔罢"二句,玄宗朝。玄宗拨乱反正,致太平三十年,并且于少陵有知遇之恩,所以首先提起。但唐室祸乱,亦自玄宗开端,劈头大书"蓟北师",乃是《春秋》笔法。"不才"三句,肃宗朝。说脱贼赴凤翔拜拾遗事,却只一句截住。"端居"三句,代宗朝。"萍流"二句,隐带广德元年(七六三年)召授京兆功曹参军事。以上总提三朝。"遂阻"以下,分疏。"遂阻"八句,概述玄、肃两朝的己身经历,是昔;末四句以感激语结束第一大段,其中"遂阻"二句与"翠华"二句,双带玄、肃宗(他们在宝应元年先后死去)。"拙被"四句,说己被朝廷疏斥的原因,引过自责,用《春秋》"为尊者讳"例(仇解酒赋、磷缁均误,见《杜诗杂说》解)。"病隔"四句,是今。"主辱"指吐蕃入长安,代宗奔陕,二句劲结。

社稷经纶地,风云际会期。血流纷在眼,涕洒乱交颐。
四渎楼船泛,中原鼓角悲。贼壕连白翟(朱注,指鄜、延二州),战瓦落丹墀。
先帝(指肃宗)严灵寝,宗臣(仇以为指郭子仪)切受遗。恒山犹突骑,辽海竟张旗。
田父嗟胶漆(所以为弓),行人避蒺藜。总戎存大体,降将饰卑词。
楚贡何年绝,尧封旧俗疑。长吁翻北寇,一望卷西夷。(第二大段)

这一段由肃宗入代宗朝。先说肃宗遭乱及临终托郭子仪以收河东之事（《旧唐书·郭子仪传》）。诗意实指唐室信宦官鱼朝恩而忌子仪，故接"恒山"四句，是说河北兵连祸结。"总戎"二句，说河北降将不入朝，系副元帅仆固怀恩养以自重，遂成新的割据之局。《诸将五首》说："总戎皆插侍中貂"，又说："沧海未全归禹贡，蓟门何处尽尧封？"与此参读，诗旨更明白。"长吁"句说朝廷信仆固怀恩，致使北方原本无事而翻为寇乱。"一望"句说不信郭子仪而吐蕃席卷西北。

不必陪玄圃，超然待具茨。凶兵铸农器，讲殿辟书帷。
庙算高难测，天忧实在兹。形容真潦倒，答效莫支持。
使者分王命，群公各典司。恐乖均赋敛，不似问疮痍。
万里烦供给，孤城最怨思。绿林宁小患，云梦欲难追。
即事须尝胆，苍生可察眉。议堂犹集凤，贞观是元龟。
处处喧飞檄，家家急竞锥。
萧车（汉萧育以耆旧为太守）安不定，蜀使（司马相如）下何之？（第三大段）

这一段论代宗朝政事，长十二韵，是诗旨重点，即所谓"以诗当谏书"。第一小节中"不必"二句，用汉谷永书意，说仙不可求；二句一气读，参看《复舟二首》。代宗是既信佛又信神仙的。"凶兵"二句，说"天下军储不自供"，民间诛求已尽，自救之道只在力求节俭。"答效莫支持"，说欲答国恩，苦无援助。"使者"八句是第二小节。说中使频出，无非催索赋税，何益于民！"孤城"指夔。"即事"四句是第三小节。说朝非无人，患在庙算不以贞观为元龟，可知"庙算高难测"一语实深致讥讽，好像《秦州杂诗二十首》的"唐尧真自圣，野老复何知！""处处"四句是说地方官吏不得人，只知催科，不知爱民。《同元使君〈舂陵行〉》序说:"当天子分忧之地,效汉朝良吏之目。今盗贼未息,知民疾苦,得结辈十数公,落落然参错天下为邦伯,万物吐气,天下小安可待矣。""萧车"二句,正是此意。"蜀使"句说西南夷地尽陷。

  钓濑疏坟籍,耕岩进弈棋。地蒸余破扇,冬暖夏纤绤。
  豺遘哀登粲,麟伤泣象尼。衣冠迷适越,藻绘忆游睢。
  赏月延秋桂,倾阳逐露葵。大庭终反朴,京观且僵尸。
  高枕虚眠昼,哀歌欲和谁?南宫载勋业,凡百慎交绥。(最后一段)

  这一大段承第三段"形容真潦倒"来。参《伤春五首》的"贤多隐屠钓,王肯载同归?"描述自己之老境落拓无聊,只有这几句才是正写自己。"大庭"六句,结。这几句是说,武定祸乱,是现时时局的需要,不能高谈太古,忘记了现实。末二句告诉将帅们:要想画象云台,慎勿拥兵观望,像古秦晋将士之虚相周旋,然作战危事,亦当极慎。

  这首长诗,桐城派选的《唐宋诗举要》未入选,殆觉其义脉不清楚,其实内容繁富是有的,义脉是丝丝入縠的。浦起龙论杜长律说:"千言数百言长律,自杜而开。古今圣手无两。……元氏排比铺张,但可概长庆诸公巨篇,若杜排(律)之忽远忽近,虚之实之,逆来顺往,奇正出没,种种家法,未许寻行数墨者一猎藩篱也。"(《读杜心解·卷首》)这是有体会的话,但我觉得还是元氏的话简要。说是"词气豪迈而风调清深;属对律切而脱弃凡近"。似乎并非虚誉。

  上面简单说了对夔州诗的考察和体会。我认为夔州诗成就大,而且各体均有创新,表示伟大诗人的创造力非常活跃,即以毁誉都有的五言长律说,在中古文学史上也是放异彩的,而且那种复杂的穿插和笔墨的跳动,句法的多变,对仗的整齐,波澜的阔大,都大可为后人借鉴。况且夔州诗之开启两湖诗,正如秦州、成都诗之开启夔州诗,也值得研究者注意。

杜公《韦讽录事宅观曹将军画马歌》与东坡《韩干马十四匹》之比较观

一　原诗

少陵《韦讽录事宅观曹将军画马歌》：

> 国初以来画鞍马，神妙独数江都王（李绪）。
> 将军（曹霸）得名三十载，人间又见真乘黄。

此第一段，以李绪衬出曹霸。首提宗室，笔意直贯全诗。

> 曾貌先帝（玄宗）照夜白（马名），龙池十日飞霹雳（画玄宗名马于兴庆宫，十日乃成）。
> 内府殷红玛瑙盘，婕妤传诏才人索（索玛瑙盘也）。
> 盘赐将军拜舞归，轻纨细绮相追飞（纨绮指权贵）。
> 贵戚权门得笔迹，始觉屏障生光辉。

第二段。首出"先帝"。主旨所在。却从曹将军画马引出，水到渠成，使人不觉其有意安排。内廷赏赐，权贵趋请，不但衬画师名重一时，且亦将开元天宝盛世煊赫，一笔而面面俱到，所谓"一波才动万波随"，杜公能事。

> 昔日太宗拳毛䯄（马名），近时郭家（子仪）师子花（亦马名）。
> 今之新图（始说到题）有二马，复令识者久叹嗟（此与《戏韦偃为双松图歌》"满堂动色嗟神妙"不同。彼但赞画；此"久叹嗟"则并有盛衰今昔之感）。
> 此皆战骑一敌万，缟素漠漠开风沙（马必战骑，景必沙场，作意）。
> 其余七匹亦殊绝，迥若寒空动烟雪（缟素句写二马，迥若句写七马。有先后，有轻重。却又是双管齐下，初无先后）。
> 霜蹄蹴踏长楸间（实写。总写九马），马官厮养森成列。

第三段。正写九马。却止"霜蹄蹴踏"四字实写。这句只说在调马的地方（长楸间），举蹄蹴踏，跃跃欲试；未一及九马的形态，所以亦非正写。可知诗人意不在马。

> 可怜九马争神骏，顾视清高气深稳（神骏注脚）。
> 借问苦心爱者谁？后有韦讽前支遁。

第四段。总写九马。"顾视"句是全篇中写画马唯一正写，然而很抽象。写画战马着此七字，大奇。尝试论之，如写羊叔子轻裘缓带，正是善写处。

> 忆昔巡幸新丰宫（以玄宗比汉高帝），翠华拂天来向东。
> 腾骧磊落三万匹，皆与此图筋骨同（玄宗生前）。
> 自从献宝朝河宗（以玄宗比周穆王），无复射蛟江水中（又以玄宗比汉武）。
> 君不见金粟堆前松柏里，龙媒（天马名）去尽鸟呼风（玄宗死后）。

此诗写法的特点：（一）全诗几乎没有一句是对画马的正面具体的描写。这在杜诗中也是少见的。（二）下笔莫测。看似正，却是侧；看是客，倒是主。初看时，绝不可能看了上文就知道下文，看了前文就知道后文。同时又没有生硬做作的痕迹。（三）从开端到结尾都用陪衬。如重瓣花，层层都美。

东坡《韩干马十四匹》(《东坡集》八)：

> 二马并驱攒八蹄（攒，马奔驰时四蹄凑接），一马宛颈鬃尾齐。
> 一马任前（重心在前）双举后（后蹄），一马却避长鸣嘶。
> 老髯奚官骑且顾，前身作马通马语（二句一束。曲折有致）。
> 后有八匹饮且行，微流赴吻若有声（画不能到）。
> 前者既济（渡过水）出林鹤，后者欲涉鹤俯啄。
> 最后一匹马中龙，不嘶不动尾摇风（比较杜公《天育骠骑图歌》："骏尾萧梢朔风起"）。

首段。十四匹分两小段写，各有形神，分合错落。老髯奚官一联，昌黎、长吉逊其平易。

> 韩生画马真是马（《次韵子由书李伯时所藏韩干马》："烦君巧说腹中事"，能说马的心事，故所画乃能真是马），苏子作诗如见画（《韩干马》诗："少陵翰墨无形画，韩干丹青不语诗。"）。
> 世无伯乐亦无韩，此诗此画谁当看！

此段扬开，远致。

二　洪、方所评

宋洪迈《容斋随笔·五笔》卷七，有《韩苏杜公叙马》条。文云："韩公《人物画记》，其叙马处云：'马大者九匹。于马之中又有上者下者焉（按今传本韩文无焉字），行者、牵者、奔者、涉者、陆者、翘者、顾者、鸣者、寝者、讹（动）者、立者（传本韩文尚有"人立者"一句）、龁者、饮者、溲者、陟者、降者、痒磨树者、嘘者、嗅者、喜而相戏者、怒面相踶啮者、秣者、骑者、骤者、走者、载服物者、载狐兔者，凡马之事二十有七焉。马大小八十有三，而莫有同者焉。'秦少游谓其叙事该而不烦，故仿之而作《罗汉记》。坡公赋《韩干马十四匹》诗云：……（引全诗，上文已载，此略）诗之与记（韩记），其体虽异，其为布置铺写则同。诵坡公之诗，盖不待见画也。予《云林绘监》中有临本，略无小异。杜老《韦讽录事宅观曹将军画马歌》云：'昔日太宗拳毛䯄，近时郭家师子花。今之新图有二马，复令识者久叹嗟。其余七匹亦殊绝，迥若寒空动烟雪。霜蹄蹴踏长楸间，马官厮养森成列。可怜九马争神骏，顾视清高气深稳。'其语视东坡，似若不及。至于'斯须九重真龙出，一洗万古凡马空'（《丹青引》），不妨独步也。……"

洪迈这段话中，最值得注意的是"（苏）诗之与（韩）记，其体虽异，其为布置铺写则同"三句。清方东树亦评杜、苏二公诗，所见却与洪氏不同。

方东树《昭昧詹言》卷十二，论杜《韦讽录事宅观曹将军画马歌》曰："胜坡《韩干马十五（按当作四）匹》……此与《丹青引》，格律声色，纵横变动，俱不待言。……永为七古之法。"同卷评东坡《韩干马十四匹》曰："叙十五马如画，尚不为奇。至于章法之妙（按章法正洪氏所说"布置铺写"），非太史公、韩退之不能知之。故知不解古文，诗亦不妙。放翁所以不快人意者，正坐此也。……此以退之《画记》入诗者也。后人能学其法，不能有其妙。"

按方氏论二公画马诗，以为苏不如杜，惜未说明所以然。亦有与洪氏所论相同处，即说苏诗与韩记是相同的写法。

三　试论洪、方所评并及诗的二体

1. 有法还是无法？

洪景庐评杜、苏二公画马诗，着重形象美的感受，方植之着重文字技法（古曰"义法"）。看来方不如洪。论文章讲"法"，为初学指示入门途径，亦未可非。一往如此说，且执以为离开作品、个性或凌驾于作品个性之上，有一亘古不变的法，那就是迷误了。文学是表现个性所感的自然和社会的，个性因历史条件不同而有差异，乃至各时代的自然亦各有异。以极复杂的社会个人所感，强纳入极有限的"法"中，其所表现者必为枯槁、残废，何能使人感动？可以说，个性无法，法无个性。又道是："法尚应舍，何况非法？"所以鲁迅教人不要看"文章作法"之类的书。定要讲法，法亦非无，就是只有消极的法。人问鲁迅，如何写，鲁迅答，我只能答不如何写。这是要眇之言。文外立框架，然后相题安立门楣，是"赋得"体，不是真文章。陈简斋《春日》绝句："朝来廷树有鸣禽，红绿扶春上远林。忽有好诗生眼底，安排句法已难成。"句法安排，必定会耽误好诗。

就理论上说，方过于死煞，洪高屋建瓴。就这两首画马诗说，洪论有可取处，亦有见不及处。方所持虽不为无见，但堵塞学人思路。此不及洪处。

2. 论纪事诗与抒情诗

洪、方两氏有一共同论点，都说苏诗与韩记是同一写法，上文已指出。他们又有一共同点，即只就题材（画马）立论，而不辨纪事诗与抒情诗是两种不同的体裁，所以应该有不同的表现法。

大体说来，抒情诗，无论诗人在诗中露面与否，诗中歌咏的事物都是宾，主体是诗人自己。反之，纪事诗，亦无论诗人在诗中露面与否，只是从旁追记。所记的都是主，诗人是客，是旁观者。这种体裁的诗，虽亦必带上诗人的个性色彩，但诗人实际是"记者"的身份。抒情诗的一个特征，是其"即兴"性。纪事诗的特征，是其描写性。

我国古诗六义，风雅颂其实是古文学史的陈迹，不必通今。赋、比、兴三义，比是通乎各体的技法、比喻。赋与兴才真是贯通古今的诗体。赋即纪事诗，兴为抒情诗。戏剧为赋与音乐舞蹈合流的体裁，小说是赋体的演变。只有抒情诗，通古今而独立。

班固说："赋者古诗之流。"是赋为诗体无疑，其特点就是布置铺陈。《文赋》："赋体物而浏亮。"体物就是描写，此亦无疑义。说兴为诗体，始于王闿运。他在《诗法一首示黄生》中说："兴者因事发端，托物起兴。……随时成咏，自发情性，与人无干。虽是风上化下，而非为人作。或亦写情赋景，要取自适。与风、雅绝异，与骚、赋同名。明以来动称三百篇，非其类也。……五绝七绝，乃真兴体。……"王壬秋此论，无愧特识，但习惯上称呼不便，不如即用抒情诗去称呼它。其特征就是它的"要取自适"，"自发情性，与人无干"，就是我说的即兴性。

从诗与边缘艺术的关系说，纪事诗与绘画常是互相关涉的。抒情诗常是与音乐相通连的。就抒情诗说，语言道穷的地方，就进入音乐。与音乐邻界处，是抒情诗的圣境。

苏子由曾经盛称少陵的《哀江头》有古诗人之风，而薄白居易《长恨歌》"寸步不遗"，不似少陵如"百金骏马，注坡蓦涧，如履平地"。他不知道《长恨歌》是纪事诗，《哀江头》是抒情诗（苏文见《栾城集》卷八）。

根据同样的道理，我认为杜公《韦讽录事宅观曹将军画马歌》是抒情诗，东坡的《韩干马十四匹》是纪事诗。诗体各异，写法亦自不同，不能执彼例此，遽分优劣。

现在先论杜诗。不妨设想，诗人在看画及落笔之前，先有一大堆感慨，似欲喷薄而出。然后又据其极丰富的创作经验，对这一大堆感慨调整洗练，是谓"意匠惨淡经营中"。于是奋笔落纸，乃成一"毫发无遗憾，波澜独老成"之长篇。故体虽即兴，而安置妥帖，殆若夙成；情虽强烈，而辞无横决，趋跄璃翼。证明形象思维与逻辑思维，初非彼此排斥，倒是相辅相成。求诗法的人于逻辑思维上立足，虽非毫无所见，终未探本。

杜公此题画马，既是抒情诗，故一以当时看画所引起的时代（国运）兴衰之感为主，似意不在题画马。清黄生说此诗云："'先帝'一段，从题外引起，犹说画马；'忆昔'一段，从题外开去，则但说真马，乃知其意不在画，并不在曹将军也。"（吴瞻泰《杜诗提要》卷六引）黄白山在明清间诗评家中，特为有识。这一段话便见具眼。今试引申其说。杜公此诗，从开端到结尾，都用陪衬法。初用江都王衬曹将军，若直下再写曹霸，便是又一《丹青引》。他却由"乘黄"字跃入照夜白，轻轻过到"先帝"，抓住一篇主旨所在，却使人不觉。次由玄宗想到太宗拳毛䯄，引出郭家师子花，始出九马。写九马分两层，顿挫突出主体，是行文应有之义。结尾第一段以三万匹真马映带九马，九马声价欻重。想不到第二段横空一扫，不但无画马，亦无真马。故知全诗主旨，不在赞画马，更不是称画师。缘少陵胸中自有对玄宗的知遇之感，自有饱尝乱离漂泊之感，自有抑塞磊落之气，借画马一吐耳。严羽称："盛唐诸公，如羚羊挂角，无迹可求。"少陵此诗结尾，正是无迹可求。诸相皆空，尽天地间惟有一涕泪纵横之老拾遗在。纪事诗可写到有声有色，抒情诗可写到不可思议而众人所共证之境。此乃抒情诗圣境。杜公此诗庶几到此。

东坡《韩干马十四匹》末段亦扫亦远，但终竟是文字技巧，于自己终少深切干涉。缘东坡性情偏于理智，又系纪事体，成就已非他人能到。若夫少陵题画马，即物达情，不泥形相，扫处不关文字技巧。

愈道性情，愈见其远。"天下何曾有山水，人间不解重骅骝。"可移注此诗。

诗以形象为主。语言形象穷处，纪事诗不能措手者，抒情诗可到。杜公题画马诗共四首，只《天育骠骑图歌》近于记事，亦止"毛为绿缥"两句实写。《丹青引》赠画师，非专题画马。《题壁上韦偃画马歌》共八句，只"一匹龁草一匹嘶"一句是实写。初读甚奇，皆纪事诗所不能到。若以为少陵量题落笔，避熟就生，避实就虚，那么，一奇字巧字便可尽其技。陈后山、黄鲁直皆优为之。杜公何可局限于此？伟大的抒情诗人，振笔直写胸臆中君国之情，奔赴其笔下者皆元气也。固不屑争一句一字之奇巧，斯所以为杜公。

杜诗字义、修辞丛记

注释是一家之言。《文心雕龙·论说》篇说:"若夫注释为词,解散论体。离文是异,总会是同。……要约明畅,可为式矣。"这是说注释就是论说,要求做到"要约明畅",就是简要明晰。又《指瑕》篇说:"若夫注释为书,所以明正事理。""(不应)谬于研求,或率意而断,……若能隐括(绳正)于一朝,可以无惭于千载也。"这是说注释没做到"明正事理",就失掉了论的本分。这个要求是很高的。清代的几种杜诗注释,成就都很大。第一是钱谦益。他钩稽唐史以说证杜诗,开以史证诗一派,合乎历史唯物主义精神。又注重版本,谨严不苟,亦史家风范。钱于杜诗,可谓有识。但疏于文字训诂,是他的缺点。仇兆鳌网罗旧注兼及诗评,极为丰富。大有益于后学。虽常据试帖诗法,辄改原诗段落对语,未免轻率。要之三百年间,许为独步。其于注杜,可谓有学。浦起龙、杨伦两家,《读杜心解》说解圆通,《杜诗镜铨》裁镕简当,可谓有才。

尽管有这些遗产,我们还得对杜诗用功去钻研阐述。无可讳言,由于种种局限,他们的著作仍有不足之处,需要后人去补充订正。这不是我们已经超越了他们,而是他们的成绩鼓舞我们更要前进。

我相信章句是读书的第一步。所以自己学习杜诗,以懂得词句为必要的要求。一切解释杜诗的书(包括当代人的著作)我都学习。当然有时也有一点不同的意见。我喜欢用唐人有关的诗文来说杜诗,又总想以杜诗证杜诗。这不大容易,更难得准确。我缺少前人读书"涵泳玩索"的时间与功力,所见难免错误自不必说,浅薄更所常有。写出来请同志们指正。

骑驴三十载(《奉赠韦左丞丈二十二韵》)

现在流行的四种杜诗注本,此句惟《钱注》《镜铨》作"三十载",余《详注》《心解》皆依卢元昌改为"十三载"。按钱、杨本是。现存宋刻杜诗,均作"三十载"。改为"十三载",绝无版本依据。持片面理由,他无依据,辄改旧书,最是恶习。缘两家所以改"三十载"为"十三载"的理由,不过因下句"旅食京华春",不改似乎说不过去,因为杜甫并没有三十年住在长安的事。细想一下,改为"十三载"才真不通。因为杜甫第一次举进士不第,时间是开元二十三年(七三五年)。请注意,其地点实是在东都洛阳,不是在长安。详见闻一多先生《少陵先生年谱会笺》。杜甫到长安,实在是天宝五载(七四六年)。这才是诗人"旅食京华"的开始。到给韦济献诗的那年,不过在长安住了不到三年,哪里有十三年?卢元昌以至仇、浦诸家,都以为杜甫举进士不第是在长安,从那年算起到献诗之年,即七三五至七四八年,倒刚好是十三年,所以他们就抛开版本不管,径直乙倒原文。"十三载"是一个纯粹的巧合的误会!今天应该彻底否定它!玄宗因长安涝灾,于开元二十二年出居东都,到二十四年才回长安。因此二十三年的考试进士是在洛阳,而不是长安。《壮游》诗曰:"忤下考功第,独辞京尹堂。""京尹",自然是指在洛阳的考功衙门,仇氏《详注》卷首《杜工部年谱》于开元二十三年下,云:"公自吴越归,赴京兆贡举,不第。"原诗曰:"京尹",《谱》改为"京兆"。差仅一字,谬以千里。

"十三载"的说法仍然不能成立,我们应该考察一下"三十载"的说法是否合于事实。杜甫生于先天元年(七一二年),到献此诗的天宝七载(七四八年),三十六岁。《壮游》曰:"七龄思即壮,开口咏凤凰。"可见七岁他已经开始文学创作,自然对生活也有所了解和记忆了。所以自述生活,可能从七岁算起。他七岁是开元六年,即七一八年。到天宝七载,恰好三十年。如果以为七岁太小,不足为据,那么,改为从十五岁算起也行。《壮游》曰:"往昔十四五,出游翰墨场。斯文崔魏徒,以我似班杨。"既说出游,即已有社交生活,可以作为回顾生活的起点,是无疑的了。杜甫十五岁,当开元十四年,即七二六年。到天宝七载(七四八年),他二十二岁。按唐朝人习惯,年纪十岁为一秩。满了上十岁,就可以称作下十岁的年纪。白居易《喜老自嘲》诗:"已开第七秩。"时大和八年,居易六十三。年六十三可以称七十,那么二十二当然可以称三十了。这种纪岁法,大约和当时人过了大年初一就算添一岁有关。如杜甫《杜位宅守岁》"四十明朝过"即其证。

已释"三十载",现在说"骑驴"和"旅食京华"。"骑驴"是说贫贱生活。后世尚有"别人骑马我骑驴,仔细思量我不如"的俗谚。可见骑驴是指贫穷人的。"骑驴三十载"是说一向贫困。《新唐书·杜甫传》说"甫少贫不自振",和诗人自说"衣不盖体,常寄食于人"(《进〈雕赋〉表》)是相应的。"骑驴三十载"自然包括现在的生活。换句话说,"旅食京华"即包括在三十载内,或说"旅食京华"是"骑驴三十载"的下限。这是顺理成章的,没有一点难通的地方。无劳乙倒原句。

五升米 (《醉时歌》)

"日籴太仓五升米。"《三国志·魏书·管宁传》注引《魏略》:"焦先字孝然……十六年,关中乱。先失家属,独窜于河渚间。食草饮水,无衣履。时大阳长朱南望见之,谓为亡士。欲遣船捕之。(先友人)侯武阳语县:'此狂痴人耳。'遂注其籍。给廪日五升。"杜公盖以焦先自比。不必实指。

坐

《戏简郑广文兼呈苏司业源明》："才名四十年，坐客寒无毡。"按此坐客不作座上客解。这个坐字是使动词，与《自京赴奉先县咏怀五百字》中"暖客貂鼠裘……劝客驼蹄羹……"的暖、劝二字用法相同。坐字这种用法，杜诗尚有他例。如《奉先刘少府新画山水障歌》："悄然坐我天姥下。"又《负薪行》："土风坐男使女立。"此外，李白《门有车马客行》："呼儿扫中堂，坐客论悲辛。"又《旧唐书·阳城传》："城坐台吏于门。"皆是其例。宋黄庭坚《惠崇烟雨芦雁图》："惠崇烟雨芦雁，坐我潇湘洞庭。"似自杜诗出。

这些"坐"字用法，都源于汉乐府《陇西行》："请客北堂上，坐客毡氍毹。"

扫

《奉先刘少府新画山水障歌》："闻君扫却赤县图，乘兴遣画沧州趣。"钱注：刘为奉先尉，写其邑之山水，故曰赤县图。仇注：扫，谓挥洒笔下也。按二家注似皆谓刘少府先画一幅地图，又画一幅山水。惟何义门曰：扫却赤县图，谓除去旧画地理图，而新画山水也。何氏此解，最得杜意。惜未解扫字，故不能服人。检杜集用扫字，本有二义。（一）扫，谓落笔挥洒。如《戏题壁上韦偃画马歌》："戏拈秃笔扫骅骝。"《醉歌行，赠公安颜少府，请顾八分题壁》："词翰登堂为君扫。"（二）扫，谓抹去。如《赠李白》："山林迹如扫。"又《雨过苏端》："诸家忆所历，一饭迹便扫。"此义尚有多例，不必更举。杜公这里所说的"闻君扫却赤县图"，便是说刘单（少府名）命人抹去原有壁上的奉先县地图，又命画师新于壁上画山水景物。东坡《和张子野见寄三绝句》之二《见题壁》云："狂吟跌宕无风雅，醉墨淋漓不整齐。应为诗人（按指子野）一回顾，山僧未忍扫黄泥。"是说壁上苏书诗句，因为张先爱顾，所以山僧还未用黄泥抹去。可见抹去壁上旧书画，叫作扫。

又刘单虽爱画，此次新画山水，却是命画师作的，故诗说"遣画"。自画不用说"遣"。

问

《述怀》："寄书问三川，不知家在否？"问，向也。张相《诗词曲语词汇释》卷五，问字有向义条，漏引此例。而所引杜诗二例，义未必安。（一）《入宅》诗："相看多使者，一一问函关。"张解为向函关。（二）《春日江村五首》："邻家送鱼鳖，问我数能来。"何以我说义未必安？因为《入宅》诗似可解为入秦使者多来相看，杜公一一问及函关乱事究竟如何之类。仇、杨俱同此解，俱引王应麟曰："潼关至函谷关，历陕、华二州之地，俱谓之桃林塞。时周智光据华州反。"我认为问字这样解是对的。在成都说"长路关心悲剑阁"（《野老》），在夔州关心函关的治乱，难道能不一一问询吗？这种问字意义的例子，还可举三例：《柳司马至》："有客归巫峡，相过问两京。"《溪上》："两江使船至，时复问京华。"《远游》："似闻胡骑走，失喜问京华。"

至于《春日江村五首》诗句中的问字，解为向字或释作赠字都无不可。仇、杨都把问字当馈赠讲，实未可厚非。我可以为这一解释举一句杜诗为证。如《寒食》诗："田父要（约）皆去，田家问不违。"仇解这两句说："招要皆去，馈问不辞。"这和"邻家送鱼鳖，问我数能来"的意思极近似。这是十字句，可以看作"邻家送鱼鳖赠我"是一意，"数能来"是一意。前者就是"田家问"，后者就是"不违"的结果。对田家的馈赠，泰然接受，亲昵的关系既已建立，他们自然就常常送礼物来了。

我主张对旧词新义要严格要求。旧说万不可通，才可建立新义。否则要造成汉语史的一定混乱。比如这个问字作向解。照我的说法，杜诗只有一例，可见杜甫时代，这个新义还未普遍形成。如说杜诗有三例，足见问作向讲，当时也相当普遍了。要之，宽要求不致茫无边际，严不致吹毛求疵。归于实事求是而已，非以胜心论学也。

李特进

《徒步归行》，原注："赠李特进。自凤翔赴鄜州，途经邠州作。"李特进是谁？黄鹤以为李嗣业。惜未举证。据史，天宝十载，嗣业从高仙芝平石国及突骑施，立大功。以跳荡先锋加特进（参合两唐书嗣业传）。天宝末，嗣业官骠骑大将军，不得仍称特进。及读《资治通鉴》二一八，至德元载，肃宗初立，命河西节度副使李嗣业将兵五千赴行在，嗣业意存观望。段秀实责嗣业曰："岂有君父告急，而臣子晏然不赴者乎！特进常自谓大丈夫，今日视之，乃儿女子耳。"仍称嗣业散阶官。乃知黄鹤之说不误。杜诗题下原注的"李特进"，正是嗣业。

杜诗五言句法

《北征》："闰八月初吉。"胡小石《北征小笺》曰："五言（诗）每句可分上下两节。汉魏以来，每句构式，上节以两字，下节以三字为通则。惟蔡琰《悲愤诗》：'彼苍者何辜'，阮籍（咏怀）：'仇怨者谁子？'（按尚有"宾客者谁子？""可怜者谁子？"等句）上三下二，为变格。至开、天时，诗风丕变，竞运新格。太白《天恩流夜郎忆旧游》：'天上白玉京，十二楼五城。'及杜此句，上三下二亦同。"按太白五言诗句法，尚有上一下四者。如《赠王判官时予归隐居庐山屏风叠》："昔别黄鹤楼，蹉跎淮海秋。俱飘零落叶，各散洞庭流。"又如传诵的《月下独酌》诗，其中"月既不解饮，影徒随我身"，亦当视为上一下四句。世言以文为诗，自杜甫始。实则李白亦以文为诗。如上举句式，大破汉魏六朝诗句法，更无论七言之纵横放逸，不拘一格了（七言如《战城南》："乃知兵者是凶器，圣人不得已而用之。"用散文句法殆过杜甫）。

狼籍画眉阔（《北征》）

　　二十年前，温习《北征》，偶记笔记几条。其中论"狼籍画眉阔"，以为钱注引明人《霏雪录》，以张籍《倡女词》"轻鬓丛梳阔画眉"句证唐时妇女喜画阔眉，实误。我说，妇女眉样，时尚易变。中唐有阔眉，不能证明天宝末亦尚阔眉。反之，据盛唐人诗及中唐人述盛唐妇女的生活的诗看来，天宝眉样，仍尚细长。并引李白、王諲诗，白居易《上阳人》为证。《上阳人》云："青黛点眉眉细长，……天宝末年时世妆。"杜家小女，本欲画时世长眉，奈效法无术，致成粗阔。杜公写其稚气，以为破愁之助耳，本非说当时妇女妆梳（久之写为一文，发表于《西南师范学院学报》，后收入拙著《杜诗杂说》，此不详及）。前两年，友人献疑说：据唐人小说《梅妃传》，有"柳叶双眉久不描"句。可知玄宗时眉样未必是细长吧？思有以答之，久而未暇。兹略释其疑。

　　关于唐人妇女妆梳等，本系文化史事。切盼有人做出贡献，以益学术研究。个人学力素薄，于此无发言权，仅就所读诗略一辨之。

　　《梅妃传》虽写玄宗江妃事，实宋人作。传末说"惟叶少蕴与予得之。后世之传，或在此本"。叶梦得，北宋末人。清人编《唐人说荟》收此传，妄题唐曹邺作。故《梅妃传》诗云云，可以不论。若说眉作柳叶样就是指阔眉，何不举《长恨歌》"芙蓉如面柳如眉"反更简便？说到妇女细而曲的眉样，多以新月作比。如果说眉色，多以柳叶作比

（远山、林色，乃至多种比，各依特点为辞）。请略举证。

以细眉比月，见于鲍照《玩月城西门廨中》诗。所谓"纤纤如玉钩，……娟娟似蛾（娥）眉"。纪晓岚说，这是以眉比月之始。至于说到眉色，"眉如翠羽"见宋玉《登徒子好色赋》。以后诗中遂习用翠眉一词，杜诗亦用翠眉。唐人多以柳色指翠眉。如《长恨歌》此句，就是用柳比眉色，芙蓉（红荷花）比脸色，显然可知。王勃《采莲曲》："莲花复莲花，花叶何稠叠。叶翠本羞眉，花红强如颊。"唐太宗《春池柳》诗："疏黄已鸟弄，半翠一眉开。"亦指眉色。中唐诗已举白居易，兹再举元微之《恨妆成》诗："凝翠晕蛾眉，轻红拂花脸。"亦以眉彩脸色对举。晚唐可举韦庄。《女冠子》云："依旧桃花面，频低柳叶眉。"也是以桃花比面，柳叶比眉，与白居易用意同。后世诗人，亦常用此法。如文徵明诗："湖上修眉远山色，风前薄面小桃花。"即其一例。

又，诗中凡言长眉、修眉，即指细眉。六朝至晚唐，初无例外。现在六朝期只举吴均《楚妃曲》为代表。云："春妆约春黛，如月复如蛾。"萧氏父子更不必说了。晚唐我只举温庭筠《南歌子》词作代表。云："鬓堕低梳髻，连娟细扫眉。"

总之，中国妇女好修（长）眉，好翠眉。这是中国人的审美观决定的。也时有阔眉，如汉谣"城中好广眉，四方且半额"。梁萧统《美人晨妆》诗，有"散黛随眉广，烟支逐脸生"的句子。中唐亦有广眉。如张籍诗，似是受当时外族影响。此不具论。

向以鲜君问，今所见章怀太子墓道画宫女及故宫藏唐仕女画，眉皆不必细长，如何解释？答曰："诗可记一代风气，画则多写个人爱好。还有，玄宗好肌体丰满的女子，故韩干画马，偏于肥大。"（张彦远《历代名画记》）又，《宣和画谱》卷二云："世谓周昉画妇女，多丰厚态度者。此无他，昉贵游子弟，多见贵而美者，故以丰厚为体。此与韩干不画瘦马同义。"（《谈艺录》332页引）此又可明诗画有别，不必以画纠诗也。

数

《北征》："园陵固有神，洒扫数不缺。"《镜铨》释为礼数。明玉几山人刻《杜工部集》（湖北先正遗书本）注："数音朔。谓每有丧乱，终必反正。"按《北征》是包罗万象的中国式的史诗，苦于难读。如这两句，其实难懂。古今注释、评论家都以颂祷希冀之辞读之。杨伦谓："言收京之后，扫洒园陵，礼数可以不缺。"这样解释，软弱无力，其实反落明代人之后。封建时代的所谓"簪缨之族"，岁时祭祀祖先，礼仪尚极其隆盛（如《红楼梦》五十三回写"宁国府除夕祭宗祠"即其一例）；况大唐皇室，对高祖太宗园陵，只说"礼数可以不缺"，像一个曾献过《朝享太庙赋》的大诗人在他惨淡经营的巨制中说的话吗？白居易《长恨歌》有"孤灯挑尽未成眠"之句，宋邵博评曰："宁有兴庆宫中，夜不烧蜡油，明皇帝自挑灯者乎？书生之见可笑。"（《邵氏闻见后录》）现在我们看见的不是诗作者，而是注家的愦愦了。

《北征》结尾，以"都人望翠华，佳气向金阙"写收京是人心所渴望，以"园陵固有神，洒扫数不缺"写神灵所护持，结以"煌煌太宗业，树立甚宏达"，真显得笔力千钧，足以振奋士气。因知园陵二语，必有所谓，绝不仅是希冀颂祷之辞。我以为可用同时作的《行次昭陵》诗中四句来解释《北征》这两句。《行次昭陵》叙天宝之乱后，接云："壮士悲陵邑，幽人泣鼎湖。玉衣晨自举，石马汗常趋！"玉衣二句，即园陵有神的内容，壮士二句即扫洒不缺的内容。《北征》明人事，故不说神，只用二语隐括。当时的传说一定是具体的，可惜没有记录流传下来，现在无从知道详情了。但从"石（一作铁）马汗常趋"注家所引《安禄山事迹》看，当时必有很多奇事异闻流传民间。正是这些异闻，反映了人民心向唐室的情绪，正是一种"风"，诗人采用它们入诗是正确的。据《安禄山事迹》：当潼关唐军战败时，人们看见有黄旗军（安禄山军用白旗）数百队与敌斗，不胜而退。后昭陵官奏：是日灵宫前石人马汗流。我们由此推知，"玉衣晨自举"亦必有个传闻，不是用典。书缺有间，注家用《汉武帝故事》释之，是不得已的办法。因此又可以推知，壮士、幽人二句亦必各有传说，而且必都是说壮士和隐者潜出守护太宗园陵的动人事迹。日本杜诗专家吉川幸次郎教授（一九〇四至一九八〇年）解释说，"幽人"是有冤的刑徒。唐律允许受冤屈的人到昭陵向太宗之灵哭诉，官不得禁（见吉川《我的杜甫研究》一文，原文是汉文，载北京《国外社会科学》，一九八一年一期）。我觉得这里不能这样解释。一者两京失陷，非刑徒诉冤之时；二者，杜用"幽人"皆指隐逸，不指囚徒。吉川所说，似应存疑。

再从唐诗取证，也可以见这一类民间传说，诗人多所取材。仇注引李商隐《复京》诗："天教李令心如日，可要昭陵石马来？"又，韦庄《再幸梁洋》诗："兴庆玉龙寒自跃，昭陵石马夜空嘶。"并可证《北征》二句意有所指，绝非仅属希冀颂祷之辞。

金碗

《诸将五首》之一："早时金碗出人间。"注家均在卢充幽婚得金碗（出《搜神记》）事上纠缠不休。王应麟臆云：此用卢充金碗，却因系民间事，与帝王不合。杜甫遂以金碗对玉鱼，用金碗以代《汉武故事》及沈炯表中的"玉碗"，叫作"炉锤之妙"。按王说殊误。杜公有《奉送郭中丞兼太仆卿充陇右节度使三十韵》诗云："宸极祆星动，园陵杀气平。空余金碗出，无复缥帷轻。"知唐诸陵被掘，或实出金碗；或用汉代诸陵被掘得金碗事典，均有可能。要之送郭英义诗可为有力的本证，绝非什么"以金碗入玉碗语"。又仇注引《杜诗博议》，引戴叔伦《赠徐山人》诗。中间一联云："汉陵帝子黄金碗，晋代神仙白玉棺。"

可为旁证。

秦关百二

《诸将五首》之三："洛阳宫殿化为烽，休道秦关百二重。"注家皆引《史记·高祖本纪》：六年十二月，田肯说高祖曰："……秦形胜之国，带河山之险……执戟百万，秦得百二焉。"百二之语，解有歧义：苏林说，百二为百分之二。言秦地险固，可以二万人敌诸侯兵百万人。虞喜说二为倍。言秦兵百万人，可当诸侯二百万人。按二说可以释史文，但田肯百二之言与杜诗意义不相应。田肯说的是秦地的形势，是险固的作用或效果。杜诗"秦关百二重"说的是山河险隘的本身。"关"说百二重，如像说"君之门以九重"一样，是指具体关隘。"百二"不详，已失其说，惟史、集尚有其文。新《辞源》百二条下，即引《周书·贺兰祥传》祥檄土谷浑语："险则百二犹在。"又引王维《游悟真寺》诗："山河穷百二，世界满三千。"维诗有"山河"字，近于杜了，但不一定就是说秦关。惜《辞源》此条漏引骆宾王《帝京篇》："秦塞重关一百二，汉家离宫三十六。"（《全唐诗》卷七十七）是真可以注杜了。惟百二之说仍不知道出典。

酒债

《曲江二首》之二："酒债寻常行处有。"仇云："典衣醉酒，官贫而兴豪；酒债多有，故至典衣。"此解含混。钱、浦、杨俱无说。什么叫酒债？无钱买酒，说赊酒。买酒的钱叫酒钱。仇似把欠酒家的钱称作酒债，是不懂词义。现在先引一点材料再说。张谓《宴郑伯屿宅》："俸钱供酒债，行子未须归。"王建《寄上韩愈侍郎》："清俸探将还酒债，黄金旋得起书楼。"白居易《悲哉行》："平封还酒债，堆金选蛾眉。"于鹄《过张老园林》:"不愁还酒债,腰下有丹砂。"皮日休《寄鲁望》:"从此问君还酒债,颜延之送几钱来?"范成大《赎带作醮》:"不是典来还酒债,亦非将去换蓑衣。"陆游《舟中》:"诗人无复同盟在,酒债何时一洗空?"诸诗皆非欠酒钱意。而孔融集有《失题》诗:"归家酒债多,门客粲成行。高谈满四座,一日倾千觞。"《李白集校注》(瞿蜕园、朱金城著)卷十一《赠刘都使》诗全用上引孔融四句。注只引王琦注,出归家二句,殆未检《孔少府集》。然四句显非文举诗。是何人诗?是太白全用他人诗或真太白诗?均难说。在太白《赠刘都使》诗中"而我谢明主,衔哀投夜郎"下,就是这四句诗。下接云:"所求竟无绪,裘马欲摧藏。""归家酒债多"云云,与上下文皆不衔接,殆他诗窜入太白集也。就此四句看来,殊豪阔,不似无酒钱人语。酒债者,客来索饮,尚未共醉之意。与欠酒钱不是一回事。如高适《赠别五十七管书记》:"堂中皆食者,门外多酒债。"岑参《送颜少府投陈州》:"爱客多酒债,罢官无俸钱。"知索共饮者多,未暇酬酢,即名酒债。若《曲江》诗,既典春衣尽醉,不得更云欠人酒钱。"酒债寻常行处有",是说足迹所至,即有酒徒相邀共醉,尚多未酬答耳。

卧

《少年行》之一:"共醉终同卧竹根。"旧稿说这一句,用钱注。以竹根为酒器。但钱未释卧字。仇兆鳌驳钱,说杯不可言卧。我借钱说,并引山谷句"墙底数樽犹未眠"以证成钱说。明酒尽杯卧,唐宋人确有此语。旧稿写于二十年前多故之日,尘封墨淡,无缘检视。会友人知之,怂恿出版。遂付二三旧生抄之,错误颇多。常怀不安。书出后,此条承同事林昭德先生抄示张籍《赠姚合少府》诗:"诗成添旧卷,酒尽卧空瓶。"得之大喜。兹附于此,以志疏忽草率之过,并深感亡友林先生之助益。

逐

《诸将五首》之五："锦江春色逐人来。"萧涤非《杜甫诗选》解"逐人"为"逐客"，说诗意是言为严武幕客所逐，故自称"逐人"，极谬。逐，随也。杜《送王十五判官奉侍还黔中得开字》诗："大家东征逐子回。""逐"字一本作"随"。又，苏味道《上元》诗："暗尘随马去，明月逐人来。"逐字对随字，明逐人来即随人来。

又，首联实对起。"锦江春水逐人来，巫峡清秋万壑哀。""逐"字常含量词义（如逐一即每一也），故可对"万"。诸注未及。

停

《简吴郎司直》："古堂本买藉疏豁，借汝迁居停宴游。"仇解：第四句"下三字另读。昔藉疏豁，今停宴游"。固亦可通。但因不另读即不甚通，才想出"三字另读"一法，亦殊勉强。这和杜诗他处七言下三字另为一义者生熟、通塞不同。如"一片花飞减却春""中天月色好谁看""老去悲秋强自宽"等，均一气回转，声入心通，不待增字。而此"借汝迁居停宴游"七字，若照仇解，下三字须加"今"字，意始明白，故觉生强。我认为，不如改读为二五句法。即"借汝"一顿，"迁居停宴游"，句绝。居停、宴游作平列两词看。居停者，居留也，此词一般辞书引《宋史·丁渭传》为证。然停之训留，唐人多有。如停烛即留烛，停灯即留灯之类是其证。七言读上二下五，杜诗不少见。不必举例。

八分书体

《李潮八分小篆歌》："八分一字直百金，蛟龙盘拏肉屈强（音犟）。"王梅先问，八分即隶书，为什么说"盘拏"说"肉"，以蛟龙为比？似乎更像说篆书哩。答：这是说大字（擘窠书）。如汉《石门颂》，可以说有此形象。杜《观薛稷少保书画壁》云："郁郁三大字，蛟龙岌相缠。"措语亦相近。不必篆书始有蛟龙盘拏之势。

杜诗单句有三种：

1. 结尾用单句，本不独杜甫有，但杜用之特多。如：

"如何不饮令心哀。"（《苏端薛复筵醉歌简薛华》）
"眼中之人吾老矣。"（《短歌行赠王郎司直》）
"潮乎潮乎奈汝何。"（《李潮八分小篆歌》）
"得不哀痛尘再蒙。"（《冬狩行》）

又有诗中单句，如《醉歌行赠么安颜少府……》"酒酣耳热忘头白"，又《茅屋为秋风所破歌》（本书已有赏析文，请参看）。

2. 五古诗中单句。传统诗歌总是两句一意。假如诗中意义不在双句上停顿而在单句上停顿，这便破坏了诗的传统格式。杜甫晚年多有此种。例如《送重表侄王砯评事使南海》诗，便是这样。现在从意义上分开句子，以当图解：

隋朝大业末，房杜俱交友（是说王砯的曾祖父王珪与房玄龄、杜如晦为友）。
长者来到门，荒年自糊口。家贫无供给，客位但箕帚，
俄顷羞颇珍，寂寥人散后，入怪鬓发空，吁嗟为之久。

诗下文叙天宝末杜甫随王家同逃兵难云：

> 吾客左冯翊，尔家同遁逃。争夺至徒步，快独委蓬蒿。
> 逗留热尔肠，十里却呼号，自下所骑马，
> 右持腰间刀，左牵紫骝缰，飞走使我高。

"刀"字本脚韵，应与"自下所骑马"句相连。但从意义上说却不能停顿。因为"右持""左牵"相偶为句，才是停顿处。这样便破坏了五言诗体偶句可停、单句不可停的整齐性。

3. 律诗亦间有以单句破偶句格式的。如《曲江二首》之一："一片花飞减却春，风飘万点正愁人，且看欲尽花经眼，莫厌伤多酒入唇。"一片，万点，欲尽，意蝉联而下，都是说花，为一意。第四句说酒，一句为意。

按诗用单句，源出《诗经》。如《小雅·小旻》末章："战战竞竞，如临深渊，如履薄冰。"《小雅·斯干》全诗九章。第四章七句，第五章五句，此杜《曲江三章章五句》所本。《鄘风·君子偕老》首章，"象服是宜"，单句。二章"杨且之皙也"亦单句。

兼

《又呈窦使君》："日兼春有暮，愁与醉无醒。"今人蒋绍愚《杜诗词语札记》引，释"兼"为介词，义为共。按蒋义是，但与、共等一般说为连接词。"有"读为又。日暮，春又暮也。"兼"与下句"与"对，"兼"亦"与"也。

偏

《秋日夔府咏怀寄郑监李宾客一百韵》:"煮井为盐速,烧畬度地偏。"仇谓:"不遗僻壤。"解偏为僻。未是。偏字当解如"来因孝友偏"(《九月一日过孟十二仓曹十四主簿兄弟》)之偏。偏字,副词。义由偏颇引申为频,为多。"度",音duó,量也。《礼记·王制》:"凡居民,量地以制邑,度地以居民。"杜诗是说当地居民绝大多数是靠刀耕火种收粮食的。

杜诗有四句一意者。且不论扇对,一般律诗结构前后穿插,不可分析。这样的诗也不只一首,例如湖湘时期诗《楼上》即其例。全诗如下:

天地空搔首,频抽白玉簪,
皇舆三极大(诸本作"北"。此从吴瞻泰《杜诗提要》),身世五湖南。
恋阙劳肝肺,论才愧杞楠。乱离难自救,终是老江潭。

这首诗前四句互相勾连,不可分析。次句白玉簪,倒射第一句"搔首"。第一句"天地"又蒙下"三极"——东、南、西,"五湖南"说(大意本吴瞻泰)。

还有一首《子规》,大历元年云安作。

峡里云安县,江楼翼瓦齐。两边山木合,终日子规啼。
眇眇春风见,萧萧夜色凄。客愁那(读为奈)听此,故作傍人低。

《杜臆》卷七云:

春风中但见萧萧夜色凄然。盖白日晦冥，非真夜也。远客多愁，那忍更听此声？而声又故来傍人而低。盖声低则愈惨……"见"字连下，盖两句作一句，杜诗多有此法。

按王说"夜色"非真夜，信然。解"傍人低"亦是。但将"见"字连下读为"见萧萧夜色凄然"，则似通非通，不可从。今说此诗中四句为交叉勾连，不可离析。因为萧萧关系春风山木，眇眇关系夜色子规也。排列图解如下：

春风，山木→萧萧，夜色凄，啼声
山木合，夜色→见，眇眇，子规

解曰：山木蓬合，阴翳晦冥，如在夜色中。春风摇荡山木，入耳萧萧。于时可见小小的子规，啼声近人，如闻低泣。

眇眇，小貌，出《书·顾命》，诗以形容子规小禽。"见"字的宾语是上句的子规，眇眇是子规的定语。《舟月对驿近寺》诗云："城乌啼眇眇，野鹭宿娟娟。"纪昀评云："眇眇不切啼。"不知"眇眇"是说声远而小。《过津口》诗云："圣贤两寂寞，眇眇独开襟。""眇眇"是说去圣贤已远，唯自知自乐而已。总之，眇眇不外小、远两义。《子规》用小义，后二诗用远义。

向

《夜闻觱篥》第二句："衰年侧耳情所向。"向同"在"，此解为倾注。《赠田九判官梁丘》诗云："麾下赖君才并美，独能无意向渔樵。"上句说，哥舒翰幕下多贤，皆田所荐。下句望田荐己。渔樵，杜自拟。"向"，此可解为留意。与《夜闻觱篥》诗"向"字，同为动词。此字义亦见韩愈作孔戣墓志铭:"山谷诸黄,世自聚为豪……或叛或从。容桂二管利其房掠,请合兵讨之。……当是时天子以武定淮西河南北,用事者以破诸黄为类,向意助之。"向意,倾意。

此诗末联:"君知天地干戈满,不见江湖行路难。""见"亦有"知"义。第四句"塞曲悲壮",乐府有前后《出塞》。觽箠本筰族,多奏边塞曲调。末句用"行路难",亦乐府曲,恨无人歌行路以和之耳。

寒士

《茅屋为秋风所破歌》里的"寒士"一词,旧注不释。解放以后,遂生异解。(一)郭沫若以为是贫穷的知识分子的意思;(二)霍松林(《谈茅屋为秋风所破歌》,载《南京大学学报》,一九七九年三期)认为当作寒冷的人讲,不用寒人,是为了避免出现五平连用。阮世辉(《也谈茅屋为秋风所破歌中的寒士》,载《文史哲》,一九八四年三期)引证《诗·褰裳》:"子不我思,岂无他士?"郑笺"他士犹他人也",作为寒士即受冷的人的证据。按霍、阮所说大旨甚是。现在补充例证,解如次:(一)寒士词意,出《左传》宣公十二年文。晋潘岳《马汧督诔》才直用寒士一词,说:"沾恩抚循,寒士挟纩。"这是潘安仁新铸的词。六朝到唐一般用寒士一词,都指门第不高的人。尽管他做了高官,但仍自称或被目为寒士。杜甫在他的诗作中,用"寒士"仅此一次。可资比拟的,还有"寒女"一词("彤庭所分帛,本自寒女出")。说她织的帛本可以抵御天寒的,却交给大臣们去享用。这就是用"寒女",不用"贫女"的刺意。杜甫用"寒士"一词,大概是从潘岳借来说"天下无寒人"的,不是用一般唐人用的意义。《新唐书·张九龄传》载玄宗要用牛仙客做宰相,九龄坚决不同意。"帝怒曰:'岂以仙客寒士嫌之耶?卿固素有门阀哉!'"这话最明白,可做唐一般人用寒士的适例。其时牛仙客已经是凉州都督了,还称寒士。可证《茅屋为秋风所破歌》中的寒士,是另一种意义,就是"寒者"的意思。(二)孟郊的诗作喜说贫穷。检《孟东野诗集》,用"贫士"五,用"寒者"二。没有用过一次"寒士"。这不会是出于偶然。上溯晋宋之际,陶渊明有《咏贫士七首》,更可证明贫士和寒士,在六朝—唐的含义是不同的。而寒士有另一意义,实同于李白、孟郊等所用的"寒者",即受冷的人。

出版后记

本书是作者两本杜诗研究著作的合刊：一是由四川人民出版社于一九八一年出版的《杜诗杂说》，主要是作者一九六二年的读书笔记；二是由巴蜀书社于一九八八年出版的《杜诗杂说续编》，集中了作者八十年代杜甫研究的心得和成果。为了呈现作者不同时期的学术问题和研究理路，我们将两书"一仍其旧"，不做重新编排；并据作者的自存本订正了两书初版中的排版错讹。

生活·读书·新知三联书店
二〇〇八年十月

此次列入"当代学术"丛书再版，一仍其旧，未作变动。敬希读者留意。

三联书店编辑部
二〇一九年二月

作者简介

曹慕樊（1912—1993），四川泸州人，生前为西南师范大学中文系教授。早年金陵大学毕业，师从刘国钧先生，受目录学。1946—1947年，在四川乐山五通桥中国哲学研究所，师从熊十力先生治佛学及宋明理学。1947—1950年，受重庆北碚勉仁文学院（创办人梁漱溟先生）之聘，为中文系副教授。1953年后，为西南师范学院(后改为西南师范大学)中文系教授。对中国古典文学、哲学（儒学、庄学、佛学）及目录学造诣甚深，著有：《杜甫杂说》、《杜甫杂说续编》、《庄子新义》、《杜诗选注》、《东坡选集》（与徐永年主编）、《目录学纲要》等。

内容简介

曹慕樊先生为杜甫研究名家，治杜诗精深宏达，注重"义理、考据、辞章"的融会贯通。无论是对杜甫的儒家思想，还是对其"沉郁顿挫"的艺术风格，都有深入独到之理解与阐释。

本书是作者两部著作《杜诗杂说》和《杜诗杂说续编》的合刊。前者主要是其1962年的一些读书笔记；后者集中了80年代杜甫研究的心得和成果，体现了其"把西方的现代修辞学引进唐宋诗研究中来，把西方的现象学或海德格尔的'存在主义'思想引进研究中来"的尝试与努力。另外，还将作者晚年有关杜甫研究的五篇文章作为附录收入，以体现其对杜诗在整个中国文学史上的位置和影响的高屋建瓴的把握。

"当代学术" 第一辑

美的历程
李泽厚著

中国古代思想史论
李泽厚著

古代宗教与伦理
陈 来著

从爵本位到官本位(增补本)
阎步克著

天朝的崩溃(修订本)
茅海建著

晚清的士人与世相(增订本)
杨国强著

傅斯年
中国近代历史与政治中的个体生命
王汎森著

法律与文学
以中国传统戏剧为材料
朱苏力著

刺桐城
滨海中国的地方与世界
王铭铭著

第一哲学的支点
赵汀阳著

生活·讀書·新知 三联书店 刊行

"当代学术"第二辑

七缀集
钱锺书 著

杜诗杂说全编
曹慕樊 著

商文明
张光直 著

西周史（增补2版）
许倬云 著

拓拔史探
田余庆 著

近代中国社会的新陈代谢
陈旭麓 著

甲午战争前后的晚清政局
石 泉 著

民主四讲
王绍光 著

心灵秩序与世界历史
吴 飞 著

海德格尔与伦理学问题（修订版）
韩 潮 著

生活·讀書·新知 三联书店 刊行